5^{e}

LES FICHES DU COLLÈGE

Avec la collaboration de :
Mathilde Schuhmacher (Français)
Aurélie Cronier (Mathématiques)
Julien Ruffinatto (Histoire-géographie-EMC)
Laurie Tassy (SVT)
Olivier Prézeau (Physique-chimie)
Cyril Richard (Technologie)
Raquel Rigal (Anglais)
Vladimir Lelouvier (EMI)

rue des écoles

Éditions rue des écoles – 15 Bd Bourdon, 75004 Paris
EAN : 9782820813527
Achevé d'imprimer en Turquie en août 2022
Dépôt légal : septembre 2022

MATHS

SOMMAIRE

Le cours à connaître

Définitions et formules

Exercices et méthodes

Fiche 1

NOMBRES DÉCIMAUX

I. Calculer avec des décimaux

- Méthode : Pour **additionner ou soustraire** des nombres décimaux, il faut :
  - aligner verticalement les virgules ;
  - disposer les chiffres de même rang les uns sous les autres ;
  - effectuer le calcul rang par rang de la droite vers la gauche sans oublier les retenues ;
  - vérifier la cohérence du résultat avec un ordre de grandeur.
- Méthode : Pour **multiplier** deux nombres décimaux, il faut :
  - effectuer le calcul de la droite vers la gauche sans tenir compte des virgules, comme pour une multiplication avec des nombres entiers ;
  - placer la virgule dans le résultat pour qu'il ait le même nombre de chiffres après la virgule que la somme de ceux des deux facteurs du produit calculé ;
  - vérifier la cohérence du résultat avec un ordre de grandeur.

Vocabulaire des nombres décimaux

Le résultat d'une addition s'appelle une somme et le résultat d'une soustraction s'appelle une différence. Les nombres que l'on additionne ou que l'on soustrait s'appellent les termes.
Exemple : On dit que 99,05 est la somme de 58,95 et 40,1 car 58,95 + 40,1 = 99,05.
Le résultat d'une multiplication s'appelle un produit. Les nombres que l'on multiplie s'appellent les facteurs.
Le résultat d'une division s'appelle un quotient. Le nombre que l'on divise s'appelle le dividende et le nombre par lequel il est divisé s'appelle le diviseur.
Exemple : On dit que 5,89 est le produit de 58,9 par 0,1 car 58,9 × 0,1 = 5,89.

II. Ordre de grandeur

- Un **ordre de grandeur** d'un nombre est un nombre proche de celui-ci et facile à utiliser en calcul mental. Il n'est pas unique, on peut en donner plusieurs selon la précision recherchée.
- Méthode : Pour déterminer un ordre de grandeur d'une **somme** ou d'une **différence**, il faut additionner ou soustraire un ordre de grandeur de chaque terme.

Exemple : Cherchons un ordre de grandeur de la différence 147,56 – 28,3.
Un ordre de grandeur de 147,56 est 150 et un ordre de grandeur de 28,3 est 30. Ainsi, un ordre de grandeur de la différence 147,56 – 28,3 *est* 150 – 30, *c'est-à-dire 120.*
On note alors : 147,56 – 28,3 ≈ 120.

- Méthode : Pour déterminer un ordre de grandeur d'un **produit**, il faut multiplier un ordre de grandeur de chaque facteur.
- Pour déterminer un ordre de grandeur d'un **quotient**, il faut diviser un ordre de grandeur du dividende par un ordre de grandeur du diviseur.

Exemples : Cherchons un ordre de grandeur du produit 147,56 × 28,3 *et du quotient* 147,56 ÷ 28,3.
Un ordre de grandeur du produit est 150 × 30, *c'est-à-dire 4 500 et un ordre de grandeur du quotient est* 150 ÷ 30, *c'est-à-dire 5.*
On note alors : 147,56 × 28,3 ≈ 4 500 *et* 147,56 ÷ 28,3 ≈ 5.

QUIZ

→ NOMBRES DÉCIMAUX

→ 1. Complète les phrases suivantes avec les mots de vocabulaire qui conviennent.

a. 18 – 4 est une ______, dans ce cas 4 est un ______.

b. 12 × 6 est un ______, dans ce cas 12 est un ______.

c. 35 + 11 est une ______, dans ce cas 35 et 11 sont des ______.

d. 42 ÷ 6 est un ______, dans ce cas 42 est le ______ et 6 est le ______.

→ 2. Donne un ordre de grandeur du résultat de chacun des calculs suivants.

A = 357 + 82,6 ≈ ______

B = 10,2 – 7,54 ≈ ______

C = 32,094 + 7,1 ≈ ______

D = 4,3 × 2,89 ≈ ______

E = 9,44 ÷ 4 ≈ ______

F = 10,7 × 8,5 ≈ ______

Ensuite, donne la valeur exacte du résultat de chaque calcul.

A = 357 + 82,6 = ______

B = 10,2 – 7,54 = ______

C = 32,094 + 7,1 = ______

D = 4,3 × 2,89 = ______

E = 9,44 ÷ 4 = ______

F = 10,7 × 8,5 = ______

→ 3. Paul est allé au cinéma. Il a acheté une boisson coûtant 1,50 euro et un cornet de pop-corn coûtant 4,99 euros pour regarder son film. Il a payé avec un billet de 20 euros et on lui a rendu 5,61 euros. Parmi les expressions suivantes, sélectionne celle qui permet de calculer le prix de la séance de cinéma, puis calcule le prix de la place.

- ☐ A. 20 – (4,99 – 1,5) – 5,61
- ☐ B. 20 – 5,61 – (4,99 + 1,5)
- ☐ C. 20 + 5,61 – 4,99 – 1,5

Le prix de la place de cinéma est donc de : ______ euros.

→ 4. Une jeune fille souhaite acheter un short à 19,99 euros et trois tee-shirts à 7,90 euros chacun. Elle possède un billet de 50 euros pour ses achats. Complète les phrases suivantes.

Le montant total de ses achats a comme ordre de grandeur : ______ euros.

Le montant total de ses achats est de : ______ euros. Il lui restera ______ euros après ses achats.

→ 5. Marie achète deux plantes pour sa maison : une orchidée à 19,54 euros et un hortensia qui coûte 9,65 euros de plus que l'orchidée.

Le montant total de ses achats a comme ordre de grandeur : ______ euros et sa valeur exacte est de ______ euros.

1. a. 18 – 4 est une différence, dans ce cas 4 est un terme. **b.** 12 × 6 est un produit, dans ce cas 12 est un terme. **c.** … une somme, dans ce cas 35 et 11 sont des termes. **d.** 42 ÷ 6 est un quotient, dans ce cas 42 est le dividende, 6 est l…

2. A = 357 + 82,6 ≈ 440 = 439,6, B = 10,2 – 7,54 ≈ 2 = 2,66, C = 32,094 + 7,1 ≈ 39 = 39,194, D = 4,3 × 2,89 ≈ 12 = 1…
E = 9,44 ÷ 4 ≈ 2,5 = 2,36 et F = 10,7 × 8,5 ≈ 88 = 90,95.

3. B. Le prix de la place de cinéma est donc de : 7,90 euros.

4. Le montant total de ses achats a comme ordre de grandeur : 20 + 8 × 3 = 44 euros. Le montant total de ses achats est de : 43,69 euros. Il lui restera 6,31 euros après ses achats.

5. Le montant total de ses achats a comme ordre de grandeur : 20 + (20 + 10) = 50 euros et sa valeur exacte est de 48,73 euros.

Fiche 2

FRACTIONS (1)

I. Fractions égales

- Propriété : Lorsqu'on **multiplie,** ou **divise**, le numérateur et le dénominateur d'une fraction par un même nombre non nul, on obtient une fraction qui est égale à la fraction précédente.
- On considère trois nombres relatifs *a*, *b* et *k* avec *b* et *k* qui sont non nuls. On a donc : $\frac{a}{b} = \frac{a \times k}{b \times k}$ et $\frac{a}{b} = \frac{a \div k}{b \div k}$.

Exemple : On découpe l'unité en quatre fois plus de parts, donc il va falloir sélectionner quatre fois plus de parts pour obtenir une fraction égale à $\frac{2}{5}$ *donc* $\frac{2}{5} = \frac{2 \times 4}{5 \times 4} = \frac{8}{20}$.

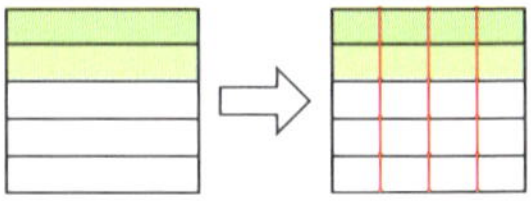

II. Fraction et écriture décimale

- Méthode : Pour donner l'écriture décimale d'une fraction, il faut se ramener à une fraction décimale. Lorsque cela n'est pas possible, on effectue la division décimale du numérateur par le dénominateur. On s'arrête lorsque le reste obtenu est 0 **ou** lorsque, après avoir descendu tous les chiffres de la partie entière, le dernier reste obtenu a été obtenu auparavant, ce qui indiquera que la division est infinie et que cette fraction n'est pas un nombre décimal.

Exemples : $\frac{13}{5} = \frac{26}{10} = 2{,}6$; $\frac{27}{12} = 27 \div 12 = 2{,}25$; $\frac{2}{9} = 2 \div 9 \approx 0{,}22$.

- Méthode : Pour donner l'écriture fractionnaire d'un nombre décimal, il faut :
  - regarder le dernier chiffre du nombre (celui le plus à droite) ;
  - identifier le rôle de ce chiffre dans le nombre (chiffre des dixièmes, centièmes, etc.) ;
  - identifier ensuite le nombre de dixièmes, le nombre de centièmes, etc., du nombre que l'on cherche à écrire sous forme de fraction ;
  - conclure en se ramenant à une fraction décimale.

Exemple : Si on supprime le zéro inutile du nombre 2,150, on obtient 2,15. Le dernier chiffre du nombre est alors 5. Ce chiffre est le chiffre des centièmes du nombre 2,150. On observe qu'il y a 215 centièmes dans 2,15. On a donc $2{,}15 = \frac{215}{100}$.

Rappels : notion de fraction

Lorsqu'on partage une unité en parts égales, chaque part représente une **fraction de l'unité**.

Exemple : La fraction $\frac{2}{5}$ signifie qu'une unité est découpée en cinq parts de mêmes dimensions et qu'on a sélectionné deux de ces cinq parts, les parts colorées en gris. 

Une fraction peut aussi être interprétée comme le quotient du numérateur par le dénominateur.

Exemples :

$\frac{12}{5} = 12 \div 5 = 2{,}4$, alors $\frac{12}{5}$ est une écriture fractionnaire du nombre décimal 2,4 et $\frac{24}{10}$ est une autre écriture fractionnaire de ce nombre.

$\frac{2}{3} = 2 \div 3$, la division décimale de 2 par 3 ne se termine jamais. Le nombre $\frac{2}{3}$ n'est donc pas un nombre décimal. Sa valeur exacte ne peut s'exprimer que sous forme de fraction mais on peut en donner une valeur décimale approchée : $\frac{2}{3} \approx 0{,}667$. On retient que : $\frac{1}{10} = 0{,}1$, $\frac{1}{100} = 0{,}01$, $\frac{1}{1000} = 0{,}001$, $\frac{1}{2} = 0{,}5$, $\frac{1}{4} = 0{,}25$ et $\frac{1}{5} = 0{,}2$.

QUIZ

→ FRACTIONS (1)

→ 1. Complète les égalités suivantes avec des nombres en écriture décimale.

A. $\frac{98}{100} = \square$

B. $\frac{523}{100} = \square$

C. $\frac{2\,070}{100} = \square$

D. $\frac{111}{1000} = \square$

E. $9 + \frac{8}{100} + \frac{7}{1000} = \square$

→ 2. Complète les égalités suivantes avec des nombres en écriture décimale.

A. $\frac{5}{2} = \square$

B. $\frac{2}{5} = \square$

C. $\frac{3}{2} = \square$

D. $\frac{3}{4} = \square$

E. $\frac{1}{5} = \square$

F. $\frac{1}{8} = \square$

→ 3. Donne l'écriture décimale exacte des nombres A, B et C et la valeur décimale approchée à 0,01 près des nombres D, E et F.

A. $\frac{3}{4} = \square$

B. $\frac{4}{5} = \square$

C. $\frac{125}{10} = \square$

D. $\frac{2}{3} = \square$

E. $\frac{1}{6} = \square$

F. $\frac{29}{9} = \square$

→ 4. Parmi les phrases suivantes, sélectionne celle(s) qui est (sont) correcte(s).

❑ A. L'écriture décimale exacte de la fraction $\frac{254}{16}$ est 15,8.

❑ B. La fraction $\frac{25}{7}$ a une écriture décimale exacte.

❑ C. Le quotient de 125 par 32 est exact.

❑ D. L'encadrement $2{,}8 < \frac{25}{9} < 2{,}9$ est exact.

→ 5. Parmi les quotients suivants, lesquels sont égaux à $\frac{2}{5}$?

❑ A. $\frac{3}{4}$

❑ B. $\frac{4}{10}$

❑ C. $\frac{12}{60}$

❑ D. $\frac{9}{12}$

❑ E. $\frac{6}{15}$

❑ F. $\frac{20}{30}$

→ 6. Parmi les phrases suivantes, sélectionne celle(s) qui est (sont) correcte(s).

❑ A. La fraction égale à $\frac{7}{4}$ est $\frac{175}{100}$.

❑ B. La fraction égale à $\frac{7}{4}$ est $\frac{49}{16}$.

❑ C. La fraction égale à $\frac{6}{35}$ est $\frac{12}{70}$.

1. A. $\frac{98}{100} = 0{,}98$, **B.** $\frac{523}{100} = 5{,}23$, **C.** $\frac{2\,070}{100} = 20{,}70$, **D.** $\frac{111}{1000} = 0{,}111$ et **E.** $9 + \frac{8}{100} + \frac{7}{1\,000} = 9{,}087$.

2. A. $\frac{5}{2} = 2{,}5$, **B.** $\frac{2}{5} = 0{,}4$, **C.** $\frac{3}{2} = 1{,}5$, **D.** $\frac{3}{4} = 0{,}75$, **E.** $\frac{1}{5} = 0{,}2$ et **F.** $\frac{1}{8} = 0{,}125$.

3. A. $\frac{3}{4} = 0{,}75$, **B.** $\frac{4}{5} = 0{,}80$, **C.** $\frac{125}{10} = 12{,}5$, **D.** $\frac{2}{3} = 0{,}67$, **E.** $\frac{1}{6} = 0{,}17$ et **F.** $\frac{29}{9} = 3{,}22$.

4. C. En divisant 125 par 32, on obtient 3,90625, ce qui est une valeur exacte. Les trois autres affirmations sont fausses car : $\frac{254}{16} = 15{,}875$, $\frac{25}{7}$ n'est pas exacte et $2{,}7 < \frac{25}{9} < 2{,}8$.

5. B. $\frac{4}{10}$, **E.** $\frac{6}{15}$, **F.** $\frac{20}{30}$.

6. A. et **C.** On multiplie les dénominateurs et les numérateurs par le même nombre. En multipliant par 25, on montre que $\frac{7}{4} = \frac{175}{100}$. En multipliant par 2, on a : $\frac{6}{35} = \frac{12}{70}$.

Fiche 3

FRACTIONS (2)

Ce que je connais déjà

La définition de la notion de fraction.
La définition et le vocabulaire des fractions (fiche 2).

I. Comparer des fractions

- **Comparer** deux nombres, c'est indiquer lequel est le plus grand des deux, ou s'ils sont égaux.
- Propriétés : Si le numérateur et le dénominateur d'une fraction sont égaux, alors cette fraction est égale à 1. Si le numérateur d'une fraction a une valeur inférieure à celle du dénominateur de cette fraction, alors la fraction est inférieure à 1. Si le numérateur d'une fraction a une valeur supérieure à celle du dénominateur de cette fraction, alors la fraction est supérieure à 1.

Exemple : $\frac{148}{150} < 1$, *car le numérateur 148 est inférieur au dénominateur 150.*

- Propriété : Pour comparer deux fractions, on peut les écrire avec un même dénominateur et ensuite comparer leurs numérateurs. Lorsque deux fractions sont écrites avec le même dénominateur, alors la fraction la plus petite sera celle avec le plus petit numérateur.

Exemple : On souhaite comparer les fractions $\frac{2}{3}$ *et* $\frac{13}{18}$. *On a* $\frac{2}{3} = \frac{2 \times 6}{3 \times 6} = \frac{12}{18}$. *Comme* $12 < 13$ *alors* $\frac{12}{18} < \frac{13}{18}$ *et on en déduit que* $\frac{2}{3} < \frac{13}{18}$.

II. Simplifier des fractions

- **Simplifier** une fraction consiste à écrire une fraction qui lui est égale (en divisant) avec un numérateur et un dénominateur plus petits. Une fraction est **irréductible** lorsque son numérateur et son dénominateur sont les plus petits possibles après l'avoir simplifiée au maximum.

Exemple : La fraction $\frac{6}{4}$ *peut se simplifier car son numérateur et son dénominateur sont divisibles par 2. En simplifiant par 2, on obtient la fraction* $\frac{3}{2}$ *qui est irréductible.*

- Méthode : On cherche un diviseur commun (autre que 1) au numérateur et au dénominateur. On divise ensuite le numérateur et le dénominateur par le diviseur qu'ils ont en commun et on recommence ainsi de suite jusqu'à ce qu'on obtienne une fraction irréductible.

Exemple : $\frac{48}{18} = \frac{48 \div 2}{18 \div 2} = \frac{24}{9} = \frac{24 \div 3}{9 \div 3} = \frac{8}{3}$, *donc* $\frac{8}{3}$ *est la fraction simplifiée au maximum.*

III. Additionner ou soustraire des fractions

- Propriété : Pour additionner, ou soustraire, deux fractions qui ont le même dénominateur, on garde le dénominateur commun et on additionne, ou soustrait, les numérateurs.

Exemples : $\frac{15}{3} + \frac{7}{3} = \frac{15 + 7}{3} = \frac{22}{3}$ *et* $\frac{17}{12} - \frac{6}{12} = \frac{17 - 6}{12} = \frac{11}{12}$.

- Méthode : Pour additionner, ou soustraire, deux fractions qui n'ont pas le même dénominateur, on écrit ces fractions avec un même dénominateur. On obtient alors deux fractions avec le même dénominateur et il suffit de garder le dénominateur commun et d'additionner, ou soustraire, les numérateurs.

Exemple : $\frac{8}{3} - \frac{5}{7} = \frac{8 \times 7}{3 \times 7} - \frac{5 \times 3}{7 \times 3} = \frac{56}{21} - \frac{15}{21} = \frac{56 - 15}{21} = \frac{41}{21}$.

QUIZ

→ FRACTIONS (2)

→ 1. Parmi les fractions suivantes, lesquelles sont inférieures à 1 ?

❑ A. $\frac{3}{5}$

❑ B. $\frac{7}{5}$

❑ C. $\frac{15}{4}$

❑ D. $\frac{35}{25}$

❑ E. $\frac{18}{13}$

❑ F. $\frac{2}{9}$

❑ G. $\frac{4}{3}$

❑ H. $\frac{6}{7}$

→ 2. Parmi les affirmations suivantes, lesquelles sont correctes ?

❑ A. La fraction $\frac{15}{14}$ est plus petite que 1.

❑ B. L'inégalité $\frac{36}{33} > 1$ est vraie.

❑ C. La fraction $\frac{17}{21}$ est plus petite que 1.

❑ D. La fraction $\frac{167}{159}$ est plus grande que 1.

→ 3. Compléter chaque inégalité avec le signe « < » ou le signe « > ».

A. $\frac{7}{3}$ ☐ $\frac{7}{8}$

B. $\frac{5}{16}$ ☐ $\frac{9}{16}$

C. $\frac{54}{18}$ ☐ $\frac{45}{18}$

D. $\frac{8}{11}$ ☐ $\frac{8}{15}$

E. $\frac{4}{71}$ ☐ $\frac{4}{17}$

F. $\frac{21}{12}$ ☐ $\frac{29}{12}$

→ 4. Parmi les affirmations suivantes, lesquelles sont correctes ?

❑ A. La fraction $\frac{9}{12}$ est égale à $\frac{3}{4}$.

❑ B. La fraction simplifiée au maximum égale à $\frac{12}{24}$ est $\frac{3}{6}$.

❑ C. La fraction simplifiée de $\frac{60}{48}$ est $\frac{5}{4}$.

❑ D. La fraction simplifiée de $\frac{650}{75}$ est $\frac{13}{3}$.

→ 5. Parmi les fractions suivantes, lesquelles sont égales à $\frac{5}{6}$?

❑ A. $\frac{15}{18}$

❑ B. $\frac{10}{12}$

❑ C. $\frac{20}{28}$

❑ D. $\frac{30}{36}$

→ 6. Compléter les égalités suivantes.

$A = \frac{7}{11} + \frac{2}{11} = \square$

$B = \frac{9}{13} - \frac{5}{13} = \square$

$C = \frac{-7}{9} + \frac{5}{9} = \square$

$D = \frac{2}{9} + \frac{5}{27} = \square$

1. A., F. et H. Pour ces trois fractions, le numérateur est inférieur au dénominateur.
2. B., C. et D. Pour ces trois phrases, on compare le numérateur et le dénominateur.
3. A. $\frac{7}{3} > \frac{7}{8}$, **B.** $\frac{5}{16} < \frac{9}{16}$, **C.** $\frac{54}{18} > \frac{45}{18}$, **D.** $\frac{8}{11} > \frac{8}{15}$, **E.** $\frac{4}{71} < \frac{4}{17}$ et **F.** $\frac{21}{12} < \frac{29}{12}$.
4. A. et C. On divise le numérateur et le dénominateur par le même nombre pour simplifier. La phrase B. est fausse car la fraction n'est pas simplifiée au maximum.
5. A., B. et D. On multiplie le numérateur et le dénominateur par le même nombre pour modifier la fraction initiale et comparer avec les propositions.
6. $A = \frac{7}{11} + \frac{2}{11} = \frac{9}{11}$, $B = \frac{9}{13} - \frac{5}{13} = \frac{4}{13}$, $C = \frac{-7}{9} + \frac{5}{9} = \frac{-2}{9}$ et $D = \frac{2}{9} + \frac{5}{27} = \frac{6}{27} + \frac{5}{27} = \frac{11}{27}$.

Fiche 4

NOMBRES RELATIFS (1)

Ce que je connais déjà

Les priorités opératoires.
Les règles de calculs avec les différentes opérations (fiche 1).

I. Repérage sur une droite graduée

• Propriété : Sur une droite graduée, chaque point est repéré par un unique nombre que l'on appelle **abscisse** de ce point. La **distance à zéro** d'un nombre *a* est la longueur du segment [*OA*], où *A* est le point d'abscisse *a* et *O* est l'origine de la droite graduée.
Exemple :

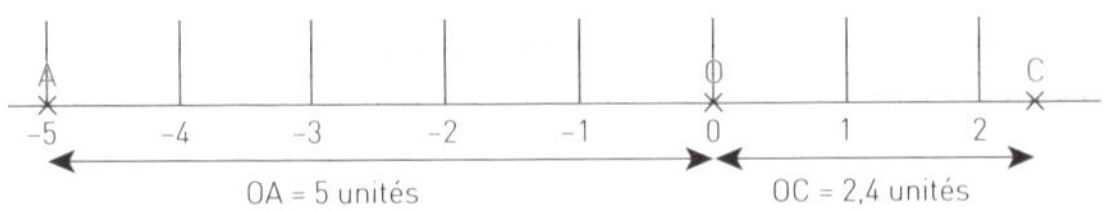

Le point O est l'origine de la droite graduée. Le point A a pour abscisse le nombre −5*. On le note A*(−5)*. Le point C a pour abscisse le nombre 2,4.*

• Deux nombres relatifs sont **opposés** lorsqu'ils ont des signes contraires mais la même distance à zéro. L'opposé d'un nombre relatif *a* se note − *a*.

• Propriété : On considère un nombre relatif *a* quelconque. On a : − (−*a*) = *a*.
Exemple : Les nombres −5 *et* 5 *sont opposés. Leur distance à zéro est égale à* 5.

II. Repérage dans le plan

• Un **repère orthogonal** du plan est constitué de deux droites graduées (appelées axes), perpendiculaires et de même origine *O*. Dans un repère, chaque point est repéré par deux nombres relatifs appelés les **coordonnées** de ce point. Le premier nombre est **l'abscisse**, et il se lit sur l'axe horizontal. Le deuxième nombre est **l'ordonnée**, il se lit sur l'axe vertical.

Définitions
Un nombre positif est un nombre supérieur ou égal à zéro. Il s'écrit avec le signe « + » ou sans signe.
Exemple : Le nombre 12,78 est un nombre positif.
Il peut également s'écrire +12,78.
Un nombre négatif est un nombre inférieur ou égal à zéro. Il s'écrit avec le signe « − ».
Exemples : Les nombres −54,8, 0, −14 et −37 sont tous des nombres négatifs.
Un nombre relatif est un nombre positif ou négatif.

Exemple :

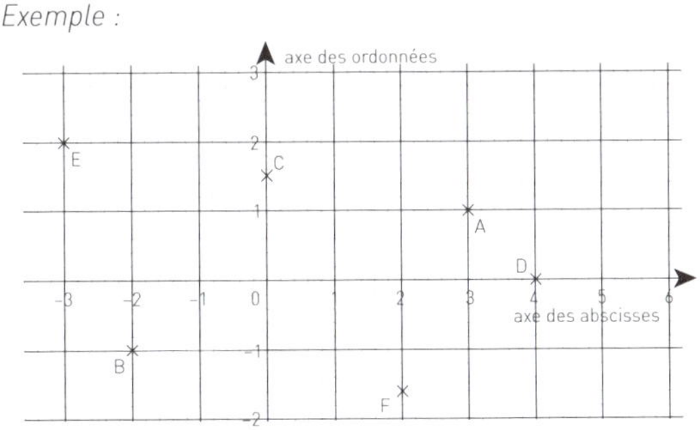

On a : A(3 ; 1)*, B*(−2 ; −1)*, C*(0 ; 1,5)*, D*(4 ; 0)*, E*(−3 ; 2) *et F*(2 ; −1,6)*.*

III. Comparer deux nombres relatifs

• Propriétés : Si deux nombres relatifs sont positifs, le plus grand est celui qui a la plus grande distance à zéro. Si deux nombres relatifs ont des signes contraires, le plus grand est le nombre positif. Si deux nombres relatifs sont négatifs, le plus grand est celui qui a la plus petite distance à zéro.

QUIZ

→ NOMBRES RELATIFS (1)

→ 1. Avec la droite graduée ci-contre, complète les phrases suivantes.

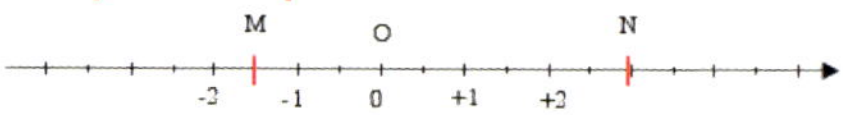

L'abscisse du point M est égale à : ☐.

L'abscisse du point N est égale à : ☐.

La distance à zéro du nombre –2,5 est égale à : ☐.

La distance à zéro du nombre +4 est égale à : ☐.

→ 2. Parmi ces propositions, sélectionne la (les) phrase(s) correcte(s).

❑ A. L'abscisse d'un point est toujours positive.
❑ B. Si on sait que la distance à zéro d'un nombre est égale à 4, alors le nombre est 4.
❑ C. La distance à zéro d'un nombre est égale à l'abscisse du point.
❑ D. L'abscisse d'un point est toujours un nombre relatif.

→ 3. Complète les inégalités suivantes avec le signe « < » ou le signe « > ».

2,27 ☐ 2,207.
20,56 ☐ –30,56.
–12 ☐ –11.
–79,1 ☐ –79,15.

→ 4. Parmi ces propositions, sélectionne celle(s) qui est (sont) correcte(s).

❑ A. Deux nombres négatifs sont rangés dans le même ordre que leurs nombres opposés.
❑ B. Deux nombres négatifs sont rangés dans le même ordre que leurs distances à zéro.
❑ C. 12,6 < –3,2.
❑ D. –12,6 < –3,2.
❑ E. –1,6 < –1,3.

→ 5. Range dans l'ordre décroissant les nombres relatifs des deux listes suivantes.

Liste 1 : 2,8, –2,08, –1,5, 1,05 et –2,6.

☐ > ☐ > ☐ > ☐ > ☐

Liste 2 : –0,7, –0,2, –1,4, –9,8 et –8,9.

☐ > ☐ > ☐ > ☐ > ☐

→ 6. Sur une feuille, construis un repère orthogonal en prenant sur chaque axe un carreau comme unité.

Place dans ce repère les 9 points suivants : *A*(+3 ; +5), *B*(–4 ; +3), *C*(+2 ; +1), D(+4 ; 0), E(0 ; –3), F(–2 ; –5), G(+4 ; –2), H(–5 ;-3) et I(–2 ; +3)

1. L'abscisse du point M est égale à : –1,5. L'abscisse du point *N* est égale à : +3. La distance à zéro du nombre –2,5 est égale à : 2,5 et celle du nombre +4 est égale à : 4.
2. D. Seule cette phrase est correcte, pour les autres propositions, il y a des exemples qui ne fonctionnent pas à chaque fois.
3. 2,27 > 2,207, 20,56 > -30,56, –12 < –11 et –79,1 > –79,15.
4. D. et **E.** Les phrases sont fausses et ensuite comparer les nombres avec les règles de calcul.
5. Liste 1 : 2,8 > 1,05 > –1,5 > –2,08 > –2,6.
Liste 2 : –0,2 > –0,7 > –1,4 > –8,9 > –9,8.

6.

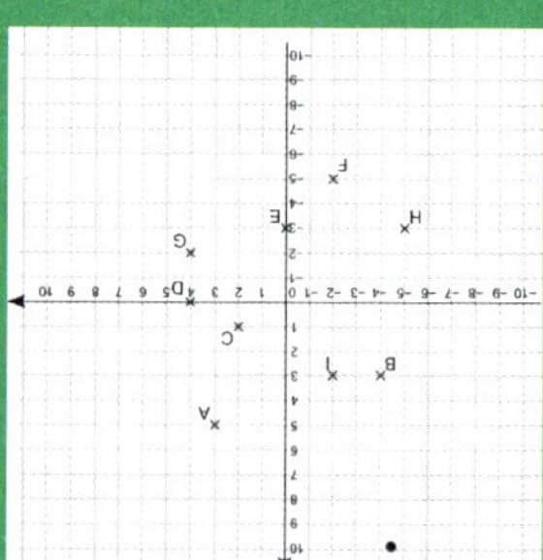

Fiche 5

NOMBRES RELATIFS (2)

Ce que je connais déjà

La définition et le vocabulaire des nombres relatifs (fiche 4).
Les priorités opératoires.

I. Additionner ou soustraire des nombres relatifs

• Pour additionner deux nombres relatifs de même signe, on **garde** ce signe et on **ajoute** les distances à zéro des deux nombres.
• Pour additionner deux nombres relatifs de signes contraires, on prend **le signe** de celui qui a la plus **grande distance à zéro** ; on **soustrait** la plus petite des distances à zéro des deux nombres à la plus grande.
Exemples : $A = (-12) + (-5) = -17$ *et* $B = (-7) + (+19) = +(19 - 7) = +12$.
• Deux nombres relatifs sont des nombres opposés lorsqu'ils ont des signes contraires et qu'ils ont la même distance à zéro. La somme de deux nombres relatifs opposés est nulle.
• Pour soustraire deux nombres relatifs, on ajoute **l'opposé** du nombre soustrait.
Exemples : $C = (+7) - (+13) = (+7) + (-13) = -6$ *et* $D = (-8) - (-22) = (-7) + (+22) = +15$.

II. Enchaîner des additions et des soustractions de nombres relatifs

• Méthode 1 : On effectue les calculs prioritaires en respectant la règle des priorités opératoires. Lorsqu'il ne reste plus que des additions ou des soustractions sans parenthèses, on les effectue de la gauche vers la droite.
Exemple : $A = 2 - 3 + 6 - \underline{(12 + 5)}$
$A = \underline{(2 - 3)} + 6 - 17$
$A = \underline{-1 + 6} - 17$
$A = 5 - 17$
$A = -12$.
• Méthode 2 : On effectue les calculs prioritaires en respectant la règle des priorités opératoires. On transforme les soustractions en additions pour pouvoir modifier l'ordre des termes afin d'effectuer des regroupements.
• Différents types de regroupements sont possibles : des termes opposés ensemble car leur somme est nulle ; d'une part les termes positifs et d'autre part les termes négatifs.
Exemple : $B = 2 - 3 + 6 - \underline{(12 + 5)}$
$B = 2 + \underline{(-3)} + 6 + \underline{(-17)}$
$B = 8 + (-20)$
$B = -12$.

Petite histoire des nombres relatifs
L'introduction des nombres relatifs dans le langage des mathématiques fut lente et maintes fois remise en cause. Ils sont pourtant indispensables en comptabilité (gains et dettes).
Les premiers à avoir utilisé des quantités négatives sont les Chinois, 2 siècles avant J.-C.
Mais à cette période, elles ne sont pas considérées comme des nombres. Les Chinois réalisent leurs calculs en utilisant des baguettes, des baguettes rouges pour les positifs et des baguettes noires pour les négatifs.

QUIZ

NOMBRES RELATIFS (2)

1. Calcule les sommes suivantes et donne tous les résultats sans parenthèses.

A. (−3) + (−17) = ☐.
B. 13 + (−5) = ☐.
C. (−18) + 15 = ☐.
D. (−7,5) + (−12) = ☐.
E. −4 − 36 = ☐.
F. −42 + 21 = ☐.
G. −19 + 24 = ☐.
H. −8,6 − 3,4 = ☐.

2. Parmi ces propositions, sélectionne la (les) égalité(s) correcte(s).

❑ A. (+13) + (−7) + (−13) + (+7) = 0.
❑ B. (+10) + (−5) + (−3) + (+4) + (−2) = (+4).
❑ C. (−6) + (−27) + (−13) + (+40) = (+6).
❑ D. (−3,5) + (+4,1) + (−9,5) + (−2) = (−10,9).

3. Calcule les différences suivantes et donne tous les résultats sans parenthèses.

A. 17 − 6 = ☐.
B. 7 − 15 = ☐.
C. −14 − 9 = ☐.
D. −6 − 12,5 = ☐.
E. 7 − (−41) = ☐.
F. −24 − (−7) = ☐.

4. Parmi ces propositions, sélectionne la (les) égalité(s) correcte(s).

❑ A. 8 − (−17) − 12 − 5 = −8.
❑ B. −(−9 + 7 − 2 + 4) = −1.
❑ C. (−7 − 9) + (2 + 5) − (10 + 5) = (−24).
❑ D. (5 − 9 + 4) − (2 − 9) = 7.

5. Effectue les calculs sur une feuille de brouillon puis écris le résultat dans la case vide.

$A = (-1) + 7 + 8 + (-4) + 6 + (-4) =$ ☐ ;
$B = 6 - 7{,}1 + 8 + 7{,}1 - 12{,}4 =$ ☐ ;
$C = (-7) - 5{,}4 + 8{,}3 - (-9{,}4) =$ ☐ ;
$D = -5 + 2{,}7 + 9{,}4 - 2{,}7 + 7 - 15{,}4 =$ ☐.

6. Effectue les calculs suivants après avoir remplacé chaque lettre par sa valeur : *a* = 1, *b* = −2, *c* = 7, *d* = −9 et *e* = −3.

$A = b + a - c - d =$ ☐.
$B = c - e - d =$ ☐.
$C = a - b + c - e =$ ☐.
$D = b - a - d + e =$ ☐.

1. A. (−3) + (−17) = −20, **B.** 13 + (−5) = 8, **C.** (−18) + 15 = −3, **D.** (−7,5) + (−12) = − 19,5, **E.** −4 − 36 = −40, **F.** −42 + 21 = − 21, **G.** −19 + 24 = 5 et **H.** −8,6 − 3,4 = −12.
2. A., B. et **D.** Seule la réponse **C** est fausse car on obtient (−6) et pas (+6).
3. A. 17 − 6 = 11, **B.** 7 − 15 = −8, **C.** −14 − 9 = −23, **D.** −6 − 12,5 = −18,5, **E.** 7 − (−41) = 48 et **F.** −24 − (−7) = −17.
4. C. et **D.** On applique les priorités en effectuant d'abord les calculs entre parenthèses et on n'oublie pas de faire attention aux signes.
5. $A = (-1) + 7 + 8 + (-4) + 6 + (-4) = 12$, $B = 6 - 7{,}1 + 8 + 7{,}1 - 12{,}4 = 1{,}6$, $C = (-7) - 5{,}4 + 8{,}3 - (-9{,}4) = 5{,}3$ et $D = -5 + 2{,}7 + 9{,}4 - 2{,}7 + 7 - 15{,}4 = -4$.
6. $A = b + a - c - d = 1$, $B = c - e - d = 19$, $C = a - b + c - e = 13$ et $D = b - a - d + e = 3$

Fiche 6

DIVISION EUCLIDIENNE ET DÉCIMALE

Ce que je connais déjà

Les tables de multiplication.

I. Division euclidienne et méthodes de calcul

• Effectuer la **division euclidienne** d'un nombre entier (le **dividende**) par un autre nombre entier (le **diviseur**) différent de 0, c'est trouver deux nombres entiers, le **quotient** et le **reste** tels que : **dividende = diviseur × quotient + reste** avec **reste < diviseur.**

Exemples : La division euclidienne de 185 par 7 est : $185 = 7 \times 26 + 3$. *185 est le dividende, 7 le diviseur, 26 le quotient et 3 le reste.*

• Méthode : Pour réaliser la **division euclidienne** entre deux nombres entiers :
- il faut que le diviseur soit toujours différent de zéro et il faut réaliser le calcul de gauche à droite ;
- la division se termine lorsque tous les chiffres du dividende ont été « descendus » et le reste doit toujours être strictement inférieur au diviseur ;

Exemple : Si le dividende est 267 et le diviseur est 5, alors le quotient est 53 et le reste est 2, qui est bien strictement inférieur à 5. On a bien $5 \times 53 + 2 = 267$ *avec* $2 < 5$.

• Méthode : Pour réaliser la **division décimale** entre deux nombres :
- il faut que le diviseur soit toujours différent de zéro et il faut réaliser le calcul de gauche à droite ;
- il faut placer la virgule au quotient lorsqu'on abaisse le chiffre des dixièmes ;
- la division décimale se termine lorsque le reste est le nombre 0. Pour cela, il faut parfois rajouter des zéros à la partie décimale du dividende et parfois certaines divisions sont infinies.

Critères de divisibilité

Propriétés :
Un nombre entier est divisible par 2 lorsque son chiffre des unités est 0, 2, 4, 6 ou 8.
Un nombre entier est divisible par 5 lorsque son chiffre des unités est 0 ou 5.
Un nombre entier est divisible par 10 lorsque son chiffre des unités est 0.
Un nombre entier est divisible par 3 lorsque la somme de ses chiffres est divisible par 3.
Un nombre entier est divisible par 9 lorsque la somme de ses chiffres est divisible par 9.
Un nombre entier est divisible par 4 lorsque le nombre formé par ses deux derniers chiffres est divisible par 4.
Exemples :
240 est divisible par 2, 3, 4, 5 et 10 d'après les critères de divisibilité.
1 845 est divisible par 3, 5 et 9 d'après les critères de divisibilité.

II. Divisibilité

• On considère deux nombres entiers supérieurs à zéro a et b avec b non nul. Lorsque la division euclidienne de a par b donne un reste égal à zéro, on dit que b est un **diviseur** de a. On dit aussi que b **divise** a ou que a est un **multiple** de b.

• Propriété : On considère a et b deux nombres entiers positifs avec b non nul. Si b est un diviseur de a, alors il existe un nombre entier positif k tel que $a = k \times b$.

• Cas particuliers :
- Le nombre 1 est un diviseur de tous les nombres entiers.
- Le nombre 0 ne divise aucun nombre.
- Tout nombre entier non nul est un diviseur de 0.
- Tout nombre entier non nul est un diviseur de lui-même.

Exemple : Le nombre 560 est un multiple de 10 car il peut s'écrire $560 = 56 \times 10 + 0$. *On dit aussi que 10 est un diviseur de 560 ou que 560 est divisible par 10.*

QUIZ

DIVISION EUCLIDIENNE ET DÉCIMALE

1. Pose les divisions euclidiennes suivantes puis complète les égalités associées.

A = 547 ÷ 5 ; on obtient l'égalité :
547 = 5 × ☐ + ☐.

B = 1 503 ÷ 9 ; on obtient l'égalité :
1 503 = 9 × ☐ + ☐.

C = 5 049 ÷ 8 ; on obtient l'égalité :
5 049 = 8 × ☐ + ☐.

D = 21 840 ÷ 11 ; on obtient l'égalité :
21 840 = 11 × ☐ + ☐.

2. Complète les phrases suivantes en trouvant les résultats en effectuant des divisions décimales.

Marc achète 4 mangas coûtant tous le même prix et paie 47,96 euros. Alors le prix d'un manga acheté par Marc est de ☐ euros.
Un couple a parcouru 619 km à vélo pendant ses 5 jours de vacances. S'ils ont fait autant de kilomètres chaque jour, ils ont donc parcouru ☐ km par jour.
Valentine a payé 8,10 euros pour acheter 3 plaquettes de beurre identiques. Le prix d'une plaquette de beurre est donc de ☐ euros.

3. Complète les phrases suivantes en utilisant uniquement les nombres suivants : 1, 6, 30, 65, 90, 122, 144, 239 et 2 508.

Les nombres divisibles par 2 sont : ☐, ☐, ☐, ☐, ☐ et ☐.

Les nombres divisibles par 3 sont : ☐, ☐, ☐, ☐ et ☐.

Les nombres divisibles par 4 sont : ☐ et ☐.

Les nombres divisibles par 5 sont : ☐, ☐ et ☐.

Les nombres divisibles par 9 sont : ☐ et ☐.

Les nombres divisibles par 10 sont : ☐ et ☐.

4. Parmi ces propositions, sélectionne la (les) phrase(s) correcte(s).

- ❑ A. Le nombre 156 est divisible par 13.
- ❑ B. Comme 124 = 8 × 14 + 12 alors le reste de la division euclidienne de 124 par 8 est 12.
- ❑ C. Un nombre divisible à la fois par 2 et par 5 est toujours également divisible par 10.
- ❑ D. Comme 30 = 100 × 0,3 + 0, cela signifie que 30 est divisible par 100.

5. Entre 0 et 150 inclus, combien de nombres sont à la fois divisibles par 3 et par 5 ?

- ❑ A. 8
- ❑ B. 9
- ❑ C. 10
- ❑ D. 11

6. Dans une division euclidienne de diviseur 8, le quotient obtenu est 12 et le reste est 5. Quel est alors le dividende de cette division ?

Le dividende de cette division vaut : ☐.

1. A = 547 ÷ 5 ; on obtient l'égalité : 547 = 5 × 109 + 2. **B** = 1 503÷9 ; on obtient l'égalité : 1 503 = 9 × 167 + 0.
C = 5 049 ÷ 8 ; on obtient l'égalité : 5 049 = 8 × 631 + 1. **D** = 21 840 ÷ 11 ; on obtient l'égalité : 21 840 = 11 × 1 985 + 5.
2. Le prix d'un manga acheté par Marc est de 11,99 euros. Ils ont donc parcouru 123,8 km par jour. Le prix d'une plaquette de beurre est donc de 2,70 euros.
3. Les nombres divisibles par 2 sont : 6, 30, 90, 122, 144 et 2 508 ; ceux divisibles par 3 sont : 6, 30, 90, 144 et 2 508 ; ceux divisibles par 4 sont : 144 et 2 508 ; ceux divisibles par 5 sont : 30, 65 et 90 ; ceux divisibles par 9 sont : 90 et 144 et ceux divisibles par 10 sont : 30 et 90.
4. A. et **C.** La phrase **B.** est fausse car le reste est supérieur au diviseur. La phrase **D.** est fausse car on utilise un nombre décimal, ce qui n'est pas possible lors d'une division euclidienne.
5. D. Ces nombres sont : 0, 15, 30, 45, 60, 75, 90, 105, 120, 135 et 150.
6. Le dividende de cette division vaut : 101.

Fiche 7

ARITHMÉTIQUE

Ce que je connais déjà

La notion de division euclidienne et le vocabulaire associé (fiche 6).
Les critères de divisibilité par 2, 3, 4, 5, 9 et 10 (fiche 6).

I. Divisibilité

- On considère deux nombres entiers positifs *a* et *b* avec *b* non nul, c'est-à-dire différent de 0.
- Lorsque la division euclidienne du nombre *a* par le nombre *b* donne un reste égal à zéro, on dit alors que *b* est un diviseur de *a*. On dit aussi que *b* divise *a* ou que *a* est un multiple de *b* ou encore que *a* est divisible par *b*.

Exemple : 72 est divisible par 8 et par 9.

- Propriété : On considère deux nombres entiers positifs *a* et *b* avec *b* non nul, si *b* est un diviseur de *a*, alors il existe un nombre entier naturel *q* tel que : $a = b \times q$.
- Le nombre 1 est un diviseur de tous les nombres entiers.
- Le nombre 0 n'est le diviseur d'aucun nombre car la division par 0 est impossible.
- Tout nombre entier non nul est un diviseur de 0.
- Tout nombre entier non nul est un diviseur de lui-même.

Exemple : Le nombre 560 est un multiple de 10 et 56 car il peut s'écrire $560 = 56 \times 10\ (+0)$.

II. Nombres premiers et décomposition en produit de facteurs premiers

- Un **nombre premier** est un nombre entier positif (supérieur ou égal à 2) qui admet exactement **deux diviseurs** : 1 et lui-même.

Exemples : Les nombres premiers inférieurs à 30 sont : 2, 3, 5, 7, 11, 13, 17, 19, 23 et 29.

- 1 n'est pas un nombre premier car il ne possède qu'un seul diviseur : lui-même.
- Le nombre 2 est le seul nombre premier qui est pair.
- Propriété : Tout nombre entier supérieur ou égal à 2 se décompose de manière unique (à l'ordre des facteurs près) en un produit de facteurs premiers.
- Pour réaliser cette décomposition, on utilise la divisibilité et/ou les critères de divisibilité jusqu'à n'avoir que des facteurs premiers séparés par des multiplications.

Exemple : 210 est divisible par 10 (critère de divisibilité) donc : $210 = 10 \times 21$.
Comme 10 et 21 ne sont pas des nombres premiers, il faut ensuite les décomposer en produit de facteurs premiers.
On peut écrire 10 comme le produit de 2 et 5, qui sont deux nombres premiers : $10 = 2 \times 5$.
On peut écrire 21 comme le produit de 3 et 7, qui sont deux nombres premiers : $21 = 3 \times 7$.
Ainsi, la décomposition (dans l'ordre) en facteurs premiers de 210 est : $210 = 2 \times 3 \times 5 \times 7$.

Petite histoire des nombres premiers

La première allusion concrète aux nombres premiers est faite par Aristote.
Il associe à un objet deux types d'attribut : ses constituants (la ligne est composée de points) qui sont nécessaires à son existence et ses « propriétés caractéristiques » (la ligne peut être un rond ou être rectiligne).
Pourtant, c'est véritablement avec Euclide que les bases de l'arithmétique et ainsi des mathématiques vont être posées. L'idée du nombre dans l'Antiquité était essentiellement de nature géométrique. Ainsi, un nombre *A* est divisible (on disait « mesuré » à cette époque) par un nombre *B* si l'on peut faire tenir *A* un certain nombre entier de fois dans *B*. Ce faisant, Euclide décrit la notion de divisibilité et définit pour la première fois la notion de nombres premiers.

QUIZ

→ ARITHMÉTIQUE

→ 1. Parmi les listes suivantes, quelle est celle qui n'est composée que de diviseurs ou de multiples du nombre 6 ?

- ❑ A. 6, 2, 60, 8 et 36
- ❑ B. 2, 4, 120, 6 et72
- ❑ C. 6, 1, 84, 3 et 120
- ❑ D. 1, 3, 54, 18 et 106

→ 2. Combien de diviseurs possède le nombre 20 ?

- ❑ A. 7
- ❑ B. 6
- ❑ C. 5
- ❑ D. 4

→ 3. Parmi les nombres suivants, le(s)quel(s) est (sont) un (des) nombre(s) premier(s) ?

- ❑ A. 73
- ❑ B. 83
- ❑ C. 93
- ❑ D. 103

→ 4. Parmi ces propositions, quelle est la décomposition en produit de facteurs premiers du nombre 100 ?

- ❑ A. 4×25
- ❑ B. 5×20
- ❑ C. $4 \times 5 \times 5$
- ❑ D. $2 \times 2 \times 5 \times 5$

→ 5. Compléter la décomposition en produit de facteurs premiers du nombre 110 en écrivant les nombres dans l'ordre croissant.

$110 = \square \times \square \times \square$.

→ 6. Réaliser le crible d'Ératosthène ci-dessous. Rayer successivement les multiples de 2, ceux de 3, ceux de 5, ceux de 7, ... pour obtenir la liste des nombres premiers inférieurs à 50.

1	2	3	4	5	6	7	8	9	10
11	12	13	14	15	16	17	18	19	20
21	22	23	24	25	26	27	28	29	30
31	32	33	34	35	36	37	38	39	40
41	42	43	44	45	46	47	48	49	50

1. C. Dans cette liste, les nombres 6, 1 et 3 sont des diviseurs de 6 et 84 et 120 en sont des multiples car $84 = 6 \times 14$ et $120 = 6 \times 20$.
2. B. Les diviseurs de 20 sont : 1, 20, 2, 10, 4 et 5.
3. A., B. et D. On teste les divisions par les nombres premiers jusqu'à la division par 7 ou par 11 car à partir de cette division, les quotients sont inférieurs à ces nombres. Donc 73, 83 et 103 sont premiers.
4. D. Chaque décomposition donne 100 comme résultat mais seule la dernière est composée uniquement de nombres premiers.
5. $110 = 2 \times 5 \times 11$

Fiche 8

CALCUL LITTÉRAL (1)

Ce que je connais déjà

Les différentes opérations (fiche 1).

I. Enchaîner des opérations, priorités opératoires

• Une **expression algébrique** est une suite d'opérations, ou un enchaînement d'opérations. On la note avec une lettre majuscule et on effectue généralement les calculs les uns en dessous des autres en alignant les signes « = ».

Exemple : $A = 2 \times (3 - 1) - 2,3 + 5 \times 6 \div 2$ est une expression algébrique.

• Propriété : Règles de priorités opératoires. Dans un calcul comportant plusieurs opérations différentes, on doit commencer par effectuer tous les calculs entre parenthèses, puis les multiplications et les divisions (en les effectuant de gauche à droite) et terminer par les additions et les soustractions (de gauche à droite).

Exemple : Calculons l'expression A en soulignant, à chaque étape, le calcul prioritaire.

$A = 2 \times \underline{(3 - 1)} - 2,3 + 5 \times 6 \div 2$

$A = 2 \times 2 - 2,3 + \underline{5 \times 6} \div 2$

$A = 4 - 2,3 + \underline{30 \div 2}$

$A = 4 - 2,3 + 15$

$A = 16,7.$

Petite histoire du calcul littéral

Le calcul littéral est le nom donné au calcul avec des lettres, est aussi appelé calcul algébrique. Ce terme vient du mot algèbre, terme développé par le mathématicien Viète qui fut le premier à avoir attribué une lettre à des quantités inconnues dans des calculs.
L'algèbre est donc une branche des mathématiques, comme la géométrie, ou encore la musique à l'époque de Pythagore, qui permet de manipuler au mieux des nombres connus ou inconnus, dans ce cas les nombres inconnus sont remplacés par une lettre.

II. Expressions littérales

• Une **expression littérale** est une expression dans laquelle un ou plusieurs nombres **inconnus** ou dont la valeur peut varier sont désignés par des **lettres**.

Exemples : Le périmètre d'un rectangle de longueur L et de largeur l s'écrit $2 \times L + 2 \times l$.

On souhaite acheter n livres et chaque livre coûte 7,50 euros, le prix à payer est $n \times 7,50$.

• **Simplifier** une expression littérale, c'est remplacer cette expression littérale par une autre expression littérale équivalente qui comporte moins de symboles.

• <u>Règles de simplification :</u> Le signe « × » d'une multiplication peut être supprimé devant une lettre ou devant une parenthèse. On considère a un nombre relatif. Le produit $a \times a$ se simplifie en a^2. On considère a un nombre relatif. Le produit $a \times a \times a$ se simplifie en a^3.

Exemples : $4 \times x$ se simplifie en $4x$; $a \times b$ se simplifie en ab ou en ba ; $5 \times (1 + x)$ se simplifie en $5(1 + x)$ et $b \times 2$ se simplifie en $2b$ car $b \times 2 = 2 \times b = 2b$.

III. Substitution

• Effectuer une **substitution** dans une expression littérale, c'est remplacer la variable par un nombre. On calcule alors la valeur de l'expression pour une valeur donnée de la variable.

Exemple : Calculons la valeur de l'expression $B = 15x - 6y + 3$ lorsque $x = 4$ et $y = 5$.

Pour $x = 4$ et $y = 5$, on a : $B = 15 \times 4 - 6 \times 5 + 3$ soit $B = 60 - 30 + 3$ donc $B = 33$.

QUIZ

→ CALCUL LITTÉRAL (1)

→ 1. Complète chacune des égalités suivantes avec le bon résultat.

A. $4 + 4 \times 4 - 2 =$ ☐.

B. $126 - 32 + 51 - 17 =$ ☐.

C. $(3 + 8 \times 5) - 32 + 3 =$ ☐.

D. $5 \times (8 + 3) - 16 \div 2 =$ ☐.

→ 2. Quatre amis dînent au restaurant. Ils commandent quatre plats à 7 euros, trois desserts à 4 euros, deux boissons à 3 euros et une bouteille d'eau minérale à 2 euros. En laissant un pourboire à la fin, ils ont payé 50 euros en tout. Complète le calcul suivant qui donne le montant du pourboire laissé par les quatre amis.

Le calcul est : ☐ − (4 × ☐ + 3 × ☐ + ☐ × 3 + ☐).

Le montant du pourboire est donc de : ☐ euros.

→ 3. Parmi ces expressions, sélectionne la (les) expression(s) littérale(s).

❑ A. $2 \times (l + L)$
❑ B. $2a + 3$
❑ C. $2 \times (2 - 4 + 5)$
❑ D. $2 \times b \times d$

→ 4. Le rectangle MNOP ci-dessous est représenté avec deux mesures connues et une mesure inconnue notée *a*.

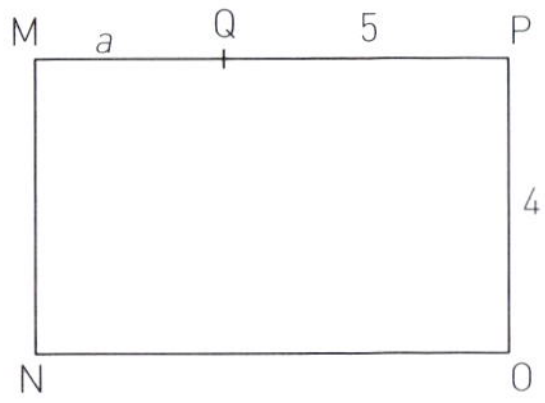

Complète les phrases suivantes :

La largeur du rectangle vaut : ☐.

La longueur du rectangle est donnée par la formule : ☐ + ☐.

Le périmètre du rectangle est donné par la formule : 2 × ☐ + 2 × ☐ + 2 × ☐.

→ 5. Calcule la valeur de l'expression $A = 4x - 8$ lorsque $x = 2$ puis avec $x = 5$ et enfin lorsque $x = 0$.

Pour $x = 2$, on obtient : $A =$ ☐, pour $x = 5$, on obtient : $A =$ ☐ et pour $x = 0$, on obtient : $A =$ ☐.

→ 6. Quelle est la valeur de l'expression $2a + 3b - 4$ lorsque $a = 5$ et $b = 10$?

❑ A. 54
❑ B. 21
❑ C. 36
❑ D. 26

1. A. $4 + 4 \times 4 - 2 = 4 + 16 - 2 = 18$, **B.** $126 - 32 + 51 - 17 = 94 + 51 - 17 = 145 - 17 = 128$, **C.** $(3 + 8 \times 5) - 32 + 3 = (43) - 32 + 3 = 14$ et **D.** $5 \times (8 + 3) - 16 \div 2 = 5 \times (11) - 16 \div 2 = 55 - 8 = 47$.

2. Le calcul est : $50 - (4 \times 7 + 3 \times 4 + 2 \times 3 + 2)$; le montant du pourboire est donc de : $50 - (28 + 12 + 6 + 2) = 50 - 48 = 2$ euros.

3. A., B., et **D.** Ce sont des expressions littérales car elles contiennent des lettres.

4. La largeur du rectangle vaut : 4 ; sa longueur est donnée par la formule : $a + 5$; le périmètre du rectangle est donné par la formule : $2 \times a + 2 \times 5 + 2 \times 4$.

5. Pour $x = 2$, on obtient : $A = 4 \times 2 - 8 = 0$, pour $x = 5$, on obtient : $A = 4 \times 5 - 8 = 12$ et pour $x = 0$, on obtient : $A = 4 \times 0 - 8 = -8$.

6. C. $2a + 3b - 4 = 2 \times 5 + 3 \times 10 - 4 = 10 + 30 - 4 = 36$.

Fiche 9

CALCUL LITTÉRAL (2)

Ce que je connais déjà

Le vocabulaire du calcul littéral (fiche 8).
La notion d'« expression littérale » (fiche 8).

I. Tester une égalité

- Une **égalité** est constituée de deux membres séparés par le signe « = ».
- Dans une égalité, l'expression située à gauche du signe « = » est appelée « le **membre de gauche** » et celle située à droite est appelée « le **membre de droite** ».
- Propriété : Une égalité dans laquelle interviennent des expressions littérales peut être vraie pour certaines valeurs des variables et peut être fausse pour d'autres valeurs des variables.

Tester une égalité : exemple

L'égalité $1 + 8x = 13 + 2x$ est vraie pour $x = 2$ car lorsque $x = 2$, les deux membres sont égaux. On a : $1 + 8 \times 2 = 17$ et $13 + 2 \times 2 = 17$.
En revanche, cette égalité est fausse pour $x = 0$ car lorsque $x = 0$, les deux membres ne sont pas égaux. En effet, on a : $1 + 8 \times 0 = 1$ et $13 + 2 \times 0 = 13$.

II. Développer et réduire

- **Développer** une expression, c'est transformer un produit en une somme ou une différence.
- On considère a, b et k des nombres relatifs. On a : $\boldsymbol{k(a + b) = k \times a + k \times b}$ et $\boldsymbol{k(a - b) = k \times a - k \times b}$. La multiplication est distributive par rapport à l'addition (et à la soustraction).

Exemple : $5(4 - 2x) = 5 \times 4 - 5 \times 2x = 20 - 10x$.

- **Réduire** une expression, c'est l'écrire plus simplement en diminuant le nombre de termes.

Exemples :

Si l'expression comporte des parenthèses, on commence par développer, ou prendre en compte, le signe devant la parenthèse, puis on regroupe les termes, en calculant ensemble les termes de même famille.

$A = 5(3x - 2) + 2x - 9$

$A = 5 \times 3x - 5 \times 2 + 2x - 9$

$A = 15x - 10 + 2x - 9$

$A = \underbrace{15x + 2x}_{\text{famille des } x} \quad \underbrace{-10 - 9}_{\text{famille des nombres seuls sans } x}$

$A = 17x - 19$.

Si l'expression ne comporte pas de parenthèses, on regroupe ensemble les termes de même famille sans avoir de calculs à faire auparavant.

$B = 15x^2 + 3x - 4x^2 + 7 - x - 10$

$B = \underbrace{15x^2 - 4x^2}_{\text{famille des } x^2} + \underbrace{3x - x}_{\text{famille des } x} \quad \underbrace{+7 - 10}_{\text{famille des nombres seuls sans } x}$

$B = 11x^2 + 2x - 3$.

NOTIONS | MATHS

QUIZ

→ CALCUL LITTÉRAL (2)

→ 1. Complète les phrases ci-dessous pour simplifier les écritures des expressions littérales proposées.

L'expression **3 × *a* + 3 × 2** peut s'écrire : ☐ + ☐.

L'expression **4 × 3 × *b*** peut s'écrire : ☐.

L'expression **2 × (*x* + 5 × 7)** peut s'écrire : ☐(☐ + ☐).

L'expression ***z* + (*y* × 5 × *a*)** peut s'écrire : ☐ + (☐).

→ 2. Parmi les propositions suivantes, lesquelles sont vraies ?

- ❑ A. $2 \times t - 3 = 3 \times t - 10$ lorsque $t = 7$.
- ❑ B. $2 \times t - 3 = 3 \times t - 10$ lorsque $t = 10$.
- ❑ C. $4 \times p \times p + 2 \times p + 5 = 0$ lorsque $p = 3$.
- ❑ D. $3 \times x + y = 5 \times y + 1$ lorsque $x = 3$ et $y = 2$.

→ 3. Pour chacune des propositions suivantes, trouver une valeur de *x* pour laquelle l'égalité proposée est vraie.

$4 \times x \times 6 = 8 \times 4 \times 6$ est vraie lorsque $x =$ ☐.

$13 + 46 = x + x + 13$ est vraie lorsque $x =$ ☐.

$80 = x - 13$ est vraie lorsque $x =$ ☐.

$4x = 280$ est vraie lorsque $x =$ ☐.

→ 4. Complète les égalités suivantes en développant les produits.

A = 3 × (2 + 7) = ☐ + 21 = ☐

B = 10 × (8 − 5) = ☐ − ☐ = ☐

C = 4 × (*y* − 6) = 4 × ☐ − 4 × ☐ = ☐ *y* − ☐

D = 5 × (9 + 3*a*) = 5 × ☐ + ☐ × ☐ = ☐ + ☐ *a*

→ 5. Réduis les expressions suivantes.

$A = x - 3 - 5 + x - 5 + 2x =$ ☐ $x +$ ☐

$B = 5x + 2xy + 3x - 2y - 2xy - 7y =$ ☐ $x +$ ☐ $y +$ ☐ xy

$C = 2x - 4x^2 - 1 + 6x + 7x^2 - 5 =$ ☐ $x^2 +$ ☐ $x +$ ☐

1. L'expression 3 × *a* + 3 × 2 peut s'écrire : 3*a* + 6, l'expression 4 × 3 × *b* peut s'écrire : 12*b*, l'expression 2 × (*x* + 5 × 7) peut s'écrire : 2(*x* + 35) et l'expression *z* + (*y* × 5 × *a*) peut s'écrire : *z* + (5*ya*).

2. A. et **D.** Si on remplace la lettre *t* par le nombre 7, le membre de gauche vaut $2 \times t - 3 = 2 \times 7 - 3 = 11$ et le membre de droite vaut $3 \times t - 10 = 3 \times 7 - 10 = 11$. Si on remplace la lettre *x* par le nombre 3 et la lettre *y* par le nombre 2, le membre de gauche vaut $3 \times x + y = 3 \times 3 + 2 = 11$ et le membre de droite vaut $5 \times y + 1 = 5 \times 2 + 1 = 11$.

3. $4 \times x \times 6 = 8 \times 4 \times 6$ est vraie lorsque $x = 8$, $13 + 46 = x + x + 13$ est vraie lorsque $x = 23$, $77 = x - 13$ est vraie lorsque $x = 90$ et $4x = 280$ est vraie lorsque $x = 70$.

4. $A = 3 \times (2 + 7) = 6 + 21 = 27$, $B = 10 \times (8 - 5) = 80 - 50 = 30$, $C = 4 \times y - 4 \times 6 = 4y - 24$ et $D = 5 \times 9 + 5 \times 3a = 45 + 15a$.

5. $A = 4x + - 13$, $B = 8x + - 9y + 0xy$ et $C = 3x^2 + 8x + - 6$

Fiche 10

STATISTIQUES (1)

Ce que je connais déjà

Le vocabulaire lié aux notions de statistiques.

I. Vocabulaire

- Lorsqu'on effectue une enquête, ou une étude, on réalise un relevé statistique.
  - On appelle **population** statistique l'ensemble des individus sur lesquels porte l'étude.
  - Les sujets de l'étude sont appelés des **caractères**.
  - Le caractère étudié peut alors être **qualitatif** (la couleur des yeux, les sports appréciés, etc.) ou **quantitatif** (l'âge, le nombre de frères et sœurs, etc.).
  - L'ensemble des données collectées s'appelle une **série statistique**.

II. Effectifs et fréquence

- Dans une **série** de données, l'**effectif** d'une donnée est le nombre de fois où elle apparaît.
- L'**effectif total** est le nombre total de valeurs de la série statistique.
- Dans une série de données, la **fréquence** d'une donnée est égale au quotient de l'effectif de la donnée par l'effectif total de la série, soit : $\text{fréquence} = \dfrac{\text{effectif de la donnée}}{\text{effectif total}}$.
- Remarque : Une fréquence peut être donnée sous la forme d'une fraction, d'un nombre décimal ou d'un pourcentage.

Exemple : Dans le club de volley, on étudie le même groupe de poussins.
L'effectif des poussins de 10 ans est de 7. L'effectif total de ce groupe est de 25.
La fréquence des joueurs ayant 11 ans est : $f(\text{« joueur de 11 ans »}) = \dfrac{15}{25} = \dfrac{3}{5} = 0{,}6 = 60\ \%$.

- Propriétés : Les fréquences sont proportionnelles aux effectifs auxquels elles sont associées. Ce sont des nombre compris entre 0 et 1 dont la somme vaut 1.

Exemple : Dans le club de volley, on étudie le même groupe de poussins.
La somme des fréquences est : $f(\text{« joueur de l'équipe »}) = \dfrac{15}{25} + \dfrac{7}{25} + \dfrac{3}{25} = \dfrac{25}{25} = 1$.

III. Regroupement en classes

- Remarques : Lorsque les valeurs numériques d'une série sont trop nombreuses, on peut les regrouper en **classes** pour faciliter la lecture des informations. Le plus souvent, les classes sont de même **amplitude**.

Exemple : Dans une classe de 5ᵉ, on relève la taille de chaque élève. Les valeurs étant trop nombreuses, on décide de les regrouper par classes d'amplitude 5 cm. On regroupe donc, par exemple, tous les élèves ayant une taille comprise entre 1,40 m et 1,45 m.

Le vocabulaire des statistiques : exemple

Dans un club de volley, un groupe de poussins est composé de 15 joueurs ayant 11 ans, 7 joueurs ayant 10 ans et 3 joueurs ayant 9 ans. Dans cette situation : la population est l'équipe de poussins et le caractère étudiée est l'âge des joueurs (caractère quantitatif).

Petite histoire des statistiques

Le terme « statistique » est un terme moderne apparu en 1771 pour désigner l'étude des faits sociaux qui définissent un État par des nombres : des inventaires chiffrés, des recensements. Actuellement, ce terme désigne à la fois un ensemble de données d'observation et le fait de recueillir, interpréter et traiter ces données.

QUIZ

STATISTIQUES (1)

1. Parmi les propositions suivantes, laquelle est correcte ?

- ❑ A. Pour calculer la fréquence d'une valeur, on divise l'effectif total par l'effectif de la valeur.
- ❑ B. Pour calculer la fréquence d'une valeur, on multiplie l'effectif de la valeur par lui-même.
- ❑ C. Pour calculer la fréquence d'une valeur, on multiplie l'effectif de cette valeur par l'effectif total.
- ❑ D. Pour calculer la fréquence d'une valeur, on divise l'effectif de la valeur par l'effectif total.

2. Dans un collège, on effectue un sondage auprès de tous les élèves de quatrième pour savoir le temps qu'ils passent devant la télévision chaque jour. Parmi eux, 6 élèves ont répondu qu'ils la regardent moins d'1 heure, 32 élèves la regardent entre 1 et 2 heures, 54 élèves la regardent entre 2 et 3 heures et enfin 28 élèves la regardent entre 3 et 4 heures. Complète les phrases suivantes avec les informations de l'énoncé.

La population étudiée est ______.

Le caractère étudié est ______

et ce caractère est ______.

L'effectif total de quatrième dans ce collège est : ______.

La fréquence d'élèves de quatrième qui regardent la télévision entre 1 et 2 heures est : ______.

L'effectif d'élèves de quatrième qui regardent la télévision au moins 1 heure est : ______.

La fréquence d'élèves de quatrième qui regardent la télévision moins de 3 heures est : ______.

3. On étudie le nombre d'écoles primaires dans chacune des 300 communes d'un département. Calcule la fréquence décimale associée à chaque valeur.

Nombre d'écoles	0	1	2	3	4
Effectif	45	75	90	60	30
Fréquence					

4. Une ville propose 100 trottinettes en libre-service dont 80 % sont électriques et 400 vélos dont 60 % sont électriques. Complète les phrases suivantes avec les informations de l'énoncé.

L'effectif de trottinettes électriques dans cette ville est : ______.

L'effectif de vélos électriques dans cette ville est : ______.

L'effectif total de deux-roues en libre-service dans cette ville est : ______.

La fréquence de deux-roues électriques parmi les deux-roues en libre-service est : ______.

1. D. Cela correspond à la définition du cours.

2. La population étudiée est les élèves de quatrième. Le caractère étudié est le temps passé devant la télévision chaque jour et ce caractère est quantitatif. L'effectif total est : 120. La fréquence entre 1 et 2 heures est : 32/120. L'effectif pour au moins 1 heure est : 114. La fréquence pour moins de 3 heures est : 92/120.

3.

Nombre d'écoles	0	1	2	3	4
Effectif	45	75	90	60	30
Fréquence	0,15	0,25	0,3	0,2	0,1

4. L'effectif de trottinettes électriques est : 80. L'effectif de vélos électriques est : 240. L'effectif total de deux-roues est : 500. La fréquence de deux-roues électriques est : 320/500.

Fiche 11

STATISTIQUES (2)

Ce que je connais déjà

Les différents diagrammes pour représenter une situation.
Le vocabulaire et les propriétés liées aux notions de statistiques (fiche 10).

I. Tableaux, diagramme en barres ou en bâtons

- On peut utiliser des tableaux ou des diagrammes en barres (ou en bâtons) pour présenter plus clairement et organiser les données recueillies. Cela permet également de comparer visuellement des résultats.

Exemple : On a lancé 12 fois un dé et on a obtenu les résultats représentés ci-dessous.

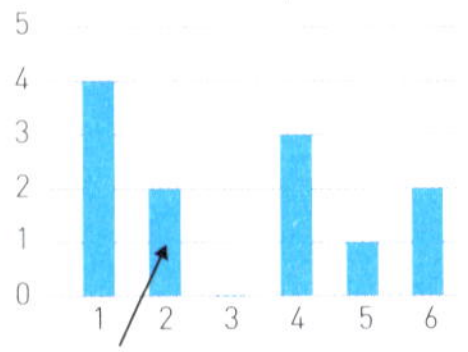

II. Diagramme circulaire ou semi-circulaire

- Propriété : Pour construire un diagramme circulaire, il faut faire correspondre à chaque effectif, ou à chaque fréquence, un angle de mesure proportionnel sur le diagramme.
- Méthode : Pour construire un diagramme circulaire ou semi-circulaire, il faut :
  - construire un tableau de proportionnalité reliant les effectifs (ou les fréquences) avec les mesures d'angles. Il ne faut pas oublier de remplir la dernière colonne avec l'effectif total et la mesure de l'angle total du diagramme, soit 360° ;
  - calculer les mesures d'angles pour chaque effectif en utilisant le produit en croix ;
  - construire un cercle et tracer, avec le rapporteur, les angles représentants les effectifs (ou les fréquences) de la série avec les mesures obtenues lors des calculs précédents.

Exemple :

LV2 choisie	Allemand	Anglais	Espagnol	Italien	Total
Effectifs	125	75	275	25	500
Angles (en °)	*90*	*54*	*198*	*18*	360

Le diagramme obtenu est alors :

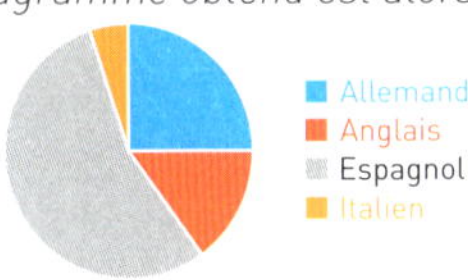

III. Histogramme

- Remarque : Lorsque les valeurs numériques d'une série sont regroupées en classe, alors on utilise un histogramme pour représenter cette série. Dans ce cas, les rectangles représentés se touchent aux valeurs extrêmes des classes.

Moyenne simple et moyenne pondérée

La moyenne d'une série est donnée par la formule : $\text{moyenne} = \dfrac{\text{somme de toutes les valeurs}}{\text{effectif total}}$.

Exemple : Voici les 5 notes obtenues par Hugo en physique-chimie au premier trimestre : 16, 11, 9, 14 et 12.

Pour calculer sa moyenne, on effectue : $m = \dfrac{16+11+9+14+12}{5} = \dfrac{62}{5} = 12{,}4$.

La moyenne pondérée d'une série est donnée par la formule :

$\text{moyenne} = \dfrac{\text{somme des produits de chaque valeur par son effectif}}{\text{somme des effectifs}}$.

Exemple :

Note	*7*	*9*	*11*	*14*
Coefficient	*1*	*2*	*3*	*2*

La moyenne m des notes de cet élève est : $m = \dfrac{7\times1+9\times2+11\times3+14\times2}{1+2+3+2} \approx 14{,}33$.

QUIZ

STATISTIQUES (2)

1. Voici les effectifs des inscrits dans une école de danse. Complète les phrases suivantes en t'appuyant sur ce diagramme en bâtons.

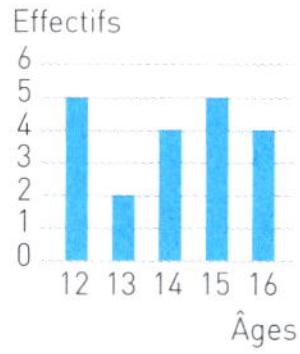

- Sur l'axe horizontal, on représente les ☐ et sur l'axe vertical, on représente les ☐.
- L'effectif des inscrits de 16 ans est ☐.
- L'effectif total dans cette école est ☐.
- L'effectif des inscrits de 14 ans ou moins est ☐.

2. Le diagramme circulaire ci-dessous donne la répartition des réponses à la question posée à tous les élèves d'un collège : « Aimeriez-vous avoir une heure de maths en plus par semaine ? »

- La réponse qui l'emporte est la réponse : ☐.
- Parmi les réponses « oui » et « oui mais... » réunies et les réponses « non » et « non mais... » réunies, celles qui ont obtenu le plus de suffrages sont les « ☐ » et « ☐ mais... » réunies.

3. Voici une série de nombres : 25, 18, 12, 15 et 10. Quelle est la moyenne de cette série ?

❑ A. 13 ❑ C. 15
❑ B. 14 ❑ D. 16

4. Voici les tailles (en cm) et les poids (en kg) d'enfants âgés de 6 ans :

Taille	125	118	121	122	121	121	124
Poids	32	25	27	29	28	27	31

Calculer la taille moyenne et le poids moyen des enfants.

La taille moyenne est de : ☐ cm.
(Arrondir le résultat à l'unité.)
Le poids moyen est de : ☐ kg.
(Arrondir le résultat à l'unité.)

5. Voici les résultats d'une classe au dernier contrôle de mathématiques.

Notes	8	10	12	13	15	17	20
Nombre d'élèves ayant obtenu cette note	2	3	5	7	3	5	5

Calculer la moyenne, arrondie au dixième, de ce contrôle.

La moyenne de ce contrôle de mathématiques est : ☐.

1. Sur l'axe horizontal, on représente les âges et sur l'axe vertical, on représente les effectifs. L'effectif des inscrits de 16 ans est 4, l'effectif total dans cette école est 20 et l'effectif des inscrits de 14 ans ou moins est 11.

2. La réponse qui l'emporte est la réponse : non. Celles qui ont obtenu le plus de suffrages sont les « non » et « non mais... » réunies.

3. D. On calcule la moyenne : $m = \dfrac{25+18+12+15+10}{5} = \dfrac{80}{5} = 16.$

4. On calcule la moyenne de tailles : $m = \dfrac{125+118+121+122+121+121+124}{7} = \dfrac{852}{7} \approx 122$ cm.

On calcule la moyenne de poids : $m = \dfrac{32+25+27+29+28+27+31}{7} = \dfrac{199}{7} \approx 28$ kg.

5. On calcule la moyenne : $m = \dfrac{2\times8+3\times10+5\times12+7\times13+3\times15+5\times17+5\times20}{2+3+5+7+3+5+5} = \dfrac{427}{30} \approx 14{,}2.$

Fiche 12

PROBABILITÉS

Ce que je connais déjà

Quelques exemples courants de hasard ayant déjà été rencontrés en cycle 3.

Exemple

Lancer un dé cubique, numéroté de 1 à 6, et observer la face obtenue. Les issues possibles sont : obtenir le nombre 1, le nombre 2, le nombre 3, le nombre 4, le nombre 5 et le nombre 6. L'issue « Obtenir le nombre 2 » a « 1 chance sur 6 » de se réaliser. Si on additionne les probabilités d'obtenir chaque face du dé, au total cela donne « 6 chances sur 6 » et :

$\frac{1}{6}+\frac{1}{6}+\frac{1}{6}+\frac{1}{6}+\frac{1}{6}+\frac{1}{6}=\frac{6}{6}=1.$

Petite histoire des probabilités

C'est en cherchant à résoudre des problèmes posés par les jeux de hasard que les mathématiciens ont donné naissance aux probabilités. Les archéologues ont montré que ces jeux ont été pratiqués dans de nombreuses sociétés antiques. Pourtant, on ne trouve nulle part trace de leur étude. Le problème initial le plus connu est celui de la répartition équitable des enjeux d'une partie inachevée, à un moment où l'un des joueurs a pris un avantage, mais qui n'est pas décisif.

I. Définitions et propriétés

- Une **expérience aléatoire** est une expérience que l'on peut reproduire dans les mêmes conditions et dont on connaît tous les résultats possibles, sans pouvoir dire avec certitude lequel se produira. Ces résultats possibles sont appelés des **issues**. Dans chaque situation, si toutes les issues ont la même « chance » de se réaliser : on dit que c'est une situation d'équiprobabilité.
- Propriétés : La probabilité d'une issue est un nombre compris entre 0 et 1. La somme de toutes les probabilités des issues d'une expérience aléatoire est égale à 1.

II. Évènements

- Un **évènement** est constitué de zéro, une ou plusieurs issues.
- Si A est un évènement, alors la **probabilité** de l'évènement A est notée **$p(A)$** et correspond à la somme de toutes les probabilités qui réalisent cet évènement.
- Propriété : Dans le cas où il y a équiprobabilité, la probabilité d'un évènement A est donnée par la formule :

$$p(A)=\frac{\text{nombre d'issues qui réalisent } A}{\text{nombre total issues}}.$$

- Ainsi, la **probabilité** d'un évènement est la somme de toutes les probabilités qui réalisent cet évènement.

<u>Exemple :</u> Avec un jeu de 32 cartes, si on appelle A l'évènement « Obtenir une figure », il y a 3 cartes qui réalisent cet évènement : le valet, la dame et le roi, pour chaque famille du jeu de cartes (trèfle, pique, carreau et cœur).

On a « 4 chances sur 32 » d'obtenir chacune des cartes alors $p(A)=\frac{4}{32}+\frac{4}{32}+\frac{4}{32}=\frac{12}{32}=\frac{3}{8}.$

- **L'évènement contraire** d'un évènement A, noté $\overline{A}$, est l'évènement qui se réalise lorsque l'évènement A ne se réalise pas.
- Propriété : La somme des probabilités d'un évènement et de son contraire est égale à 1.

Exemple : Avec le dé, les deux évènements A « Obtenir un nombre impair » et B « Obtenir un nombre pair » sont deux évènements contraires. Dans cette situation, on a : $p(A)=\frac{3}{6}$ *et* $p(B)=\frac{3}{6}$ *et si on additionne les deux probabilités, on obtient bien 1 :* $p(A)+p(B)=\frac{3}{6}+\frac{3}{6}=\frac{6}{6}=1.$

QUIZ

PROBABILITÉS

1. On tire au hasard une carte dans un jeu de 32 cartes. Complète chacune des phrases ci-dessous.

Cette expérience possède ☐ issues.

On a ☐ chance(s) sur ☐ de tirer un As.

On a ☐ chance(s) sur ☐ de tirer une carte de la famille Carreau.

On a ☐ chance(s) sur ☐ de tirer une carte de couleur noire (Trèfle ou Pique).

On a ☐ chance(s) sur ☐ de tirer une dame rouge (Cœur ou Carreau).

2. Un sac contient huit jetons identiques numérotés de 1 à 8. On tire au hasard un jeton et on note son numéro. Complète chacune des probabilités ci-dessous.

Cette expérience possède ☐ issues.
Toutes ces issues sont ☐.

La probabilité de tirer un jeton qui est un multiple de 2 est ☐.

La probabilité de tirer un jeton qui soit supérieur ou égal à 4 est ☐.

La probabilité de tirer un jeton qui soit un nombre pair supérieur ou égal à 4 est ☐.

3. On a lancé 11 fois de suite une pièce de monnaie non truquée, et chaque fois le résultat a été « pile ». Si on lance la même pièce de monnaie une 12e fois, quelle affirmation est correcte ?

- ❑ A. On a plus de chances d'obtenir pile.
- ❑ B. On a plus de chances d'obtenir face.
- ❑ C. On a autant de chances d'obtenir pile ou face.
- ❑ D. On ne pourra pas obtenir une 12e fois pile.

4. Lors d'une course à vélo, il y a 80 inscrits. Parmi eux, on compte 36 femmes et 44 hommes. Les femmes portent des brassards jaunes numérotés de 1 à 36, et les hommes portent des brassards bleus numérotés de 1 à 44. Un animateur tire au hasard le numéro d'un participant pour lui remettre un lot. Complète chacune des probabilités ci-dessous.

La probabilité de tirer un brassard bleu est ☐.

La probabilité de tirer un brassard de numéro 12 est ☐.

La probabilité de tirer un brassard dont le numéro est un multiple de 10 est ☐.

La probabilité de tirer un brassard jaune avec un numéro multiple de 4 est ☐.

1. Cette expérience possède 32 issues. On a 4 chances sur 32 de tirer un As. On a 8 chances sur 32 de tirer une carte de la famille Carreau. On a 16 chances sur 32 de tirer une carte de couleur noire (Trèfle ou Pique). On a 2 chances sur 32 de tirer une dame rouge (Cœur ou Carreau).
2. Cette expérience possède 8 issues. Ces issues sont équiprobables. La probabilité de tirer un jeton qui est un multiple de 2 est 4/8. La probabilité de tirer un jeton qui soit supérieur ou égal à 4 est 5/8. La probabilité de tirer un jeton qui soit un nombre pair supérieur ou égal à 4 est 3/8.
3. C. Comme la pièce n'est pas truquée, on a toujours autant de chance d'obtenir pile ou face.
4. La probabilité de tirer un brassard bleu est 44/80. La probabilité de tirer un brassard de numéro 12 est 2/80. La probabilité de tirer un brassard dont le numéro est un multiple de 10 est 7/80. La probabilité de tirer un brassard jaune avec un numéro multiple de 4 est 9/80.

Fiche 13

PROPORTIONNALITÉ (1)

Ce que je connais déjà

Le vocabulaire et les exemples de proportionnalité vus depuis l'entrée au collège.

I. Grandeurs proportionnelles

• On dit que deux grandeurs sont **proportionnelles** si les valeurs de l'une s'obtiennent en multipliant les valeurs de l'autre par un même nombre différent de zéro. De même, on dit d'un tableau que c'est un **tableau de proportionnalité** s'il est composé de deux lignes et que les nombres d'une ligne s'obtiennent en multipliant ceux de l'autre ligne par un même nombre. Ce coefficient multiplicateur s'appelle **coefficient de proportionnalité**.

Exemple 1 : Tableau de proportionnalité
À une station essence, le sans-plomb 95 est vendu à 1,62 euro le litre. La quantité d'essence et le prix sont deux grandeurs proportionnelles. On obtient donc le tableau de proportionnalité :

Quantité d'essence (en L)	1	17	22	41
Prix payé (en euros)	1,62	27,54	35,64	66,42

Exemple 2 : Tableau qui ne représente pas une situation de proportionnalité
Si on loue un vélo pendant 2 heures, on paie 20 euros. Si on le loue pendant 4 heures, on paie 36 euros. On a alors le tableau :

Durée de location (en heure)	2	4
Prix payé (en euros)	20	36

Ce tableau ne représente pas une situation de proportionnalité car on a $2 \times 10 = 20$ *et* $4 \times 9 = 36$*. Le coefficient multiplicateur n'est pas le même pour les deux durées de location.*

II. Méthode

• Pour calculer le coefficient de proportionnalité, il faut trouver le coefficient multiplicateur de la situation en divisant le nombre d'arrivée par le nombre de départ associé.

Exemple : En reprenant le premier exemple, on a :

Quantité d'essence (en L)	1	17	22	41
Prix payé (en euros)	1,62	27,54	35,64	66,42

Pour trouver le coefficient de proportionnalité, on peut calculer : $1{,}62 \div 1 = 1{,}62$ *ou* $27{,}54 \div 17 = 1{,}62$ *ou* $35{,}64 \div 22 = 1{,}62$ *ou encore* $66{,}42 \div 41 = 1{,}62$*. Donc, le coefficient de proportionnalité est bien 1,62.*

• Si lors de ces calculs on n'obtient pas le même résultat pour chaque calcul de chaque colonne, cela implique que le tableau ne représente pas une situation de proportionnalité.

Grandeurs-produits et grandeurs-quotients

Une grandeur-produit est obtenue lorsqu'on multiplie plusieurs grandeurs de base ensemble.
Une grandeur-quotient est obtenue lorsqu'on divise deux grandeurs de base.
Exemples :

Grandeurs-produits		*Grandeurs-quotients*	
Aires	$km \times km = km^2$	*Débit*	*L/min =* $L.min^{-1}$ *(Litre par minute)*
Volume	$m \times m \times m = m^3$	*Densité de population*	*hab/*km^2 *(habitants par* km^2*)*

Méthode : Pour convertir une grandeur-produit ou une grandeur-quotient, il faut faire attention et convertir chaque unité de base qui compose la grandeur afin d'obtenir la conversion finale.
Exemple : Pour convertir 18 km/h en m/s, il faut convertir 18 km en mètres, en mètres, puis 1 heure en 3 600 s. Ensuite seulement, on obtient la conversion finale : $18\ km/h = \frac{18\ km}{1h} = \frac{18\ 000\ m}{3\ 600\ s} = 5\ m/s$.

QUIZ

→ PROPORTIONNALITÉ (1)

→ 1. Effectue les divisions nécessaires pour vérifier si le tableau suivant est proportionnel.

16	40	8	1,2
22	55	12	1,65

22 ÷ 16 = ☐ ; ☐ ÷ 40 = ☐ ;

12 ÷ ☐ = ☐ et ☐ ÷ ☐ = ☐.

Ce tableau est-il proportionnel ? ☐.

→ 2. Parmi les phrases suivantes, lesquelles sont correctes ?

❑ A. Si un stylo coûte 1 euro, et qu'un lot de trois stylos identiques coûte 2 euros, alors le prix d'un lot est proportionnel au nombre de stylos dans le lot.

❑ B. Si un stylo coûte 1 euro, et qu'un lot de trois stylos identiques coûte 2 euros, alors le prix d'un lot n'est pas proportionnel au nombre de stylos dans le lot.

❑ C. Dans un tableau de proportionnalité, si deux coefficients sont égaux, on ne peut pas être sûr que le tableau soit proportionnel, sans calculer les colonnes suivantes.

❑ D. Dans un tableau de proportionnalité, si deux coefficients sont égaux, on est sûr que le tableau est proportionnel, sans avoir besoin de calculer les colonnes suivantes.

→ 3. Parmi les tableaux suivants, lesquels représentent une situation de proportionnalité ?

❑ A.

3,1	3,2	3,5
2	4	10

❑ B.

3	3,6	4,2
2,5	3	3,5

❑ C.

0,7	2	0,3
5,25	15	2,15

→ 4. Parmi les énoncés suivants, lesquels correspondent à une situation de proportionnalité ?

❑ A. Une montre qui avance de 2 minutes par jour

❑ B. Un rôti de viande à 18 euros le kilo

❑ C. Un architecte qui envoie un plan de maison à l'échelle 1/250

❑ D. Le disque dur d'un ordinateur dont la capacité est de 4 000 Mo et dont la place encore disponible est de 450 Mo

❑ E. Le son qui se propage dans l'air à la vitesse de 340 m/s

❑ F. La taille et le poids d'un humain en fonction de son âge

1. 22 ÷ 16 = 1,375 ; 55 ÷ 40 = 1,375 ; 12 ÷ 8 = 1,5 et 1,65 ÷ 1,2 = 1,375. Ce tableau est-il proportionnel ? Non.
2. B. et **C.** La proportionnalité n'est validée que si toutes les valeurs sont vérifiées.
3. B. Seul le deuxième tableau possède le même coefficient de proportionnalité (1,2) pour toutes ses colonnes.
4. A., B., C. et **E.** Ces quatre situations sont des situations de proportionnalité car elles évoluent régulièrement toujours en fonction du même critère.

PROPORTIONNALITÉ (2)

Ce je connais déjà

Le vocabulaire et des exemples de proportionnalité (fiche 13).

Ratio
On dit, par exemple, que trois nombres a, b et c sont dans le **ratio** 2 : 3 : 7 si $\frac{a}{2}=\frac{b}{3}=\frac{c}{7}$.

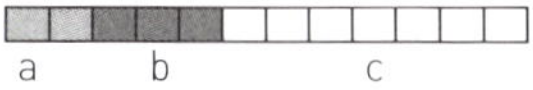

I. Quatrième proportionnelle

• Dans un tableau de proportionnalité, lorsqu'on connaît trois nombres sur quatre cases successives, on peut alors toujours calculer le nombre manquant, et on appelle ce nombre manquant une **quatrième proportionnelle**.

• Propriété : Pour calculer cette quatrième proportionnelle, il y a trois méthodes possibles : le passage à l'unité, les propriétés de linéarité du tableau, l'utilisation du coefficient de proportionnalité.

II. Méthodes de calcul

• Méthode 1 : Pour **calculer une quatrième proportionnelle avec un passage à l'unité**, on commence par trouver la valeur pour une unité de la première grandeur, puis on utilise cette valeur pour trouver les suivantes grâce à des multiplications.

Exemple : Si en 4 heures, nous parcourons 10 km, quelle distance, en km, parcourt-on en 6 heures en conservant la même allure constante ?

Temps (en heures)	4	1	6
Distance parcourue (en km)	10	2,5	15

On trouve la valeur pour 1 heure en calculant : $10 \div 4 = 2{,}5$*. On utilise ensuite cette valeur pour trouver le nombre de km parcourus en 6 heures en calculant :* $6 \times 2{,}5 = 15$.

• Méthode 2 : Pour **calculer une quatrième proportionnelle avec la linéarité**, on peut multiplier ou diviser une colonne par un nombre non nul, puis ajouter ou soustraire des colonnes entre elles.

Exemple : En reprenant l'exemple précédent, on a :

Temps (en heures)	4	1	6	10
Distance parcourue (en km)	10	2,5	15	25

Comme on a trouvé le nombre de km parcourus pendant 4 heures et pendant 6 heures, on peut trouver la distance parcourue, en km, en 10 heures en additionnant les deux colonnes. Ainsi, en 10 heures, on a parcouru 25 km. On pourrait également utiliser la colonne unité et effectuer une multiplication par 10.

• Méthode 3 : Pour **calculer une quatrième proportionnelle avec le coefficient de proportionnalité**, on multiplie ou on divise (en fonction du « sens » de l'opération) le nombre connu par le coefficient de proportionnalité pour obtenir le nombre cherché.

QUIZ

→ PROPORTIONNALITÉ (2)

→ 1. Pour compléter ce tableau de proportionnalité, quel nombre doit-on écrire dans la case vide ?

3	4	
9	12	21

❑ A. 6
❑ B. 6,5
❑ C. 7
❑ D. 7,5

→ 2. Un cycliste roule à une vitesse régulière. Complète le tableau de proportionnalité et la phrase qui le suit.

Nombre d'heures	1	2	3	
Distance en km		30		75

D'après le tableau, ce cycliste roule à ☐ km/h et il met ☐ heures pour faire 75 km.

→ 3. Dans ce tableau de proportionnalité, calculer les nombres qui manquent en complétant les égalités sous le tableau.

12	b	4	6	10
a	5	0,5	0,75	*c*

Comme on a : $12 = 4 \times 3$, alors on obtient :

$a = 0{,}5 \times$ ☐ $=$ ☐.

Comme on a : $5 = 0{,}5 \times$ ☐, alors on obtient : $b = 4 \times$ ☐ $=$ ☐.

Comme on a : $10 = 4 +$ ☐, alors on obtient : $c =$ ☐ $+$ ☐ $=$ ☐.

→ 4. Pour chaque tableau, calculer le coefficient de proportionnalité puis l'utiliser pour compléter les cases vides.

24	40	
36		93

384		928
12	21	

Les coefficients de proportionnalité sont ☐ et ☐.

→ 5. Si on cherche un nombre *p* tel que 63 et *p* sont dans le ratio 9 : 6, alors *p* vaut :

❑ A. 42
❑ B. 72
❑ C. 54
❑ D. 94

→ 6. Trois amis se partagent la somme de 224 euros, avec une répartition de ratio 2 : 5 : 9, complète les phrases ci-dessous pour trouver la valeur de chaque part.

La somme de 224 euros doit être partagée en ☐ parts d'après le ratio.

Chaque part est donc de ☐ euros.

Le premier ami aura ☐ parts, soit ☐ euros, le deuxième aura ☐ parts, soit ☐ euros, et le dernier ami aura ☐ parts, soit ☐ euros.

1. C. On peut utiliser la linéarité car $9 + 12 = 21$ donc on fait $3 + 4$ pour remplir la dernière case.

2. D'après le tableau, ce cycliste roule à 15 km/h et il met 5 heures pour faire 75 km.

Nombre d'heures	1	2	3	5
Distance en km	15	30	45	75

3. Comme on a : $12 = 4 \times 3$, alors on obtient : $a = 0{,}5 \times 3 = 1{,}5$.
Comme on a : $5 = 0{,}5 \times 10$, alors on obtient : $b = 4 \times 10 = 40$.
Comme on a : $10 = 4 + 6$, alors on obtient : $c = 0{,}5 + 0{,}75 = 1{,}25$.

4. Les coefficients de proportionnalité sont $36 \div 24 = 1{,}5$ et $384 \div 12 = 32$.

24	40	62
36	60	93

384	672	928
12	21	29

5. A. On doit avoir : $\frac{p}{63} = \frac{6}{9}$, et donc en transformant la fraction : $\frac{6}{9} = \frac{6 \times 7}{9 \times 7} = \frac{42}{63}$, donc $p = 42$.

6. C. La somme de 224 euros doit être partagée en $2 + 5 + 9 = 16$ parts d'après le ratio. Chaque part est donc de $224 \div 16 = 14$ euros. Le premier ami aura 2 parts, soit 28 euros, le deuxième aura 5 parts, soit 70 euros, et le dernier ami aura 9 parts, soit 126 euros.

Fiche 15

PROPORTIONNALITÉ (3)

Ce que je connais déjà

Les méthodes de calcul dans les tableaux de proportionnalité (fiche 14).

I. Proportions

- Une **proportion** est un rapport entre le nombre d'éléments d'un ensemble *A* et le nombre d'éléments d'un ensemble *B* qui est extrait de l'ensemble *A*.

II. Pourcentages

- Un **pourcentage** est une proportion de dénominateur 100.
- Propriétés : Un pourcentage de t % traduit une situation de proportionnalité de coefficient $\frac{t}{100}$. Appliquer t % à un nombre n revient donc à calculer : $n \times \frac{t}{100}$.

Exemple 1 : Avec le coefficient multiplicateur

Dans un collège, 264 élèves sur 550 sont demi-pensionnaires, alors on calcule : $\frac{264}{550} = 0{,}48$ $= 48$ %.

Exemple 2 : Avec un tableau de proportionnalité

Dans une classe de 30 élèves, on sait que 20 % des élèves pratiquent un instrument de musique en dehors du collège. On présente ces informations dans un tableau de proportionnalité :

Nombre d'élèves	30	x
Pourcentage d'élèves (en %)	100	20

Pour passer de 100 % à 20 %, il faut diviser le nombre d'élèves par 5. On calcule 30 ÷ 5 = 6. Ainsi, 6 des 30 élèves de la classe pratiquent un instrument de musique en dehors du collège.

III. Échelle

- **L'échelle** d'un plan est le coefficient de proportionnalité entre les distances sur le plan et les distances réelles, exprimé avec la <u>même unité</u> : $e = \frac{\text{distance sur le plan}}{\text{distance réelle}}$.

Exemple : Sur un plan de maison, à l'échelle 1/200, la pièce de vie est représentée par un rectangle de 9 cm de long sur 5 cm de large.

Dimensions sur le plan (en cm)	5	3	1
Dimensions réelles (en cm)	L	l	200

Alors les dimensions réelles de la pièce sont : $L = 5 \times 200 = 1\,000$ *cm* $= 10$ *m et* $l = 3 \times 200$ $= 600$ *cm* $= 6$ *m.*

Proportion : exemple

Dans une classe de 25 élèves, il y a 10 filles et, parmi elles, 3 ont des lunettes.

La proportion de filles dans la classe est de $\frac{10}{25}$ soit 40 % car $\frac{10}{25} = \frac{10 \times 4}{25 \times 4} = \frac{40}{100} = 40$ %.

La proportion de filles qui ont des lunettes dans la classe est de $\frac{3}{25} = \frac{3 \times 4}{25 \times 4} = \frac{12}{100} = 12$ %.

La proportion de filles qui ont des lunettes parmi les filles de la classe est de $\frac{3}{10} = \frac{3 \times 10}{10 \times 10} = \frac{30}{100}$ $= 30$ %. Ici, il faut faire attention car l'ensemble *B* correspond aux filles de la classe qui ont des lunettes (3), et l'ensemble *A* correspond à l'ensemble des filles de la classe (10).

QUIZ

PROPORTIONNALITÉ (3)

1. Calcule les montants en euros ou les taux en pourcentage et complète.

Lors d'une élection de délégué, Zoé est élue avec 26 voix sur 32 votants.

Le pourcentage de voix qu'elle a reçue lors de cette élection est : ____ %.

Un employé voit son salaire passer de 1 300 euros à 1 365 euros.Son salaire a donc augmenté de ____ %.

Une télévision vendue à 890 euros voit son prix baisser de 20 %. Le montant de la réduction est de ____ euros et donc son nouveau prix sera de ____ euros.

2. Parmi les phrases suivantes, lesquelles sont correctes ?

- ❑ A. Un ordinateur coûtait 100 euros. Son prix augmente et il coûte maintenant 139 euros. Il a donc subi une hausse de 1,39 %.
- ❑ B. Un ordinateur coûtait 100 euros. Son prix augmente et il coûte maintenant 139 euros. Il a donc subi une hausse de 39 %.
- ❑ C. Une revue est composée de 24 pages sauf à la fin de l'année où elle est composée exceptionnellement de 54 pages. Son nombre de pages est augmenté de plus de 50 %.
- ❑ D. Une revue est composée de 24 pages sauf à la fin de l'année où elle est composée exceptionnellement de 54 pages. Son nombre de pages est augmenté de moins de 50 %.

3. Calcule les montants en euros ou les taux en pourcentage et complète.

Un client achète un article dont le prix affiché est de 253,50 euros. Le vendeur lui accorde une remise de 12 %. Le montant de la remise est de : ____ euros.

Un article coûtait 62,50 euros et son prix baisse de 12 euros. Le pourcentage de baisse de cet article est de ____ %.

4. Complète les cases vides.

	En réalité	Sur la carte	Échelle
A.	100 cm	4 cm	1/
B.	28 cm	1,4 cm	1/
C.	3 m	10 cm	1/

5. Trouve les distances manquantes.

Sur un plan à l'échelle 1/200, la distance entre deux points est de 25 cm.

La distance réelle est alors de ____ cm soit ____ m.

Sur ce même plan, on souhaite représenter la distance réelle de 8 m.

Cette distance sur le plan est alors de ____ m soit ____ cm.

1. Le pourcentage de voix qu'elle a reçues lors de cette élection est de : $\frac{26}{32} = 0{,}8125 = 81{,}25$ %. Son salaire a donc augmenté de $\frac{65}{1\,300} = 0{,}05 = 5$ %. Le montant de la réduction est de $890 \times 0{,}2 = 178$ euros et donc son nouveau prix sera de 712 euros.

2. B. et **C.** On calcule les pourcentages : $\frac{39}{100} = 0{,}39 = 39$ % et $\frac{54 - 24}{54} = 0{,}56 = 56$ %.

3. Le montant de la remise est de : $253{,}5 \times \frac{12}{100} = 30{,}42$ euros. Le pourcentage de baisse de cet article est de $\frac{12}{62{,}50} = 0{,}192 = 19{,}2$ %.

4. A. $\frac{4}{100} = 1/25$; **B.** $\frac{1{,}4}{28} = \frac{14}{280} = 1/20$; **C.** $\frac{10 \text{ cm}}{3 \text{ m}} = \frac{10}{300} = 1/30$.

5. La distance réelle est alors de $25 \times 200 = 5\,000$ cm soit 50 m. Cette distance sur le plan est alors de $\frac{8}{200} = 0{,}04$ m soit 4 cm.

Fiche 16

DURÉES ET HORAIRES

Ce que je connais déjà

Les notions d'heures, de minutes et de secondes vues au cycle 3.

I. Calculer des durées

- La **durée** d'un évènement est la différence entre deux instants : l'horaire de fin de cet évènement et son horaire de départ.
- Rappels : 1 min = 60 s ; 1 h = 60 min = 60 × 60 s = 3 600 s ; 1 J = 24 h.
- Attention : Pour calculer une durée ou un horaire, il n'est pas judicieux de poser l'opération en colonne, car cette technique est adaptée à la base 10 des calculs classiques (dix dixièmes = une unité), mais pas à la base 60 utilisée avec les horaires (60 secondes = 1 minute).

II. Convertir des durées

- Méthode : Pour convertir les jours et heures en minutes, on utilise les définitions précédentes puis on ajoute les minutes converties aux minutes données dans l'énoncé.

Exemples : On souhaite convertir 4 heures en minutes et 2 jours 3 heures et 38 minutes.

(× 60 : Heures → Minutes ; ÷ 60 : Minutes → Heures)

Minutes	60		
Heures	1	4	3

Alors 4 h = 4 × 60 *min* = 240 *min et* 2 J 3 h 38 *min* = 2 × 24 h + 3 × 60 *min* + 38 *min* = 48 *h* + 180 *min* + 38 *min* = 48 × 60 *min* + 218 *min* = 2 880 *min* + 218 *min* = 3 098 *min*.

- Méthode : Pour convertir les minutes en heures, on utilise le fait que 1 *h* = 60 *min*, et ainsi on effectue la division décimale du nombre de minutes par 60. Ensuite, on ajoute les heures converties aux heures données dans l'énoncé.

Exemple : On souhaite convertir 135 minutes en heures et 8 heures et 45 minutes en minutes.

(× 60 : Heures → Minutes ; ÷ 60 : Minutes → Heures)

Minutes	60	135	45
Heures	1		

Alors 135 *min* = 135 ÷ 60 = 2,25 *h et* 8 h 45 *min* = 8 *h* + 45 ÷ 60 = 8 *h* + 0,75 *h* = 8,75 *h*.

- Méthode : Pour convertir des durées, on effectue la division euclidienne des minutes par 60. Le quotient *Q* obtenu est le nombre d'heures et le reste correspond au nombre de minutes.

Exemple : On convertit 758 min en heures et minutes : 758 *min* = 60 ×12 (*Q*) + 38 (*r*).
Ainsi, on en déduit que : 758 *min* = 12 h 38 *min*.

Calculer des durées : exemples

a) Un autre train arrive à 11 h 25 après un trajet de 2 heures et 40 minutes. À quelle heure est-il parti ?

Ce train est donc parti à 8 h 45.

b) Une voiture part à 7 h 30 et arrive à 11 h 14. Combien de temps a duré son trajet ? De 7 h 30 à 8 heures : 30 minutes, puis de 8 heures à 11 heures : 3 heures, et enfin de 11 heures à 11 h 14 : 14 minutes. Ainsi, la durée du parcours est de 3 heures et 44 minutes.

QUIZ

DURÉES ET HORAIRES

1. Parmi les égalités suivantes, lesquelles sont correctes ?

- ❑ A. 3 h 08 min + 57 min = 4 h 05 min
- ❑ B. 15 min + 1 h 27 min + 38 min = 2 h 20 min
- ❑ C. 5 min 45 s – 3 min 15 s = 9 min
- ❑ D. 22 min 48 s + 16 min 35 s = 38 min 23 s

2. Un après-midi, Patricia décide de préparer des cookies pour le goûter de ses enfants. Elle commence à cuisiner à 14 h 23. La préparation va lui prendre 25 minutes et la cuisson 12 minutes. Elle devra également attendre 45 minutes à la sortie du four pour que les cookies refroidissent. À quelle heure vont-ils pouvoir manger les cookies ?

- ❑ A. 15 heures
- ❑ B. 15 h 25
- ❑ C. 15 h 45
- ❑ D. 16 heures

3. Un train part de Paris à 9 h 55 et arrive à Marseille à 13 h 20. Quelle a été la durée du trajet de ce train ?

- ❑ A. 3 heures et 15 minutes
- ❑ B. 3 heures et 25 minutes
- ❑ C. 3 heures et 55 minutes
- ❑ D. 4 heures et 35 minutes

4. Convertis les durées suivantes pour compléter les égalités.

37 min = ☐ s ;

1 206 min = ☐ h ☐ min ;

687 min = ☐ h ☐ min ;

3 h 30 min = ☐ h ;

42 min = ☐ h ;

3 j 4 h 54 min = ☐ h.

5. Un couple a mis 3 heures et 54 minutes pour aller de Bordeaux à Nantes en voiture. Ils sont arrivés chez eux à 20 h 19, à quelle heure sont-ils partis ?

- ❑ A. 17 h 35
- ❑ B. 16 h 13
- ❑ C. 16 h 19
- ❑ D. 16 h 25

6. Complète les phrases suivantes.

Une adolescente s'est réveillée à 8 h 25 après avoir dormi 9 heures et 15 minutes. Elle s'est donc couchée à ☐ h ☐.

Une famille est partie au ski à 22 h 40 et leur trajet doit durer 7 heures et 35 minutes. Ils vont donc arriver à ☐ h ☐.

La lune met 708 heures pour faire une fois le tour de la Terre. Elle met donc ☐ jours et ☐ heures à tourner une fois autour de la Terre.

1. A. et **B.** Dans le calcul C, il y a une erreur d'opération. Dans le calcul D, il manque la retenue (la minute à ajouter avec le calcul des 83 secondes).
2. C. Si on additionne toutes les durées, cela donne la réponse C.
3. B. Il y a 5 minutes pour arriver à 10 heures, puis 3 heures pour arriver à 13 heures et enfin 20 minutes pour arriver à 13 h 20.
4. 37 min = 2 220 s ; 1 206 min = 20 h 6 min ; 687 min = 11 h 27 min ;
3 h 30 min = 3,5 h ; 42 min = 0,7 h ; 3 j 4 h 54 min = 76,9 h.
5. D. Il y a 19 minutes pour arriver à 20 heures, puis on enlève 3 heures pour arriver à 17 heures et enfin on enlève 54 – 19 = 35 minutes pour arriver à 16 h 25.
6. L'adolescente s'est couchée à 23 h 10. Cette famille va arriver au ski à 6 h 15. La lune met donc 29 jours et 12 heures pour tourner une fois autour de la Terre.

Fiche 17

PÉRIMÈTRES

Ce que je connais déjà

Les notions de périmètres vues au cycle 3.

I. Périmètre d'un polygone

- Le **périmètre** d'une figure fermée est la longueur de son contour.
- Remarque : Toutes les longueurs intervenant pour calculer un périmètre doivent être exprimées dans une même unité de longueur.

Exemple : Pour trouver le périmètre du polygone, il suffit d'ajouter les longueurs de tous les côtés de ce polygone. On a : 3,2 + 3,8 + 4 + 4,6 + 7,6 = 23,2, donc le périmètre du polygone ABCDE est égal à 23,2 cm.

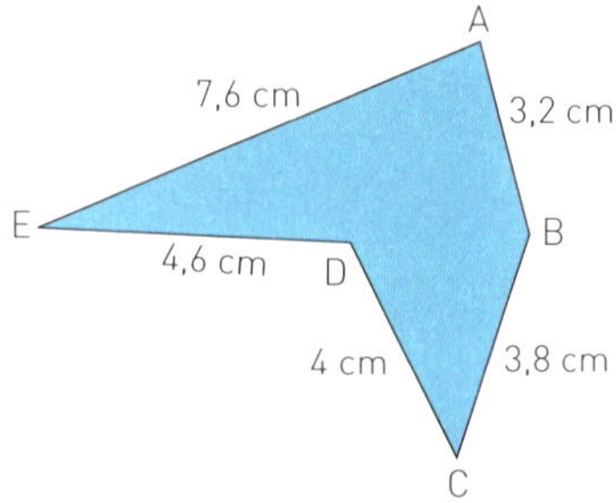

II. Longueur d'un cercle

- Propriété : La **longueur d'un cercle** est égale au double du produit du nombre pi (noté π) par le rayon de ce cercle.
- Ainsi, si on note L la longueur du cercle et r son rayon, alors on a : $L = 2 \times \pi \times r$.
- Remarque : Toutes les longueurs intervenant pour calculer la longueur d'un cercle doivent être exprimées dans une même unité de longueur.

Exemple : La longueur d'un cercle de rayon 7,5 cm est égale à : $L = 2 \times \pi \times r = 2 \times \pi \times 7{,}5 = 15 \times \pi \approx 47{,}1$ *cm.*

Sur la calculatrice, on obtient :

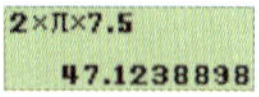

- Remarque : La longueur d'un cercle s'appelle aussi la **circonférence** d'un cercle.

III. Unités de longueur

- Remarque : On peut exprimer une longueur dans différentes unités. En particulier, on peut utiliser un tableau de conversion pour trouver l'unité la plus adaptée.

Exemple : On peut convertir la longueur du polygone et du cercle obtenus précédemment.

Le périmètre du polygone est de 23,2 cm, donc, si on convertit, on obtient 232 mm.

Unité	Kilomètre	Hectomètre	Décamètre	Mètre	Décimètre	Centimètre	Millimètre
Notation	km	hm	dam	**m**	dm	cm	mm

- *La longueur du cercle est de 47 cm, donc, si on convertit, on obtient 0,47 m.*

Cas particuliers

Périmètre d'un carré de côté c : $\mathcal{P} = 4 \times c$.
Périmètre d'un rectangle de longueur L et de largeur l : $\mathcal{P} = 2 \times L + 2 \times l = 2 \times (L + l)$.
Périmètre d'un triangle : $\mathcal{P}$ = somme des longueurs des trois côtés.
Périmètre d'un parallélogramme de longueur L et de largeur l : $\mathcal{P} = 2 \times L + 2 \times l = 2 \times (L + l)$.

$\mathcal{P} = 4 \times a$

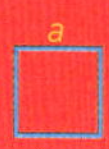

$\mathcal{P} = 2 \times a + 2 \times b$
$\mathcal{P} = 2 \times (a + b)$

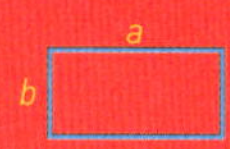

QUIZ

PÉRIMÈTRES

1. Parmi les propositions suivantes, lesquelles sont correctes ?

- ❑ A. Le périmètre d'un rectangle dont les dimensions sont de 4 cm et 1,5 cm est de 6 cm.
- ❑ B. Le périmètre d'un carré dont les côtés mesurent 5,2 cm est de 10,4 cm.
- ❑ C. Le périmètre d'un carré dont les côtés mesurent 5,2 cm est de 20,8 cm.
- ❑ D. Le périmètre d'un rectangle dont les dimensions sont de 4 cm et 1,5 cm est de 11 cm.

2. Complète les phrases suivantes.

Le périmètre d'un carré de côté 40 m est égal à ☐ m.
Le périmètre d'un rectangle de 3,2 dm de long sur 15 cm de large est égal à ☐ cm.
La mesure du côté d'un carré de 144 cm de périmètre est égale à ☐ cm.
La longueur d'un rectangle dont le périmètre est égal à 50 cm et de largeur 5 cm est égale à ☐ cm.
La largeur d'un rectangle dont le périmètre est égal à 7 m et de longueur 200 cm est égale à ☐ m.

3. Parmi les propositions suivantes, lesquelles sont correctes ?

- ❑ A. Le nombre π vaut exactement 3,14.
- ❑ B. Le périmètre s'exprime en m² lorsque le rayon est exprimé en m.
- ❑ C. Le périmètre d'un cercle de rayon 12,5 cm est : $(12,5 \times 2) \times \pi$.
- ❑ D. La longueur du quart d'un cercle de diamètre 8 dm est calculée avec : $(8 \times 2) \times \pi \div 4$.
- ❑ E. Le rayon d'un cercle de périmètre 314 cm est calculé avec : $(314 \div 3,14) \div 2 = 50$.

4. Parmi les propositions suivantes, lesquelles sont correctes ?

- ❑ A. Un carré de côté 5 cm a pour périmètre 10 cm.
- ❑ B. Un carré de périmètre 28 cm a pour aire 49 cm².
- ❑ C. Un carré d'aire 16 cm² a pour périmètre 16 cm.
- ❑ D. Un rectangle de dimensions 3 cm et 50 mm a pour périmètre 150 cm.

5. Résoudre les problèmes suivants.

Un champ mesure 52 m de long sur 34 m de large. Pour le clôturer, on plante un piquet tous les mètres. Il faudra donc ☐ piquets pour clôturer ce champ.
Un terrain vague a une longueur de 110 m. Son périmètre est égal à 320 m. La largeur de son terrain est donc de ☐ m.
Un moule à gâteau rond a pour périmètre 56,52 cm. Son diamètre est donc de ☐ cm.

6. Compléter les conversions suivantes.

3 cm = ☐ mm ; 100 hm = ☐ cm ;
310,5 km = ☐ m ; 105 m = ☐ km ;
13,4 dm = ☐ dam ; 0,2 cm = ☐ dam.

1. C. et D. Le rectangle a pour périmètre : P = 2 × 4 + 2 × 1,5 = 11 cm et le carré a pour périmètre P = 4 × 5,2 = 20,8 cm.
2. 160, 94, 36, 20, 1,5.
3. C. et E. Ce sont les seules phrases qui correspondent à la formule de la longueur d'un cercle.
4. B. et C. Le périmètre du carré, c'est le côté multiplié par 4. On multiplie le côté par le côté pour obtenir l'aire.
5. Il faudra donc 172 piquets pour clôturer ce champ. La largeur de son terrain est donc de 50 m.
Le diamètre du moule à gâteau est donc de 18 cm.
6. 3 cm = 30 mm ; 100 hm = 1 000 000 cm ; 310,5 km = 310 500 m ;
105 m = 0,105 km ; 13,4 dm = 0,134 dam ; 0,2 cm = 0,000 2 dam.

Fiche 18

AIRES

Ce que je connais déjà

Les notions d'aires.
Les formules de périmètres (fiche 17).

I. Aires de figures usuelles

- La **surface** d'une figure fermée est la partie qui se trouve à l'intérieur de la figure.
- L'**aire** d'une figure fermée est la mesure de sa surface dans une unité d'aire donnée.

II. Aire d'un parallélogramme

- Propriété : L'aire d'un parallélogramme est donnée par la formule :

$A = c \times h$ où
- A est l'aire du parallélogramme ;
- c est la longueur d'un des côtés du parallélogramme ;
- h est la hauteur du parallélogramme ;

Exemples :
L'aire de ce parallélogramme est égale à :
$50 \times 30 = 1\ 500\ cm^2$.

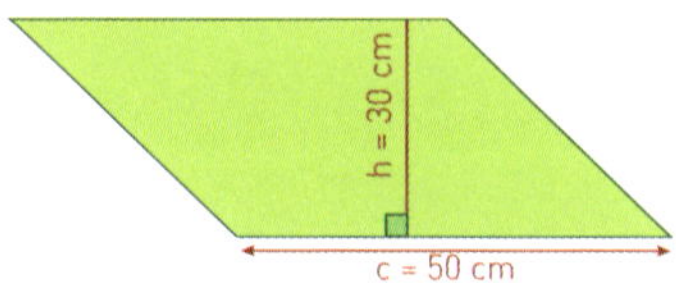

III. Unités d'aire

- Remarques : Chaque unité d'aire est 100 fois plus grande que celle du rang immédiatement inférieur.
- Tableau de conversions :

km²		hm²		dam²		m²		dm²		cm²		mm²	
			ha		a								

- On a donc : 1 km² = 100 hm² ; 1 dam² = 100 m² ; 1 m² = 100 dm² et 1 cm² = 100 mm².

Aires de figures usuelles : cas particuliers

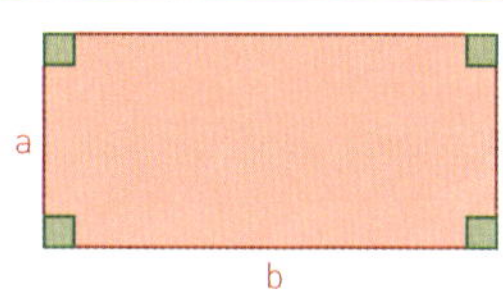

aire du rectangle
$a \times b$

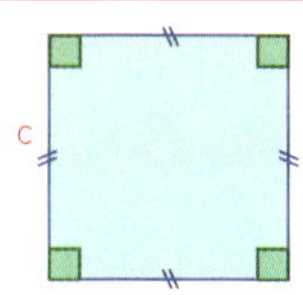

aire du carré
$c^2 = c \times c$

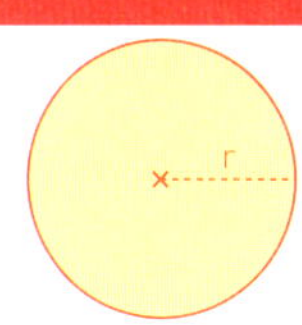

aire du disque
$\pi \times r^2 = \pi \times r \times r$

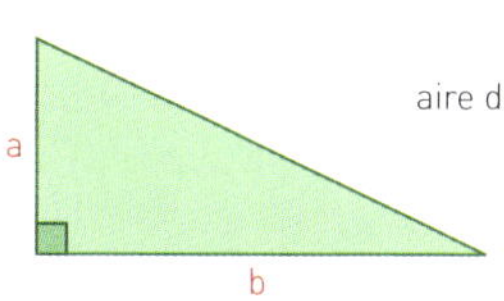

aire du triangle rectangle
$\frac{a \times b}{2}$

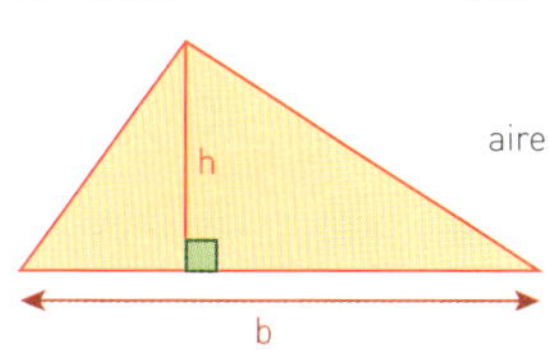

aire du triangle
$\frac{b \times h}{2}$

QUIZ

→ AIRES

→ 1. Quelle est la valeur de l'aire de ce triangle ?

- ❑ A. 12,5
- ❑ B. 15
- ❑ C. 22,5
- ❑ D. 25

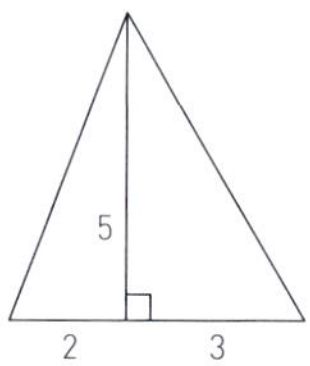

→ 2. Les mesures de la figure ci-dessous sont : AB = 6 cm, BC = 4 cm et BE = 3 cm.

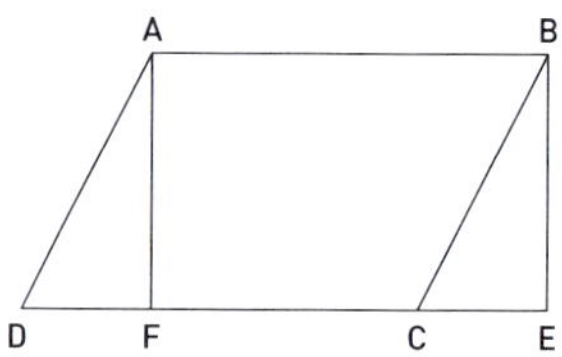

Complète les calculs d'aire suivants.

L'aire du rectangle ABEF est :
6 × ☐ = ☐ cm².

L'aire du parallélogramme ABCD est :
6 × ☐ = ☐ cm².

→ 3. Complète les réponses suivantes en prenant 3,14 pour π.

Le rayon du disque est de 3 cm, alors son diamètre est de ☐ cm et son aire est de ☐ cm².

Le rayon du disque est de ☐ cm, alors son diamètre est de 8 cm et son aire est de ☐ cm².

Le rayon du disque est de ☐ cm, alors son diamètre est de ☐ cm et son aire est de 314 cm².

→ 4. On sait que PQRS est un carré de côté 8 cm, CRED est un carré de côté 5 cm et *PA* = *PB* = 2 cm.

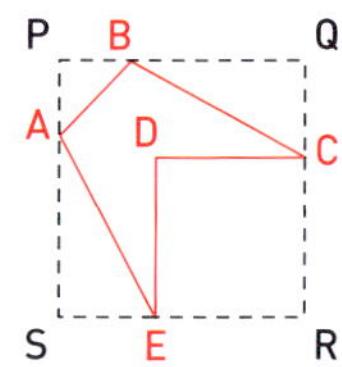

Complète les étapes suivantes pour calculer l'aire du polygone ABCDE.

L'aire du carré PQRS est de : ☐ cm².

L'aire du carré CRED est de : ☐ cm².

L'aire du triangle PBA est de : ☐ cm².

L'aire du triangle QCB est de : ☐ cm².

L'aire du triangle ASE est de : ☐ cm².

L'aire du polygone ABCDE est de : ☐ cm².

→ 5. Complète les conversions suivantes.

23 m² = ☐ mm²

15 hm² = ☐ cm²

0,8 km² = ☐ dam²

69 300 mm² = ☐ dam²

4 874 dm² = ☐ hm²

281 mm² = ☐ dm²

1. L'aire de ce triangle est de : (b × h) ÷ 2 = (5 × 5) ÷ 2 = 25 cm².
2. L'aire du rectangle ABEF est de : 6 × 3 = 18 cm². L'aire du parallélogramme ABCD est de : 6 × 3 = 18 cm².
3. Le rayon du disque est de 3 cm, alors son diamètre est de 6 cm et son aire est de 28,26 cm².
Le rayon du disque est de 4 cm, alors son diamètre est de 8 cm et son aire est de 50,24 cm².
Le rayon du disque est de 10 cm, alors son diamètre est de 20 cm et son aire est de 314 cm².
4. L'aire du carré PQRS est de : 64 cm². L'aire du carré CRED est de : 25 cm². L'aire du triangle PBA est de : 2 cm².
L'aire du triangle QCB est de : 9 cm². L'aire du triangle ASE est de : 9 cm². L'aire du polygone ABCDE est de : 19 cm².
5. 23 m² = 23 000 000 mm² ; 15 hm² = 1 500 000 000 cm² ; 0,8 km² = 8 000 dam² ; 69 300 mm² = 0,000 693 dam² ;
4 874 dm² = 0,004 874 hm² ; 281 mm² = 0,0281 dm².

Fiche 19

VOLUMES ET CONTENANCES

Ce que je connais déjà

Les formules de périmètres et d'aires (fiches 17 et 18).
Les conversions des unités de périmètres et d'aires (fiches 17 et 18).

I. Volumes

- Un **solide** est un objet limité par des surfaces indéformables. Le **volume** d'un solide est la mesure de l'espace occupé par ce solide (la mesure de sa contenance intérieure) dans une unité de volume choisie.
- Propriétés :
  - Le volume d'un cube de côté c est donné par la formule : $V = c \times c \times c = c^3$;
  - Le volume d'un pavé droit de longueur L, de largeur l et de hauteur h est donné par la formule : $V = L \times l \times h$;
  - Le volume d'un prisme droit d'aire de base B et de hauteur h est donné par la formule : $V = B \times h$;
  - Le volume d'un cylindre d'aire de base B (un disque de rayon r) et de hauteur h est donné par la formule : $V = B \times h = \pi \times r^2 \times h$.
- Pour calculer le volume d'un solide qui possède une base dont l'aire est usuelle, il faut calculer l'aire de cette base puis l'utiliser pour calculer le volume du solide.

II. Calculer le volume d'un assemblage de solides

- Méthode : Pour calculer le volume d'un assemblage de solides, il faut reconnaître les solides utilisés pour former cet assemblage et utiliser les formules correspondantes en les adaptant aux données.

III. Unités de volume et de contenance

- Remarques : On peut exprimer un volume dans différentes unités, pour cela on peut utiliser un tableau de conversion. Chaque unité de volume est 1 000 fois plus grande que celle du rang immédiatement inférieur.
- Tableau de conversion des unités de volume et de contenance :

km³			hm³			dam³			m³			dm³			cm³			mm³		
											kL	hL	daL	**L**	dL	cL	mL			

- On a donc : $1\ \text{km}^3 = 1\,000\ \text{hm}^3$; $1\ \text{hm}^3 = 1\,000\ \text{dam}^3$; $1\ \text{dam}^3 = 1\,000\ \text{m}^3$; $1\ \text{m}^3 = 1\,000\ \text{dm}^3$; $1\ \text{dm}^3 = 1\,000\ \text{cm}^3$ et $1\ \text{cm}^3 = 1\,000\ \text{mm}^3$.

Calculer le volume d'un assemblage de solides : exemple

Ce solide est composé d'un pavé droit de dimensions 20 cm × 40 cm × 50 cm surmonté d'un demi-cylindre de diamètre 40 cm et de hauteur 20 cm.
Ainsi, on a : $V\text{pavé} = 20 \times 40 \times 50 = 40\,000\ \text{cm}^3$ et

$V\text{demi-cylindre} = \frac{1}{2} \times \pi \times \left(\frac{40}{2}\right)^2 \times 20 = 4\,000\,\pi$ et donc on obtient :

$V = 40\,000 + 4\,000\pi \approx 52\,566{,}4\ \text{cm}^3$.

QUIZ

→ VOLUMES ET CONTENANCES

→ 1. Calcule le volume de chacun des solides suivants.

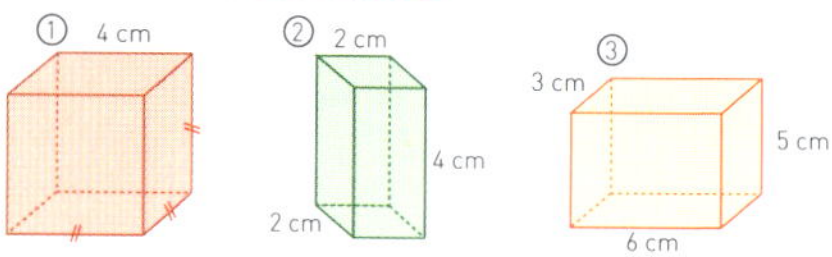

Le volume du solide 1 est : ______ cm^3.

Le volume du solide 2 est : ______ cm^3.

Le volume du solide 3 est : ______ cm^3.

→ 2. Compléter la recherche suivante pour obtenir le volume du prisme.

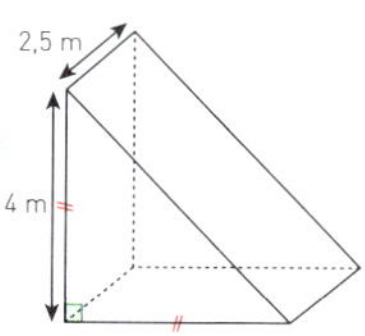

Les bases de ce prisme sont des ______.

L'aire d'une base de ce prisme est de : ______ m^2.

Le volume de ce prisme est donc : ______ m^3.

→ 3. Un cylindre a pour hauteur 6 cm et pour rayon de base 5 cm. Parmi les propositions suivantes, sélectionne celle(s) qui est (sont) correcte(s).

❑ A. L'aire de la base de ce cylindre est 62,8 cm^2.
❑ B. L'aire de la base de ce cylindre est 78,5 cm^2.
❑ C. Le volume de ce cylindre est 471 cm^3.
❑ D. Le volume de ce cylindre est 628 cm^3.

→ 4. Complète la recherche suivante pour obtenir le volume du coffre au trésor utilisé par les enfants lorsqu'ils jouent aux pirates.

Le coffre est constitué de deux solides : un ______ et un ______.

Le volume du solide du bas est calculé avec la formule ___ × ___ × ___ et on obtient : ______ cm^3.

Le volume du solide du haut est calculé avec la formule ______ × ______ ÷ ______. On calcule l'aire de sa base avec la formule : ______ × ______ × ______ = ______ cm^2.

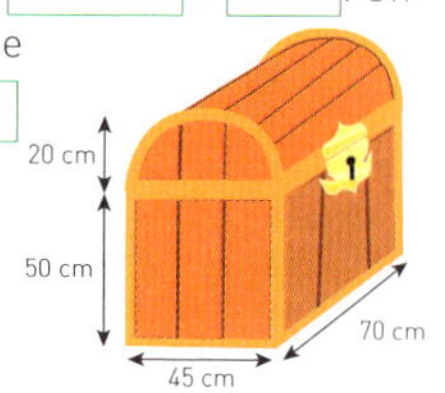

Ainsi, on obtient la valeur de son volume : ______ cm^3.

Le coffre au trésor a donc un volume de ______ cm^3.

→ 5. Compléter les conversions suivantes.

0,0075 m^3 = ______ cm^3 ; 350 mm^3 = ______ cm^3 ; 5,84 cm^3 = ______ mm^3 ; 3 hm^3 = ______ km^3 ; 54 m^3 = ______ hL ; 4 000 cm^3 = ______ mL ; 4 mL = ______ mm^3 ; 12,5 hL = ______ m^3.

1. Volume 1 : 64 cm^3. Volume 2 : 16 cm^3. Volume 3 : 90 cm^3.
2. Les bases de ce prisme sont des triangles rectangles. L'aire d'une base de ce prisme est : (4 × 4) ÷ 2 = 8 m^2. Le volume de ce prisme est donc : 8 × 2,5 = 20 m^3.
3. B. et **C.** On calcule l'aire de la base avec la formule $A = \pi \times r^2$ et le volume avec la formule V = Base × hauteur.
4. Le coffre est constitué de deux solides : un pavé droit et un demi-cylindre. Le volume du solide du bas est calculé avec la formule $L \times l \times h$ et on obtient : 157 500 cm^3. Le volume du solide du haut est calculé avec la formule Base × hauteur ÷ 2. On calcule l'aire de sa base avec la formule : $\pi \times r \times r$ = 1 256 cm^2. Ainsi, on obtient la valeur de son volume : 43 960 cm^3. Le coffre au trésor a donc un volume de 201 460 cm^3.
5. 0,007 5 m^3 = 7 500 cm^3 ; 350 mm^3 = 0,350 cm^3 ; 5,84 cm^3 = 5840 mm^3 ; 3 hm^3 = 0,003 km^3 ; 54 m^3 = 540 hL ; 4 000 cm^3 = 4 000 mL ; 4 mL = 4 000 mm^3 ; 12,5 hL = 1,25 m^3.

Fiche 20

SOLIDES

Ce que je connais déjà

Les définitions des solides vues au cycle 3.

I. Définitions des solides usuels

- Un **polyèdre** est un solide dont les **faces** sont des polygones. Les côtés de ces polygones sont appelés des **arêtes**, ils sont délimités par des points appelés **sommets**.

Solide	Définition	Représentation en perspective cavalière
Pavé droit	Solide dont toutes les faces sont des rectangles.	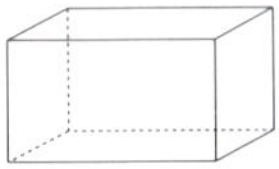
Prisme droit	Solide formé de deux bases polygonales superposables et parallèles. Elles sont reliées par des faces latérales toutes rectangulaires.	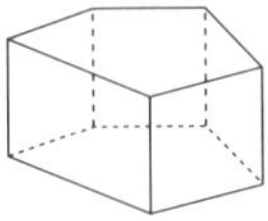
Cylindre de révolution	Solide obtenu en faisant tourner un rectangle autour de l'un de ses côtés. Il a deux bases qui sont des disques superposables et la surface latérale est un rectangle une fois déroulée.	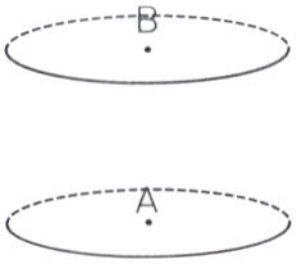
Pyramide	Solide possédant une base polygonale, des faces latérales triangulaires qui ont tous un sommet commun.	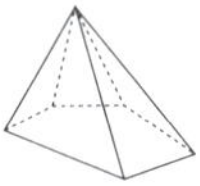
Cône de révolution	Solide obtenu par rotation d'un triangle rectangle autour de l'un des côtés de l'angle droit.	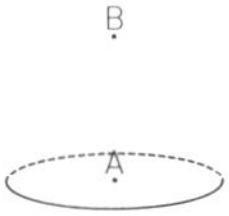

Patron de solide

Méthode : Pour construire un patron d'un cylindre de révolution, il faut savoir que la mesure de la hauteur du cylindre est la largeur du rectangle à tracer. Il faut utiliser la formule du périmètre d'un cercle $L = 2 \times \pi \times r$ pour calculer la longueur du rectangle à tracer.

Exemple :

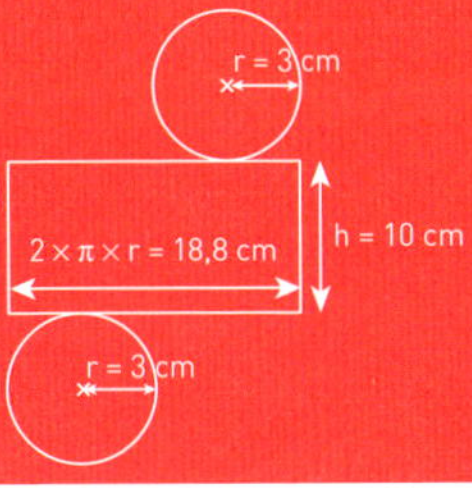

II. Perspective cavalière

Exemple :

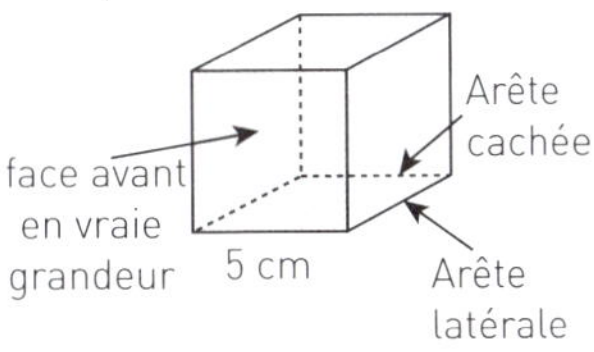

NOTIONS | MATHS

QUIZ

→ SOLIDES

→ 1. Voici un prisme droit. Parmi les affirmations suivantes, sélectionne celle(s) qui est (sont) correcte(s).

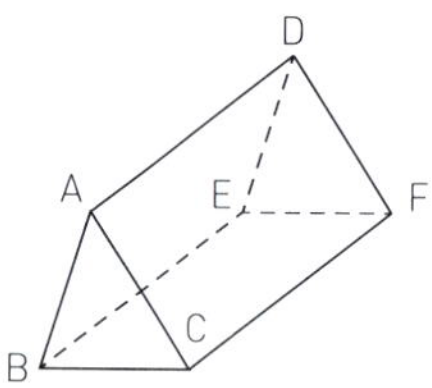

- ❑ A. La face BCFE est une base du prisme droit.
- ❑ B. L'une des bases du prisme droit est le triangle ABC.
- ❑ C. Les bases du prisme sont les polygones ABED et ACFD qui se superposent.
- ❑ D. La hauteur du prisme droit est l'arête CF.

→ 2. Parmi les affirmations suivantes, sélectionne celle(s) qui est (sont) correcte(s).

- ❑ A. Les faces latérales d'un prisme droit sont des rectangles.
- ❑ B. Un prisme droit à bases triangulaires possède 6 arêtes.
- ❑ C. Un prisme droit à bases rectangulaires possède 4 faces.
- ❑ D. Un parallélépipède rectangle est un prisme droit.
- ❑ E. Un prisme droit à bases carrées possède 12 arêtes.

→ 3. Complète les phrases suivantes avec les termes adaptés.

Les bases d'un cylindre de révolution sont des [ ] de même [ ].

Les bases d'un cylindre de révolution sont des plans [ ].

Les bases d'un cylindre de révolution sont [ ] au segment qui relie les centres des deux bases.

→ 4. Parmi les affirmations suivantes, sélectionne celle(s) qui est (sont) correcte(s).

- ❑ A. Un cylindre de révolution possède une base rectangulaire.
- ❑ B. Un cylindre de révolution possède deux bases qui sont des disques.
- ❑ C. Dans un cylindre de révolution, les bases sont parallèles.
- ❑ D. Dans un cylindre de révolution, les bases peuvent avoir des rayons différents.

→ 5. Réalise le patron du prisme droit et du cylindre de révolution suivants.

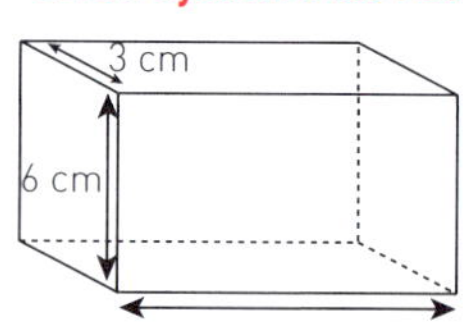

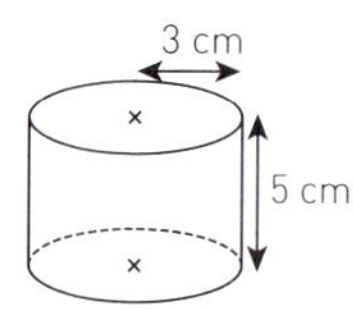

1. B. et D. Les deux bases sont les deux triangles et la hauteur est une arête qui relie les deux bases qui sont superposables.
2. A, D. et E. Il ne faut pas hésiter à dessiner les prismes droits pour mieux visualiser le nombre de faces, d'arêtes et de sommets.
3. Les bases d'un cylindre de révolution sont des disques de même rayon. Les bases d'un cylindre de révolution sont des plans parallèles. Les bases d'un cylindre de révolution sont perpendiculaires au segment qui relie les centres des deux bases.
4. B. et C. Les bases sont des disques qui sont parallèles et superposables. C'est la face latérale qui a une forme rectangulaire lorsqu'on la déroule.
5. Reporte-toi à l'encadré au recto.

Fiche 21

SYMÉTRIE CENTRALE

Ce que je connais déjà

Les définitions et les propriétés de symétrie axiale.

I. Définitions et propriétés

- Deux figures sont **symétriques par rapport à une droite** (*d*) si elles se superposent lorsqu'on **plie** le long de cette droite (*d*). Cette droite est alors **l'axe de symétrie**.
- Deux figures sont **symétriques par rapport à un point O** lorsqu'elles se superposent par **demi-tour** autour de ce point O. O est le **centre de symétrie**.
- Propriétés : Si M′ est l'image de M par rapport à O, alors O est le **milieu** de [MM′]. La symétrie centrale conserve le parallélisme, les longueurs des segments et les mesures d'angles. Si une figure possède un centre de symétrie, alors elle est son propre symétrique par rapport à ce centre.

II. Construire le symétrique d'une figure par symétrie centrale

- Méthode : Construire le symétrique d'une figure par rapport à un point O.
  - Bien repérer le centre de symétrie O.
  - Construire la demi-droite partant du premier point de la figure (A) et passant par le centre O : [AO) puis reporter la longueur AO à partir du point O sur cette même demi-droite mais de l'autre côté du point O. On obtient alors A′, l'image du point A.
  - Recommencer la même procédure pour chaque sommet de la figure initiale.
  - Relier enfin tous les points images obtenus dans l'ordre pour obtenir la figure F′, image de la figure initiale F par rapport au point O.

Exemples
A′B′C′ est l'image de ABC par la symétrie de centre O.

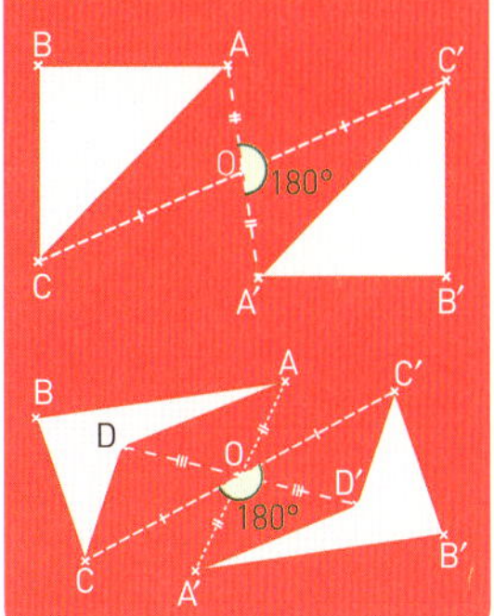

III. Visualiser une symétrie dans une frise ou dans un pavage

- Méthode : Trouver une symétrie dans une frise ou dans un pavage.
  - Bien observer le motif élémentaire (c'est-à-dire le motif de base qui va ensuite être répété dans la frise ou le pavage).
  - Puis, chercher ce même motif dans la frise ou le pavage et trouver par quelle transformation il a pu être répété pour construire toute la frise ou tout le pavage.

Exemple :

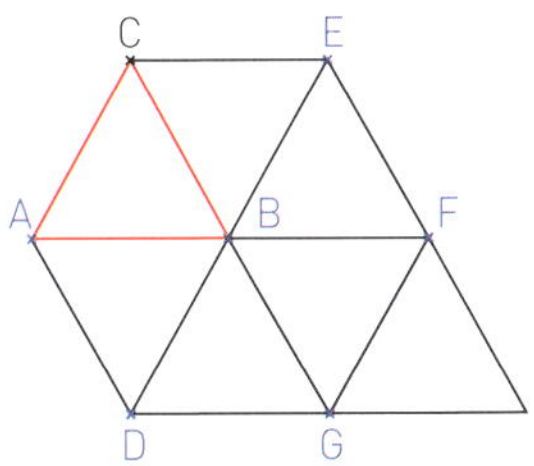

NOTIONS | MATHS

QUIZ

→ SYMÉTRIE CENTRALE

→ 1. Complète avec les bons nombres.

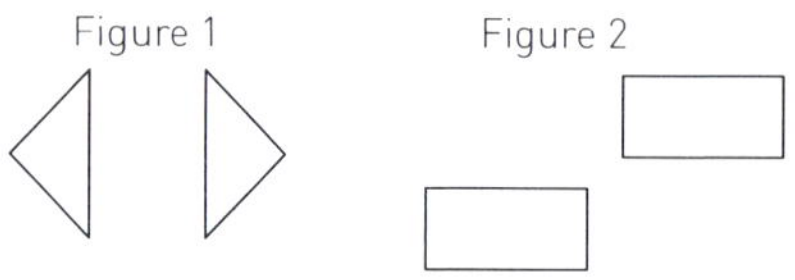

La figure 1 possède ☐ axe(s) de symétrie et ☐ centre(s) de symétrie.

La figure 2 possède ☐ axe(s) de symétrie et ☐ centre(s) de symétrie.

Un parallélogramme a ☐ axe(s) de symétrie et ☐ centre(s) de symétrie.

Un rectangle a ☐ axe(s) de symétrie et ☐ centre(s) de symétrie.

Un losange a ☐ axe(s) de symétrie et ☐ centre(s) de symétrie.

Un carré a ☐ axe(s) de symétrie et ☐ centre(s) de symétrie.

→ 2. Parmi les affirmations suivantes, sélectionne celle(s) qui est (sont) correcte(s).

❑ A. La lettre *A* possède un axe de symétrie.
❑ B. La lettre *M* possède un centre de symétrie.
❑ C. La lettre *Z* possède un centre de symétrie.
❑ D. La lettre *E* possède un axe de symétrie et un centre de symétrie.

→ 3. Parmi les affirmations suivantes, sélectionne celle(s) qui est (sont) correcte(s). On peut dire dans cette figure que :

❑ A. le point A est le symétrique du point C par la symétrie de centre O.
❑ B. le point O est le symétrique du point O par la symétrie de centre O.
❑ C. le point O est le milieu du segment [BC].
❑ D. le point D est le symétrique du point O par la symétrie de centre C.

→ 4. Parmi les affirmations suivantes, sélectionne celle(s) qui est (sont) correcte(s).

❑ A. Lors de la symétrie de centre O, le point A a pour image A′, le point B a pour image B′ et alors AB = A′B′.
❑ B. Lors de la symétrie de centre O, la droite (*d*) a pour symétrique (*d*′) et alors les droites (*d*) et (*d*′) sont perpendiculaires.
❑ C. Lors d'une symétrie centrale, le symétrique d'un cercle est un cercle de même rayon.

→ 5. Construis l'image du polygone par la symétrie de centre O.

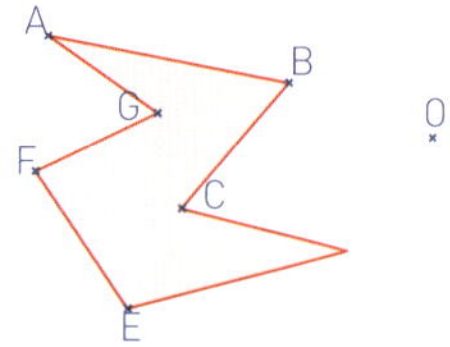

1. La figure 1 possède 2 axes de symétrie et 1 centre de symétrie. La figure 2 possède 0 axe de symétrie et 1 centre de symétrie. Un parallélogramme a 0 axe de symétrie et 1 centre de symétrie. Un rectangle a 2 axes de symétrie et 1 centre de symétrie. Un losange a 2 axes de symétrie et 1 centre de symétrie. Un carré a 4 axes de symétrie et 1 centre de symétrie.
2. A. et **C.** La lettre *E* possède bien un axe de symétrie mais pas de centre de symétrie.
3. B., C. et **D.** Comme le segment est coupé en quatre parts égales, on obtient des points symétriques par rapport aux centres proposés. De plus le centre de symétrie est son propre symétrique lors d'une symétrie centrale.
4. A. et **C.** La symétrie centrale conserve les longueurs et le parallélisme.
5. Reporte-toi à la méthode du II.

Fiche 22

ANGLES

Ce que je connais déjà

Le vocabulaire des angles de base.

Exemples :

Angles adjacents :

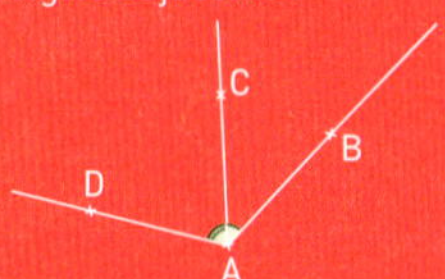

Angles complémentaires et supplémentaires :

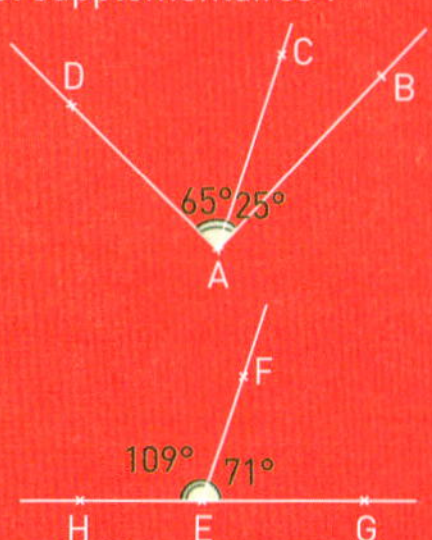

Angles opposés par le sommet :

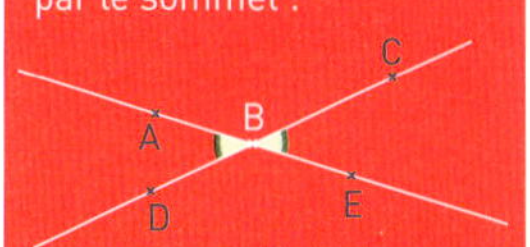

Angles alternes-internes : Les angles $\widehat{CBE}$ et $\widehat{BEF}$ sont alternes-internes.

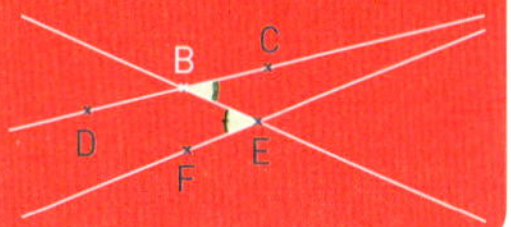

Angles correspondants : Les angles $\widehat{CBE}$ et $\hat{E}$ sont correspondants.

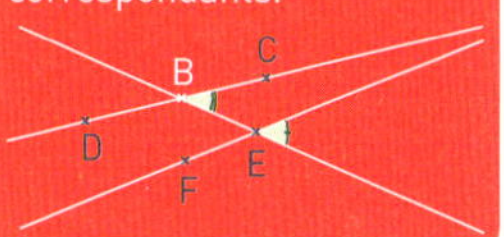

I. Angles adjacents, complémentaires et supplémentaires

- Deux angles sont **adjacents** lorsqu'ils ont le même sommet ; lorsqu'ils ont un côté commun et lorsqu'ils sont situés de part et d'autre du côté commun.
- Deux angles sont **complémentaires** lorsqu'ils sont adjacents et que la somme de leur mesure est égale à 90°.
- Deux angles sont **supplémentaires** lorsqu'ils sont adjacents et que la somme de leur mesure est égale à 180°.

II. Angles opposés par le sommet

- Deux angles sont **opposés par le sommet** lorsqu'ils ont le même sommet et lorsque leurs côtés sont dans le prolongement l'un de l'autre.
- Propriété : Deux angles opposés par le sommet sont de même mesure.

III. Angles alternes-internes et correspondants

- On considère deux droites (d) et (d') et une sécante (Δ) qui coupe (d) et (d') en deux points B et E. Deux angles sont **alternes-internes** lorsqu'ils ont pour sommets B et E ; lorsqu'ils sont situés de part et d'autre de la droite (Δ) et lorsqu'ils sont situés entre les droites (d) et (d').
- On considère deux droites (d) et (d') et une sécante (Δ) qui coupe (d) et (d') en deux points B et E. Deux angles sont **correspondants** lorsqu'ils ne sont pas adjacents ; lorsqu'ils sont situés du même côté de la droite (Δ) et lorsque l'un est situé entre les droites (d) et (d') et l'autre non.

IV. Propriétés des angles alternes-internes et correspondants

- Si deux droites parallèles sont coupées par une sécante, alors les angles alternes-internes (respectivement les angles correspondants) qu'elles forment sont de la même mesure.
- Si deux droites coupées par une sécante forment deux angles alternes-internes (respectivement deux angles correspondants) de la même mesure, alors les deux droites qui coupent la sécante sont parallèles.
- Méthode : Pour démontrer que deux droites sont parallèles, il faut repérer les angles connus sur la figure et poser les mots de vocabulaire adéquats. Puis, rechercher la bonne propriété à appliquer dans l'exercice.

QUIZ

→ ANGLES

→ 1. On sait que les angles : $\hat{a} = \hat{i} = 45°$. Complète les phrases suivantes avec l'adjectif qui convient.

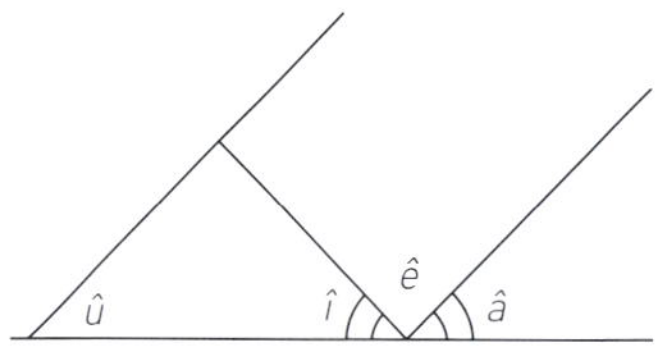

Les angles $\hat{a}$ et $\hat{i}$ sont ________.

Les angles $\hat{i}$ et $\hat{e}$ sont ________.

Les angles $\hat{a}$ et $\hat{u}$ sont ________.

→ 2. Sur la figure ci-contre, FAEC est un rectangle et ABCD est un parallélogramme. Parmi les affirmations suivantes, lesquelles sont vraies ?

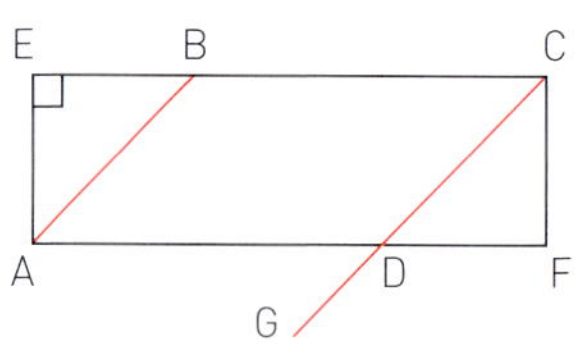

- ❑ A. Les angles $\widehat{BAD}$ et $\widehat{ADG}$ sont alternes-internes.
- ❑ B. Les angles $\widehat{ADG}$ et $\widehat{BCD}$ sont correspondants.
- ❑ C. Les angles $\widehat{BAD}$ et $\widehat{CDF}$ sont correspondants.
- ❑ D. Les angles $\widehat{BAD}$ et $\widehat{CDF}$ sont alternes-internes.
- ❑ E. Les angles $\widehat{ADG}$ et $\widehat{CDF}$ sont opposés par le sommet.

→ 3. Compare les angles de la figure.

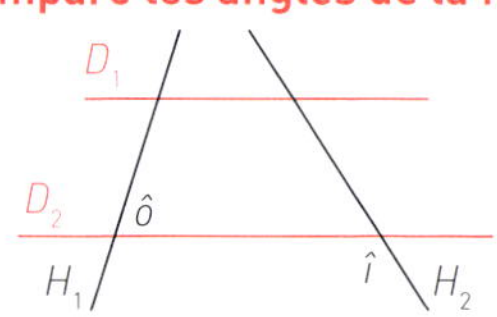

La mesure de l'angle $\hat{o}$ est égale à celle de l'angle $\hat{e}$ car ____ est ________ à ____ et les angles $\hat{o}$ et $\hat{e}$ sont ________.

La mesure de l'angle $\hat{o}$ est ________ de celle de l'angle $\hat{i}$ car ____ n'est pas ________ à ____ même si les angles $\hat{o}$ et $\hat{i}$ sont ________.

→ 4. On sait que l'angle $\widehat{BDC}$ mesure 30°. Trouve les mesures des angles suivants.

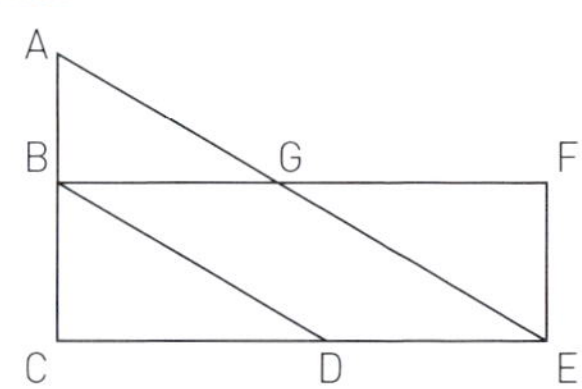

$\widehat{DBG}$ = ____ $\widehat{EGF}$ = ____

$\widehat{GED}$ = ____ $\widehat{GEF}$ = ____

1. Les angles $\hat{a}$ et $\hat{i}$ sont complémentaires. Les angles $\hat{i}$ et $\hat{e}$ sont adjacents. Les angles $\hat{a}$ et $\hat{u}$ sont correspondants.

2. A, B, C. et **E.** Les angles ne sont pas alternes-internes car ils sont du même côté de la droite sécante, c'est pour cela qu'on valide la phrase C et pas la D.

3. La mesure de l'angle $\hat{o}$ est égale à celle de l'angle $\hat{e}$ car D1 est parallèle à D2 et les angles $\hat{o}$ et $\hat{e}$ sont alternes-internes. La mesure de l'angle $\hat{o}$ est différente de celle de l'angle $\hat{i}$ car H1 n'est pas parallèle à H2 même si les angles $\hat{o}$ et $\hat{i}$ sont alternes-internes.

4. $\widehat{DBG} = 30$, $\widehat{EGF} = 30$, $\widehat{GED} = 30$ et $\widehat{GEF} = 60$.

Fiche 23

TRIANGLES (1)

Ce que je connais déjà

Le vocabulaire des triangles et la manipulation du compas.

I. Inégalité triangulaire

- Propriété : Dans un triangle, la longueur d'un côté est toujours inférieure ou égale à la somme des longueurs des deux autres côtés. Remarque : Si la longueur d'un côté est égale à la somme des longueurs des deux autres côtés, alors le triangle est aplati, c'est-à-dire que les trois points sont alignés.
- Méthode : Construire, **à la règle et au compas**, le triangle ABC vérifiant : AB = 10 cm, AC = 7 cm et BC = 15 cm.

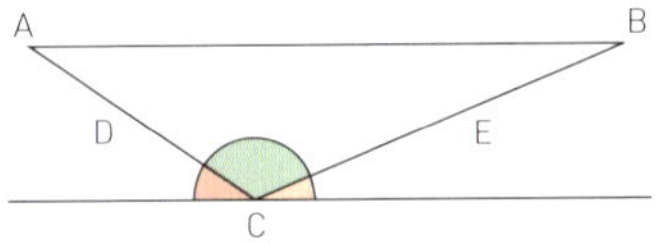

  - Commencer par tracer l'un des trois segments en grandeur réelle à la règle.
  - À l'aide du compas, tracer un arc de cercle de centre A et de rayon 7 cm.
  - À l'aide du compas, tracer un arc de cercle de centre B et de rayon 15 cm.
  - Placer le point C à l'intersection des deux arcs de cercle tracés.
  - Tracer les segments [AC] et [BC] puis compléter le codage.

II. Droites remarquables

- La **médiatrice d'un segment** est l'ensemble des points situés à égale distance des extrémités de ce segment. Propriété : La médiatrice d'un segment est la droite perpendiculaire à ce segment et passant par son milieu.
- Propriétés : Les médiatrices d'un triangle sont les trois médiatrices des trois côtés du triangle. Les trois médiatrices d'un triangle sont **concourantes** en un point.
- Dans un triangle quelconque, par exemple le triangle MAC, la **hauteur issue du sommet M** est la droite passant par le point M et qui est perpendiculaire au côté opposé à ce sommet M. On dit que H est le **pied** de la hauteur et que (MH) est la **hauteur relative** au côté [CA].

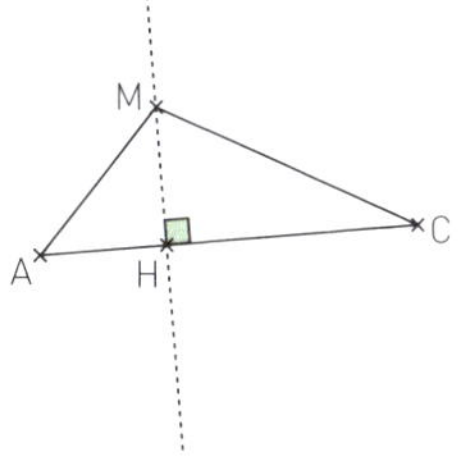

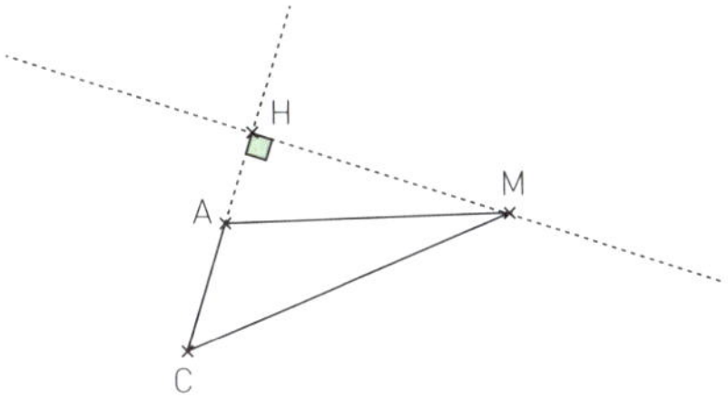

Méthode : Vérifier si un triangle est constructible ou non.
Repérer le plus grand côté du triangle étudié.
Calculer la somme des longueurs des deux plus petits côtés du triangle.
Comparer cette somme à la longueur du plus grand côté du triangle. Si la somme est supérieure au plus grand côté, alors le triangle est constructible. Si la somme est inférieure au plus grand côté, alors le triangle n'existe pas. Si la somme est égale à la longueur du plus grand côté, alors le triangle est aplati.

QUIZ

→ TRIANGLES (1)

→ 1. On veut construire trois points A, B et C définis par la mesure des longueurs AB, AC et BC. Associe à chaque cas le bon commentaire.

1. A, B et C sont alignés
2. ABC est un triangle
3. C'est impossible

On a : AB = 2 ; AC = 4 et BC = 7.
Réponse : ______.

On a : AB = 12,5 ; AC = 4,9 et BC = 7,8.
Réponse : ______.

On a : AB = 4,9 ;AC = 3,6 et BC = 1,3.
Réponse : ______.

→ 2.A, B et C sont trois points distincts. Calcule la longueur manquante.

On a les points A, B et C alignés dans cet ordre avec : AB = 3 cm, BC = 7 cm et AC = ____ cm.

On a les points A, B et C alignés dans cet ordre avec : AC = 8 cm, BC = 5 cm et AB = ____ cm.

On a les points B, C et A alignés dans cet ordre avec : AC = 8 cm, BC = 5 cm et AB = ____ cm.

On a les points C, A et B alignés dans cet ordre avec : AB = 4 cm, BC = 9 cm et CA = ____ cm.

→ 3. Parmi les triangles suivants lesquels sont constructibles ?

- ❑ A. Le triangle de dimensions : 3 cm, 2 cm et 4 cm.
- ❑ B. Le triangle de dimensions : 7 cm, 10 cm et 8 cm.
- ❑ C. Le triangle de dimensions : 1,5 cm, 3,5 cm et 6 cm.
- ❑ D. Le triangle de dimensions : 12 cm, 23 cm et 10 cm.

→ 4. On donne les dimensions de deux des côtés d'un triangle. Entre quelles valeurs doit être comprise la longueur du troisième côté du triangle ?

On a : 2,5 cm et 2 cm alors le troisième côté est entre ____ cm et ____ cm.

On a : 8 cm et 3 cm alors le troisième côté est entre ____ cm et ____ cm.

On a : 5 cm et 7,3 cm alors le troisième côté est entre ____ cm et ____ cm.

→ 5. On souhaite construire un triangle dont les côtés mesurent 7 cm, 5 cm et 4 cm. Dans quel ordre doit-on effectuer les étapes suivantes ?

Étape n° ____ : je joins les points A et C puis les points B et C.

Étape n° ____ : je trace un premier arc de cercle de centre A et de rayon 5 cm.

Étape n° ____ : je trace un segment [AB] de longueur 7 cm.

Étape n° ____ : je trace un second arc de cercle de centre B et de rayon 4 cm.

1. On a : AB = 2, AC = 4 et BC = 7. Réponse : 3. c'est impossible. On a : AB = 12,5, AC = 4,9 et BC = 7,8. Réponse : 2. ABC est un triangle. On a : AB = 4,9, AC = 3,6 et BC = 1,3. Réponse : 1. A,B et C sont alignés.
2. AB = 3 cm, BC = 7 cm et AC = 10 cm. AC = 8 cm, BC = 5 cm et AB = 3 cm. AC = 8 cm, BC = 5 cm et AB = 13 cm. AB = 4 cm, BC = 9 cm et CA = 5 cm.
3. A. et **B.** Les triangles sont constructibles en vérifiant l'inégalité triangulaire.
4. On a : 2,5 cm et 2 cm alors le troisième côté est entre 0,5 cm et 4,5 cm.
On a : 8 cm et 3 cm alors le troisième côté est entre 5 cm et 11 cm.
On a : 5 cm et 7,3 cm alors le troisième côté est entre 2,3 cm et 12,3 cm.
5. Étape n° 4, Étape n° 2, Étape n° 1 et Étape n° 3.

Fiche 24

TRIANGLES (2)

Ce que je connais déjà

Le vocabulaire des angles et des triangles et la manipulation du rapporteur.
Le vocabulaire et les propriétés des angles (fiche 22).

I. Angles d'un triangle

- Propriété des angles d'un triangle : **Dans un triangle, la somme des mesures des trois angles est égale à 180°.**
- Méthode : Calculer la mesure d'un angle dans un triangle.
  - Identifier les trois angles du triangle à utiliser.
  - Écrire la propriété des mesures des angles d'un triangle et écrire l'égalité ainsi obtenue.
  - Remplacer par les données connues, c'est-à-dire par les mesures des angles connues.
  - Enfin, effectuer le calcul à trou pour trouver la mesure demandée.

Exemple : Dans le triangle PKO, on connaît $\widehat{OPK} = 46°$ et $\widehat{PKO} = 71°$. On sait que la somme des mesures des trois angles vaut 180°.

$$\widehat{OPK} + \widehat{PKO} + \widehat{KOP} = 180°$$
$$46° + 71° + \widehat{KOP} = 180°$$

On a alors :

$$\widehat{KOP} = 180° - 117°$$
$$\widehat{KOP} = 63°.$$

II. Construire un triangle grâce à ses angles

- Méthode : Construire le triangle ABC vérifiant AB = 7 cm, $\widehat{ABC} = 50°$ et $\widehat{BAC} = 30°$.
  - Tracer le segment dont la longueur est connue : [AB], puis le coder.
  - Avec le rapporteur, tracer la demi-droite [Bx) pour que $\widehat{ABx} = 50°$.
  - De même, avec le rapporteur, on trace la demi-droite [Ay) pour que $\widehat{BAy} = 30°$.
  - Placer le dernier point du triangle C, au point d'intersection des deux demi-droites.

III. Triangles particuliers : propriétés

- Dans un triangle équilatéral, chaque angle mesure 60°. Réciproquement, si un triangle possède trois angles qui mesurent 60°, alors ce triangle est équilatéral.
- Dans un triangle isocèle, les angles à la base ont la même mesure. Réciproquement, si un triangle possède deux angles de même mesure, alors ce triangle est isocèle.
- Dans un triangle rectangle, la somme des mesures des deux angles aigus est égale à 90°. Réciproquement, si un triangle possède un angle droit ou deux angles aigus dont la somme des mesures vaut 90°, alors ce triangle est rectangle.
- Dans un triangle rectangle isocèle, les deux angles aigus mesurent chacun 45°.

$\widehat{MON} + \widehat{ONM} + \widehat{NMO} = 180°$.

Explications : Grâce aux angles alternes-internes, dans la figure ci-contre, on voit que les angles rouges sont égaux, tout comme les angles orange. De plus, le regroupement des trois angles du triangle donne un angle plat dont la mesure vaut bien 180°.

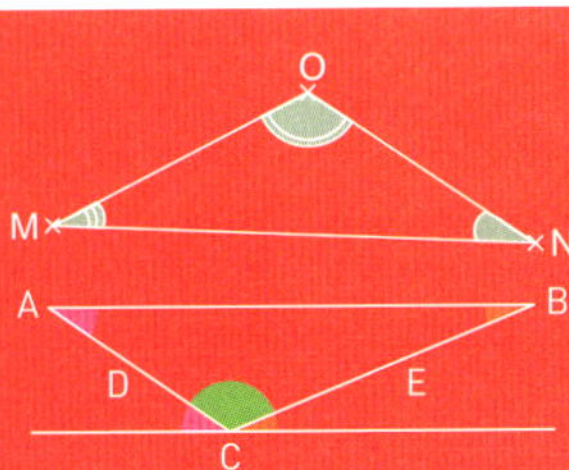

NOTIONS | MATHS

QUIZ

→ TRIANGLES (2)

→ 1. Parmi les affirmations suivantes, sélectionne la bonne réponse. Dans un triangle ABC, si l'angle $\hat{A}$ mesure 36° et l'angle $\hat{B}$ mesure 42°, alors :

- ❑ A. L'angle $\hat{C}$ mesure 38°.
- ❑ B. L'angle $\hat{C}$ mesure 12°.
- ❑ C. L'angle $\hat{C}$ mesure 78°.
- ❑ D. L'angle $\hat{C}$ mesure 102°.

→ 2. Les affirmations suivantes sont-elles vraies ? Sélectionne la (les) bonne(s) réponse(s).

- ❑ A. Si un triangle a trois angles de 47°, alors il est équilatéral.
- ❑ B. Si un triangle a deux angles de 30°, alors le troisième angle mesure 120°.
- ❑ C. Si un triangle a deux angles de 60°, alors il est équilatéral.

→ 3. Indique la nature des triangles décrits ci-dessous.

Le triangle ABC vérifie : $\hat{B}$ = 40 ° et $\hat{C}$ = 50 °.

Donc ABC est un triangle ______.

Le triangle EFG vérifie : $\hat{E}$ = 60 ° et $\hat{F}$ = 60 °.

Donc EFG est un triangle ______.

Le triangle IJK vérifie : $\hat{J}$ = 40 ° et $\hat{K}$ = 70 °.

Donc IJK est un triangle ______.

→ 4. Les affirmations suivantes sont-elles vraies ? Sélectionne la (les) bonne(s) réponse(s).

- ❑ A. Pour tracer un triangle ABC que l'on souhaite identique pour tous les élèves d'une classe, il faut connaître les longueurs AB et AC.
- ❑ B. Si je souhaite tracer un triangle ABC tel que AB = 4 cm, AC = 5 cm et $\hat{A}$ = 38 °, alors il me manque la mesure de l'angle $\hat{B}$.
- ❑ C. Si je trace un triangle ABC tel que AB = 4 cm, $\widehat{ABC}$ = 36 ° et $\widehat{BAC}$ = 108°, alors je suis sûr(e) que la longueur du côté [AC] sera de 4 cm.
- ❑ D. Pour tracer un triangle ABC que l'on souhaite identique pour tous les élèves d'une classe, il faut connaître les longueurs AB et AC et l'angle $\hat{A}$.

→ 5. Construis en vraie grandeur la figure suivante.

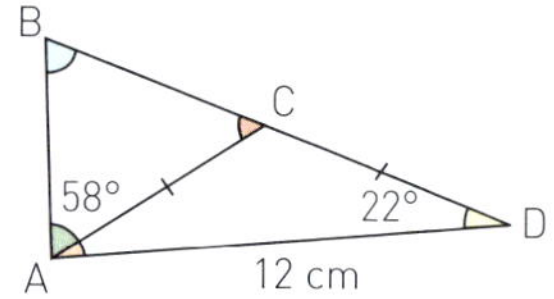

1. D. On calcule la somme des deux angles, cela fait 78° et donc il manque 102° pour atteindre les 180° du total des angles du triangle.
2. B. et C. La phrase **A.** est fausse car la somme des angles ne ferait pas 180° dans ce cas.
3. ABC est un triangle rectangle. EFG est un triangle équilatéral. IJK est un triangle isocèle.
4. C. et D. Il est recommandé d'essayer de construire les triangles proposés pour se faire une idée de la réponse.

Fiche 25

PARALLÉLOGRAMMES

Ce que je connais déjà

Le vocabulaire des quadrilatères. La manipulation de l'équerre et du compas pour construire des droites parallèles, des droites perpendiculaires et des triangles (fiches 23 et 24).

I. Définition et propriétés des parallélogrammes

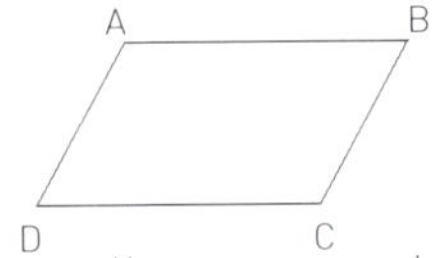

- Un **parallélogramme** est un quadrilatère ayant ses côtés opposés deux à deux parallèles.

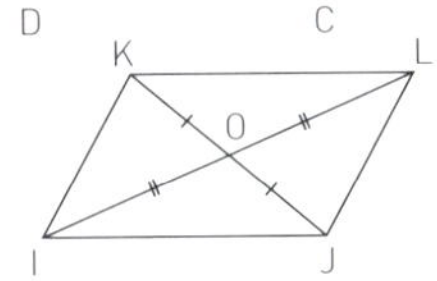

- Propriétés des diagonales : Les diagonales d'un parallélogramme se coupent en leur milieu. Le point d'intersection des diagonales est le centre de symétrie du parallélogramme.

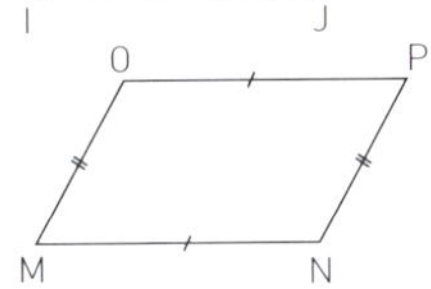

- Propriétés des côtés et des angles des parallélogrammes : Les côtés opposés d'un parallélogramme sont de la même longueur. Les angles opposés d'un parallélogramme sont de la même mesure. Deux angles consécutifs d'un parallélogramme sont supplémentaires.

II. Parallélogrammes particuliers

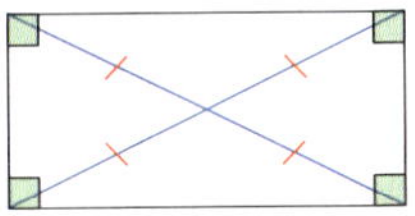

- Propriétés : Les rectangles, les losanges et les carrés sont des parallélogrammes particuliers.
- Un **rectangle** est un quadrilatère qui a <u>quatre angles droits</u>. Les diagonales d'un rectangle sont de la même longueur. Si un parallélogramme possède un angle droit, alors c'est un rectangle.

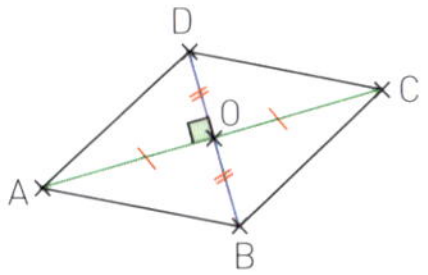

- Un **losange** est un quadrilatère qui a ses <u>quatre côtés de la même longueur</u>. Les diagonales d'un losange sont perpendiculaires. Si un parallélogramme a deux côtés consécutifs de la même longueur, alors c'est un losange.

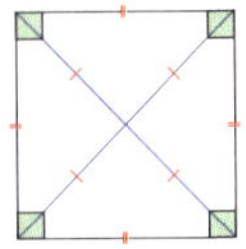

- Un **carré** est un quadrilatère qui a quatre angles droits et quatre côtés de la même longueur. Les diagonales d'un carré sont perpendiculaires et de la même longueur. Si un parallélogramme a deux côtés consécutifs de la même longueur et un angle droit, alors c'est un carré.

III. Construire des quadrilatères

- Méthode : Construire un parallélogramme lorsqu'on connaît les longueurs a et b de deux côtés consécutifs et la mesure de l'angle α entre ces deux côtés.
  - Tracer les deux côtés de longueurs a et b de façon à ce que leur ouverture soit celle de la mesure d'angle α en utilisant le rapporteur entre le tracé des deux côtés.
  - Avec le compas, reporter les longueurs a et b aux extrémités des deux côtés déjà obtenus de sorte que les longueurs soient identiques sur les côtés opposés. Le point d'intersection des deux arcs de cercle est le quatrième sommet du parallélogramme.

Méthode : Construire un losange à partir de ses diagonales.
On commence par tracer un segment de la longueur de la première diagonale donnée. Ensuite, on trace la droite perpendiculaire à ce segment passant par son milieu. On transforme cette perpendiculaire en un segment qui doit avoir le même milieu que le premier segment tracé et être de la longueur de la deuxième diagonale donnée. Aux extrémités des segments perpendiculaires, on obtient les quatre sommets du losange. On doit alors tracer les côtés du losange à partir des sommets obtenus.

QUIZ

→ PARALLÉLOGRAMMES

→ 1. Parmi les affirmations suivantes, lesquelles sont vraies ?

- ❑ A. Un quadrilatère qui a deux côtés opposés parallèles est un parallélogramme.
- ❑ B. Un quadrilatère dont les diagonales ont le même milieu est un parallélogramme.
- ❑ C. Un quadrilatère qui a deux côtés opposés parallèles est un trapèze.

→ 2. Complète le raisonnement ci-dessous.

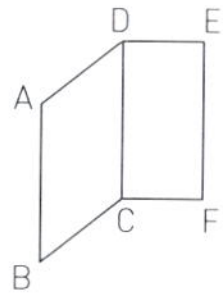

ABCD est un parallélogramme,
donc (AB)// ☐ et AB = ☐.

DCFE est aussi un parallélogramme,
donc (DC)// ☐ et DC = ☐.

On peut donc dire que AE ☐ est un parallélogramme car (AB)// ☐ et AB = ☐.

On en déduit finalement que :
(AE)// ☐ et AE = ☐.

→ 3. Parmi les affirmations suivantes, lesquelles sont vraies ?

- ❑ A. Si ABCD est un parallélogramme de centre O, alors les points A et C sont symétriques par rapport à O.
- ❑ B. Si ABCD est un parallélogramme de centre O, alors OA = OB.
- ❑ C. Si ABCD est un parallélogramme de centre O, alors (AC) et (BD) sont perpendiculaires.
- ❑ D. Si ABCD est un parallélogramme de centre O, alors [AC] et [BD] ont le même milieu.

→ 4. Parmi les affirmations suivantes, lesquelles sont vraies ?

- ❑ A. Un rectangle est un quadrilatère qui a un angle droit.
- ❑ B. Un losange est un parallélogramme dont les diagonales sont perpendiculaires.
- ❑ C. Un carré est un quadrilatère qui a quatre côtés de même longueur.
- ❑ D. Un rectangle possède quatre axes de symétrie.
- ❑ E. Un losange possède deux axes de symétrie.
- ❑ F. Un carré possède quatre axes de symétrie et un centre de symétrie.

→ 5. Construis en vraie grandeur les quadrilatères suivants.

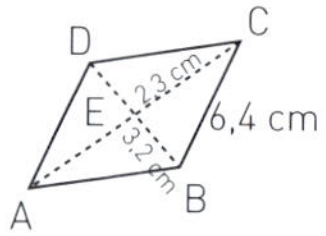

ABCD parallèlogramme

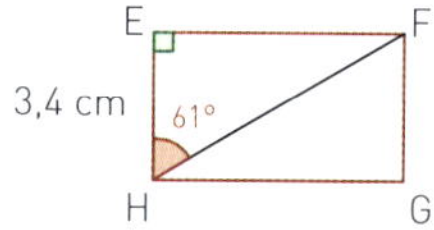

EFGH rectangle

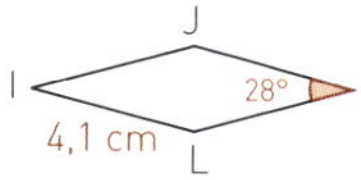

IJKL losange

1. B et C. La première phrase est fausse car deux côtés seulement sont parallèles.
2. (DC), DC, (EF), EF, FB, (EF), EF, (BF), BF.
3. A. et **D.** Les longueurs OA et OB sont différentes, car ce n'est pas la même diagonale et les diagonales ne sont pas perpendiculaires dans un parallélogramme.
4. B, E. et **F.** Il faut faire attention aux propriétés des quadrilatères particuliers, car elles concernent les parallélogrammes ou des quadrilatères quelconques mais ne nécessitent pas autant d'informations en fonction des situations.

MOTS-CLÉS NOMBRES ET CALCULS

ARRONDI D'UN NOMBRE POSITIF

- L'**arrondi à l'unité** d'un nombre décimal x est, s'il existe, le nombre **entier le plus proche** de x. Si x est à égale distance des deux nombres entiers qui l'encadrent, l'arrondi est le plus grand de ces entiers.

COMPARER DES NOMBRES

- Comparer deux nombres, c'est trouver le plus petit ou le plus grand des deux nombres en faisant appel aux règles suivantes : si deux nombres décimaux n'ont **pas la même partie entière**, alors le plus petit est celui qui a la plus petite partie entière et s'ils ont la **même partie entière**, on examine leurs parties décimales chiffre par chiffre, en commençant par la décimale placée juste à droite de la virgule et en ajoutant au besoin des zéros.

DISTANCE À ZÉRO

- La distance à zéro du nombre relatif –4,5 est la longueur du segment [OA], c'est-à-dire 4,5. La distance à zéro du nombre relatif –2 est la longueur du segment [OB], c'est-à-dire 2.

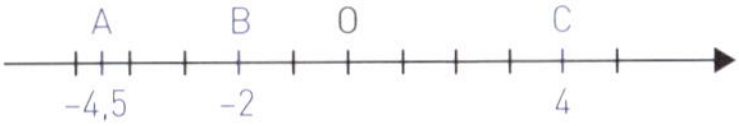

DISTANCE ENTRE DEUX POINTS SUR UNE DROITE GRADUÉE

- Pour trouver la distance entre deux points A et B d'une droite graduée, on calcule la différence de leurs abscisses de la manière suivante : abscisse la plus grande – abscisse la plus petite.

DIVISEUR

- Le mot diviseur désigne de façon plus restreinte un nombre b (non nul) tel que le reste de la division euclidienne de a par b soit égal à 0. Dans ce cas, on dit que a est **divisible** par b (c'est un **multiple** de b) et que b est un **diviseur** de a.

DIVISIBILITÉ

- Soit deux nombres entiers a et b. Si le **reste de la division euclidienne** de a par b est **nul**, alors a est divisible par b (et b est un diviseur de a).

DIVISION EUCLIDIENNE

- Soit a un nombre entier et b un nombre entier non nul. La division euclidienne de a par b est l'opération qui associe à a et à b deux nombres entiers q et r définis par : $a = b \times \boldsymbol{q} + \boldsymbol{r}$ avec $r < b$. Quand on pose l'opération, on dispose les nombres ainsi : $\begin{array}{c|c} a & b \\ \hline r & q \end{array}$ avec q le **quotient** et r le **reste** de la division.

ÉCRITURE DÉCIMALE ET ÉCRITURE FRACTIONNAIRE

- Le nombre décimal 0,9 peut être écrit en écriture décimale avec une virgule ou en écriture fractionnaire **avec une barre**. Le nombre $\frac{9}{10}$ est **l'écriture fractionnaire** du nombre 0,9.

EFFECTUER UNE OPÉRATION

- Effectuer une **somme**, c'est donner de cette somme une écriture décimale (ou fractionnaire) qui ne comporte plus le symbole d'opération +. Effectuer une **différence**, c'est donner de cette différence une écriture décimale (ou fractionnaire) qui ne comporte plus le symbole d'opération – ; effectuer un **produit**, c'est donner de ce produit une écriture décimale (ou fractionnaire) qui ne comporte plus le symbole d'opération ×.

ENCADRER UN NOMBRE DÉCIMAL

- Encadrer un nombre, c'est indiquer **deux valeurs** entre lesquelles ce nombre est **compris**. Par exemple, au centième près, on écrit : $3{,}14 < \pi < 3{,}15$.

EXPRESSION NUMÉRIQUE

• Une expression numérique **représente un nombre**. Son écriture peut être plus ou moins développée. Par exemple : $(7 + 3) \times 5$ est une expression numérique qui représente le nombre 50.

FRACTION

• Le mot **fraction** est utilisé pour désigner l'**écriture fractionnaire d'un quotient** $\frac{a}{b}$ quand a et b sont des **nombres entiers.**
Par exemple, le quotient $3 \div 4$ peut être écrit sous la forme fractionnaire $\frac{3}{4}$.

INTERCALER UN NOMBRE DÉCIMAL

• Entre deux nombres décimaux, on peut toujours intercaler d'autres nombres décimaux, avec plus de chiffres dans la partie décimale.

MULTIPLE

• Le **produit d'un nombre *a* par un nombre entier** est un multiple de *a*.
Par exemple, 0, 4, 8, 12, etc., sont des multiples de 4.

NOMBRE OPPOSÉ

• Deux nombres opposés ont la même distance à zéro et des signes contraires.

NOMBRE RELATIF

• L'ensemble des nombres relatifs est formé des nombres **décimaux positifs** (supérieurs à 0) et des nombres **décimaux négatifs** (inférieurs à 0) ; 0 est le seul nombre relatif à la fois positif et négatif.
Par exemple, 3 est un nombre relatif positif et –4,6 est un nombre relatif négatif.

ORDRE DE GRANDEUR

• On donne un **ordre de grandeur** quand le nombre exact ne peut pas être donné ou présente peu d'intérêt. Les ordres de grandeur permettent de vérifier ou d'**anticiper des calculs**.

PAR DÉFAUT

• Quand on donne d'un nombre une **valeur approchée** qui lui est **inférieure**, on dit que cette valeur est approchée par défaut.

PAR EXCÈS

• Quand on donne d'un nombre une **valeur approchée** qui lui est **supérieure**, on dit que cette valeur est approchée par excès.

RANGER DES NOMBRES DÉCIMAUX

• **Ranger** ou **ordonner** une suite de nombres, c'est l'écrire soit du plus petit au plus grand (ordre **croissant**), soit du plus grand au plus petit (ordre **décroissant**).

SOMME ALGÉBRIQUE

• Soit l'expression numérique : $S = 14 + (-5) - (+3) - (-9)$. Cette **suite d'additions et de soustractions** peut être réécrite à l'aide d'additions uniquement : $S = 14 + (-5) + (-3) + (+9)$ et on l'appelle une somme algébrique.

VALEUR APPROCHÉE

• Une valeur approchée d'un nombre est une **valeur approximative** de ce nombre. Selon la **précision demandée**, on donnera une valeur approchée à l'unité, au dixième, au centième, au millième, etc. près. Par exemple, pour donner la valeur approchée de $\frac{-27}{31}$, on trouve avec la calculatrice : $\frac{-27}{31} \approx -0{,}871$ au millième près (on dit aussi à 0,001 près).

VALEUR EXACTE

• La division $64{,}5 \div 15$ se termine, on dit aussi qu'elle « tombe juste ». L'écriture décimale 4,3 est donc la **valeur exacte de ce quotient**. Dans le cas d'une division qui ne se termine pas, la valeur exacte du quotient s'écrit avec une fraction.

Fiche 27

FORMULES ET MÉTHODES CLÉS… NOMBRES ET CALCULS

ADDITIONNER DES NOMBRES DÉCIMAUX OU RELATIFS EN ÉCRITURE FRACTIONNAIRE

• Pour additionner des nombres décimaux ou relatifs en écriture fractionnaire qui ont le **même dénominateur**, on additionne les numérateurs et on garde le même dénominateur, soit : $\frac{a}{c}+\frac{b}{c}=\frac{a+b}{c}$.

Pour additionner des nombres décimaux ou relatifs en écriture fractionnaire qui ont des **dénominateurs différents**, on commence par les réduire au même dénominateur.

Par exemple, $\frac{3}{5}+\frac{8}{5}=\frac{3+8}{5}=\frac{11}{5}$ et, $2+\frac{1}{3}=\frac{2\times 3}{3}+\frac{1}{3}=\frac{6+1}{3}=\frac{7}{3}$.

ADDITIONNER DES NOMBRES RELATIFS EN ÉCRITURE DÉCIMALE

• Pour additionner deux nombres relatifs **de même signe**, on garde le signe des termes pour le résultat et on additionne les distances à zéro des termes.

Pour additionner deux nombres relatifs **de signes contraires**, on prend le signe du terme qui a la plus grande distance à zéro pour le résultat et on soustrait les distances à zéro des termes.

COMPARER DES NOMBRES DÉCIMAUX OU RELATIFS EN ÉCRITURE FRACTIONNAIRE

• Pour comparer des nombres décimaux ou relatifs en écriture fractionnaire ayant le même dénominateur, il suffit de comparer leurs numérateurs. Plus précisément : soit a, b et c trois nombres positifs et c étant différent de 0, si $a < b$, alors $\frac{a}{c} < \frac{b}{c}$. Si les dénominateurs sont différents, on peut réduire les deux nombres au même dénominateur ou chercher des approximations décimales à l'aide de la calculatrice et comparer ces approximations.

Par exemple, si on veut comparer $\frac{5}{8}$ et $\frac{3}{4}$, on remarque que : $8 = 4 \times 2$, donc $\frac{3}{4}=\frac{3\times 2}{4\times 2}=\frac{6}{8}$ et on a : $\frac{5}{8}<\frac{6}{8}$ donc $\frac{5}{8}<\frac{3}{4}$.

COMPARER DES NOMBRES RELATIFS EN ÉCRITURE DÉCIMALE

• Si deux nombres relatifs sont **négatifs**, le plus petit est celui qui a la plus grande distance à zéro. Si deux nombres relatifs sont **de signes contraires**, le plus petit est toujours le nombre négatif.

CRITÈRES DE DIVISIBILITÉ

• Un nombre est divisible **par 2** si son chiffre des unités est pair ; un nombre est divisible **par 3** (ou **par 9**) si la somme de tous ses chiffres est divisible par 3 (ou par 9) ; un nombre est divisible **par 5** si son chiffre des unités est 0 ou 5 ; un nombre est divisible **par 10** si son chiffre des unités est 0.

DIVISER DES NOMBRES RELATIFS

• Soit x un nombre relatif et y un nombre relatif non nul ; diviser x par y revient à **multiplier** x **par l'inverse** de y, soit : $x \div y = x \times \frac{1}{y}$. Pour déterminer le signe du quotient, on applique la **règle des signes** de la multiplication.

MULTIPLIER DES NOMBRES RELATIFS

• Pour multiplier deux nombres relatifs, on multiplie les distances à zéro et on applique la **règle des signes**. Par exemple, $-3 \times 6 = -18$.

PRENDRE UNE FRACTION (D'UN NOMBRE)

• Si l'on considère une fraction notée $\frac{a}{b}$, avec $b \neq 0$, alors prendre la fraction $\frac{a}{b}$ de n est égal à : $\frac{a}{b}\times n=\frac{a\times n}{b}$.

Par exemple, dans une assemblée de 120 personnes, si les trois quarts portent un pantalon, cela correspond à calculer : $\frac{3}{4} \times 120 = \frac{3 \times 120}{4} = \frac{360}{4} = 90$. Donc 90 personnes portent un pantalon.

QUOTIENTS ÉGAUX

• Un quotient étant donné, pour obtenir un quotient qui lui est égal, il suffit de multiplier ou de diviser son numérateur et son dénominateur par un même nombre différent de 0.

Par exemple, $\frac{3}{2} = \frac{3 \times 6}{2 \times 6} = \frac{18}{12}$ et $\frac{18}{12} = \frac{18 \div 2}{12 \div 2} = \frac{9}{6}$ donc les quotients $\frac{3}{2}$; $\frac{18}{12}$ et $\frac{9}{6}$ sont tous les trois égaux.

RÉDUCTION AU MÊME DÉNOMINATEUR

• Pour réduire au même dénominateur deux nombres en écriture fractionnaire, il faut remplacer l'un des deux nombres (ou chacun des deux nombres) par un nombre égal, afin qu'ils aient le même dénominateur en utilisant la règle des quotients égaux. Par exemple, si on veut réduire au même dénominateur $\frac{3}{12}$ et $\frac{7}{20}$, il faut donc trouver un multiple à la fois de 12 et de 20 (le plus petit possible). Comme 60 est à la fois un multiple de 12 et de 20, on peut écrire : $\frac{3}{12} = \frac{3 \times 5}{12 \times 5} = \frac{15}{60}$ et $\frac{7}{20} = \frac{7 \times 3}{20 \times 3} = \frac{21}{60}$.

RÈGLES DE PRIORITÉ

• Pour calculer une expression numérique sans parenthèses, on effectue les calculs de la gauche vers la droite, en commençant par les **multiplications** et les **divisions** puis en effectuant les additions et les soustractions. Si l'expression comprend des **parenthèses**, on commence par effectuer les calculs à l'intérieur des parenthèses les plus intérieures, en respectant les priorités précédentes. Par exemple, dans l'expression $C = 9 - (3 \times 2 + 1)$, on commence par calculer $3 \times 2 + 1$ qui est entre parenthèses. Alors, on obtient : $C = 9 - (6 + 1) = 9 - \mathbf{7} = 2$.

SIMPLIFIER UNE FRACTION

• Soit a et b deux entiers naturels, avec $b \neq 0$.

On peut simplifier la fraction $\frac{a}{b}$ si a et b possèdent un **diviseur commun *k*** (supérieur ou égal à 2). Dans ce cas, on peut écrire : $\frac{a}{b} = \frac{c \times k}{d \times k} = \frac{c}{d}$; on dit qu'on a **simplifié** la fraction **par *k***. Par exemple, la fraction $\frac{24}{18}$ peut être simplifiée par 6, en effet : $\frac{24}{18} = \frac{4 \times 6}{3 \times 6} = \frac{4}{3}$.

SOUSTRAIRE DES NOMBRES RELATIFS EN ÉCRITURE DÉCIMALE

• Soustraire un nombre revient à additionner son opposé. Pour soustraire des nombres relatifs, il suffit donc de connaître les règles d'addition des nombres relatifs. Par exemple, pour soustraire (+5), on additionne (–5), soit : $(-4) - (+5) = (-4) + (-5) = -9$. De même, pour soustraire (–3), on additionne (+3), soit : $(-8) - (-3) = (-8) + (+3) = -5$.

MOTS-CLÉS... CALCUL LITTÉRAL

ABSCISSE

- Sur une droite graduée, l'abscisse d'un point est le nombre qui permet de repérer la position de ce point sur la droite.
Dans un repère du plan, l'abscisse d'un point est l'un des deux nombres qui permet de repérer la position de ce point dans le repère. Elle se lit sur l'axe horizontal.

COORDONNÉES D'UN POINT

- Dans un repère du plan, on a besoin de **deux nombres** pour indiquer la position d'un point : ce sont ses coordonnées. La première coordonnée, l'**abscisse**, se lit sur l'axe horizontal ; la seconde, l'**ordonnée**, se lit sur l'axe vertical.

DÉVELOPPER UNE EXPRESSION

- Développer une expression consiste à transformer un produit en une somme algébrique. On a : $\mathbf{k}(a + b) = \mathbf{k}a + \mathbf{k}b$ et $\mathbf{k}(a - b) = \mathbf{k}a - \mathbf{k}b$. Par exemple : $A = a(a - 7) = a^2 - 7a$.

DROITE GRADUÉE

- Une droite graduée est une droite sur laquelle on a choisi un point auquel on associe le nombre 0, ce point est l'origine de la graduation ; un segment unité que l'on reporte à partir du point d'origine pour graduer la droite et un sens positif représenté par la flèche.

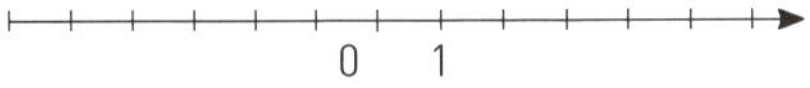

EXPRESSION LITTÉRALE

- Une expression littérale comprend une ou plusieurs **lettres**. Cette ou ces lettres représentent des nombres qui ne sont pas fixés : des **variables**.

FORMULE (MATHÉMATIQUE)

- Une formule est une **égalité qui indique comment calculer une grandeur** à l'aide d'autres grandeurs ; les grandeurs sont le plus souvent désignées à l'aide de lettres.

INÉGALITÉ

- Une inégalité est l'écriture mathématique d'une **comparaison** entre deux nombres. Elle s'écrit avec l'un des signes : $<$ (« inférieur à »), $>$ (« supérieur à »), $\leq$ (« inférieur ou égal à ») ou $\geq$ (« supérieur ou égal à »).

ORDONNÉE

- Dans un **repère du plan**, l'ordonnée d'un point est l'un des deux nombres qui permettent de repérer la position de ce point dans le repère. Elle se lit sur l'**axe vertical**.

ORIGINE D'UN REPÈRE

- L'origine d'une droite graduée, souvent notée *O*, est le point de la droite auquel on a choisi d'associer l'abscisse 0.
L'origine d'un repère du plan, souvent notée *O*, est le point d'intersection de l'axe des abscisses et de l'axe des ordonnées. Il a pour coordonnées (**0** ; **0**).

RÉDUIRE UNE EXPRESSION LITTÉRALE

- Réduire une expression littérale, c'est **regrouper les termes semblables** de façon à éviter leur répétition. Par exemple, si l'on veut réduire l'expression : $A = 3 - 5x^2 + 4x + 7x^2 - 12 - 4x$, on obtient : $A = 2x^2 - 9$.

REPÈRE DU PLAN

- Un repère du plan est formé de deux axes ayant la même origine. Sur chacun des axes, on définit un segment unité et un sens positif, ce sont donc deux droites graduées que l'on appelle l'axe des abscisses (axe horizontal) et l'axe des ordonnées (axe vertical).

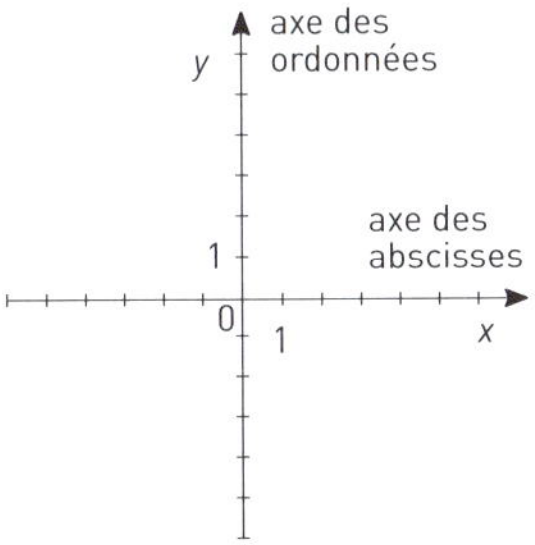

SIMPLIFIER UNE ÉCRITURE LITTÉRALE

• Pour alléger l'écriture d'un calcul littéral, on **supprime le signe opératoire** ×. Par exemple, $3 \times a$ et $a \times 3$ peuvent s'écrire $3a$.

TESTER UNE ÉGALITÉ

• Si on veut tester une égalité, cela consiste à **remplacer la lettre *x***, par les nombres que l'on souhaite tester.

FORMULES CLÉS CALCUL LITTÉRAL

CALCULER LA VALEUR NUMÉRIQUE D'UNE EXPRESSION LITTÉRALE

• On peut être amené à **calculer la valeur numérique** d'une expression littérale en donnant aux variables des valeurs numériques. Par exemple, l'expression $A = 3x + 2$ vaut 14 lorsque $x = 4$.

SUPPRIMER DES PARENTHÈSES (DANS UNE EXPRESSION LITTÉRALE)

• Dans une expression littérale, si les parenthèses sont **précédées du signe « + »**, on conserve les signes des termes de l'expression entre parenthèses ; si les parenthèses sont **précédées du signe « – »**, on change les signes des termes de l'expression entre parenthèses. Par exemple, $A = 3x - (2 + 7x) = 3x - 2 - 7x = -4x - 2$.

MOTS-CLÉS... GESTION DE DONNÉES

CARACTÈRE

- Un caractère est la **grandeur que l'on observe** sur les individus d'une population dans une étude statistique.

COEFFICIENT DE PROPORTIONNALITÉ

- Soit deux **suites de nombres proportionnelles**, le coefficient de proportionnalité est le nombre qui, **multiplié** par les nombres d'une suite, permet d'obtenir les nombres correspondants de l'autre suite.

DIAGRAMME CIRCULAIRE

- Un diagramme circulaire est une représentation graphique de données statistiques sous la forme d'un disque partagé en secteurs circulaires. À chaque valeur du caractère étudié correspond un secteur. Les mesures des secteurs sont proportionnelles aux effectifs représentés. Un diagramme semi-circulaire se présente sous la forme d'un demi-disque.

DIAGRAMME EN BARRES/BÂTONS

- Un diagramme en barres (ou en bâtons) est une représentation graphique de données statistiques à l'aide de rectangles de même largeur (ou de segments). Les valeurs du caractère étudié sont représentées sur l'axe horizontal, les effectifs sur l'axe vertical. À chaque valeur correspond une barre (ou un bâton). Les hauteurs des barres (ou des bâtons) sont proportionnelles aux effectifs représentés.

DIAGRAMME STATISTIQUE

- Un diagramme statistique est une représentation graphique de **données statistiques**. Il existe, par exemple, les diagrammes circulaires, les diagrammes en barres, les diagrammes en bâtons, les histogrammes, les graphiques.

ÉCHELLE

- On calcule l'échelle d'une figure grâce à la formule : $e = \frac{\text{distance sur la carte}}{\text{distance réelle}}$. Les longueurs correspondantes sur les deux dessins sont **proportionnelles**.

EFFECTIF

- L'effectif d'une donnée est le nombre de fois où cette donnée apparaît.

EFFECTIF TOTAL

- L'effectif total d'une série statistique est le nombre de données dans cette série.

ÉQUIPROBABILITÉ

- Dans une situation **d'équiprobabilité** qui comporte n issues (de probabilités p_1, p_2, ..., p_n), on a : $p_1 + p_2 + ... + p_n = 1$ et $p_1 = p_2 = ... = p_n = \frac{1}{n}$.

FRÉQUENCE (STATISTIQUE)

- En statistique, on appelle fréquence d'une valeur le **quotient** obtenu en divisant l'effectif de cette valeur par l'effectif total. Ce quotient est inférieur ou égal à 1 et est souvent exprimé en pourcentage ou en nombre décimal. Par exemple, dans une classe de 30 élèves de quatrième, il y a 18 élèves qui avaient 13 ans à la rentrée.
- La fréquence de la valeur « 13 ans » s'obtient en divisant l'effectif de la valeur : 18, par l'effectif total : 30 et on obtient alors $\frac{18}{30} = 0{,}6$, soit 60 %.

MOYENNE

- La moyenne d'une série de valeurs est le **quotient** de la somme des valeurs par le nombre de valeurs. Par exemple, si un élève a obtenu les quatre notes : 8, 11, 12 et 14 en mathématiques alors sa moyenne est égale à $\frac{8+11+12+14}{4}$, soit à 11,25.

MOYENNE PONDÉRÉE

- La moyenne d'une série statistique est le **quotient** de la somme des valeurs par l'effectif total. Pour obtenir une **moyenne pondérée par les effectifs,** on multiplie chaque valeur par l'effectif correspondant, on additionne les produits obtenus puis on divise cette somme par l'effectif total.

POPULATION

• La population est l'ensemble d'unités statistiques de même nature sur lequel on recherche des informations. C'est donc l'univers de référence lors de l'étude d'un problème statistique donné.

PROBABILITÉ

• La probabilité, notée $p(A)$, d'un évènement A est égale à la somme des probabilités des issues qui constituent l'évènement A. Dans une situation d'équiprobabilité, la probabilité de A est alors :

$$p(A) = \frac{\text{Nombre de cas favorables à A}}{\text{Nombre de cas possibles}}.$$

PROPORTIONNALITÉ

• Deux suites de nombres sont proportionnelles si l'on peut passer des nombres de l'une aux nombres correspondants de l'autre en multipliant par un même nombre : le **coefficient de proportionnalité.** Les quotients des nombres correspondants sont alors égaux. Toute situation de proportionnalité peut se traduire par une **fonction linéaire.** Par exemple, si une baguette coûte 1,05 euro, et qu'on achète x baguettes, alors le prix à payer est égal à $1{,}05x$ (ce qui correspond à la définition d'une fonction linéaire de coefficient 1,05).

QUANTITATIF OU QUALITATIF (CARACTÈRE)

• Un caractère qualitatif ne peut ni être mesuré ni se voir attribuer une valeur numérique. Par exemple, le sexe ou la couleur des yeux sont des caractères qualitatifs. Un caractère quantitatif est mesurable, c'est-à-dire qu'on peut lui associer un nombre qui en exprime l'intensité. Par exemple, l'âge ou le poids sont des caractères quantitatifs.

QUATRIÈME PROPORTIONNELLE

• Le **nombre manquant d'un tableau de proportionnalité** est appelé quatrième proportionnelle.

SÉRIE STATISTIQUE

• Par exemple, on enquête sur l'âge des élèves dans un club d'informatique de collège. On obtient la **série statistique** : 11, 11, 12, 12, 12, 12, 13, 13, 13, 14, 14, 14, 14 et 14. Le **caractère** étudié est l'âge et il peut prendre quatre **valeurs** différentes avec des **effectifs** correspondant à chaque valeur.

TABLEAU DE PROPORTIONNALITÉ

• Un tableau de nombres est un tableau de proportionnalité si l'on peut passer des nombres de la première ligne aux nombres correspondants de la seconde ligne **en multipliant** par un **même nombre**, le coefficient de proportionnalité.

Formules clés

CALCULER LE COEFFICIENT DE PROPORTIONNALITÉ

• Dans le tableau de proportionnalité suivant, on peut passer des nombres de la première ligne de ce tableau aux nombres correspondants de la seconde ligne en multipliant par 1,5. On trouve le coefficient en divisant le nombre de la deuxième ligne par le nombre correspondant dans la première ligne.

4	9	14
6	13,5	21

UTILISER LA LINÉARITÉ

• Pour compléter un tableau de proportionnalité, on peut utiliser la linéarité pour passer des valeurs d'une colonne à celles d'une autre en multipliant par un même nombre sur les deux lignes ou en additionnant les valeurs de deux colonnes pour obtenir celles de la troisième colonne.

PASSAGE À L'UNITÉ

• Pour compléter un tableau de proportionnalité, on peut utiliser le passage à l'unité. Cela signifie chercher la valeur pour une unité dans la première ligne et utiliser cette valeur pour compléter les autres cases par multiplication.

Fiche 30

MOTS-CLÉS… GRANDEURS ET MESURES, TRANSFORMATIONS

AIRE

• Donner l'aire d'une **surface**, c'est indiquer sa **grandeur**, son étendue. Une aire s'exprime par un nombre suivi d'une unité d'aire.

ANGLE

• Soit un point O et deux demi-droites [Ox) et [Oy) issues de ce point. Ces deux demi-droites définissent deux angles : un angle **saillant** $\widehat{xOy}$ et un angle **rentrant** $\overset{\smile}{xOy}$. Ceux-ci ont pour **sommet** O et pour **côtés** [Ox) et [Oy).

ANGLE AIGU, ANGLE OBTUS

• Un angle **aigu** est un angle dont l'ouverture est comprise entre 0° et 90°, donc il est plus petit qu'un angle droit. Un angle **obtus** est un angle dont l'ouverture est comprise entre 90° et 180°, donc il est plus grand qu'un angle droit.

ANGLE DROIT, ANGLE PLAT

• Un angle **droit** est un angle de 90°, ses deux côtés sont perpendiculaires. Un angle **plat** est un angle de 180°.

ANGLES ADJACENTS

• Deux angles sont adjacents s'ils ont le **même sommet**, ont un **côté commun** et sont situés **de part et d'autre** de ce côté commun.

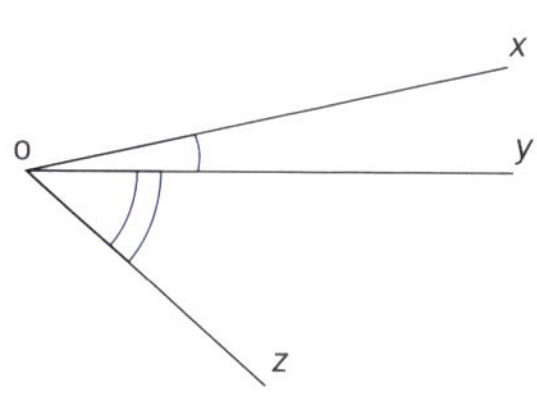

ANGLES ALTERNES-INTERNES

• Soit deux droites (*d*) et (*d'*) et une autre droite (*h*) qui coupe (*d*) et (*d'*) en deux points *A* et *B*. Deux angles qui sont disposés **de part et d'autre de *h*** et situés **à l'intérieur de la surface comprise entre** (*d*) **et** (*d'*) sont dits alternes-internes.

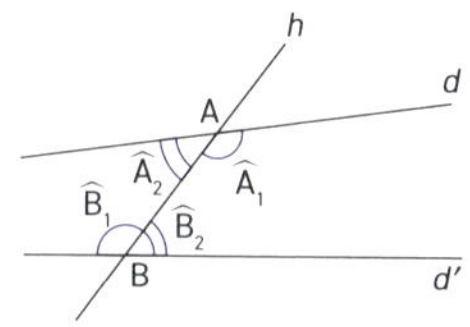

• De plus, si (*d*) et (*d'*) sont parallèles, alors deux angles alternes-internes par rapport à (*d*) et (*d'*) sont égaux.

ANGLES COMPLÉMENTAIRES, ANGLES SUPPLÉMENTAIRES

• Deux angles sont **complémentaires** si la somme de leurs mesures est égale à **90°**. Deux angles sont **supplémentaires** si la somme de leurs mesures est égale à **180°**.

ANGLES CORRESPONDANTS

• Soit deux droites (*d*) et (*d'*) et une autre droite (*h*) qui coupe (*d*) et (*d*) en deux points *A* et *B*. Deux angles qui sont disposés **du même côté de (*h*)**, l'un situé à **l'intérieur de la surface comprise entre (*d*) et (*d'*)**, l'autre **à l'extérieur**, sont dits correspondants.

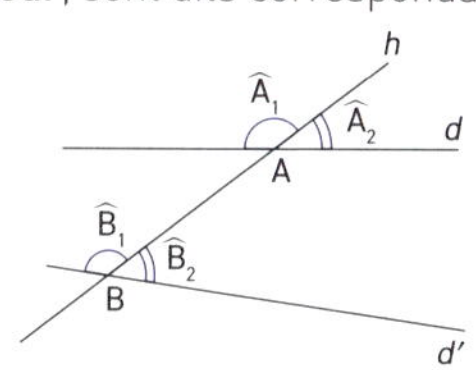

• De plus, si (*d*) et (*d'*) sont parallèles, alors deux angles correspondants par rapport à (*d*) et (*d'*) sont égaux.

ANGLES OPPOSÉS PAR LE SOMMET

• Deux angles sont opposés par le sommet s'ils ont le **même sommet** et si leurs côtés sont **dans le prolongement les uns des autres**. Deux angles opposés par le sommet forment donc deux droites sécantes et sont égaux.

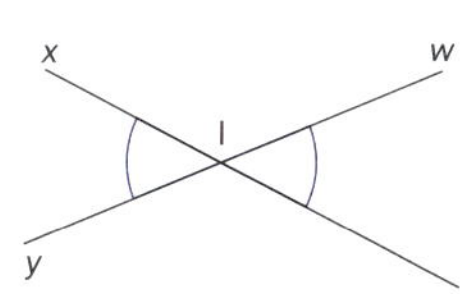

AXE DE SYMÉTRIE

• Une droite est un axe de symétrie d'une figure si, après **pliage** le long de cette droite, les deux moitiés de la figure **se superposent**. Une **figure** qui a un axe de symétrie est dite **symétrique** par rapport à cette droite.

CENTRE DE SYMÉTRIE

• Une figure a un centre de symétrie si, lorsqu'on la fait tourner d'un **demi-tour** autour de ce point, elle **ne varie pas**. Une figure qui a un centre de symétrie est dite **symétrique** par rapport à ce point.

FIGURE SYMÉTRIQUE

• Dire que F est **symétrique par rapport à la droite (*d*)** signifie que la figure symétrique de F par rapport à (*d*) est la figure F elle-même ; (*d*) est alors un axe de symétrie de F.
Dire que F est **symétrique par rapport au point** O signifie que la figure symétrique de F par rapport à O est F elle-même ; O est alors un centre de symétrie de F.

GRANDEUR PRODUIT

• Les grandeurs-produits sont des **produits de grandeurs simples**. L'unité de la grandeur-produit dépend des unités dépend des unités de ces grandeurs simples.

MASSE

• Pour mesurer des masses, on utilise le **gramme** (g). On utilise également les **multiples** du gramme : le kilogramme (kg), l'hectogramme (hg) et le décagramme (dag) et les **sous-multiples** du gramme : le décigramme (dg), le centigramme (cg) et le milligramme (mg).

PERSPECTIVE CAVALIÈRE

• La perspective cavalière est une technique de dessin qui permet de représenter des solides en donnant **l'impression de volume**. Elle ne respecte pas certaines mesures d'angle ou de longueur mais elle **respecte le parallélisme** et les lignes cachées sont représentées en pointillé.

PRISME DROIT

• Un prisme droit est un polyèdre qui a **deux faces parallèles et superposables** et dont les **autres faces** sont toutes **rectangulaires**.
• Un prisme droit qui a des bases rectangulaires est un parallélépipède rectangle.

SYMÉTRIE AXIALE

• Une symétrie axiale est une **transformation** du plan **par rapport à une droite** : l'axe de symétrie. L'image d'un point A par une symétrie d'axe D est le point A′ tel que D est la **médiatrice** du segment [AA′].

SYMÉTRIE CENTRALE

• Une symétrie centrale est une transformation du plan **par rapport à un point**. L'image d'un point A par une symétrie de centre O est le point A′ tel que O est le **milieu** du segment [AA′].

UNITÉS D'AIRE

• Les **unités d'aire** sont le mètre carré, ses multiples et ses sous-multiples.

UNITÉS DE MESURE

• Pour mesurer des **longueurs**, on utilise le mètre (m). Pour mesurer l'**aire** d'une surface, on utilise le m^2. Pour mesurer la **contenance** (ou la **capacité**), on utilise le litre (L). Pour mesurer des **masses**, on utilise le gramme (g).

UNITÉS DE TEMPS

• Une unité de temps est une durée que l'on a choisie pour mesurer un temps.

UNITÉS DE VOLUME

• Les **unités de volume** sont le mètre cube, ses multiples et ses sous-multiples.

VOLUME

• Donner le volume d'un **solide**, c'est indiquer sa **grandeur**, l'espace qu'il occupe.

FORMULES CLÉS

GRANDEURS ET MESURES, TRANSFORMATIONS

AIRE D'UN CARRÉ

• Pour calculer **l'aire *A* d'un carré**, il suffit de multiplier le côté c par lui-même : $A = c \times c$.

AIRE D'UN DISQUE

• Soit r le rayon d'un disque, l'aire A de ce disque est donnée par la formule : $A = \pi \times r \times r = \pi \times r^2$. Par exemple, un disque dont le rayon mesure 4 cm a une aire égale à $\pi \times 4 \times 4$, soit environ 50,24 cm^2.

AIRE D'UN PARALLÉLOGRAMME

• Soit c la longueur d'un **côté** d'un parallélogramme et h celle de la **hauteur** associée à ce côté, l'aire A de ce parallélogramme est donnée par la formule $A = c \times h$ (c et h doivent être exprimées dans la même unité).

AIRE D'UN RECTANGLE

• Pour calculer l'**aire *A* d'un rectangle**, on multiplie sa longueur L par sa largeur l : $A = L \times l$. La longueur et la largeur doivent être dans la même unité.

AIRE D'UN TRIANGLE

• Soit c la longueur d'un **côté** d'un triangle et h celle de la **hauteur** associée à ce côté, l'aire A de ce triangle est donnée par la formule $A = \frac{c \times h}{2}$ (c et h doivent être exprimées dans la même unité).

AIRE D'UN TRIANGLE RECTANGLE

• L'aire d'un triangle rectangle vaut la **moitié de l'aire du rectangle** correspondant. Avec les lettres de la longueur et de la largeur d'un rectangle, l'aire A d'un triangle rectangle est donnée par la formule $A = \frac{L \times l}{2}$.

ÉLÉMENTS DE SYMÉTRIE DU CARRÉ

• Un carré a quatre axes de symétrie : ses diagonales et les médiatrices de ses côtés ; un centre de symétrie : le point d'intersection de ses diagonales.

ÉLÉMENTS DE SYMÉTRIE DU LOSANGE

• Un losange a deux axes de symétrie : ses diagonales ; un centre de symétrie : le point d'intersection de ses diagonales.

ÉLÉMENTS DE SYMÉTRIE DU RECTANGLE

• Un rectangle a deux axes de symétrie : les médiatrices de ses côtés ; un centre de symétrie : le point d'intersection de ses diagonales.

PATRON D'UN CYLINDRE

• Le patron d'un cylindre est une surface plane composée de deux disques (les bases) et d'une surface rectangulaire. Il permet de **reconstituer un cylindre** par pliage.

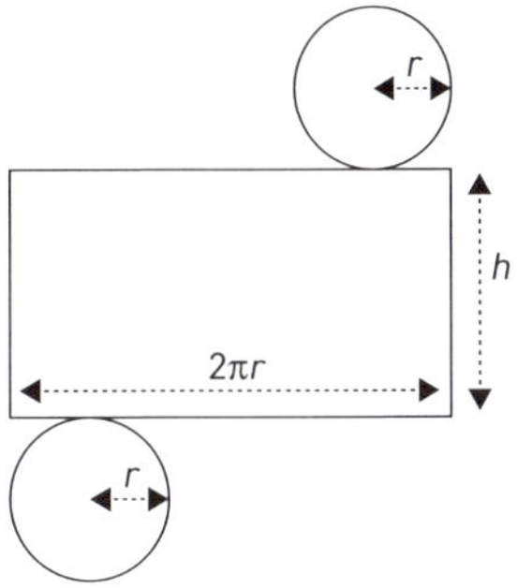

PATRON D'UN PRISME DROIT

• Le patron d'un prisme droit est une surface plane composée de deux surfaces polygonales (les bases) et de surfaces rectangulaires (les faces latérales). Il permet de **reconstituer un prisme droit** par pliage.

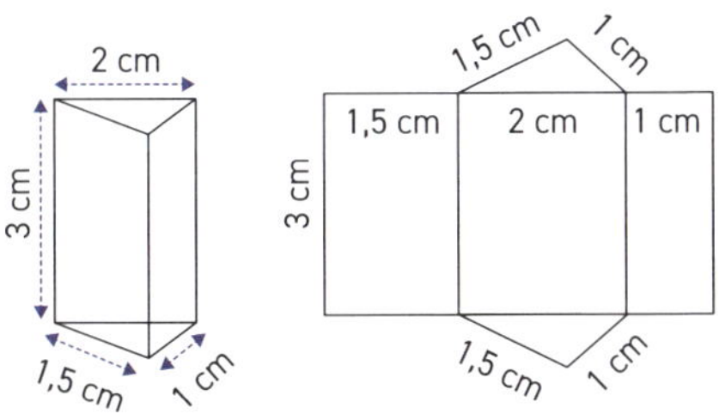

PÉRIMÈTRE D'UN CERCLE

• Le périmètre P d'un cercle de rayon r est donné par la formule $P = 2 \times \pi \times r$. Le périmètre P d'un cercle de diamètre d est donné par la formule : $P = \pi \times d$. On parle aussi de la **longueur** ou de la **circonférence** d'un cercle.

PÉRIMÈTRE D'UN POLYGONE

• Pour calculer le périmètre d'un polygone, on calcule **la somme des longueurs de tous ses côtés**. Ces longueurs doivent être exprimées dans la même unité.

PÉRIMÈTRE D'UN RECTANGLE ET D'UN CARRÉ

• Soit L la longueur d'un rectangle et l sa largeur, son périmètre P est donné par la formule : $P = 2 \times (L + l) = 2 \times L + 2 \times l$.

• Soit c le côté d'un carré, son périmètre P est donné par la formule : $P = 4 \times c$.

PROPRIÉTÉS DE LA SYMÉTRIE

• Dans une symétrie axiale ou une symétrie centrale : deux segments symétriques ont la même longueur (conservation des longueurs) ; deux angles symétriques ont la même mesure (conservation des angles) et deux figures symétriques ont la même aire (conservation des aires).

SYMÉTRIQUE D'UNE FIGURE

• Pour construire le symétrique d'une figure, il suffit de **construire les symétriques de quelques points clés** puis de les relier correctement en suivant la figure de départ.

VOLUME D'UN CUBE

• Soit c le côté d'un cube, le volume de ce cube V est donné par la formule : $V = c \times c \times c$.

VOLUME D'UN CYLINDRE DE RÉVOLUTION

• Le volume V d'un cylindre de révolution de hauteur h et de rayon r est donné par la formule : $V = \pi \times r \times r \times h$. Si on appelle B l'aire de la base, on a : $B = \pi \times R \times R$, et la formule précédente devient : $V = B \times h$.

VOLUME D'UN PARALLÉLÉPIPÈDE RECTANGLE

• Soit L, l et h les trois dimensions d'un parallélépipède rectangle (ou pavé droit). Le volume de ce pavé droit V est donné par la formule : $V = L \times l \times h$.

VOLUME D'UN PRISME DROIT

• Le volume V d'un prisme droit de hauteur h et ayant une base d'aire B est donné par la formule : $V = B \times h$.

Fiche 32

MOTS-CLÉS... GÉOMÉTRIE ET ESPACE (1)

ALIGNÉS (POINTS)

• Trois points ou plus sont alignés lorsqu'ils sont situés **sur une même droite**. Pour vérifier que trois points sont alignés, il suffit de tracer une droite passant par ces trois points. On ne dit jamais que deux points sont alignés.

AXE DE RÉVOLUTION

• L'axe de révolution d'un cylindre de révolution est **la droite** passant par **les centres de ses bases**. Il est perpendiculaire aux bases.

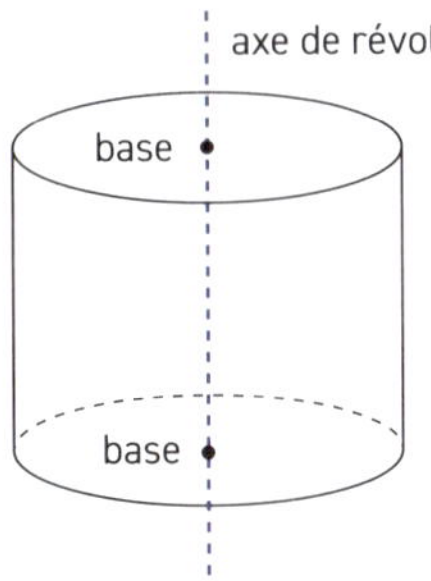

BISSECTRICE

• La bissectrice d'un angle est la demi-droite qui le partage en **deux angles égaux**. La bissectrice d'un angle est son **axe de symétrie**.

CARRÉ (FIGURE PLANE)

• Un carré est un quadrilatère qui a quatre côtés de même longueur et quatre angles droits. Les diagonales d'un carré se coupent en leur milieu, sont perpendiculaires et ont la même longueur et il a quatre axes de symétrie.

CÔTÉS OPPOSÉS (DANS UN QUADRILATÈRE)

• Dans un quadrilatère, deux côtés opposés sont **deux côtés qui ne sont pas consécutifs** (qui ne se suivent pas). De plus, dans un quadrilatère, deux sommets **opposés** sont deux sommets qui ne sont pas consécutifs et deux angles **opposés** sont deux angles dont les sommets sont opposés.

CUBE (SOLIDE)

• Un cube est un solide dont les **6 faces** sont des **carrés de mêmes dimensions**. Un cube possède : 6 faces carrées superposables, 12 arêtes de même longueur et 8 sommets.

CYLINDRE DE RÉVOLUTION

• Un cylindre de révolution est un solide limité par deux **bases** qui sont deux disques parallèles et superposables et une **surface latérale** courbe. Le rayon des disques de base est aussi le **rayon** du cylindre. La distance entre les centres des deux bases est la **hauteur** du cylindre.

DIAGONALE

• Dans un polygone, une diagonale est un **segment** qui relie deux sommets **non consécutifs**. Un quadrilatère a deux diagonales.

DROITES REMARQUABLES D'UN TRIANGLE

• On appelle droites remarquables d'un triangle : les trois **médiatrices** des côtés du triangle, les trois **hauteurs** issues des trois sommets du triangle et les trois **médianes** issues des trois sommets du triangle.

ÉQUIDISTANT

• Deux objets sont équidistants s'ils sont à **égale distance**. Par exemple, l'ensemble des points équidistants d'un point O est le cercle de centre O et de rayon égal à la distance donnée ; l'ensemble des points équidistants de deux points A et B est la médiatrice du segment [AB].

FIGURE

• En géométrie, une figure est un **ensemble de points**. Par exemple, un triangle, un carré, un cercle sont des figures **planes** et un cube, une pyramide, une sphère sont des figures **de l'espace**.

HAUTEUR (DANS UN TRIANGLE)

• Dans un triangle ABC, la **hauteur issue du sommet *A*** est la droite passant par le point A et qui est **perpendiculaire** à la droite (BC). Dans un triangle, il y a **trois hauteurs** (autant que de sommets) qui ne coupent pas toujours le côté opposé au sommet dont elles sont issues.

INÉGALITÉ TRIANGULAIRE

• Soit un segment [AB] et un point M quelconque, la longueur AB est inférieure ou égale à la somme des longueurs AM et MB : $AB \leq AM + MB$.

• Si M n'est pas sur le segment [AB], alors AMB forme un triangle et on peut écrire une inégalité stricte : $AB < AM + MB$. Autrement dit, **chaque côté d'un triangle est inférieur à la somme des deux autres côtés**.

LONGUEURS ÉGALES

• Dans une figure, si deux côtés ont la même longueur, ils sont **superposables et donc leurs longueurs sont égales**.

LOSANGE

• Un losange est un quadrilatère qui a quatre côtés de **même longueur**. Les diagonales d'un losange se coupent en leur milieu et sont perpendiculaires et il a deux axes de symétrie : ses diagonales.

MÉDIANE (DANS UN TRIANGLE)

• Dans un triangle ABC, la **médiane issue du sommet *A*** est la droite passant par le point *A* et par le **milieu du côté opposé** à ce sommet. Une médiane partage un triangle en deux triangles de même aire.

MÉDIATRICE

• La médiatrice d'un segment est la droite qui est perpendiculaire à ce segment et qui passe par son milieu.

MILIEU D'UN SEGMENT

• Le milieu d'un segment est le point situé sur ce segment et à **égale distance de ses extrémités**.

PARALLÈLE

• Deux droites qui, même indéfiniment prolongées, **ne se coupent jamais**, sont parallèles. Autrement dit : si deux droites n'ont **aucun point commun**, elles sont parallèles et on écrit : $D // D'$.

MOTS-CLÉS... GÉOMÉTRIE ET ESPACE (2)

PARALLÉLÉPIPÈDE RECTANGLE

• Un parallélépipède rectangle est un solide dont les **6 faces** sont des **rectangles**. On l'appelle aussi un **pavé droit**. Un parallélépipède rectangle possède 6 faces rectangulaires parallèles et superposables deux à deux, 12 arêtes parallèles et de même longueur quatre à quatre et 8 sommets.

PARALLÉLOGRAMME

• Un parallélogramme est un quadrilatère dans lequel les **côtés opposés** sont **parallèles** et ont la même longueur deux à deux et les diagonales se coupent en leur milieu.

PARALLÉLOGRAMME PARTICULIER

• Les losanges, les rectangles et les carrés sont des parallélogrammes particuliers. Ils possèdent les propriétés des parallélogrammes mais également **d'autres propriétés**.

PATRON D'UN SOLIDE

• En pliant le patron d'un solide, on peut **reconstituer** ce solide. Les arêtes qui se correspondent par pliage ont la même longueur.

PERPENDICULAIRE

• Deux droites **sécantes** qui forment un **angle droit** sont perpendiculaires (on peut dire également **orthogonales**). Une droite ne possède qu'une seule droite qui lui est perpendiculaire et qui passe par un point fixé.

POLYGONE

• Un polygone est une figure plane qui a au moins trois côtés et autant de sommets que de côtés.

QUADRILATÈRE

• Un quadrilatère est un polygone qui a **quatre côtés**. Il possède donc quatre sommets et deux diagonales.

RECTANGLE

• Un rectangle est un quadrilatère qui a quatre **angles droits**. Les diagonales d'un rectangle se coupent en leur milieu et ont la même longueur et il a deux axes de symétrie : les médiatrices de ses côtés.

SÉCANTE

• Deux droites distinctes sont soit **sécantes** (elles **se coupent**) soit parallèles (elles ne se coupent pas). Deux droites sécantes ont un **unique** point en commun : leur **point d'intersection**.

SOLIDE

• Le solide est un **« objet géométrique » à trois dimensions**. Le pavé droit, le cube, le prisme droit, la pyramide, le cylindre, le cône, la sphère sont des solides particuliers.

TRIANGLE

• Pour construire un triangle quelconque, il suffit de joindre trois points non alignés par trois segments. Un triangle est donc un **polygone qui a trois côtés**.

TRIANGLES ÉGAUX

• Des triangles égaux sont des triangles superposables, c'est-à-dire qui ont des **côtés deux à deux de même longueur** et des **angles deux à deux de même mesure**. Lorsque deux triangles sont égaux, les éléments superposables sont appelés des éléments **homologues**.

TRIANGLE ÉQUILATÉRAL

• Un triangle équilatéral a **trois côtés de même longueur**. Un triangle équilatéral a également **trois angles égaux à 60°** et **trois axes de symétrie**.
Si un triangle est équilatéral, alors ce triangle est également isocèle.

TRIANGLE ISOCÈLE

• Un triangle isocèle est un triangle dont **deux côtés** (au moins) ont la **même**

longueur. Un triangle isocèle a également **deux angles égaux** (les angles à la **base**) et **un axe de symétrie**.

TRIANGLE RECTANGLE

- Un triangle rectangle est un triangle qui a un **angle droit**. Le côté opposé au sommet de l'angle droit est appelé **hypoténuse**. Si le triangle ABC est rectangle en A alors les **deux angles aigus** $\hat{B}$ et $\hat{C}$ sont **complémentaires**.

TRIANGLE RECTANGLE ISOCÈLE

- Un triangle ABC rectangle isocèle en *A* est un triangle qui a un **angle droit** en A et deux côtés [AB] et [AC] de même longueur.

Formules clés

CONSTRUIRE UN TRIANGLE

- Pour construire un triangle, on commence toujours par **tracer un côté** de longueur donnée ; ses deux extrémités sont deux sommets du triangle cherché. Le **troisième sommet** est alors le point d'intersection de deux arcs de cercle, ou d'un arc de cercle et d'une demi-droite, ou encore de deux demi-droites.

PATRON D'UN CUBE ET D'UN PAVÉ DROIT

- Un patron de cube est composé de six carrés superposables et celui d'un pavé droit est composé de six rectangles superposables deux à deux.

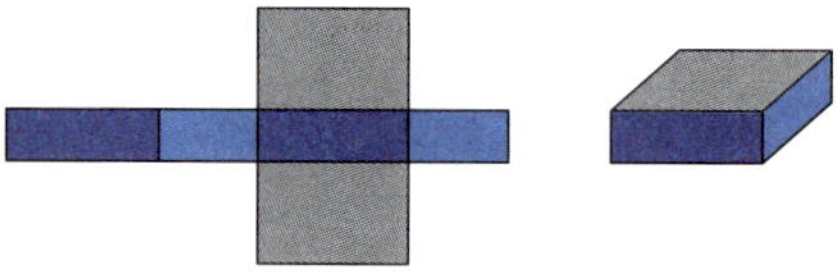

patron d'un pavé droit

patron d'un cube

PROUVER QU'UN PARALLÉLOGRAMME EST PARTICULIER

- Pour démontrer qu'un parallélogramme est un losange, il suffit de prouver qu'il a quatre côtés égaux ou que ses diagonales sont perpendiculaires.
- Pour démontrer qu'un parallélogramme est un rectangle, il suffit de prouver qu'il a un angle droit ou que ses diagonales sont égales.
- Pour démontrer qu'un parallélogramme est un carré, il suffit de prouver qu'il a quatre côtés égaux et un angle droit ou que ses diagonales sont perpendiculaires et égales.

REPORTER UNE LONGUEUR

- Reporter la longueur d'un segment, c'est construire un autre **segment de la même longueur** que le premier segment. Pour cela, on peut utiliser la règle graduée ou le compas. Par exemple, en reportant six fois de suite, sur un cercle, la longueur de son rayon, on obtient un hexagone régulier.

SOMME DES ANGLES D'UN TRIANGLE

- La somme des trois angles d'un triangle est toujours **égale à 180°**.

CHERCHER

Exercice 1
(Conseils pour réussir au verso).

Les membres d'une association organisent une vente de parts de fondants au chocolat pour payer une sortie aux adhérents. Pour cela, ils utilisent la recette ci-dessous.
200 g de chocolat à cuire
100 g de beurre doux
100 g de sucre semoule
5 œufs
50 g de farine

Pour réaliser ces fondants, l'association devra acheter des ingrédients, sachant qu'on ne peut acheter que des paquets entiers et que les gâteaux sont toujours faits en entier également.

3,96 €
Chocolat à cuire 2 × 200 g

1,35 €
Beurre doux 250 g

0,90 €
Sucre semoule 1 kg

2,45 €
Boîte de 12 œufs

1,44 €
Farine 1 kg

Un gâteau sera coupé en 8 parts, chaque part est vendue 1,50 euro.
Ils ont prévu de vendre 470 parts au maximum.
Quel est le bénéfice réalisé par cette association lors de cette vente ?

Exercice 2

Dans un jeu, il y a 20 bâtonnets, tous alignés.

Ce jeu se joue à deux joueurs. Chaque joueur doit retirer 1, 2 ou 3 bâtonnets au choix, à tour de rôle. Celui qui retire le dernier bâtonnet a perdu la partie.
Proposer une stratégie qui permet au joueur qui joue en premier de toujours gagner.

CONSEILS POUR RÉUSSIR ET CORRIGÉS

Cette activité est souvent vue comme étant transitoire alors que c'est le fondement de la démarche mathématique. Pour aboutir au résultat d'un calcul, ou établir un raisonnement ou encore construire une modélisation, il faut une phase de recherche, mais elle ne laisse souvent pas de trace sur le résultat final.

Prendre son temps et accepter les erreurs

- Pour réaliser l'activité de recherche ou de tâtonnement, il faut du temps, prendre son temps et ne pas abandonner trop vite, ni vouloir obtenir immédiatement la bonne idée ou la solution.
- Il faut également accepter de se tromper et de faire des erreurs, c'est également un fondement du travail de recherche, il faut accepter de recommencer après une erreur.

Laisser des traces

- La phase de recherche est indispensable et il faut laisser des traces de cette recherche pour réaliser les autres compétences.

Exercice 1 :

Ils doivent préparer suffisamment de gâteaux pour avoir 470 parts de fondants au chocolat. Nombre de gâteaux à confectionner : $470 \div 8 = 58{,}75$. Comme on ne peut faire que des gâteaux entiers, il faudra cuisiner 59 fondants.

Ingrédients	Quantité pour un gâteau	Quantité pour les 59 gâteaux	On doit acheter…	Coût par ingrédient
Chocolat	200 g	11 800 g	$11\,800 \div (2 \times 200) = 29{,}5$, soit 30 lots	$30 \times 3{,}96 = 118{,}80$ €
Beurre	100 g	5 900 g	$5\,900 \div 250 \approx 23{,}6$, soit 24 plaquettes	$24 \times 1{,}35 = 32{,}40$ €
Sucre	100 g	5 900 g	$5\,900 \div 1\,000 = 5{,}9$, soit 6 paquets	$6 \times 0{,}90 = 5{,}40$ €
Œufs	5 œufs	295 œufs	$295 \div 12 \approx 24{,}6$, soit 25 boîtes	$25 \times 2{,}45 = 61{,}25$ €
Farine	50 g	2 950 g	$2\,950 \div 1\,000 = 2{,}95$, soit 3 paquets	$3 \times 1{,}44 = 4{,}32$ €

Au total cela coûte : $118{,}80 + 32{,}40 + 5{,}40 + 61{,}25 + 4{,}32 = 222{,}17$ *euros*. S'ils vendent toutes les parts, ils vont gagner $470 \times 1{,}50 = 705$ *euros*.
Ainsi, leur recette serait de 482,83 euros s'ils arrivent à vendre toutes les parts.

Exercice 2 :

Je suis donc le joueur qui a la chance de commencer la partie.
Pour gagner, je dois réaliser dans l'ordre :
Étape 1 : Je prends 3 bâtonnets, il reste alors 17 bâtonnets pour l'autre joueur.
Étape 2 : Il y a alors 3 cas possibles : si l'adversaire prend 1 bâtonnet, je prends 3 bâtonnets après lui ; si l'adversaire prend 2 bâtonnets, je prends 2 bâtonnets et si l'adversaire prend 3 bâtonnets, je prends 1 bâtonnet. Ainsi, dans tous les cas, nous avons pris 4 bâtonnets à nous deux et il n'en reste plus que 13.
Étape 3 : Je recommence comme à l'étape 2, on prend 4 bâtonnets et il en reste 9.
Étape 4 : Je recommence comme aux étapes 2 et 3, on prend 4 bâtonnets à nous 2 et il en reste 5.
Étape 5 : Je recommence comme aux étapes 2, 3 et 4, on prend 4 bâtonnets à nous 2 et il n'en reste plus qu'1, alors la partie est finie et j'ai gagné !

Fiche 35

REPRÉSENTER

Exercice
(Conseils pour réussir au verso).

Terry souhaite construire une rampe de skate en bois pour ses enfants.
La forme de cette rampe est un prisme droit comme sur le modèle ci-dessous.

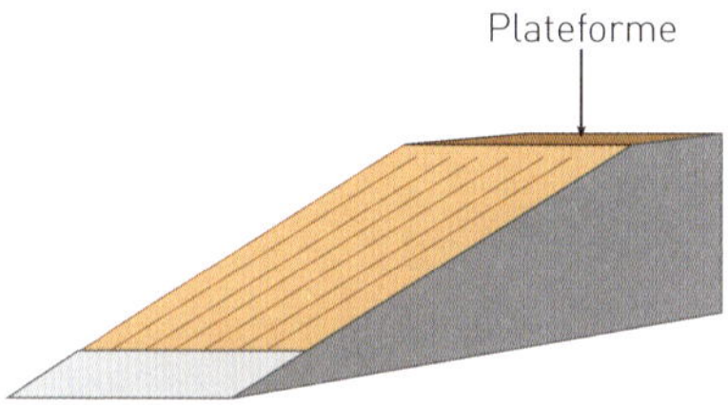

Les dimensions de la rampe souhaitée par ses enfants sont : 1,20 m de largeur, 3 m de longueur et 1 m de hauteur. De plus, la plateforme de la rampe mesure 0,50 m de large. Pour la sécurité de ses enfants et la stabilité de la rampe, elle décide de construire une rampe entièrement fermée, donc composée de panneaux de bois pour tous les côtés et aussi en dessous.

Représenter tous les panneaux de bois qui vont être nécessaires pour que Terry puisse construire cette rampe. (Elle va dessiner ces panneaux en prenant 1 cm sur le dessin pour représenter 1 m dans la réalité.)

→ CONSEILS POUR RÉUSSIR ET CORRIGÉS

Comprendre ce que signifie « représenter »

- « Représenter », c'est donner à voir, ou au moins rendre perceptible à la vue et à l'esprit différents objets : des formes ou des solides mais aussi des relations entre les objets (croquis, codage, schéma).
- Il arrive également que l'on doive « représenter » des entités abstraites, aussi appelées objets mathématiques tels que des nombres décimaux, des fractions, des fonctions.
- Tous ces objets ne sont pas accessibles en eux-mêmes, seulement au travers de leurs représentations.

S'approprier la représentation

- Dans chaque exercice mettant en jeu une représentation, sous quelque forme que ce soit, il faut s'approprier cette représentation, en faisant attention à chaque détail, pour ensuite pouvoir la mettre en lien avec les notions étudiées dans cet exercice.

Exercice 1 :

Panneau du dessous de la rampe :

Panneau de la plateforme de la rampe :

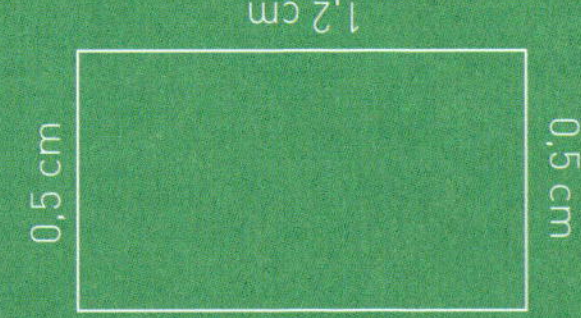

Panneau du côté droit de la rampe :

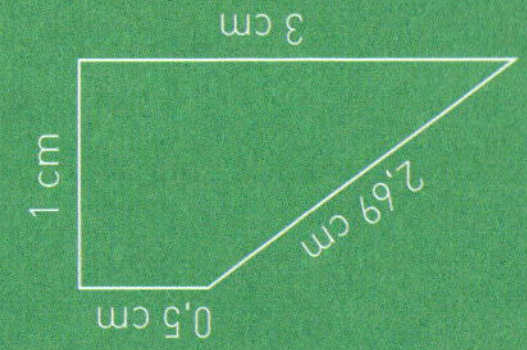

Panneau du côté gauche de la rampe :

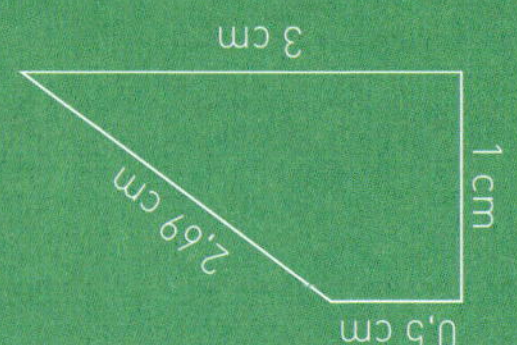

Panneau de l'arrière de la rampe :

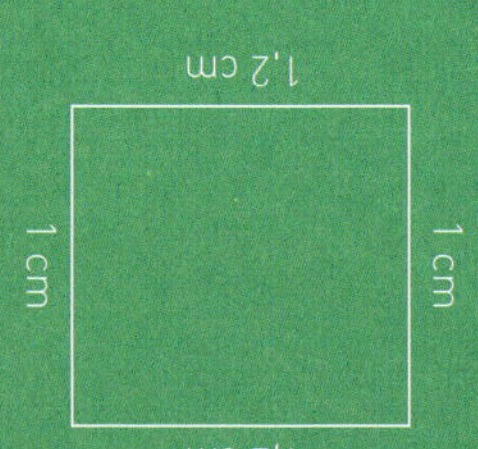

Panneau de la pente descendante de la rampe :

Fiche 36

MODÉLISER

Exercice 1
(Conseils pour réussir au verso).

Marc souhaite clôturer son potager qui a une forme triangulaire.
Il veut planter un piquet à chaque sommet du potager, puis ajouter 5 piquets sur le premier côté, ajouter 9 piquets sur le deuxième côté et 3 piquets sur le dernier côté.
La distance entre deux piquets doit toujours être la même.
Son fils Jordan qui est en classe de 5e pense que c'est impossible.
Jordan a-t-il raison ? Justifier la réponse.

Exercice 2

Un escargot est au fond d'un puits de 30 m de profondeur.
On peut observer qu'il remonte de 3 m pendant la journée mais malheureusement, il glisse de 2 m vers le bas du puits chaque nuit.
Combien de jours lui faudra-t-il pour sortir du puits ? Expliquer la réponse.

CONSEILS POUR RÉUSSIR ET CORRIGÉS

La modélisation nécessite :

- de partir d'un problème ;
- de construire un modèle ;
- de le faire fonctionner ;
- de pouvoir confronter ses résultats à la situation.

Il faut donc :

- se laisser le temps nécessaire pour réfléchir, émettre et confronter des hypothèses ;
- connaître les modèles mathématiques afin de les utiliser.

Exercice 1 :

On appelle DEF le triangle représentant le jardin de Marc.
Sur le premier côté DE, il y a 6 intervalles entre les 7 piquets positionnés.
Sur le deuxième côté DF, il y a 10 intervalles entre les 11 piquets positionnés.
Enfin, sur le côté EF, il y a 4 intervalles entre les 5 piquets positionnés.
Si l'on part de l'idée que les piquets sont tous espacés de 1 m, alors on obtient les longueurs pour le triangle : DE = 6 m, DF = 10 m et EF = 4 m.
Comme $6 + 4 = 10$, on en déduit grâce à l'inégalité triangulaire que le triangle est plat donc le jardin ne peut pas exister.
Si l'on considère que les piquets sont espacés de 2 m, alors on applique le même raisonnement et on obtient les longueurs des côtés : DE = 12 m, DF = 20 m et EF = 8 m. Si on utilise à nouveau l'égalité triangulaire, de nouveau le triangle DEF sera aplati, ce qui est également impossible.
On peut renouveler ainsi le même raisonnement, donc son fils Jordan a raison.

Exercice 2 :

L'escargot part de −30 m.
À la fin du premier jour, il sera à −29 m car : $-30 + 3 - 2 = -30 + 1 = -29$.
Il remonte donc globalement de 1 m par 24 heures.
À la fin du 2ᵉ jour, il sera à $-30\text{ m} + 2\text{ m} = -28\text{ m}$; à la fin du 3ᵉ jour à $-30\text{ m} + 3\text{ m} = -27\text{ m}$; à la fin du 4ᵉ jour à $-30\text{ m} + 4\text{ m} = -26\text{ m}$; … ; à la fin du 27ᵉ jour : $-30\text{ m} + 27\text{ m} = -3\text{ m}$.
Ainsi, au matin du 28ᵉ jour, l'escargot sera à 3 m de profondeur. Comme il monte de 3 m dans la journée, il va alors arriver en haut du puits. Il lui faut donc 28 jours pour sortir du puits.

RAISONNER

Exercice 1
(Conseils pour réussir au verso).

Iris affirme que : « Pour n'importe quel nombre entier positif n, le nombre $n \times n + 11 - n$ possède deux diviseurs exactement. » A-t-elle raison ? Expliquer la réponse.

Exercice 2

Pour chacune des affirmations suivantes, dire si elles sont vraies ou fausses.
Justifier les réponses.

1. Un multiple de 8 est toujours un nombre divisible par 2.

2. Un multiple de 3 est toujours un nombre impair.

3. Si on effectue la division euclidienne d'un nombre par 10 et qu'il reste 5, alors le nombre du départ est un multiple de 5.

4. Le reste de la division euclidienne d'un nombre par 7 ne peut jamais être 8.

5. Comme pour les tables de 3 et de 9, lorsqu'un nombre est un multiple de 6, alors la somme de ses chiffres est également un multiple de 6.

CONSEILS POUR RÉUSSIR ET CORRIGÉS

Chacune des étapes de résolution d'un problème fait appel au raisonnement. Ainsi, les phases de recherche, de production et de rédaction de preuve font appel à des raisonnements de différentes natures que l'on doit maîtriser.

La compétence « Raisonner » regroupe plusieurs démarches :

- ❑ résoudre des problèmes impliquant des grandeurs variées ;
- ❑ mobiliser des connaissances diverses ;
- ❑ analyser et exploiter ses erreurs ;
- ❑ essayer plusieurs solutions ;
- ❑ mener collectivement une recherche en sachant prendre en compte le point de vue d'autrui ;
- ❑ démontrer et utiliser un raisonnement logique ; défendre ses jugements.

Différents raisonnements sont couramment utilisés en mathématiques :

- ❑ utiliser un contre-exemple pour invalider une conjecture ;
- ❑ des procédures de déduction ;
- ❑ le raisonnement par l'absurde.

Exercice 1 :

Pour $n = 1$; $1 \times 1 + 11 - 1 = 11$ et 11 a deux diviseurs : 1 et 11.
Pour $n = 2$; $2 \times 2 + 11 - 2 = 13$ et 13 a deux diviseurs : 1 et 13.
Pour $n = 3$; $3 \times 3 + 11 - 3 = 17$ et 17 a deux diviseurs : 1 et 17.
Pour $n = 4$; $4 \times 4 + 11 - 4 = 23$ et 23 a deux diviseurs : 1 et 23.
Pour $n = 5$; $5 \times 5 + 11 - 5 = 31$ et 31 a deux diviseurs : 1 et 31.
Pour $n = 6$; $6 \times 6 + 11 - 6 = 41$ et 41 a deux diviseurs : 1 et 41.
Pour $n = 7$; $7 \times 7 + 11 - 7 = 53$ et 53 a deux diviseurs : 1 et 53.
Pour $n = 8$; $8 \times 8 + 11 - 8 = 67$ et 67 a deux diviseurs : 1 et 67.
Pour $n = 9$; $9 \times 9 + 11 - 9 = 83$ et 83 a deux diviseurs : 1 et 83.
Pour $n = 10$; $10 \times 10 + 11 - 10 = 101$ et 101 a deux diviseurs : 1 et 101.
Pour $n = 11$; $11 \times 11 + 11 - 11 = 121$ et 121 a trois diviseurs : 1, 11 et 121.
Donc c'est faux.

Exercice 2 :

1. Cette affirmation est vraie.
En effet, un multiple de 8 s'écrit sous la forme : $8 \times \ldots$, et comme on peut diviser 8 par 2, cela donne : $2 \times (4 \times \ldots)$ donc ce nombre est bien divisible par 2.

2. Cette affirmation est fausse.
On cherche un contre-exemple : 6 est multiple de 3 et il n'est pas impair.

3. Cette affirmation est vraie.
En effet, si on divise un nombre par 10 et qu'il reste 5, cela veut dire qu'on peut l'écrire sous la forme : $10 \times a + 5$, ce qui devient : $5 \times (2 \times a) + 5 \times 1$. On voit donc que ce nombre est un multiple de 5.

4. Cette affirmation est vraie.
En effet, s'il reste 8 après la division euclidienne, cela veut dire que je peux reprendre encore une fois un paque de 7 unités et qu'il restera 1 (on sait que le reste doit être plus petit que le diviseur). Donc le reste ne peut jamais être 8.

5. Cette affirmation est fausse.
On cherche un contre-exemple : on a 12 qui est un multiple de 6 car $12 = 2 \times 6$ et $1 + 2 = 3$ ce qui montre que cette affirmation est fausse.

Fiche 38

CALCULER

Exercice 1
(Conseils pour réussir au verso).

On donne les trois programmes ci-dessous.

Programme 1	Programme 2	Programme 3
Choisir un nombre. Ajouter 5. Soustraire 2. Ajouter 8. Ajouter 4.	Choisir un nombre. Le multiplier par 24. Diviser le résultat par 6. Multiplier le résultat par 5.	Choisir un nombre. Ajouter 4. Ajouter ensuite 7. Multiplier le résultat par 3. Multiplier le résultat par 6.

1. Pour chaque programme, rédiger un programme qui donne les mêmes résultats mais qui comporte le moins d'étapes possible.

2. On étudie à présent le programme suivant.

Choisir un nombre. Le multiplier par 12. Soustraire 7.

a. Rédiger un programme équivalent qui comporte deux multiplications et deux soustractions.

b. Rédiger un programme équivalent au programme initial qui comporte une addition, une soustraction, une multiplication et une division.

Exercice 2

1. Pour chacune des situations suivantes, quel est l'ordre de grandeur du résultat ?

Situation A : Julie achète 1,845 kg de pommes, 0,947 g de raisins et 4,326 g d'oranges. Quelle est la masse totale de ses achats ?

Situation B : Deux grands-parents ont une collection de 609 mangas. Ils veulent les partager équitablement, combien doivent-ils en donner à chacun de leurs 11 petits-enfants ?

Situation C : Marc veut acheter trois tee-shirts à 18,70 euros l'un, deux shorts à 9,99 euros et une veste à 87 euros. Quel est le montant total de ses achats ?

2. Résoudre le problème suivant, en effectuant les calculs mentalement : les élèves d'une classe de 5e ont réussi à rassembler 852,28 euros grâce à une vente de gâteaux. Auront-ils assez d'argent pour financer leur sortie dont le montant s'élève à 29 entrées à 10,90 euros et 468 euros de bus ?

CONSEILS POUR RÉUSSIR ET CORRIGÉS

La pratique du calcul vise un double équilibre :

- acquérir des automatismes dans les méthodes ;
- obtenir un résultat pour comprendre les objets mathématiques engagés dans le calcul.

La compétence « Calculer » regroupe plusieurs capacités :

- calculer avec des nombres rationnels, de manière exacte ou approchée ;
- combiner de façon appropriée le calcul mental, le calcul posé et le calcul instrumenté ;
- contrôler la vraisemblance de ses résultats ;
- calculer en utilisant le langage algébrique.

Exercice 1 :

Programme 1 bis	Programme 2 bis	Programme 3 bis
Choisir un nombre. Ajouter 15.	Choisir un nombre. Le multiplier par 20.	Choisir un nombre. Ajouter 11. Multiplier le résultat par 18.

Programme a	Programme b
Choisir un nombre. Le multiplier par 6. Multiplier le résultat par 2. Soustraire 4. Soustraire 3.	Choisir un nombre. Le multiplier par 24. Diviser le résultat par 2. Soustraire 10. Ajouter 3.

Exercice 2 :

1. Situation A : 1,8 kg + 1 kg + 4,3 kg = 7,1 kg.
Situation B : 600 BD ÷ 10 = 60 BD environ pour chaque petit-enfant.
Situation C : 3 × 20 euros + 2 × 10 euros + 90 euros = 170 euros.
2. 30 entrées à 10 euros coûteraient 300 euros.
La sortie coûte donc environ : 300 euros (entrées) + 500 euros (bus) = 800 euros.
Les élèves ont donc rassemblé assez d'argent.

Fiche 39

COMMUNIQUER

Exercice 1
(👁 Conseils pour réussir au verso).

Dans une bourse d'échange de cartes Pokémon, on doit suivre les règles suivantes :
- un Pokémon légendaire peut être échangé contre 6 cartes Pokémon évolués ;
- un Pokémon rare et 3 Pokémon basiques valent 4 cartes Pokémon évolués ;
- cinq cartes Pokémon basiques s'échangent contre 1 carte Pokémon rare.

Quel est le nombre minimal de cartes Pokémon basiques qu'Arthur doit avoir pour repartir de cette bourse d'échange avec 5 cartes Pokémon légendaires ?

Exercice 2

Dans un collège, une enquête est réalisée parmi tous les élèves des trois classes de 5e. On veut connaître le moyen de transport que chaque élève utilise pour venir au collège. Voici les réponses récoltées dans chacune des classes.

<table>
<tr><th>5^e1</th><th>5^e2</th><th>5^e3</th></tr>
<tr>
<td>

Bus	Voiture	Vélo	Marche
13	4	6	1

</td>
<td>
– 12 élèves viennent en bus
– 3 élèves viennent à pied
– 7 élèves viennent à vélo
– 3 élèves sont emmenés par leurs parents en voiture
</td>
<td>

Voiture	2
Marche	1
Bus	15
Vélo	7
Trottinette	6

</td>
</tr>
</table>

Dans ce collège, un élève sur deux vient en bus. Est-ce vrai ?

Vérifier par des calculs puis réaliser un diagramme permettant de visualiser au mieux si cette affirmation est vraie ou fausse.

CONSEILS POUR RÉUSSIR ET CORRIGÉS

Communiquer efficacement dans le cadre d'une activité mathématique est un objectif de formation essentiel, recouvrant plusieurs compétences :

- comprendre des énoncés ;
- produire des textes avec différents buts ;
- s'exprimer oralement.

Il faut donc :

- apprendre à s'exprimer avec un maximum de rigueur et de clarté ;
- éviter de considérer que des difficultés de rédaction sont forcément liées à des difficultés mathématiques.

Exercice 1 :

Pour obtenir 5 Pokémon légendaires, il faut (6×5) 30 cartes Pokémon évolués.

Cependant, comme il n'est pas possible d'obtenir exactement 30 cartes Pokémon évolués, Arthur devra obtenir 32 cartes Pokémon évolués.

Pour cela il aura besoin de 8 lots composés d'un Pokémon rare et de 3 Pokémon basiques, soit 8 cartes Pokémon rares et 24 cartes Pokémon basiques.

Il lui faudra alors (8×5) 40 cartes Pokémon basiques pour obtenir les 8 Pokémon rares.

Ainsi il aura besoin, en tout, de 64 cartes Pokémon basiques pour se rendre à cette bourse et en revenir avec les cartes Pokémon légendaires qu'il espère.

Exercice 2 :

On calcule le nombre total d'élèves par mode de transport, et on recense les résultats dans le tableau suivant :

Bus	Vélo	Voiture	Marche	Trottinette	Total
40	20	9	5	6	80

On obtient ensuite le diagramme suivant :

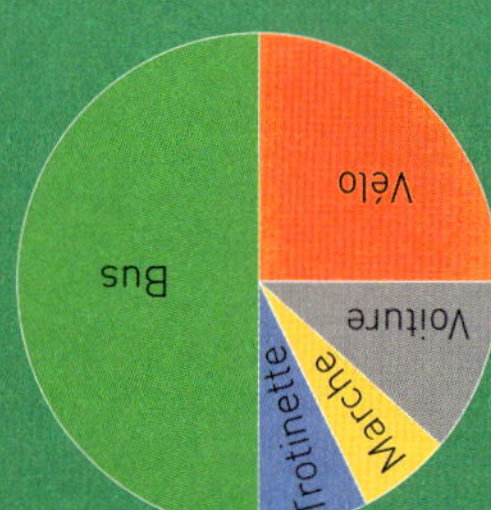

FRANÇAIS

SOMMAIRE

Grammaire, orthographe et outils d'analyse

Genres, registres, courants

Exercices et méthodes

Fiche 1

LES CLASSES GRAMMATICALES

Ce que je sais déjà

La classe grammaticale d'un mot est son identité : elle ne change jamais et est indiquée à côté du mot dans le dictionnaire. On distingue les classes variables, dont les mots changent de formes selon le genre (masculin et féminin) et/ou le nombre (singulier et pluriel), et les classes invariables, dont les mots ne changent jamais.

Astuce
Lorsqu'on a un doute sur la classe d'un mot, on peut procéder par élimination en cherchant d'abord à savoir si le mot est variable ou invariable.

I. Les classes variables

- Le **nom** sert à désigner, à nommer une chose. Il est précédé d'un déterminant (*le corbeau, un fromage*) et s'accorde en nombre (*les corbeaux, des fromages*).
- Le **déterminant** introduit un nom ou un groupe nominal avec lequel il s'accorde en genre et en nombre (*un enfant, une enfant, des enfants*).
- L'**adjectif** s'ajoute avant ou après le nom et s'accorde en genre et en nombre avec lui (*sa belle voix, un large bec, le corbeau honteux et confus*).
- Le **pronom** remplace un nom ou un groupe nominal (*Le corbeau a voulu chanter. Il a perdu son fromage.*) Il existe différents types de pronoms dont les plus courants sont les **pronoms personnels** (*je, tu, il, elle, etc.*).
- Le **verbe** est le noyau de la phrase. Il est le plus souvent conjugué (*Que vous êtes joli !*).

II. Les classes invariables

- La **conjonction de coordination** sert à relier deux mots ou deux propositions (*Le corbeau et le renard discutent. Le corbeau a perdu son fromage car il a voulu chanter.*) Il en existe six : *mais, ou, et, or, ni, car.*
- La **préposition** introduit un nom (*un morceau de fromage*), un groupe nominal (*sur un arbre*), un verbe à l'infinitif (*pour montrer sa belle voix*) ou un pronom (*avec lui*). Il en existe beaucoup : *à, dans, par, pour, en, vers, avec, de, sans, sous, sur…*
- L'**adverbe** apporte des précisions sur le verbe ou sur la phrase et il est le plus souvent facultatif et donc supprimable. (*Le renard s'est encore montré rusé. Le corbeau retiendra longtemps la leçon.*)

III. Le schéma pour comprendre

Les classes variables : Les noms, Les déterminants, Les adjectifs, Les pronoms, Les verbes

Les classes invariables : Les conjonctions de coordination, Les prépositions, Les adverbes

QUIZ

→ LES CLASSES GRAMMATICALES

→ 1. As-tu retenu la leçon ?

La classe grammaticale d'un mot est son .... : elle ne change jamais et est indiquée à côté du mot dans le .... On distingue les classes .... dont les mots changent de formes selon le genre et/ou le nombre, et les classes ...., dont les mots ne changent jamais.

→ 2. Parmi les mots suivants, souligne ceux qui sont variables et encadre ceux qui sont invariables.

ce – écrire – calmement – elles – gentil – sa – pour – texte – mais – les – partout – enfant – un – très – à – ses – belles – maison – hier – nous – avoir – bien

→ 3. À présent, donne la classe grammaticale de chacun de ces mots.

ce	
écrire	
calmement	
elles	
gentil	
sa	
pour	
texte	
mais	
les	
partout	

enfant	
un	
très	
à	
ses	
belles	
maison	
hier	
nous	
avoir	
bien	

1. La classe grammaticale d'un mot est son identité : elle ne change jamais et est indiquée à côté du mot dans le dictionnaire. On distingue les classes variables, dont les mots changent de formes selon le genre et/ou le nombre, et les classes invariables, dont les mots ne changent jamais.

2. Mots variables : ce – écrire – elles – gentil – sa – texte – les – enfant – un – ses – belles – maison – nous – avoir.
Mots invariables : calmement – pour – mais – partout – très – à – hier – bien.

3. *ce* = déterminant ; *écrire* = verbe ; *calmement* = adverbe ; *elles* = pronom personnel ; *gentil* = adjectif ; *sa* = déterminant ; *pour* = préposition ; *texte* = nom ; *mais* = *conjonction de coordination* ; *les* = déterminant ; *partout* = adverbe ; *enfant* = nom ; *un* = déterminant ; *très* = adverbe ; *à* = préposition ; *ses* = déterminant ; *belles* = adjectif ; *maison* = nom ; *hier* = adverbe ; *nous* = pronom personnel ; *avoir* = verbe ; *bien* = adverbe.

Fiche 2

ACCORDER UN ADJECTIF

Ce que je sais déjà

L'adjectif qualificatif s'accorde en genre et en nombre avec le nom auquel il se rapporte et cela quelle que soit sa fonction par rapport à ce nom.

I. Exemple

- Dans l'exemple qui suit, Gaspard, l'un des rois mages, raconte son voyage vers Bethléem.

« Il ne nous fallut pas moins de dix jours de progression laborieuse à travers des gorges dominées par des sommets enneigés, paysage totalement nouveau pour nous, avant de déboucher sur la plaine littorale. Notre soulagement fut immense de découvrir enfin l'horizon marin. » (Michel Tournier)

II. Cas particuliers

- Quand l'adjectif fait partie d'**un groupe nominal comprenant un complément du nom**, l'accord se fait, selon le sens soit avec le nom noyau soit avec le complément du nom.

« Pour quitter Méroé, j'ai dû me résoudre à user du grand palanquin royal de laine rouge brodée d'or et surmonté d'une flèche de bois. » (Michel Tournier)

- Dans le groupe nominal organisé autour du nom *palanquin*, *brodée* s'accorde au féminin singulier avec le nom *laine* tandis que *surmonté* s'accorde, lui, au masculin singulier, avec le nom palanquin.
- Quand le groupe nominal comprend **plusieurs noms coordonnés**, l'adjectif, qui se rapporte à ces noms, se met au masculin pluriel si l'un au moins des deux noms est masculin (on dit que « le masculin l'emporte sur le féminin »).

« Je me retirai à mon tour pour me parfumer et me débarrasser des armes et des bijoux royaux. » (Michel Tournier)

- Dans le groupe nominal *des armes et des bijoux*, le masculin du nom *bijoux* l'emporte sur le féminin du nom *armes*, donc l'adjectif *royaux* s'accorde au masculin pluriel.
- Quand l'adjectif est **composé de deux adjectifs**, ils prennent tous les deux la marque du pluriel : *des cerises aigres-douces*. Toutefois le premier élément reste invariable s'il a valeur d'adverbe : *des rayons ultra-violets*.

Le sais-tu ?

Les adjectifs de couleur s'accordent normalement. Ils sont cependant invariables :

- si l'adjectif est lui-même qualifié (donc si la couleur est composée de deux mots) : *des cieux bleu pâle* ;
- s'ils évoquent une couleur mixte : *des étendards rouge et vert* ;
- s'il s'agit de noms employés comme adjectifs : *des traces marron*, *des rayons abricot*.

Remarque : on écrit *des rubans roses*, *des fleurs pourpres*, ou encore *des joues écarlates* car ces noms sont devenus des adjectifs.

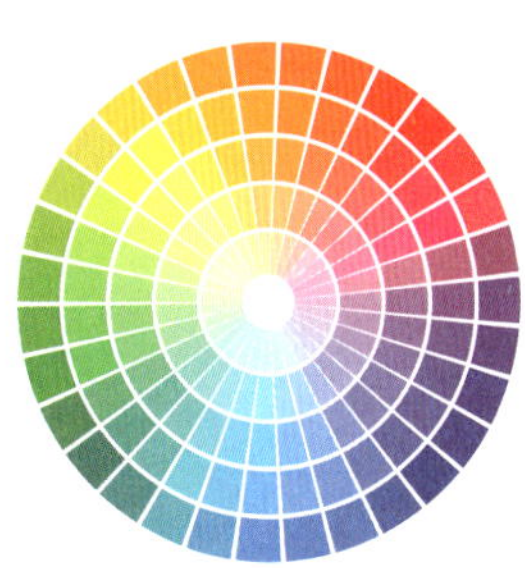

QUIZ

→ ACCORDER UN ADJECTIF

→ 1. As-tu retenu la leçon ? Vrai ou faux ?

a. Un adjectif qualificatif s'accorde avec le nom ou le pronom auquel il se rapporte.
- ❑ A. Vrai
- ❑ B. Faux

b. Les adjectifs de couleur s'accordent toujours avec le nom qu'ils qualifient.
- ❑ A. Vrai
- ❑ B. Faux

c. On écrit *des assiettes et des verres mal lavées.*
- ❑ A. Vrai
- ❑ B. Faux

d. On écrit *des fleurs rouge foncé.*
- ❑ A. Vrai
- ❑ B. Faux

→ 2. Relie chaque groupe nominal à son adjectif correctement orthographié.

1. un tableau très... ❍	❍ **a.** ... anciennes
2. des pierres... ❍	❍ **b.** ... anciens
3. des colliers et des bagues... ❍	❍ **c.** ... ancien

→ 3. Accorde correctement les adjectifs entre parenthèses.

« On arriva à la porte de la grotte de Calypso, où Télémaque fut .... (surpris) de voir, avec une apparence de simplicité .... (rustique), tout ce qui peut charmer les yeux. On n'y voyait ni or, ni argent, ni marbre, ni colonnes, ni tableaux, ni statues : cette grotte était .... (taillé) dans le roc, en voûte .... (plein) de rocailles et de coquilles ; elle était................................ (tapissé) d'une jeune vigne qui étendait ses branches .... (souple) également de tous côtés. Les .... (doux) zéphyrs conservaient en ce lieu malgré les ardeurs du soleil une .... (délicieux) fraîcheur. »

Fénelon

→ 4. Dans chaque groupe nominal, accorde l'adjectif entre parenthèses.

a. des tapis (marron) → ....
b. des joues (rouge pivoine) → ....
c. des fleurs (rose) et (orange) → ....
d. des fruits (doux-amer) → ....
e. des peintures (avant-gardiste) → ....

1. a. A. vrai ; **b. B.** faux (il y a des exceptions) ; **c. B.** faux (on écrit des assiettes et des verres mal lavés car le masculin l'emporte) ; **d. A.** vrai (car l'adjectif rouge est lui-même qualifié par foncé).
2. un tableau très ancien ; des pierres anciennes ; des colliers et des bagues anciens.
3. surpris ; rustique ; taillée ; pleine ; tapissée ; souples ; doux ; délicieuse.
4. a. des tapis marron ; **b.** des joues rouge pivoine ; **c.** des fleurs roses et orange ; **d.** des fruits doux-amers ; **e.** des peintures avant-gardistes.

LES DEGRÉS DE L'ADJECTIF

Ce que je sais déjà

On peut faire varier l'intensité d'un adjectif en utilisant un adverbe, le comparatif ou le superlatif.

Attention
Les adjectifs *bon*, *mauvais* et *petit* changent de formes :
- au comparatif de supériorité : *meilleur*, *pire*, *moindre* ;
- au superlatif : *le meilleur*, *le pire*, *le moindre*.

I. Les adverbes d'intensité

- Pour faire varier l'intensité d'un adjectif, on peut utiliser :
  - des adverbes d'intensité **faible** : *peu*, *à peine*...
  - des adverbes d'intensité **moyenne** : *plutôt*, *assez*, *presque*...
  - des adverbes d'intensité **forte** : *très*, *tellement*, *énormément*, *fort*...

II. Le comparatif

- Le comparatif permet d'établir une comparaison entre un adjectif et un autre élément à l'aide d'un adverbe. Cette comparaison varie selon trois degrés :
  - l'**infériorité** : Il fait moins froid que l'année dernière.
  - l'**égalité** : Il fait aussi froid que l'année dernière.
  - la **supériorité** : Il fait plus froid que l'année dernière.

- Pour former le comparatif, on encadre donc l'adjectif sur lequel porte la comparaison à l'aide des **expressions adverbiales *moins... que*, *autant... que*, *aussi... que*, *plus... que***. Le groupe introduit par *que* remplit une fonction de **complément du comparatif**.

III. Le superlatif

- Le superlatif permet de distinguer un élément au sein d'un ensemble. On le forme en employant l'article défini (*le*, *la*, *les*) suivi de l'adjectif au comparatif de supériorité ou d'infériorité.
  - L'infériorité : Cette fleur est la moins grande.
  - La supériorité : Cette fleur est la plus grande.

QUIZ

→ LES DEGRÉS DE L'ADJECTIF

→ 1. As-tu retenu la leçon ? Coche la bonne réponse.

a. La maison de mon oncle est plus vaste que celle de mes parents.

- ❑ A. L'adjectif est au comparatif de supériorité.
- ❑ B. L'adjectif est au superlatif de supériorité.

b. Notre balcon est vraiment fort agréable l'été.

- ❑ A. L'adjectif est au comparatif de supériorité.
- ❑ B. L'adjectif est modifié par un adverbe d'intensité forte.

c. Ce château est le plus ancien de toute la région.

- ❑ A. L'adjectif est au comparatif de supériorité.
- ❑ B. L'adjectif est au superlatif de supériorité.

d. Notre voyage en train est moins ennuyeux que leur itinéraire en voiture.

- ❑ A. L'adjectif est au comparatif d'infériorité.
- ❑ B. L'adjectif est au superlatif d'infériorité.

→ 2. Relie chaque groupe de mots au degré correspondant.

1. Moins affectueux que sa sœur ❍	❍ **a.** Comparatif d'égalité
2. Plus sereine que sa mère ❍	❍ **b.** Superlatif de supériorité
3. Aussi aimable que sa cousine ❍	❍ **c.** Comparatif d'infériorité
4. Le plus merveilleux des voyages ❍	❍ **d.** Intensité forte
5. Extrêmement gentil ❍	❍ **e.** Comparatif de supériorité
6. Peu aimable ❍	❍ **f.** Intensité faible

1. a. A. L'adjectif *vaste* est au comparatif de supériorité. **b. B.** L'adjectif *agréable* est modifié par un adverbe d'intensité forte (*fort*). **c. B.** L'adjectif *ancien* est au superlatif de supériorité. **d. A.** L'adjectif *ennuyeux* est au comparatif d'infériorité.
2. 1. c. moins affectueux que sa sœur = comparatif d'infériorité ; **2. e.** plus sereine que sa mère = comparatif de supériorité ; **3. a.** aussi aimable que sa cousine = comparatif d'égalité ; **4. b.** le plus merveilleux des voyages = superlatif de supériorité ; **5. d.** extrêmement gentil = intensité forte ; **6. f.** peu aimable = intensité faible.

Fiche 4

LES FONCTIONS LIÉES AU VERBE

Ce que je sais déjà

Dans une phrase, un mot ou un groupe de mots joue un rôle, le plus souvent par rapport à un verbe : c'est sa fonction. Il existe des fonctions **essentielles** (ce sont des mots ou groupes de mots qu'on ne peut pas supprimer) et des fonctions **facultatives** (ce sont les compléments circonstanciels qui sont supprimables et souvent déplaçables).

I. Les fonctions essentielles

- Le **sujet** fait ou subit l'action exprimée par le verbe. Il répond à la question **Qui est-ce qui ?** ou **Qu'est-ce qui ?** posée devant le verbe.
Tous les matins, Paul boit un grand bol de café au lait.
Qui est-ce qui boit ? C'est Paul. Paul est le sujet du verbe boit.

- Le **COD (complément d'objet direct)** complète le verbe directement. Ainsi, il répond à la question **Quoi ?** ou **Qui ?** posée derrière le verbe.
Paul oublie souvent ses affaires.
Paul oublie quoi ? Ses affaires. Ses affaires est le COD du verbe oublie.

- Le **COI (complément d'objet indirect)** complète le verbe indirectement : il est relié au verbe par une préposition (*à*, *de*). Ainsi, il répond à la question **À quoi ?**, **À quoi ?**, **De quoi ?** ou **De qui ?** posée derrière le verbe.
Le chien obéit à Paul.
Le chien obéit à qui ? À Paul. Paul est le COI du verbe obéit.

- **Attention :** Quand le COI est un pronom, la préposition n'est pas toujours exprimée. Le COI se place alors juste avant le verbe.
Il lui obéit. Il obéit à qui ? À lui. Lui est le COI du verbe obéit.

- L'**attribut du sujet** énonce une caractéristique du sujet par l'intermédiaire du verbe **être** ou d'un **verbe d'état** (*sembler*, *devenir*, *paraître*, etc.).
Cette promenade est très agréable. Attention, le chemin devient boueux.

Astuce : COD et attribut
Le COD et l'attribut du sujet se trouvent de la même manière : en posant la question *quoi* ? derrière le verbe. S'il s'agit du verbe *être* ou d'un verbe d'état, c'est un attribut du sujet ; si non, c'est un COD.

II. Les fonctions facultatives

- Le **CC de lieu** répond à la question **Où ?** posée derrière le verbe.
Je vis à Paris. Je vis où ? À Paris. À Paris est CC de lieu du verbe vis.

- Le **CC de temps** répond à la question **Quand ?** posée derrière le verbe.
Demain, j'irai faire des courses. J'irai quand ? Demain. Demain est CC de temps du verbe irai.

- Le **CC de manière** répond à la question **Comment ?** posée derrière le verbe.
Ce soir, je mangerai avec appétit ! Je mangerai comment ? Avec appétit. Avec appétit est CC de manière du verbe mangerai.

Astuce : complément circonstanciel ou non ?
Pour s'assurer qu'un mot ou un groupe de mots est bien un complément circonstanciel, il faut essayer de le déplacer ou de le supprimer : si cela fonctionne, c'est qu'il s'agit bien d'un complément circonstanciel.

QUIZ

→ LES FONCTIONS LIÉES AU VERBE

→ 1. As-tu retenu la leçon ? Dans chaque phrase, le groupe souligné est-il un complément essentiel ou un complément circonstanciel (facultatif) ?

a. La récolte fut bonne l'an passé.
- ❑ A. Complément essentiel
- ❑ B. Complément circonstanciel

b. La gelée nuit aux récoltes.
- ❑ A. Complément essentiel
- ❑ B. Complément circonstanciel

c. Yves parlait à voix basse.
- ❑ A. Complément essentiel
- ❑ B. Complément circonstanciel

d. Madame Pépin s'adressa au vendeur.
- ❑ A. Complément essentiel
- ❑ B. Complément circonstanciel

e. Marie était une jeune fille sérieuse.
- ❑ A. Complément essentiel
- ❑ B. Complément circonstanciel

f. On n'entendait plus un bruit dans la campagne.
- ❑ A. Complément essentiel
- ❑ B. Complément circonstanciel

→ 2. Dans les phrases suivantes, indique la classe et la fonction du mot ou des mots soulignés.

	Classe grammaticale	Fonction grammaticale
a. Demain, le professeur rendra les évaluations.		
b. Hier, nous sommes allés nous promener.		
c. Il a acheté une grande maison.		
d. Avez-vous vu mon livre ?		
e. Cette jeune fille semble jeune.		
f. Il lui donne son cadeau.		
g. Il a gentiment proposé de l'aider.		

1. a. B. complément circonstanciel ; **b. A.** complément essentiel ; **c. B.** complément circonstanciel ; **d. A.** complément essentiel ; **e. A.** complément essentiel ; **f. B.** complément circonstanciel.
2. a. *le professeur* = GN, sujet ; **b.** *Hier* = adverbe, CC de temps ; **c.** *une grande maison* = GN, COD ; **d.** *vous* = pronom personnel, sujet ; **e.** *jeune* = adjectif, attribut du sujet ; **f.** *lui* = pronom personnel, COI ; **g.** *gentiment* = adverbe, CC de manière.

Fiche 5

LES FONCTIONS LIÉES AU NOM

Ce que je sais déjà

Le groupe nominal est composé au moins d'un déterminant et d'un nom, mais il peut également comporter une expansion du nom.

Attention
Il ne faut pas confondre un complément du nom avec un complément circonstanciel.
Il conduit la voiture de son père. (Complément du nom car complète le nom *voiture*)
Il a sorti la voiture du garage. (Complément circonstanciel de lieu car complète le verbe *a sorti*)
Contrairement au complément du nom, le complément circonstanciel peut être déplacé.
Du garage, il a sorti la voiture.

I. La fonction épithète

- Un mot est épithète lorsqu'il est relié directement au nom. Cette fonction est souvent occupée par un **adjectif** (*un bon élève*) ou un **groupe adjectival** (*un très bon élève*), mais elle peut être occupée par d'autres mots, comme un **nom** (*une mère poule*).
- L'épithète peut être **antéposée**, c'est-à-dire placée avant le nom (*un bon élève*) ou **postposée**, c'est-à-dire placée après le nom (*un élève sérieux*).

II. La fonction complément du nom

- Le complément du nom est en général un nom ou un groupe nominal relié au nom par une préposition (souvent *de*, *à*, *en*).

Ex. : une pomme de pin, des patins à roulettes, un verre en cristal.

III. La fonction apposition

- Un nom peut également être complété par un mot ou un groupe de mots placé **en dehors du groupe nominal**. L'apposition se caractérise en outre par le fait qu'elle est détachée du nom par des **virgules**. Cette fonction est souvent occupée par un **adjectif** ou un **groupe adjectival** (*Cette élève, très sérieux, a obtenu de très bonnes notes.*), mais elle peut être occupée par d'autres mots, comme un **nom** (*Cet enfant, très bon élève, est très cultivé.*).

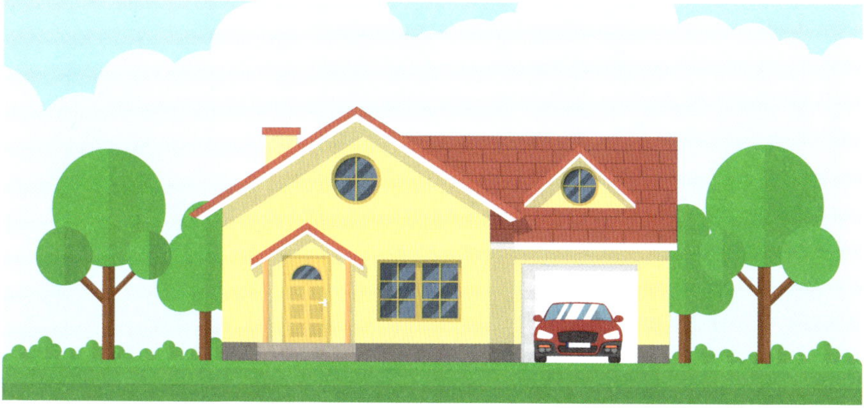

QUIZ

→ LES FONCTIONS LIÉES AU NOM

→ 1. As-tu retenu la leçon ? Vrai ou faux ?

a. Un mot épithète se trouve toujours devant le nom.

❑ A. Vrai
❑ B. Faux

b. Un complément du nom est introduit par une préposition.

❑ A. Vrai
❑ B. Faux

c. L'apposition fait partie du groupe nominal.

❑ A. Vrai
❑ B. Faux

→ 2. Donne la fonction du mot ou groupe de mots souligné.

a. Le large soleil jette aux champs sa flamme cuisante.

❑ A. Épithète
❑ B. Complément du nom
❑ C. Apposition

b. Les fermes normandes semblent de petits bois, enfermées dans leur ceinture de hêtres élancés.

❑ A. Épithète
❑ B. Complément du nom
❑ C. Apposition

c. Ils rêvent de posséder une maison de campagne.

❑ A. Épithète
❑ B. Complément du nom
❑ C. Apposition

→ 3. Dans quelles phrases le groupe souligné est-il un complément du nom ?

❑ A. La fin des vacances approche à grands pas.
❑ B. Vous discuterez de vos projets demain.
❑ C. Thomas me propose une promenade en barque.
❑ D. Jeanne regardait le ciel d'un air rêveur.
❑ E. Quelle heure est-il à l'horloge du salon ?

1. B. (il peut se trouver derrière le nom) ; **A.** ; **B.** (elle se trouve en dehors du GN).
2. a. A. épithète (postposé) ; **b. C.** apposition (séparé du nom *fermes* par une virgule) ; **c. B.** complément du nom.
3. A, C, E. Dans la deuxième phrase, *de vos projets* est COI du verbe *discuterez* ; dans la quatrième phrase, *d'un air rêveur* est CC de manière du verbe *regardait*.

Fiche 6

LES PROPOSITIONS INDÉPENDANTES : JUXTAPOSITION ET COORDINATION

Ce que je sais déjà

Une phrase complexe contient plusieurs verbes conjugués et donc plusieurs propositions.

Astuce
Pour vérifier que deux propositions sont bien indépendantes, vérifie que chaque proposition peut exister seule, comme une phrase simple.

I. Définitions

- Une proposition est un groupe de mots organisés autour d'un verbe conjugué (son sujet et éventuellement son ou ses compléments). Une phrase contient donc autant de propositions que de verbes conjugués.
- Ces propositions peuvent être reliées de différentes manières. Lorsqu'elles sont indépendantes (c'est-à-dire qu'elles peuvent fonctionner l'une sans l'autre), elles peuvent être **juxtaposées** ou **coordonnées**.

II. Juxtaposées ou coordonnées ?

- Deux propositions **juxtaposées** sont reliées par un signe de ponctuation (virgule, point-virgule ou deux points).
[La lune brille] ; [les toits luisent].
- Deux propositions **coordonnées** sont reliées par une conjonction de coordination (*mais*, *ou*, *et*, *or*, *ni*, *car*) ou un adverbe (*donc*, *puis*, *alors*, *cependant*, etc.).

QUIZ

LES PROPOSITIONS INDÉPENDANTES : JUXTAPOSITION ET COORDINATION

1. As-tu retenu la leçon ? Ces phrases complexes contiennent deux propositions : sont-elles juxtaposées ou coordonnées ?

a. Des vaches s'étaient égarées sur la voie : le train s'arrêta en pleine campagne.
- ❑ A. Juxtaposées
- ❑ B. Coordonnées

b. Des vaches s'étaient égarées sur la voie car le train s'était arrêté en pleine campagne.
- ❑ A. Juxtaposées
- ❑ B. Coordonnées

c. Comme des vaches s'étaient égarées sur la voie, le train s'arrêta en pleine campagne.
- ❑ A. Juxtaposées
- ❑ B. Coordonnées

d. Des vaches s'étaient égarées sur la voie, ainsi le train s'arrêta en pleine campagne.
- ❑ A. Juxtaposées
- ❑ B. Coordonnées

2. Dans les phrases suivantes, remplace le signe de ponctuation par une conjonction de coordination.

1. Pierre tombait de fatigue, il avait trop travaillé. ❍		❍ **a.** *mais*
2. Nous avions mis la table dehors ; il a plu. ❍		❍ **b.** *et*
3. Il embrasse sa mère, il monte dans le bus. ❍		❍ **c.** *or*
4. Marie a été accusée : elle était absente. ❍		❍ **d.** *car*

3. Pour chaque phrase (extraite de l'œuvre de Théophile Gautier), sélectionne le bon découpage.

Phrase 1 :
- ❑ A. [Tout à coup, un tumulte se fit entendre] [à l'autre bout du pont et la foule courut au bruit].
- ❑ B. [Tout à coup, un tumulte se fit entendre à l'autre bout du pont] et [la foule courut au bruit].

Phrase 2 :
- ❑ A. [Ce n'étaient qu'estocades simulées, ces fausses querelles avaient pour but de produire un rassemblement] [pour que, parmi la foule, les coupe-bourses puissent faire leurs coups].
- ❑ B. [Ce n'étaient qu'estocades simulées], [ces fausses querelles avaient pour but de produire un rassemblement] [pour que, parmi la foule, les coupe-bourses puissent faire leurs coups].

1. a. A. juxtaposées (:) ; **b. B.** coordonnées (car) ; **c. A.** juxtaposées (,) ; **d. B.** coordonnées (ainsi).
2. Pierre tombait de fatigue car il avait trop travaillé. Nous avions mis la table dehors mais il a plu. Il embrasse sa mère et monte dans le bus. Marie a été accusée or elle était absente.
3. Phrase 1 : **B.** ; phrase 2 : **B.**

Fiche 7

LA SUBORDINATION

Ce que je sais déjà

Dans une phrase complexe, pour relier deux propositions, on peut les coordonner et les juxtaposer, mais on peut encore les subordonner.

I. Définitions

- Une proposition subordonnée est une proposition **qui dépend d'une proposition principale**. Elle ne peut exister toute seule. Elle est introduite par un mot subordonnant comme *que*, *qui*, *quand*, *lorsque*, *parce que*, *bien que*...
- Pour analyser une phrase complexe comprenant une ou plusieurs subordonnées, il faut repérer les mots subordonnants et couper la phrase en propositions : la principale et la subordonnée (ou les subordonnées).

II. Exemples

- Premier exemple :
  [Si le sujet t'intéresse], [je te prêterai l'article], [dès que j'aurai fini de le lire].
  Dans cette phrase, on repère :
  - une proposition principale : *je te prêterai l'article* (on peut la détacher du reste de la phrase) ;
  - deux propositions subordonnées, introduites l'une par *si*, l'autre par dès *que*.
- Second exemple :
  [J'ai lu un très bon roman cet été] ; [je pense] [qu'il t'intéressera].
  Cette phrase complexe comprend encore trois propositions :
  - la première proposition *J'ai lu un très bon roman cet été* est une indépendante ;
  - *je pense* est une principale ; elle commande la subordonnée *qu'il t'intéressera*.

QUIZ

→ LA SUBORDINATION

→ 1. As-tu retenu la leçon ? Coche la bonne réponse.

a. Une phrase contient autant de propositions que de :
- ❑ A. sujets.
- ❑ B. verbes conjugués.
- ❑ C. virgules.

b. Une proposition qui ne régit pas une proposition ni ne dépend d'une autre proposition est :
- ❑ A. une proposition indépendante.
- ❑ B. une proposition principale.
- ❑ C. une proposition incise.

c. Une proposition subordonnée dépend toujours :
- ❑ A. d'une proposition indépendante.
- ❑ B. d'un verbe.
- ❑ C. d'une proposition principale.

→ 2. Parmi ces extraits de l'œuvre de Chateaubriand, quelles phrases contiennent une proposition subordonnée ? Souligne-la à chaque fois.

Astuce
Commence par souligner les verbes conjugués et délimiter les propositions.

A. Je me trouvais devant un peuplier planté à l'angle d'un champ de houblon.

B. Je traversais le chemin et je m'appuyais debout contre le tronc de l'arbre, le visage tourné du côté de Bruxelles.

C. Un vent du sud m'apporta plus distinctement le bruit de l'artillerie.

D. Cette grande bataille sans nom, dont j'écoutais les échos et dont une horloge venait de sonner les funérailles, était la bataille de Waterloo.

E. Auditeur silencieux et solitaire du formidable arrêt des destinées, j'aurais été moins ému si je m'étais trouvé dans la mêlée.

Clément-August Andrieux, *La Bataille de Waterloo*, 1852

1. a. B. Verbes conjugués ; **b. A.** Une proposition indépendante ; **c. C.** D'une proposition principale.
2. D. et **E.**
Cette grande bataille sans nom, dont j'écoutais les échos et dont une horloge venait de sonner les funérailles, était la bataille de Waterloo.
Auditeur silencieux et solitaire du formidable arrêt des destinées, j'aurais été moins ému si je m'étais trouvé dans la mêlée.

Fiche 8

TYPES ET FORMES DE PHRASES

Ce que je sais déjà

Il existe des types de phrases et des formes de phrases qui peuvent se combiner. Les types de phrases sont obligatoires au sens où une phrase est nécessairement déclarative ou interrogative ou impérative. Mais la phrase peut aussi, facultativement, avoir une forme particulière.

I. Les types de phrases

- Il existe **trois types** de phrases.
  - Le **type déclaratif** exprime un fait ou une opinion : *Il fait beau aujourd'hui.*
  - Le **type interrogatif** exprime une demande d'information : *Quel temps fait-il ?*
  - Le **type injonctif** exprime un ordre, une défense ou un conseil : *Ne sors pas sans ton parapluie.*

II. Les formes de phrases

- Il existe **trois formes** de phrases :
  - La **forme négative** porte une marque de négation (*ne... pas*, *ne... plus*, *ne... guère*, etc.) : *Elle ne mange pas de fraises.*
  - Dans la **forme passive** dans laquelle le sujet subit l'action, contrairement à la forme active dans laquelle le sujet fait l'action : *La scène est racontée par deux témoins. [Forme passive] Deux témoins racontent la scène. [Forme active]*
  - La **forme exclamative** exprime un sentiment vif (joie, tristesse, surprise, etc.) : *Quel temps de chien !*

Le sais-tu ?
Les types et les formes peuvent se combiner :
N'avez-vous pas terminé ? [Type interrogatif + Forme négative] ;
Ouvrez la fenêtre ! [Type injonctif + Forme exclamative].

QUIZ

TYPES ET FORMES DE PHRASES

1. As-tu retenu la leçon ?

a. Relie chaque phrase au type de phrase correspondant.

1. Avez-vous vu mon livre ? ❍
2. J'ai acheté un nouveau livre. ❍
3. Rends-moi mon livre. ❍

❍ **a.** Type déclaratif
❍ **b.** Type injonctif
❍ **c.** Type interrogatif

b. Relie chaque phrase à la forme de phrase correspondante.

1. Je n'ai vu ton livre nulle part. ❍
2. J'adore ce livre ! ❍
3. Ce livre est signé d'un auteur célèbre. ❍

❍ **a.** Forme exclamative
❍ **b.** Forme passive
❍ **c.** Forme négative

2. Donne le type et la forme de chacune de ces phrases.

a. Ne lui dites rien.

Type :
- ❑ A. Déclaratif
- ❑ B. Interrogatif
- ❑ C. Injonctif

Forme :
- ❑ A. Négative
- ❑ B. Passive
- ❑ C. Exclamative

b. Les fleurs ont encore été abîmées.

Type :
- ❑ A. Déclaratif
- ❑ B. Interrogatif
- ❑ C. Injonctif

Forme :
- ❑ A. Négative
- ❑ B. Passive
- ❑ C. Exclamative

c. N'auriez-vous pas vu mes lunettes ?

Type :
- ❑ A. Déclaratif
- ❑ B. Interrogatif
- ❑ C. Injonctif

Forme :
- ❑ A. Négative
- ❑ B. Passive
- ❑ C. Exclamative

d. Je suis tellement heureux !

Type :
- ❑ A. Déclaratif
- ❑ B. Interrogatif
- ❑ C. Injonctif

Forme :
- ❑ A. Négative
- ❑ B. Passive
- ❑ C. Exclamative

1. a. Avez-vous vu mon livre ? = type interrogatif ; J'ai acheté un nouveau livre. = type déclaratif ; Rends-moi mon livre. = type injonctif. **b.** Je n'ai vu ton livre nulle part. = forme négative ; J'adore ce livre ! = forme exclamative ; Ce livre est signé d'un auteur célèbre. = forme passive.
2. a. type injonctif et forme négative ; **b.** type déclaratif et forme passive ; **c.** type interrogatif et forme négative ; **d.** type déclaratif et forme exclamative.

Fiche 9

LA FORME PASSIVE

Ce que je sais déjà

La voix passive se forme avec l'auxiliaire *être* et le participe passé du verbe.

Astuce
Pour distinguer une forme active à un temps composé d'une forme passive, on peut aussi essayer d'ajouter un complément d'agent. Si cet ajout est possible, il s'agit bien d'une forme passive.
Exemple :
Sa maison a été cambriolée. Sa maison a été cambriolée par un voleur. (*a été cambriolée* est donc un verbe à la forme passive)
Sinon, le verbe est à un temps composé de la voix active. Il est parti en emportant tout. (passé composé actif)

I. Le temps et le mode au passif

- Indicatif présent passif du verbe appeler : je suis appelé/tu es appelé/nous sommes appelés/vous êtes appelés/il est appelé/ils sont appelés
- Le temps et le mode d'un verbe au passif sont ceux de l'auxiliaire *être* avec lequel il est construit.

tu seras appelé : indicatif futur
il était appelé : indicatif imparfait
nous fûmes appelés : indicatif passé simple
vous avez été appelés : indicatif passé composé
qu'ils soient appelés : subjonctif présent

II. Reconnaître la voix passive

- **Attention !** On confond parfois les formes verbales à la forme passive avec certains verbes conjugués à un temps composé à l'aide de l'auxiliaire *être*.
- En effet, certains verbes se construisent aux temps composés, avec *être*. Il s'agit notamment des verbes d'état et des verbes indiquant un mouvement (*rester, sembler, demeurer, passer, rester, venir, aller, partir*, etc.).

Le voleur est passé par les toits. (passé composé à la voix active)

- Pour éviter de confondre ces formes actives avec des formes passives, on les met au présent.

Le voleur est passé par le toit. Le voleur passe par le toit.
Le voleur est arrêté par les policiers. Le voleur arrête les policiers !
Ici le sens change : est arrêté *est donc un verbe à la voix passive.*

QUIZ

→ LA FORME PASSIVE

→ 1. As-tu retenu la leçon ? Relie chaque forme active à sa forme passive.

1. nous apercevions ❍
2. elle réveille ❍
3. ils marièrent ❍
4. il avait restauré ❍
5. il a renversé ❍

❍ a. il a été renversé
❍ b. nous étions aperçus
❍ c. elle est réveillée
❍ d. il avait été restauré
❍ e. ils furent mariés

→ 2. Donne la forme passive de chacune des formes actives suivantes.

a. nous prenions → nous ....
b. tu verras → tu ....
c. vous forcez → vous ....
d. il avait frappé → il ....
e. elles obéirent → elles ....

→ 3. Ces formes verbales sont-elles actives ou passives ?

a. Marc est resté à la maison.
- ❑ A. Forme active
- ❑ B. Forme passive

b. L'hymne a été chanté par les enfants.
- ❑ A. Forme active
- ❑ B. Forme passive

c. Le coupable sera puni.
- ❑ A. Forme active
- ❑ B. Forme passive

d. Mon ami était venu souvent.
- ❑ A. Forme active
- ❑ B. Forme passive

e. As-tu été aidée ?
- ❑ A. Forme active
- ❑ B. Forme passive

1. nous apercevions → nous étions aperçus ; elle réveille → elle est réveillée ; ils marièrent → ils furent mariés ; il avait restauré → il avait été restauré ; il a renversé → il a été renversé.
2. nous étions pris ; tu seras vu ; vous êtes forcés ; il avait été frappé ; elles furent obéies.
3. a. forme active ; **b.** forme passive ; **c.** forme passive ; **d.** forme active ; **e.** forme passive.

Fiche 10

LES VALEURS DU PRÉSENT DE L'INDICATIF

Ce que je sais déjà

Le présent exprime un fait qui se produit au moment de l'énonciation. *Paul travaille sur son ordinateur.* Il peut aussi évoquer, par extension, d'autres types de faits.

I. Des faits appartenant à un passé proche ou un futur proche

Jean <u>sort</u> d'ici. (passé récent)
Léa <u>revient</u> dans un instant. (futur proche)

II. Des faits habituels ou répétés

Paul <u>se lève</u> à huit heures le matin.

II. Des faits valables de tout temps (présent de vérité générale)

- C'est le temps utilisé dans les définitions, les proverbes.

Paul <u>est</u> un garçon sympathique.
L'eau <u>bout</u> à cent degrés.
Qui <u>dort dîne</u>.

III. Des faits passés présentés comme s'ils se déroulaient au moment de l'énonciation

- C'est le **présent de narration**, utilisé dans un récit au passé. Cet emploi permet de donner plus de vie au récit.

C'était il y a un an. Nous nous promenions dans la forêt. Soudain, Paul <u>aperçoit</u> une vipère...

QUIZ

LES VALEURS DU PRÉSENT DE L'INDICATIF

1. As-tu retenu la leçon ? Relie chaque exemple à la valeur correspondante.

1. À chaque fois, je me trompe. ❍
2. Je te remercie de ta lettre. ❍
3. Les tortues vivent très longtemps. ❍
4. Je vais à la piscine ce soir. ❍
5. Je viens de partir de la maison. ❍
6. Les hommes dormaient. Soudain éclate un coup de feu. ❍

❍ **a.** Présent d'énonciation
❍ **b.** Présent de vérité générale
❍ **c.** Présent de narration
❍ **d.** Présent d'habitude
❍ **e.** Passé proche
❍ **f.** Futur proche

2. Coche les phrases contenant un verbe au présent de vérité générale.

❑ A. La vérité sort de la bouche des enfants.
❑ B. À quatre heures, je tonds la pelouse.
❑ C. Le loup est un animal solitaire.
❑ D. C'est alors qu'il prend son fusil et tire.
❑ E. Martin vient tout juste de sortir.
❑ F. Dans l'espace, personne ne vous entend crier.

1. 1. d. À chaque fois, je me trompe. = présent d'habitude ; **2. a.** Je te remercie de ta lettre. = présent d'énonciation ; **3. b.** Les tortues vivent très longtemps. = présent de vérité générale ; **4. f.** Je vais à la piscine ce soir. = futur proche ; **5. e.** Je viens de partir de la maison. = passé proche ; **6. c.** Les hommes dormaient. Soudain éclate un coup de feu. = présent de narration.
2. A, C, F. La vérité sort de la bouche des enfants. Le loup est un animal solitaire. Dans l'espace, personne ne vous entend crier.

Fiche 11

LES TEMPS DU PASSÉ

Ce que je sais déjà

L'imparfait et le passé simple sont deux temps du passé.

I. L'imparfait

- Les terminaisons de l'**imparfait**, *-ais*, *-ais*, *-ait*, *-ions*, *-iez*, *-aient*, s'ajoutent au radical du verbe conjugué à la 1re personne du pluriel au présent.
- Prenons l'exemple du verbe *prendre*. Au présent, *nous prenons* ; → à l'imparfait : *je prenais, tu prenais...*
- Attention à ne pas oublier le -i- des terminaisons -ions et -iez : *nous travaillions, nous criions, vous balayiez*, etc.

II. Le passé simple

- Les terminaisons du **passé simple** dépendent du groupe auquel appartient le verbe.

Verbes du 1er groupe en *-er*		Passé simple en *a*	*je parlai, tu parlas, il parla, nous parlâmes, vous parlâtes, ils parlèrent*
Verbes du 2e groupe en *-ir* (qui se conjuguent en *-issons* au présent avec nous)		Passé simple en *i*	*je finis, tu finis, il finit, nous finîmes, vous finîtes, ils finirent*
Verbes du 3e groupe	• Verbes en ***-re*** • Verbes en ***-ir*** • ***asseoir*** et ***voir***	Passé simple en *i*	*je pris, tu pris, il prit, nous prîmes, vous prîtes, ils prirent*
	• Verbes en ***-oir*** et ***-oire*** • ***mourir*** et ***courir*** • Quelques verbes en **-re** (*connaître, conclure, lire, vivre...*)	Passé simple en *u*	*je bus, tu bus, il but, nous bûmes, vous bûtes, ils burent*
	Verbes construits à partir de ***venir*** et ***tenir***	Passé simple en *in*	*je vins, tu vins, il vint, nous vînmes, vous vîntes, ils vinrent*

Astuce
Le radical du passé simple varie beaucoup en fonction des verbes. Il n'y a pas de règle fixe. Le radical peut être obtenu par suppression de la terminaison de l'infinitif (*parl-* pour le verbe *parler*), il peut présenter une forme réduite (*b-* pour *boire*), et d'autres présentent encore une forme particulière (*je vécus* pour *vivre*). On peut retenir la 3e personne du singulier pour retenir le radical d'un verbe au passé simple.

QUIZ

LES TEMPS DU PASSÉ

1. As-tu retenu la leçon ?

A. Ces verbes sont-ils conjugués à l'imparfait ?

a. tu espérais
- ❑ A. Oui
- ❑ B. Non

b. vous chantiez
- ❑ A. Oui
- ❑ B. Non

c. nous nous ennuyons
- ❑ A. Oui
- ❑ B. Non

d. vous criez
- ❑ A. Oui
- ❑ B. Non

e. il arriva
- ❑ A. Oui
- ❑ B. Non

B. Dans chaque liste, barre le verbe qui n'est pas conjugué au passé simple.

a. je travaillai – j'attendis – je saluai – je rangerai – je lavai

b. il courut – il remue – il s'arrangea – il finit – il relut

c. je gardai – je demandai – je mangeais – je voulus – je vis

d. tu pris – tu chantas – tu vins – tu cries – tu atteignis

2. Mets les verbes entre parenthèses à l'imparfait de l'indicatif.

a. Quand j'(avoir) .... ton âge, je (nager) .... très bien le crawl.

b. Il (se distinguer) .... des autres par sa crinière rousse.

c. Plus jeunes, nous (essayer) .... de sortir en cachette.

d. Vous (loger) .... à six dans cet appartement de 60 mètres carrés.

e. Lorsque Gilles habitait ici, nous (se voir) .... chaque jour.

3. Mets les verbes entre parenthèses au passé simple.

Paul et Anne discutaient. Luc et Zoé les (rejoindre) .... Ils (entamer) .... une partie de cartes. Celle-ci à peine commencée, Paul (accuser) .... Luc de tricher. Anne (interrompre) .... le jeu et (servir) .... des menthes à l'eau. Grâce à elle, la partie de cartes (pouvoir) .... reprendre dans le calme.

1. A. a. A. oui ; **b. A.** oui ; **c. B.** non (présent de l'indicatif) ; **d. B.** non (présent de l'indicatif) ; **e. B.** non (passé simple).
B. a. ~~je rangerai~~ (futur simple de l'indicatif) ; **b.** ~~il remue~~ (présent de l'indicatif) ; **c.** ~~je mangeais~~ (imparfait de l'indicatif) ;
d. ~~tu cries~~ (présent de l'indicatif).
2. a. avais, nageais ; **b.** se distinguait ; **c.** essayions ; **d.** logiez ; **e.** nous voyions.
3. rejoignirent ; entamèrent ; accusa ; interrompit ; servit ; put.

Fiche 12

LES TEMPS COMPOSÉS

Ce que je sais déjà

Les quatre temps composés de l'indicatif sont formés de l'auxiliaire *avoir* ou *être* conjugué aux temps simples, suivi du participe passé du verbe.

Astuce
Chaque temps composé exprime l'antériorité du temps de son auxiliaire !

I. Le passé composé

- Au **passé composé**, l'auxiliaire est au **présent**.

J'ai vu, elle est venue

- Le passé composé exprime l'antériorité par rapport à une action au présent.

Ma mère a fini de préparer le repas ; je lui montre mes devoirs et lui récite mes leçons.

II. Le plus-que-parfait

- Au **plus-que-parfait**, l'auxiliaire est à l'**imparfait**.

J'avais vu, elle était venue

- Le plus-que-parfait exprime l'antériorité par rapport à une action à l'imparfait.

Quand sa mère avait fini de préparer le repas, il lui montrait ses devoirs et lui récitait ses leçons.

III. Le passé antérieur

- Au passé antérieur, l'auxiliaire est au passé simple.

J'eus vu, elle fut venue

- Le passé antérieur exprime l'antériorité par rapport à une action au passé simple.

Quand sa mère eut fini de préparer le repas, il lui montra ses devoirs et lui récita ses leçons.

IV. Le futur antérieur

- Au **futur antérieur**, l'auxiliaire est au **futur simple**.

J'aurai vu, elle sera venue

- Le futur antérieur exprime l'antériorité par rapport au futur simple.

Dans une heure, ma mère aura fini de préparer le repas. Je lui montrerai mes devoirs et réciterai mes leçons.

Mémo

Temps de l'action	Antériorité au...
Présent	PASSÉ COMPOSÉ
Imparfait	PLUS-QUE-PARFAIT
Passé simple	PASSÉ ANTÉRIEUR
Futur	FUTUR ANTÉRIEUR

QUIZ

→ LES TEMPS COMPOSÉS

→ 1. As-tu retenu la leçon ?

A. Relie chaque temps à sa construction.

1. Passé composé ❍	❍ **a.** Auxiliaire au futur + participe passé
2. Plus-que-parfait ❍	❍ **b.** Auxiliaire à l'imparfait + participe passé
3. Passé antérieur ❍	❍ **c.** Auxiliaire au présent + participe passé
4. Futur antérieur ❍	❍ **d.** Auxiliaire au passé simple + participe passé

B. Relie chaque temps composé au temps simple dont il exprime l'antériorité.

1. Passé composé ❍	❍ **a.** Passé simple
2. Plus-que-parfait ❍	❍ **b.** Présent
3. Passé antérieur ❍	❍ **c.** Futur simple
4. Futur antérieur ❍	❍ **d.** Imparfait

→ 2. Complète les formes verbales avec l'auxiliaire correctement conjugué qui convient.

a. (plus-que-parfait) Elle .... restée muette et n'.................... su que dire.

b. (passé antérieur) J'.................... bientôt terminé et .... délivré de ce souci.

c. (futur antérieur) Dès que tu .... arrivé, nous partirons à la pêche.

d. (passé composé) Nous .... bien mangé et .... sortis rassasiés.

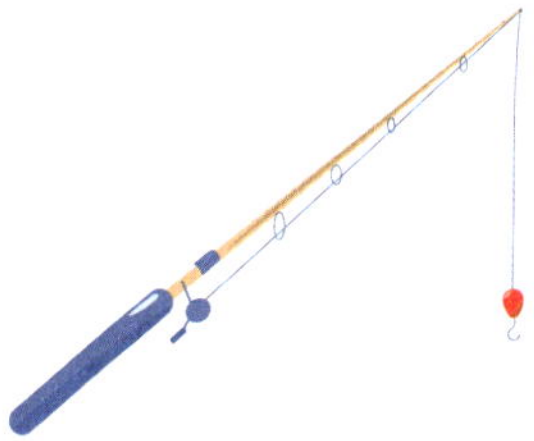

→ 3. Conjugue les verbes entre parenthèses au temps composé approprié, en t'aidant du contexte.

a. Ma mère plie le drap que nous .... (utiliser) la nuit dernière.

b. Quand tu .... (finir) tes devoirs, tu pourras aller jouer.

c. Lorsqu'elle .... (recevoir) son argent de poche, elle courut acheter des bonbons.

d. Il lisait sans cesse le message que sa fiancée lui .... (envoyer).

1. A. 1. c. passé composé = auxiliaire au présent + participe passé ; **2. b.** plus-que-parfait = auxiliaire à l'imparfait + participe passé ; **3. d.** passé antérieur = auxiliaire au passé simple + participe passé ; **4. a.** futur antérieur = auxiliaire au futur + participe passé.
B. Le passé composé exprime l'antériorité du présent, le plus-que-parfait de l'imparfait, le passé antérieur du passé simple et le futur antérieur du futur.
2. a. était, avait ; **b.** eus, fut ; **c.** seras ; **d.** avons, sommes.
3. a. avons utilisés ; **b.** auras fini ; **c.** eut reçu ; **d.** avait envoyé.

Fiche 13

ACCORDER UN PARTICIPE PASSÉ

Ce que je sais déjà

Le participe passé s'accorde de façon différente s'il est employé avec l'auxiliaire être, l'auxiliaire avoir ou seul.

I. Avec l'auxiliaire *être*

- Employé avec l'auxiliaire *être*, le participe passé s'accorde **avec le sujet du verbe**.

Cette fillette a été félicitée.

II. Avec l'auxiliaire *avoir*

- Employé avec l'auxiliaire avoir, il s'accorde **avec le COD** si celui-ci est placé **avant** le verbe. Il reste invariable quand il est employé avec l'auxiliaire avoir et que le verbe n'est pas précédé d'un COD.

J'ai mes adversaires aux échecs.
Je les ai battus aux échecs.

III. Seul

- Employé seul, le participe passé s'accorde avec le nom auquel il se rapporte, comme un adjectif.

Je range la vaisselle lavée.

NOTIONS | FRANÇAIS

QUIZ

→ ACCORDER UN PARTICIPE PASSÉ

→ 1. As-tu retenu la leçon ? Relie les propositions correspondantes.

1. Avec l'auxiliaire *être*... ❍
2. Avec l'auxiliaire *avoir*, si le verbe n'est pas précédé d'un COD... ❍
3. Avec l'auxiliaire *avoir*, si le COD est placé avant le verbe... ❍

❍ **a.** ... j'accorde le participe passé avec le COD.
❍ **b.** ... j'accorde le participe passé avec le sujet.
❍ **c.** ... je n'accorde pas le participe passé.

→ 2. Relie chaque phrase au participe passé qui lui convient.

1. Elles sont... tous les soirs cette semaine. ❍
2. J'ai... la poubelle hier soir. ❍
3. C'est faux : je l'ai... hier soir ! ❍

❍ **a.** sorti
❍ **b.** sortie
❍ **c.** sorties

→ 3. Accorde les participes passés, si cela est nécessaire.

a. Les bandits ont .... (ouvert) le feu.
b. Ils étaient .... (devenu) fous !
c. Il attendit que Madame Pépin se fut .... (installé) dans un fauteuil, au coin du feu.
d. Auriez-vous .... (aperçu) mes lunettes ? Non, je ne les ai pas .... (vu).
e. Les gâteaux .... (fait) maison sont bien meilleurs.

1. Avec l'auxiliaire *être* j'accorde le participe passé avec le sujet. Avec l'auxiliaire *avoir*, si le verbe n'est pas précédé d'un COD, je n'accorde pas le participe passé. Avec l'auxiliaire *avoir*, si le COD est placé avant le verbe, j'accorde le participe passé avec le COD.
2. Elles sont sorties tous les soirs cette semaine. J'ai sorti la poubelle hier soir. C'est faux : je l'ai sortie hier soir !
3. **a.** ouvert ; **b.** devenus ; **c.** installée ; **d.** aperçu, vues ; **e.** faits.

Fiche 14

L'IMPÉRATIF

Ce que je sais déjà

L'impératif sert à donner un ordre, à formuler un conseil ou à exprimer un souhait.

I. Les trois personnes de l'impératif

Au mode impératif, les verbes ne se conjuguent qu'à **trois personnes**.

2e personne du singulier	*arrêt**e***	*fini**s***
1re personne du pluriel	*arrêt**ons***	*finiss**ons***
2e personne du pluriel	*arrêt**ez***	*finiss**ez***

II. Cas particuliers

- L'impératif des verbes *avoir*, *être*, *savoir* et *vouloir* est formé sur leur subjonctif présent : *aie* ; *sois* ; *sache* ; *veuille*.
- Quand le verbe à l'impératif est suivi d'un pronom personnel, on met un trait d'union entre le verbe et le pronom : *Aide-moi, s'il te plaît. Donne-le-lui.*

Astuce
L'impératif se conjugue donc comme le présent de l'indicatif sauf qu'à la 2e personne du singulier, les verbes du 1er groupe ne prennent **jamais d's**, sauf devant en et y : *Donne-moi du pain. Donnes-en.*

QUIZ

→ L'IMPÉRATIF

→ 1. As-tu retenu la leçon ? Vrai ou faux ?

a. L'impératif est un mode impersonnel.
- ❏ A. Vrai
- ❏ B. Faux

b. L'impératif ressemble au présent.
- ❏ A. Vrai
- ❏ B. Faux

c. L'impératif comporte six personnes.
- ❏ A. Vrai
- ❏ B. Faux

d. Ces formes de l'impératif sont correctes : *parles-en*, *penses-y*.
- ❏ A. Vrai
- ❏ B. Faux

e. L'impératif sert à exprimer un ordre, un conseil ou un souhait.
- ❏ A. Vrai
- ❏ B. Faux

→ 2. Conjugue les verbes à l'impératif aux personnes indiquées.

a. (*ranger*, 2e personne du singulier) .... ta chambre.

b. (*aller*, 2e personne du pluriel) ....-y ensemble.

c. (*faire*, 2e personne du pluriel) .... vite !

d. (*venir*, 2e personne du singulier) .... demain.

e. (*prendre*, 1re personne du pluriel) .... le temps de bien réfléchir.

1. a. B. faux ; **b. A.** vrai ; **c. B.** faux ; **d. A.** vrai ; **e. A.** vrai.
2. a. range ; **b.** allez ; **c.** faites ; **d.** viens ; **e.** prenons.

Fiche 15

LE CONDITIONNEL

Ce que je sais déjà

Le conditionnel est un temps de l'indicatif qui présente généralement une action dont la réalisation dépend d'une condition. Le conditionnel accompagne souvent un complément circonstanciel de condition (*Si je l'avais su, je serais resté.*).

Attention
Ne confonds pas, à la 1re personne du singulier, conditionnel présent et indicatif futur.
Je partirai quand tu seras prêt. (indicatif futur)
Si je pouvais, je partirais faire le tour du monde. (conditionnel présent)
Pour éviter la confusion, on essaye de mettre le verbe à une autre personne.
→ Il partira quand tu seras prêt.
→ S'il pouvait, il partirait...

I. Valeurs

- Quand il n'est pas associé à un CC de condition, il peut exprimer :
  - une **action imaginaire** (*Nous partirions en fusée.*) ;
  - une **demande** ou un **conseil** atténués par politesse (*Pourrais-tu fermer la porte ?*) ;
  - une **information incertaine** (*Leur maison aurait brûlé.*).

II. Le conditionnel présent

- Le conditionnel présent se forme à partir du **radical du futur** (*j'aimerai*) et des **terminaisons de l'imparfait** (*j'aimais*) : *j'aimerais.*
- Terminaisons :

1er groupe	-erais	-erais	-erait
	-erions	-eriez	-eraient
2e groupe	-irais	-irais	-irait
	irions	-iriez	-iraient
3e groupe	-rais	-rais	-rait
	-rions	-riez	-raient

III. Le conditionnel passé

- Le conditionnel passé sert à exprimer des **regrets** (*J'aurais dû travailler.*), à faire des **reproches** et à imaginer des **situations irréelles dans le passé** (*Si j'avais été disponible, je t'aurais aidé.*).
- Quel que soit le groupe du verbe, le conditionnel passé se forme avec **l'auxiliaire *avoir* ou *être* au conditionnel présent** + **participe passé** du verbe.

• J'aurais bu	• Tu aurais bu	• Il aurait bu
• Je serais venu	• Tu serais venu	• Il serait venu

QUIZ

→ LE CONDITIONNEL

→ 1. As-tu retenu la leçon ? Coche la bonne réponse.

a. Quelle règle de formation doit-on suivre pour conjuguer un verbe au conditionnel présent ?

- ❑ A. Radical du présent + terminaisons de l'imparfait
- ❑ B. Radical du futur + terminaisons de l'imparfait
- ❑ C. Radical de l'imparfait + terminaisons du futur

b. Quelle règle de formation doit-on suivre pour conjuguer un verbe au conditionnel passé ?

- ❑ A. Auxiliaire *être* ou *avoir* au présent + participe passé
- ❑ B. Auxiliaire *être* ou *avoir* au passé simple + participe passé
- ❑ C. Auxiliaire *être* ou *avoir* au conditionnel + participe passé

→ 2. Les verbes soulignés sont-ils au présent du conditionnel ?

a. Si tu es sage, tu auras un cadeau.

- ❑ A. Oui
- ❑ B. Non

b. Voudriez-vous reprendre du thé ?

- ❑ A. Oui
- ❑ B. Non

c. Si elle pouvait, elle m'emmènerait.

- ❑ A. Oui
- ❑ B. Non

d. Tu devrais faire un effort.

- ❑ A. Oui
- ❑ B. Non

e. Nous gardions l'espoir de le retrouver.

- ❑ A. Oui
- ❑ B. Non

→ 3. Écris les formes verbales au conditionnel présent.

(arriver) il ....

(emmener) il ....

(penser) je ....

(devoir) nous ....

(aller) vous ....

(courir) elles ....

(savoir) tu ....

(finir) nous ....

(vouloir) je..................................

(être) elle ....

→ 4. Complète les phrases en conjuguant les verbes au conditionnel passé.

a. Si j'avais retrouvé ce livre, je vous l' .... (rendre)

b. Si j'avais été libre, je .... te voir. (venir)

c. Nous .... si le temps avait été meilleur. (partir)

d. Si vous étiez arrivés à temps, vous .... le premier train. (prendre)

1. a. C. radical de l'imparfait + terminaisons du futur ; **b. C.** auxiliaire *être* ou *avoir* au conditionnel + participe passé.
2. a. B. non (futur) ; **b. A.** oui ; **c. A.** oui ; **d. A.** oui ; **e. B.** non (imparfait).
3. il arriverait ; il emmènerait ; je penserais ; nous devrions ; vous iriez ; elles courraient ; tu saurais ; nous finirions ; je voudrais ; elle serait.
4. a. aurais rendu ; **b.** serais venu ; **c.** serions partis ; **d.** vous auriez pris.

Fiche 16

QUELQUES HOMOPHONES COURANTS

Ce que je sais déjà

Dans la langue française, les homophones grammaticaux sont nombreux et fréquents. Ce sont des mots qui ont la même prononciation mais qui ne s'écrivent pas de la même façon.

I. *ce* et *se*

- La forme *ce* est soit la contraction de *cela*, soit un déterminant démonstratif.

Ce serait formidable. Ce bateau.

- La forme *se* est un pronom réfléchi.

Elle se lave les dents.

II. *on* et *ont*

- La forme *on* est un pronom personnel.

On pense qu'il est malade.

- La forme *ont* est le verbe *avoir* à la 3e personne du pluriel. On peut la remplacer par *avaient*.

Ils ont fait leurs devoirs. (= Ils avaient fait leurs devoirs.)

III. *son* et *sont*

- La forme *son* est un déterminant possessif.

Il a perdu son manteau.

- La forme *sont* est le verbe *être* à la 3e personne du pluriel. On peut la remplacer par *étaient*.

Ils sont fiers d'avoir gagné. (= Ils étaient fiers d'avoir gagné.)

Astuces

ce et *se*
Devant n'importe quel mot, sauf un verbe, tu dois choisir *ce* (*ce train*, *ce qu'il a dit*…). Devant un verbe, remplace par *cela* :
Ce serait formidable.
(= Cela serait formidable.)
Elle se lave les dents.
(= Elle ~~cela~~ lave les dents.)

on et *ont*
En cas de doute, il faut remplacer par *avaient* dans sa tête : si cela fonctionne, il s'agit de *ont* ; si cela ne fonctionne pas, il s'agit de *on*.

son et *sont*
En cas de doute, il faut remplacer par *étaient* dans sa tête : si cela fonctionne, il s'agit de *sont* ; si cela ne fonctionne pas, il s'agit de *son*.

QUIZ

QUELQUES HOMOPHONES COURANTS

1. As-tu retenu la leçon ? Relie chaque mot à sa classe grammaticale.

1. Ce ❍	❍ a. Déterminant possessif
2. De ❍	❍ b. Verbe *avoir* à la 3e personne du pluriel (= *avaient*)
3. On ❍	❍ c. Verbe *être* à la 3e personne du pluriel (= *étaient*)
4. Ont ❍	❍ d. Déterminant démonstratif ou contraction de *cela*
5. Son ❍	❍ e. Pronom réfléchi
6. Sont ❍	❍ f. Pronom personnel

2. Dans chaque phrase, entoure la bonne réponse.

a. **Ce/Se** garçon est excellent : il ne **ce/se** trompe jamais et **ce/se** montre sérieux.
b. Il **ce/se** peut qu'il vienne nous voir **ce/se** week-end.
c. **On/Ont** sent que les fleurs **on/ont** commencé à éclore.
d. Pourquoi a-t-**on/ont** emprunté **ce/se** sentier boueux ?
e. Le jardinier s'occupe bien de **son/sont** jardin : les légumes **son/sont** arrosés tous les matins.
f. **On/Ont** l'a cherché partout : aucune trace de **son/sont** passage !

1. ce = déterminant démonstratif ; se = pronom réfléchi ; on = pronom personnel ; ont = verbe *avoir* à la 3e personne du pluriel (= *avaient*) ; son = déterminant possessif ; sont = verbe *être* à la 3e personne du pluriel (= *étaient*).
2. a. Ce garçon est excellent : il ne se trompe jamais et se montre sérieux. **b.** Il se peut qu'il vienne nous voir ce week-end. **c.** On sent que les fleurs ont commencé à éclore. **d.** Pourquoi a-t-on emprunté ce sentier boueux ? **e.** Le jardinier s'occupe bien de son jardin : les légumes sont arrosés tous les matins. **f.** On l'a cherché partout : aucune trace de son passage !

Fiche 17

LE CHAMP LEXICAL

Ce que je sais déjà

Un champ lexical regroupe des mots qui expriment une même idée, une même notion, une même partie de la réalité.

I. Exemples de champs lexicaux

• Champ lexical de l'eau : rivière, fleuve, ruisseau, torrent, source, lac, mer, étang, couler, ruisseler.

• Champ lexical de la lumière : soleil, étoile, lune, lampe, étincelant, brillant, aveugler, scintiller.

• Champ lexical des sentiments : amour, haine, adorer, détester, aimable, colère, dégoût, honte, peur.

II. Les champs lexicaux dans un texte

• Dans un texte, on peut repérer plusieurs champs lexicaux, **qui s'accordent ou s'opposent** ; ils permettent de **construire le sens de ce texte**.

« J'éprouvais un malaise horrible, j'avais les tempes serrées, mon cœur battait à m'étouffer, et, perdant la tête, je pensai à me sauver à la nage ; puis aussitôt cette idée me fit frissonner d'épouvante. Je me vis, perdu, allant à l'aventure dans cette brume épaisse, me débattant au milieu des herbes et des roseaux que je ne pourrais éviter, râlant de peur, ne voyant pas la berge, ne retrouvant plus mon bateau, et il me semblait que je me sentirais tiré par les pieds tout au fond de cette eau noire. » (Maupassant, *Sur l'eau*)

Le champ lexical de la peur est très présent dans cet extrait : *malaise horrible, les tempes serrées, mon cœur battait, frissonner d'épouvante, râlant de peur…*

QUIZ

→ LE CHAMP LEXICAL

→ 1. As-tu retenu la leçon ? Associe chaque champ lexical aux mots qui le composent.

1. Champ lexical des friandises ❍	❍ a. élèves, trousse, agenda, classe, récréation, etc.
2. Champ lexical de l'école ❍	❍ b. Dragibus, fraise Tagada, nougat, réglisse, etc.
3. Champ lexical de la nature ❍	❍ c. herbe, feuille, fleur, arbre, etc.

→ 2. Souligne les mots qui appartiennent au champ lexical du mouvement, puis relève un autre champ lexical (encadre les mots y appartenant).

Cependant, quand le Lapin vint à tirer une montre de son gousset, la regarda, puis se prit à courir de plus belle, Alice sauta sur ses pieds, frappée de cette idée que jamais elle n'avait vu de lapin avec un gousset et une montre. Entraînée par la curiosité elle s'élança sur ses traces à travers le champ, et arriva tout juste à temps pour le voir disparaître dans un large trou au pied d'une haie.

Un instant après, Alice était à la poursuite du Lapin dans le terrier, sans songer comment elle en sortirait.

Pendant un bout de chemin le trou allait tout droit comme un tunnel, puis tout à coup il plongeait perpendiculairement d'une façon si brusque qu'Alice se sentit tomber comme dans un puits d'une grande profondeur, avant même d'avoir pensé à se retenir.

De deux choses l'une, ou le puits était vraiment bien profond, ou elle tombait bien doucement ; car elle eut tout le loisir, dans sa chute, de regarder autour d'elle et de se demander avec étonnement ce qu'elle allait devenir.

Lewis Carroll

1. 1. b. champ lexical des friandises = Dragibus, fraise Tagada, nougat, réglisse, etc. ; **2. a.** champ lexical de l'école = élèves, trousse, agenda, classe, récréation, etc. ; **3. c.** champ lexical de la nature = herbe, feuille, fleur, arbre, etc.

2. champ lexical du mouvement = courir, sauta sur ses pieds, s'élança, poursuite, se sentit tomber.
champ lexical du temps = une montre, tout juste à temps, un instant après, tout à coup, avant même, doucement.

Fiche 18

COMPARAISON ET MÉTAPHORE

Définitions

Une figure de style est une façon d'écrire originale qui permet de rendre le propos plus expressif, plus vivant ou encore plus convaincant. Il en existe plein !
La comparaison et la métaphore sont deux figures de style par ressemblance.
On les utilise pour donner plus d'allure à ce qu'on écrit, pour imager ce qu'on décrit.

I. La comparaison

• La **comparaison** rapproche deux éléments au moyen d'un **mot comparatif**.
[La mer] *(comparé) est* ***[comme]*** *(outil de comparaison)* ***[un miroir]*** *(comparant).*

• L'outil de comparaison peut être :
- un adverbe : *comme*, *ainsi que*, etc.
- un adjectif : *pareil à*, *semblable à*, etc.
- un verbe : *ressembler*, *avoir l'air*, etc.

II. La métaphore

• La **métaphore** est une **comparaison implicite**, sans mot comparatif.
[La mer] *(comparé) est* ***[un miroir]*** *(comparant).*

• Dans cet exemple, le rapprochement entre le comparé et le comparant est opéré à l'aide d'un verbe attributif (*est*).

• À l'intérieur d'un GN, ce rapprochement peut aussi être opéré à l'aide d'une apposition ou d'un complément du nom.
« la lune, galet du ciel » (M. Tournier)
« le trou noir de mon chagrin » (L. Aragon)

• Il arrive parfois que **le comparé ne soit pas exprimé** dans une métaphore.
« Le dernier voyage que Micromégas fit sur notre petite fourmilière (= la Terre). » (Voltaire)

QUIZ

→ COMPARAISON ET MÉTAPHORE

→ 1. As-tu retenu la leçon ?

A. Ces phrases contiennent-elles une comparaison ou une métaphore ?

a. Cette étole est douce comme le pelage d'un agneau.
- ❑ A. Comparaison
- ❑ B. Métaphore

b. Ta voix est mon petit rayon de soleil quotidien.
- ❑ A. Comparaison
- ❑ B. Métaphore

c. Ma grand-mère a une santé de fer.
- ❑ A. Comparaison
- ❑ B. Métaphore

d. Cet enfant mange comme un ogre !
- ❑ A. Comparaison
- ❑ B. Métaphore

B. Dans ces phrases, souligne le comparant et entoure le comparé.

→ 2. Dans chaque phrase, entoure les outils de comparaison.

a. Le chevalier se lança dans le combat, semblable à un chien enragé.
b. Il grimpe partout comme un petit singe.
c. La maman se dirigea telle une furie vers son enfant qui avait dessiné sur les murs.

1. comparaison : comparé = étole, comparant = le pelage d'un agneau ; métaphore : comparé = ta voix, comparant = mon petit rayon de soleil quotidien ; métaphore : comparé = santé, comparant = fer ; comparaison : comparé = cet enfant, comparant = un ogre.
2. a. semblable à ; **b.** comme ; **c.** telle.

Fiche 19

LES NIVEAUX DE LANGUE

Ce que je sais déjà

En fonction de la situation de communication (interlocuteur, message, etc.), on ne s'exprime pas toujours de la même manière. Par exemple, on n'utilisera pas le même niveau de langue si on envoie un SMS à un ami et si l'on s'adresse à son enseignant.

I. Les trois niveaux de langue

- On distingue trois niveaux de langue.
- Le niveau de langue **courant** correspond à la langue parlée ou écrite usuelle.

Je n'ai pas lu ce livre.

- Le niveau de langue **familier** correspond à une langue plus relâchée, parfois même incorrecte.

Ce bouquin, je l'ai pas lu, moi.

- Le niveau de langue **soutenu** se signale par une recherche dans l'expression.

Je n'ai point lu cet ouvrage.

II. Percevoir les différences entre niveaux de langue

- Les différences se perçoivent dans la **prononciation**.

Un peu plus, je t'rentrais d'dans. (familier)

- Elles sont également lisibles dans le choix du **vocabulaire**.

Quel boucan ! (familier) Quel vacarme ! (soutenu)

- Elles sont perceptibles dans la correction de la **syntaxe**.

Nous, on est pas d'accord. (familier) Nous ne sommes pas d'accord. (courant)

QUIZ

→ LES NIVEAUX DE LANGUE

→ 1. As-tu retenu la leçon ? Indique qui parle et quel est le niveau de langue utilisé.

a. « Mon pauvre vieux, t'as pété les plombs ! »

Locuteur :

- ❑ A. Le président de l'Assemblée nationale à un député qui a fait une erreur
- ❑ B. Un père à son fils qui a fait une bêtise
- ❑ C. Un garçon à son meilleur ami qui a fait une bêtise

Niveau de langue :

- ❑ D. Familier
- ❑ E. Courant
- ❑ F. Soutenu

b. « Les fringues, c'est au premier étage ! »

Locuteur :

- ❑ A. Un vendeur à des clients
- ❑ B. Un adolescent à un ami qui fait des courses avec lui

Niveau de langue :

- ❑ C. Familier
- ❑ D. Courant
- ❑ E. Soutenu

c. « Je vous prierai de bien vouloir fermer la porte en sortant. »

Locuteur :

- ❑ A. Un directeur à son secrétaire
- ❑ B. Un jeune homme à des amis à qui il a prêté son appartement

Niveau de langue :

- ❑ C. Familier
- ❑ D. Courant
- ❑ E. Soutenu

d. « Tu es vraiment trop paresseux ! »

Locuteur :

- ❑ A. Un directeur à un employé
- ❑ B. Un père à son fils

Niveau de langue :

- ❑ C. Familier
- ❑ D. Courant
- ❑ E. Soutenu

→ 2. Relie chaque mot à son niveau de langue.

1. Promptement	❍	❍	**a.** Courant
2. Vite	❍	❍	**b.** Familier
3. Dare-dare	❍	❍	**c.** Soutenu

1. Le bruit	❍	❍	**a.** Courant
2. Le tapage	❍	❍	**b.** Familier
3. Le tintamarre	❍	❍	**c.** Soutenu

1. a. C. D. un garçon à son meilleur ami qui a fait une bêtise/familier ; **b. B. C.** un adolescent à un ami qui fait des courses avec lui/familier ; **c. A. E.** un directeur à son secrétaire/soutenu ; **d. B. D.** un père à son fils/courant.
2. 1. c. promptement = soutenu ; **2. a.** vite = courant ; **3. b.** dare-dare = familier.
1. a. le bruit = courant ; **2. c.** le tapage = soutenu ; **3. b.** le tintamarre = familier.

Fiche 20

JALONS LITTÉRAIRES LE RÉCIT

DÉFINITION

- Un récit raconte une suite d'événements réels ou imaginaires qui s'enchaînent les uns aux autres pour mener d'un début à une fin.

LES TEMPS DU RÉCIT

- Le texte narratif peut être au présent, mais le plus souvent il est **au passé** : les faits de premier plan sont rapportés au passé composé ou au passé simple ; les faits de second plan, à l'imparfait.
- Les faits ne sont pas toujours racontés dans l'ordre où ils se déroulent. Il peut y avoir des retours en arrière ou des anticipations.
- Le texte narratif comporte généralement des **connecteurs temporels** qui marquent les différentes étapes du récit : *ce matin-là, puis, alors, plus tard*, etc.

LES GENRES DU RÉCIT

- On trouve le récit dans **différents genres** : le roman, la nouvelle, le conte, etc.

LE NARRATEUR

- Celui qui raconte l'histoire s'appelle **le narrateur**.
- Lorsque le narrateur, c'est-à-dire celui qui rapporte les faits, est l'un des personnages de l'histoire, le texte narratif est **à la 1re personne** :

  « Lorsque j'eus dix ans, ma famille abandonna la campagne pour la ville. Là, je débutais comme crieur de journaux... » (J. London)

- Lorsque le narrateur n'est pas un personnage de l'histoire, le texte narratif est **à la 3e personne** :

  « Rapidement, l'un après l'autre, parurent deux, trois, puis quatre Martiens, bien loin par-delà les arbres bas, à travers les prés [...]. Ils se dirigeaient avec d'énormes enjambées vers la rivière... » (H. G. Wells)

Attention

Il ne faut pas confondre l'auteur, qui écrit l'histoire, et le narrateur, qui la raconte. Par exemple : Robert Louis Stevenson a écrit *L'Île au trésor*, mais c'est le personnage Jim Hawkins (personnage inventé) qui raconte l'histoire et qui est donc le narrateur.

AS-TU BIEN RETENU ?

1. Un texte narratif est toujours rédigé à la 3e personne.

- ❑ A. Vrai
- ❑ B. Faux

2. Un texte narratif rapporte toujours des faits réels.

- ❑ A. Vrai
- ❑ B. Faux

3. Un texte narratif comporte de nombreux connecteurs temporels.

- ❑ A. Vrai
- ❑ B. Faux

4. Un texte narratif est forcément chronologique.

- ❑ A. Vrai
- ❑ B. Faux

RECONNAÎTRE UN TEXTE NARRATIF

1. Coche le ou les texte(s) narratif(s).

- ❑ A. « J'ai quatre ans. Je marche d'un pas décidé, les cheveux sur l'épaule, derrière mon oncle Jules, qui a son fusil à la bretelle. Quelquefois je suis enfermé entre les rangs de vigne tracés au cordeau [...]. Déjà l'été. » (J. Roy)
- ❑ B. « La loi oblige à tenir son chien en laisse dans la rue, mais les Français ne s'en doutent même pas. Résultat : régulièrement les chiens attaquent des gens. »
- ❑ C. « Alors il s'avança à sa rencontre ; mais avant qu'ils ne se fussent joints, le bâtiment commença à virer de bord. » (A. Dumas)

2. Coche le ou les texte(s) narratif(s) où le narrateur est aussi un personnage.

- ❑ A. « Je mange, bois, furète un bon moment. Puis je reprends l'escalier pour repartir. La baraque jaune est toujours là, ainsi que la serveuse [...] mais de voiture point. Disparue, envolée, ma belle automobile ! » (Michel Tournier)
- ❑ B. « L'inspecteur s'était, à son tour, penché sur la victime. En homme sûr de son affaire, il fit deux gestes simultanés. » (Stanislas-André Steeman)
- ❑ C. « Une brume monta au-dessus des arbres. Puis soudain nous vîmes un énorme flot de fumée qui envahit rapidement le ciel ; au même moment, le sol trembla sous nos pieds. » (H. G. Wells)

As-tu bien retenu ?
1. B. faux (il peut être rédigé à la 1re personne) ; **2. B.** faux (il peut rapporter des faits imaginaires) ;
3. A. vrai ; **4. B.** faux.

Reconnaître un texte narratif
1. A, C. Le premier extrait et le troisième extrait sont des récits ; le second ne raconte pas d'histoire.
2. A, C. Dans le premier extrait (*je*) et le troisième (*nous*), le narrateur est aussi un personnage.

Fiche 21

JALONS LITTÉRAIRES LE TEXTE DESCRIPTIF

DÉFINITION

- Le texte descriptif s'adresse à l'imagination du destinataire pour lui faire voir un objet, un lieu ou un personnage.

LA DESCRIPTION SUBJECTIVE

- La description est souvent faite **à travers le regard d'un personnage** (description **subjective**).

LES CARACTÉRISTIQUES DU TEXTE DESCRIPTIF

- Un texte descriptif comporte généralement des **indications de lieu** qui ordonnent la description (ou connecteurs spatiaux).
- Il comporte également des groupes nominaux enrichis de **nombreuses expansions** (épithètes, compléments du nom, propositions relatives).
- Y sont souvent présentes des **comparaisons** et des **métaphores** afin d'aider le lecteur à imaginer.
- Dans un contexte au présent, le texte descriptif est au **présent** ; dans un contexte au passé, il est à l'**imparfait**.

LA FONCTION DES PASSAGES DESCRIPTIFS

- À l'intérieur d'un récit, les passages descriptifs peuvent servir à caractériser les **personnages** et le **cadre** de l'action.
- Ils peuvent aussi créer une **atmosphère** particulière (de gaieté, de tristesse, d'horreur, etc.).
- Ils visent enfin à produire un effet de **suspense** en retardant le temps fort de l'action.

UN EXEMPLE DE DESCRIPTION SUBJECTIVE

« Elle resta assise au bord du lit [...].
Et, lentement, de ses yeux voilés de larmes, elle faisait le tour de la misérable chambre garnie, meublée d'une commode de noyer dont un tiroir manquait, de trois chaises de paille et d'une petite table graisseuse, sur laquelle traînait un pot à eau ébréché... »
(Émile Zola)

L'Après-dînée à Ornans (1849), huile sur toile.

AS-TU BIEN RETENU ?

1. Un texte descriptif sert à raconter une histoire. ❑ A. Vrai ❑ B. Faux

2. Un texte descriptif est écrit au présent ou à l'imparfait. ❑ A. Vrai ❑ B. Faux

3. Un texte descriptif se concentre toujours sur un personnage. ❑ A. Vrai ❑ B. Faux

RECONNAÎTRE UN TEXTE DESCRIPTIF

1. Les textes ci-dessous sont-ils des textes descriptifs ?

1. « En un élan, de ses deux mains, il prit le roc : tout haletant, il s'y colla, laissant passer sur lui l'énorme vague. Il put tenir le coup. » (Homère)

❑ A. Oui
❑ B. Non

2. « La salle qu'il découvrit à la clarté de sa torche était encore plus vaste qu'il ne l'imaginait. Sa voûte immense était haute, composée de plusieurs dômes séparés par des grappes retombantes de stalactites. » (Michel-Aimé Baudouy)

❑ A. Oui
❑ B. Non

3. « La statue d'Athéna est debout, elle porte une tunique descendant jusqu'aux pieds, et sur sa poitrine est sculptée une tête de Méduse en ivoire. La déesse tient dans une main une Victoire haute de quatre coudées et dans l'autre, une lance. » (Pausanias)

❑ A. Oui
❑ B. Non

2. Lis le texte puis réponds aux questions. Coche la bonne réponse.

« Jamais je ne vis tant de grâce s'unir à tant de gravité. Son costume lui faisait la taille si mince qu'elle semblait fragile. Un grand manteau marron, qu'elle enleva en entrant, était jeté sur ses épaules. C'était la plus grave des jeunes filles, la plus frêle des femmes. Une lourde chevelure blonde pesait sur son front et sur son visage, délicatement dessiné, finement modelé. Sur son teint très pur, l'été avait posé deux taches de rousseur. »

Alain-Fournier, *Le Grand Meaulnes*

a. Que décrit ce texte ?

❑ A. Un jeune homme
❑ B. Un paysage
❑ C. Une jeune fille

b. Quel est le temps dominant des verbes ?

❑ A. L'imparfait
❑ B. Le passé simple

c. Quelle est la fonction de cette description ?

❑ A. Caractériser un personnage
❑ B. Créer une atmosphère
❑ C. Retarder l'action

As-tu bien retenu ?

1. A. faux (il sert à faire voir) ; **2. A.** vrai ; **3. B.** faux (il peut également décrire un lieu, un objet, etc.).

Reconnaître un texte descriptif

1. 1. B. non (le passé simple montre qu'il s'agit d'actions de premier plan, et non de description) ;
2. A. oui (description d'une salle) ; **3. A.** oui (description de la statue d'Athéna).
2. a. C. une jeune fille ; **b. A.** L'imparfait ; **c. A.** Caractériser un personnage.

Fiche 22

JALONS LITTÉRAIRES LE DIALOGUE DANS LE RÉCIT

LE DIALOGUE

• Dans un récit, il arrive que plusieurs personnages parlent. Afin que l'échange et la distinction avec le récit soient bien clairs pour le lecteur, il faut respecter quelques règles.

LE DISCOURS DIRECT

• Dans un dialogue, le narrateur peut choisir de **faire entendre les paroles** des personnages, mot pour mot, comme si on les avait enregistrées ; on parle de discours direct. Ce n'est plus lui qui parle mais les personnages ; il y a donc un changement de situation d'énonciation.

LE CHANGEMENT DE SITUATION D'ÉNONCIATION

• Ce changement permet d'expliquer en particulier le passage, dans un récit littéraire**, du passé simple au présent**.

• Il permet de rendre compte également des variations éventuelles de **registre de langue**.

« Et, passant sur le plan de la cosubjectivité, il ajouta :
– Et puis, il faut se grouiller : Charles attend.
– Oh ! celle-là, je la connais, s'exclama Zazie furieuse, je l'ai lue dans les Mémoires du général Vermot. » (Raymond Queneau, Zazie dans le métro)

LA PRÉSENTATION DU DIALOGUE

• Un dialogue est nettement séparé du récit par la ponctuation. Selon le cas, l'écrivain emploie :

- des tirets devant chacune des répliques du dialogue ;
- des guillemets pour encadrer le dialogue et un tiret à chaque changement d'interlocuteur.

LES VERBES DE PAROLE

• Il arrive que le narrateur fasse entendre directement le dialogue, sans le commenter. Cependant, en général, le personnage qui parle est annoncé et ses paroles sont introduites par divers **verbes de parole** : *dire, répondre, murmurer, s'exclamer*, etc. Ces indications peuvent être données sous la forme de propositions incises, insérées dans le dialogue.

Attention
Si le récit est au passé, les verbes de paroles sont également au passé !
« Dis-moi, Henry, demanda-t-il soudainement, combien de chiens prétends-tu que nous avons ?
– Six.
– Erreur ! s'exclama Bill triomphant. »
Jack London, *Croc-blanc*

Renoir, *Conversation*

ANALYSER UN DIALOGUE DANS LE RÉCIT

Lis ce dialogue :

« Je veux mes filles ! je les ai faites ! elles sont à moi ! dit-il en se dressant sur son séant, en montrant à Eugène une tête dont les cheveux blancs étaient épars et qui menaçait par tout ce qui pouvait exprimer la menace.
– Allons, lui dit Eugène, recouchez-vous, mon bon père Goriot, je vais leur écrire. Aussitôt que Bianchon sera de retour, j'irai si elles ne viennent pas.
– Si elles ne viennent pas ! répéta le vieillard en sanglotant. Mais je serai mort, mort dans un accès de rage, de rage ! [...]
– Je vais aller chercher vos filles, mon bon père Goriot, je vous les ramènerai. »

Balzac, *Le Père Goriot*

➜ a. Qui sont les personnages qui échangent dans ce dialogue ?

❑ A. Bianchon ❑ B. Le père Goriot ❑ C. Eugène ❑ D. Balzac

➜ b. À quel temps est rédigé le récit ?

❑ A. Au passé ❑ B. Au présent ❑ C. Au futur

➜ c. À quel temps sont rédigées les paroles échangées ?

❑ A. Au passé ❑ B. Au présent ❑ C. Au futur

UTILISER LES VERBES INTRODUCTEURS

Complète le dialogue avec les verbes qui conviennent.

a demandé – a expliqué – a rétorqué – a crié – a dit

« Je peux éteindre la lumière ? .... Nicolas.
– Éteindre la lumière ? a répondu Papa. Ça ne va pas, Nicolas ?
– Ben, c'est pour jouer avec la lampe de poche, ... Nicolas.
– Il n'en est pas question, ... Papa. Et puis je ne peux pas lire mon journal dans l'obscurité, figure-toi.
– Mais justement, ... Nicolas. Je te ferai de la lumière avec ma lampe de poche, ça sera très chouette
– Non, Nicolas ! .... Papa. Tu sais ce que ça veut dire : non ? Eh bien, non ! Et ne me casse pas les oreilles, j'ai eu une journée fatigante, aujourd'hui. »

Sempé et Goscinny, *Joachim a des ennuis*

Analyser un dialogue dans le récit
a. B. Le père Goriot, **C.** Eugène ; **b. A.** Au passé ; **c. B.** Au présent.

Utiliser les verbes introducteurs
a demandé ; a expliqué ; a rétorqué ; a dit ; a crié.

Fiche 23

JALONS LITTÉRAIRES LA POÉSIE

DÉFINITION

• Qu'est-ce qui caractérise un poème ? Le fait qu'il soit écrit en vers ? Cependant tous les poèmes ne le sont pas. C'est sans doute l'étymologie du mot poésie (du grec *poiein* qui signifie « fabriquer, créer ») qui éclaire le mieux sa signification...

LES VERS RÉGULIERS

• Traditionnellement, un poème s'écrit **en vers réguliers**. Ces vers comptent toujours le même nombre de syllabes, qui peut être pair (6, 8, 10, 12...) ou impair (7, 9, 11...). Pour déterminer ce nombre (on dit aussi le mètre du poème), il faut savoir que les syllabes contenant un e muet comptent pour une syllabe si elles précèdent une consonne. Ainsi le vers d'Apollinaire *« Sous le pont Mirabeau coule la Seine... »* comprend dix syllabes, *coule* comptant pour deux syllabes. Les vers traditionnellement les plus utilisés sont l'**hexasyllabe** (6 syllabes), l'**octosyllabe** (8 syllabes), le **décasyllabe** (10 syllabes) et l'**alexandrin** (12 syllabes).

LA RIME

• La **rime**, c'est-à-dire le retour d'une même sonorité à la fin des vers, contribue également à la musicalité du poème. Les rimes sont dites **féminines** quand elles se terminent par un *e* muet : *écume*, *brume*, *plume*, etc. Dans les autres cas, elles sont **masculines** : *chaleur*, *malheur*, *couleur*, etc.

• Ces rimes peuvent alterner de différentes façons : elles peuvent être **suivies** lorsqu'elles suivent un schéma AABB, **croisées** lorsqu'elles suivent un schéma ABAB ou encore **embrassées** lorsqu'elles suivent un schéma ABBA.

LES VERS LIBRES

• Aujourd'hui, les poètes écrivent plutôt en **vers libres**, des vers dont le nombre de syllabes varie et qui ne riment pas forcément entre eux. Cependant leurs poèmes sont construits sur d'autres effets de reprise : refrains, effets d'écho, retour de sonorités sous forme d'assonances ou d'allitérations, etc.

« Tu te lèves, l'eau se déplie
Tu te couches, l'eau s'épanouit.
Tu es l'eau détournée de ses abîmes... »
Paul Éluard

LA PROSE POÉTIQUE

• Il n'est pas nécessaire d'écrire en vers pour créer de la poésie. Prenons pour exemple le poème « Illuminations » de Rimbaud qui évoque le réveil matinal de la nature, dans des phrases riches en métaphores et scandées par des reprises :

« J'ai embrassé l'aube d'été. Rien ne bougeait encore au front des palais. L'eau était morte. Les camps d'ombre ne quittaient pas la route du bois. J'ai marché, réveillant les haleines vives et tièdes, et les pierreries regardèrent, et les ailes se levèrent sans bruit. » Rimbaud

Des images

Je peux dire : « Il y a des oiseaux dans l'arbre », ou : « L'arbre est plein d'oiseaux ». Ce sont des phrases banales. Le poète, lui, dit : « L'arbre est un bocal d'oiseaux » (Jean Cocteau). Il établit une ressemblance entre l'arbre et un objet de la vie quotidienne : l'arbre paraît rempli d'oiseaux comme un bocal, de fruits. De ces rapprochements opérés par le poète naissent des images qui jettent un éclairage nouveau sur le monde qui nous entoure.

AS-TU BIEN RETENU ?

Vrai ou faux ?

a. Des vers réguliers comptent toujours le même nombre de syllabes.

- ❑ A. Vrai
- ❑ B. Faux

b. Un vers de huit syllabes s'appelle un décasyllabe.

- ❑ A. Vrai
- ❑ B. Faux

c. Un poème est toujours écrit en vers.

- ❑ A. Vrai
- ❑ B. Faux

d. Dans un poème en vers libres, le mètre n'est pas régulier et la rime n'est pas obligatoire.

- ❑ A. Vrai
- ❑ B. Faux

e. Dans l'alexandrin de Victor Hugo *Demain, dès l'aube, à l'heure où blanchit la campagne*, il faut prononcer le *e* de *aube* et de *campagne*.

- ❑ Vrai
- ❑ Faux

RECONNAÎTRE LES TYPES DE VERS

1. « Les chars d'argent et de cuivre
Les proues d'acier et d'argent
Battent l'écume »

Dans quel type de vers ce poème de Rimbaud est-il écrit ?

- ❑ A. En vers réguliers
- ❑ B. En vers libres
- ❑ C. En prose poétique

2. Lequel de ces vers est un alexandrin (12 syllabes) ?

- ❑ A. Dans le vieux parc solitaire et glacé. (Verlaine)
- ❑ B. Ce beau temps me pèse et m'ennuie. (Nerval)
- ❑ C. Un seul être vous manque, et tout est dépeuplé. (Lamartine)

As-tu bien retenu ?

a. A. vrai, **b. B.** faux (un vers de 8 syllabes est un octosyllabe, un décasyllabe compte 10 syllabes), **c. B.** faux (il peut être écrit en vers libres ou en prose poétique), **d. A.** vrai, **e. B.** faux (car ils ne sont pas suivis d'une consonne).

Reconnaître les types de vers

1. B. En vers libres (il y a un retour à la ligne régulier mais ni rime, ni mètre).

2. C. Le vers de Lamartine (le vers de Verlaine est un décasyllabe, celui de Nerval est un octosyllabe).

Fiche 24

JALONS LITTÉRAIRES LE THÉÂTRE

UNE ACTION DANS UN TEMPS ET UN ESPACE LIMITÉS

• Une pièce de théâtre est destinée à être jouée par des acteurs sur scène, dans un temps limité. De ces contraintes se dégage une écriture proprement théâtrale.

• L'écriture théâtrale est d'abord soumise à une contrainte temporelle : la pièce se joue en quelques heures. C'est pourquoi l'action est souvent **prise en cours**. La première scène fait connaître les principaux personnages et la situation dans laquelle ils se trouvent : c'est **l'exposition**.

• L'action, perturbée par une série d'événements, est ensuite représentée pratiquement en temps réel (règle de **l'unité de temps** dans le théâtre classique). On se concentre sur une intrigue principale (règle de **l'unité d'action**). Pour plus de vivacité, l'action se conclut par **un coup de théâtre**.

• Pour plus de vraisemblance, le théâtre classique s'imposait la règle de **l'unité de lieu** (décor unique). De nos jours, même si la pièce évoque des lieux différents, ceux-ci restent en nombre limité.

LE DIALOGUE

• Un texte de théâtre se présente comme une sorte de **long dialogue** découpé en **actes** et en **scènes** ; le passage d'une scène à l'autre est lié au changement de personnages sur scène.

• Le dialogue est enrichi de **didascalies** (le plus souvent en italique), que le metteur en scène utilise, mais que les comédiens, bien sûr, ne disent pas. Ces indications concernent le lieu, mais aussi les gestes et les expressions des personnages.

LES GENRES THÉÂTRAUX

• Dès l'Antiquité, on a distingué deux grands genres : la **comédie**, qui nous fait rire et se termine bien, et la **tragédie**, qui, en montrant des événements graves, nous fait éprouver des émotions violentes.

• Au XVIIe siècle, le théâtre classique a repris cette distinction : **Molière** a écrit des comédies célèbres ; **Corneille** et **Racine**, des tragédies non moins fameuses.

• À l'époque romantique, les auteurs, dont Victor Hugo, inventent le **drame**, longue pièce qui mêle comique et tragique.

LA MISE EN SCÈNE

• Le metteur en scène organise le **spectacle** en fonction des indications données par l'auteur et en fonction de sa propre interprétation de la pièce. De cette dernière dépendent le jeu des acteurs, leurs déplacements sur scène, le choix des décors, des éclairages, etc.

La Comédie-Française à Paris en 1790

Le sais-tu ?
Au XXe siècle, les auteurs distinguent ou associent comme ils l'entendent différentes tonalités. Paul Claudel a créé un théâtre poétique ; Albert Camus et Jean-Paul Sartre, un théâtre d'idées ; Eugène Ionesco, un théâtre qui joue avec le langage, etc.

AS-TU BIEN RETENU ?

1. Comment appelle-t-on les indications scéniques données par l'auteur d'une pièce de théâtre ?

❑ A. Des comédies

❑ B. Des didascalies

❑ C. Des répliques

2. Comment appelle-t-on une scène où un seul personnage est présent et prend la parole ?

❑ A. Un monologue

❑ B. Un dialogue

❑ C. Un épilogue

3. Relie chaque auteur à son genre théâtral de prédilection.

1. Racine ❍	❍ **a.** La tragédie
2. Molière ❍	❍ **b.** Le théâtre d'idées
3. Victor Hugo ❍	❍ **c.** La comédie
4. Albert Camus ❍	❍ **d.** Le drame

4. Vrai ou faux ?

a. Au théâtre, il y a toujours un narrateur.

❑ A. Vrai

❑ B. Faux

b. Un changement de scène est lié au changement de personnages.

❑ A. Vrai

❑ B. Faux

c. La première scène d'une pièce se nomme scène d'introduction.

❑ A. Vrai

❑ B. Faux

d. Les pièces sont le plus souvent divisées en chapitres.

❑ A. Vrai

❑ B. Faux

e. Une pièce de théâtre est surtout écrite pour être lue.

❑ A. Vrai

❑ B. Faux

1. B. des didascalies.
2. A. un monologue.
3. Racine = la tragédie, Molière = la comédie, Victor Hugo = le drame, Albert Camus = le théâtre d'idées.
4. a. B. faux (personne ne raconte l'histoire puisqu'on y assiste) ; **b. A.** vrai ; **c. B.** faux (il s'agit de la scène d'exposition) ; **d. B.** faux (elles sont le plus souvent divisées en actes et en scènes) ; **e. B.** faux (elle est surtout faite pour être mise en scène et jouée).

Fiche 25

JALONS LITTÉRAIRES LA COMÉDIE

DÉFINITION

• D'origine populaire, la comédie a pour but de divertir et de faire rire, tout en dénonçant des ridicules, des vices, des abus. Son dénouement est généralement heureux.

UN PEU D'HISTOIRE

• La comédie apparaît en Grèce, au cours des fêtes données en l'honneur de Dionysos, les grandes Dionysies. Par opposition à la tragédie, qui mettait en scène des personnages de haut rang (princes et rois), elle était considérée comme un genre mineur.

• En France, la farce est particulièrement présente au Moyen Âge (XIIIe-XVIe siècle). Elle se donne alors en plein air, à l'occasion d'une fête. L'intrigue (généralement une grossière mystification) est très simple, le dénouement heureux et les personnages populaires.

• La comédie s'est développée et complexifiée à partir de l'époque classique, d'abord avec Molière (XVIIe siècle), puis Marivaux et Beaumarchais (XVIIIe siècle).

MOLIÈRE ET LA COMÉDIE

• Molière (1622-1673) donne à la comédie ses lettres de noblesse. Il en écrit de nombreuses pour le roi, Louis XIV, et les joue à la cour de Versailles.

• « L'affaire de la comédie est de représenter, en général, tous les défauts des hommes, et principalement des hommes de notre temps », écrit Molière dans *L'Impromptu de Versailles*. À travers ses comédies, il fait la satire des ridicules de la société de son temps.

Portrait de Molière par Nicolas Mignard, 1658

Les procédés comiques

LE COMIQUE DE SITUATION

• Il repose souvent sur un quiproquo : deux personnages comprennent les mots dans un sens différent. Ainsi, dans *L'Avare* de Molière, Valère évoque son amour pour Élise, alors qu'Harpagon pense qu'il lui parle de sa cassette.

LE COMIQUE DE CARACTÈRE

• Il dénonce les défauts des hommes. Molière en use souvent pour dénoncer l'égoïsme (*Le Médecin malgré lui*), la vanité (*Le Bourgeois gentilhomme*), l'hypocrisie (*Tartuffe*), le pédantisme (*Les Femmes savantes*), etc.

LE COMIQUE DE MOTS

• L'effet comique peut provenir du langage lui-même. Ainsi, dans *Le Bourgeois gentilhomme*, de Molière, Cléonte fait semblant de parler le turc : « Ambousahim oqui boraf, lordina, salamalequi ».

Le sais-tu ?
Molière utilise toutes les formes de comédie : les coups de bâton de la farce (*Les Fourberies de Scapin*, *L'Avare*), les déguisements de la comédie italienne (*Le Bourgeois gentilhomme*) et les bouffonneries de ses valets (Scapin dans *Les Fourberies*, Polichinelle dans *Le Malade imaginaire*), mais aussi la comédie de caractères et la comédie de mœurs.

AS-TU BIEN RETENU ?

a. Sur quoi repose le comique de caractère ?

- ❑ A. Deux personnages croient se comprendre, alors qu'ils ne parlent pas de la même chose.
- ❑ B. La façon de parler des personnages fait rire le spectateur.
- ❑ C. Les personnages incarnent des défauts humains dont l'auteur se moque.

b. Parmi les comédies citées ci-dessous, laquelle n'a pas été écrite par Molière ?

- ❑ A. *Le Bourgeois gentilhomme*
- ❑ B. *Le Malade imaginaire*
- ❑ C. *L'Avare*
- ❑ D. *Le Barbier de Séville*
- ❑ E. *Les Fourberies de Scapin*

c. À la cour de quel roi Molière a-t-il joué ses comédies ?

- ❑ A. François Ier
- ❑ B. Louis XIV
- ❑ C. Louis XVI

RECONNAÎTRE LES THÈMES ET LES PROCÉDÉS COMIQUES

1. Associe chacun de ces extraits au thème qu'il aborde.

« Je consens qu'une femme ait des clartés de tout,
Mais je ne lui veux point la passion choquante ❍
De se rendre savante afin d'être savante... »
Molière, *Les Femmes savantes*

« Je sais que sur les vœux on n'a point de puissance,
Que l'amour veut partout naître sans dépendance, ❍
Que jamais par la force on n'entra dans un cœur,
Et que toute âme est libre à nommer son vainqueur. »
Molière, *Le Misanthrope*

❍ L'amour

❍ L'éducation des filles

2. Précise quel est le procédé comique utilisé dans cet extrait des *Femmes savantes*.

BÉLISE
Ton esprit, je l'avoue, est bien matériel.
Je n'est qu'un singulier, *avons* est un pluriel.
Veux-tu toute ta vie offenser la grammaire ?

MARTINE
Qui parle d'offenser grand-père ni grand-mère ? [...]

- ❑ A. Comique de gestes
- ❑ B. Comique de mots
- ❑ C. Comique de situation

As-tu bien retenu ?
a. C. Les personnages incarnent des défauts humains dont l'auteur se moque ; **b. D.** *Le Barbier de Séville* ;
c. B. Louis XIV.

Reconnaître les thèmes et les procédés comiques
1. Les *Femmes savantes* critiquent l'éducation des filles, *Le Misanthrope* critique l'amour.
2. B. Il s'agit du comique de mots.

Fiche 26

JALONS LITTÉRAIRES L'ÉPOPÉE

DÉFINITION

- L'épopée appartient au genre narratif mais aussi, d'une certaine façon, au domaine historique. Elle est considérée comme le genre à l'origine de tous les autres ; on la trouve en effet dans de nombreuses civilisations, très tôt : la plus ancienne, l'*Épopée* de Gilgamesh, a été composée entre 1900 et 1600 av. J.-C.
- L'épopée est une œuvre **longue**, **poétique** (en vers réguliers) ; elle célèbre des **actions** et des **personnages héroïques**, des **exploits exceptionnels** qui, dans un passé légendaire, ont joué un rôle décisif dans le **destin d'un peuple** ; elle fait appel au **merveilleux**, à l'intervention d'êtres et de moyens surnaturels, à l'intervention **divine**.

L'ÉPOPÉE GRECQUE

- Elle célèbre les combats des âges héroïques, notamment la guerre de Troie et le retour des chefs grecs dans leur patrie : l'*Iliade* et l'*Odyssée* (Homère).

L'ÉPOPÉE ROMAINE

- Elle commence par traduire ou imiter l'épopée grecque ; puis elle célèbre l'histoire de Rome, depuis ses origines fabuleuses (Romulus et Rémus). Mais la plus grande épopée romaine est l'*Énéide* : Virgile raconte les voyages du prince troyen Énée, depuis Troie, détruite par les Grecs, jusque sur les côtes italiennes (le poète imite les voyages d'Ulysse dans l'*Odyssée*), puis les guerres menées pour conquérir le Latium et fonder un nouveau royaume (imitation de l'*Iliade*), à l'origine de la fondation de Rome.

L'ÉPOPÉE AU MOYEN ÂGE EN FRANCE

- Les chansons de geste (*gestes*, nom féminin pluriel, signifiant « exploits guerriers ») célèbrent Charlemagne et son neveu Roland (*Chanson de Roland* ou d'autres héros).
- Les romans courtois du cycle breton narrent les aventures du roi Arthur et des chevaliers de Table ronde, la quête du Graal (Chrétien de Troyes : *Lancelot ou le Chevalier à la charrette*, *Yvain ou le Chevalier au lion*, *Perceval ou le Conte du Graal*, XIIIe).
- La parodie de la chanson de geste existe également, comme le récit épique familier du *Roman de Renart*.
- Du XVIe au XIXe, l'épopée n'apparaît plus que ponctuellement, concurrencée par d'autres genres qui connaissent un succès grandissant.

Enluminure de Jean Fouquet. *Mort de Roland*.

ÉPOPÉE ET ÉPIQUE

- Certaines caractéristiques de l'épopée se retrouvent dans d'autres genres (théâtre, roman, poésie, argumentation, satire, etc.) ; on parle alors de registre épique. Les procédés dominants sont :
  - les effets de grandissement ou d'idéalisation du héros ;
  - l'amplification (hyperbole), la personnification, l'allégorie, les images ;
  - le niveau de langue soutenu ;
  - l'emploi d'épithètes homériques pour définir les personnages ;
  - l'intervention du merveilleux ou de forces surnaturelles, divines.

AS-TU BIEN RETENU ?

1. Vrai ou faux ?

a. À l'origine, l'épopée est en vers.
- ❑ A. Vrai
- ❑ B. Faux

b. L'épopée raconte la vie d'un personnage ordinaire.
- ❑ A. Vrai
- ❑ B. Faux

c. L'auteur idéalise le héros.
- ❑ A. Vrai
- ❑ B. Faux

d. L'épopée contient des éléments du merveilleux.
- ❑ A. Vrai
- ❑ B. Faux

e. On connaît le nom de tous les auteurs de récits épiques.
- ❑ A. Vrai
- ❑ B. Faux

2. Associe les personnages à l'œuvre qui raconte leurs exploits. Attention ! Plusieurs personnages peuvent appartenir à la même œuvre.

1. Charlemagne ❍
2. Énée ❍
3. Arthur ❍
4. Tristan ❍
5. Roland ❍
6. Lancelot ❍
7. Ulysse ❍

❍ **a.** L'*Odyssée*
❍ **b.** L'*Énéide*
❍ **c.** *La Chanson de Roland*
❍ **d.** *Tristan et Iseut*
❍ **e.** *Le Chevalier à la charrette*

RECONNAÎTRE UN TEXTE ÉPIQUE

3. Lequel de ces deux textes appartient à l'épopée ?

❑ A. Le premier coup sur le nez me prit par surprise. La douleur était terrible et un voile noir descendit devant mes yeux. Je retins le hurlement qui me montait aux lèvres et vacillai tandis qu'Hervé m'assénait un puissant coup sur les fesses. Je tournai sur moi-même et ne vis plus rien que des milliers d'étoiles.

❑ B. Il remet son cheval en lice et fonce sur un chevalier de grand renom. Il le frappe avec tant de force qu'il le projette à plus de cent pas de son destrier. Il manie si bien la lance et l'épée que tous le regardent, émerveillés. Ils se plaisent à voir la manière dont ce chevalier renverse chevaux et cavaliers.

As-tu bien retenu ?
1. a. A. vrai ; **b. B.** faux ; **c. A.** vrai ; **d. A.** vrai ; **e. B.** faux.
2. 1 et 5. **c.** Charlemagne et Roland = *La Chanson de Roland* ; **2. b.** Énée = L'*Énéide* ; 3 et **6. e.** Arthur et Lancelot = *Le Chevalier à la charrette* ; **4. d.** Tristan = *Tristan et Iseut* ; **7. a.** Ulysse = L'*Odyssée*.

Reconnaître un texte épique
B. (il parle d'un brave chevalier, tandis que le premier texte raconte l'histoire d'un personnage pas très courageux).

Fiche 27

JALONS LITTÉRAIRES

LES RÉCITS DE VOYAGE À L'ÉPOQUE DES GRANDES DÉCOUVERTES

UN PEU D'HISTOIRE

- Entre 1492 et 1522, le monde connu des Occidentaux s'agrandit : navigateurs et explorateurs rendent alors compte de leurs découvertes. Les XVe et XVIe siècles sont une période de grandes découvertes géographiques.
- Voici quelques repères : en 1492, Christophe Colomb croit aborder la Chine, il est en fait en Amérique ; en 1498, Vasco de Gama ouvre une nouvelle route des Indes ; en 1522, Magellan entreprend le premier voyage autour du monde ; en 1534, Jacques Cartier découvre le Canada.
- À leur retour, les navigateurs rendent compte de l'expédition à leurs commanditaires (souvent le roi ou un personnage important) : ils montrent ainsi des oiseaux, des fruits, des plantes, des objets. Parfois même, des indigènes. Toujours, ils reviennent avec un récit de leur voyage, enrichi de cartes et de dessins.
- Très vite, l'imprimerie contribua à diffuser ces récits à travers l'Europe, suscitant un intense mouvement de curiosité.

Portrait de Christophe Colomb

Portrait de Vasco de Gama

CARACTÉRISTIQUES GÉNÉRALES

- Le découvreur entend faire œuvre scientifique, en proposant de nouvelles cartes géographiques, en présentant les espèces animales et végétales, ainsi que les civilisations découvertes.
- En général, le narrateur est le chef de l'expédition, qui rend compte de sa mission et de son expérience personnelle. Il dit *je* ou *nous* (quand il parle au nom de l'équipage).
- Le narrateur s'attache à donner des garanties de vérité : il assure que ce qu'il raconte est vrai.
- Il veut enfin que son récit plaise au lecteur. Celui-ci appartient donc à un genre intermédiaire entre témoignage et récit littéraire.

LA DESCRIPTION DE PAYS INCONNUS

- Le narrateur s'applique à décrire avec précision les régions découvertes : le relief, la faune et la flore, les habitations, les us et coutumes, etc.
- Pour rendre compte de la nouveauté, le voyageur rapproche l'inconnu du connu et fait référence à son propre univers culturel. Il utilise ainsi des comparaisons : « [les morses] sont comme de grands bœufs, qui ont deux dents dans la gueule, comme chez l'éléphant. » (Jacques Cartier)
- Tous manifestent de l'émerveillement face à leurs découvertes.

Le récit d'une conquête

Ces voyageurs ne sont pas de simples touristes : leur mission est de tirer avantage de leur expédition, pour le compte de leur commanditaire. Les conquérants envisagent ainsi par exemple l'exploitation qu'on pourra faire des nouvelles terres.
Ces récits content également les premiers contacts avec les autochtones. Ces premiers échanges conduisent soit à des relations plus suivies, soit à des conflits.

AS-TU BIEN RETENU ?

Coche la ou les bonnes réponses.

a. Ces récits de voyage sont souvent rédigés :

- ❑ A. À la 1re personne (*je* et *nous*)
- ❑ B. À la 3e personne

b. Les explorateurs utilisent beaucoup :

- ❑ A. De personnifications
- ❑ B. De comparaisons
- ❑ C. D'alexandrins

c. Le but de ces récits de voyage est de :

- ❑ A. Faire un compte rendu au roi ou au grand personnage qui a commandité l'expédition.
- ❑ B. Faire rire le lecteur en lui décrivant les mœurs indigènes.
- ❑ C. Évoquer une société idéale, proche de la nature et sans contraintes.
- ❑ D. Recenser et décrire soigneusement les caractéristiques du lieu.

RECONNAÎTRE LES AUTEURS DE RÉCITS DE VOYAGE

Associe chaque extrait à son auteur :

Marco Polo
Christophe Colomb
Homère

A. Lettre à Ferdinand d'Aragon et Isabelle de Castille, souverains d'Espagne. Très Chrétiens, Très Hauts, Très Excellents et Très Puissants Princes, Roi et Reine des Espagnes et des îles de la mer, Nos Seigneurs, en la présente année 1492, comme j'avais informé Vos altesses des pays de l'Inde et d'un prince...

B. Au temps où un Baudoin était empereur de Constantinople – c'était en 1250 –, il se trouva que deux frères, messire Nicolo Polo, le père de messire Marco, et messire Maffeo, le frère de Nicolo, étaient en la cité de Constantinople arrivés de Venise pour commercer.

C. Zeus tonna et lança la foudre sur le navire qui tourbillonna et s'emplit de soufre. Mes hommes tombèrent à la mer. Pareils à des corneilles noires, ils étaient emportés ; un dieu leur refusait le retour.

As-tu bien retenu ?
a. A. à la 1re personne (*je* et *nous*) ; **b. B.** les explorateurs utilisent beaucoup de comparaisons ; **c. A, D.** le but est de faire un compte rendu au roi ou au grand personnage qui a commandité l'expédition ET de recenser et décrire soigneusement les caractéristiques du lieu.

Reconnaître les auteurs de récits de voyage
A. Christophe Colomb ; **B.** Marco Polo ; **C.** Homère.

Fiche 28

JALONS LITTÉRAIRES

LE GENRE DU CONTE

DÉFINITION

• *Le Petit Chaperon rouge*, *Cendrillon* ou *La Belle au bois dormant*, *La Petite Sirène*... Certains contes sont extrêmement connus. Quelles sont les caractéristiques de ces contes ? Ne font-ils que raconter de jolies histoires ?

• Un conte est un texte généralement court, qui fait la part belle à l'imaginaire et contient des éléments merveilleux.

• Les *Contes* puisent dans le folklore populaire, dans ces histoires racontées au coin du feu. Perrault donne une version écrite de ces contes populaires et fixe ainsi la tradition orale. Puisqu'ils ont été racontés dans de nombreux pays, on en trouve d'autres versions, notamment chez les frères Grimm.

• Le cadre spatio-temporel est rarement défini : souvent, les contes commencent par la formule rituelle « Il était une fois », qui renvoie à un passé lointain et vague. Les lieux ne sont pas plus déterminés : une forêt ou un château sans nom.

Le Petit Chaperon rouge. Illustration de Jessie Willcox Smith, 1911

LE SCHÉMA NARRATIF

• Les contes obéissent à une structure type qui comprend :
- une situation initiale ;
- un événement perturbateur ;
- des péripéties ;
- une situation finale.

L'ÉPREUVE

• Avant de pouvoir vivre heureux, les personnages subissent **une série d'épreuves** qui forment leur **apprentissage**. Le Petit Poucet, dans le conte du même nom de Charles Perrault, affronte l'abandon, puis l'Ogre, avant de devenir adulte et riche. Alice, dans *Alice au pays des merveilles* de Lewis Carroll, affronte nombre d'épreuves qui l'aident à grandir. Seules ces épreuves rendent les personnages dignes d'être aimés et d'être heureux.

« ILS VÉCURENT HEUREUX ET... »

• Les contes s'achèvent par un événement marquant qui clôt l'histoire : un mariage ou une mort, parfois les deux. Les épreuves sont terminées et les personnages vont pouvoir vivre tranquillement. Cendrillon épouse le Prince et marie ses deux sœurs. Certains contes, comme *La Petite Sirène* ou *La Petite Fille aux allumettes* d'Andersen, se terminent mal.

LA MORALE DE L'HISTOIRE

• Les *Contes* sont souvent assortis d'**une moralité**, explicite (sous la forme, par exemple, d'un petit poème expliquant quelle leçon le lecteur peut tirer du conte) ou implicite.

• Il s'agit bien là d'instruire en distrayant. Les contes s'adressent à tous, petits et grands, et montrent que la morale des gens simples n'a rien à envier à celle des savants.

AS-TU BIEN RETENU ?

1. Vrai ou faux ?

a. Un conte se termine toujours mal.
- ❑ A. Vrai
- ❑ B. Faux

b. Les contes viennent de la tradition orale.
- ❑ A. Vrai
- ❑ B. Faux

c. Les contes s'achèvent souvent par une morale.
- ❑ A. Vrai
- ❑ B. Faux

d. Le conte est un genre très réaliste.
- ❑ A. Vrai
- ❑ B. Faux

e. Dans un conte, le cadre spatio-temporel est décrit de façon précise.
- ❑ A. Vrai
- ❑ B. Faux

2. Remets dans l'ordre les étapes d'un récit.

1 ❍	❍ péripéties
2 ❍	❍ situation finale
3 ❍	❍ situation initiale
4 ❍	❍ élément de résolution
5 ❍	❍ élément perturbateur

RECONNAÎTRE LE GENRE DU CONTE

Entoure les éléments qui sont caractéristiques du genre du conte.

des rimes
« Il était une fois... »
une moralité
une enquête policière
le merveilleux
du suspens
« Ils vécurent heureux et eurent beaucoup d'enfants »
le réalisme
le folklore

As-tu bien retenu ?

1. a. B. faux (ils peuvent bien se terminer, notamment par un mariage) ; **b. A.** vrai ; **c. A.** vrai ; **d. B.** faux (ils contiennent beaucoup de merveilleux) ; **e. B.** faux (ils commencent d'ailleurs souvent par *Il était une fois*...).

2. 1 = situation initiale ; 2 = élément perturbateur ; 3 = péripéties ; 4 = élément de résolution ; 5 = situation finale.

Reconnaître le genre du conte

« Il était une fois... » ; une moralité ; le merveilleux ; « Ils vécurent heureux et eurent beaucoup d'enfants » ; le folklore.

Fiche 29

JALONS LITTÉRAIRES

LES ROMANS D'ANTICIPATION ET DE SCIENCE-FICTION

LES ORIGINES

- Le sous-genre romanesque de l'anticipation et de la science-fiction est de création récente : il naît vers la fin du XIXe siècle et se développe essentiellement au XXe siècle. En quoi est-il emblématique du genre ?
- Edgar Poe (1809-1849), Jules Verne (1828-1905) et H. G. Wells (1866-1946) ont fondé la « littérature d'anticipation scientifique ». Jules Verne, dans ses *Voyages extraordinaires*, développe certaines théories scientifiques ou certaines technologies existantes pour anticiper les aventures de l'homme au fond des océans (*Vingt mille lieues sous les mers*) ou dans notre galaxie (*De la Terre à la Lune*, *Autour de la Lune*). Wells raconte comment l'homme voyagera dans le temps (*La Machine à explorer le temps*) ou comment la terre est envahie par des extraterrestres hostiles (*La Guerre des mondes*).

L'ÂGE D'OR

- Cette littérature connaît un essor prodigieux aux États-Unis à partir de 1930 et en France à partir de 1960. Le terme de « science-fiction », venu des États-Unis, remplace celui d'« anticipation ». À côté du genre romanesque, des revues et des bandes dessinées apparaissent et se multiplient. Les auteurs utilisent ces récits pour critiquer la société, l'évolution scientifique et technologique, le progrès en général ; ils mettent en garde contre les dérives probables, les dangers en décrivant des dystopies, mondes déshumanisés, dévastés par les cataclysmes nucléaires ou les catastrophes énergétiques, comme Pierre Boulle dans *La Planète des singes* ou René Barjavel dans *Ravage*.

LES THÈMES

- La science-fiction traite de thèmes divers, aborde les questions essentielles de notre société, de notre civilisation : la pollution, l'écologie, les virus, le nucléaire et la bombe atomique, les manipulations génétiques, l'existence d'autres formes de vie dans d'autres mondes, les voyages intergalactiques, l'autodestruction de l'humanité, la domination par les robots ou les ordinateurs, le temps, etc.

Georges Orwell

Quelques définitions utiles

UTOPIE

- Description de sociétés futures, différentes, idéales (vision optimiste) (Thomas More, ***Utopie***, 1516).

DYSTOPIE

- Description de sociétés futures totalitaires, déshumanisées (vision pessimiste) (Aldous Huxley, *Le Meilleur des mondes* ; George Orwell, *1984*).

UCHRONIE

- Récit d'une histoire possible à partir d'un fait passé que l'on a modifié ou qui s'est modifié : le passé est différent, le présent est donc différent (Philip K. Dick, *Le Maître du Haut Château* ; Jean-Pierre Andrevon, *Le Dernier Dimanche de monsieur le chancelier Hitler*).

HEROIC FANTASY

- Récits qui s'inspirent de légendes traditionnelles, où la magie remplace la science (Tolkien, *Le Seigneur des anneaux*).

SPACE OPERA

- Récits d'aventures spatiales situées dans une galaxie organisée en empire (*Star Wars*).

AS-TU BIEN RETENU ?

1. Vrai ou faux ?

a. La science-fiction s'intéresse surtout au passé.

- ❑ A. Vrai
- ❑ B. Faux

b. La science-fiction cherche à mettre en garde.

- ❑ A. Vrai
- ❑ B. Faux

c. La science-fiction s'est largement développée au xve siècle.

- ❑ A. Vrai
- ❑ B. Faux

2. Relie chaque mot à sa définition.

1. Utopie ❍	❍ **a.** Description de sociétés futures idéales
2. Dystopie ❍	❍ **b.** Réécriture du passé
3. Uchronie ❍	❍ **c.** Description d'un futur apocalyptique

RECONNAÎTRE LES CARACTÉRISTIQUES DU ROMAN D'ANTICIPATION OU DE SCIENCE-FICTION

Lis ces extraits de quatrièmes de couverture. Lequel n'appartient pas à un roman d'anticipation ou de science-fiction ?

- ❑ A. « Quête semée d'embûches : sur cette Terre ravagée par un cataclysme, l'Enfant noir doit faire alliance avec un ours, combattre de monstrueuses pieuvres mutantes… »
- ❑ B. « Tir à l'arc et duel au corps à corps sont au nombre des épreuves qui attendent le jeune Michel de Gallardon au château de la Roche-Guyon… »
- ❑ C. « Les fusées arrivaient avec des roulements de tambour dans la nuit. Les fusées arrivaient comme des sauterelles, par vagues, soulevant d'énormes fleurs de fumée ardente… »
- ❑ D. « Un État mondial, parfaitement hiérarchisé, a cantonné les derniers humains "sauvages" dans des réserves. La culture in vitro des fœtus a engendré le règne des "Alphas", génétiquement déterminés à être l'élite dirigeante… »

As-tu bien retenu ?

1. a. B. faux (elle s'intéresse surtout au futur) ; b. A. vrai ; c. B. faux (au xxe siècle).
2. 1. a. utopie = description de sociétés futures idéales ; 2. c. dystopie = description d'un futur apocalyptique ; 3. b. uchronie = réécriture du passé.

Reconnaître les caractéristiques du roman d'anticipation ou de science-fiction

B. « Tir à l'arc et duel au corps à corps sont au nombre des épreuves qui attendent le jeune Michel de Gallardon au château de la Roche-Guyon… » (Viviane Moore, *Le Seigneur sans visage*). Extraits : A. Stefan Wul, *Niourk*, C. Ray Bradbury, *Chroniques martiennes*, D. Aldous Huxley, *Le Meilleur des mondes*.

Fiche 30

LIRE ET COMPRENDRE UN TEXTE

Perceval est un jeune homme qui vit dans un manoir isolé au milieu d'une forêt : sa mère, qui ne veut pas qu'il devienne chevalier, l'a en effet isolé loin de la cour. Un jour qu'il est parti chasser, il rencontre des chevaliers de la Table ronde.

Quand il les vit sortir du bois, quand il vit les lances et les écus, les hauberts étincelants, les heaumes brillants, quand il vit scintiller au soleil toutes ces couleurs magnifiques, le vermeil et l'azur, l'or et l'argent, [Perceval] fut émerveillé :

– Ah ! Seigneur Dieu, pardonnez-moi ! Ce sont des anges que j'ai devant moi. Ma mère ne m'a pas menti quand elle m'a dit que les anges étaient les plus belles créatures du monde, après Dieu, qui est encore plus beau. Et c'est bien le Seigneur Dieu que je vois ici, car l'un d'entre eux est plus beau que tous les autres. Je vais donc l'honorer et l'adorer, comme ma mère me l'a appris. [...]

Il tendit la main vers la lance du chevalier et la prit :

– Cher seigneur, vous qui vous appelez « chevalier », quel est cet objet que vous tenez ? [...]

– C'est ma lance.

– Voulez-vous dire qu'on la lance, comme je le fais avec mes javelots ?

– Mais non ! Tu es bien sot, mon garçon. On en frappe son adversaire de près.

Le jeune homme saisit alors l'écu :

– Et cela, qu'est-ce que c'est ? À quoi cela sert-il ?

– Tu te moques de moi, avec tes questions. Je te répondrai cependant, car tu me plais. Ce que je porte est un écu. Et il m'est bien utile : il me protège fidèlement de tous les coups qu'on me porte. [...]

– Qui vous a donc équipé de la sorte ?

– Je vais te le dire ; c'est le roi Arthur qui m'a donné tout cet équipement, il y a cinq jours, quand il m'a en personne adoubé.

CHRÉTIEN DE TROYES, *Perceval ou le Conte du Graal*, XIIe siècle,
adapté par Anne-Marie Cadot-Collin, Livre de Poche Jeunesse.

Avant la lecture

1. remplis le tableau suivant :

Auteur et ce que tu sais de lui :	
Œuvre et ce que tu en sais :	
Date et époque d'écriture :	

2. Lis la phrase en italique qui se trouve avant le texte.

3. Formule une ou plusieurs hypothèses de lecture.

Pendant la lecture

1. Lis une première fois le texte.

2. Relis ensuite le texte une seconde fois en surlignant les mots qui posent difficulté, puis cherche leur sens dans un dictionnaire.

Après la lecture

1. Réponds aux questions Qui ? Quoi ? Où ? Quand ? Comment ? Pourquoi ?

2. Résume ce texte.

CONSEILS POUR RÉUSSIR ET CORRIGÉS

Pour bien comprendre un texte, il faut prendre le temps de bien tout déchiffrer.

Avant la lecture : s'intéresser au paratexte

- **Définition :** le paratexte englobe tout ce qui accompagne un texte mais n'en fait pas partie (auteur, titre, année de publication, etc.).
- Avant même de lire le texte, il faut observer le paratexte : cette démarche peut t'éviter de faire des contresens et te permet de saisir le thème, voire le contexte, du texte que tu t'apprêtes à lire.
- À partir de ce que tu connais du paratexte (les ouvrages que tu connais de l'auteur, les écrivains ou artistes que tu connais de cette époque, ou simplement ce que t'évoque le thème), tu peux formuler des hypothèses de lecture qui te guideront dans ta lecture du texte.

Pendant la lecture

Le sens global

- Il est préférable de lire une première fois le texte sans se poser de questions, puis de relire le texte en se posant certaines questions telles que :

LA FORME	De quel genre de texte s'agit-il ? Un récit ? Un poème ? Une scène de théâtre ? Un article de journal ?.... Qui raconte ou parle (narrateur) ?
L'AUTEUR	Quel est son but en écrivant ce texte ? Quel message ou quelle émotion cherche-t-il à transmettre ?
LE THÈME	De quoi parle ce texte, ou que raconte ce texte ? Que nous dit l'auteur sur ce thème ?

Le sens précis

- Certains passages ou mots peuvent te poser des difficultés de compréhension : c'est parfaitement normal ! N'hésite donc pas à relire le texte et à élucider ce qui te pose difficulté.
- Pour cela, tu as plusieurs solutions à ta disposition en fonction du contexte : demander de l'aide à un adulte (notamment ton enseignant) ; consulter un dictionnaire ; bien relire une phrase : parfois, le sens d'un mot s'éclaire dans son contexte.

Après la lecture

- Faire un résumé est une excellente manière de s'assurer que l'on a bien compris un texte, mais aussi de bien s'en souvenir.
- Pour faire un bon résumé, tu dois répondre aux questions suivantes : Qui ? Quoi ? Où ? Quand ? Comment ? Pourquoi ?
- Tu peux également résumer chacune des parties du texte (chaque paragraphe par exemple) en une ou deux phrases.

Fiche 31

JUSTIFIER SA RÉPONSE

1. Lis le texte suivant, puis réponds aux questions (👁 « conseils pour réussir » au verso) :

« Les deux chaumières étaient côte à côte, au pied d'une colline, proches d'une petite ville de bains. Les deux paysans besognaient dur sur la terre inféconde pour élever tous leurs petits. Chaque ménage en avait quatre. Devant les deux portes voisines, toute la marmaille grouillait du matin au soir. Les deux aînés avaient six ans et les deux cadets quinze mois environ ; les mariages et, ensuite les naissances, s'étaient produites à peu près simultanément dans l'une et l'autre maison. [...]

La première des deux demeures, en venant de la station d'eaux de Rolleport, était occupée par les Tuvache, qui avaient trois filles et un garçon ; l'autre masure abritait les Vallin, qui avaient une fille et trois garçons.

Tout cela vivait péniblement de soupe, de pomme de terre et de grand air. À sept heures, le matin, puis à midi, puis à six heures, le soir, les ménagères réunissaient leurs mioches pour donner la pâtée, comme des gardeurs d'oies assemblent leurs bêtes. Les enfants étaient assis, par rang d'âge, devant la table en bois, vernie par cinquante ans d'usage. Le dernier moutard avait à peine la bouche au niveau de la planche. On posait devant eux l'assiette creuse pleine de pain molli dans l'eau où avaient cuit les pommes de terre, un demi-chou et trois oignons ; et toute la lignée mangeait jusqu'à plus faim. La mère empâtait elle-même le petit. Un peu de viande au pot-au-feu, le dimanche, était une fête pour tous, et le père, ce jour-là, s'attardait au repas en répétant : "Je m'y ferais bien tous les jours". »

Guy de Maupassant, *Aux Champs*, 1882.

2. Pour chaque question, coche la réponse correctement rédigée.

a. Comment se nomment les deux familles ?

- ❑ A. Les deux familles se nomment « Tuvache » et « Vallin » (l. 8-9).
- ❑ B. Tuvache et Vallin.

b. À quel temps est conjugué le verbe « réunissaient » (l. 11) et quelle est sa valeur (👁 fiche 12) ?

- ❑ À L'imparfait d'habitude.
- ❑ B. Le verbe « réunissaient » (l. 11) est conjugué à l'imparfait d'habitude, comme le montre l'extrait « À sept heures, le matin, puis à midi, puis à six heures, le soir » (l. 10-11) : il s'agit d'une action que les mères répètent chaque soir.

c. Quel point de vue (👁 fiche 18) est utilisé dans ce texte ?

- ❑ A. Le point de vue omniscient est utilisé dans ce texte car le narrateur sait tout des deux familles et de leur histoire : « les mariages et, ensuite, les naissances, s'étaient produites à peu près simultanément » (l. 5-6).
- ❑ B. Le point de vue omniscient.

3. Quelle est la catégorie sociale des personnages ?

....

....

→ CONSEILS POUR RÉUSSIR ET CORRIGÉS

En français, tu dois souvent répondre à des questions portant sur un texte. Tu dois alors faire attention à la manière dont tu rédiges tes réponses.

Pour être bien compris, respecter les règles de langue

- Rédige tes réponses en faisant des phrases correctes et plutôt courtes afin d'être certain de bien te faire comprendre ;
- N'oublie pas les majuscules et la ponctuation ;
- Relis-toi pour t'assurer que tu n'as laissé aucune faute.

Reprendre les éléments de la question

- Ne réponds jamais par « oui / non car... », ou « car... », ou encore par « Il » ou « Elle »).

Astuce !

Imagine que ton correcteur ne connaît pas la question !

Quelle est la réaction de Pierre au début du texte ?

~~Il a peur.~~ → Pierre a peur.

Pourquoi Pierre et Jacques se disputent-ils ?

~~Car ils ne sont pas d'accord.~~ → Pierre et Jacques se disputent car ils ne sont pas d'accord.

Développer sa réponse en expliquant mon idée

Prouver que sa réponse est pertinente

- Donne une citation extraite du texte (que tu mettras entre guillemets et dont tu indiqueras le numéro de la ou des lignes, éventuellement entre parenthèses).

Pierre et Jacques se disputent car ils ne sont pas d'accord quant à la vente de la maison de leurs parents, comme on peut le voir à la ligne 8 : « Ils se disputèrent : Pierre pensait qu'il fallait vendre la maison, Jacques ne pouvait s'y résoudre. »

Pierre et Jacques se disputent car ils ne sont pas d'accord quant à la vente de la maison de leurs parents, comme on peut le voir : « Ils se disputèrent : Pierre pensait qu'il fallait vendre la maison, Jacques ne pouvait s'y résoudre. » (l. 8)

2. a. A ; **b.** B ; **c.** A.

3. Les deux familles sont paysannes, comme l'indique le titre de la nouvelle (« Aux champs »). Elles semblent de plus très pauvres : « Tout cela vivait péniblement de soupe, de pomme de terre et de grand air » (l. 9).

Fiche 32

TRAVAILLER AU BROUILLON

Voici un sujet de rédaction :

En tant qu'explorateur ou exploratrice, tu débarques sur une terre inconnue. Après avoir raconté les raisons et les circonstances de ton voyage, tu raconteras et décriras ce que tu vois de cet endroit. Tu partageras également tes émotions. Tu choisiras de rédiger ton texte au présent ou au passé.

1. Surligne les verbes qui indiquent les tâches que tu dois réaliser.

2. Remplis le tableau suivant :

Quels types de texte te sont demandés ?	❑ un récit ❑ un poème ❑ une scène ❑ une description
Quel est le sujet ?	
Qui est le narrateur ?	
Où et quand se déroule ton texte ?	
Ton texte doit-il être réaliste ?	
À quel temps dois-tu écrire ?	

3. Prends une feuille de brouillon et notes-y tes idées : Que vas-tu raconter ? Pourquoi es-tu parti en voyage ? Comment s'est passé ce voyage ? Où es-tu arrivé ? Quand se déroule ton récit ?....

4. Imagine ensuite les trois ou quatre parties qui formeront ta rédaction.

Lorsque l'on réalise un travail de rédaction, il ne faut surtout pas rédiger immédiatement son texte au propre ou même au brouillon : il faut prendre le temps de trouver des idées, de les trier et de les organiser.

CONSEILS POUR RÉUSSIR ET CORRIGÉS

Analyser le sujet

- Dans un sujet de rédaction, plusieurs tâches te sont proposées que tu dois prendre le temps de bien repérer. Pour cela, demande-toi :
- Quel type de texte t'est demandé ? Un récit, un début de conte, un poème, une scène de théâtre…
- Quel est le sujet ? La description d'un personnage ou d'un lieu, le récit d'un événement…
- Qui est le narrateur ? Qui est l'interlocuteur (celui à qui tu écris) ?
- Où et quand se déroule ton texte ?
- Quels sont les personnages ?
- S'il s'agit d'une suite, quels éléments vais-je devoir reprendre ?
- M'indique-t-on des étapes à suivre ?

Astuce
Tu peux répondre à ces questions sur ton brouillon.

Chercher et organiser ses idées

- Commence par noter toutes les idées qui te viennent à l'esprit. Ensuite, barre celles que tu ne retiendras pas, et relie, grâce à un code couleurs par exemple, les idées qui ont un lien (par exemple les idées qui se rapportent aux personnages, les idées qui se rapportent au lieu).
- Ensuite, organise tes idées en quelques parties qui correspondront à tes paragraphes : tu peux numéroter ces parties sur ton brouillon.

Rédiger

- Si tu as le temps, tu peux rédiger l'intégralité de ton texte au brouillon. Le plus souvent, tu n'as pas le temps de tout rédiger : dans ce cas, rédige au pire le début, au mieux le début et la fin de ton texte.
- Avant de passer au propre, relis la consigne et les éléments que tu avais notés lors de la première étape, et vérifie que tu les as bien tous pris en compte.
- Tu peux également écrire en gros sur ton brouillon les éléments auxquels il faut que tu penses, ou les erreurs que tu commets souvent (par exemple : PENSE À SAUTER DES LIGNES ! ou ATTENTION AUX RÉPÉTITIONS !).

1. raconter, décrire, partager, rédiger.

2.

Quel type de texte t'est demandé ?	Un récit (« raconté », « raconteras ») et une description (« décriras »)
Quel est le sujet ?	La découverte d'un lieu
Qui est le narrateur ?	Toi, en tant qu'explorateur (donc JE)
Où et quand se déroule ton texte ?	Dans un endroit inconnu, l'époque n'est pas précisée
Ton texte doit-il être réaliste ?	Oui : tu es explorateur
À quel temps dois-tu écrire ?	Au choix (« au présent ou au passé »)
Y a-t-il des étapes à respecter ?	Oui : 1) le voyage 2) l'arrivée et la découverte

4. Le plan est déjà précisé, il faut donc le respecter, et ne pas oublier de faire part des émotions !

Fiche 33

LA DICTÉE

Demande à quelqu'un de te dicter ce texte (« conseils pour réussir » au verso).

C'est une jeune femme, Angélique, qui parle à son mari.

M'avez-vous, avant le mariage, demandé mon consentement, et si je voulais bien de vous ? Vous n'avez consulté, pour cela, que mon père et ma mère ; ce sont eux proprement qui vous ont épousé, et c'est pourquoi vous ferez bien de vous plaindre toujours à eux des torts que l'on pourra vous faire. Pour moi, qui ne vous ai point dit de vous marier avec moi, et que vous avez prise sans consulter mes sentiments, je prétends n'être point obligée à me soumettre en esclave à vos volontés.

Molière, *Georges Dandin*, 1668.

Commentaires

Conjugaison et accord sujet-verbe

- Certains verbes sont conjugués au passé composé, il faut donc faire attention à l'accord du participe passé avec l'auxiliaire *avoir* (« m'avez-vous demandé », « vous n'avez consulté », « qui vous ont épousé », « qui ne vous ai point dit »), notamment lorsque le COD est placé avant le verbe (« Pour moi, [...] que vous avez prise »).
- Attention en outre à ne pas confondre ces participes passés avec les infinitifs en *-er* (« marier », « consulter ») que l'on peut remplacer par un verbe du 3e groupe.
- Les verbes « ferez » et « pourra » sont conjugués au futur simple.
- Le verbe « prétends » est conjugué au présent et a pour sujet « je ».
- Le verbe « voulais » est conjugué à l'imparfait et a pour sujet « je ».

Orthographe grammaticale et lexicale

- Quelques groupes nominaux sont au pluriel : « des torts », « mes sentiments », « vos volontés ».
- Attention à l'accord de l'adjectif « obligée » (car c'est Angélique qui parle).
- Plusieurs mots se terminent par une consonne que l'on n'entend pas. En cherchant la formation du mot, le féminin ou un mot de la même famille, on peut identifier cette consonne : « teint » (*teinter*), « ronds » (*ronde*), « dents » (*dentiste*), « sang » (*sanguin*).
- Attention à quelques homophones, souvent sources d'erreur :
  - « sont » (*être*)/« son » (déterminant possessif).
  - « ont » (*avoir*)/« on » (pronom personnel).
  - « ai » (*avoir*)/« est » (*être*) (« ai » a pour sujet « moi »).
  - « à » (préposition)/« a » (*avoir*).

CONSEILS POUR RÉUSSIR ET CORRIGÉS

La dictée est un exercice difficile car elle fait appel à toutes nos compétences de langue, et que son barème est impitoyable... mais, qu'on soit bon ou non en orthographe, quelques astuces peuvent nous permettre d'éviter certaines erreurs !
Traditionnellement, le texte est d'abord lu, puis dicté, puis relu sans la ponctuation. On vous laisse ensuite quelques minutes pour vous relire seul.

Réaliser la première lecture

- À la première lecture, écoute attentivement le texte en essayant d'en comprendre le sens général : De quoi parle-t-on ? À quel temps est-il rédigé ?
- La première lecture est essentielle, car comprendre le sens global aidera notamment à éviter les fautes d'accord. Donc, à la première lecture, n'essaie pas d'écrire les premiers mots : pose ton stylo et écoute !

Écrire sous la dictée

- Repère les liaisons : elles te renseignent sur la terminaison de certains mots.
- Pendant que tu écris, fais particulièrement attention :
  - aux terminaisons des verbes (quel est le sujet ?) ;
  - aux accords dans le groupe nominal (masculin ou féminin, singulier ou pluriel) ;
  - aux homophones (et/est ; ou/où ; ses/ces/c'est/sais ; etc.).
- Ne perds pas le fil de la dictée : si tu doutes de l'orthographe d'un mot, écris-le comme il te vient à l'esprit (pourquoi pas au crayon de papier). Tu y reviendras pendant la relecture. Si tu es perdu, saute quelques lignes pour compléter à la seconde lecture.

Réaliser la seconde lecture

- La seconde lecture te permet de vérifier que tu n'as oublié aucun mot et éventuellement de compléter les éléments (mots ou phrases) que tu as manqués lors de la dictée.

Relire

- Pour vérifier l'orthographe de chaque mot, analyse méthodiquement le texte. Demande-toi, par exemple : Quel est le sujet de ce verbe ? Avec quel nom cet adjectif s'accorde-t-il ? Cette forme verbale en [e] est-elle un participe passé ou un infinitif en -er ? etc.
- Relis silencieusement le texte en faisant les liaisons.

Fiche 34

DÉCRIRE UNE IMAGE

Observe l'image ci-dessous puis complète et coche les caractéristiques correspondantes (« conseils pour réussir » au verso).

Eugène Delacroix, *La Liberté guidant le peuple*, 1830, peinture à l'huile, 260 × 325 cm, Paris, musée du Louvre.

A. Ce tableau, intitulé ...., a été peint par .... en ....
La technique utilisée est la ....
Ce tableau de .... sur .... cm est conservé à .... au musée du ....

B. Les couleurs sont globalement ❑ **claires** ❑ **sombres**.
Le rouge très ❑ **vif** ❑ **pâle** du drapeau ressort particulièrement : cela crée un effet ❑ **d'harmonie** ❑ **de contraste**.

C. La lumière provient du ❑ **haut** ❑ **bas** du tableau.

D. La scène est représentée ❑ **selon un angle normal (de face)** ❑ **en plongée** ❑ **en contre-plongée**.
Le cadrage : il s'agit d'un ❑ **plan d'ensemble** ❑ **d'un plan moyen** ❑ **d'un gros plan**.

E. Le tableau est construit ❑ **selon des lignes horizontales** ❑ **selon des lignes verticales** ❑ **selon un schéma pyramidal**.
❑ **Le premier plan** ❑ **L'arrière-plan** est composé de personnages horizontaux, et de trois personnages verticaux.
❑ **Le premier plan** ❑ **l'arrière-plan** est composé, ❑ **à gauche** ❑ **à droite**, d'une foule de personnages flous, et, ❑ **à gauche** ❑ **à droite**, d'une ville.

CONSEILS POUR RÉUSSIR ET CORRIGÉS

Il existe différentes natures d'images, fixes ou mobiles : dessin, peinture, collage, fresque, photographie, film, sur des supports variés (bois, toile, pierre, papier, pellicule, etc.). Aujourd'hui, l'image peut être numérique et en 3D. On peut analyser une image sous plusieurs angles.

Analyser les couleurs

- Elles sont **chaudes** (jaune, orange, rouge) ou **froides** (bleu, vert, violet).
- Les teintes sont des mélanges de couleurs ; elles sont plus ou moins **claires** ou **foncées** et varient en intensité (**faible** à **forte**).
- Les couleurs créent des effets d'**harmonie** ou de **contraste**.

S'intéresser à la lumière

- Selon son origine et sa répartition, son intensité, elle crée des effets de **profondeur**, de **clair-obscur**, d'**obscurité**, de **mystère**, etc. Elle renforce ou atténue également les couleurs.

Étudier le champ

- Le **cadre** délimite l'espace peint, dessiné, filmé ou photographié. Le **hors-champ** est l'espace hors du cadre. Le **contrechamp** est l'espace opposé au champ. La **profondeur de champ** est la succession des **premier plan**, **second plan** et **arrière-plan**.
- Les **lignes de fuite** vers un point soulignent la profondeur et la perspective.
- Les **lignes de force** animent l'image et produisent divers effets : horizontales, verticales, obliques ou diagonales, courbes.

Analyser le cadrage

- Le **plan d'ensemble** présente l'espace où se trouvent les personnages.
- Le **plan moyen** présente le personnage en entier.
- Le **plan américain** « coupe » le personnage à mi-cuisse, le **plan rapproché** à la poitrine.
- Le **gros plan** accentue un détail du personnage ou du décor.

Trouver l'angle de prise de vue

- L'**angle normal** : le spectateur est à la même hauteur que les personnages.
- La **plongée** : paysages ou personnages sont vus depuis un point haut (effet d'écrasement) ; la **contre-plongée** les présente depuis un point bas (effet d'étirement, de grossissement).

S'intéresser à la composition

- L'espace de l'image est structuré par des **lignes verticales et horizontales** qui définissent des rectangles, ou par des diagonales qui délimitent des triangles.
- La composition est parfois **symétrique** (deux zones distinctes) ou organisée **au tiers** (trois rectangles). Il convient donc de repérer les axes à partir desquels s'articule la composition du dessin ou du tableau. Elle permet la mise en valeur d'un élément.

A. Ce tableau, intitulé *La Liberté guidant le peuple*, a été peint par Eugène Delacroix en 1830. La technique utilisée est **A.** la peinture à l'huile. Ce tableau de 260 sur 325 cm est conservé à Paris au musée du Louvre.
B. sombres, vifs, de contraste ; **C.** haut ; **D.** contre-plongée, plan d'ensemble ;
E. selon un schéma pyramidal, le premier plan, l'arrière-plan, à gauche, à droite.

Fiche 35

RÉALISER UN EXPOSÉ

Voici quelques sujets d'exposé à partir desquels tu peux t'entraîner à faire des recherches, les organiser, à préparer un exposé, à réaliser un support (affiche ou diaporama, t'exprimer à l'oral... ou tout cela à la fois !)

- L'art de l'enluminure
- La chanson de geste
- *La Chanson de Roland*
- Le roi Arthur et/ou les chevaliers de la Table ronde
- La littérature au Moyen Âge
- Les grands explorateurs (Christophe Colomb, Marco Polo, Fernand de Magellan...)
- Molière
- La littérature à la cour de Louis XIV

→ CONSEILS POUR RÉUSSIR ET CORRIGÉS

Réaliser un exposé consiste à faire des recherches puis à les transmettre au mieux à la classe. Pour bien le réaliser, il convient de respecter certaines étapes.

Préparer l'exposé

- Commence par **faire des recherches** sur le sujet que tu dois présenter : sur internet, dans une encyclopédie, au CDI, à la médiathèque, etc.
- **Attention :** vérifie toujours les informations que tu trouves en analysant leur source et en confrontant différentes sources.
- **Trie** ensuite les informations trouvées et **organise**-les en différentes parties.
- Pense également à choisir quelques **images** que tu devras compléter d'une légende (auteur, nom, origine).
- Si vous êtes plusieurs, répartissez-vous le travail équitablement !

Passer à l'oral

- À l'oral, il convient de s'exprimer clairement et distinctement afin de bien être compris de la classe. Pour cela, **entraîne-toi** avant ton passage.
- Surtout, **ne lis pas ta feuille**, sinon tu risques de parler trop vite et de ne pas être bien compris.
- Pour être certain de ne pas lire, reformule tes idées et n'écris que quelques mots importants sur ta feuille. Ainsi, tu seras obligé de parler, et tu ne liras pas. Tu seras plus compréhensible.
- Afin d'aider la classe à bien te suivre, **prépare un support** (affiche ou diaporama sur lequel tu indiqueras les différentes parties de ton exposé ainsi que les mots-clés, et sur lequel tu ajouteras des images.
- **Attention :** n'écris pas de texte sur ce support, sinon ton auditoire sera tenté de lire, et ne t'écoutera plus.
- **Exprime-toi** clairement, à haute voix et en articulant.

Astuce

À la fin de ton exposé, tu peux proposer un QUIZ ou un petit jeu à la classe afin de vérifier qu'ils ont bien tout compris !

HISTOIRE

SOMMAIRE

SE SITUER DANS LE TEMPS

• Les êtres humains ont découpé le passé en grandes périodes afin de pouvoir se repérer plus facilement dans le temps. Chacune des époques a une durée différente.

LA PRÉHISTOIRE

• La préhistoire commence il y a trois millions d'années et s'achève il y a environ 6 000 ans. Elle désigne l'histoire des Hommes depuis leur apparition en Afrique jusqu'à l'invention des premières écritures vers 3 300 av. J.-C.

L'ANTIQUITÉ

• L'Antiquité débute avec l'apparition des premières cités-États et des premières écritures en Orient, dans une région située entre l'Égypte et la Mésopotamie. Elle s'achève en 476 avec la chute de l'Empire romain. L'histoire antique correspond aux civilisations égyptienne, mésopotamienne, grecque, romaine… mais aussi à l'apparition de religions monothéistes comme le judaïsme et le christianisme.

LE MOYEN ÂGE

• Le Moyen Âge débute en Europe par la chute de l'Empire romain (476) et l'arrivée de peuples nomades en Europe, désignés souvent sous le terme de « barbares ». En Europe, la société s'organise autour d'une religion : le christianisme catholique. Les premiers États monarchiques se mettent en place, en lutte contre la féodalité.

L'ÉPOQUE MODERNE

• La découverte de l'Amérique en 1492 constitue l'événement fondateur de l'époque moderne. Durant trois siècles, des mouvements intellectuels comme l'humanisme, la réforme religieuse ou les Lumières modifient la vision et la conception du monde en Europe. Cette époque est celle de la première mondialisation.

L'ÉPOQUE CONTEMPORAINE

• L'époque contemporaine est la dernière période de l'histoire, celle que nous vivons encore actuellement. La Révolution française de 1789 et sa volonté de créer une société basée sur la liberté et l'égalité marquent le début de cette époque. Les XIXe et XXe siècles sont ceux des révolutions techniques et scientifiques.

Le sais-tu ?
En classe de 5e, tu étudies le Moyen Âge ainsi que les XVIe et XVIIe siècles. Tu parcours plus de 1 100 ans d'histoire.
Le terme de « Moyen Âge » apparaît à l'époque de la Renaissance pour désigner cette période située entre l'Antiquité et le XVe siècle, époque de la Renaissance.

→ 1. En classe de 5e, quelles périodes étudies-tu ?

- ❑ A. Les temps préhistoriques
- ❑ B. L'Antiquité
- ❑ C. Le Moyen Âge
- ❑ D. Les temps modernes
- ❑ E. L'époque contemporaine

→ 2. Le Moyen Âge dure environ...

- ❑ A. 100 ans.
- ❑ B. 200 ans.
- ❑ C. 1 000 ans.

→ 3. Quel événement marque le début du Moyen Âge ?

- ❑ A. La fin de l'Empire romain
- ❑ B. La naissance du christianisme
- ❑ C. L'apparition de l'islam

→ 4. Quel événement marque le début des temps modernes ?

- ❑ A. Le voyage de Christophe Colomb en Amérique
- ❑ B. La fin de la guerre de Cent Ans
- ❑ C. La réforme religieuse
- ❑ D. La chute de l'Empire romain

→ 5. Dans la liste des inventions ci-dessous, lesquelles peuvent être associées au Moyen Âge ?

- ❑ A. Monnaie
- ❑ B. Moteur à vapeur
- ❑ C. Imprimerie
- ❑ D. Moulin à vent
- ❑ E. Carte de géographie
- ❑ F. Boussole
- ❑ G. Charrue
- ❑ H. Principe de la vaccination

→ 6. Parmi les personnages suivants, lesquels ont vécu durant le Moyen Âge ?

- ❑ A. Vercingétorix
- ❑ B. Jules César
- ❑ C. Clovis
- ❑ D. Louis IX
- ❑ E. Luther
- ❑ F. Louis XIV
- ❑ G. Charles de Gaulle
- ❑ H. Jules Ferry

→ 7. Quels événements se sont déroulés durant le Moyen Âge ?

- ❑ A. Naissance du christianisme
- ❑ B. Naissance de l'islam
- ❑ C. Première Guerre mondiale
- ❑ D. Seconde Guerre mondiale
- ❑ E. Guerre de Cent Ans
- ❑ F. Traite négrière
- ❑ G. Indépendance des États-Unis
- ❑ H. Empire de Charlemagne

1. C, D.
2. C.
3. A.
4. A.
5. C, D, G.
6. C, D.
7. E, H.

Fiche 2

BYZANCE ET L'EUROPE CAROLINGIENNE

Ce que je sais déjà

476 : l'Antiquité s'achève avec la disparition de l'Empire romain d'Occident. En Europe de l'Ouest, l'Empire romain laisse la place à des royaumes.
1054 : le monde des chrétiens connaît un schisme. Le christianisme se divise en deux branches : le catholicisme, en Occident, et l'orthodoxie pratiquée dans l'Empire byzantin.

Portrait de Charlemagne
par Albrecht Dürer

Sainte-Sophie
L'empereur protège l'Église et la valorise comme le montre la construction de la basilique Sainte-Sophie par Justinien au VIe siècle.

Le sais-tu ?
Aux IXe et Xe siècles, l'Empire est partagé entre les petits-fils de Charlemagne et leurs descendants. Dans le royaume des Francs, les comtes imposent leurs propres règles jusqu'en 987 où la dynastie des Carolingiens est remplacée par celle des Capétiens pour gouverner le royaume.

I. L'Empire byzantin, un empire millénaire

• L'empire romain d'Orient, installé au sud-est de l'Europe et en Asie Mineure, survit à la disparition de l'Empire romain installé en Occident. L'empereur romain d'Orient est le « basileus ». **Constantinople** constitue la capitale et le cœur de l'Empire. Justinien (527-565) reprend les pouvoirs de l'empereur romain : il est le chef de l'armée et impose les lois héritées des anciens codes romains. Cet Empire est **chrétien**. Le patriarche de Constantinople, représentant de l'Église, couronne l'empereur.

• Centré sur l'Asie Mineure et la Grèce, l'Empire utilise **la langue grecque**. Justinien réussit à réunir sous son autorité l'Italie, l'Europe du Sud-Est et l'Afrique du Nord. Mais l'Empire voit son territoire se réduire lentement face aux conquêtes musulmanes durant un millénaire, jusqu'à sa disparition avec la prise de Constantinople par les Turcs en 1453.

II. L'Empire carolingien, la restauration de l'Empire romain

• Après la chute de l'Empire romain, l'Europe est divisée entre les différents royaumes barbares, dont l'un des plus puissants, celui de **Clovis** (481-511), souverain du royaume des Francs et premier roi chrétien de la dynastie des Mérovingiens. À partir de 768, Charles (ou Charlemagne), de la dynastie des Carolingiens, réalise la conquête des peuples voisins.

• Le 25 décembre 800, le pape Léon III **couronne Charlemagne empereur** dans la basilique Saint-Pierre à Rome. Charlemagne impose le latin et édicte des capitulaires (ordres écrits de l'empereur) de sa capitale Aix-la-Chapelle. L'empereur carolingien nomme des comtes (administrant un comté, partie du territoire de l'empire) et les *missi dominici* (chargés de contrôler les comtes) pour faire exécuter ses décisions.

QUIZ

→ BYZANCE ET L'EUROPE CAROLINGIENNE

→ 1. Quel empire disparaît au ve siècle ?

- ❑ A. L'Empire carolingien
- ❑ B. L'Empire byzantin
- ❑ C. L'empire romain d'Occident

→ 2. Quelles sont les deux premières dynasties à occuper le trône du royaume des Francs ?

- ❑ A. Les Carolingiens
- ❑ B. Les Capétiens
- ❑ C. Les Valois
- ❑ D. Les Mérovingiens

→ 3. Quels points communs ont les Empires byzantin et carolingien ?

- ❑ A. Ils se prétendent héritiers de l'Empire romain
- ❑ B. La religion chrétienne est un des fondements des deux Empires
- ❑ C. Les deux utilisent le latin comme langue d'administration

→ 4. Qui sont les personnages envoyés par Charlemagne pour vérifier la mise en application de ces ordres dans les comtés ?

- ❑ A. Les comtes
- ❑ B. Les *missi dominici*
- ❑ C. Les évêques

→ 5. Carolingien ou byzantin ?
Associe les caractéristiques ci-dessous à l'Empire byzantin ou à l'empire de Charlemagne.

Personnage religieux : le pape (évêque de Rome) · Capitale : Aix-la-Chapelle · Religion : christianisme latin · Nom d'un souverain : Justinien · Nom d'un souverain : Charlemagne · Héritier de l'empire romain d'Orient · Capitale : Constantinople · Territoire : Grèce, Asie Mineure · Union des royaumes des Francs, des Lombards, etc. · Période : de 800 à 840 · Période : de 476 à 1453 · Personnage religieux : patriarche · Dirigeant : basileus · Territoire : Europe de l'Ouest (France, Allemagne, Italie actuelles) · Religion : orthodoxie (christianisme grec)

Empire byzantin	Empire carolingien

1. C.
2. A., D.
3. A., B.
4. B.
5.

Empire byzantin	Empire carolingien
Héritier de l'empire romain d'Orient De 476 à 1453 Territoire : Grèce, Asie Mineure Religion : orthodoxie (christianisme grec) Personnage religieux : patriarche Dirigeant : basileus Nom d'un souverain : Justinien Capitale : Constantinople	Union des royaumes des Francs, des Lombards… De 800 à 840 Territoire : Europe de l'Ouest (France, Allemagne, Italie actuelles) Religion : christianisme latin Personnage religieux : le pape (évêque de Rome) Nom d'un souverain : Charlemagne Capitale : Aix-la-Chapelle

Fiche 3

DE LA NAISSANCE DE L'ISLAM À LA PRISE DE BAGDAD

Ce que je sais déjà

1099 : La prise de Jérusalem par les croisés inaugure la période des croisades, expéditions militaires chrétiennes menées pour délivrer Jérusalem de la présence des musulmans.

La Mecque

I. La naissance d'un nouveau monothéisme, l'islam

• Au VIIe siècle, les tribus d'Arabie s'unissent autour d'une nouvelle religion : **l'islam**. Ce **nouveau monothéisme** s'organise autour du prophète Mohamed (Mahomet). L'année 622 marque le début du calendrier musulman : lors de l'hégire, Mohamed est chassé de La Mecque à cause de son enseignement. Il se réfugie à Médine.

• En 635, à la mort de Mohamed, qui avait repris La Mecque, les musulmans entament **les conquêtes des régions environnantes**, grâce à leurs cavaliers. Jérusalem est prise vers 637. En 750, l'islam s'installe en Asie de l'Ouest, en Afrique du Nord et en Europe du Sud (Espagne).

• Le **calife** est le successeur du prophète des musulmans et le chef de la communauté musulmane. Il est à la fois un chef civil et un chef religieux.

II. La religion, élément d'unification de peuples différents

• L'islam est l'élément fondateur de la civilisation arabo-musulmane. La religion repose sur la croyance en un dieu unique (Allah), et sur ses paroles transmises au prophète Mohammed. **L'umma** (la communauté musulmane) est unie par des lieux, symboles, textes et règles religieuses.

• La religion musulmane s'organise autour...

De lieux	De symboles et d'objets	De textes sacrés	De règles et de fêtes religieuses
• La Mecque • Médine • Jérusalem : lieu de départ de Mohamed pour le paradis • La mosquée	• Le symbole ☪ • L'étoile à cinq branches • La lune	• Le Coran : compilation des paroles de Mohamed • La *sîra* : biographie de la vie de Mohamed	• Le ramadan : mois de jeûne qui rappelle le mois où Mohamed aurait reçu la parole d'Allah • Le pèlerinage (voyage religieux) : au moins une fois dans la vie du croyant, vers La Mecque

III. Un monde musulman morcelé

• Le premier État musulman s'organise autour de la ville de Médine. Au cours du VIIe siècle, le pouvoir du califat s'établit à Damas, puis à Bagdad, au gré des conquêtes. Au IXe siècle, le monde musulman se divise en trois califats, avec trois capitales : Cordoue (Espagne), Le Caire (Égypte), Bagdad (Orient).

Deux califes célèbres

Un des premiers califes est al-Walid. Il fait de Damas sa capitale. Les chrétiens et juifs sont tolérés s'ils se soumettent aux lois du calife.

Un des califes abbassides les plus célèbres est Harun al-Rachid. Ce dernier a noué une correspondance diplomatique et amicale avec Charlemagne.

QUIZ

→ DE LA NAISSANCE DE L'ISLAM À LA PRISE DE BAGDAD

→ 1. Quel titre portent les successeurs du fondateur de l'islam, Mohamed ?

❑ Calife
❑ Sultan
❑ Prophète

→ 2. Sur quels continents est installé l'islam au VIIIe siècle ?

❑ L'Europe
❑ L'Asie
❑ L'Afrique

→ 3. Que désigne le terme d'umma ?

❑ Une fête religieuse musulmane
❑ La communauté des musulmans
❑ Un lieu de culte musulman

→ 4. Quelle dynastie domine le monde musulman du Xe au XIIIe siècle ?

❑ Les Omeyyades
❑ Les Abbassides
❑ Les Mongols

→ 5. Associe le nom de la ville à sa place dans le monde arabo-musulman du Xe siècle.

1. Cordoue ❍	❍ **a.** Ville où est né l'islam
2. Bagdad ❍	❍ **b.** Ville sacrée pour les religions juive, chrétienne et musulmane
3. Jérusalem ❍	❍ **c.** Capitale d'un califat installé en Espagne
4. La Mecque ❍	❍ **d.** Capitale d'un califat situé en Afrique du Nord
5. Le Caire ❍	❍ **e.** Capitale du califat abbasside, détruite par les Mongols

→ 6. Retrouve maintenant l'emplacement de chacune de ces grandes villes musulmanes.

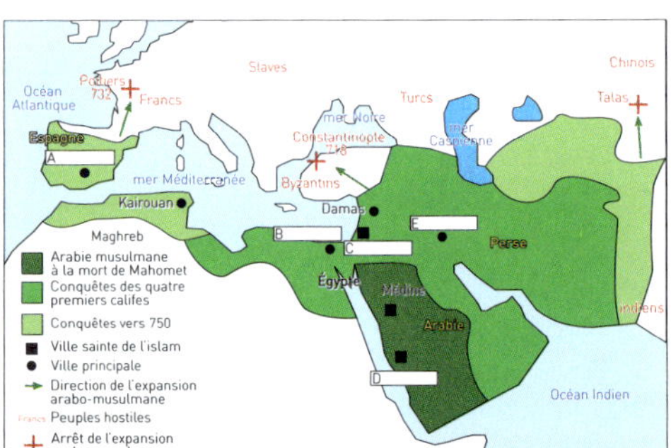

Les Abbassides
La dynastie des Abbassides, installée à Bagdad, est celle qui réunit la communauté la plus vaste allant des portes de l'Égypte à l'Iran. Mais en 1258, les Mongols, qui forment une tribu nomade, détruisent la capitale du califat mettant fin au règne des Abbassides.

1. A.
2. A., B., C.
3. B.
4. B.
5.
1. c. Cordoue = capitale d'un califat installé en Espagne ; **2. e.** Bagdad = capitale du califat abbasside, détruite par les Mongols ; **3. b.** Jérusalem = Ville sacrée pour les religions juive, chrétienne et musulmane ; **4. a.** La Mecque = ville où est né l'islam ; **5. d.** Le Caire = capitale d'un califat situé en Afrique du Nord.
6. A. Cordoue ; **B.** Le Caire ; **C.** Jérusalem ; **E.** Bagdad ; **D.** La Mecque.

Fiche 4

COMPARER DES DOCUMENTS

Les empereurs se représentent (conseils pour réussir au verso).

Gravure représentant la statue équestre de Charlemagne (règne de 768 à 814) ou de Charles le Chauve d'après un bronze du IXe siècle, visible au Louvre à Paris.

Gravure représentant la statue équestre de l'empereur romain Marc Aurèle (161-180) réalisée à la fin du IIe siècle présente sur la piazza del Campidoglio (place du Capitole) à Rome.

1. Quels points communs et quelles différences identifies-tu dans les sources de ces deux documents ?

....

....

2. Observe les gravures de ces deux sculptures :

– dresse leurs points communs :

....

....

– liste précisément leurs différences :

....

....

3. Quelle conclusion choisirais-tu après l'observation de ces deux œuvres ?

- ❑ A. Les deux empereurs ont sans doute fait appel au même artiste pour réaliser ces statues équestres.
- ❑ B. Charlemagne s'est inspiré de la statue de l'empereur romain pour se faire représenter.
- ❑ C. Les empereurs Charlemagne et Marc Aurèle sont trop éloignés dans le temps pour avoir quelque point commun.

CONSEILS POUR RÉUSSIR ET CORRIGÉS

La comparaison est un exercice demandant d'observer ou de lire attentivement les documents. Le but est de confronter, rapprocher ou opposer les documents évoquant un même thème.

S'intéresser au paratexte

- Commence par lire les sources, titres et éléments composant les documents à comparer et par dresser une première liste des points communs et des différences.

Dresser des listes

- Dresse la liste des éléments et points communs présents dans les documents.
- Poursuis le travail en évoquant les différences entre les documents comparés.

Analyser les relations entre les documents

- L'observation des points communs et des différences permet de réaliser l'analyse qui peut porter :
  - sur la proximité des deux documents ou les grandes différences,
  - sur le lien entre les deux documents et sur les raisons expliquant cette proximité ou cette opposition des deux documents.

1. Les deux documents sont des gravures représentant des sculptures des empereurs (Charlemagne et Marc-Aurèle) à cheval. Les statues ont été réalisées à des époques différentes. La statue de Marc-Aurèle est réalisée durant l'Antiquité. Le bronze de Charlemagne date du IXe siècle.
2. La posture du cheval, patte levée, la toge et la barbe portées par les empereurs sont les principaux points communs. La statue de Charlemagne est complétée par deux objets. Dans chacune de ses mains, Charlemagne porte un glaive ou un orbe (une représentation du monde sous la forme d'une sphère).
3. La conclusion que l'on peut tirer est que Charlemagne s'est inspiré de la statue de l'empereur romain pour se faire représenter.
Commentaire : La statue de Mac-Aurèle était connue à l'époque de Charlemagne. Les contemporains de Charlemagne pensaient que la statue présente à Rome était celle de l'empereur Constantin, premier empereur romain à se convertir au christianisme.

Fiche 5

LIRE UNE CARTE : LE MONDE MÉDITERRANÉEN AU XIIIe SIÈCLE

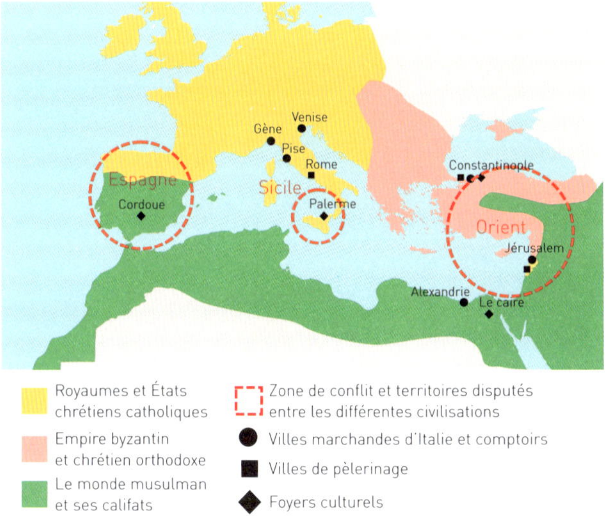

1. Quelles sont les trois grandes religions présentes sur le continent européen au XIIe siècle ?

....

....

2. En quoi la ville de Constantinople est vue comme une ville de rencontres entre les différentes civilisations ?

....

....

3. Dans quelles régions chrétiens et musulmans s'affrontent-ils ?

....

....

4. Quelle mer se situe au centre de ces rencontres ?

....

....

5. Quel titre pourrait résumer cette carte ?

❑ A. Trois civilisations qui s'affrontent pour le contrôle de la Méditerranée au XIIe siècle

❑ B. La Méditerranée : chrétiens au nord et musulmans au sud.

❑ C. La Méditerranée, un lieu de rencontres, d'échanges et de conflits

→ CONSEILS POUR RÉUSSIR ET CORRIGÉS

- Une carte est une représentation d'un territoire. Elle comporte différentes indications dont tu dois prendre connaissance avant de répondre aux questions et prélever les bonnes informations.
- La carte historique présente une situation du passé et sa localisation sur un territoire.

Prélever des informations

- ❑ Généralement, ton professeur te demandera de prélever des informations concernant des lieux, des phénomènes ou événements représentés et la localisation de ces événements.

S'intéresser à l'organisation de la légende

- ❑ La légende est organisée pour repérer les phénomènes étudiés.
- ❑ Il faut distinguer les villes et lieux précis indiqués par des points, des régions ou des États qui sont délimités par un trait et/ou représentés par des plages de couleur.

Utiliser les connaissances du cours

- ❑ Il ne faut pas oublier d'utiliser les connaissances déjà acquises pour apporter des précisions.

1. Les trois grandes civilisations présentes sur le continent européen au XIIe siècle sont le christianisme orthodoxe (à l'est), le christianisme catholique (à l'ouest) et l'islam (présent au sud de l'Espagne).
2. La ville de Constantinople est une ville de rencontres. Elle est à la fois un lieu de pèlerinage religieux important pour les orthodoxes. Elle est aussi un lieu où se réalisent de nombreux échanges commerciaux. Ces rencontres font d'elle une ville où se mêlent des influences culturelles dans l'artisanat, les savoirs et les connaissances.
3. Les chrétiens et musulmans s'affrontent dans les zones de contact comme l'Espagne (Reconquista), en Orient (croisades) ou en Sicile.
4. La mer qui se situe au centre de ces rencontres est la Méditerranée.
5. Le titre le plus pertinent est « la Méditerranée, un lieu de rencontres, d'échanges et de conflits ». La légende présente, à gauche, les trois civilisations, au centre, les villes qui sont des lieux de rencontres et, à droite, les régions où se déroulent des conflits.

Fiche 6

MOTS-CLÉS

EMPIRES ET RENCONTRES ENTRE CHRÉTIENS ET MUSULMANS

• Avec l'apparition et l'extension de l'islam, la Méditerranée et ses rivages devient une région de rencontres, d'échanges et d'affrontements entre les différentes civilisations médiévales.

EMPIRE

• Vaste territoire organisé sous l'autorité d'un empereur. L'empire désigne aussi la réunion au sein d'un même État et territoire de divers peuples. Durant la période antique, plusieurs empires se sont succédé.

L'EMPIRE ROMAIN

• Il est connu pour être un des plus longs de l'histoire. Sa disparition constitue même le point de rupture entre l'Antiquité et le Moyen Âge. (👁 fiche 1). Mais cet empire n'est pas oublié. Divisé en l'an 395, une partie de l'Empire romain continue à réunir les peuples de Grèce, d'Asie Mineure et d'Afrique du Nord jusqu'au VIe siècle.

L'EMPIRE BYZANTIN

• Cet empire romain d'Orient ou Empire byzantin poursuit son existence jusqu'à la fin du Moyen Âge.

L'EMPIRE DE CHARLEMAGNE

• En Europe de l'Ouest, l'Empire romain disparaît, mais Charlemagne le fait renaître au début du IXe siècle. Il réunit sous son autorité des peuples divers comme les Francs, les Lombards ou les Saxons.

CROISADE

• À partir du XIe siècle, les papes prêchent la croisade : les chrétiens sont appelés à mener une guerre afin de reconquérir les terres chrétiennes dont Jérusalem. En 1099, les croisés reprennent la ville de Jérusalem (👁 fiche 5). L'avancée chrétienne est vite balayée par les musulmans qui reprennent Jérusalem définitivement au XIIIe siècle.

DJIHAD

• Dès sa naissance, l'islam progresse avec la guerre sainte (ou djihad). La conquête de Damas, ville chrétienne et byzantine en 635, démontre pourtant une certaine tolérance des musulmans vainqueurs envers les chrétiens vaincus. Ces derniers, du moment qu'ils se soumettent à la loi du calife et paient l'impôt, sont tolérés dans le califat.

SCHISME

• En 1054, le christianisme se divise en deux branches. Le patriarche de Constantinople et l'évêque de Rome luttent pour avoir l'autorité sur les chrétiens. Chacun d'eux s'excommunie : ils s'excluent mutuellement de la communauté chrétienne. Le patriarche impose son autorité sur une Église orthodoxe où les cérémonies se déroulent en grec. L'Occident reste fidèle à l'évêque de Rome, le pape. Le latin est la langue officielle de cette Église dite catholique. Cette division entre chrétiens d'Occident et d'Orient devient encore plus profonde après le pillage de Constantinople par les Vénitiens en 1204. Les deux chrétientés ne sont toujours pas réunies aujourd'hui.

CHIFFRES

• Les chiffres qualifiés d'arabes sont nés en Inde. Les musulmans les reprennent et, avec eux, le zéro (chiffre absent de la notation romaine), puis les transmettent aux chrétiens qui les adoptent.

ARTS

- Les monuments de Sicile ou d'Andalousie mêlent les influences byzantines (mosaïques) aux arts de la calligraphie et des motifs géométriques arabes.

LANGUES

- L'héritage arabo-musulman transparaît dans certains termes de la langue française. Les mots « chèque », « amiral », « zénith », « matelas », etc., d'origine arabe, démontrent les legs musulmans en matière de commerce, de navigation, d'astronomie ou d'artisanat.

Vue de l'Alhambra, à Grenade (Andalousie)

Fiche 7

LES CAMPAGNES MÉDIÉVALES : FORMATION ET DOMINATION SEIGNEURIALE

Ce que je sais déjà

–10 000 : maîtrise de l'agriculture et de l'élevage. Au néolithique, l'Homme devient paysan et éleveur. L'agriculture devient la principale activité humaine jusqu'au XIXe siècle.

Miniature extraite du livre d'heures *Les Très Riches Heures du duc de Berry* commandé par Jean Ier de Berry

Le sais-tu ?
La dureté du pouvoir seigneurial entraîne régulièrement des révoltes. En 1358, les paysans, surnommés les « Jacques », se soulèvent contre les seigneurs et leurs armées dans le nord de la France.
Les communes portant le nom de « Villeneuve », « Bourgneuf » sont des témoins des territoires défrichés et occupés par de nouvelles populations durant le Moyen Âge.

I. La vie des paysans

- **90 % de la population est paysanne** en Europe. C'est de leur travail pénible que les deux autres ordres de la société (la noblesse et le clergé) tirent leur subsistance. Sur les tenures (terres du seigneur louées au paysan en échange du cens), le paysan produit ce qu'il va conserver.
- **Le village** est le cadre de vie des paysans. Les travaux mobilisent la communauté du village tout comme les fêtes religieuses (Noël, Pâques, mardi gras, etc.). L'organisation des villages autour de lieux comme un château, une église, se fait après l'an mil, au cours du XIe siècle.
- Entre les XIe et XIVe siècles, les campagnes d'Occident connaissent un **essor démographique** : la population est multipliée par deux. Cette évolution s'explique d'abord par un radoucissement du climat s'accompagnant de défrichements. Les bois et forêts sont détruites pour laisser place à de nouvelles terres cultivées. Les récoltes augmentent aussi grâce à des innovations comme le moulin à vent (à partir de 1100).

II. La domination des seigneurs

- Les nobles (comtes, ducs, barons, seigneurs) sont les **propriétaires fonciers** des terres sur lesquelles sont installés les habitants de la seigneurie. Le château, les bois (consacrés à la chasse), la réserve (terres cultivées par les paysans dont la récolte revient au seigneur) constituent la pleine propriété du seigneur.
- Leur pouvoir s'établit aussi sur **des devoirs judiciaires et politiques**. La noblesse a l'obligation de protéger les autres habitants de la seigneurie et de rendre justice. Cette autorité confère aussi des droits au seigneur : il perçoit un impôt appelé « banalités » pour l'utilisation des fours, des moulins, des péages au passage des ponts.
- Lors des défrichements, des seigneurs font appel à des paysans. Pour les attirer, les seigneurs accordent des **chartes de franchise**. Ces documents écrits recensent les droits et obligations des seigneurs, mais aussi les libertés et obligations des paysans.

QUIZ

→ LES CAMPAGNES MÉDIÉVALES : FORMATION ET DOMINATION SEIGNEURIALE

→ 1. Durant la seconde moitié du Moyen Âge, la population européenne...

- ❑ A. augmente fortement.
- ❑ B. diminue fortement.
- ❑ C. augmente faiblement.

→ 2. Lequel de ces deux termes représente un impôt que doit le paysan au seigneur ?

- ❑ A. Les banalités
- ❑ B. La réserve

→ 3. Que sont les défrichements ?

- ❑ A. La mise en culture de terres occupées auparavant par les bois et les marais.
- ❑ B. Le soulèvement des paysans, surnommés Jacques, durant le XIVe siècle.
- ❑ C. L'ensemble des droits et devoirs des paysans consignés dans un document écrit.

→ 4. Une charte de franchise...

- ❑ A. recense les obligations et droits des paysans et des seigneurs.
- ❑ B. améliore la condition de vie des paysans.
- ❑ C. impose une justice seigneuriale sévère envers les paysans.

→ 5. Lieux de la seigneurie !

A. Associe les lieux de la seigneurie à leur définition.

1. Tenure ❍	❍ **a.** Terre, souvent située à proximité de la demeure du seigneur, et travaillée par les paysans lors des corvées
2. Réserve ❍	❍ **b.** Terre louée au paysan contre le paiement du cens au seigneur
3. Donjon ❍	❍ **c.** Demeure du seigneur et symbole de son pouvoir et devoir militaire
4. Pont ❍	❍ **d.** Au centre du village, lieu de rassemblement de la communauté chrétienne
5. Bois ❍	❍ **e.** Situé aux limites de la seigneurie, domaine de chasse exclusif du seigneur
6. Église ❍	❍ **f.** Exemple de propriété seigneuriale dont l'usage demande le paiement d'une banalité

B. Complète le tableau suivant en associant à chaque colonne un ou plusieurs lieux parmi ceux évoqués à la question A.

Lieux évoquant le seigneur	Lieux évoquant le clergé	Lieux liés à la paysannerie

1. A.
2. A.
3. A.
4. A, B.
5. 1. b ; 2. a ; 3. c ; 4. f ; 5. e ; 6. d.

Lieux évoquant le seigneur	Lieux évoquant le clergé	Lieux liés à la paysannerie
Donjon Réserve Pont (péage) Bois	Église	Tenure Village

Fiche 8

L'ÉMERGENCE D'UNE NOUVELLE SOCIÉTÉ URBAINE

Ce que je sais déjà

XIe-XIVe siècle : doublement de la population européenne. Dans les campagnes, comme dans les villes, le nombre d'habitants augmente fortement (fiche 6).

I. Une société urbaine diverse

- La ville médiévale s'organise autour de **métiers** plus variés que dans les campagnes : commerçants, artisans, etc. Contrairement aux campagnes où le paysan exerce plusieurs fonctions (agriculteur, éleveur, artisan, etc.), les urbains **sont spécialisés** dans un métier. Les métiers s'organisent en corporations réunissant les gens exerçant la même profession.

II. La (re)naissance de réseau urbain en Europe

- Les grands centres urbains se localisent **en Flandre, en Île-de-France et au nord de l'Italie**. L'essor des villes est lié au commerce et à la tenue des foires, ces réunions périodiques de marchands. Les marchandises, les commerçants parcourent un grand axe commercial reliant l'Europe du Nord à l'Orient. Cette voie commerciale permet l'échange de marchandises entre l'Europe du Nord (bois, fer, sel) et l'Europe du Sud, l'Afrique et l'Orient (or, épices, etc.).

III. Des villes et des urbains qui évoluent

- À cause de l'essor du commerce et de l'amélioration des rendements agricoles (fiche 6), la population urbaine augmente entre le Xe et le XVe siècle. **Près d'un Européen sur cinq est urbain** à la fin de la période. Les villes s'étalent, donnant naissance à des faubourgs (quartiers en dehors des murailles de la ville).
- Au-delà des marchands itinérants, se développent d'autres métiers, en rapport avec le développement du commerce, comme les armateurs, les banquiers, etc. **La bourgeoisie** apparaît et occupe une place économique importante dans les villes : elle prête aux nobles, au clergé... tout en faisant partie du tiers état.
- Dans les centres urbains les plus petits, les seigneurs tentent d'attirer des populations en accordant des chartes de franchise (fiche 6). Dans les villes les plus importantes, la bourgeoisie marchande et les corporations négocient pour leur liberté et peuvent obtenir le droit de s'ériger en commune. Le pouvoir est alors confié, en partie, à des représentants de la ville.

Partage des pouvoirs

Comme dans les campagnes, le pouvoir et l'aspect militaires des villes sont sous l'autorité et la responsabilité des seigneurs. L'Église prend en charge les fonctions religieuse et spirituelle, mais aussi l'assistance aux pauvres et aux malades (avec les hôtels-Dieu) et l'enseignement (écoles ecclésiastiques, université).

Henry IV d'Allemagne livre une conférence à l'Université de Bologne par Laurentius de Voltolina

QUIZ

→ L'ÉMERGENCE D'UNE NOUVELLE SOCIÉTÉ URBAINE

→ 1. Comment s'appellent les associations médiévales réunissant les personnes exerçant un métier ?

- ❑ A. Des corporations
- ❑ B. Des syndicats
- ❑ C. Des partis professionnels

→ 2. Quel nom donne-t-on à la réunion périodique de marchands en un lieu précis de l'année ?

- ❑ A. Des marchés
- ❑ B. Des foires
- ❑ C. Des franchises

→ 3. À la fin du Moyen Âge, la part des urbains dans la population représente...

- ❑ A. 5 % des Européens.
- ❑ B. 10 % des Européens.
- ❑ C. 20 % des Européens.

4. Les bourgeois sont considérés comme des membres...

- ❑ A. de la noblesse.
- ❑ B. du clergé.
- ❑ C. du tiers état.

→ 5. Les lieux du Paris médiéval

À l'aide des informations données sur les lieux importants de Paris au Moyen Âge, complète la légende de la ville au XIIIe siècle.

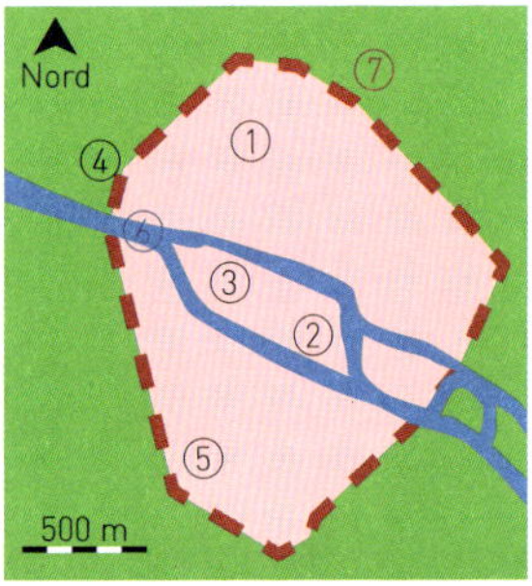

La cathédrale **Notre-Dame** est édifiée entre le XIIe et le XIVe siècle. Elle est alors une des plus grandes cathédrales d'Europe pouvant accueillir plusieurs milliers de fidèles. Elle est située à l'est de l'île de la Cité.

En 1137, **les Halles** sont créées et abritent l'activité commerciale de la capitale. Le marché se déplace du bord de **la Seine** vers le nord de Paris, près des **remparts**. À Paris sont échangés les draps venus de la mer du Nord, le blé cultivé dans le royaume...

L'université de la Sorbonne est située sur la rive gauche de la Seine. L'enseignement est dispensé en latin et attire de nombreux étudiants.

Louis IX (1226-1274) restaure la résidence royale. Il fait aussi construire la **Sainte-Chapelle** afin d'abriter les reliques les plus importantes et précieuses du royaume. Ces deux monuments se situent au centre de la ville, sur l'île de la Cité.

Le Louvre est avant tout une citadelle qui surveille la Seine et les abords de Paris. Elle s'inscrit dans les remparts protégeant la ville.

1. ....
2. ....
3. ....
4. ....
5. ....
6. ....
7. ....

1. A.
2. B.
3. C.
4. C.
5. 1 : Les Halles
2 : Notre-Dame
3 : La Sainte-Chapelle
4 : Le Louvre
5 : La Sorbonne
6 : La Seine
7 : Les remparts

Fiche 9

L'AFFIRMATION DE L'ÉTAT MONARCHIQUE

Ce que je sais déjà

800-840 : le royaume de France est intégré à l'empire de Charlemagne et de son successeur. Mais l'empire, tout comme la dynastie des Carolingiens, disparaît rapidement et n'existe plus au xe siècle.

Des troupes à soi
Pour triompher des souverains anglais, les rois de France ont dû créer une armée royale financée par des impôts devenant permanents. Le roi dispose alors de ses propres troupes et n'est plus redevable de l'aide de ses vassaux.

Jeanne d'Arc
Charles VII bénéficie des victoires de Jeanne d'Arc entre 1429 et 1431. Mais l'action de cette femme qui dit entendre les voix de Dieu pour chasser les Anglais hors de France ne s'arrête pas là. Le roi saura utiliser l'image de cette femme pour montrer qu'il est le roi « choisi par Dieu ».

Jeanne d'Arc à cheval, enluminure

I. Un roi au sommet de la société féodale

- En 987, les grands seigneurs du royaume des Francs choisissent **Hugues Capet**, l'un d'entre eux, pour gouverner. Il est le fondateur de la dynastie des Capétiens. Il possède un domaine en Île-de-France et dans la région d'Orléans qu'il administre directement. Le reste du royaume est confié à ses vassaux.
- Les vassaux reçoivent d'un suzerain un fief (souvent une terre) qu'ils administrent directement. En échange, le vassal promet aide et fidélité à son suzerain. Cet engagement pris lors de la cérémonie de l'hommage et de l'échange du fief (fiche 10) constitue la **féodalité**.

II. L'élaboration de la domination capétienne

- Le règne de Philippe II Auguste (1180-1223) est marqué par un **renforcement de l'autorité royale**, notamment lors de la bataille de Bouvines en 1214. Triomphant des troupes de l'empereur germanique, du souverain anglais et de vassaux infidèles comme le comte de Boulogne, il prend le contrôle des riches fiefs du nord du royaume.
- Louis IX (1224-1240) renforce le lien avec l'Église. Le roi de France est **sacré** lors du cérémonial qui inaugure son règne à Reims. Le roi, qui se veut le protecteur de l'Église, part en croisade.
- Philippe le Bel (1285-1314) affermit son autorité sur la base du droit. Il s'entoure de « légistes », spécialistes de la loi, et réunit les premiers états généraux (fiche 9).

III. La construction de l'État capétien

- Les xive et xve siècles sont des temps de crise avec la **guerre de Cent Ans**. Le roi d'Angleterre, suzerain du roi de France, réclame le trône après la mort du dernier Capétien. Le pouvoir passe à une branche cousine de la famille des Capétiens : les Valois.
- Charles VII triomphe du souverain anglais en 1453.
- S'appuyant sur une administration présente sur tout le territoire, les Valois sont désormais maîtres en leur royaume et la féodalité décline.

QUIZ

→ L'AFFIRMATION DE L'ÉTAT MONARCHIQUE

→ 1. Quelles dynasties règnent sur le royaume de France entre le XIe et le XVIe siècle ?

- ❑ A. Les Capétiens
- ❑ B. Les Valois
- ❑ C. Les Bourbons
- ❑ D. Les Carolingiens

→ 2. Quelle cérémonie établit un lien entre un vassal et suzerain ?

- ❑ A. L'hommage
- ❑ B. Le sacre
- ❑ C. Le sacrement

→ 3. Quelle assemblée de représentants est réunie pour la première fois par le roi Philippe le Bel ?

- ❑ A. L'Assemblée nationale
- ❑ B. Le Parlement
- ❑ C. Les états généraux

→ 4. Quelle phrase résume au mieux l'évolution du pouvoir des rois de France ?

- ❑ A. Le pouvoir des rois capétiens n'a cessé de se renforcer au Moyen Âge.
- ❑ B. L'autorité des rois capétiens n'a cessé de diminuer. Leur pouvoir est contesté par leurs vassaux dont le roi d'Angleterre.
- ❑ C. L'autorité des Capétiens s'est imposée lentement au royaume en faveur de l'action de certains rois, malgré les crises.

→ Complète le schéma suivant en ajoutant pour chacune des périodes un roi, un événement et une date.

X^e-XIe siècles Des rois parmi d'autres seigneurs	X^e-XIe siècles Des rois parmi d'autres seigneurs	X^e-XIe siècles Des rois parmi d'autres seigneurs
Un roi .... Une date .... Un événement	Un roi .... Une date .... Un événement	Un roi .... Une date .... Un événement ....

1. A., B.
2. A.
3. C.
4. C.
5. X^e-XIe siècle :
Roi : Hugues Capet. 987 : fondation de la dynastie capétienne ou le temps de la féodalité.
XIIe-XIVe siècle :
Au choix :
Philippe II Auguste. 1214 : victoire de Bouvines.
Louis IX. 1224-1240 : roi sacré, roi soutien de l'Église, roi partant en croisade.
Philippe le Bel. 1302 : réunion des états généraux.
XIVe-XVe siècle :
Au choix :
Charles VII. 1429-1431 : la chevauchée de Jeanne d'Arc.
Louis XI. 1453 : fin de la guerre de Cent Ans.
Guerre de Cent Ans (1337-1453).
Dynastie des Valois

Fiche 10

LA VIE DANS LA SOCIÉTÉ MÉDIÉVALE

TROIS ORDRES, UNE SOCIÉTÉ

• À partir du IXe siècle, des hommes d'Église tentent de comprendre l'organisation de la société médiévale en tentant de trouver une place pour chacun des chrétiens la composant et en légitimant le rôle de chacun. Après l'an mil, le cadre politique et juridique s'organise autour de trois groupes : les *oratores* (ceux qui prient), des *bellatores* (ceux qui combattent) et des *laboratores* (ceux qui travaillent).
• Dans cette théorie de l'organisation de la société, chacun des trois ordres a un rôle bien précis qui le lie aux deux autres. Les Hommes naissent et sont intégrés durant leur vie à un groupe dont on ne s'extrait que rarement.
• Le pouvoir capétien, à partir de Philippe le Bel, s'appuie sur les trois ordres pour réunir des états généraux. Les trois ordres désignent des représentants qui, réunis en assemblée par le roi, apportent leur soutien à la politique menée, en votant de nouveaux impôts par exemple. Les états généraux sont réunis pour la première fois par le roi Philippe le Bel en 1302.

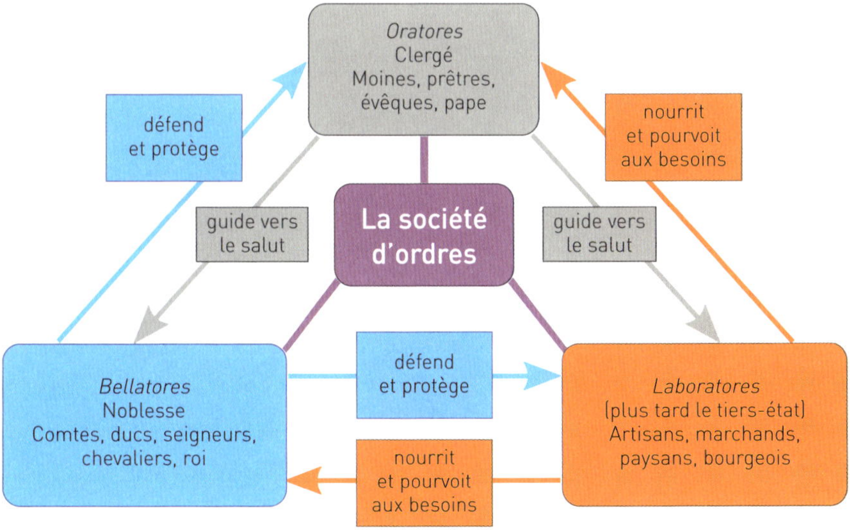

• Cette division reste très présente en France, jusqu'en 1789, avec une société fondée sur les ordres de la noblesse, du clergé et du tiers état.

FÉODALITÉ ET CHRÉTIENTÉ : DEUX PILIERS DE LA SOCIÉTÉ MÉDIÉVALE

• Croire en Dieu est une évidence au Moyen Âge. Quel que soit l'ordre à laquelle on appartient, ses conditions et lieux de vie en Occident, être chrétien est ce qui lie tous les Hommes de la société. La religion imprègne donc les mentalités et les relations sociales. L'Église occupe une place importante.

CLERGÉ

• Cet ordre de la société se divise en deux branches. **Le clergé séculier** (prêtres responsables des paroisses, évêques en charge d'une cathédrale…) vit quotidiennement avec les autres croyants et est chargé de les guider vers le salut. Il est composé uniquement d'hommes célibataires. **Le clergé régulier** réunit des hommes (moines) et des femmes (nonnes) vivant entre eux (ou elles) autour de règles régissant leur quotidien. Dans des monastères, des abbayes, etc, ces communautés prient ou œuvrent pour le salut de tous et toutes. Certaines prêchent (enseignent la religion).

SACREMENTS

• Les clercs distribuent sept sacrements. Ces sacrements sont des gestes, des actions indispensables pour que le croyant se rapproche de Dieu et puisse accéder au salut. Le baptême, le mariage, l'extrême-onction ou l'onction des malades marquent les différentes étapes de la vie. La confession (avouer ses fautes), la communion, etc, donnent au prêtre un pouvoir, une autorité sur les croyants.

SALUT

• Le salut constitue l'objectif du chrétien, car il permet d'accéder à la paix et à la vie éternelle. Le croyant œuvre donc, durant sa vie, à réaliser les actions nécessaires pour éviter la damnation éternelle et les enfers. L'Église et le clergé guident les chrétiens et leurs commandements doivent être suivis pour atteindre le salut.

FÉODALITÉ

• La féodalité est le système qui organise le pouvoir dans la société médiévale du Xe au XIIe siècle. Se basant sur la distribution de fief et la cérémonie de l'hommage (👁 fiches 8 et 10), elle lie l'ensemble de la noblesse chargée de commander et protéger.

• Le roi est le suzerain suprême : il n'est le vassal de personne. Il s'appuie sur les grands seigneurs qui lui prêtent hommage, l'aident et le conseillent en échange d'un fief : ils sont les vassaux du roi. Ces mêmes grands seigneurs s'appuient sur la petite noblesse pour gouverner, distribuant aussi des fiefs et recevant l'hommage.

LE SCHÉMA POUR COMPRENDRE… LA FÉODALITÉ

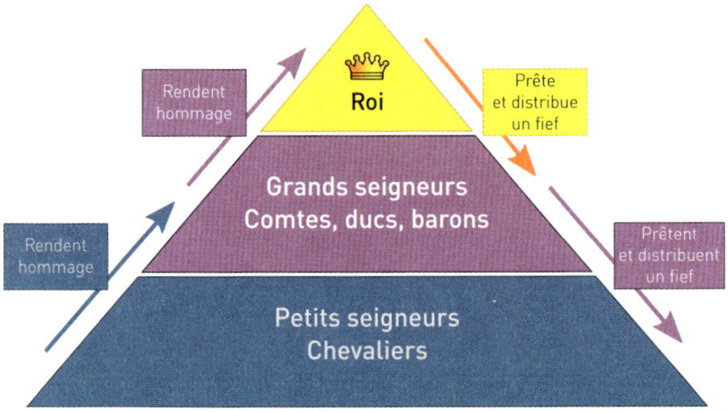

Fiche 11

DÉCRIRE UNE ŒUVRE D'ART

(Conseils pour réussir au verso.)

Les Grandes Chroniques de France, enluminées par Jean Fouquet, Tours, vers 1455-1460, Paris, BnF, département des Manuscrits, Français 6465, fol. 301v. (Livre de Philippe le Bel)

Cette enluminure représente l'hommage prêté par le roi d'Angleterre Édouard Ier à son suzerain, le roi Philippe le Bel au Palais-Royal à Paris en 1286.

1. Présente le document. L'œuvre est-elle contemporaine de la scène représentée ?

....

....

2. Qui sont les deux personnages importants de cette scène ? Décris-les.

....

....

3. Comment Jean Fouquet a-t-il démontré la soumission du vassal Édouard Ier ?

....

....

CONSEILS POUR RÉUSSIR ET CORRIGÉS

Décrire, c'est évoquer, par écrit ou à l'oral, ce que nous observons. La description demande l'utilisation d'un vocabulaire précis.

S'intéresser au paratexte

- 1. La source, le titre permettent d'identifier les lieux, les acteurs, les événements représentés. Ils sont utiles à toutes descriptions.

Organiser la description

- La description doit commencer par les éléments centraux, les plus visibles ou les plus importants. Elle évoque notamment les lieux où se déroule la scène décrite.
- La description doit évoquer aussi les détails et éléments annexes : décors, personnages secondaires, éléments de l'arrière-plan.

Faire imaginer la scène

- La description fait appel aux couleurs utilisées, aux postures et positions des personnages. La personne lisant ou écoutant votre description doit pouvoir se représenter la scène.

1. Rappel : présenter le document, c'est en dresser une carte d'identité en quelques phrases. Le document est une enluminure réalisée par Jean Fouquet et présente dans le livre les *Grandes Chroniques de France*. Cette œuvre n'est pas contemporaine de l'événement représenté. La miniature a été réalisée près de 200 ans après qu'Édouard Ier a prêté hommage au roi de France.
2. Les deux personnages importants sont Édouard Ier, le roi d'Angleterre, reconnaissable à son manteau rouge couvert de lions, et le roi de France, Philippe le Bel. Le roi anglais se tient à genoux, aux pieds de Philippe le Bel. Il met les mains sur un livre posé sur les genoux du roi de France. Philippe le Bel est le personnage dominant. Il est assis sur son trône et dispose des attributs du pouvoir royal en tenant deux sceptres dont la main de justice. La couleur (bleue) et le symbole du roi de France (fleur de lys) couvrent le roi ainsi que la pièce où se déroule la cérémonie de l'hommage.
3. Le roi d'Angleterre possède bien une couronne et se situe au centre de la scène, mais Jean Fouquet démontre sa position inférieure. En effet, Édouard Ier, même s'il est placé au centre, est représenté à genoux ; sa couleur est « submergée » par le bleu de son suzerain, roi de France, qui tapisse la scène du sol au plafond. Les personnages secondaires assistent à la scène debout et leurs regards sont braqués sur lui, le surmontant.

Fiche 12

LIRE UNE FRISE CHRONOLOGIQUE

(Conseils pour réussir au verso.)

La guerre de Cent Ans

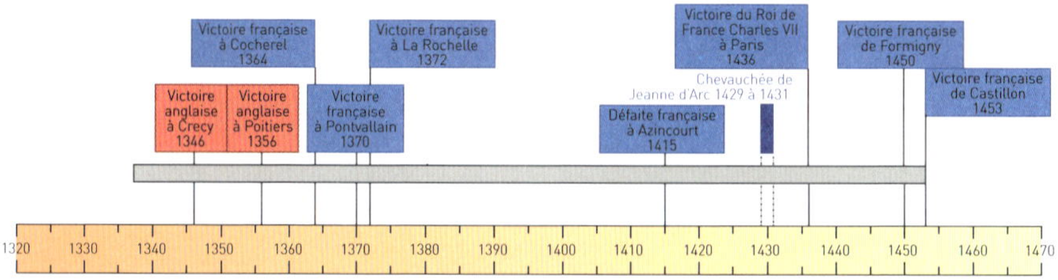

1. Quels siècles sont représentés sur cette frise ?

....

....

2. Quels événements militaires renvoient à un affaiblissement du pouvoir du roi de France ?

....

....

3. À quel moment du xve siècle, les rois de France entament-ils la restauration de leur pouvoir sur le royaume ?

....

....

CONSEILS POUR RÉUSSIR ET CORRIGÉS

La frise chronologique est un des moyens utilisés pour représenter le temps. La frise permet de repérer les événements et les périodes marquants d'un moment de l'histoire : c'est la mise en image d'une portion du passé.

Connaître les durées

- Utiliser une frise demande de maîtriser les différentes durées du temps : la décennie (période de dix ans), le siècle (durée de 100 ans), le millénaire.
- Pour savoir à quel siècle appartient une date, il suffit d'ajouter 1 au nombre de centaine(s) composant la date de l'événement.
- Exemple : 1492, découverte de l'Amérique → 14 centaines → 14 + 1 = xve siècle.
- 987, Hugues Capet, roi des Francs → 9 centaines → 9 + 1 = xe siècle.

Distinguer l'unité de chaque période

- Se repérer dans le temps, c'est aussi distinguer des périodes qui ont une unité, des points communs.

1. La guerre de Cent Ans a lieu durant les xive et xve siècles, entre 1337 et 1453. Les rois de France connaissent des périodes de difficultés.

2. Les deux victoires anglaises à Crécy (1346) et à Poitiers (1356) affaiblissent le royaume. Les Anglais remportent aussi une victoire importante à Azincourt en 1415.

3. À partir de 1429 et de la chevauchée de Jeanne d'Arc, Charles VII entame la reconquête de son royaume. Les victoires se succèdent jusqu'en 1453 avec celle de la bataille du Castillon.

Fiche 13 LE MONDE AU TEMPS DE CHARLES QUINT ET SOLIMAN LE MAGNIFIQUE

Ce que je sais déjà

1453 : chute de l'Empire byzantin et fin de la guerre de Cent Ans. Ces deux événements marquent la fin du Moyen Âge.
La disparition de l'Empire romain d'Orient consacre l'avancée de l'islam jusqu'en Europe de l'Est (fiche 2). La victoire de la guerre de Cent Ans établit véritablement un État monarchique en France (fiche 8).

Le sais-tu ?
L'année 1492 correspond au premier voyage de Colomb vers les Amériques. Et cette date marque aussi le début des temps modernes.

De nouveaux produits
La pomme de terre, la tomate, produits courants aujourd'hui, étaient inconnues jusqu'au XVIe siècle en Europe, car elles n'étaient présentes qu'en Amérique.

Portrait posthume de Christophe Colomb de Sebastiano del Piombo

I. Une Europe qui s'ouvre au monde

- L'Empire ottoman **contrôle les principales routes** de commerce entre l'Orient et l'Occident. Les marchands arabes, intermédiaires obligés entre les marchands européens et asiatiques, prélèvent de lourdes taxes sur les épices et sur les soieries. **Les Européens sont donc à la recherche de nouvelles voies de communication leur permettant d'entrer en contact direct avec les Indes et la Chine.**
- La navigation bénéficie de **progrès techniques**. Il est plus facile de se repérer grâce à la boussole, l'astrolabe, la cartographie marine dont l'usage se répand. Les navires peuvent réaliser des voyages plus longs et plus facilement grâce au gouvernail d'étambot, à la caravelle. Ces évolutions sont à l'origine des voyages des grandes découvertes initiés par le Portugal au XVe siècle et dont le plus célèbre représentant est Christophe Colomb, le premier Européen à franchir l'Atlantique. Il pensait atteindre les Indes, mais découvre les Amériques en 1492.

II. Soliman le Magnifique et Charles Quint, deux empires en Europe

- **Charles Quint** (1500-1558) hérite d'un véritable empire. Ce Habsbourg est le souverain des Pays-Bas, de l'Espagne et de ses possessions américaines, de l'archiduché d'Autriche et du Saint Empire romain germanique (à partir de 1519). L'ensemble de ses possessions lui permet de renouer avec un rêve impérial. Il se présente comme **l'héritier de Charlemagne**.
- L'Empire ottoman est aux mains de **Soliman le Magnifique** (1520-1560). Son empire domine la Méditerranée, la mer Rouge et le golfe Persique. L'Empire ottoman fait tomber sous sa dépendance la quasi-totalité du monde musulman du XVIe siècle. Mais il se heurte aux Espagnols et aux Portugais qui sont à l'initiative des voyages des grandes découvertes.

QUIZ

LE MONDE AU TEMPS DE CHARLES QUINT ET SOLIMAN LE MAGNIFIQUE

1. Quels sont les deux empires européens du début du XVIe siècle ?

- ❑ A. L'Empire byzantin
- ❑ B. Le Saint Empire romain germanique
- ❑ C. L'Empire ottoman
- ❑ D. L'Empire carolingien

2. Où se localisent les territoires sur lesquels Charles Quint étend son autorité ?

- ❑ A. Europe de l'Ouest
- ❑ C. Asie
- ❑ B. Amériques
- ❑ D. Afrique du Nord

3. Quelles sont les causes des voyages des grandes découvertes ?

- ❑ A. Les progrès acquis dans le domaine de la navigation
- ❑ B. Le contrôle de la route de l'Orient par les musulmans
- ❑ C. La découverte de récits anciens de voyage

4. Quel peuple est à l'origine des voyages des grandes découvertes au XVe siècle ?

- ❑ A. Les Espagnols
- ❑ C. Les Portugais
- ❑ B. Les Français
- ❑ D. Les Anglais

5. Complète la carte mentale à l'aide de la leçon.

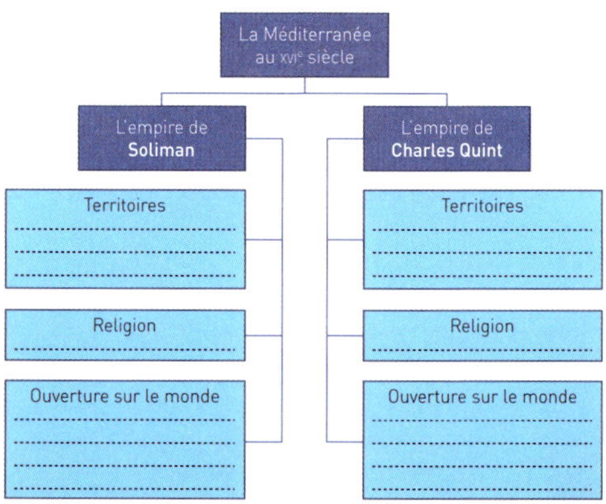

1. B, C.
2. A, B.
3. A, B.
4. C.
5. L'empire de Soliman. Territoires : Asie Mineure, Europe de l'Est, Afrique du Nord. Religion : islam. Ouverture sur le monde : contrôle du commerce entre Europe et Asie, expansion en Europe.
L'empire de Charles Quint. Territoires : Espagne, Saint Empire romain germanique, Amérique, Pays-Bas. Religion : christianisme catholique. Ouverture sur le monde : recherche de nouvelles routes vers l'Asie, découverte des Amériques.

Fiche 14

HUMANISME, RÉFORMES ET CONFLITS RELIGIEUX

Ce que je sais déjà

1453 : la chute de l'Empire byzantin et la fin de la guerre de Cent Ans marquent la fin du Moyen Âge.
1492 : la découverte de l'Amérique marque le début des temps modernes. Cette ouverture transforme la conception du monde et de la société en Europe (fiche 12).

Léonard de Vinci
Léonard de Vinci illustre à la fois la rupture artistique et intellectuelle. Connu pour ses toiles qu'il peint dès 1472, il est aussi un ingénieur, un artiste et un scientifique intéressé notamment par la médecine et l'anatomie (fiche 16).

Gutenberg
Gutenberg, orfèvre de Mayence, ville du Saint Empire romain germanique, est considéré comme celui qui a mis au point l'imprimerie. Le premier livre imprimé fut la Bible.

Imprimerie française au XVe siècle

I. La Renaissance et l'humanisme, la rupture culturelle

- Dès le XVe siècle, le monde artistique connaît de grands bouleversements dans les Flandres et en Italie. Les mécènes, des hommes puissants protégeant les artistes, encouragent et soutiennent les innovations. **La technique de la perspective**, la redécouverte des mythes et arts de l'Antiquité inspirent les artistes (fiche 16).
- Le monde intellectuel connaît lui aussi des bouleversements. L'arrivée en Occident des **manuscrits grecs**, après la prise de Constantinople par les musulmans, encourage l'étude des langues anciennes et l'étude directe du texte de la Bible. Ce courant intellectuel nommé humanisme met l'Homme au centre de la connaissance sans renier l'héritage chrétien.
- **L'imprimerie**, qui se développe à partir de 1450, entraîne une diffusion rapide de ces nouvelles techniques, des idées et des nouveaux savoirs.

II. Réformes et conflits religieux, nouvelle rupture dans la chrétienté

- En 1517, un moine allemand, **Luther**, publie 95 thèses dénonçant les abus de l'Église et appelant à une réforme de l'Église catholique. La rupture est rapide et définitive entre les catholiques fidèles au pape refusant les critiques de Luther et ceux qui sont désignés comme des « protestants » prônant une Église plus modeste et proche des croyants.
- En 1521, Luther comparaît devant Charles Quint, lors de la diète de Worms. Il refuse de se rétracter. L'empire de Charles Quint est désormais divisé entre les terres protestantes et les princes catholiques. Cette division s'étend à l'Occident (Angleterre, Pays-Bas, etc.). Le royaume de France connaît une période de 40 ans de troubles avec les guerres de Religion de 1558 à 1598) (fiche 15).
- Comme lors du schisme de 1054 avec les orthodoxes, la Réforme aboutit à une nouvelle division profonde entre les chrétiens.

QUIZ

HUMANISME, RÉFORMES ET CONFLITS RELIGIEUX

1. L'humanisme, la Renaissance et la Réforme sont des phénomènes...

- ❑ A. des XIIIe et XIVe siècles.
- ❑ B. des XIVe et XVe siècles.
- ❑ C. des XVe et XVIe siècles.

2. Pourquoi le développement de l'imprimerie est une innovation importante ?

- ❑ A. Elle permet de reproduire un texte rapidement
- ❑ B. Elle permet de reproduire un texte en plusieurs exemplaires plus facilement
- ❑ C. Elle permet de reproduire un texte plus facilement et fait baisser le prix des livres

3. Dans quel État européen se diffusent les premières idées protestantes ?

- ❑ A. Dans le Saint Empire romain germanique
- ❑ B. Dans le royaume de France
- ❑ C. En Italie

4. Complète le tableau à l'aide des propositions.

Mouvement intellectuel apparu en Italie à la fin du Moyen Âge. Il replace l'individu au centre de la réflexion philosophique et religieuse.
Mouvement de rénovation du christianisme qui, développé au XVe siècle dans les milieux humanistes, aboutit à la naissance du protestantisme en 1517.
Mouvement artistique des XVe et XVIe siècles se caractérisant par des innovations et le renouvellement des thèmes puisés dans l'Antiquité.
Luther, moine allemand.
Gutenberg, orfèvre de Mayence.
Léonard de Vinci, artiste, ingénieur.
Italie.
Saint Empire romain germanique.
Publication des 95 thèses.
Mise au point de l'imprimerie vers 1450.
1472, premières peintures de Léonard de Vinci.

	Renaissance	Humanisme	Réforme
Une définition			
Un lieu			
Un personnage et un événement			

1. C. **2. A, B, C.** **3. B.**

4.

	Renaissance	Humanisme	Réforme
Une définition	Mouvement artistique des XVe et XVIe siècles se caractérisant par des innovations et le renouvellement des thèmes puisés dans l'Antiquité.	Mouvement intellectuel apparu en Italie à la fin du Moyen Âge. Il replace l'individu au centre de la réflexion philosophique et religieuse.	Mouvement de rénovation du christianisme qui, développé au XVe siècle dans les milieux humanistes, aboutit à la naissance du protestantisme en 1517.
Un lieu	Italie.	Saint Empire romain germanique. Italie.	Saint Empire romain germanique.
Un personnage et un événement	Léonard de Vinci, artiste, ingénieur. 1472, premières peintures de Léonard de Vinci.	Gutenberg, orfèvre de Mayence. Mise au point de l'imprimerie vers 1450.	Luther, moine allemand. Publication des 95 thèses.

Fiche 15

DU PRINCE DE LA RENAISSANCE AU ROI ABSOLU

Ce que je sais déjà

1453 : la fin de la guerre de Cent Ans consacre la fin d'un conflit franco-anglais, mais aussi l'établissement d'un État monarchique qui a triomphé de la féodalité (fiche 8).

I. François Ier, le prince de la Renaissance

- François Ier (1515-1547) est encore un roi « médiéval » pétri de l'idéal chevaleresque et rêvant de victoires en Italie comme lors de la bataille de Marignan (1515).
- Roi sacré catholique à l'époque de la Réforme, il gouverne avec l'aide de ses conseillers. Il poursuit **la centralisation administrative de son royaume**, notamment grâce à l'ordonnance de Villers-Cotterêts (1539).

II. Henri IV, le roi arbitre

- De 1562 à 1598, **les guerres de Religion** déchirent la France. Les querelles entre protestants et catholiques déstabilisent le royaume et sont sources de violences, à l'image de la **Saint-Barthélemy** où, le 18 août 1572, le parti catholique se livre aux massacres des protestants de la capitale.
- En 1589, à la mort d'Henri III, la couronne revient à son cousin protestant, Henri de Navarre (1589-1610). Le nouveau roi **se convertit au catholicisme**. Après une série d'opérations militaires afin de pacifier le royaume, Henri IV impose **l'édit de Nantes** (1598). L'édit rétablit la paix religieuse entre catholiques et protestants. Ce texte renforce un peu plus l'État, seul à pouvoir garantir l'ordre et la paix dans le royaume.

III. Louis XIV, un roi qui se veut absolu

- Mais l'assassinat d'Henri IV, les régences que connaissent Louis XIII (1610-1643) et son fils Louis XIV démontrent **la contestation du pouvoir royal**. Alors que Louis XIII et Louis XIV sont encore des enfants, leurs proches, les grands et les parlements tentent de s'arroger une partie du pouvoir royal. Marqué profondément par ces épisodes, Louis XIV (1643-1715) décide à partir de 1661 de régner en roi « absolu ».
- Certaines de ces décisions se heurtent à la réalité. Il révoque l'édit de Nantes en 1685 et certaines régions du royaume retombent dans des troubles militaires. Ayant mené de nombreuses campagnes, il lègue à sa mort **un royaume agrandi, mais épuisé financièrement**.

Le prince de la Renaissance

François Ier est surnommé le « prince de la Renaissance », car il est un mécène épris d'arts et de culture. Il invite Léonard de Vinci en France, où ce dernier achève sa vie.

Le roi soleil

Le règne de Louis XIV se veut fastueux et démesuré à l'image du château qu'il fait édifier : Versailles. Roi absolu de droit divin, il se considère comme le représentant de Dieu sur Terre. Il gouverne seul, et ses ministres et intendants ne sont que ses conseillers.

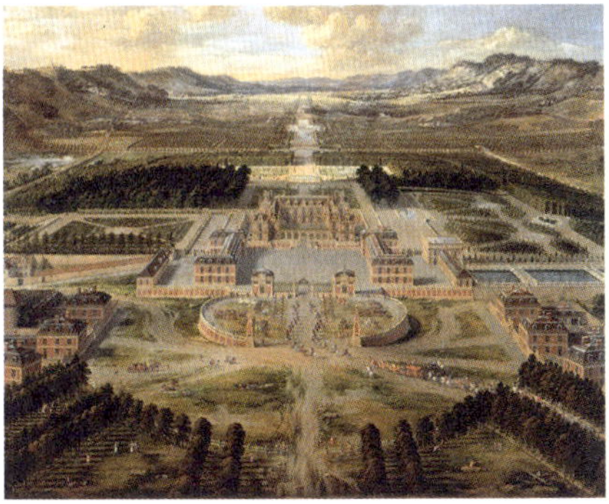

Château de Versailles, 1668

QUIZ

DU PRINCE DE LA RENAISSANCE AU ROI ABSOLU

1. Quel conflit déchire la France au XVIe siècle ?

- ❑ A. La guerre de Cent Ans
- ❑ B. Les guerres de Religion
- ❑ C. La guerre de Trente Ans

2. Quel roi accède au trône en étant enfant et connaît une période de régence ?

- ❑ A. François Ier
- ❑ B. Henri IV
- ❑ C. Louis XIV

3. Parmi les événements suivants, lesquels sont associés à un renforcement de l'autorité royale ?

- ❑ A. La Fronde
- ❑ B. La Saint-Barthélemy
- ❑ C. L'édit de Nantes
- ❑ D. L'ordonnance de Villers-Cotterêts

4. Comment est qualifié le pouvoir royal qui se veut « sans limite » ?

- ❑ A. Absolu
- ❑ B. Dictatorial
- ❑ C. Légitime

En 1661, Louis XIV décide de régner seul et instaure un régime de monarchie absolue : ses ministres n'ont qu'un rôle de conseiller, aucune assemblée ne le contrôle et les Français, ses sujets, lui doivent obéissance. Le pouvoir du roi a cependant des limites : il ne peut pas enfreindre les lois fondamentales du royaume, c'est-à-dire qu'il doit être catholique et transmettre le pouvoir à un héritier mâle ; il ne peut pas non plus céder une partie du territoire ou revenir sur des privilèges accordés par ses prédécesseurs.

5. Un roi en scène, Louis XIV. Nomme les cinq objets incarnant le pouvoir royal présents sur le tableau, puis associe à chaque objet l'une des phrases ci-dessous.

Le roi dispose de la plus haute autorité en son royaume.

Le roi a le devoir de défendre l'Église, ses sujets, son royaume.

Le roi commande.

Le roi est l'héritier d'une dynastie : les Capétiens.

1. B.
2. C.
3. C, D.
4. A.
5.
1. épée (du sacre) : le roi a le devoir de défendre l'Église, ses sujets, son royaume.
2. manteau bleu avec les fleurs de lys : le roi est issu de la dynastie des Capétiens.
3. sceptre (tenu à l'envers) : le roi commande.
4. couronne : le roi dispose de la plus haute autorité en son royaume.
5. trône : le roi dispose de la plus haute autorité en son royaume.

Fiche 16

ARTS, SCIENCES ET POUVOIRS, LES TOURNANTS DES XVIe ET XVIIe SIÈCLES

LE TABLEAU POUR COMPRENDRE

- Les artistes italiens du XVe siècle rejettent l'art attesté à cette époque en Europe qu'ils considèrent comme confus et sans ordre. Ils **prennent pour modèle l'art des Grecs et des Romains de l'Antiquité**. C'est pourquoi des historiens ont, par la suite, appelé cette période la **Renaissance** : l'art tel qu'il se pratiquait à Athènes ou dans la Rome antique renaît en Italie après le Moyen Âge. Mais l'art de la Renaissance ne tourne pas le dos aux thèmes religieux et aux innovations artistiques du Moyen Âge.
- Un des premiers tableaux de Léonard de Vinci est d'ailleurs un tableau à thème religieux représentant la Vierge Marie et Saint-Michel. Cette œuvre résume les règles de la perspective acquises par les artistes de la Renaissance.
- Les personnages au premier plan sont représentés plus grands que les arbres situés à l'arrière-plan. Au Moyen Âge, la taille des éléments représentés était proportionnelle à leur importance dans la société.
- Les éléments situés à l'arrière-plan voient leurs contours et leurs couleurs s'atténuer donnant l'illusion de l'éloignement.
- L'art de la perspective fait appel aussi aux mathématiques en créant un point de fuite. Le point de fuite (4), qui attire le regard, est le point où se rejoignent les principales lignes de construction du tableau.

Léonard de Vinci, *L'Annonciation*, peinture à l'huile, 98 × 217 cm, galerie des Offices, Florence (Italie)

MOTS-CLÉS… ABSOLUTISME ET REMISE EN CAUSE

ABSOLUTISME

• L'absolutisme en France est plus une pratique qu'une doctrine. L'intérêt de l'État doit passer avant tous les autres intérêts du royaume. Le roi est le premier serviteur de l'État ; mieux, il incarne l'État, comme le prétend Louis XIV. À ce titre, il réunit entre ses mains tous les instruments de la puissance et ne peut partager son pouvoir. Il est le seul à pouvoir garantir la paix entre les différents partis du royaume. L'édit de Nantes se justifie par cette capacité à imposer la paix.

CENTRALISME

• Le pouvoir exercé par le roi sur l'ensemble du royaume est extrêmement centralisé. L'absolutisme et la centralisation sont donc des ruptures totales avec la féodalité. Le roi cherche à réduire ou à éliminer tous les pouvoirs des grands seigneurs et l'autonomie de certaines provinces ou villes. L'ordonnance de Villers-Cotterêts (1539) est une des premières étapes du centralisme.

RÉGENCE

• La régence désigne la période où le pouvoir royal est confié à une autre personne que le roi quand il est incapable de l'exercer. Après l'assassinat d'Henri IV, le pouvoir revient à son fils Louis XIII (1610-1643). Ce dernier, comme son successeur Louis XIV, commence son règne par une régence ; trop jeunes pour gouverner, leurs proches, les grands et les parlements tentent de s'arroger une partie du pouvoir royal.

FRONDE

• À la mort de Louis XIII, Louis XIV n'a que 5 ans. La France connaît une période de régence. Le pouvoir est confié à la mère de Louis XIV, Anne d'Autriche, et au cardinal Mazarin, principal ministre. De 1648 à 1653, les parlementaires, les nobles se soulèvent, parfois unis, contre la volonté absolutiste de la régente et de Mazarin d'imposer leur autorité.

LA FRISE POUR RETENIR

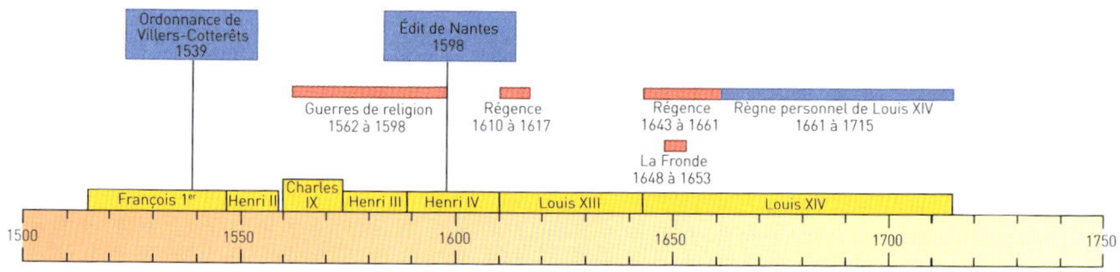

Fiche 17

LIRE ET COMPRENDRE UN SCHÉMA

Les grandes découvertes, XVᵉ-XVIᵉ siècle

Motivations des États (Espagne, France, Portugal)	Progrès favorables aux navigateurs
Étendre la religion chrétienne Contrôler les voies commerciales Accroître le territoire	Développement de la boussole, du gouvernail, de l'astrolabe Meilleures connaissances grâce à la redécouverte de textes antiques, des portulans (cartes marines)

Les voyages des Grandes Découvertes

Vers l'Asie par l'Afrique	Vers l'Asie par l'ouest	Tour du monde réalisé par l'expédition de Fernand de Magellan (1519-1521)
Vasco de Gama contourne l'Afrique et arrive en Asie en 1498	Christophe Colomb (1492) n'atteint pas l'Asie mais découvre l'Amérique	

Première mondialisation	Expansion européenne	Bouleversements
Extension du commerce Découverte de plantes et animaux inconnus	Établissement de colonies en Amériques, sur les côtes de l'Asie et de l'Afrique Enrichissement de l'Europe (commerce)	Destruction des empires aztèques et incas (Amériques) Développement d'un commerce de l'esclavage transatlantique

1. Cite trois navigateurs des grandes découvertes.

2. Qui encourage et finance les voyages des grandes découvertes ?

3. Évoque une conséquence négative des voyages des grandes découvertes.

4. Explique en quoi les grandes découvertes ont permis un accroissement de la puissance européenne.

CONSEILS POUR RÉUSSIR ET CORRIGÉS

En histoire-géographie, le schéma permet de représenter simplement des situations ou des phénomènes complexes.

Le schéma comme tout document comporte au moins un titre évoquant le thème ou le phénomène représenté.

Il comporte des flèches qui guident la lecture.

- Elles peuvent indiquer les liens entre :
- des événements anciens et récents (→ des plus anciens aux plus récents) ;
- des causes et des conséquences ;
- des phénomènes interdépendants (qui ont une influence l'un sur l'autre).

Vasco de Gama et Christophe Colomb, en voulant rallier l'Asie, ont ouvert de nouvelles voies et découvert de nouvelles terres. Magellan réalise, lui, le premier tour du monde.
Ce sont les États comme le royaume d'Espagne qui encouragent et financent les voyages des grandes découvertes.
Ces voyages entraînent la destruction d'empires situés en Amérique comme celui des Incas.
Dans le même temps, les grandes découvertes permettent à l'Europe d'être plus puissante, car elle bénéficie de nouvelles voies commerciales et étend son territoire grâce aux colonies.

Fiche 18

PRÉLEVER DES INFORMATIONS ET UTILISER UN TEXTE

HENRI par la grâce de Dieu roi de France et de Navarre À tous présents et à venir. Salut.

Entre les grâces infinies qu'il a plu à Dieu nous départir, celle est bien des plus insignes et remarquables de nous avoir donné la vertu et la force de ne céder aux effroyables troubles, confusions et désordres qui se trouvèrent à notre avènement à ce royaume, et que nous l'ayons enfin surmontée et touchions maintenant le port de salut et repos de cet État. [...]

Pour ces causes, ayant avec l'avis des princes, des officiers, des autres grands et notables personnages de notre Conseil d'État, avons, par cet Édit perpétuel et irrévocable, dit, déclaré et ordonné, disons, déclarons : [...]

III. Ordonnons que la religion catholique, apostolique et romaine sera remise et rétablie en tous les lieux et endroits de notre royaume et pays de notre obéissance pour y être paisiblement et librement exercé sans aucun trouble ou empêchement

VI. Et pour ne laisser aucune occasion de troubles et différends entre nos sujets, avons permis et permettons à ceux de ladite religion prétendue réformée vivre et demeurer par toutes les villes et lieux de notre royaume et pays de notre obéissance, sans être molestés ni astreints à faire chose pour le fait de la religion contre leur conscience.

D'après l'édit de Nantes, 1598

1. Présente et identifie le document.

....

....

2. Cite le passage démontrant qu'Henri IV est un roi de droit divin. Quelles sont les autres personnes consultées par le roi avant d'appliquer cet édit ?

....

....

3. Quelles religions sont désormais autorisées à être pratiquées dans le royaume de France ?

....

....

4. Démontre que l'édit de Nantes a pour but de pacifier le royaume et de mettre fin aux conflits religieux.

....

....

→ CONSEILS POUR RÉUSSIR ET CORRIGÉS

Utiliser la source et les connaissances

- Utilise toutes les informations à ta disposition afin d'évoquer le type de document, la date, l'auteur et le thème concerné par le texte.

« Citer »

- Prélève un passage et mets-le entre guillemets.

Questions sous formes interrogatives

- Rédige une réponse reprenant les termes de la question.

« Démontrer »

- Utilise le texte et mes connaissances pour justifier ou confirmer une affirmation.

1. Ce document est un extrait de l'édit de Nantes écrit et publié en 1598. Un édit est un texte de loi émanant des rois, ici de Henri IV.
2. Henri IV se dit être roi de France « par la grâce de Dieu ». Cependant, son pouvoir n'est pas absolu. Les autres personnes consultées par le roi avant d'appliquer cet édit sont les princes, les officiers, les notables et autres grands personnages du royaume.
3. Cet édit autorise la pratique de la religion catholique comme celle de la religion protestante dans le royaume.
4. L'édit de Nantes permet de mettre fin aux guerres de Religion (1562-1598). Le préambule du texte évoque les « effroyables troubles, confusions et désordres qui se trouvèrent à notre avènement à ce royaume ».

Fiche 19

LES GRANDES DATES ET PÉRIODES

622

- Hégire et début de l'ère musulmane

800

- Couronnement impérial de Charlemagne

987

- Couronnement et sacre d'Hugues Capet

XIe siècle

- Naissance du village médiéval

1054

- Excommunication mutuelle du pape et du patriarche de Constantinople

1099

- Prise de Jérusalem par les croisés (1re croisade)

XIe-XIVe siècle

- Doublement de la population européenne

1180-1223

- Règne de Philippe II Auguste

1204

- Sac de Constantinople par les croisés qui marque la rupture définitive entre chrétientés occidentale et orientale

1214

- Bataille de Bouvines

1226-1270

- Règne de Louis IX

1258

- Prise de Bagdad par les Mongols et fin du califat abbasside

1337-1453

- Guerre de Cent Ans

1347-1352

- Peste noire

1453

- Prise de Constantinople

1492

- Découverte de l'Amérique

1515-1547

- Règne de François Ier

1517

- Luther publie ses 95 thèses

1562-1598

- Guerres de Religion

1589-1610

- Règne de Henri IV

1598

- Édit de Nantes

1661-1715

- Règne de Louis XIV

LA PÉRIODE EN UN COUP D'ŒIL

MOYEN ÂGE		TEMPS MODERNES
V^{e}-XIe siècle	X^{e}-XVe siècle	XVIe-XVIIe siècle
La fin de l'Empire romain en Occident, les invasions des peuples nomades puis vikings, l'avancée de l'islam entraînent une instabilité politique autour de la Méditerranée.	De l'an mil aux années 1450, le système féodal et seigneurial s'installe en Occident. La Méditerranée reste un espace d'échanges, de rencontres et d'affrontements. [fiche 5]	Le Moyen Âge se termine par la chute de l'Empire byzantin et la fin de la guerre de Cent Ans. Les temps modernes s'ouvrent sur les bouleversements intellectuels, culturels.
Naissance de l'islam [fiche 3] Royaumes francs et Empire carolingien [fiche 2] Empire byzantin [fiche 2]	Les campagnes médiévales et l'émergence d'une société urbaine [fiches 6 et 7] L'affirmation de l'État monarchique [fiche 8]	Humanisme, Renaissance et Réforme. [fiche 12] Les grandes découvertes [fiche 11] Des princes de la Renaissance au roi absolu [fiche 13]

GÉOGRAPHIE

SOMMAIRE

Fiche 1

SE REPÉRER DANS L'ESPACE

LES GRANDS REPÈRES TERRESTRES ET LES ÉCHELLES

- La géographie étudie la place des êtres humains sur la Terre et leur façon d'occuper cet espace. L'étude de la géographie se fait à différentes échelles.

La plus petite échelle est l'échelle mondiale. C'est celle des continents et des océans.

L'échelle continentale permet d'observer la répartition d'une population par exemple. On parle aussi de « région du monde ».

L'échelle nationale est celle qui permet l'étude d'un phénomène à l'échelle d'un pays ou d'un État.

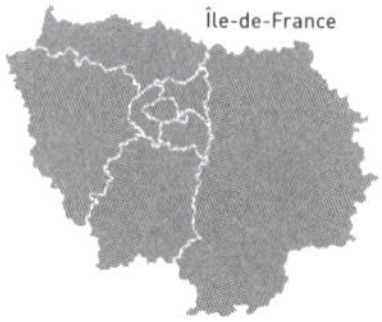

Les échelles plus grandes concernant les régions, villes, quartiers. Les aménagements, les activités économiques sont généralement étudiés à cette échelle.

- La géographie utilise de grands repères pour localiser et situer des lieux.

Attention !
Localisation (répondre à la question où est... ?) : la France se localise sur le continent européen.
Situation (comparer des territoires les uns par rapports aux autres) : la France se situe à l'ouest de l'Allemagne. La France se classe dans les pays les plus développés.

LES ÊTRES HUMAINS DANS LEURS TERRITOIRES : ACTIVITÉS, AMÉNAGEMENTS ET DÉVELOPPEMENT

- La présence des Hommes sur un territoire se traduit par le développement d'aménagements et d'activités nécessaires à la vie des Hommes et à l'organisation des sociétés.
- **Aménager, c'est transformer un territoire**. Cette transformation passe par la création ou la réalisation d'infrastructures. L'aménagement peut être aussi une modification ou un détournement d'un paysage ou d'une ressource naturelle afin d'en tirer profit. Dans les espaces à fortes contraintes, la déforestation de la forêt amazonienne, pour laisser place aux champs ou aux pâturages, constitue un exemple d'aménagements. La création d'une ligne de métro pour favoriser les déplacements entre dans la politique d'aménagement d'une métropole.
- Les activités économiques désignent l'ensemble des actions permettant à l'Homme de produire ou d'échanger des biens ou des services. Une société a besoin de répondre à des besoins essentiels comme se nourrir. L'activité agricole est donc une activité économique essentielle et traditionnelle. L'industrie est une activité permettant la transformation de matières premières en objets manufacturés. Le développement du secteur de la restauration est nécessaire pour un territoire voulant favoriser l'activité touristique.
- **Le développement recouvre plusieurs réalités.** Pour une société, le développement désigne l'amélioration des conditions de vie.

Se développer	**→ demande la réalisation...**	**d'aménagements**	**→ nécessaires à...**	**l'activité économique**
Subvenir aux besoins essentiels		Parcelles d'exploitations agricoles		Agriculture et élevage
Améliorer la vie quotidienne		Ports, aéroports, réseaux de transports		Pêche
Réduire les inégalités		Stations balnéaires, de sports d'hiver...		Industrie et transformation des matières premières
S'enrichir		Zones industrielles...		Tourisme
Se déplacer				Éducation et recherche
...				Commerce
				...

Fiche 2

LA CROISSANCE DÉMOGRAPHIQUE ET SES EFFETS

À savoir

La richesse est inégalement répartie. Ces inégalités entre riches et pauvres sont visibles tant à l'échelle mondiale (entre États) qu'à l'échelle locale (dans une ville) (👁 fiche 3).
Le développement est un objectif visant à améliorer la vie des personnes. Les ressources disponibles doivent être gérées pour répondre aux besoins des populations (👁 fiches 6 à 10).

Rue de Shanghai en février 2021

I. Une population plus nombreuse, plus riche

- La population mondiale est estimée à environ 8 milliards d'habitants. Cette population a augmenté fortement aux cours des XXe et XXIe siècles. Cette croissance démographique s'explique d'abord par l'augmentation de l'espérance de vie et une fécondité supérieure à **deux enfants par femme**.
- Le développement économique a concerné toutes les régions du monde même si la répartition des richesses reste inégale. **Les êtres humains sont donc plus riches** et bénéficient d'une amélioration des conditions de vie. Grâce au développement économique, les besoins essentiels (santé, éducation, logement, nourriture, etc.) sont satisfaits pour une part toujours plus grande la population mondiale.
- Cela s'accompagne d'un vieillissement de la population. La part des personnes âgées est plus importante, car **l'espérance de vie s'élève et la fécondité diminue**.

II. Des comportements démographiques différents

- Dans les pays développés et les régions comme **l'Amérique du Nord ou l'Europe**, la croissance démographique est faible. La fécondité est inférieure à deux enfants par femme. Les habitants bénéficient de très bonnes conditions de vie.
- Dans des pays comme **la Chine ou l'Inde**, la population, après une augmentation importante, voit son rythme de croissance ralentir. Ces États ont amélioré les conditions de vie d'une part des habitants.
- **Les pays africains** sont ceux où la croissance démographique reste rapide. Le Nigeria et l'Éthiopie, qui comptent des centaines de millions d'habitants, doivent ainsi répondre aux besoins essentiels d'une population dont une grande partie est pauvre et toujours plus nombreuse. Pour autant, ces pays sont sur le chemin du développement économique.

Quelques chiffres
Pays les plus peuplés en 2021
Chine (1 448 471 000 habitants) ; Inde (1 406 632 000) ; États-Unis (334 805 000)
Pays les plus peuplés en 2050
Inde (1 639 176 000) ; Chine (1 402 405 000) ; Nigeria (401 315 000)

QUIZ

→ LA CROISSANCE DÉMOGRAPHIQUE ET SES EFFETS

→ 1. La population mondiale…

- ❑ A. augmente.
- ❑ B. diminue.
- ❑ C. s'enrichit.
- ❑ D. s'appauvrit.
- ❑ E. vieillit.
- ❑ F. rajeunit.

→ 2. La répartition de la richesse est…

- ❑ A. équitable.
- ❑ B. inégale.

→ 3. L'espérance de vie au niveau mondial…

- ❑ A. augmente.
- ❑ B. diminue.
- ❑ C. stagne.

→ 4. Le nombre d'enfants par femme ou fécondité…

- ❑ A. augmente.
- ❑ B. diminue.
- ❑ C. stagne.

1. A., C., E.
2. B.
3. A.
4. B.

Fiche 3

RÉPARTITION DE LA RICHESSE ET DE LA PAUVRETÉ DANS LE MONDE

Ce que je sais déjà

Au cours du XXe siècle, la population mondiale a augmenté et a connu une amélioration de ses conditions de vie. Les habitants de la planète sont aujourd'hui plus nombreux, plus riches qu'il y a un siècle (fiche 2).
Le développement désigne l'amélioration des conditions de vie. Le développement peut avoir un aspect économique, social ou environnemental (fiches 8 et 9).

Port-au-Prince, Haïti

Le sais-tu ?

La pauvreté s'inscrit dans les paysages et l'environnement. L'absence d'aménagements collectifs, la vétusté ou l'abandon de certains territoires constituent des marqueurs de la pauvreté tout comme la présence de bidonvilles dans certaines métropoles. Être pauvre, c'est aussi être plus exposé à des risques naturels ou technologiques (fiche 9).

Quelques chiffres

Les trois pays les moins avancés :
Niger, République centrafricaine, Tchad
Les trois pays les plus développés :
Norvège, Suisse, Irlande
Source : IDH en 2019.

I. Une définition de la pauvreté

- La pauvreté peut être définie comme **l'insuffisance de ressources.** Celles-ci sont matérielles (nourriture, vêtements, habitation, ou l'argent nécessaire pour s'en procurer), mais aussi immatérielles (éducation, respect, par exemple).
- La pauvreté est un problème économique et social. Plusieurs indicateurs permettent de mesurer les différents aspects de la richesse et de la pauvreté (fiche 4).

II. Richesse et pauvreté dans le monde

- Les États les plus développés, désignés par l'expression « pays du Nord » se localisent en Amérique du Nord (Canada, États-Unis), en Europe de l'Ouest (Allemagne, Royaume-Uni, France, etc.), en Asie de l'Est (Japon, Corée) et en Océanie (Australie, Nouvelle-Zélande).
- Mais la situation de la pauvreté et de la richesse des pays du Sud est diverse. Les pays émergents constituent de grands États peuplés au développement économique rapide, mais où le revenu par habitant reste bas. Cependant, **les inégalités restent grandes**. C'est le cas notamment pour le Brésil, la Russie, l'Inde, la Chine, l'Afrique du Sud (parfois surnommés les BRICS).
- Les pays les plus pauvres sont les pays les moins avancés (PMA) : une grande part de la population n'a pas accès à la satisfaction des besoins essentiels. Ils se situent en Afrique subsaharienne (Mali, Burkina Faso), en Asie centrale (Afghanistan, Pakistan, etc.) ou parfois dans les Caraïbes (Haïti).

III. Les inégalités au sein des territoires

- Les inégalités se sont creusées entre les territoires. Le poids économique de certaines façades littorales ou métropoles a progressé, quand les périphéries des métropoles ou les campagnes des pays du Sud ont vu la pauvreté s'accentuer.

QUIZ

RÉPARTITION DE LA RICHESSE ET DE LA PAUVRETÉ DANS LE MONDE

1. Quelle est la définition la plus précise de la pauvreté ?

- ❑ A. Ne pas percevoir assez d'argent
- ❑ B. Ne pas avoir assez de revenus pour satisfaire ses besoins
- ❑ C. Vivre dans un bidonville

2. Sous quelle appellation désigne-t-on les pays les moins développés ?

- ❑ A. Pays du tiers-monde
- ❑ B. Pays du Sud
- ❑ C. PMA

3. Quels points communs ont des pays comme l'Inde, la Chine ou le Brésil ?

- ❑ A. Ce sont des États intermédiaires bénéficiant du développement économique, mais où les inégalités sont importantes.
- ❑ B. Ce sont des États pauvres où une grande partie de la population n'a pas accès aux ressources et services essentiels.
- ❑ C. Ce sont des États riches où toute la population voit ses besoins satisfaits.

4. Si la richesse au niveau mondial a progressé, les inégalités à la même échelle ont...

- ❑ A. augmenté.
- ❑ B. diminué.
- ❑ C. stagné.

La pauvreté comme la richesse ne sont pas uniquement des phénomènes économiques. Les géographes, démographes, économistes ont créé plusieurs outils pour mesurer les différents aspects du développement. Les indicateurs constituent des outils chiffrés qui permettent de comparer des situations.

1. B. 2. C. 3. A. 4. A.

MOTS-CLÉS POPULATIONS, INÉGALITÉS

CROISSANCE DÉMOGRAPHIQUE

• Elle désigne l'évolution d'une population (fiche 2). Cette croissance peut être positive : la population augmente alors plus ou moins rapidement. De rares États connaissent une croissance démographique négative : la population diminue alors. C'est le cas aujourd'hui de pays comme l'Italie ou le Japon. Plusieurs facteurs permettent de comprendre l'évolution de la croissance démographique d'un État.

ESPÉRANCE DE VIE À LA NAISSANCE OU DE VIE MOYENNE

• C'est le nombre moyen d'années de vie d'un individu au moment de sa naissance.

FÉCONDITÉ

• Elle mesure le nombre d'enfants qu'engendre une femme en moyenne durant sa vie. Au-delà de deux enfants par femme, la population progresse.

SOLDE MIGRATOIRE

• C'est la différence entre le nombre de personnes arrivant sur un territoire (immigrés) et ceux quittant ce territoire (émigrés). Si la différence est positive, il y a plus d'arrivées que d'entrées, donc la population du territoire augmente.

PRODUIT INTÉRIEUR BRUT (PIB) PAR HABITANT

• C'est la somme de biens et de services produits par un pays pendant une année. Cette « somme de production » est divisée par le nombre d'habitants afin de mesurer l'importance de l'activité économique et la richesse générée par un pays. Cet indicateur ne permet de mesurer que l'aspect économique. Les 10 pays les plus pauvres : Burundi ; Somalie ; République Centrafricaine ; République du Congo ; Niger ; Mozambique ; Liberia ; Madagascar ; Malawi ; Tchad.

INDICE DE DÉVELOPPEMENT HUMAIN (IDH)

• Il s'agit d'un indice dont la valeur s'échelonne entre 0 et 1. Il fournit une base pour comparer le niveau de développement des États, qui n'est plus seulement fondée sur la richesse produite. L'IDH combine l'espérance de vie, le taux d'alphabétisation, le nombre moyen d'années d'études avec le niveau de vie mesuré par le PIB réel par habitant ajusté. L'IDH permet de mesurer l'aspect social et économique de la pauvreté et de la richesse. Les 10 pays les moins développés : Niger ; République centrafricaine ; Tchad ; Burundi ; Soudan du Sud ; Mali ; Burkina Faso ; Sierra Leone ; Érythrée ; Mozambique.

COEFFICIENT DE GINI

• Il s'agit d'un indice dont la valeur s'échelonne entre 0 et 1. Il permet de mesurer la répartition des richesses dans une population. Si le coefficient s'approche de zéro, il y a peu d'inégalités. À l'inverse, les inégalités sont considérées comme importantes lorsque le coefficient est supérieur à 0,4. Les 10 pays les plus inégalitaires : Namibie ; Afrique du Sud ; Lesotho ; Botswana ; Sierra Leone ; République centrafricaine ; Haïti ; Colombie ; Bolivie ; Brésil.

LE SCHÉMA POUR COMPRENDRE

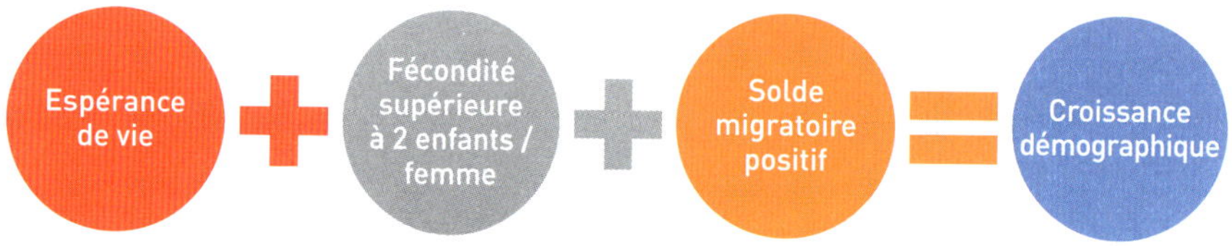

LA CARTE POUR COMPRENDRE

- À l'échelle mondiale, on distingue rapidement trois situations de l'évolution démographique :
  - la grande majorité des États, dont les pays les plus développés, ont actuellement une croissance démographique faible ou négative ;
  - les États du Sud situés en Amérique latine, au Proche-Orient, en Asie centrale ou en Afrique du Nord ont une croissance de population dans la moyenne mondiale ;
  - l'Afrique subsaharienne se démarque par une croissance démographique rapide.

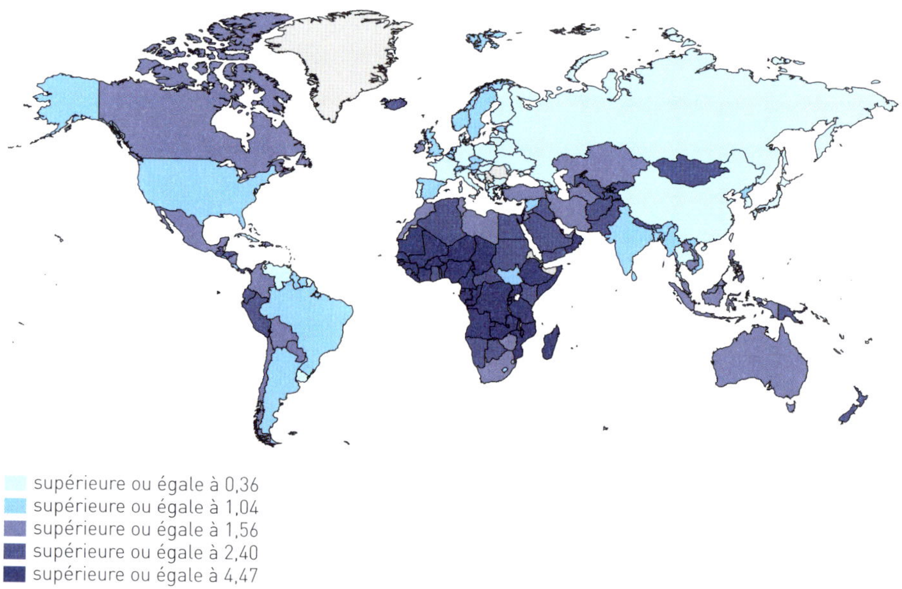

Croissance annuelle de la population (en % de la population totale), 2019

Fiche 5

LIRE UN GRAPHIQUE

(« conseils pour réussir » au verso)

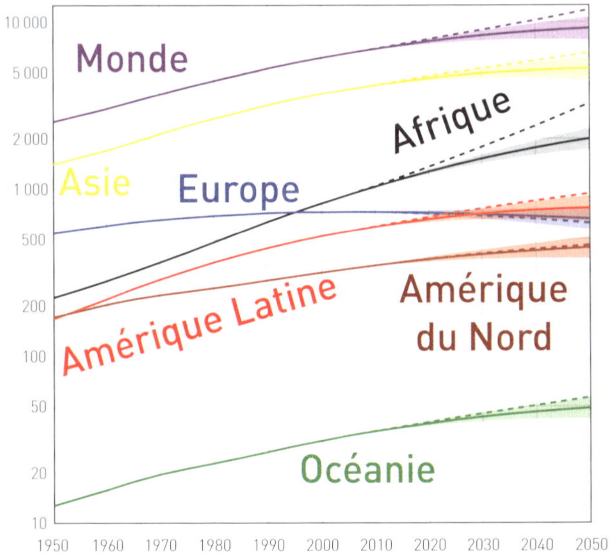

L'évolution de la population mondiale
Source : ONU, 2015

1. Combien d'habitants compte la planète en 2020 ? À combien s'élevait la population mondiale en 1950 ?

....

....

2. Quel est le continent le plus peuplé aujourd'hui ? Combien compte-t-il d'habitants ?

....

....

3. Quelle évolution a connu la population mondiale entre 1950 et 2020 ?

....

....

4. Quelle région du monde connaît une évolution différente des autres ?

....

....

CONSEILS POUR RÉUSSIR ET CORRIGÉS

Un graphique est accompagné :

- d'un titre présentant le thème et les données représentées ;
- d'une échelle pour les histogrammes ou les courbes, permettant de connaître la valeur et l'unité correspondant à une graduation ;
- parfois d'une légende indiquant la signification des couleurs ou des symboles utilisés lorsque plusieurs données sont représentées ;
- de la source : le document d'où sont extraits le graphique et les données utilisées pour le réaliser.

Les questions **1** et **2** demandent de relever le bon chiffre. Pour cela, commence par repérer l'année demandée et relève le chiffre de la population située à droite, sur l'axe vertical.
Les questions **3** et **4** évoquent une évolution. Il existe trois types d'évolution : l'augmentation, la diminution ou la stagnation (l'indicateur n'évolue pas ou peu).

1. En 2020, le nombre d'habitants était d'environ 7,5 milliards d'habitants. En 1950, on comptait environ 3 milliards d'Hommes sur la planète.

2. Le continent le plus peuplé aujourd'hui est l'Asie avec presque 4 milliards d'habitants.

3. Entre 1950 et 2020, la population mondiale a augmenté fortement passant de 3 milliards d'habitants à un peu plus de 7,5 milliards d'habitants.

4. L'Europe a connu une évolution différente des régions du monde. Alors que les autres continents ont connu et connaîtront, d'après les projections, une croissance de leur population, le nombre d'habitants en Europe a tendance à stagner et devrait diminuer.

Fiche 6

L'EAU : UNE RESSOURCE À AMÉNAGER ET À MIEUX UTILISER

Ce que je sais déjà

Les ressources agricoles, l'eau, l'énergie sont des ressources nécessaires et indispensables au développement des sociétés (fiches 2 à 5).
La question du développement durable est primordiale pour les sociétés qui tentent de concilier la croissance économique, le bien-être des êtres humains et la protection de l'environnement.

Désert du Thar au Rajasthan

I. L'eau, une ressource inégalement répartie et accessible

- L'eau utilisable directement est rare. Les sociétés disposent de 0,5 % de l'eau sur Terre qui est douce et facilement exploitable. Cette ressource se trouve dans les fleuves, nappes phréatiques, lacs, etc.
- Sa répartition **dépend fortement du climat**. Les milieux les plus arides se situent au niveau des tropiques. À l'inverse, les régions les plus arrosées sont celles situées sur l'Équateur. La quantité d'eau disponible dépend des précipitations, des nappes phréatiques, des eaux de surface.
- Que l'eau soit abondante ou rare dans une région, encore faut-il qu'elle soit potable et utilisable. **Aménagements, installations, développement économique, etc. expliquent l'accès à l'eau.** Ainsi, même des États localisés dans des climats très humides comme le Congo, voient une grande partie de leur population privée d'accès à l'eau potable. À l'inverse, des pays subissant un climat aride, comme le Qatar, arrivent à assurer l'accès à l'eau à 100 % de leur population. Les pays où la population a le moins accès à l'eau correspondent aussi aux pays les moins avancés (PMA).

II. L'eau, une ressource aménagée, exploitée, disputée

- L'eau a différents usages. Elle est nécessaire pour le développement de l'activité agricole qui constitue le secteur consommant le plus d'eau. Les villes, les activités industrielles et touristiques sont aussi des grandes consommatrices de cette ressource. Pour les usages domestiques, avoir accès à l'eau, c'est disposer de 20 litres d'eau par jour et par personne à moins d'un kilomètre de son domicile.
- L'eau, dans les régions où elle manque, est source de conflits d'usage (dispute autour de l'utilisation d'un territoire ou d'une ressource). S'il n'y a pas de conflit ouvert (guerre), l'eau doit faire l'objet d'arbitrages, de choix sur ses usages, d'aménagements nécessaires, etc.

Le sais-tu ?
Les modes de vie et le développement influent sur la consommation et l'usage de l'eau.
En Amérique du Nord, la consommation d'un habitant pour ses usages domestiques est de plus de 250 litres par jour et par personne.
La consommation d'un habitant de l'Afrique subsaharienne pour ses usages domestiques est d'environ 20 litres par jour.

QUIZ

L'EAU : UNE RESSOURCE À AMÉNAGER ET À MIEUX UTILISER

1. Où se localisent les régions les plus humides ?

- ❑ A. Aux pôles
- ❑ B. Dans les régions tempérées
- ❑ C. Dans les régions tropicales
- ❑ D. Dans les régions équatoriales

2. L'eau potable est une ressource...

- ❑ A. fossile.
- ❑ B. renouvelable.
- ❑ C. non renouvelable.
- ❑ D. abondante.

3. De quoi dépend la disponibilité en eau potable pour un habitant ?

- ❑ A. Du développement du pays
- ❑ B. De son climat
- ❑ C. Des aménagements pour traiter et acheminer l'eau

4. Quelle activité est celle qui consomme le plus d'eau dans le monde ?

- ❑ A. L'agriculture
- ❑ B. L'industrie
- ❑ C. Le tourisme

1. B., D.
2. B.
3. A., B., C.
4. A.

Fiche 7

L'ÉNERGIE : UNE RESSOURCE À AMÉNAGER ET À MIEUX UTILISER

Ce que je sais déjà

Les ressources agricoles, l'eau, l'énergie sont des ressources nécessaires et indispensables au développement des sociétés (fiches 2 à 5).
La question du développement durable est primordiale pour les sociétés qui tentent de concilier la croissance économique, le bien-être des êtres humains et la protection de l'environnement.

I. Une consommation d'énergie qui ne cesse de progresser

- Tout comme l'eau, l'énergie est une ressource indispensable pour les activités économiques et la vie au quotidien. La disponibilité et la consommation d'énergie sont en lien avec le développement d'un État et le mode de vie de ses habitants. La croissance démographique, le développement économique (fiche 3) et l'urbanisation ont entraîné une forte demande et **une augmentation de la consommation d'énergie**.
- L'énergie peut être produite par différents moyens. Cependant, les États grands consommateurs (Chine, Inde, États-Unis) ne sont pas toujours les États qui disposent des ressources suffisantes pour la produire. La disponibilité énergétique dépend de celle de ressources fossiles (charbon, pétrole, etc.), des aménagements développés (centrales thermiques, nucléaires, etc.) et des possibilités d'importer de l'énergie, c'est-à-dire de l'acheter à un pays étranger.

Puits de pétrole

II. Une ressource au cœur de la question du développement durable

- Économiquement, ces ressources deviennent rares et sont non renouvelables. **L'augmentation du prix** de ces énergies, leur raréfaction posent le problème du développement de certains secteurs comme celui de l'automobile reposant jusque-là sur le pétrole. Socialement, l'augmentation des prix entraîne des inégalités entre les plus pauvres et les plus riches dans leur accès tant à l'échelle mondiale qu'à l'échelle des États. Enfin, ces sources d'énergies fossiles ont un impact négatif (pollution, destruction, etc.) sur l'environnement et le réchauffement climatique (fiche 10).
- **Plusieurs solutions sont possibles** en fonction des choix politiques : réduire la consommation (isolement des bâtiments, transports partagés), développer des énergies renouvelables ou de nouvelles sources d'énergie (éolien, hydraulique), rechercher de nouvelles sources d'approvisionnement (mines, etc.).

Le sais-tu ?
Le développement des activités économiques et du mode de vie des États développés a reposé essentiellement jusqu'à aujourd'hui sur la consommation d'énergies fossiles comme le pétrole, le charbon ou le gaz naturel. Ces sources d'énergie représentent près de 80 % de la consommation totale dans le monde.

QUIZ

L'ÉNERGIE : UNE RESSOURCE À AMÉNAGER ET À MIEUX UTILISER

1. La consommation et la production d'énergie ont tendance à...

- ❑ A. augmenter.
- ❑ B. diminuer.
- ❑ C. stagner.

2. L'évolution de la demande d'énergie est liée...

- ❑ A. au mode de vie.
- ❑ B. à la croissance démographique.
- ❑ C. à l'activité économique.

3. Les énergies les plus consommées dans le monde sont...

- ❑ A. les énergies fossiles.
- ❑ B. les énergies renouvelables.
- ❑ C. les énergies non renouvelables.

4. Les trois pays consommant le plus d'énergie sont...

- ❑ A. des pays développés.
- ❑ B. des pays parmi les plus peuplés au monde.
- ❑ C. des pays émergents.

5. Complète le schéma ci-dessous à l'aide des propositions.

Champs pétrolifères ; mines de charbons ; éolien ; hydraulique ; solaire ; géothermie ; réduire la consommation (transport, isolement énergétique).

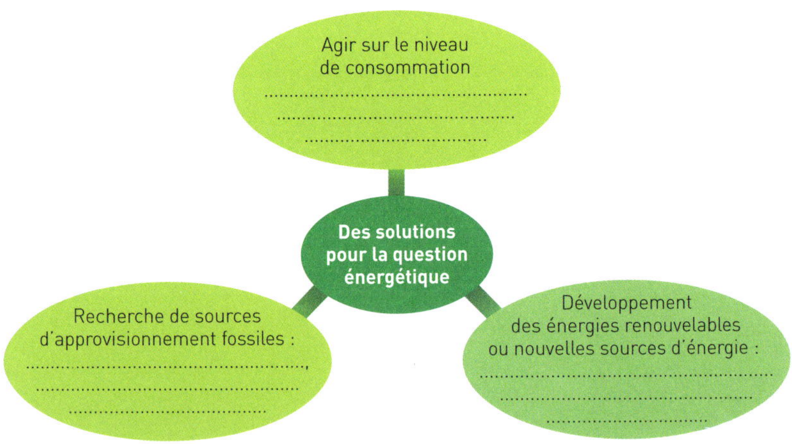

1. A.
2. A., B., C.
3. A., C.
4. B.
5. Agir sur le niveau de consommation : réduire la consommation (transports, isolement énergétique). Recherche de sources d'approvisionnement fossiles : champs pétrolifères, mines de charbon. Développement des énergies renouvelables ou nouvelles sources d'énergie : éolien, solaire, géothermie, etc.

Fiche 8

COMMENT NOURRIR UNE HUMANITÉ PLUS NOMBREUSE ET AUX BESOINS ACCRUS ?

Ce que je sais déjà

Les ressources agricoles, l'eau, l'énergie sont des ressources nécessaires et indispensables au développement des sociétés (fiches 2 à 6)
La question du développement durable est primordiale pour les sociétés qui tentent de concilier la croissance économique, le bien-être des êtres humains et la protection de l'environnement.

Le sais-tu ?
Le Brésil a également étendu sa surface cultivée. La forêt amazonienne est défrichée pour laisser place à des exploitations agricoles tournées vers des cultures comme le soja ou l'élevage. Cependant, ces productions ne nourrissent pas directement la population locale. Elles sont destinées à l'exportation ou à la transformation industrielle, le plus souvent.

Vocabulaire : les fronts pionniers
Ce sont ces régions forestières d'Afrique et d'Asie jusque-là très peu peuplées et aménagées qui sont défrichées pour laisser place à l'agriculture.

Espace de monoculture céréalière aux États-Unis

I. Des besoins alimentaires accrus

- La croissance démographique (fiche 2) oblige la Terre à nourrir huit milliards de personnes, deux fois plus qu'il y a 50 ans. Or, durant ce demi-siècle, le monde a réduit le nombre de personnes qui souffrent de la faim, la fréquence des famines et disettes. En 2022, on estime à environ **50 millions de personnes qui sont menacées par la famine** dans le monde.
- La population mondiale devenant plus urbaine et plus riche, le régime alimentaire s'est tourné vers **la consommation de davantage de viandes et de produits laitiers**. Parallèlement, la part des personnes tirant leur subsistance de l'agriculture vivrière ou traditionnelle a diminué.

II. Une production alimentaire qui a progressé

- Pour augmenter la production agricole, certains États comme l'Inde se sont lancés dans une « révolution verte ». Dans les années 1970, l'agriculture traditionnelle indienne a laissé place à une **agriculture productiviste**. La consommation d'engrais, de pesticides, l'aménagement de systèmes d'irrigation ont permis d'augmenter les rendements et de sortir le pays de la famine et de la disette. Cependant **l'impact environnemental (pollution) et social (société de petits paysans bouleversés et en disparition)** est important.

III. Sous-nutrition et malnutrition

- Les populations souffrant d'un apport insuffisant en nourriture, la sous-nutrition, se localisent principalement dans les pays les moins avancés.
- Dans le reste du monde, la sécurité alimentaire est assurée pour la quasi-totalité de la population. Cependant, une part de cette population souffre de malnutrition (déséquilibre en quantité et en qualité des apports alimentaires) et des maladies qui y sont liées comme l'obésité ou le diabète. Cette malnutrition est présente dans les pays du Nord comme dans les pays émergents.

QUIZ

→ COMMENT NOURRIR UNE HUMANITÉ PLUS NOMBREUSE ET AUX BESOINS ACCRUS ?

→ 1. Depuis 50 ans, la production agricole mondiale...

❑ A. a augmenté.
❑ B. a diminué.
❑ C. a stagné.

→ 2. Que désigne la « révolution verte » ?

❑ A. L'extension des terres agricoles par le défrichement
❑ B. La transition vers une agriculture biologique et durable
❑ C. Le passage à une agriculture intensive et productiviste

→ 3. Depuis 50 ans, le nombre de personnes souffrant de la famine...

❑ A. a augmenté.
❑ B. a diminué.
❑ C. a stagné.

→ 4. Que désigne la « malnutrition » ?

❑ A. De ne pas avoir assez à manger
❑ B. De consommer une nourriture de mauvaise qualité

→ 5. L'insécurité alimentaire, se traduisant par des famines ou des disettes, est liée à différents facteurs. Complète le schéma à l'aide des propositions suivantes.

Terrorisme ; pays émergents ; sécheresse ; inondations ; hausse des prix agricoles ; agriculture traditionnelle aux faibles rendements ; PMA ; guerre ; troubles entraînant une désorganisation des filières de production.

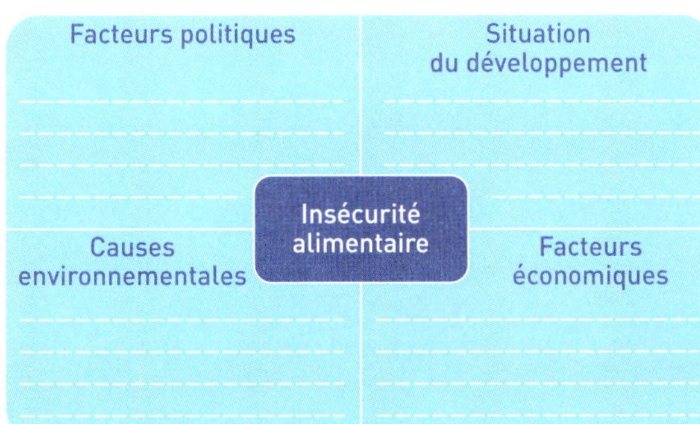

1. A.
2. C.
3. B.
4. B.
5. Facteurs politiques : terrorisme, guerre, troubles entraînant une désorganisation des filières de production.
Situation du développement : pays émergents, PMA.
Causes environnementales : sécheresses, inondations.
Facteurs économiques : hausse des prix agricoles, agriculture traditionnelle aux faibles rendements.

Fiche 9

DÉVELOPPEMENT DURABLE ET RISQUES

DÉVELOPPEMENT

• En géographie, le développement renvoie, d'abord, à une progression du niveau économique, une amélioration du niveau de vie. Cependant, l'empreinte des êtres humains sur les territoires et les notions de développements sont diverses et produisent des effets positifs comme négatifs. Se développer oblige à réaliser des choix, des aménagements et donc à transformer son territoire, son mode de vie, ses ressources.

DÉVELOPPEMENT DURABLE

• Le concept de développement durable a pour but de prendre en compte les différents piliers et objectifs liés aux développements. Apparue en 1987, l'expression « développement durable » se définit comme l'amélioration des conditions de vie, l'élévation des richesses tout en préservant les ressources naturelles afin que les générations futures puissent avoir, elles aussi, les moyens d'assurer leur développement. Le développement durable repose sur les domaines économiques, sociaux et environnementaux.

RISQUES

• Les sociétés et les êtres humains ont une inégale capacité à prévenir les risques. La prévention des risques dépend des choix des acteurs, du niveau de développement d'un territoire. L'existence d'un risque et la survenue d'une catastrophe sont liées à la combinaison d'un aléa et d'une vulnérabilité ou d'un enjeu.

ALÉA

• L'aléa est la possibilité de la réalisation d'un danger qu'il soit d'origine naturelle ou humaine. Les enjeux sont les éléments pouvant être affectés (détruits, perturbés) par l'aléa ou une catastrophe (aménagements, populations, infrastructures, etc.).

VULNÉRABILITÉ

• La vulnérabilité désigne la fragilité d'une société (avec ses aménagements, ses acteurs, sa population) face à une perturbation, un changement, une catastrophe, etc. La vulnérabilité peut aussi désigner la fragilité d'un milieu naturel.

RÉSILIENCE

• La résilience est la capacité d'une société ou d'un milieu à limiter les effets d'un changement comme la survenue d'une catastrophe. Vulnérabilité et résilience sont directement liées aux différents aspects du développement durable.

LES SCHÉMAS POUR COMPRENDRE

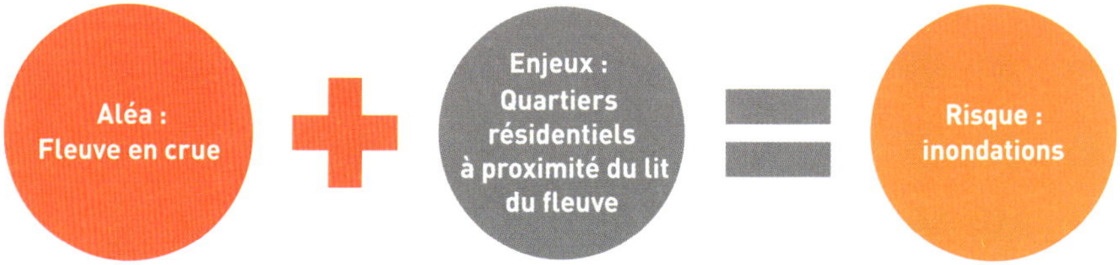

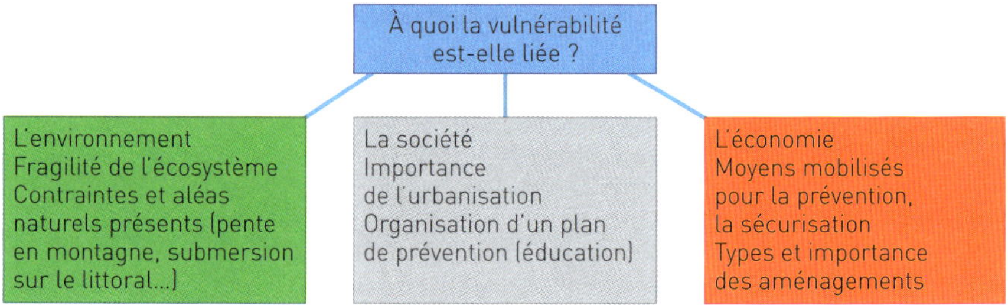

Fiche 10

RÉPONDRE À DES QUESTIONS CONCERNANT UNE ÉTUDE DE DOCUMENTS

(« conseils pour réussir » au verso)

Document 1

La transition énergétique pour la croissance verte (croissance économique respectueuse de l'environnement naturel)

La loi du 17 août relative à la transition énergétique pour la croissance verte est une loi qui engage le pays tout entier : citoyens, entreprises, territoires, pouvoirs publics. Elle va permettre à la France de renforcer son indépendance énergétique et donne à tous des outils concrets pour accélérer la croissance verte. Le discours de Ségolène Royal du 25 avril 2016 fixe : « l'objectif d'augmenter de 50 % la capacité installée des énergies renouvelables d'ici 2023 ».

Document 2

Estimation de l'épuisement des ressources énergétiques disponibles (en prenant en compte le rythme actuel de consommation et de production)

Énergie / ressources	Pétrole	Gaz	Charbon	Éolienne	Solaire
Estimation de la durée de l'épuisement des stocks	54 ans	63 ans	112 ans	Jamais	Jamais

1. Identifie les acteurs consommateurs d'énergie.
2. Parmi les ressources présentes dans le tableau, lesquelles sont des énergies renouvelables ? Proposez en une définition.
3. À quel type d'énergie renvoie le pétrole ? Quel problème est lié à cette source d'énergie ?
4. Explique à l'aide des deux documents quel est l'objectif de la loi du 17 août 2015.

CONSEILS POUR RÉUSSIR ET CORRIGÉS

L'étude de documents repose sur une série de questions portant sur des documents souvent de nature différente (texte, graphiques, photos, etc.) mais éclairant un thème commun.

Commencer par lire l'ensemble des documents avant de prendre connaissance des questions.

Lire attentivement les questions afin d'identifier s'il faut utiliser un ou plusieurs documents pour répondre.

- La question 1 demande d'utiliser uniquement le texte. Les questions 2 et 3 portent sur l'étude du tableau. La question 4 oblige à utiliser l'ensemble des documents fournis.
- Les réponses doivent à la fois s'appuyer sur des informations tirées des documents mais aussi des connaissances. La question 2 demande d'identifier les énergies renouvelables mais ne donne pas la définition qu'il faut retrouver à partir des informations prélevées.

1. Les acteurs consommateurs d'énergie sont les citoyens, les entreprises, les territoires et les pouvoirs publics.

2. Les énergies renouvelables sont l'énergie éolienne et solaire. Une énergie renouvelable est celle dont le stock nécessaire pour produire de l'électricité est inépuisable ou se reconstitue.

3. Le pétrole renvoie à l'énergie fossile (tirée du sol) et non-renouvelable. Le pétrole pose deux problèmes. Les stocks sont épuisables (d'après le document 2, les stocks seront épuisés d'ici 54 ans) et cette source d'énergie rejette beaucoup de CO_2.

4. La loi fixe l'objectif d'augmenter la production d'énergies renouvelables d'ici 2023. Cet objectif doit permettre de disposer de sources d'énergie sans dépendre de l'état du stock de ressources qui finiront par s'épuiser. Au niveau environnemental, l'utilisation d'énergies renouvelables permet de préserver l'environnement en limitant l'impact polluant des sources d'énergies traditionnelles (charbon, pétrole, etc.).

Fiche 11

LE CHANGEMENT GLOBAL ET SES EFFETS GÉOGRAPHIQUES RÉGIONAUX

Ce que je sais déjà

Les sociétés sont soumises à des risques industriels et technologiques. La prévention est un des moyens pour réduire ces risques (fiche 9).
Les risques et catastrophes peuvent avoir des causes industrielles, technologiques, climatiques, naturelles (fiche 9).

Des effets variés
Canicules plus fréquentes, inondations et montée des eaux, augmentation du nombre de tempêtes, les effets climatiques du changement global sont différents d'un territoire à l'autre de la planète.

Les réfugiés climatiques
Les archipels des océans Pacifique et Indien ou les littoraux de l'Asie du Sud-Est sont menacés par la montée des eaux entraînant inondations, salinisation des terres (rendant l'agriculture impossible). Les habitants de ces littoraux menacés migrent vers l'intérieur des terres ou rallient d'autres pays pour fuir ce changement. En 2050, 200 millions de personnes pourraient être considérées comme des réfugiés climatiques.

Crue de la Seine à Paris

I. Le changement global

- Le changement global désigne **l'ensemble des changements à l'échelle mondiale provoqués ou amplifiés par l'activité humaine**. L'urbanisation, la déforestation, le réchauffement climatique, etc. entrent dans cette définition.
- Les risques naturels sont amplifiés par ce changement global. Inondations, érosion des littoraux, avalanches, sécheresses, etc. : le réchauffement climatique entraîne des **conséquences directes sur l'environnement** et les sociétés humaines. La vulnérabilité des territoires et des populations est accentuée.

II. Les effets sur les territoires et les acteurs

- Les sociétés ont **une inégale capacité à s'adapter** au changement global. Cela s'explique, en partie, par le niveau de développement économique.
- Parfois, la nature du changement global ne permet d'autres solutions qu'un déplacement de population. L'ONU définit ces personnes comme des **réfugiés climatiques**, obligés de quitter leur lieu de vie à cause d'une rupture environnementale qui a mis en péril leur existence ou affecté leurs conditions de vie.
- Dans les pays développés, les populations considèrent, souvent à tort, que le risque peut être évité grâce aux mesures préventives. Mais le changement global oblige à redéfinir les aménagements d'un territoire. Ainsi, les stations de ski présentes dans les Alpes constatent que la période d'enneigement a diminué d'un mois en une cinquantaine d'années. Les stations de ski développent de nouvelles formes de tourisme comme l'écotourisme pour anticiper la disparition du tourisme d'hiver lié à l'enneigement.
- Face au changement global, **tous les acteurs** peuvent apporter des solutions que ce soit par la coopération internationale (exemple : accord de la COP21 pour limiter le réchauffement climatique) ou grâce aux acteurs locaux et nationaux (États, associations de citoyens, organisations non gouvernementales).

QUIZ

→ LE CHANGEMENT GLOBAL ET SES EFFETS GÉOGRAPHIQUES RÉGIONAUX

→ 1. Où les populations exposées au changement global se localisent-elles ?

❑ A. Plutôt dans les pays développés

❑ B. Plutôt dans les États les plus pauvres

❑ C. Dans différentes régions de la planète dont le niveau de développement est variable.

→ 2. Pour faire face à l'augmentation des risques, à quoi les êtres humains ont recours ?

❑ A. À la prévention

❑ B. À l'adaptation

→ 3. Le nombre de personnes exposées aux effets du changement global a tendance à...

❑ A. augmenter.

❑ B. diminuer.

❑ C. stagner.

→ 4. Les archipels et les littoraux sont des territoires...

❑ A. vulnérables.

❑ B. bien préparés aux effets du changement global.

❑ C. peu soumis aux effets du changement global.

→ 5. Complète le tableau suivant évoquant les effets du changement global sur l'archipel des Maldives dans l'océan Indien grâce aux propositions. Aide : tu peux t'aider de la fiche 8 pour revoir les termes d'aléa, de vulnérabilité et de risques.

Disparition des îles
Réchauffement des eaux
Fragilité des barrières de corail (protégeant l'archipel)
Biodiversité menacée
Inondations / submersions fréquentes
Érosion des côtes
Montée des eaux
Population dispersée sur de petites îles et au niveau de développement moyen

Aléas	+	Vulnérabilités	=	Risques
....		....		....
....		....		....
....		....		....
....		....		....

1. C.
2. A, B.
3. A.
4. A.
5. Aléas : réchauffement des eaux ; montée des eaux.
Vulnérabilité : population dispersée sur de petites îles et au niveau de développement moyen ; biodiversité menacée.
Risques : érosion des côtes ; fragilité des barrières de corail (protégeant l'archipel) ; inondations / submersions fréquentes ; disparition des îles.

Fiche 12

PRÉVENIR LES RISQUES INDUSTRIELS ET TECHNOLOGIQUES

Ce que je sais déjà

Le réchauffement climatique, la déforestation, les effets de l'urbanisation ont un impact sur les sociétés qui doivent s'adapter pour faire face aux effets de ce changement (fiche 9). Les catastrophes peuvent avoir des causes industrielles, technologiques, climatiques, naturelles. Elles résultent de la combinaison de risques et de la vulnérabilité d'un territoire (fiche 9).

Centrale nucléaire

I. Des risques liés à la présence des Hommes et aux activités

- Le développement des activités industrielles et leur concentration dans des territoires aux densités de population moyennes ou élevées ont entraîné la naissance de nouveaux aléas (industriel, technologique) combinés à des enjeux de plus en plus élevés au fur et à mesure de la progression de l'urbanisation.
- Les aléas technologiques sont liés à la présence d'une **installation humaine** (centrale nucléaire, usine chimique, zone de stockage de produits explosifs, etc.) dans le but de développer une activité économique.

II. Agir sur les risques industriels et technologiques

- En fonction du niveau de développement d'un État, la prévention et **la résilience** (capacité à absorber et réduire les effets de la catastrophe) ne seront pas les mêmes. De nombreux facteurs influent sur les conséquences.
- Une catastrophe industrielle : bilan des explosions de nitrate d'ammonium en France et en Chine

	France, Toulouse (2001)	Chine, Tianjin (2015)
Puissance de l'explosion (tonnes équivalent TNT)	20 à 40	Environ 21
Morts	31	173
Blessés	2 500	797
Bilan matériel	2 milliards d'euros	Environ 1,5 milliard d'euros

- L'aléa et surtout la vulnérabilité, donc les risques, varient assez largement en fonction du niveau de développement des sociétés humaines. Les pays développés disposent des moyens pour développer **des normes de sécurité, des plans d'occupation des zones à risques, des plans d'intervention** afin de réduire l'aléa et les enjeux.
- Dans certains pays du Sud, les politiques de prévention, d'organisation des secours manquent des moyens nécessaires pour gérer l'existence de ce risque. En outre, les populations le plus défavorisées s'établissent parfois dans des zones d'aléas, créant ainsi de nouveaux risques.

Prévenir les risques

Il est possible d'intervenir, en amont, sur les risques technologiques, par exemple en définissant des procédures de sûreté nucléaire. De même, il est possible de réduire les vulnérabilités, par exemple en délimitant des périmètres de protection autour d'usines chimiques, ou en construisant les bâtiments exposés aux tremblements de terre selon des normes antisismiques.

QUIZ

PRÉVENIR LES RISQUES INDUSTRIELS ET TECHNOLOGIQUES

→ En lisant et en utilisant les deux graphiques, entoure la ou les affirmation(s) correcte(s).

Les États-Unis / La Chine est l'État qui a connu le plus de décès liés aux catastrophes technologiques.

C'est aux États-Unis qu'ont eu lieu les catastrophes industrielles **les plus nombreuses / qui ont commis le plus de dégâts**.

L'Inde / La Chine est classée parmi les pays ayant subi le plus de dégâts et de décès lors de catastrophes industrielles.

Les pays **du Sud / du Nord** sont les États qui subissent le plus de dégâts économiques lors des catastrophes industrielles.

Les plus nombreuses victimes des catastrophes industrielles résident dans **des pays du Sud / des pays développés**.

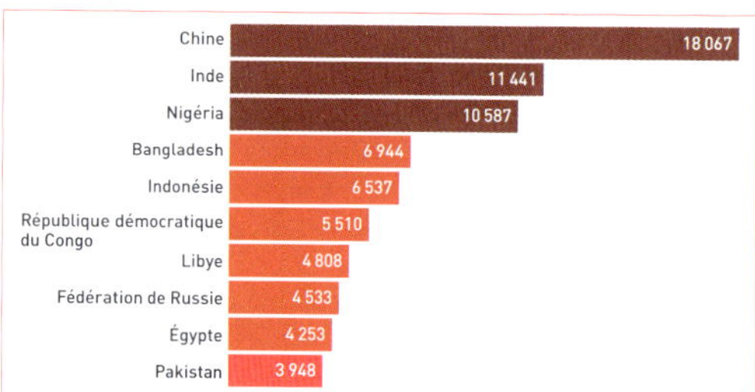

Total des décès causés par des catastrophes technologiques, de 2000 à 2020

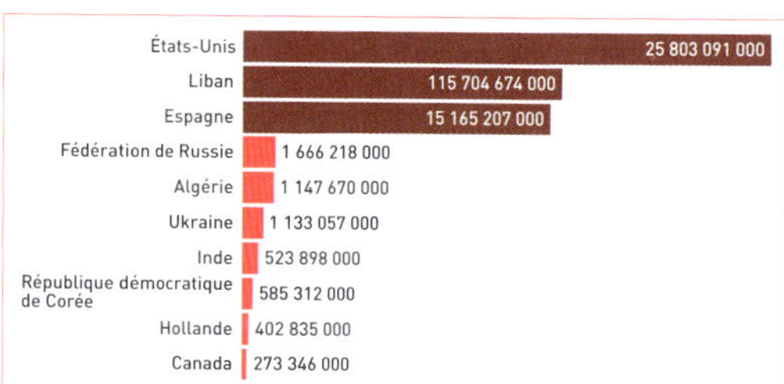

Total des coûts provoqués par des catastrophes technologiques, de 2000 à 2020, en dollars

La Chine est l'État qui a connu le plus de décès liés aux catastrophes technologiques avec plus de 18 000 décès entre 2000 et 2020.

Les catastrophes industrielles ayant commis le plus de dégâts ont eu lieu aux États-Unis. Entre 2000 et 2020, leur impact est estimé à plus de 25 milliards de dollars.

L'Inde est classée parmi les pays ayant subi le plus de dégâts économiques (7e/10) et de décès lors de catastrophes industrielles (2e/10). Cinq États (sur 10 présents dans le classement) sont classés généralement dans les pays développés : États-Unis, Espagne, Canada, Russie, Pays-Bas.

Les pays du Sud comptabilisent le plus de victimes lors de catastrophes industrielles. Neuf d'entre eux sont classés parmi les dix premiers mondiaux avec le plus de morts entre 2000 et 2020 (la Russie étant le seul pays du Nord à faire partie de ce classement).

Fiche 13

RÉALISER UN SCHÉMA DES CONSÉQUENCES DES CATASTROPHES

(« conseils pour réussir » au verso)

Document

Lorsque les catastrophes se produisent, elles ont des **conséquences humaines, économiques et environnementales** graves pour les sociétés qui les subissent. Elles font des victimes et des sinistrés. Les cyclones sont les catastrophes les plus meurtrières. L'évaluation du nombre de morts, de blessés et de disparus est souvent approximative, en particulier dans les pays pauvres où les autorités sont moins préparées. Les survivants doivent faire face à des problèmes de ravitaillement, de logement, d'emploi ; ils souffrent aussi de traumatismes psychologiques.

Les activités économiques comme l'agriculture, la pêche, l'industrie, le tourisme sont touchées. Les réseaux de communication, tels les axes routiers et ferroviaires, la distribution d'eau et d'électricité, les liaisons téléphoniques et aériennes, sont souvent détruits ou endommagés. Tous ces dégâts coûtent cher, une situation particulièrement difficile à gérer pour les pays les pauvres.

Les catastrophes technologiques comme celle de Tchernobyl en 1986 génèrent des pollutions à long terme. Il en va de même pour les marées noires ou pour le déversement dans la nature de produits chimiques dangereux. Les catastrophes naturelles détériorent aussi l'environnement. Les vents violents peuvent détruire des forêts entières avec leurs écosystèmes. Les inondations, les pluies diluviennes accélèrent l'érosion.

À partir du texte ci-dessus, réalisez un schéma présentant les conséquences des risques et catastrophes qui peuvent survenir. Votre schéma doit présenter et distinguer les effets économiques, humains et environnementaux (voir passage surligné).

CONSEILS POUR RÉUSSIR ET CORRIGÉS

En histoire-géographie, le schéma permet de représenter simplement des situations ou des phénomènes complexes.

Le schéma doit comporter :

- un titre résumant le phénomène ou la situation étudié ;
- une légende s'il dispose de couleurs différentes ;
- des flèches qui permettent de comprendre les relations qu'entretiennent les différents éléments présents.

Ton schéma pourrait ressembler à ceci :

Les conséquences des risques et catastrophes

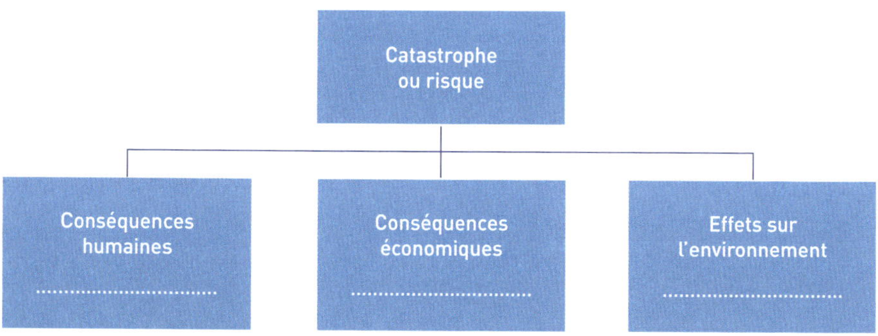

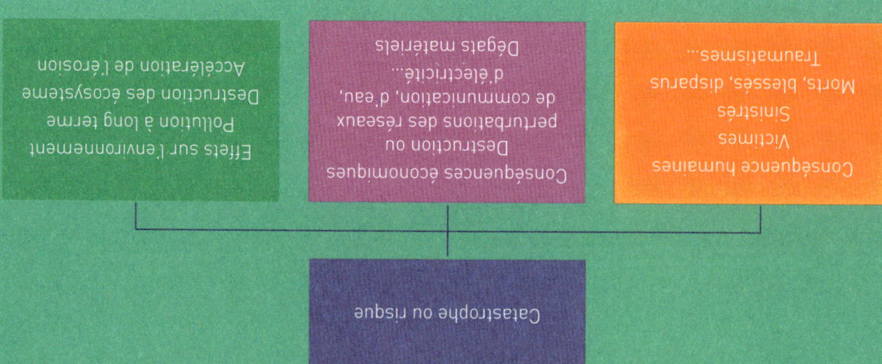

Les conséquences des risques et catastrophes

LES LIEUX À CONNAÎTRE

• La répartition de la population mondiale est très contrastée. Les fortes densités se concentrent sur quelques grands foyers de peuplement, berceaux des plus grandes civilisations humaines. L'Asie concentre les 3/5ᵉ de la population de la planète dans deux foyers principaux : l'Asie de l'Est, dont la Chine, et l'Asie du Sud, dont l'Inde. L'Europe est le troisième grand foyer, mais, avec 700 millions d'habitants, assez loin derrière les deux premiers. À l'opposé, les espaces vides sont très étendus, dans des espaces naturels relativement peu favorables à l'occupation humaine : hautes latitudes, déserts, forêts denses... Non que tous ces espaces soient vides d'êtres humains, mais les conditions naturelles n'ont pas favorisé le développement de civilisations à forte densité de population.

La répartition de la population dans le monde

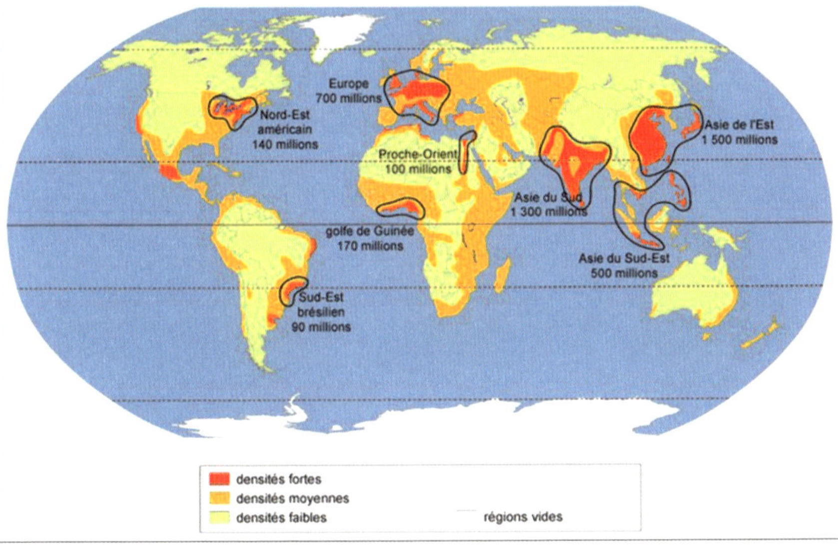

LA CARTE POUR COMPRENDRE

• La comparaison des IDH (fiche 4) permet de distinguer globalement deux groupes de pays dans le monde : d'une part, le Nord regroupant les pays développés, d'autre part, le Sud qui rassemble des pays aux profils variés comme les plus pauvres (PMA) et ceux ayant un niveau de développement presque comparables aux pays du Nord.

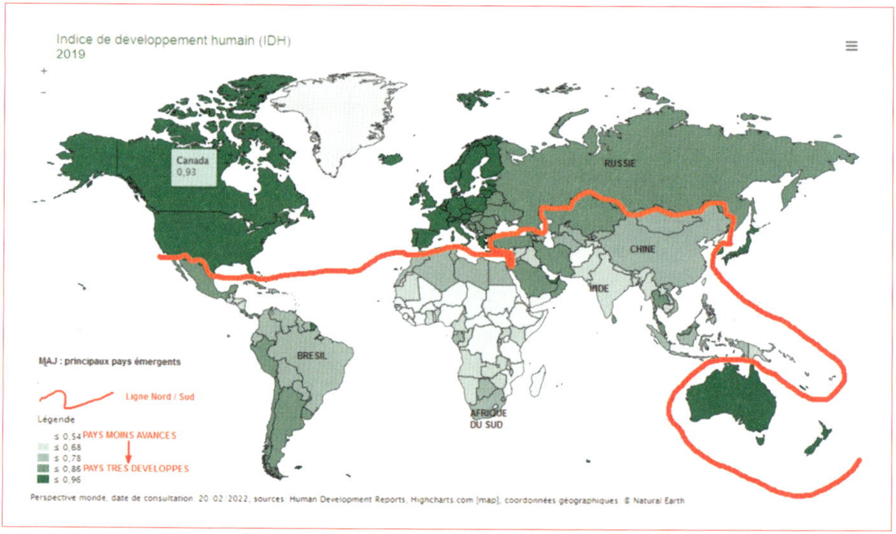

Indice de développement humain (IDH) 2019

EMC

SOMMAIRE

Fiche 1

MOI ET LES AUTRES

Faire partie d'un groupe, c'est être obligé de se confronter à la différence.
La loi permet de donner à chacun, malgré ses différences, les mêmes droits.

LES IDENTITÉS

• L'identité se définit comme l'ensemble des éléments qui me permettent **d'être reconnu** (ou identifié) par les autres personnes. L'identité est **multiple,** car elle se compose d'éléments choisis (par mes parents, mais aussi par moi-même) ou imposés par d'autres facteurs (la loi, la date de naissance, etc.). Cette identité évolue au cours de la vie d'un individu.

Identité légale	Identité personnelle	Identité numérique	Identité physique
Éléments conservés par la loi et l'État.	Éléments qui nous distinguent et nous rapprochent d'autres individus.	Éléments visibles sur Internet	Éléments visibles, apparence

SOCIÉTÉ, COMMUNAUTÉ, COMMUNAUTARISME

• Nous sommes uniques et notre identité le rappelle. Pourtant chacun de nous vit et noue des relations avec d'autres personnes : nous formons une **société**.

• Au sein de cette société, des personnes se trouvent des points communs, ils peuvent former une **communauté**.

• Mais certaines de ces communautés revendiquent des lois spécifiques pour imposer leur mode de vie ou de pensée au reste de la société : c'est le communautarisme. Le **communautarisme** va à l'encontre du vivre-ensemble, de l'égalité et du respect dont doit bénéficier chaque individu.

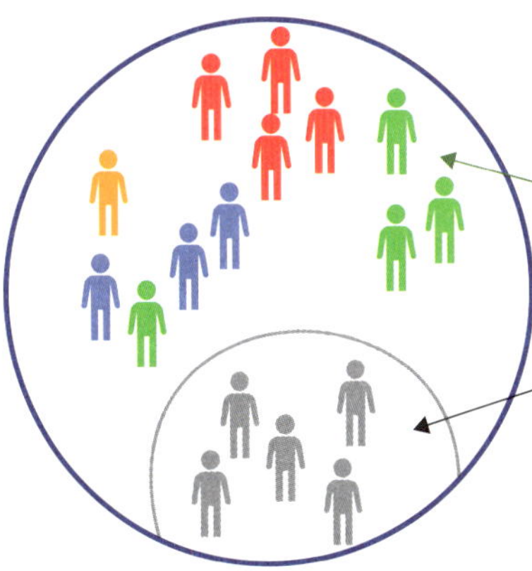

La société rassemble des personnes différentes vivant ensemble.

Certaines personnes peuvent se rassembler occasionnellement grâce à leurs points communs : ils forment une communauté.

D'autres forment un groupe vivant à l'écart de la société ou la forcent à s'adapter à leur mode de vie : c'est le communautarisme.

EXERCICE

Associe les éléments suivants à l'identité légale, personnelle, numérique ou physique.

Nom
Taille
Style vestimentaire
Goûts
Particularité physique
Comptes et publications des réseaux sociaux
Nationalité
Couleur de peau
Origines
Prénom
Langues parlées
Date et lieu de naissance
Croyances
Pseudos

Identité légale	Identité personnelle	Identité numérique	Identité physique
....	....	....	....
....	....	....	....
....	....	....	....
....	....	....	....
....	....	....	....
....	....	....	....

INITIATIVE

Présente-toi de façon différente selon si tu parles à un nouveau professeur ou à un camarade de ton âge. Quels éléments varient selon ton interlocuteur ?

Nouveau professeur :

....

....

....

Camarade :

....

....

....

Les éléments différents :

....

....

....

Exercice

Identité légale : nom, prénom, nationalité, date et lieu de naissance.
Identité personnelle : style vestimentaire, goûts, croyances, langues parlées, origines.
Identité numérique : comptes et publications des réseaux sociaux, pseudos.
Identité physique : taille, particularité physique, couleur de peau.

Fiche 2

MOTS-CLÉS LA ROUTE

LA SÉCURITÉ

• Sur la route, comme face aux risques naturels et industriels, la sécurité passe par l'éducation et la prévention. La sécurité n'est pas l'absence de danger, mais l'ensemble des règles et comportements qui permet de réduire le danger.
• Être en danger ne dépend pas que de soi : tous les autres acteurs avec qui je partage une même situation, un même lieu sont responsables de leur sécurité et de celle des autres.
• Être en sécurité est un comportement qui allie le respect des règles, le respect des autres, le respect de soi, la réflexion et l'anticipation.

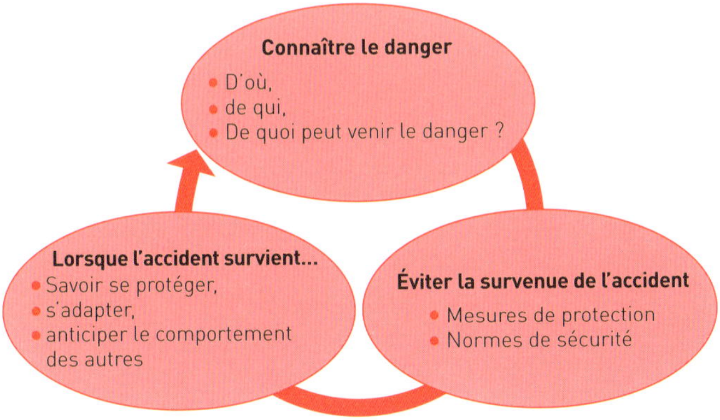

INITIATIVE

À l'aide du schéma du danger, classe dans chaque rubrique les propositions suivantes pour comprendre les dangers et la sécurité à cyclomoteur.

Vitesse inadaptée ; piétons qui surgissent sans regarder avant de traverser ; porter un casque aux normes ; protéger, alerter et secourir ; couper le moteur ; respecter les limites de vitesse ; passager d'une voiture qui ouvre une porte du côté chaussée ; avoir son permis AM ; conserver son calme.

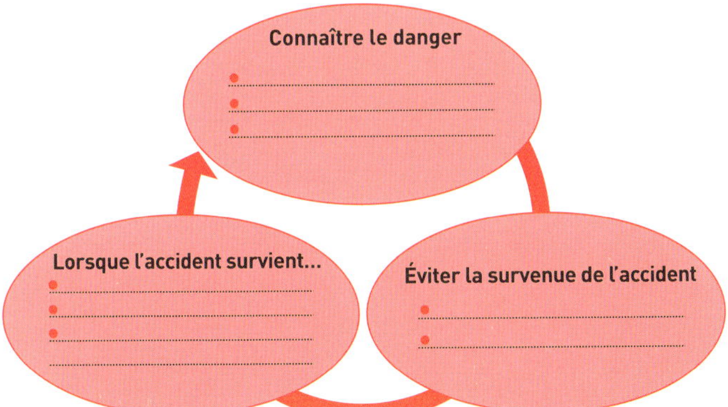

L'ÉPREUVE D'ASSR

- ASSR, permis AM ? L'attestation scolaire de sécurité routière est un examen que les élèves passent en classe de 5e et de 3e. L'ASSR niveau 1 donne le droit de s'inscrire à une auto-école afin de préparer le passage de l'examen du permis AM à partir de 14 ans. Le permis AM permet de conduire des véhicules de moins de 50 cm^3.
- L'ASSR niveau 2 est obligatoire pour s'inscrire à l'auto-école pour préparer le permis B à partir de 15 ans et demi.
- L'examen demande de répondre correctement à des questions à choix multiples (QCM) présentant 20 situations liées à la sécurité routière.
- Les questions portent sur les usagers, sur le code de la route comme les règles de priorités, sur le comportement citoyen et responsable (santé, gestes à réaliser en cas d'accident, distracteurs, développement durable).

Obligation d s'arrêter à une intersection tout le temps	Cédez le passage dans certaines situations	Donne la priorité
  	Priorité à droite  Priorité à droite et à gauche 	Priorité à la prochaine intersection  Route prioritaire 

Développement durable		
Privilégier les transports en commun	**Augmenter son temps de marche**	**Vérifier la pression des pneus**
Les transports collectifs sont moins polluants que la voiture car ils émettent une faible quantité de CO_2 et permettent de transporter un nombre important de passagers à la fois.	Zéro pollution ! Améliore la santé. C'est gratuit !	Un pneu mal gonflé consomme plus et pollue plus. Une consommation réduite de carburants, c'est aussi plus d'économies.

POUR S'ENTRAÎNER

- Consulte les annales de l'épreuve http://preparer-assr.education-securite-routiere.fr

MOTS-CLÉS

L'ÉGALITÉ ET LES AUTRES VALEURS ET PRINCIPES DE LA RÉPUBLIQUE

LA LONGUE CONQUÊTE DE L'ÉGALITÉ

Suffragettes, 1935, Paris

- L'égalité des droits est une idée qui naît avec la Révolution française. La société d'Ancien Régime était une société d'ordres : la loi et les peines judiciaires qui s'appliquaient dépendaient de l'ordre auquel on appartenait (noblesse, clergé, tiers état). La Déclaration des droits de l'Homme et du citoyen du 26 août 1789 affirme, depuis, que « tous les Hommes naissent et demeurent libres et égaux en droits ».
- Au fur et à mesure, depuis la Révolution et les cinq républiques, de nouveaux droits ont été accordés aux Français. Cette conquête est lente à l'image du droit de vote qui n'est accordé aux femmes qu'en 1944, soit 96 ans après l'établissement du suffrage universel.
- Exemples de nouveaux droits : 1944, droit de vote accordé aux femmes. 2005, loi sur le handicap.

LA MISE EN ŒUVRE DE L'ÉGALITÉ DANS LA LOI

- Si l'on veut que l'égalité en droits soit une réalité et pas simplement un principe, la loi doit agir contre ces obstacles. C'est ce qu'elle fait quand elle punit les discriminations.
- C'est également ce qu'elle fait quand elle institue des services publics. Ces services (école publique, police, etc.) sont financés par l'ensemble de la société au moyen de l'impôt et sont accessibles à tous. Dans la France d'aujourd'hui, les droits de chacun ne sont plus seulement des droits de faire quelque chose (droits-libertés), mais aussi des droits à obtenir quelque chose (droits-créances comme ceux à l'éducation, à la santé, etc.).

Drapeau français

LES AUTRES VALEURS ET PRINCIPES DE LA RÉPUBLIQUE

LIBERTÉ

• Dans la Déclaration des droits de l'Homme et du citoyen, la liberté est définie simplement : elle « consiste à pouvoir faire tout ce qui ne nuit pas à autrui » (article 4). Cependant, les libertés sont diverses. On parle de liberté d'expression, d'opinion, religieuse, de la presse... Une liberté peut être individuelle (s'appliquer à chacun indépendamment des autres) ou collective (dans le cadre de la réunion d'un groupe au sein de la société).

FRATERNITÉ

• La **fraternité** est apparue dans la devise républicaine en 1848, mais il a fallu attendre 1946 pour voir affirmée, dans le préambule de la Constitution de la IVe République, l'existence de droits économiques et sociaux (aides à ceux qui ne peuvent vivre décemment, droit au travail et à l'action syndicale, droit de grève). La fraternité est synonyme de solidarité.

JUGEMENT

Le principe d'égalité affirme qu'il faut respecter la dignité humaine et supprimer les différences entre les Hommes.

❑ Vrai ❑ Faux

Faux. Le principe d'égalité n'ignore pas les différences entre les Hommes et ne cherche pas à les éliminer. Il affirme simplement que, quels que soient leur sexe, leur âge, leur origine, leur culture, leur état de santé, leur degré d'éducation et leur rôle dans la société, les êtres humains doivent être respectés dans leur dignité.

LAÏCITÉ

• L'État, en France, est **laïc depuis 1905**, c'est-à-dire qu'il ne privilégie aucune religion. Cela ne veut pas dire qu'il les ignore. Au contraire, il laisse chaque citoyen libre de pratiquer la religion de son choix ou de n'en avoir aucune (athéisme) : c'est ce que l'on appelle la **liberté de conscience**. Il y a des limites à la liberté de conscience : l'obéissance à la loi qui est la même pour tous quelle que soit la religion ; le respect de la liberté de conscience des autres, c'est-à-dire la **tolérance** envers ceux qui pratiquent d'autres religions et envers ceux qui n'en ont pas.

INITIATIVE

Nomme les symboles républicains présents ci-dessous.

....

....

....

....

....

....

La cocarde ou le drapeau tricolore / L'allégorie Marianne / La devise républicaine.

Fiche 4

INITIATIVES : S'ENGAGER, EXPRIMER SES ÉMOTIONS, COMPRENDRE LE SENS DE LA RÈGLE

S'ENGAGER : L'ÉCO-DÉLÉGUÉ

- Il n'existe pas que le délégué de classe comme représentant dans ton collège. Tu peux être aussi éco-délégué.
- Comme les délégués de classe, ils sont élus ou désignés à la fin du mois de septembre et constituent des porte-parole. Les éco-délégués sont présents au collège, au lycée jusqu'en classe de terminale. Il existe même des éco-délégués en classe de CM1 et CM2.
- Les éco-délégués sont les acteurs de la question écologique et du développement durable au sein de l'établissement. Ces ambassadeurs sont à l'origine de mesures au quotidien pour lutter contre le réchauffement climatique, les effets du changement global à l'échelle du collège. Tri des déchets, organisation de covoiturages, jardin partagé... Toutes les actions ont une influence !

1. L'action d'éco-délégué, c'est aussi œuvrer pour la participation de tous les membres du collège. Pourquoi ne pas donner la parole à chacun sur un sujet particulier ou installer une boîte à idées dans le hall, et ensuite résumer les actions et les sentiments exprimés ?

Pour t'accompagner : tu peux télécharger le guide éco-délégués.
https://eduscol.education.fr/document/3882/download?attachment

EXPRIMER SES ÉMOTIONS, SES SENTIMENTS : LE VOCABULAIRE DES ÉMOTIONS

- Vivre ensemble, c'est accepter que les personnes avec lesquelles je vis éprouvent des sentiments ou des émotions différentes des miennes dans les mêmes situations.

L'AMOUR	LA COLÈRE	L'ESPOIR	LA HAINE	LA PEUR	LA SURPRISE	LA TRISTESSE	LA JOIE
Aimer Adorer Raffoler	Être contrarié Se fâcher S'énerver	Espérer Souhaiter Attendre	Détester Exécrer Haïr	Redouter Inquiéter Frissonner	Surprendre Saisir Étonner	S'attrister Regretter Pleurer	Rire Sourire Être content Être satisfait

2. Exprime oralement ou par écrit deux sentiments positifs que tu ressentirais si tu étais désigné comme éco-délégué.

COMPRENDRE LE SENS DE LA RÈGLE ET LA RESPECTER : LE CODE DE LA ROUTE

Vivre ensemble, c'est accepter des règles communes. Ces règles permettent pour chacun de bénéficier de :

- La liberté : chaque citoyen est libre de ses actes, mouvements... tant que ces derniers ne nuisent pas aux autres.
- La sécurité : les lois doivent permettre à chaque citoyen de bénéficier d'une tranquillité, d'une réduction, voire d'une absence, de danger,
- La jouissance de ses droits : l'action d'un seul ne peut limiter les droits des autres citoyens.

3. Donne l'exemple d'un droit, d'une obligation et d'une interdiction inscrits dans le code de la route lorsque tu atteins l'âge de 14 ans.

....

....

LE JUGEMENT : LA LUTTE CONTRE LES DISCRIMINATIONS

La lutte contre les discriminations est un combat au cœur des valeurs de la République.

Une discrimination est une situation où l'on refuse à accorder à une personne les mêmes droits dont jouissent les autres, en raison d'une différence.

- Les formes de discriminations les plus courantes concernent le racisme (couleur de peau...), l'antisémitisme (contre la religion juive), le sexisme (basé sur la différence entre les filles et les garçons)...

En France, la discrimination est sévèrement punie, car elle nie le principe d'égalité accordant à chaque citoyen les mêmes droits et devoirs.

4. Parmi les propositions suivantes, laquelle ne relève pas de la discrimination ? Explique ton choix.

1. Lors d'une évaluation en français, faire bénéficier un camarade dyslexique d'une dictée adaptée et de l'aide des AESH.
2. Modifier le programme d'EPS, en supprimant la séquence gymnastique et danse, dans une classe où la grande majorité des élèves sont des garçons.

3. Certes le camarade bénéficie de droits particuliers dont les autres élèves n'ont pas. Mais, dans ce cas, le droit est en fait une aide visant à compenser un handicap qui, dans la situation de la dictée, ne lui donne pas les mêmes chances de réussir que les autres. La dictée adaptée et l'AESH ne lui donnent pas un avantage sur les autres, mais lui permettent d'atteindre la même possibilité de réussir que les autres.
4. Supprimer la séquence de gymnastique et de danse dans la situation proposée s'apparente ici à du sexisme. L'initiative part de l'idée reçue que ces activités plaisent aux filles uniquement et pas aux garçons (ce qui n'est ni prouvé ni généralisable) et ce qui viendrait à pénaliser filles et garçons de cette classe qui ne pourraient pratiquer la même activité que leurs camarades.

SVT

SOMMAIRE

La planète Terre, l'environnement et l'action humaine

Le vivant et son évolution

Le corps humain et la santé

Fiche 1

LE DÉCOUPAGE DES TEMPS GÉOLOGIQUES

Ce que je sais déjà

La Terre s'est formée il y a 4,6 milliards d'années. Des transformations et des événements géologiques ont permis le refroidissement de la Terre, la création de l'atmosphère et la formation des océans. Les premières formes de vie, les cyanobactéries, sont apparues il y a 3,5 milliards d'années. Elles ont joué un rôle essentiel dans le rejet de dioxygène dans l'air, permettant l'apparition de nouvelles formes de vie.

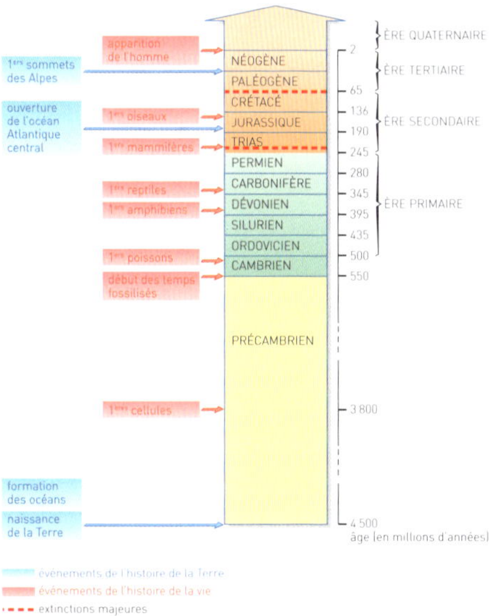

Les principaux événements de l'histoire de la Terre

La crise Crétacé-Tertiaire

La crise Crétacé-Tertiaire est la plus connue puisqu'elle est responsable de l'extinction de grands groupes, dont les dinosaures, il y a 65 millions d'années. Elle correspond à une crise majeure de la biodiversité, suivie d'une période de diversification importante liée à la libération des milieux écologiques, qui diminue la compétition entre les espèces.
Les hypothèses émises pour expliquer cette crise penchent en faveur d'un volcanisme intense créant des nuages opaques perturbant la photosynthèse des plantes, ainsi que de chutes de météorites.
L'ensemble de ces événements a entraîné une modification de l'environnement et des milieux par un changement de climat, perturbant des chaînes alimentaires, ce qui a conduit à une crise de la biodiversité. Seules les formes de vie adaptées à ces changements survivent et se diversifient.

I. Évènements géologiques et découpage des temps géologiques

- Des événements géologiques ont affecté la surface de la Terre depuis son origine, modifiant les milieux et les conditions de vie. Ces événements géologiques correspondent par exemple à des activités volcaniques intenses ainsi qu'à des chutes de météorites.
- Les modifications de l'environnement provoquent des crises de la biodiversité, marquées par des extinctions en masse de nombreuses espèces ou de groupes d'espèces, suivies par des périodes de diversification. Ces événements sont le moteur de l'évolution de la vie.
- Les transformations géologiques et biologiques depuis l'origine de la Terre permettent de proposer un découpage du temps en ères, elles-mêmes découpées en périodes.

II. L'intérêt des fossiles

- Il est possible de retracer le renouvellement des espèces par l'intermédiaire des roches sédimentaires renfermant des fossiles.
- Un fossile est formé plus facilement lorsqu'un être vivant ne peut être décomposé, par exemple parce qu'il est recouvert rapidement de sédiments le protégeant. La fossilisation est plus facile en présence d'eau et en absence d'oxygène.
- Les fossiles sont des traces de vie passée et correspondent à des restes d'os et de squelettes, des empreintes de pas ou de feuilles, des plumes, des coquilles, etc.

MOTS CROISÉS

→ LE DÉCOUPAGE DES TEMPS GÉOLOGIQUES

Horizontal :

1. Phénomène naturel se manifestant par une éruption de magma.
3. Phénomène biologique marqué par l'extinction en masse de groupes d'espèces suivie de période de diversification.
5. Groupe animal disparu lors de la crise Crétacé-Tertiaire.
7. Division du temps marquée par des évènements géologiques et biologiques majeurs.
8. Diversité des espèces, génétique et des écosystèmes.
9. Petite division du temps.

Vertical :

2. Première forme de vie.
4. Piège les êtres vivants avant leur décomposition.
6. Trace de vie passée.

1. Volcanisme ; **2.** Cyanobactérie ; **3.** Crise ; **4.** Sédiment ; **5.** Dinosaure ; **6.** Fossile ; **7.** Ère ; **8.** Biodiversité ; **9.** Période.

Fiche 2

LES CHANGEMENTS CLIMATIQUES ET RISQUES

Ce que je sais déjà

L'inégale répartition de l'énergie solaire permet de distinguer des grandes zones climatiques. La météorologie et la climatologie correspondent à l'étude des paramètres météorologiques, sur une courte durée pour la météorologie ou sur des moyennes pour la climatologie.

I. Les changements du climat au cours des temps géologiques

• Au cours des temps géologiques, des changements de climats sont observés. Les changements climatiques dépendent de la position de la Terre, de son inclinaison et de la quantité d'énergie solaire reçue. Les périodes glaciaires et interglaciaires sont la conséquence des variations du taux de dioxyde de carbone dans l'atmosphère. C'est un gaz à effet de serre qui, lorsqu'il est en plus grande quantité, augmente l'effet de serre et le réchauffement climatique. Il peut, par exemple, être libéré lors des fontes glaciaires ou d'éruptions volcaniques.

II. L'effet de serre

• L'effet de serre est un phénomène naturel accentué par les activités humaines. Cela a pour conséquence de modifier le climat sur une échelle de temps plus réduite.

• La surface de la Terre reçoit de l'énergie solaire sous forme d'ultraviolets ou d'infrarouges. Les infrarouges reçus peuvent être soit réémis vers l'espace, soit retenus par les gaz à effet de serre, comme le dioxyde de carbone, la vapeur d'eau ou le méthane. Ils sont alors renvoyés vers le sol, où ils sont absorbés.

III. Les risques météorologiques et climatiques

• Le risque météorologique est déterminé en fonction de l'aléa et du degré de vulnérabilité. L'aléa représente la possibilité pour une zone d'être menacée par un phénomène météorologique (proximité d'une rivière à risque de crue, région où les tornades sont fréquentes...). Le degré de vulnérabilité est évalué selon le nombre de personnes exposées au phénomène.

• Le risque météorologique peut correspondre à un risque d'inondation, de tornade ou de cyclone, etc.

• Des constructions adaptées au risque peuvent être entreprises à titre de prévention, comme des bassins de rétention dans les endroits susceptibles d'être inondés. L'éducation de la population est aussi un bon moyen de réduire les dégâts humains.

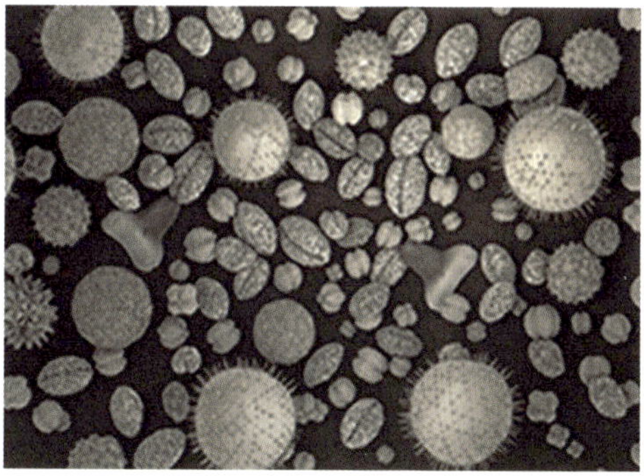

Le pollen, témoin des climats passés

L'étude des pollens piégés dans les sédiments révèle la végétation du passé. Par principe d'actualisme, qui consiste à faire le lien avec les espèces actuelles, il est possible de corréler le climat avec les espèces de végétaux. L'ensemble de ces études, ajoutées à la datation des sédiments contenant le pollen, permet de mettre en évidence les changements climatiques au cours du temps.

QUIZ

LES CHANGEMENTS CLIMATIQUES ET RISQUES

1. Pourquoi y a-t-il différentes zones climatiques sur le globe terrestre ?

- ❑ A. Parce que la Terre tourne sur elle-même en 24 h environ
- ❑ B. Parce que la Terre est inclinée
- ❑ C. Parce que la Terre tourne autour du Soleil en 365 jours environ
- ❑ D. Parce que la Terre est ronde

2. À quoi sont dus les changements climatiques passés ?

- ❑ A. Aux variations de dioxygène dans l'atmosphère
- ❑ B. À l'énergie solaire reçue sur la surface de la Terre
- ❑ C. À la position de la Terre dans le système solaire toujours identique

3. Comment peut-on connaître les climats passés ?

- ❑ A. Par l'analyse du pollen piégé dans les sédiments
- ❑ B. En faisant des suppositions par rapport au climat actuel
- ❑ C. Par des calculs

4. Comment détermine-t-on un risque météorologique ou climatique ?

- ❑ A. En fonction de la zone susceptible d'être menacée seulement
- ❑ B. En fonction de la densité de la population seulement
- ❑ C. En fonction de la densité de la population et de la zone géographique

5. Complète le schéma de l'effet de serre, en indiquant par une flèche les rayonnements émis ou absorbés.

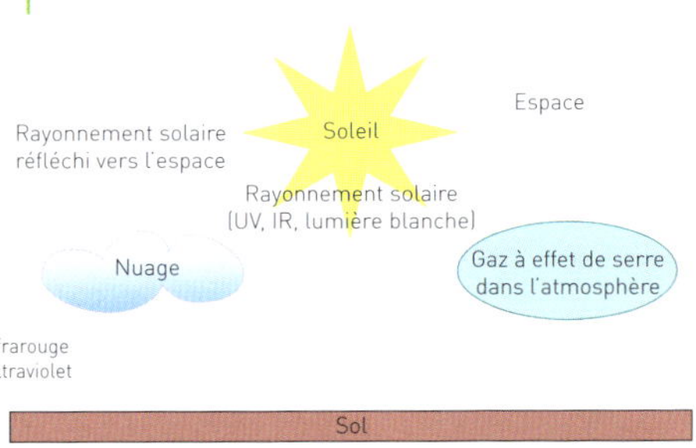

1. D. L'inégale répartition de l'énergie lumineuse est la conséquence de la forme sphérique de la Terre. L'énergie lumineuse va se répartir sur une plus petite surface à l'équateur qu'aux pôles, il y fera donc plus chaud.
2. B. Les changements climatiques dépendent de la position de la Terre et de son inclinaison qui influent sur la quantité d'énergie solaire reçue. La variation des gaz à effet de serre comme le dioxyde de carbone agit également.
3. A. L'étude du pollen permet de connaître la végétation passée et donc le climat dans lequel ces végétaux vivaient.
4. C. Cela correspond au degré de vulnérabilité et à l'aléa.
5. Deux flèches de rayonnement partent du soleil et une se réfléchit sur le nuage, l'autre sur le sol et repartent vers l'espace. Une flèche de rayonnement part du soleil et est absorbée par le sol (B). Des IR sont émis par le sol (C) puis absorbés par les gaz à effet de serre (D) et réémis vers le sol (H) alors que certains IR du sol sont réémis vers l'espace.

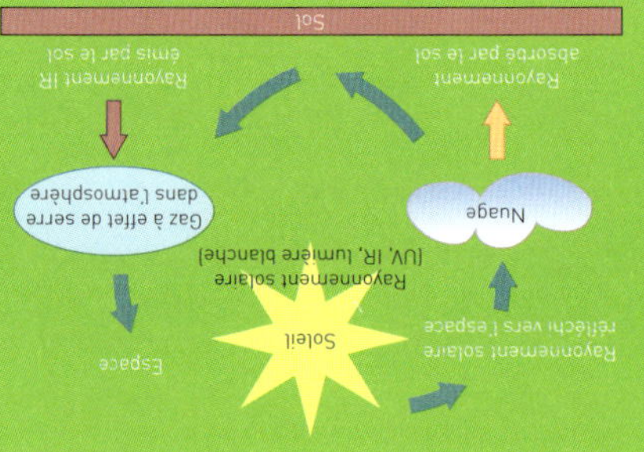

Fiche 3

MOTS CLÉS DYNAMIQUE DES MASSES D'EAU ET D'AIR

ZONE CLIMATIQUE

• Zone déterminée par des caractéristiques communes de température, différentes de celles d'autres zones en raison de l'inégale répartition de l'énergie solaire à la surface du globe. Trois types de zones climatiques sont à considérer : les zones polaires, les zones tempérées et la zone chaude.

MÉTÉOROLOGIE

• Étude du temps qu'il fait chaque jour. Elle mesure la température, la pluviométrie et la vitesse des vents sur un court laps de temps.

CLIMAT

• Moyenne des mesures des paramètres météorologiques (température, pluviométrie et vents) sur de longues durées.

VENT

• Masses d'air en mouvement.

DÉPRESSION

• Zone où l'air réchauffé par le Soleil monte en altitude.

ANTICYCLONE

• Zone où l'air refroidi en altitude descend vers le sol.

COURANT OCÉANIQUE

• Masses d'eau à la surface de l'océan mises en mouvement par les vents et à l'origine des courants marins de surface.
• En profondeur, l'eau réchauffée est moins dense que l'eau refroidie. L'eau chaude remonte donc vers la surface alors que l'eau froide descend en profondeur.

DES CARTES POUR CONNAÎTRE LA DIRECTION DES COURANTS MARINS

Reporte les vents sur la carte des courants océaniques afin de comprendre leur influence sur les courants marins.

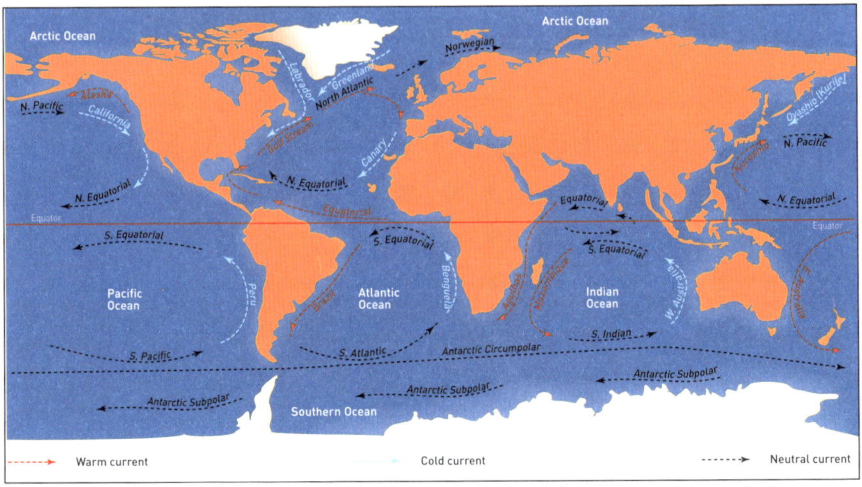

REPÈRES | SVT

UNE MODÉLISATION POUR COMPRENDRE LA MISE EN MOUVEMENT DES MASSES D'AIR

Indique sur le globe la direction des masses d'air en t'aidant de la modélisation.

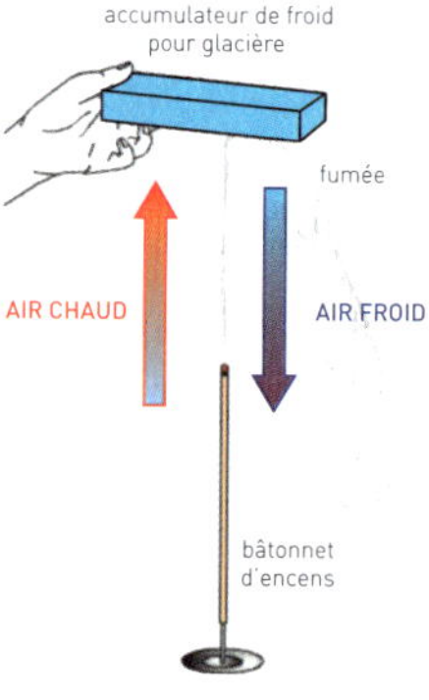

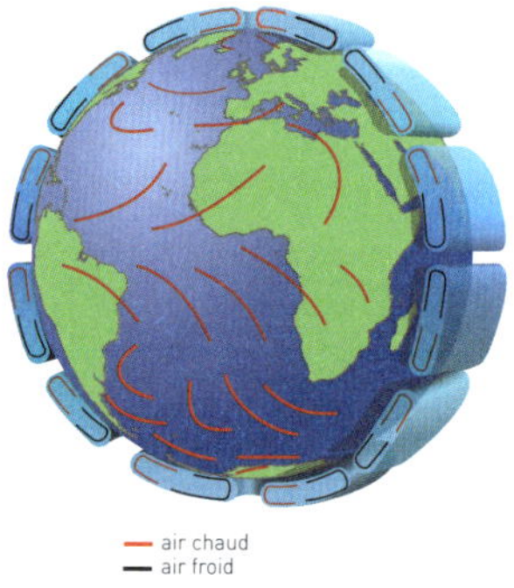

Les masses d'air se réchauffent, puis montent au niveau des zones de dépression, et se refroidissent puis redescendent au niveau des zones d'anticyclone.

Fiche 4

SE SITUER DANS L'ESPACE ET LE TEMPS

1. Sur une feuille, reproduis les planètes du système solaire à l'échelle humaine en respectant les proportions. Le tableau ci-dessous représente quelques caractéristiques des planètes du système solaire.

	Planètes telluriques Possèdent une surface rocheuse				Planètes gazeuses Possèdent une surface gazeuse			
Caractéristiques	**Mercure**	**Vénus**	**Terre**	**Mars**	**Jupiter**	**Saturne**	**Uranus**	**Neptune**
Diamètre (kilomètres)	4 880	12 102	12 756	6 792	142 984	120 536	51 118	49 258
Calcul du rayon (kilomètres)								
Calcul du rayon pour la représentation (en centimètres)								
Distance au Soleil (en millions de kilomètres)	57	108	150	228	780	1 425	2 880	4 515
Calcul de la distance pour la représentation (en centimètre)								
Présence d'eau (état)	Aucune	Vapeur d'eau	Liquide Vapeur d'eau Glace	Liquide Vapeur d'eau Glace	Glace	Aucune	Glace	Aucune

Astuce
Si l'on souhaite représenter le système solaire dans une pièce ou une salle de classe, il sera plus facile de prendre une échelle pour le rayon des planètes et une autre échelle différente pour la distance des planètes par rapport au Soleil.

2. Construis une frise en replaçant les différents évènements qui ont marqué l'histoire de la Terre.
Quelques dates :
Formation de la Terre : –4,6 milliards d'années
Apparition des premiers océans : –4,4 milliards d'années
Apparition des premières formes de vie (cyanobactéries) : –3,5 milliards d'années
Apparition du dioxygène dans l'atmosphère : –2,8 milliards d'années
Fort développement de la vie et début de l'ère primaire : –530 millions d'années
Début de l'ère secondaire : –245 millions d'années
Début de l'ère tertiaire et crise Crétacé-Tertiaire : –65 millions d'années

Rappel
Les découpages des temps géologiques sont marqués par des évènements géologiques et biologiques importants que l'on peut replacer sur la frise (Fiche 1)

CONSEILS POUR RÉUSSIR ET CORRIGÉS

1. Pour reproduire le système solaire à l'échelle humaine

Je m'équipe du bon matériel

- Des feuilles A3 et A4. Selon l'échelle choisie, on peut assembler plusieurs feuilles avec du ruban adhésif.
- Un crayon, une gomme, un compas et une règle.
- Une grande règle ou un mètre ruban, pour placer les planètes de façon précise selon leur distance au Soleil.
- Des crayons de couleur ou des feutres, si tu souhaites mettre de la couleur et dessiner les surfaces des planètes.
- Une calculatrice pour effectuer les divers calculs.

Je calcule les rayons des planètes à partir de leur diamètre

- Pour tracer la planète, il faut utiliser un compas.

Je détermine l'échelle

- L'idéal est de choisir la même échelle pour le rayon des planètes et leur distance au Soleil, mais selon la place disponible, afin de ne pas avoir des planètes trop petites, il est possible de prendre deux échelles différentes.
- Mesure la plus grande distance possible (longueur de la pièce et longueur de ta plus grande feuille de papier). Cela donnera la « taille maximale ».
- Divise la taille réelle par la « taille maximale » et tu obtiendras l'échelle.

Je trace mes planètes et je les place

- Utilise le mètre ruban pour placer les planètes à la bonne distance du Soleil. Il est possible de prendre un objet comme une lampe qui modélisera le soleil. Les planètes peuvent être placées de façon linéaire ou autour du Soleil selon la place à disposition.

2. Pour réaliser une frise de temps

Je mesure la longueur maximale possible de ma feuille

- Mesure la plus grande distance possible (longueur ou largeur de la feuille). Cela donnera la « taille maximale ».

Je détermine l'échelle

- Divise la taille réelle par la « taille maximale » et tu obtiens « l'échelle ».

Je calcule pour chaque évènement sa place sur ma frise

- Divise chaque âge par « l'échelle » (ou multiplie si l'échelle a déjà la forme d'une division).

Je replace les événements

- Nomme chaque événement.
- Indique le temps. Il ne faut pas oublier l'unité (Ma pour millions d'années).

1. Pour une salle présentant une longueur de 5 m, il est possible de diviser les distances au Soleil (données en millions de kilomètres) par 903 pour obtenir une nouvelle distance en mètres (ou diviser par 9,03 pour l'obtenir en centimètres). Le rayon des planètes en kilomètres peut être divisé par 3 329 pour permettre le dessin des planètes sur des feuilles A3 et A4.

2. Pour qu'une frise entre dans une feuille A4 en mode paysage, on peut prendre une échelle de 0,5 cm pour 100 Ma (millions d'années).

Fiche 5

LA BIODIVERSITÉ ACTUELLE ET PASSÉE

Ce que je sais déjà

La biodiversité se définit par la diversité des êtres vivants.

Rappel
On appelle espèce un groupe d'individus capables de se reproduire entre eux et d'engendrer des descendants viables, aptes à concevoir des descendants à leur tour.
Les fossiles (os, squelettes, empreintes, œufs, etc.) sont une trace de vie passée retrouvée piégée dans des sédiments.

I. La notion de biodiversité

• La biodiversité se définit sur trois niveaux. La biodiversité spécifique correspond à la diversité des espèces (animales, végétales, etc.). La biodiversité génétique correspond à la diversité des individus au sein d'une espèce. La biodiversité des écosystèmes correspond à la diversité des milieux de vie et des espèces qu'ils hébergent.

II. La diversité des individus dans une population

• Au sein d'une population constituée d'individus appartenant à une même espèce, il existe une diversité d'individus. Les caractères diffèrent d'un individu à l'autre : on parle alors de caractères individuels.
• La diversité des individus peut être liée à une différence au niveau de l'information génétique. Cet individu est alors unique et différent de tous les autres.
• Cette diversité peut être également due aux facteurs environnementaux et dépend ainsi du milieu. Par exemple, une espèce d'arbre quelconque dans un milieu venté aura en général une posture couchée en fonction de la direction du vent, alors qu'il aura un port droit dans un environnement non venté.

Arbre sous le vent

III. Les modifications de la biodiversité au cours des temps géologiques

• La biodiversité s'est modifiée au cours du temps. À la suite d'extinctions en masse de certains groupes d'espèces, des espèces constituant d'autres groupes se sont diversifiées et d'autres sont apparues. Elles ont par la suite disparu à leur tour lors de nouvelles grandes crises de la biodiversité (ou crises biologiques), ou se sont maintenues jusqu'à l'époque actuelle. Les fossiles nous renseignent sur cette biodiversité passée.
• Les modifications de la biodiversité au cours du temps sont dues notamment à des modifications des conditions de vie et des milieux, des événements géologiques et des facteurs environnementaux (le climat). Aujourd'hui, les modifications de la biodiversité sont liées en grande partie aux activités humaines, comme la déforestation, et à la pollution qu'elles engendrent.
• Au cours des temps géologiques, ces changements marquent le processus de l'évolution et correspondent à des étapes dans l'histoire du monde vivant.

Un musée bâti sur un site paléontologique
Le musée parc des dinosaures de Mèze est situé sur l'un des plus importants gisements paléontologiques d'Europe, datant de la fin du Crétacé. On y retrouve de nombreux fossiles d'œufs de dinosaures appartenant à une dizaine d'espèces différentes, ainsi que des ossements. On considère que le site de Mèze est un lieu de rassemblement de divers dinosaures pour la ponte des œufs.

QUIZ

LA BIODIVERSITÉ ACTUELLE ET PASSÉE

APPLICATION À TRAVERS UN EXEMPLE

Un éleveur de chats sacrés de Birmanie cherche à comprendre comment la couleur de ses chatons est obtenue. Il observe des chatons de couleur de base **chocolat** et du même âge placés dans des pièces à des températures différentes. Il obtient le graphique ci-dessous.

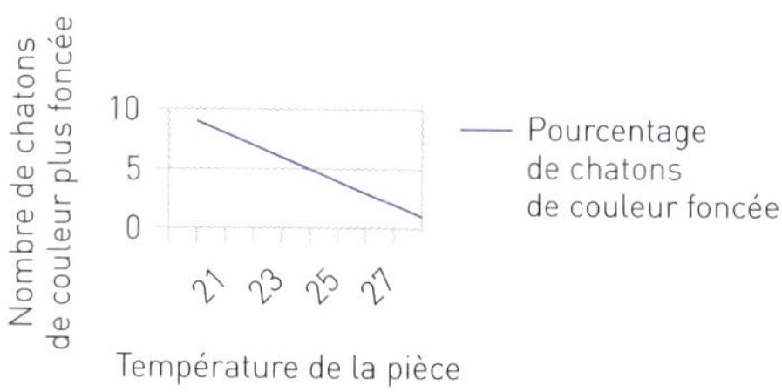

Deux nuances de chats couleur chocolat, plus clair à gauche et plus foncé à droite.

1. À quel niveau de biodiversité correspond l'étude de la couleur des chatons d'une même espèce ?

- ❑ A. À la biodiversité spécifique
- ❑ B. À la biodiversité génétique
- ❑ C. À la biodiversité des écosystèmes

2. Quelle est l'hypothèse testée par l'éleveur ?

- ❑ A. « La couleur du pelage est obtenue à partir des caractères héréditaires des parents »
- ❑ B. « La couleur du pelage est déterminée selon les conditions de l'environnement »

3. Quelle nuance de couleur aura un chaton placé à une température plus élevée ?

- ❑ A. Il sera probablement plus clair qu'un chaton placé à une température plus basse
- ❑ B. Il sera probablement plus foncé qu'un chaton placé à une température plus basse
- ❑ C. Il n'y aura aucun changement

4. Qu'est-ce qui peut se fossiliser ?

- ❑ A. Une empreinte
- ❑ B. Un squelette osseux
- ❑ C. Une coquille d'œuf
- ❑ D. La partie molle d'un animal

5. À quoi sont dues les modifications de la biodiversité au cours des temps ?

- ❑ A. À la modification des facteurs environnementaux
- ❑ B. À des évènements géologiques
- ❑ C. À l'activité humaine

1. B. L'étude des couleurs des chatons correspond à la diversité des couleurs au sein d'une même espèce.
2. B. La couleur est déterminée en fonction de la température de l'environnement
3. A. Plus la température est haute, plus les chatons seront clairs
4. A., B., C. Les parties molles d'un animal sont les premières à être décomposées avant le démarrage de la fossilisation. Il est donc très difficile d'en trouver.
5. A., B. Les activités humaines modifient la biodiversité actuelle. L'être humain (*Homo sapiens*) est apparu il y a seulement 200 000 ans.

Fiche 6

REPRODUCTION SEXUÉE ANIMALE ET TRANSMISSION DU PATRIMOINE GÉNÉTIQUE

Ce que je sais déjà

Les animaux et les végétaux se développent au cours de leur vie et se reproduisent grâce à leurs organes reproducteurs.

I. La formation des gamètes

- La reproduction sexuée implique la production de gamètes (ou cellules reproductrices) par chacun des parents. Il s'agit du spermatozoïde chez le mâle et de l'ovule chez la femelle. Un gamète contient la moitié du patrimoine génétique du parent. La répartition de ce patrimoine se réalise aléatoirement.

II. La fécondation

- La fécondation interne consiste à introduire le gamète mâle dans le corps de la femelle, à proximité des gamètes femelles. Le développement embryonnaire se déroule soit lors d'une gestation à l'intérieur de la femelle (mammifères par exemple) soit dans un œuf pondu après la fécondation (pour la majorité des oiseaux, des reptiles,...)
- La fécondation externe, qui se réalise principalement en milieu aquatique, consiste au rapprochement des gamètes mâles et femelles dans le milieu, à l'extérieur du corps de la femelle.
- Quel que soit le mode de fécondation, un spermatozoïde pénètre dans un ovule, qui ne peut en accueillir qu'un seul. Le noyau du gamète mâle fusionne avec celui du gamète femelle et forme une cellule œuf avec un seul et unique noyau.

Le sexe de l'individu n'est pas toujours déterminé par le patrimoine génétique

Chez certaines espèces de tortues, de lézards ou de crocodiles, c'est la température d'incubation des œufs qui détermine le sexe de l'individu.
La bonellie est un ver marin dont le sexe, indéterminé à la naissance, va évoluer en mâle si elle rencontre une femelle ou en femelle si elle est seule.
D'autres espèces comme le poisson-clown peuvent changer de sexe au cours de leur vie.

III. La transmission du patrimoine génétique

- La cellule œuf issue de la fécondation donnera un nouvel individu avec la moitié du patrimoine génétique de chacun des parents.

IV. Faciliter le rapprochement des gamètes lors de la reproduction sexuée

- La reproduction sexuée permet de maintenir une population, mais nécessite des conditions particulières. En effet, la reproduction sexuée ne peut souvent s'effectuer qu'à une certaine période de l'année, différente pour chaque espèce. Le milieu doit être adapté et faciliter le rapprochement des individus. Pour cela, ce milieu doit présenter un habitat sécurisé et des aliments disponibles pour la survie des individus.
- Dans le cas de la fécondation externe, plusieurs mécanismes permettent la rencontre des gamètes. Par exemple, une substance chimique peut être produite par les gamètes femelles. Les gamètes mâles, mobiles, sont attirés par cette substance et se déplacent jusqu'à l'ovule.

QUIZ

→ REPRODUCTION SEXUÉE ANIMALE ET TRANSMISSION DU PATRIMOINE GÉNÉTIQUE

→ 1. Associe l'espèce animale avec la méthode de rapprochement des gamètes utilisée par le mâle.

Le paon ❍		❍ Cadeau comestible
Certaines araignées ❍		❍ Crie
Le cerf ❍		❍ Déploie ses couleurs
Le jardinier à nuque rose (oiseau) ❍		❍ Se bat avec un autre mâle
Le lièvre ❍		❍ Décore le nid

→ 2. Complète le schéma bilan ci-dessous.

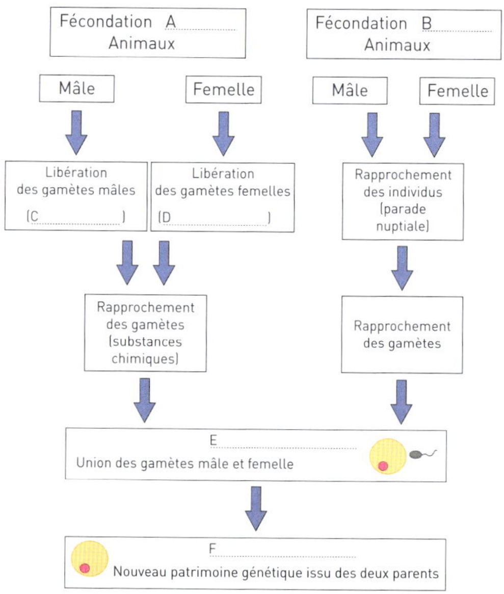

1. Le paon déploie ses plumes colorées. Chez certaines araignées, le mâle offre de la nourriture à la femelle. C'est surtout pour éviter d'être mangé après l'accouplement. Le brame du cerf est un cri utilisé pour séduire les femelles. Les oiseaux ont plusieurs techniques selon l'espèce. Certains chantent, dansent, construisent ou décorent des nids. Le lièvre, comme d'autres espèces animales, se bat avec un autre mâle pour « gagner » le droit de s'accoupler.
2. A. Fécondation externe puisque les gamètes sont libérés dans le milieu. **B.** Fécondation interne ; **C.** Spermatozoïdes ; **D.** Ovules ; **E.** Fécondation ; **F.** Cellule œuf

Fiche 7

REPRODUCTION SEXUÉE CHEZ LES PLANTES À FLEURS ET TRANSMISSION DU PATRIMOINE GÉNÉTIQUE

Ce que je sais déjà

Les plantes à fleurs se reproduisent grâce à leurs organes reproducteurs (étamines et pistil). Il existe divers modes de dissémination et de dispersion des grains de pollen et des graines, comme l'utilisation des animaux, du vent ou de l'eau.

Faciliter le rapprochement des gamètes lors de la reproduction sexuée

Il existe diverses stratégies chez les plantes à fleurs pour permettre la pollinisation, c'est-à-dire le transport du pollen jusqu'au pistil. Le pollen de certaines espèces a une forme adaptée au transport par le vent ou les insectes alors que certaines plantes aquatiques présentent des pollens plus longs et légers qui peuvent être transportés par l'eau.

I. La formation des gamètes

• Comme les animaux, les plantes à fleurs produisent des gamètes. Le gamète mâle est contenu dans les grains de pollen, eux-mêmes regroupés dans les étamines, et l'ovule (gamète femelle), dans l'ovaire.

II. La fécondation

• Lorsque les conditions le permettent, le pollen est libéré des étamines et vient se poser sur le pistil, c'est-à-dire l'organe reproducteur femelle, d'une autre fleur de la même espèce. L'ovule présent dans l'ovaire est encore inaccessible. Un tube pollinique s'allonge alors du grain de pollen et descend jusqu'à l'ovaire. Les gamètes empruntent ce tube pollinique pour atteindre l'ovule. On parle de fécondation interne.

III. La transmission du patrimoine génétique

• Cette fécondation aboutit à la formation d'un fruit contenant la ou les graines. La graine sera disséminée par diverses stratégies selon l'espèce de la plante. Pour que la graine puisse à son tour donner un nouvel individu, elle doit se déposer dans un milieu présentant des conditions adaptées à la germination, comme la présence d'eau.

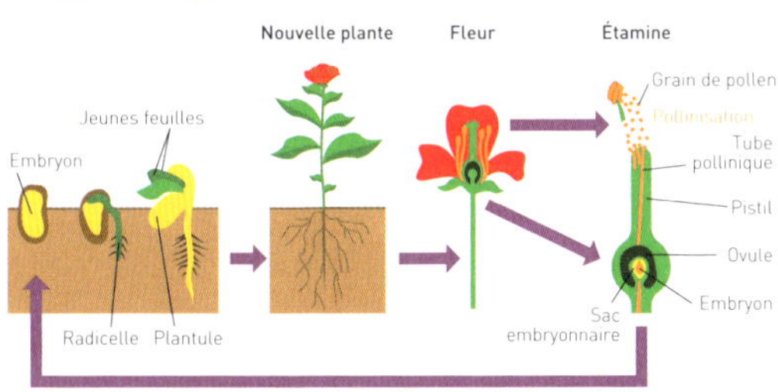

• Ce nouvel individu contient une nouvelle combinaison de gènes provenant pour moitié du patrimoine génétique contenu dans chacun des gamètes.

Des mécanismes pour éviter l'autofécondation

Les fleurs possèdent en général les deux organes reproducteurs : les étamines et le pistil. Pour éviter de s'autoféconder et permettre un meilleur brassage génétique, les plantes à fleurs développent diverses stratégies. Ainsi, chez certaines espèces (comme le géranium), les organes reproducteurs mâles et femelles ne vont pas arriver à maturité en même temps. Chez d'autres espèces, c'est la forme de la fleur qui ne permettra pas l'autofécondation. Il existe aussi des espèces (comme le kiwi) chez lesquelles les individus sont soit seulement mâles, soit seulement femelles.

QUIZ

→ REPRODUCTION SEXUÉE CHEZ LES PLANTES À FLEURS ET TRANSMISSION DU PATRIMOINE GÉNÉTIQUE

→ 1. Replace les légendes de la fleur sur le schéma ci-dessous.

Étamine Pistil Sépale Ovaire Pétale

→ 2. Associe l'espèce végétale avec la méthode utilisée pour la dissémination du pollen.

Ophrys bourdon

Arum tacheté

L'ophrys bourdon ❍	❍ Donne du nectar aux insectes
L'arum tacheté ❍	❍ Le vent
Le framboisier ❍	❍ Dégage l'odeur nauséabonde d'un nid d'insectes
Le noisetier ❍	❍ Imite une femelle d'un insecte pollinisateur

→ 3. Replace dans l'ordre les étapes du cycle de vie d'une plante à fleurs.

Croissance Fleurs Dispersion de la graine Germination de la graine
Dépôt du pollen sur le pistil Formation du fruit

A. .... **C.** .... **E.** ....
B. .... **D.** .... **F.** ....

1. A. Pistil ; **B.** Étamine, **C.** Pétale ; **D.** Ovaire ; **E.** Sépale.
2. L'ophrys bourdon attire les bourdons mâles avec une fleur imitant une femelle et l'incitant à s'accoupler. L'arum tacheté imite un lieu de nidification en dégageant une odeur nauséabonde et en augmentant sa température intérieure. Le framboisier fournit du nectar aux insectes et le noisetier est pollinisé par le vent.
3. A. Germination de la graine – **B.** Croissance – **C.** Fleurs – **D.** Dépôt du pollen sur le pistil – **E.** Formation du fruit – **F.** Dispersion de la graine.

Fiche 8

REPRODUCTION ASEXUÉE ET TRANSMISSION DU PATRIMOINE GÉNÉTIQUE

Ce que je sais déjà

Les animaux et les végétaux réalisent une reproduction sexuée en faisant intervenir leurs gamètes. (Fiches 6 et 7)

I. La reproduction asexuée chez les végétaux

- En plus de la reproduction sexuée, certaines espèces végétales élaborent des stratégies de reproduction asexuée pour occuper le milieu plus rapidement. Pour cela, elles utilisent certains organes particuliers, comme les stolons chez le fraisier ou les rhizomes chez le muguet.
- Dans le cas du fraisier, par exemple, de nouveaux individus se développent à partir du stolon, une tige poussant horizontalement le long du sol. De jeunes pieds se forment le long de ce stolon et s'enracinent, donnant un nouvel individu.
- Chez le muguet, ce sont sur des tiges souterraines, les rhizomes, que vont se développer de nouvelles tiges et feuilles aboutissant à de nouveaux individus.
- L'Homme utilise cette capacité de reproduction végétative pour obtenir plusieurs individus à partir d'un seul. Pour cela, il réalise le bouturage ou le marcottage sur quelques espèces. Ces techniques permettent d'obtenir de nouveaux individus à partir d'un végétal, soit en fragmentant la tige ou la feuille pour le bouturage, soit par enracinement de la tige pour le marcottage.

II. La reproduction asexuée chez les animaux

- Chez certains êtres vivants unicellulaires – c'est-à-dire constitués d'une seule cellule –, une reproduction asexuée peut être possible.
- Lors de la division cellulaire, il y a copie du patrimoine génétique de la cellule. La cellule se sépare ensuite en deux cellules identiques avec chacune une copie de l'ADN.
- Chez certains cnidaires de forme polype, la reproduction asexuée est possible par le développement d'un bourgeon sur l'individu ou par fragmentation du polype.

Il n'y a pas que les animaux et les végétaux qui font de la reproduction asexuée

On observe la reproduction asexuée chez d'autres organismes unicellulaires. Les paramécies sont des protozoaires. Elles peuvent se reproduire par simple division de leur cellule. Les levures sont des champignons unicellulaires qui se multiplient par bourgeonnement ou par séparation de la cellule en deux cellules contenant chacune le patrimoine génétique initial.

III. La transmission du patrimoine génétique lors de la reproduction asexuée

- La reproduction asexuée ne fait pas intervenir de cellules reproductrices, à l'inverse de la reproduction sexuée. Le patrimoine génétique est donc conservé dans sa totalité d'un individu à sa descendance.

Hydre

MOTS CROISÉS

→ REPRODUCTION ASEXUÉE ET TRANSMISSION DU PATRIMOINE GÉNÉTIQUE

→ **Complète les mots croisés avec les stratégies pour réaliser une reproduction asexuée.**

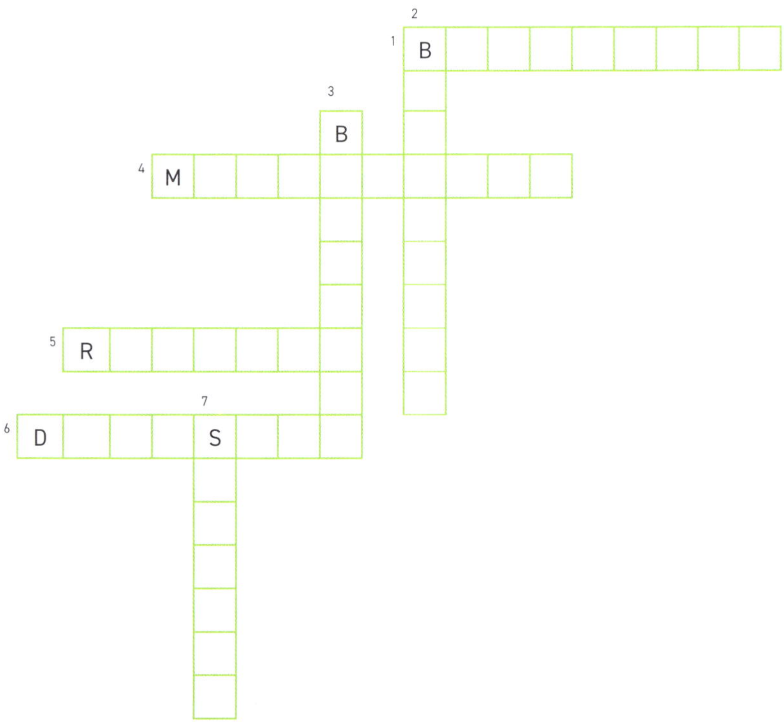

1. Bulbille
2. Bouturage
3. Bourgeon
4. Marcottage
5. Rhizome
6. Division
7. Stolon

Fiche 9

MOTS-CLÉS LES BESOINS DES CELLULES ANIMALES ET DES ORGANES

CELLULE

• Constituant principal des êtres vivants. Elle est formée d'une membrane plasmique, d'un cytoplasme et d'un noyau. L'être humain est pluricellulaire, c'est-à-dire qu'il possède plusieurs cellules.

NUTRIMENT

• Substance (lipide, glucide ou protéine) provenant de la nutrition et assimilée par l'organisme, qui fournit l'énergie nécessaire aux organes.

ORGANE

• Ensemble de tissus ayant une fonction identique. Chaque organe a sa propre fonction dans le corps.

RÉACTION CHIMIQUE

• Transformation de réactifs en produits. Pour le fonctionnement des muscles, c'est la transformation des nutriments (glucose) et du dioxygène en énergie et en déchets comme le dioxyde de carbone.

TISSU

• Ensemble de cellules ayant une fonction et une organisation identiques. Chaque tissu a un rôle bien défini. Ainsi, le rôle principal du tissu musculaire est de pouvoir se contracter pour assurer le mouvement.

ÉNERGIE MUSCULAIRE

• « Carburant » produit grâce à la transformation des nutriments et du dioxygène lors d'une réaction chimique.

EFFORT MUSCULAIRE

• Contraction musculaire qui demande de l'énergie supplémentaire et de ce fait, une quantité plus élevée de dioxygène et de nutriments.

L'OBSERVATION D'UNE CELLULE ANIMALE POUR APPRENDRE LES CONSTITUANTS

Légende les constituants de la cellule dans la photo de cellules buccales observées au microscope optique.

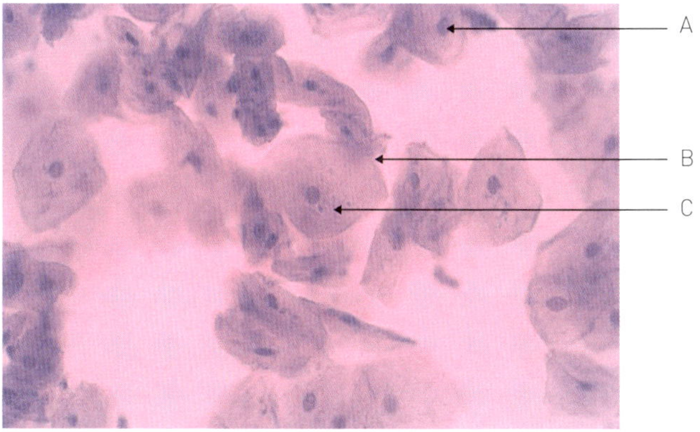

LE SCHÉMA FONCTIONNEL POUR COMPRENDRE LES BESOINS DU MUSCLE

Indique le sens de la circulation sanguine en utilisant des flèches.

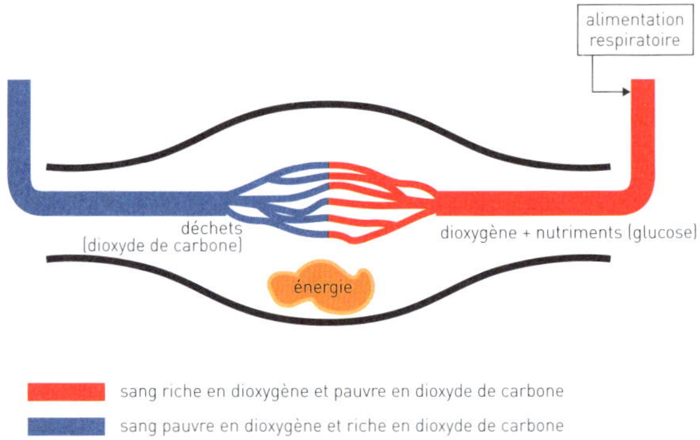

MODÉLISER LES SURFACES D'ÉCHANGES POUR LOCALISER LE PASSAGE DES NUTRIMENTS ET DU DIOXYGÈNE DANS LE SANG

Explique d'où proviennent les nutriments et le dioxygène et comment ils passent dans le sang.

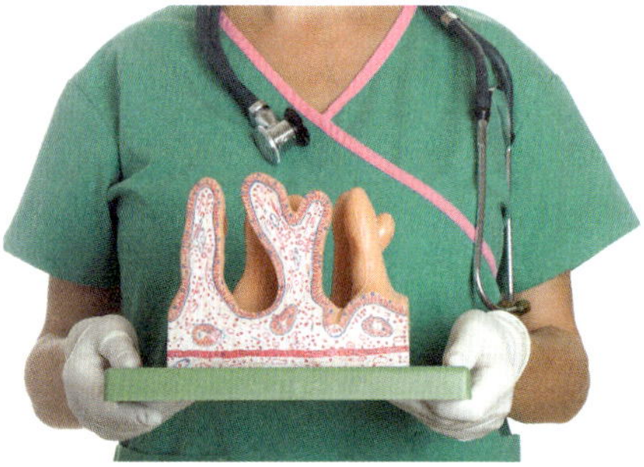

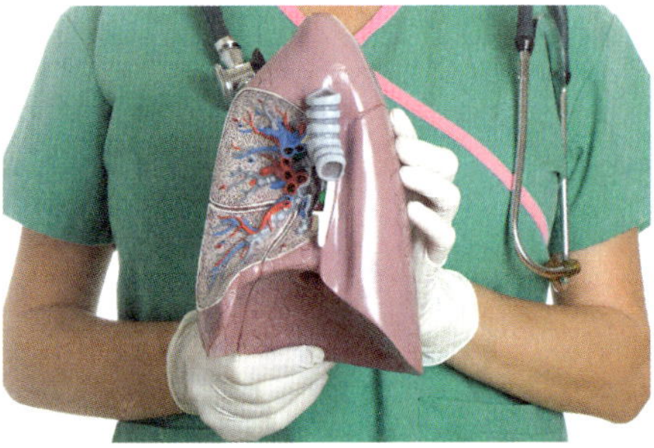

L'observation d'une cellule animale pour apprendre les constituants
A. Noyau
B. Membrane plasmique
C. Cytoplasme

Le schéma fonctionnel pour comprendre les besoins du muscle
Le sang riche en dioxygène (colorié en rouge) arrive dans le muscle où s'effectuent les réactions chimiques fournissant de l'énergie et rejetant des déchets comme le dioxyde de carbone dans le sang. Le sang pauvre en dioxygène (colorié en bleu) ressort du muscle.

Modéliser les surfaces d'échanges pour localiser le passage des nutriments et du dioxygène dans le sang
L'intestin grêle et les alvéoles pulmonaires sont des surfaces d'échanges parcourues de vaisseaux sanguins. Les nutriments issus de la digestion des aliments et le dioxygène provenant de la respiration passent dans le sang au niveau des capillaires sanguins présents sur ces surfaces d'échanges.

UTILISER UN MICROSCOPE OPTIQUE POUR OBSERVER LES CELLULES REPRODUCTRICES

Établis les critères d'évaluation de l'utilisation du microscope, un outil d'observation.

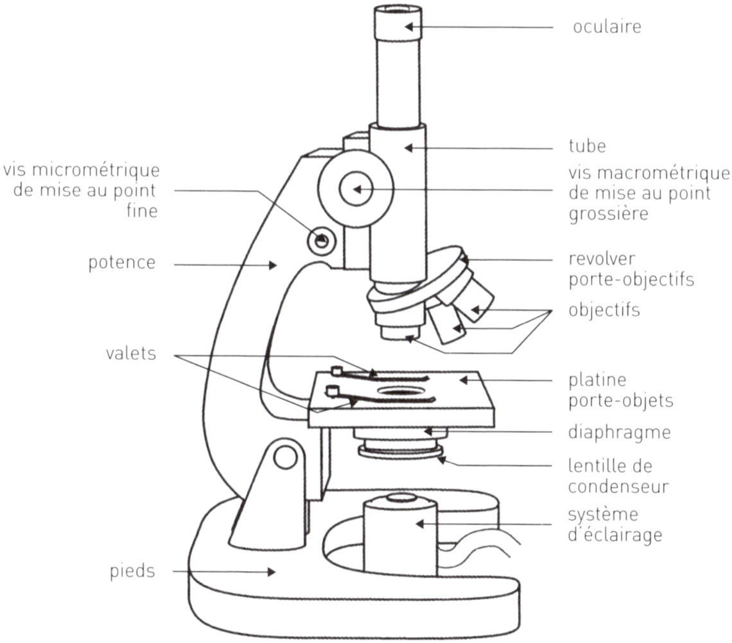

LES CONSTITUANTS DU MICROSCOPE

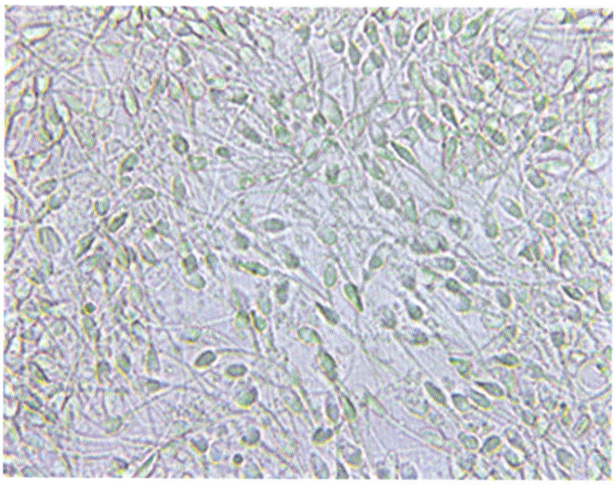

Lame de cellules reproductrices humaines (les spermatozoïdes) observée au microscope optique

CONSEILS POUR RÉUSSIR ET CORRIGÉS

Le microscope permet d'observer un objet petit et fin ou non visible à l'œil nu.

J'allume le microscope

- Certains microscopes ont une lampe intégrée. Il suffit de brancher le microscope et d'appuyer sur le bouton qui allume la lampe.
- D'autres versions nécessitent l'ajout d'une lampe individuelle qu'il faudra diriger vers la lame. Fais attention à certaines lampes qui, une fois allumées, peuvent brûler les mains si on les touche.
- Choisis la bonne intensité quand le microscope le permet ou la bonne distance de la lampe. La lumière ne doit pas t'éblouir.

Je place la lame

- La lame ou la préparation microscopique doit être déposée sur la platine avec la lamelle vers le haut.
- Lorsque le microscope en possède, la lame doit être maintenue par les pinces métalliques.
- La zone à grossir doit être centrée en face de l'objectif.

Je règle le microscope

- Le plus petit objectif est bien « clipsé » et est utilisé pour le premier réglage.
- Pour obtenir une image nette, il faut d'abord descendre la platine au maximum grâce à la vis macrométrique, puis remonter lentement jusqu'à ce que l'objet soit visible.
- Réajuste avec la vis micrométrique si nécessaire et si le microscope en est équipé.
- Fais attention à ce que les objectifs ne touchent pas la préparation sous peine de casser les lames.

Je choisis le bon objectif selon la préparation

- Une fois le premier réglage effectué, tourne le revolver (sans toucher les objectifs) puis passe à l'objectif moyen et réajuste le réglage avec la vis macrométrique puis la vis micrométrique.
- Passe au gros objectif si besoin et règle à nouveau avec seulement la vis micrométrique.
- Plus l'objet observé est petit, plus il faudra augmenter la taille du grossissement.

Je range mon espace de travail lorsque j'ai terminé

- Une fois le travail terminé, le microscope est éteint, bien rangé, et la préparation (lame) doit être retirée.

Un exemple de critères d'évaluation :
Le microscope ou la lampe est bien branché.
L'intensité lumineuse est bien choisie.
La lame est positionnée sur la platine, lamelle vers le haut et maintenue par les pinces métalliques.
La zone à observer est bien centrée.

Le plus petit objectif est utilisé pour le premier réglage.
Le choix de l'objectif est cohérent avec l'objet à regarder (dans l'exemple de la cellule reproductrice, on choisira un gros objectif).
L'espace de travail est rangé à la fin de la séance.

Fiche 11

LE SYSTÈME DIGESTIF

Ce que je sais déjà

Les nutriments sont une source d'énergie présente dans l'alimentation. Ils passent dans le système digestif et s'infiltrent dans le sang grâce aux vaisseaux sanguins qui les transportent ensuite aux organes. Les besoins énergétiques de l'individu sont liés à son âge ou à son activité physique.

Adapter les besoins énergétiques

L'organisme a besoin d'un certain apport nutritionnel. Lorsque cet apport excède ses besoins, il peut y avoir des problèmes de santé, comme l'obésité. Un apport déficitaire peut également engendrer des troubles alimentaires. Avant une activité physique, il est important d'avoir assimilé une quantité de nourriture adaptée et suffisante pour répondre aux besoins de l'organisme. Les organes mobilisés pendant l'effort ont en effet un besoin accru de nutriments pour produire l'énergie nécessaire à leur fonctionnement.

Une flore intestinale essentielle

Le tube digestif abrite environ dix mille milliards de bactéries. Elles assurent notamment une capacité de digestion des fibres en sucres simples qu'elles transforment en nutriments assimilables. Elles peuvent aussi synthétiser la vitamine K, essentielle à notre organisme pour la fixation du calcium sur les os ou pour la bonne coagulation du sang.

I. L'assimilation des aliments : la digestion mécanique

- Pour être assimilés, les aliments consommés doivent subir des transformations, afin d'obtenir des nutriments assez petits pour passer dans le sang.
- Une première digestion, dite mécanique, consiste à réduire les aliments en de plus petits morceaux. La première réduction des aliments s'effectue lors de la mastication. Puis les aliments passent par l'œsophage, qui pousse les aliments vers l'estomac. Une fois dans l'estomac, les aliments subissent un brassage et sont envoyés dans l'intestin grêle. Seuls certains aliments (fibres alimentaires) passent dans le gros intestin et ressortent par l'anus.
- L'ensemble des organes par lesquels circulent les aliments forme le tube digestif.

II. La transformation chimique des aliments

- En plus de la digestion mécanique, une digestion chimique aide à transformer les aliments en de très petites molécules pour qu'elles puissent passer dans le sang.
- Certaines glandes du tube digestif sécrètent des enzymes digestives qui coupent les grandes molécules des aliments en molécules plus petites. (Fiche 15) Les glandes salivaires produisent ainsi la salive, qui agit sur l'amidon et le coupe en molécules de glucose.
- Les sucs gastriques produits par des glandes de l'estomac ont également pour rôle de réduire la taille des molécules.
- Ces enzymes transforment les aliments en nutriments, qui seront par la suite utilisés par les cellules des organes pour produire l'énergie nécessaire à leur fonctionnement.

III. Le passage des nutriments dans le sang

- Au niveau de la paroi de l'intestin grêle, les nutriments passent dans le sang présent dans les capillaires sanguins. C'est l'absorption intestinale.
- Les substances ne passant pas dans le sang sont les nutriments non transformés. Ils forment les excréments et ressortent par l'anus après leur passage par le gros intestin.

QUIZ

→ LE SYSTÈME DIGESTIF

→ 1. Légende le schéma du système digestif.

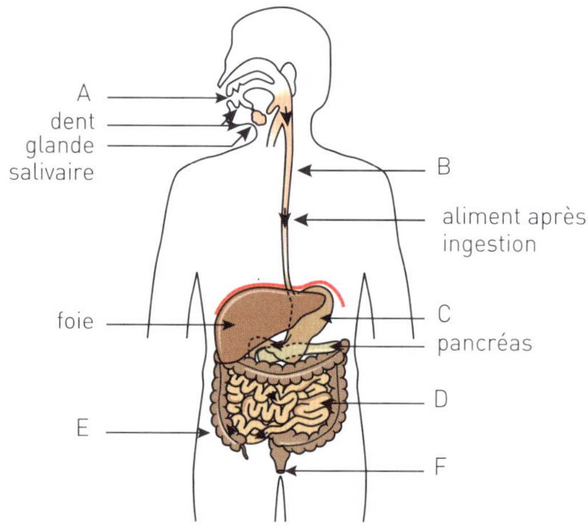

→ 2. Indique pour chaque procédé s'il s'agit d'une digestion mécanique ou chimique.

- ❑ A. La mastication
  mécanique/chimique
- ❑ B. La sécrétion d'enzymes digestives
  mécanique/chimique
- ❑ C. La production de salive
  mécanique/chimique
- ❑ D. Le brassage par l'estomac
  mécanique/chimique
- ❑ E. La production du suc gastrique
  mécanique/chimique

→ 3. Quelles sont les conséquences d'un apport nutritionnel déficitaire ?

- ❑ A. Un risque d'obésité
- ❑ B. Un trouble alimentaire

→ 4. Quels sont les besoins nutritionnels lors d'un effort physique ?

- ❑ A. Il faut plus de nutriments car l'organisme a besoin de moins d'énergie
- ❑ B. Il faut plus de nutriments car l'organisme a besoin de plus d'énergie
- ❑ C. Il faut moins de nutriments car l'organisme a besoin de moins d'énergie
- ❑ D. Il faut moins de nutriments car l'organisme a besoin de plus d'énergie

1. A. La bouche ; **B.** L'œsophage (à ne pas confondre avec la trachée du système respiratoire) ; **C.** L'estomac ; **D.** L'intestin grêle ; **E.** Le gros intestin ; **F.** L'anus.
2. Les aliments subissent une digestion mécanique (**A** et **D**) et digestive (**B**, **C** et **E**).
3. B. Un apport déficitaire peut engendrer un trouble alimentaire.
4. B. Lors d'un effort physique, les besoins des muscles en dioxygène et nutriments sont plus importants afin de réaliser des réactions chimiques produisant l'énergie nécessaire à son fonctionnement. (Fiche 9)

Fiche 12

LE SYSTÈME RESPIRATOIRE

Ce que je sais déjà

Le dioxygène passe dans le système respiratoire (poumons). Il s'infiltre dans le sang grâce aux vaisseaux sanguins qui le transportent ensuite aux organes grâce à la circulation sanguine.

D'autres organes permettent l'assimilation du dioxygène
Chez les animaux, il existe divers appareils respiratoires en fonction du milieu de vie. Les mammifères marins, qui possèdent des poumons, sont obligés de remonter à la surface pour respirer. Certains organismes aquatiques respirent le dioxygène dissous dans l'eau à l'aide de branchies. Les insectes ne possèdent ni poumons, ni branchies. Le dioxygène entre par des stigmates et est apporté directement aux organes par un réseau de tubes, les trachées.

I. Les besoins en dioxygène

- Le dioxygène est un élément essentiel pour le corps humain. Associé aux nutriments, il permet, grâce aux réactions chimiques, la production d'énergie nécessaire au fonctionnement des organes. (Fiche 9) Ce dioxygène est produit notamment par les organismes chlorophylliens et est présent dans l'air que nous respirons.

II. L'assimilation du dioxygène jusqu'au poumon

- Pour que l'air rentre dans le corps humain, des mouvements respiratoires sont effectués par un muscle qui sépare la cage thoracique de l'abdomen, le diaphragme. La contraction de ce muscle permet à l'air de rentrer dans le corps lors de l'inspiration par la bouche ou le nez.
- Le dioxygène est ensuite conduit jusqu'aux poumons par la trachée et les bronches. À l'intérieur du poumon, le dioxygène poursuit sa route dans les bronchioles et termine dans les alvéoles pulmonaires.

III. Le passage du dioxygène dans le sang

- Au niveau des alvéoles pulmonaires, le dioxygène de l'air passe dans le sang présent dans les capillaires sanguins.
- Le dioxyde de carbone produit par les organes effectue le trajet inverse en passant du sang des capillaires sanguins vers les alvéoles pulmonaires dans les poumons, pour être rejeté lors de l'expiration.

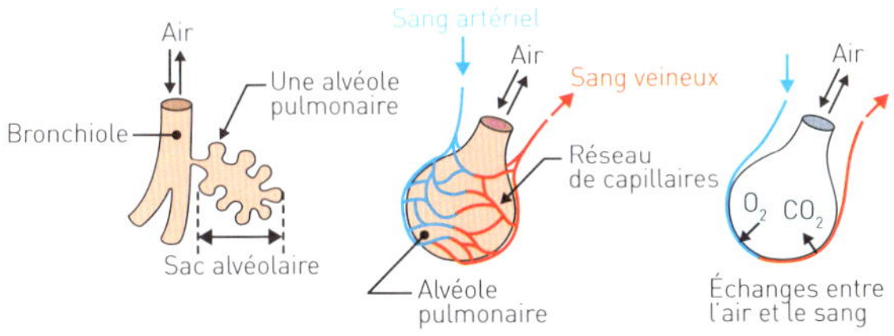

À l'effort
Lors d'une activité physique, la fréquence respiratoire (ou ventilatoire) augmente, permettant d'absorber une quantité plus importante de dioxygène pour répondre aux besoins accrus des muscles.

NOTIONS | SVT

QUIZ

→ LE SYSTÈME RESPIRATOIRE

→ 1. Comment le dioxygène est-il apporté au corps ?

- ❑ A. De l'inspiration
- ❑ B. De l'expiration
- ❑ C. De l'ingestion d'aliments

→ 2. Quel est le gaz rejeté lors de l'expiration ?

- ❑ A. Le dioxygène
- ❑ B. Le dioxyde de carbone
- ❑ C. Le méthane

→ 3. Qu'est-ce que l'inspiration ?

- ❑ A. L'entrée de l'air dans l'organisme
- ❑ B. Le trajet de l'air dans l'organisme
- ❑ C. Le rejet de l'air de l'organisme

→ 4. À quel niveau le dioxygène passe-t-il dans le sang ?

- ❑ A. Au niveau de la trachée
- ❑ B. Au niveau des bronchioles
- ❑ C. Au niveau des alvéoles pulmonaires

→ 5. Quelles sont les besoins à l'effort ?

- ❑ A. La fréquence respiratoire (ou ventilatoire) diminue
- ❑ B. La fréquence respiratoire (ou ventilatoire) augmente

→ 6. Réalise à l'aide de flèches le chemin du dioxygène dans le système respiratoire.

Bronchioles — Bouche ou nez

Trachée — Alvéoles pulmonaires — Bronches

→ 7. Relie l'organe respiratoire au bon animal.

Stigmates (trachées) ❍	❍ La grenouille
Poumons ❍	❍ La sauterelle
Branchies ❍	❍ La truite

1. A. Le dioxygène provient de la respiration et plus précisément de l'inspiration.
2. B. Le dioxyde de carbone est un déchet rejeté par les muscles qui passe dans le sang puis dans les alvéoles pulmonaires et ressort par le nez ou la bouche lors de l'expiration.
3. A. L'inspiration correspond à l'entrée de l'air par la bouche et le nez. L'expiration correspond au chemin inverse.

4. C.
5. B. La fréquence ventilatoire augmente pour augmenter la quantité de dioxygène dans le sang.
6. Le dioxygène entre par la bouche ou le nez, puis passe par la trachée, les bronches, les bronchioles et enfin les alvéoles pulmonaires.
7. La grenouille possède des poumons, la sauterelle a des stigmates et la truite respire avec des branchies.

Fiche 13

MOTS-CLÉS

LA DIVERSITÉ DU MONDE MICROBIEN

MICRO-ORGANISMES

• Organismes vivants microscopiques, aussi appelés « microbes », présents dans notre environnement ou au sein de l'organisme. Ce sont en grande partie des bactéries et des champignons microscopiques, formés d'une seule cellule.

BACTÉRIE

• Micro-organisme constitué d'une cellule sans noyau invisible à l'œil nu.

VIRUS

• Entité constituée d'une capside protégeant un génome viral ADN ou ARN. Le virus peut posséder une enveloppe de même composition qu'une membrane cellulaire.
• Contrairement à la bactérie, le virus est incapable de croître et de se diviser seul, mais se multiplie en utilisant une cellule hôte.

MICRO-ORGANISMES PATHOGÈNES

• Micro-organismes qui véhiculent des maladies ou qui sont responsables d'intoxications alimentaires. Ils sont présents dans l'environnement, sur la peau, sur les objets, dans l'eau ou les aliments. Ils peuvent se transmettre d'un individu à l'autre par simple contact, par la salive ou par le contact sanguin ou encore par la respiration d'air contaminé.
• Ils présentent à la surface de leur membrane cellulaire des molécules appelées antigènes. Ces molécules sont reconnues comme étrangères à l'organisme infecté et activent les défenses immunitaires.

MICRO-ORGANISMES NON PATHOGÈNES

• Micro-organismes qui ne véhiculent pas de maladies. Certains sont même bénéfiques ou indispensables à notre organisme, comme ceux présents dans la flore intestinale, qui participent à la digestion des aliments et aident le système immunitaire en réduisant la multiplication des micro-organismes pathogènes.

UNE ÉCHELLE POUR SITUER LES MICRO-ORGANISMES

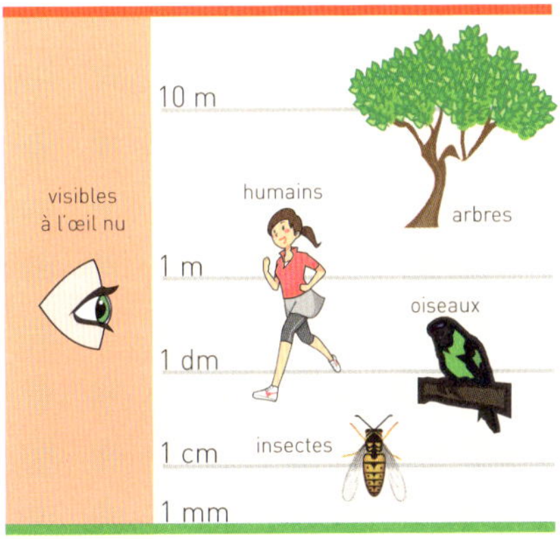

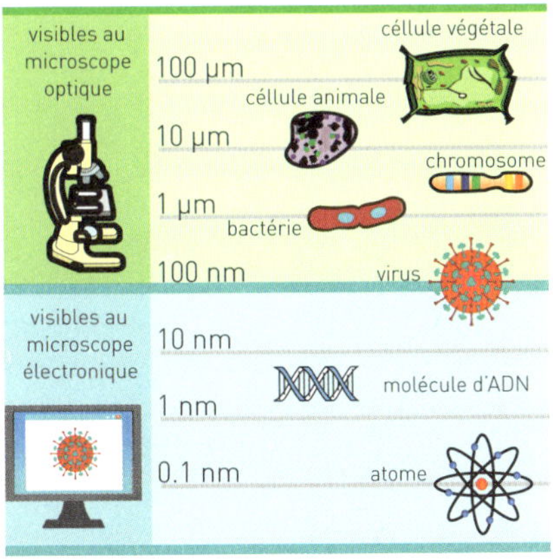

DES PHOTOS POUR REPRÉSENTER LA RÉPARTITION DES BACTÉRIES DANS LE CORPS HUMAIN

Indique, pour chaque photo, où se situent les bactéries dans le corps humain.

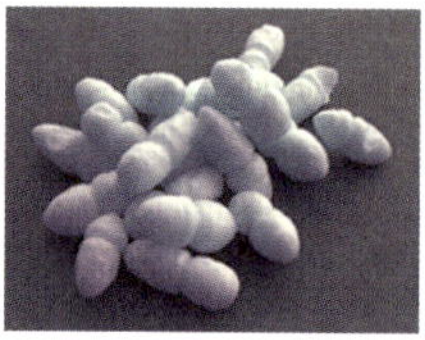
Staphylococcus epidermidis

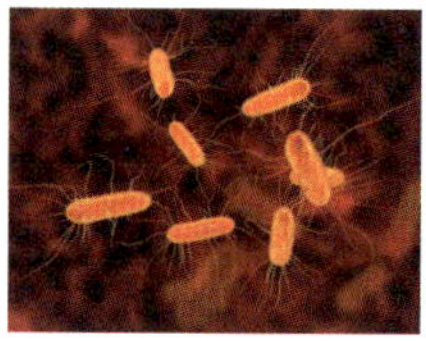
Escherichia coli

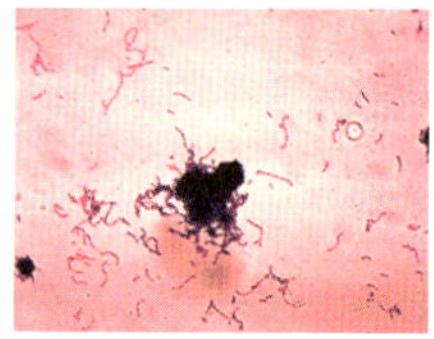
Streptococcus mutans

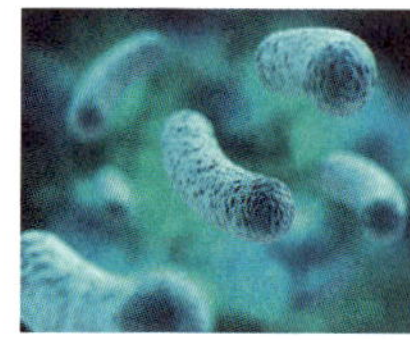
Lactobacillus

DES SCHÉMAS POUR COMPRENDRE LA STRUCTURE DES MICRO-ORGANISMES

Donne un titre à ces schémas.

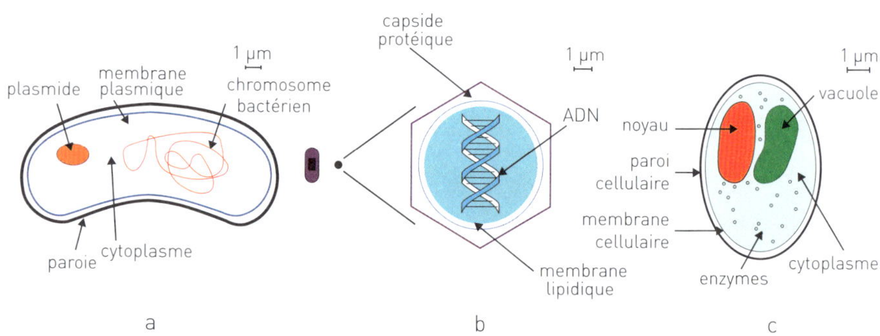

Des photos pour représenter la répartition des bactéries dans le corps humain
Staphylococcus epidermis est une bactérie présente sur la peau. Elle est en général non pathogène.
E. coli est une bactérie présente dans la muqueuse de l'intestin. Certaines souches sont pathogènes.
Les bactéries *Lactobacillus* sont présentes dans les muqueuses génitales et protègent des infections vaginales.
Streptococcus mutans est une bactérie buccale qui compose la plaque dentaire.

Des schémas pour comprendre la structure des micro-organismes
A. Schéma d'une bactérie.
B. Schéma d'un virus. Le virus ne possède pas de membrane plasmique mais une capside.
C. Schéma d'une levure. C'est un champignon microscopique.

Fiche 14

MOTS-CLÉS LA COMMANDE NERVEUSE

RÉCEPTEUR SENSORIEL

• Structure pouvant être stimulée et capable de transmettre un message nerveux sensitif des organes des sens au cerveau.

STIMULATION

• Excitation provoquée par l'environnement qui active un récepteur sensoriel.

CORTEX CÉRÉBRAL

• Tissu organique de quelques millimètres d'épaisseur qui recouvre le cerveau.

MESSAGE NERVEUX SENSITIF

• Message issu de la stimulation d'un organe de sens, envoyé jusqu'au cerveau par des nerfs sensitifs.

MESSAGE NERVEUX MOTEUR

• Message transmis des centres nerveux jusqu'aux organes par des nerfs moteurs.

CENTRE NERVEUX

• Zone du cerveau ou de la moelle épinière qui reçoit les messages nerveux sensitifs et élabore un message nerveux moteur.

AIRE CÉRÉBRALE

• Zone du cerveau dédiée à une fonction particulière.

NERF

• Conduit formé par le **regroupement d'axones des neurones** et véhiculant les messages nerveux.

NEURONE

• Cellule nerveuse par laquelle passe l'information.

INTÉGRATION

• Traitement d'une information en simultané par plusieurs zones cérébrales.

UN TABLEAU POUR CONNAÎTRE LES CINQ ORGANES DES SENS

Complète le tableau en faisant correspondre les définitions avec les organes des sens.

Sens	Organe de sens	Définition
1	....	Contient des récepteurs sensibles aux variations d'intensité lumineuse ou de couleur.
2	....	Permet de différencier les saveurs (salé, sucré, amer, acide).
3	....	Distingue les variations de pression, de température, la douleur, les vibrations, etc.
4	....	Contient des récepteurs sensoriels permettant de distinguer les odeurs.
5	....	Est sensible aux ondes sonores.

UN SCHÉMA FONCTIONNEL POUR COMPRENDRE LE CHEMIN DES MESSAGES NERVEUX

Trace par une flèche verte le trajet du message nerveux sensitif, et par une flèche rouge le trajet du message nerveux moteur.

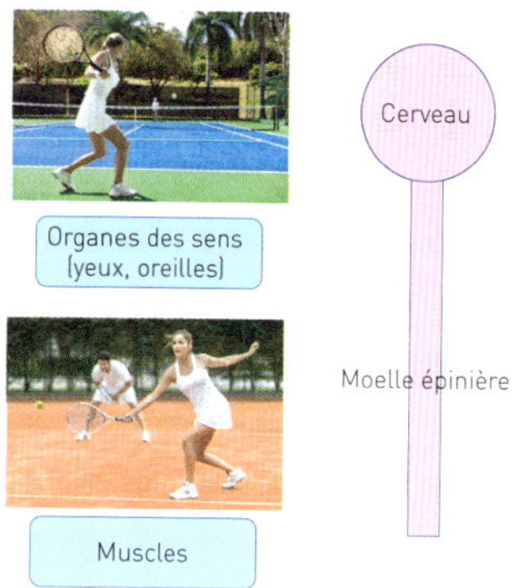

Le message nerveux sensitif est produit au niveau des organes des sens. Ici, les yeux et les oreilles voient et entendent la balle de tennis qui arrive. Le message nerveux sensitif est ensuite transmis au cerveau (centre nerveux) qui intègre l'information et élabore un message nerveux moteur. Ce dernier descend le long de la moelle épinière et rejoint les muscles. Les muscles effectuent le mouvement de frapper la balle.

UNE ÉCHELLE DES DÉCIBELS POUR PERCEVOIR LES CONSÉQUENCES DE LA PERTURBATION D'UN RÉCEPTEUR SENSORIEL

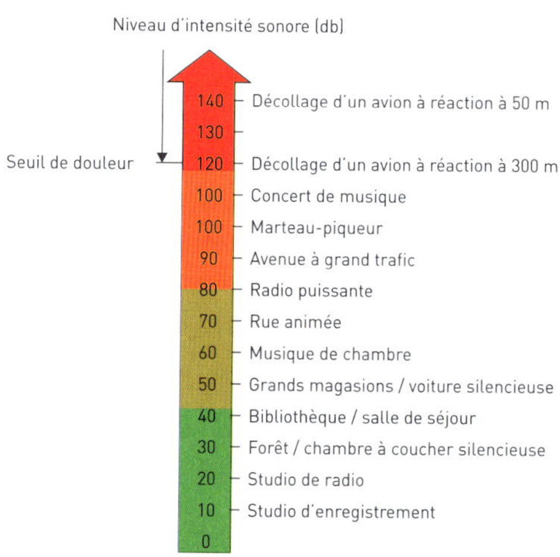

Un tableau pour connaître les cinq organes des sens

1. L'œil est l'organe de sens de la vue.
2. La langue est l'organe de sens du goût.
3. La peau est l'organe de sens du toucher.
4. Le nez est l'organe de sens de l'odorat.
5. L'oreille est l'organe de sens de l'ouïe.

Fiche 15

RÉALISER UNE DÉMARCHE EXPÉRIMENTALE

Fiche 11

Réalise toutes les étapes de la démarche expérimentale qui permet de valider l'hypothèse « Des enzymes digestives permettent la digestion chimique de l'amidon ».

Quelques mots clés pour la compréhension de l'exercice

Amidon

Constitué de glucose, présent dans les féculents comme les pâtes ou la pomme de terre.

Enzyme digestive

Substance qui intervient dans la digestion des aliments.

Digestion chimique

Transformation des aliments en de très petites molécules pour qu'elles puissent passer dans le sang.

Lugol

Ou eau iodée. Produit qui peut être utilisé comme colorant. Il révèle la présence d'amidon en colorant la surface en bleu-noir.

Le matériel de laboratoire

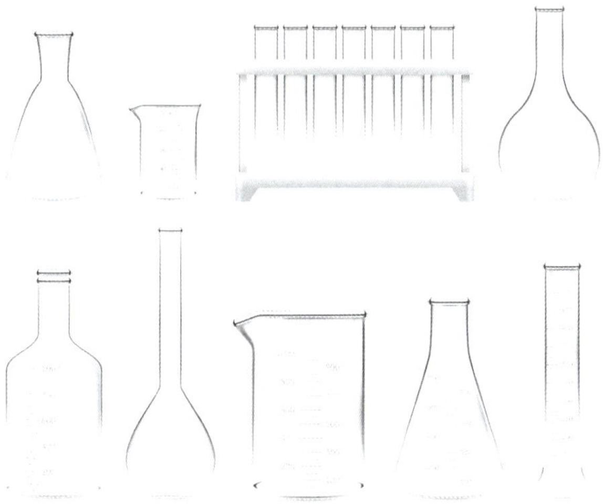

Astuce :
Les enzymes digestives sont présentes dans des médicaments pour favoriser la digestion ou pour les maux de gorge.
La chaleur permet d'accélérer leur action.

CONSEILS POUR RÉUSSIR ET CORRIGÉS

Je réfléchis à un protocole qui permet de vérifier l'hypothèse

- Pense à l'expérience témoin. Le témoin permet de comparer l'élément vérifié (ici l'action des enzymes digestives).
- Il faut donc faire deux expériences : une expérience AVEC l'élément et une expérience SANS l'élément afin d'être certain que le résultat de l'expérience dépend bien de cet élément et non d'autre chose.

J'indique le matériel dont j'ai besoin

- Fais une liste du matériel nécessaire, comprenant le matériel de laboratoire (verrerie, instruments, bain-marie, etc.), le matériel biologique (légumes, etc.) et les produits ou substances utiles (colorant, enzymes, etc.).
- Indique les quantités souhaitées.

Je décris chacune des étapes du protocole

- Toutes les étapes de l'expérience doivent être décrites de manière ordonnée et claire, de façon à ce qu'une personne qui n'a pas réfléchi au protocole puisse l'effectuer.
- Des schémas peuvent l'accompagner.

Je démarre l'expérience

- Prends soin de noter les conditions de départ pour chaque expérience.

Je note les résultats à la fin de l'expérience

- Note les résultats obtenus pour l'expérience et le témoin.
- Plusieurs formes sont possibles. Les résultats peuvent être notés dans un tableau, un graphique, ou sous la forme de schéma.

J'interprète les résultats

- Compare les résultats de l'expérience avec les conditions de départ
- Compare les résultats avec l'expérience témoin.

Je conclus

- Indique si tu valides ou réfutes ton hypothèse
- En cas de réfutation, tu peux expliquer pourquoi l'hypothèse n'est pas validée et proposer une autre hypothèse.

Protocole possible :

1. Prendre deux tubes à essai comprenant le même volume d'eau et la même quantité de pâtes et quelques gouttes de lugol. Il ne faut pas varier les quantités afin d'avoir les mêmes conditions de départ dans les deux tubes.

2. Ajouter une enzyme digestive dans l'un des tubes (l'autre tube servira de témoin).

3. Mettre à chauffer au bain-marie autour de 37 °C (température du corps) et laisser plusieurs dizaines de minutes.

Résultats obtenus :

Les deux tubes sont colorés en bleu-noir au départ de l'expérience. À la fin de l'expérience, seul le tube contenant l'enzyme digestive n'est plus coloré.

Interprétation :

Le lugol colore en bleu-noir la présence d'amidon. L'amidon, un constituant des pâtes, est présent au début de l'expérience dans les deux tubes à essai, mais est digéré sous l'action des enzymes digestives.

PHYSIQUE CHIMIE

SOMMAIRE

Fiche 1

LES ÉTATS DE LA MATIÈRE

La matière dans tous ses états

Question : comment reconnaître un solide d'un liquide et d'un gaz ? Prenons l'exemple de l'eau, qui est celui choisi pendant toute la scolarité des élèves de primaire.

Liquide ou pas ?
En sixième, on prend l'eau comme principal exemple de liquide, mais il en existe bien d'autres, comme l'huile, mais pas seulement. Tout corps simple peut devenir liquide, c'est une question de température : l'or (et tous les métaux), naturellement à l'état solide sur Terre, peut devenir liquide à 1 064 °C.

I. L'eau liquide

- Lorsqu'elle est à l'**état liquide**, on ne peut pas facilement transporter l'eau dans ses mains et il faut la placer dans un récipient. L'eau se place au fond des **récipients, dont elle prend la forme**. Lorsque l'on pose ce récipient à plat sur une table, on observe que la surface de l'eau est plane et horizontale. Si on penche légèrement le récipient de côté, la **surface de l'eau reste parallèle au sol**.
- Généralisons à tous les liquides : **un liquide prend la forme du récipient qui le contient**. Il ne possède pas de forme propre. Le volume d'un liquide ne dépend pas du récipient qui le contient. La surface libre d'un liquide est toujours horizontale.

II. L'eau solide

- L'eau, à l'**état solide**, se présente sous la forme de glace, et ses propriétés sont différentes de l'eau liquide. Par exemple, contrairement à l'eau liquide, nous pouvons transporter de la glace dans nos mains. Quand on place un glaçon dans un verre, le glaçon conserve sa forme.
- Généralisons à tous les solides : **un solide garde toujours sa forme propre**. Ses dimensions ne varient pas. Son volume est toujours le même. Il ne dépend pas du récipient dans lequel il est placé.

La propriété de l'eau liquide souvent utilisée
La propriété qu'a l'eau liquide de voir sa surface toujours horizontale est utilisée en navigation : on place le compas flottant dans un compartiment rempli d'eau afin qu'il reste toujours bien horizontal et qu'il indique toujours la bonne direction.

III. La vapeur d'eau

- La **vapeur d'eau** est un **gaz**. Elle est **invisible** et occupe tout l'espace qui lui est offert. Comme les autres gaz, elle n'a donc **ni forme propre ni volume propre**.
- L'**air** est également un gaz. Plaçons un verre retourné et vide dans de l'eau liquide. On emprisonne alors de l'air entre le verre et l'eau. Si on retourne le verre, l'air s'échappe immédiatement pour occuper le nouveau volume qui lui est offert. Des bulles d'air apparaissent et le verre se remplit d'eau.
- Généralisons à tous les gaz : **un gaz est invisible et il peut changer à la fois de forme et de volume**.

La surface d'un liquide est toujours horizontale.

QUIZ

LES ÉTATS DE LA MATIÈRE

1. Un liquide :

- ❑ A. ne possède pas de forme propre.
- ❑ B. ne prend pas la forme du récipient qui le contient.
- ❑ C. possède une forme propre.

2. Un solide :

- ❑ A. a des dimensions pouvant varier.
- ❑ B. possède une forme propre.
- ❑ C. dépend du récipient dans lequel il est placé.

3. La vapeur d'eau :

- ❑ A. est toujours invisible.
- ❑ B. est toujours visible.
- ❑ C. a une forme propre.

4. Un liquide

- ❑ A. voit sa surface libre toujours horizontale.
- ❑ B. n'a pas de surface libre.
- ❑ C. est compressible.

5. Remplir le tableau :

	On penche le verre. La surface du contenu est :	Donc la matière contenue dans le verre est à l'état :
	....	....
	....	....
	....	....

1. A. Un liquide ne possède pas de forme propre : quand on le met dans un récipient, il en prend la forme.
2. B.
3. A. La vapeur d'eau ne se voit pas car c'est un gaz.
4. A. La surface d'un liquide reste horizontale même si on penche son contenant.
5. Colonne 2 de haut en bas : la surface n'est pas horizontale, le sable est un solide à l'état divisé ; la surface est horizontale, l'eau est un liquide ; il n'y a pas de surface visible car c'est un gaz qui va s'échapper dans la pièce où se trouve le verre. Colonne 3 de haut en bas : solide, liquide, gaz.

Fiche 2

LES MÉLANGES

Importance de l'eau sur Terre

L'eau est la base de la vie sur Terre, c'est notre solvant principal, à la fois dans la nature et surtout dans le corps des êtres vivants. Que signifie « solvant » ? Cela signifie que l'eau de notre corps, de nos océans, a le pouvoir de se mélanger (ou non) à des solides, des liquides et même des gaz.

Comment mettre des bulles dans les sodas ?
On peut mélanger un liquide ou dissoudre un solide dans l'eau. Qu'en est-il pour un gaz comme le dioxyde de carbone (les bulles des sodas) ? On peut le dissoudre grâce à une machine. Ce gaz est soluble dans l'eau. Certaines eaux gazeuses dites naturelles jaillissent des sources avec ce gaz déjà présent dans l'eau.

Les stations d'épuration
Dans les stations d'épuration qui nettoient les eaux usées de nos égouts, on procède à plusieurs séparations : d'abord une filtration par des grilles, puis une décantation grossière et des décantations lentes dans des bassins.

Mélange hétérogène de liquides non miscibles (huile, lait et miel).

I. Mettre un solide dans de l'eau

- Outre les **gaz** qu'on peut **dissoudre** dans l'**eau** (pour faire de l'eau pétillante par exemple), on s'intéresse principalement en sixième à deux types de mélanges dans l'eau : les solides et les liquides dans l'eau. Lorsque l'on veut **mélanger** un **solide** avec de l'**eau**, il y a deux cas.
- Le premier est le cas des **solides insolubles** (sable, poivre, craie) qui, quand on les mélange avec l'eau, donnent une solution trouble puis se redéposent au fond du récipient quand on arrête d'agiter. On parle alors de **mélange hétérogène**, ce qui signifie que notre œil distingue des **phases** différentes.
- Dans le deuxième cas, le solide est dit **soluble** (sel, sucre) s'il semble disparaître quand on le met dans l'eau et qu'on agite. Le mélange est limpide et est appelé **homogène**. L'œil ne distingue qu'une seule phase.

II. Mettre un liquide dans l'eau

- Dans le cas d'un liquide mélangé à l'eau, il y a aussi deux cas. Quand deux liquides se mélangent pour former un mélange homogène, on dit qu'ils sont **miscibles**. S'ils forment un mélange hétérogène, on dit qu'ils sont non miscibles.
- Par exemple, le sirop est un liquide qui se mélange bien avec l'eau pour former un mélange homogène. Par contre, l'huile est un liquide qui n'est pas miscible avec l'eau.

III. Séparer les mélanges

- Il est possible de séparer des mélanges. De façon rapide et accessible dans la vie de tous les jours, on peut séparer les phases d'un mélange par **décantation** ou **filtration**. Par exemple, si on mélange du sable dans de l'eau, cas d'un mélange hétérogène, dès qu'on arrête l'agitation, le sable se redépose au fond : il y a décantation. Idem dans le cas d'un liquide dans l'eau, comme l'huile qui, par décantation inversée, remonte à la surface.
- On peut utiliser un autre procédé, la **filtration,** par exemple pour séparer les grains de café dans le filtre d'une machine à café. Si le mélange est homogène (cas du sel ou du sirop de menthe), la décantation n'est pas possible. On utilise alors l'**évaporation** (comme dans les marais salants).

QUIZ

→ LES MÉLANGES

→ 1. Lorsqu'un solide se dissout dans l'eau, on dit qu'il est :

- ❑ A. soluble dans l'eau.
- ❑ B. miscible dans l'eau.
- ❑ C. homogène.
- ❑ D. hétérogène.

→ 2. Lorsqu'un liquide se mélange parfaitement à l'eau, on dit qu'il est :

- ❑ A. soluble dans l'eau.
- ❑ B. miscible dans l'eau.
- ❑ C. homogène.
- ❑ D. hétérogène.

→ 3. Quand on regarde un mélange homogène, on voit :

- ❑ A. 1 phase.
- ❑ B. 2 phases.
- ❑ C. 3 phases.
- ❑ D. Des petits grains.

→ 4. Quel(s) solide(s) plongé(s) dans l'eau en petite quantité donne(nt) un mélange hétérogène ?

- ❑ A. Le sable
- ❑ B. Le sucre
- ❑ C. Le sel
- ❑ D. Le poivre

→ 5. Relier les images de méthodes de séparation avec leur nom.

A.  ❍ ❍ **E.** VAPORISATION

B.  ❍ ❍ **F.** DÉCANTATION

C.  ❍ ❍ **G.** MAGNÉTISME

D.  ❍ ❍ **H.** FILTRATION

1. A.
2. B.
3. A.
4. A. et **D.**
5. L'image A est reliée à F (décantation). L'image B est reliée à G (magnétisme). L'image C est reliée à H (filtration). L'image D est reliée à E (vaporisation).

Fiche 3

LES MOUVEMENTS

Repos ou mouvement ?

Depuis l'Antiquité, et particulièrement au XVIIe et au XXe avec Newton et Einstein, les scientifiques ont toujours étudié les objets nous entourant lorsqu'ils sont en mouvement. Or, nous sommes plutôt entourés par des objets apparemment au repos, un état peu apprécié par les physiciens qui le décrivent comme une absence de mouvement !

Tout est relatif
Quand on étudie le mouvement d'un objet, il faut le faire par rapport à un référentiel, c'est-à-dire un objet fixe. Le plus souvent, l'observateur est choisi comme référentiel. Le passager d'un TGV paraît immobile par rapport à ses voisins passagers, mais pas par rapport aux rails ou aux gares.

Ni l'un ni l'autre
Dans la vie courante, la plupart des mouvements ne sont ni rectilignes, ni circulaires, mais mélangent les deux. Dans le cas du sauteur à ski par exemple, il commence par une trajectoire parfaitement rectiligne (pour la sécurité) puis celle-ci devient circulaire pour mélanger les deux selon les frottements de l'air et la posture du skieur.

I. Mouvement et trajectoire

- Un **mouvement** est le déplacement d'un objet ou d'une personne. Il est décrit par deux informations : la **vitesse** et la **trajectoire**. La trajectoire est l'ensemble des **positions** successives empruntées par l'objet qui se déplace. La vitesse permet de savoir si l'objet mettra plus ou moins de temps à parcourir une certaine **distance**.
- Pour analyser le mouvement, on utilise soit des **capteurs**, soit des photos ou des vidéos de l'objet dont on étudie les **déplacements**.
- Pour décrire un mouvement, il faut toujours le faire par rapport à un autre objet appelé **référentiel**.

II. Le mouvement rectiligne

- Il existe une multitude de types de mouvements. Tout dépend de la **trajectoire** de l'objet. Les mouvements les plus courants sont les mouvements rectilignes et les mouvements circulaires.
- Le mouvement d'un objet est dit **rectiligne** lorsque le déplacement de l'objet se fait selon une trajectoire située sur une **droite**. C'est le cas par exemple d'une voiture roulant sur une ligne droite, d'un nageur dans sa ligne à la piscine ou d'un skieur sur la rampe du saut à ski.
- Le mouvement d'un objet est dit **circulaire** lorsque son déplacement se fait selon un **cercle** ou un arc de cercle. C'est le cas par exemple d'une personne dans un manège.

Pour les vaches, un passager du train assis sur son siège n'est pas immobile.

QUIZ

LES MOUVEMENTS

1. Un mouvement est décrit par :

- ❑ A. la vitesse et la masse.
- ❑ B. la vitesse uniquement.
- ❑ C. la vitesse et la trajectoire.
- ❑ D. la vitesse de la lumière.

2. Un mouvement est circulaire si :

- ❑ A. sa trajectoire est une droite.
- ❑ B. sa trajectoire est un cercle.
- ❑ C. sa trajectoire est un arc de cercle.
- ❑ D. sa trajectoire est rapide.

3. Un mouvement est rectiligne si :

- ❑ A. sa trajectoire est un cercle.
- ❑ B. sa trajectoire est une droite.
- ❑ C. sa trajectoire est infinie.
- ❑ D. sa trajectoire est en angle droit.

4. Pour décrire un mouvement, il faut :

- ❑ A. une calculatrice.
- ❑ B. un référentiel.
- ❑ C. une formule mathématique.
- ❑ D. une théorie physique.

5. Utiliser les définitions suivantes pour remplir la grille et trouver le terme de la colonne jaune.

1. Grandeur définie par le temps mis à accomplir une action
2. Utilisé pour analyser et mesurer un mouvement
3. Se mesure entre deux points
4. Se dit d'un mouvement se faisant le long d'un cercle
5. Se dit d'un mouvement se faisant le long d'une droite
6. Déplacement d'un objet ou d'une personne

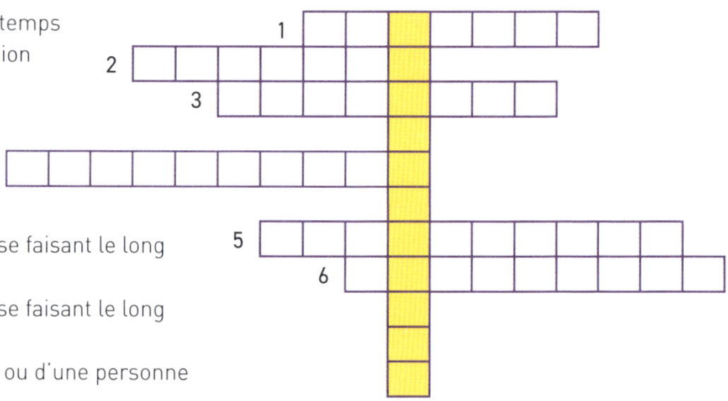

1. C.
2. B. et **C.**
3. B.
4. B.
5. Grille mêlée : **1.** Vitesse. **2.** Capteur. **3.** Distance. **4.** Circulaire. **5.** Rectiligne. **6.** Mouvement. Mot à deviner : Trajectoire.

Fiche 4

LA TEMPÉRATURE LORS D'UN CHANGEMENT D'ÉTAT

I. Définitions

- Un **corps pur** est, en chimie, une substance formée d'**un seul et même constituant**. C'est le cas par exemple du sucre, du sel, du dioxygène.
- Un **mélange** est une substance contenant **plusieurs constituants différents**. C'est le cas par exemple de l'eau salée, du jus d'orange, de l'eau minérale et du lait.
- Un **changement d'état (solide, liquide, gazeux)** désigne le passage d'un état physique à un autre, aux température et pression de changement d'état.

II. La température lors d'un changement d'état

- On choisit d'étudier la température au cours de la solidification de l'eau pure et de l'eau salée en fonction du temps. Pour cela, on refroidit de l'eau pure et de l'eau salée dans un mélange réfrigérant à une température de –10 °C.

Temps (min)	0	0,5	1	1,5	2	2,5	3	3,5	4	4,5
T (°C) eau pure	18	10	3	1	0	0	0	–1	–5	–8
T (°C) eau salée	19	13	6	1	–1	–3	–5	–6	–8	–10

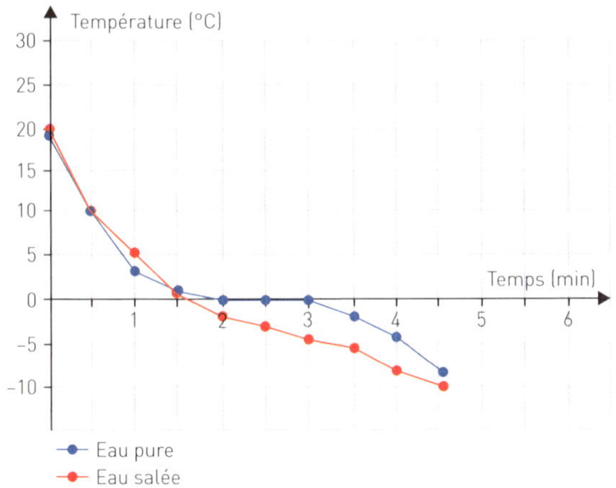

Tableau de mesures et graphique

Le sais-tu ?
On sale les routes en hiver car l'eau salée se solidifie à une température plus basse que l'eau pure !

- On remarque que la courbe de solidification de l'eau pure forme **un palier à 0 °C (ici entre la 2e minute et la 3e minute)**. C'est à cette température que s'effectue le changement d'état de l'eau liquide en eau solide. Ici, l'eau pure se solidifie à 0 °C. Pour tous les corps purs, il existe de la même façon un palier lors du changement d'état : c'est la température à laquelle se produit le changement d'état.
- Pour un **mélange** d'eau et de sel, par contre, il **n'y a pas de palier,** car c'est un mélange. Les mélanges ne connaissent **pas de palier** de température lors d'un changement d'état. C'est d'ailleurs un bon moyen de mettre en évidence un **mélange**.

QUIZ

LA TEMPÉRATURE LORS D'UN CHANGEMENT D'ÉTAT

1. Parmi les propositions, quel est le corps pur ?

❑ A. l'eau sucrée
❑ B. le dioxyde de carbone
❑ C. l'air

2. Pour mesurer la température, on utilise :

❑ A. un baromètre
❑ B. un chronomètre
❑ C. un thermomètre

3. On étudie l'ébullition d'une espèce chimique. En analysant le graphique, on peut déterminer que l'espèce chimique étudiée est :

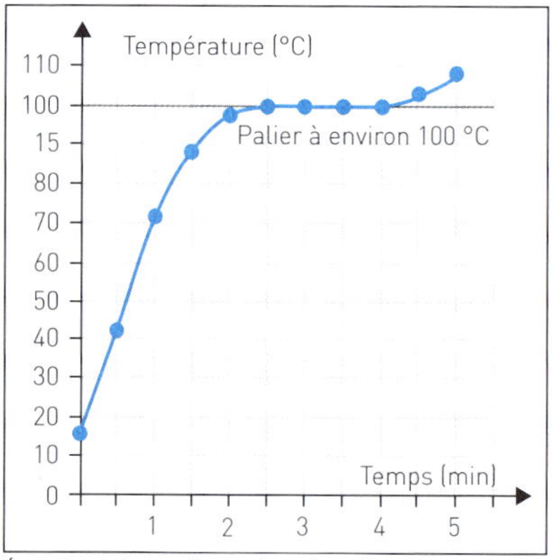

Évolution de la température lors d'une ébullition

❑ A. un corps pur
❑ B. un mélange
❑ C. ni l'un ni l'autre

4. Dans la question précédente, l'espèce chimique étudiée passe de l'état liquide à celui de vapeur à une température de :

❑ A. 18 °C
❑ B. 100 °C
❑ C. 110 °C

5. À quelle température l'eau pure liquide commence-t-elle à se solidifier ?

❑ A. –5 °C
❑ B. 3 °C
❑ C. 0 °C

6. Comment évolue la température au cours de la solidification de l'eau pure ?

❑ A. La température diminue progressivement pendant toute la durée du changement d'état.
❑ B. La température reste constante pendant toute la durée du changement d'état.
❑ C. La température augmente pendant toute la durée du changement d'état.

7. Lorsque l'on solidifie de l'eau salée, on n'observe pas de palier de température.

❑ A. vrai
❑ B. faux

1. B. Attention, l'air est un mélange de plusieurs gaz ; **2. C.** ; **3. A.** car il y a un palier de température ; **4. B.** Le changement d'état s'effectue à température constante (au palier) ; **5. C.** ; **6. B.** Au cours du changement d'état d'un corps pur, la température reste constante. La température de changement d'état dépend du corps pur ; **7. A.**

Fiche 5

STRUCTURE DE LA MATIÈRE

Ce que je sais déjà

Toute la **matière** est constituée d'**atomes** (du grec *atomos*, qui veut dire insécable).

I. Les atomes

- Il existe à l'état naturel environ une centaine d'atomes différents. Tous les atomes existants sont regroupés dans un tableau appelé « **tableau** ou **classification périodique** ». Ce tableau a été créé en 1869 par le Russe Dmitri Mendeleïev.
- Tous les atomes identiques portent le même nom et sont représentés par le même **symbole**. Il s'agit en général d'**une première lettre écrite en majuscule**, parfois suivie d'une autre **lettre écrite en minuscule**.

(Exemples : le fer : Fe ; l'azote (nom latin : nitrogenium) : N).

- Chaque **atome** est représenté par une **boule de couleur** mais ce n'est qu'un **modèle** qui permet d'expliquer les transformations chimiques.

- Voici les atomes à connaître :

Nom de l'atome	Hydrogène	Carbone	Oxygène	Azote	Chlore
Symbole de l'atome	H	C	O	N	Cl
Modèle de l'atome					

II. Les molécules

- Les **molécules** sont des **assemblages d'atomes**. À chaque molécule correspond un assemblage particulier.
- Dans une molécule, le nombre d'atomes peut varier de deux à quelques milliers et il existe des milliers de molécules différentes. Les industries pharmaceutiques en créent de nouvelles chaque jour.

III. La formule d'une molécule

- La formule d'une molécule indique le nombre de chaque type d'atomes qui la composent.

Exemple :

Molécule d'eau

2 atomes d'hydrogène → H_2O ← Pas de nombre derrière le O donc 1 atome d'oxygène

Molécules à connaître :

Nom de la molécule	Formule de la molécule	Modèle de la molécule
dihydrogène	H_2	
dioxygène	O_2	
diazote	N_2	
eau	H_2O	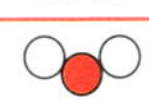
dioxyde de carbone	CO_2	
méthane	CH_4	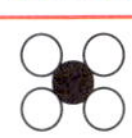
protoxyde d'azote	N_2O	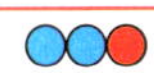

QUIZ

→ STRUCTURE DE LA MATIÈRE

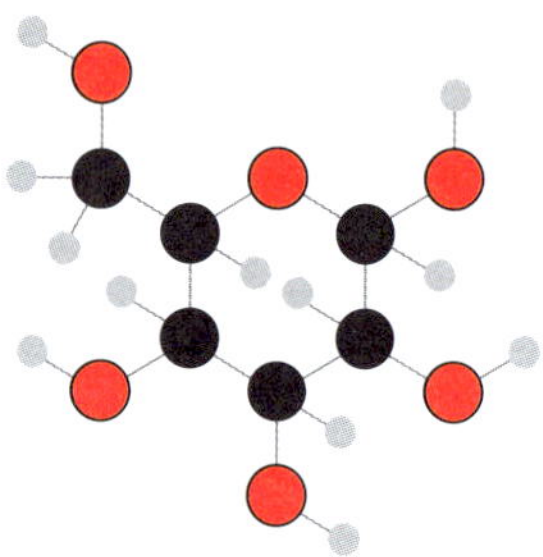

Molécule de glucose

→ 1. Que représentent les sphères colorées dont le glucose est constitué ?

❑ A. des atomes

❑ B. des molécules

→ 2. Combien de sortes d'atomes différents la molécule de glucose contient-elle ?

❑ A. 1

❑ B. 3

❑ C. 21

→ 3. Donne la formule chimique de la molécule de glucose.

....

....

→ 4. Entoure les formules chimiques des molécules.

C	O	H_2O	NH_4	Cl	O_2
CO_2	$C_2H_4O_2$	H	Cl_2	Fe	N

→ 5. La molécule d'aspirine a pour formule $C_9H_8O_4$. Donne sa composition atomique.

....

....

→ 6. Relie les formules de molécules à leur nom.

1. Dioxygène	❍	❍	**a.** CO_2
2. Eau	❍	❍	**b.** H_2O
3. Dioxyde de carbone	❍	❍	**c.** O_2

Le sais-tu ?
L'ADN (**A**cide **D**ésoxyribo**N**ucléique) est une grande molécule qui contient toute l'information génétique.

1. A.
2. B. Elle contient trois sortes d'atomes différents : carbone, hydrogène et oxygène.
3. $C_6H_{12}O_6$.
4. H_2O ; NH_4 ; O_2 ; CO_2 ; $C_2H_4O_2$; Cl_2.
5. 9 atomes de carbone, 8 atomes d'hydrogène, 4 atomes d'oxygène.
6. 1. c ; 2. b ; 3. a.

Fiche 6

DISTINGUER UNE SOURCE PRIMAIRE D'UN OBJET DIFFUSANT

I. Source primaire

• On appelle **source primaire** toute source qui **produit de la lumière**. Elle est visible, même isolée de toute autre source lumineuse. On en distingue 3 familles :
- les sources primaires naturelles : le Soleil, les étoiles, la lave, le feu...
- les sources primaires artificielles : les lampes...
- les sources primaires animales : les lucioles, les vers luisants...

II. Les objets diffusants

• On appelle **objet diffusant**, ou **source secondaire**, tout objet qui **renvoie de la lumière**. Un objet diffusant **n'est donc visible que s'il est éclairé par une autre source**. La Lune, les planètes, les murs des bâtiments, un écran de cinéma, etc., sont des objets diffusants.

• *Remarques* :
- Un objet de couleur claire diffuse mieux la lumière qu'un objet sombre.
- Un objet **transparent** laisse passer la lumière qu'il reçoit sans la diffuser, c'est le cas de l'air, du verre et de l'eau.
- Un objet **opaque** ne laisse pas passer la lumière, il la renvoie.
- Un objet **translucide** laisse passer une partie de la lumière, en diffuse une autre et ne permet pas de distinguer nettement la source ; c'est le cas du papier-calque et du verre dépoli ou martelé.

III. Propagation de la lumière : modélisation

• La lumière se propage **en ligne droite** dans le vide : on parle de propagation **rectiligne de la lumière**. On modélise le trajet de la lumière par une droite imaginaire appelée rayon lumineux.

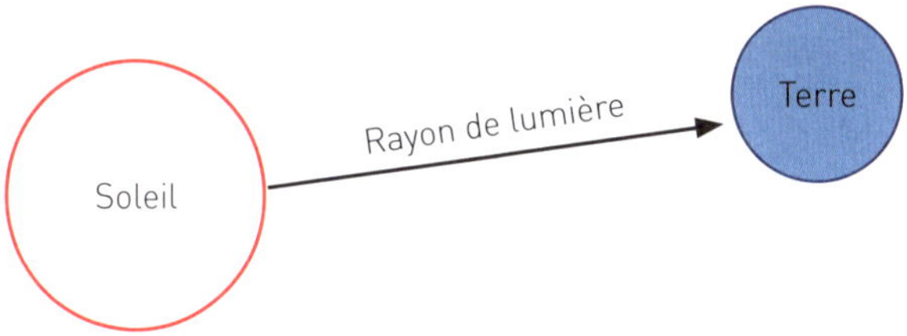

IV. Les dangers du laser

• Le **laser** est une **source** de lumière **primaire**.

• L'œil peut **subir des lésions** causées par un laser. Le risque dépend de la puissance et du type de laser. La lumière d'un laser peut être assez intense pour causer des dommages : brûlure de la rétine, conjonctivite, cataracte et cécité.

• La peau peut également subir des brûlures plus ou moins profondes.

• Chaque laser a une classe, indiquée par le constructeur, qui donne une idée de sa dangerosité.

• *Remarques* : on ne « voit » pas la lumière du laser qui passe devant soi ; le trajet de la lumière ne peut être matérialisé que par des particules diffusantes (poussières, fumées, nuages...).

QUIZ

DISTINGUER UNE SOURCE PRIMAIRE D'UN OBJET DIFFUSANT

1. Dans une pièce obscure, quel objet sera visible ?

- ❑ A. Une balle de ping-pong
- ❑ B. Une bougie allumée
- ❑ C. Un carton rouge

2. Relie chaque mot à sa définition :

Un objet diffusant ❍	❍ objet qui produit de la lumière
Une source primaire ❍	❍ objet qui renvoie de la lumière
Une source secondaire ❍	

3. Une source primaire de lumière :

- ❑ A. Reçoit de la lumière
- ❑ B. Absorbe de la lumière
- ❑ C. Diffuse de la lumière
- ❑ D. Émet de la lumière

4. Parmi les objets suivants, quelles sont les sources primaires :

- ❑ A. La Lune
- ❑ B. Le Soleil
- ❑ C. La table

5. Parmi les objets suivants, quels sont les objets diffusants ?

- ❑ A. La Lune
- ❑ B. Un ver luisant
- ❑ C. Une étoile

6. Peut-on regarder directement le Soleil ?

- ❑ A. Oui
- ❑ B. Non

7. Je regarde au télescope la planète Mars, d'où vient la lumière que Mars diffuse ?

- ❑ A. Du Soleil
- ❑ B. De la Lune
- ❑ C. Du télescope

8. Comment se propage la lumière dans l'air ?

- ❑ A. En arc de cercle
- ❑ B. En ligne courbe
- ❑ C. En ligne droite

1. B. ; 2. Un objet diffusant renvoie de la lumière. Une source primaire produit de la lumière. Une source secondaire renvoie de la lumière. **; 3. D. ; 4. B.** Le Soleil produit de la lumière. **; 5. A. ; 6. B.** Attention, il ne faut jamais regarder le Soleil sans un équipement spécifique, même en cas d'éclipse. **; 7. A. ; 8. C.**

Fiche 7

L'INTENSITÉ ÉLECTRIQUE

Ce que je sais déjà

Le courant électrique est un déplacement de particules électriques, il peut être comparé au débit d'une rivière.

I. Définition

- Le « débit » d'un courant électrique est une grandeur appelée l'**intensité**, qui se note **I**. L'intensité est **proportionnelle** au nombre de particules électriques qui traversent un conducteur en une seconde.
- L'unité de l'intensité est l'**ampère**, noté **A**. Les multiples ou sous-multiples sont : le milliampère (mA), le centiampère (cA), le déciampère (dA), le décaampère (daA), l'hecto-ampère (hA), le kiloampère (kA).

kA	hA	daA	A	dA	cA	m3A

1 kA = 1 000 A 1 A = 1 000 mA

- L'**intensité électrique** se mesure avec un **ampèremètre** (fiche 3) branché en série, dont le symbole est :

II. Les lois de l'intensité dans les circuits en série et en dérivation

Dans un circuit **en série**

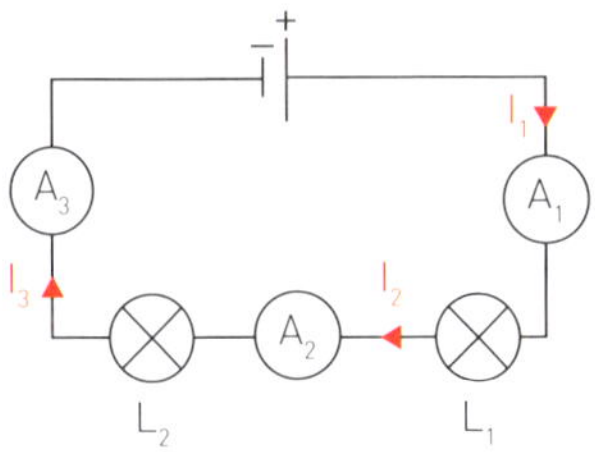

$I_1 = I_2 = I_3$

Loi d'unicité : L'intensité est **partout la même** dans un circuit en **série**.

Si $I_1 = 1$ A, alors $I_2 = I_3 = 1$ A

Dans un circuit **en dérivation**

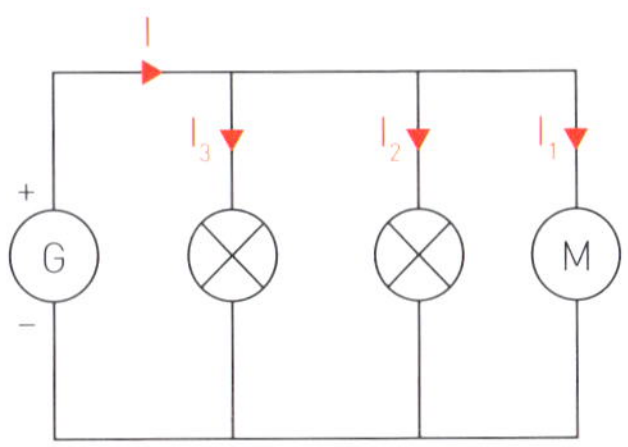

$I = I_1 + I_2 + I_3$

Loi d'additivité : L'intensité de la branche principale (celle qui contient le générateur) est égale à la somme des intensités des **branches dérivées** dans un circuit **en dérivation**.

Si $I_1 = 1$ A, $I_2 = 2{,}5$ A et $I_3 = 1{,}5$ A

Alors I = 1 A + 2,5 A + 1,5 A = 5 A

QUIZ

→ L'INTENSITÉ ÉLECTRIQUE

→ 1. Quelle est la grandeur physique qui mesure le courant électrique ?

- ❑ A. Le volume
- ❑ B. L'intensité
- ❑ C. La tension électrique

→ 2. Quelle est l'unité de l'intensité ?

- ❑ A. Le volt
- ❑ B. Le litre
- ❑ C. L'ampère

→ 3. Pour mesurer une intensité électrique, on utilise :

- ❑ A. un mètre.
- ❑ B. un voltmètre.
- ❑ C. un ampèremètre.

→ 4. L'appareil qui mesure l'intensité mesure ici une intensité de 0,02 A. Si on place l'ampèremètre avant le moteur, l'intensité sera :

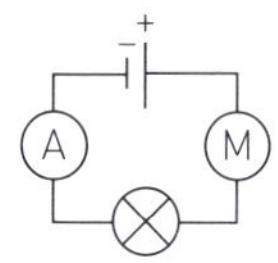

- ❑ A. plus petite que 0,02 A.
- ❑ B. la même intensité (0,02 A).
- ❑ C. plus grande que 0,02 A.

→ 5. Convertis 0,02 A en mA.

- ❑ A. 0,02 A = 2 000 mA
- ❑ B. 0,02 A = 0,020 mA
- ❑ C. 0,02 A = 20 mA

→ 6. Le circuit suivant est un circuit :

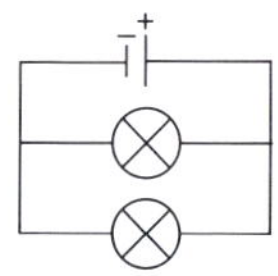

- ❑ A. en série.
- ❑ B. en dérivation.

→ 7. Si, dans le circuit de la question 6, l'intensité traversant la lampe 1 est de 0,1 A et l'intensité traversant la lampe 2 est de 50 mA, alors l'intensité de la branche principale est égale à :

❑ A. 50,1 A ❑ B. 0,1 A ❑ C. 0,150 A

→ 8. Complète le schéma suivant.

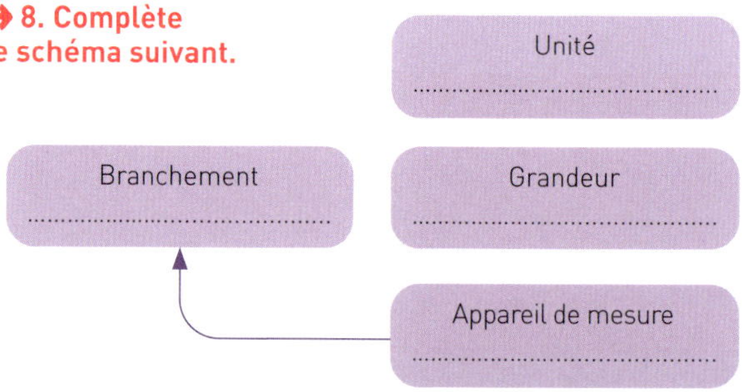

Le sais-tu ?
André-Marie Ampère est un physicien, mathématicien, chimiste et philosophe français qui inventa les termes « courant » et « tension » !

1. B.
2. C.
3. C.
4. B. L'intensité est partout la même dans un circuit en série.
5. C.
6. B.
7. C. Attention, il faut que les valeurs soient dans la même unité : 50 mA = 0,050 A.
8. grandeur : intensité ; unité : ampère ; définition : débit d'un courant ; appareil de mesure : ampèremètre ; branchement de l'appareil : en série.

Fiche 8

MOTS CLÉS... LA TERRE DANS LE SYSTÈME SOLAIRE

PLANÈTE
- Corps sphérique gravitant autour d'une étoile.

SYSTÈME SOLAIRE
- Système planétaire composé d'une étoile (le Soleil) et huit planètes.

ÉTOILE
- Astre produisant de la lumière et de la chaleur.

GALAXIE
- Assemblage regroupant de nombreux systèmes planétaires.

ROTATION
- Mouvement d'un objet autour d'un point.

ORBITE
- Trajectoire d'une planète autour d'une étoile.

DIOXYGÈNE
- Gaz présent dans l'air, essentiel à la vie sur Terre.

SATELLITE NATUREL
- Objet céleste en orbite autour d'une planète ou autre objet céleste.

MÉTÉORITE
- Objet rocheux traversant l'atmosphère d'une planète.

ZONE D'HABITABILITÉ
- Zone autour d'une étoile dans laquelle on retrouve potentiellement les conditions de vie.

LE SYSTÈME SOLAIRE

Complète le système solaire avec le nom des planètes et de l'étoile.

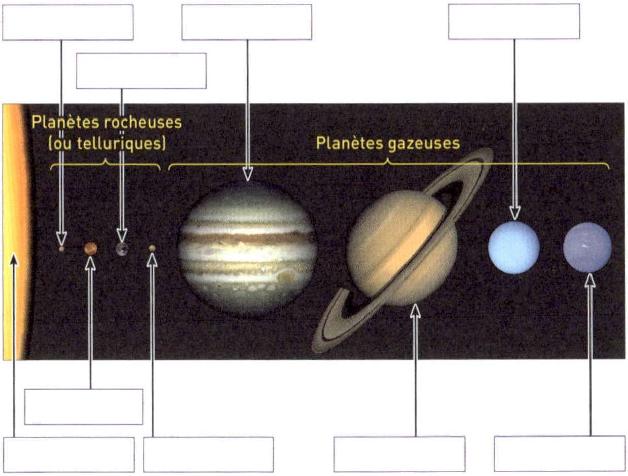

Une phrase mnémotechnique : Mélanie Viendras-Tu Manger Jeudi Sur Une Nappe

UN SCHÉMA POUR COMPRENDRE

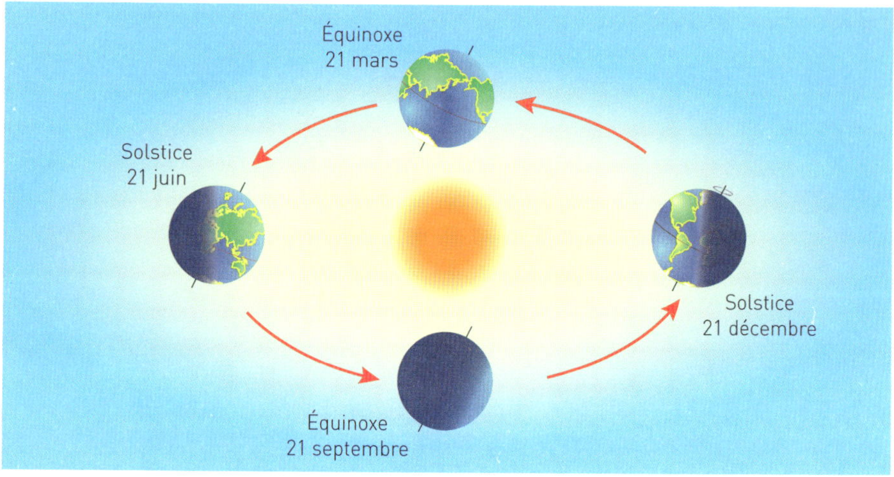

LA ROTATION DE LA TERRE

- La Terre tourne sur elle-même et réalise un tour complet en 24 h environ ce qui explique l'alternance jour/nuit

- La Terre tourne autour du Soleil en 365 jours environ sur un plan incliné, ce qui explique l'origine des saisons

UNE MODÉLISATION POUR VISUALISER

Les taches de lumière ne sont pas de la même taille lorsqu'elles sont observées sur le globe terrestre alors que la source lumineuse est identique. Plus la tache est grande, plus la même quantité d'énergie solaire doit couvrir une grande surface et plus il fera froid.

Cette inégale répartition de l'énergie solaire sur la Terre, et donc l'origine des climats, s'explique par sa forme de sphère.

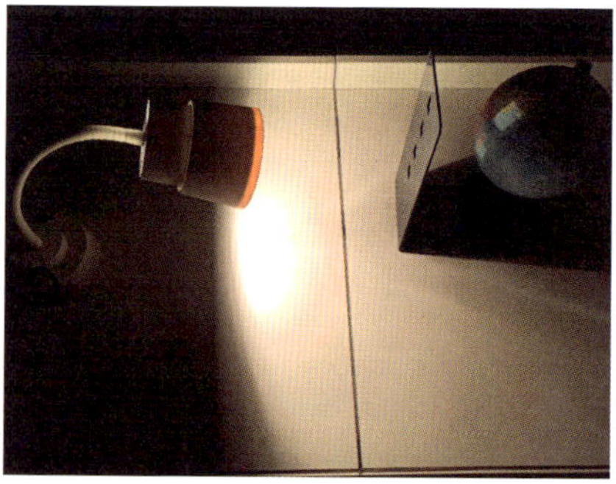

Le système solaire
Solution : Soleil ; Mercure ; Vénus ; Terre ; Mars ; Jupiter ; Saturne ; Uranus ; Neptune

LES PLANÈTES

Ce que je sais déjà

Notre Système solaire possède huit planètes orbitant autour du Soleil. Il y en a deux groupes. Les 4 premières sont petites, constituées de roches (planètes telluriques), proches les unes des autres et du Soleil. Les 4 dernières sont géantes, gazeuses, et éloignées du Soleil (planètes gazeuses).

Les 4 premières planètes : telluriques • Les quatre premières planètes ont une surface solide constituée de roches, d'où leur nom de planètes telluriques. Elles sont de plus petite taille, proches les unes des autres et du Soleil.	**Les 4 autres planètes : gazeuses** • Les quatre planètes suivantes sont gazeuses et très éloignées du Soleil. Elles sont constituées de gaz et n'ont pas de surface solide.
Mercure • C'est une petite planète tellurique morte, sans atmosphère et sans satellite, de rayon 2 440 km, de masse 0,06 celle de la Terre, et située à 58 millions de km du Soleil. Elle tourne sur elle-même en 59 jours et autour du Soleil en 88 jours. Sa température est de 430 °C côté soleil et –180 °C côté ombre.	**Jupiter** • C'est une énorme planète gazeuse sans surface solide et possédant 80 satellites, de rayon 71 400 km, de masse 318 celle de la Terre et située à 780 millions de km du Soleil. Elle tourne sur elle-même en 9 h et autour de la Terre en 11,9 ans. Sa température est de –140 °C.
Vénus • C'est une planète tellurique volcanique, avec une atmosphère et sans satellite, de rayon 6 050 km, de masse 0,8 celle de la Terre et située à 110 millions de km du Soleil. Elle tourne sur elle-même en 244 jours et autour du Soleil en 255 jours. Sa température est de 450 °C.	**Saturne** • C'est une planète gazeuse possédant 83 satellites, de rayon 60 000 km, de masse 95 celle de la Terre et située à 1 400 millions de km du Soleil. Elle tourne sur elle-même en 10 h et autour de la Terre en 29,5 ans. Sa température est de –170° C.
La Terre • C'est notre planète, avec une atmosphère et un satellite (la Lune), de rayon 3 400 km, de masse 1, et située à 150 millions de km du Soleil. Elle tourne sur elle-même en 24 h et autour du Soleil en 365,25 jours. Sa température est de 14 °C en moyenne. C'est la seule planète possédant de l'eau sous ses trois états.	**Uranus** • C'est une planète gazeuse possédant 27 satellites, de rayon 26 140 km, de masse 14 celle de la terre et située à 2 900 millions de km du Soleil. Elle tourne sur elle-même en 17 h et autour du Soleil en 84 ans. Sa température est de –220 °C.
Mars • C'est une planète tellurique volcanique sans atmosphère, avec 2 satellites, de rayon 3 400 km, de masse 0,1 celle de la Terre et située à 228 millions de km du Soleil. Elle tourne sur elle-même en 24 h et autour du Soleil en 687 jours. Sa température est de –60 °C en moyenne.	**Neptune** • C'est une planète gazeuse possédant 14 satellites, de rayon 24 300 km, de masse 17 celle de la Terre et située à 4 500 millions de km du Soleil. Elle tourne sur elle-même en 17 h et autour du Soleil en 165 ans. Sa température est de –200 °C.

QUIZ

→ LES PLANÈTES

→ 1. Le nombre de planètes dans le Système solaire est de :

- ❑ A. 10
- ❑ B. 9
- ❑ C. 8
- ❑ D. 7

→ 2. Sur Neptune, une année dure :

- ❑ A. 1 an terrestre.
- ❑ B. 2 ans terrestres.
- ❑ C. 10 ans terrestres.
- ❑ D. 165 ans terrestres.

→ 3. Jupiter est une planète constituée :

- ❑ A. uniquement de gaz
- ❑ B. uniquement de liquide
- ❑ C. uniquement de solide
- ❑ D. de solide et de liquide

→ 4. Sur Mercure :

- ❑ A. il fait 1 000 °C tout le temps.
- ❑ B. il fait 430 °C le jour et –180°C la nuit.
- ❑ C. il fait 20 °C le jour et 0°C la nuit.
- ❑ D. il fait –20 °C tout le temps.

→ 5. Colorier en jaune les étoiles, en bleu les planètes, en rouge les satellites et relier chaque satellite à chaque planète (mener une recherche documentaire sur Internet).

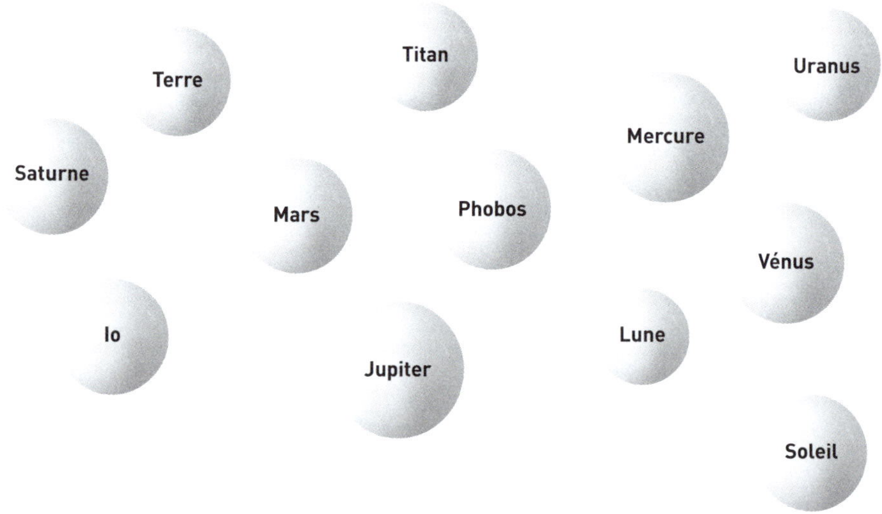

1. C.
2. D. Neptune est tellement éloignée du Soleil qu'elle met 165 années terrestres pour faire une orbite complète autour (révolution).
3. A. Jupiter n'est constituée que de gaz.
4. B. Comme Mercure est proche du Soleil mais tourne très lentement sur elle-même (en 59 jours terrestres), il fait très chaud en journée quand on est face au Soleil et très froid la nuit à l'ombre car il n'y a pas d'effet de serre (pas d'atmosphère).
5. Saturne, Terre, Mars, Jupiter, Mercure, Vénus, Uranus en bleu (planètes). Soleil en jaune (étoile). Io, Phobos, Lune en rouge (satellites). Io est reliée à Jupiter, Phobos à Mars et la Lune à la Terre.

MOTS-CLÉS... L'ASTRONOMIE

LES CORPS CÉLESTES

- Les planètes, leurs satellites, les étoiles, les petits objets mobiles (comètes, astéroïdes) et les trous noirs sont les cinq principaux corps célestes.
- Une étoile est une boule de gaz qui produit sa propre énergie. Une planète tourne toujours autour d'une étoile et reste la seule sur son orbite. Un satellite tourne lui, autour d'une planète. Un système solaire possède au moins une étoile et au moins une planète orbitant autour. Enfin, un trou noir est une région de l'espace tellement dense qu'aucun rayonnement ne peut en sortir.

NOTRE SYSTÈME SOLAIRE

- Notre système solaire est formé d'une étoile (le Soleil) et de huit planètes (Mercure, Vénus, Terre, Mars, Jupiter, Saturne, Uranus, Neptune).
- Il s'est formé il y a 4,6 milliards d'années à partir d'un immense amas de particules de gaz et de poussières qui se sont attirées puis agglomérées en tournant sur elles-mêmes.
- En son centre, le Soleil est une boule de gaz très chaude (15 millions de degrés au centre, 6 000 °C en surface) qui produit sa propre énergie nucléaire.

NOTRE PLANÈTE

- Notre planète, la Terre, est une des quatre planètes telluriques (petites, proches du Soleil et non gazeuses) de notre Système solaire. Elle possède une atmosphère, a un rayon de 6 380 km, une masse de 5,972 × 1024 kg et se situe à 150 millions de kilomètres du Soleil.
- Son mouvement diurne est de 24 heures et son mouvement annuel est de 365,25 jours.

GÉOCENTRISME ET HÉLIOCENTRISME

- Dans l'Antiquité gréco-romaine, les scientifiques, comme le Grec Ptolémée, considéraient que notre planète était au centre de tout et donc de notre système solaire. Cette théorie est appelée géocentrisme.
- À partir du XVe siècle, Copernic, Kepler et Galilée réussirent à prouver au monde que tel n'était pas le cas et que c'était le Soleil qui est au centre de notre système solaire, la Terre orbitant autour. Ce principe est appelé l'héliocentrisme.

SUCCESSION JOUR/NUIT

- Le mouvement apparent du Soleil est l'impression qu'on a, vu de la Terre, que le Soleil tourne autour de la Terre. Ce mouvement apparent s'effectue d'est en ouest, ce qui signifie que le mouvement réel de rotation de la Terre sur elle-même est en sens inverse, « d'ouest en est ».
- On voit donc le Soleil tourner dans le ciel alors que c'est la Terre qui tourne sur elle-même. La succession jour/nuit est donc due à la rotation de la Terre sur elle-même.

VARIATION DE LA DURÉE DU JOUR ET DE LA NUIT

- La variation de la durée du jour au cours de l'année est due à la rotation de la Terre autour du Soleil et à son obliquité de 23,27°.
- Cette obliquité signifie que l'axe de rotation de la Terre (passant par les pôles) fait un angle de 23,27° avec la perpendiculaire au plan de l'écliptique (plan contenant le Soleil et l'orbite de la Terre autour).

LES SAISONS

- La Terre est en orbite elliptique autour du Soleil. Sa périhélie (plus petite distance) est de 149 millions de kilomètres. Son aphélie (plus grande distance) est de 153 millions de kilomètres. À l'échelle astronomique, l'ellipse est très proche d'un cercle. Du coup, on considère que la Terre effectue une orbite circulaire autour du Soleil.
- La différence de température entre les saisons est due à la rotation de la Terre autour du Soleil et à l'obliquité de la Terre, c'est-à-dire à la hauteur du Soleil dans le ciel, qui conditionne la quantité de chaleur reçue par le sol en un lieu donné.

LE SCHÉMA POUR COMPRENDRE

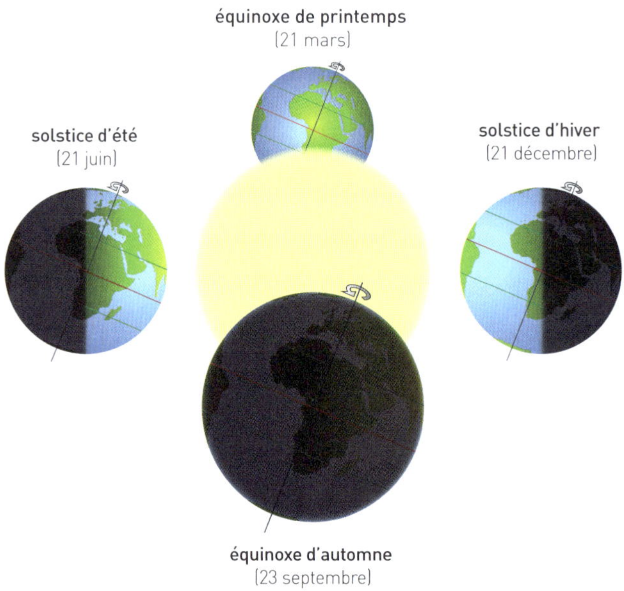

Alternance jour/nuit

Quelle que soit la saison, le fait qu'il y ait le jour et la nuit sur Terre vient du fait que la Terre tourne sur elle-même en 24 h et que le Soleil est fixe. Ce mouvement de rotation entraîne qu'il fait jour du côté exposé au Soleil et nuit de l'autre côté.

Durée du jour en été et en hiver

Comme la Terre est « penchée » (son axe fait un angle avec la verticale), lors du solstice d'hiver, on voit à droite du schéma que la durée du jour (la ligne verte du dessus) est plus courte que celle de la nuit. C'est l'inverse à gauche du schéma, lors du solstice d'été, quand le jour est plus long que la nuit.

LE DESSIN POUR RETENIR

Dessine le système solaire vu de dessus du point de vue...

GÉOCENTRIQUE

HÉLIOCENTRIQUE

TECHNO

SOMMAIRE

L'objet technique

Méthodes et repères

La communication et la gestion de l'information

Fiche 1

ANALYSE DU BESOIN

Ce que je sais déjà

Pour construire et mener à bien un projet, de l'idée jusqu'à la fabrication de l'objet technique, il existe plusieurs étapes cruciales.

I. Démarche de projet

• **1.** analyser le besoin et les éléments du milieu extérieur ; **2.** établir le cahier des charges fonctionnel ; **3.** imaginer l'objet, trouver des solutions techniques aux fonctions et aux contraintes, imaginer sa fabrication ; **4.** planifier les tâches tout au long de la conception ; **5.** créer une représentation 3D et simuler ses comportements ; **6.** créer/valider un prototype et lancer la fabrication de l'objet.

II. Étude du besoin

• **L'énoncé d'un besoin** est le point de départ de la conception d'un objet technique.
• Pour affiner le projet et **connaître au mieux les utilisateurs et leurs besoins**, on peut réaliser une enquête et en analyser les données.
• Pour **bien identifier le besoin**, on peut utiliser un diagramme type « bête à cornes ».

Rappels

Besoin
Désir ou nécessité éprouvé par l'être humain.

Objet technique
Objet fabriqué ou modifié par l'être humain pour répondre à un besoin.

Enquête
Recueil de données réalisé sous forme de questionnaire, de sondage. Ces données seront exprimées sous forme statistique (tableaux, diagrammes, pourcentages, etc.).

III. Éléments du milieu extérieur

• Pour bien concevoir un objet, il convient de **bien analyser son milieu extérieur**. Tout ce qui est externe et en lien avec cet objet sera considéré comme **élément du milieu extérieur**.
• Pour tout objet on déterminera, au minimum, les éléments suivants : l'utilisateur ; l'environnement ; les énergies ; l'ergonomie ; l'esthétique ; les contacts ; les normes (pas toujours précisé mais obligatoire).
• En effet, l'objet ne sera pas conçu de la même manière en fonction de son futur environnement, selon par exemple qu'il est prévu pour un milieu rural ou un milieu citadin, pour l'intérieur ou l'extérieur, pour un pays chaud ou un pays froid, etc.

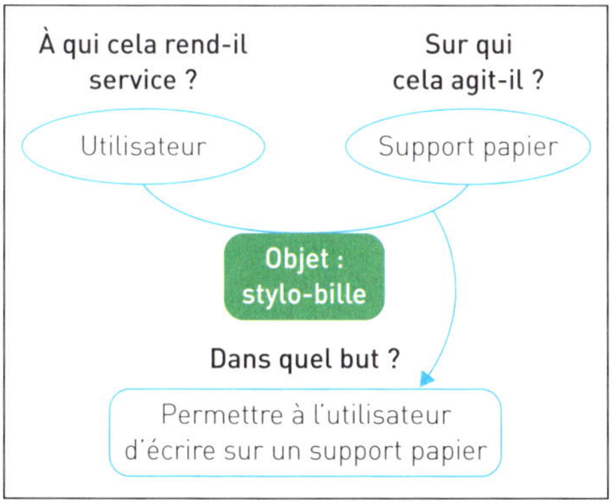

Exemple : un stylo-bille

NOTIONS | TECHNO

QUIZ

→ ANALYSE DU BESOIN

→ 1. Quelle est la fonction principale d'un stylo-bille ?

- ❑ A. Dessiner sur un tableau
- ❑ B. Permettre à l'utilisateur d'écrire sur un support papier
- ❑ C. Être beau
- ❑ D. Se ranger facilement dans une trousse

→ 2. Comment identifier un besoin ?

- ❑ A. En faisant une enquête
- ❑ B. En réfléchissant seul
- ❑ C. En analysant les produits existants
- ❑ D. En ne regardant pas les autres produits

→ 3. Dans une démarche de projet, quel est le bon ordre à suivre ?

- ❑ A. analyser le besoin – établir le cahier des charges – imaginer l'objet et les solutions techniques – planifier les tâches – créer des prototypes virtuels puis réels
- ❑ B. imaginer l'objet et les solutions techniques – planifier les tâches – analyser le besoin – établir le cahier des charges – créer des prototypes virtuels puis réels

→ 4. Qu'est-ce qu'une norme ?

- ❑ A. Une habitude de fabrication
- ❑ B. Une règle établie par des organismes officiels
- ❑ C. Une règle pouvant être différente selon les pays
- ❑ D. Une technique brevetée

→ 5. Le diagramme ci-dessous recense le pourcentage, par tranche d'âge, des personnes intéressées par le fait d'utiliser un hoverboard au moins une fois par jour.
Quelle tranche d'âge représente plus de la moitié des personnes intéressées ?

- ❑ A. Moins de 10 ans
- ❑ B. Plus de 26 ans
- ❑ C. De 10 à 25 ans
- ❑ D. De 16 à 35 ans

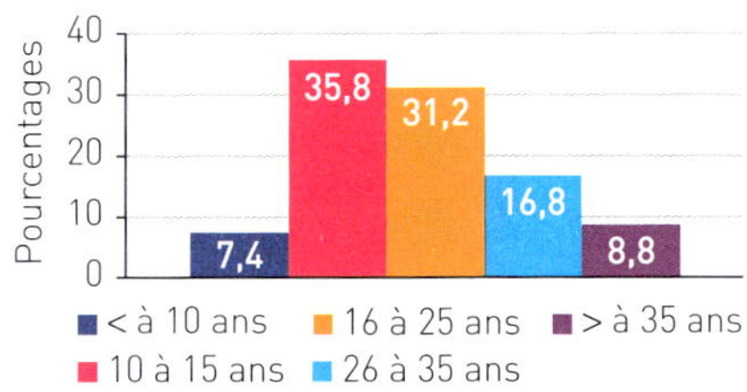

1. B. Sa fonction première est bien d'écrire sur du papier.
2. A. On trouve une idée de besoin en analysant les produits existants par rapport à leur milieu, on peut la confirmer grâce à une enquête.
3. A. Il faut bien commencer par identifier le besoin et le cahier des charges avant d'imaginer l'objet et les solutions techniques pour être cohérent et bien cibler un objet répondant à un besoin et respectant les normes et les contraintes.
4. B. et **C.** Une norme est une règle établie par des organismes officiels comme l'AFNOR en France et dépend des pays, par exemple, tous les pays d'Europe doivent respecter les normes européennes.
5. C. L'hoverboard intéressera majoritairement les 10-25 ans. Ce sont donc leurs réponses qui seront le plus étudiées dans les enquêtes.

Fiche 2

LE CAHIER DES CHARGES FONCTIONNEL (CDCF)

Ce que je sais déjà

Après avoir analysé le besoin et déterminé les éléments du milieu extérieur, il faut rassembler toutes les fonctions que l'objet doit assurer et toutes les contraintes liées à son fonctionnement dans le cahier des charges fonctionnel.

I. Fonctions techniques et contraintes

- Un objet technique a toujours une **fonction principale** provenant d'une étude de besoin (exemple : déplacer un utilisateur), puis d'autres **fonctions secondaires** (exemple : jouer la musique de l'utilisateur).
- Un objet technique agit sur les **éléments du milieu extérieur** par ses fonctions, mais est aussi lié à ces éléments par des **contraintes**. Ces contraintes sont de cinq types principaux : **contraintes environnementales** (pollution, bruit, adaptation au milieu, etc.) ; **contraintes d'usage**, d'ergonomie (prise en main, vitesse, transport, etc.) ; **contraintes d'estime**, d'esthétique (couleur, lumière, design, etc.) ; **contraintes économiques** (prix, durée de vie, etc.) ; **contraintes énergétiques** (type d'énergie, autonomie, etc.).

II. Rassembler ces données pour les exploiter

- Toutes ces fonctions et contraintes sont rassemblées dans un **diagramme « pieuvre »**, liant l'objet technique au centre avec les **éléments du milieu extérieur**, et sont détaillées dans un tableau, reprenant les **critères d'appréciation** et le **niveau d'exigence**.

III. Exemple : un stylo-bille

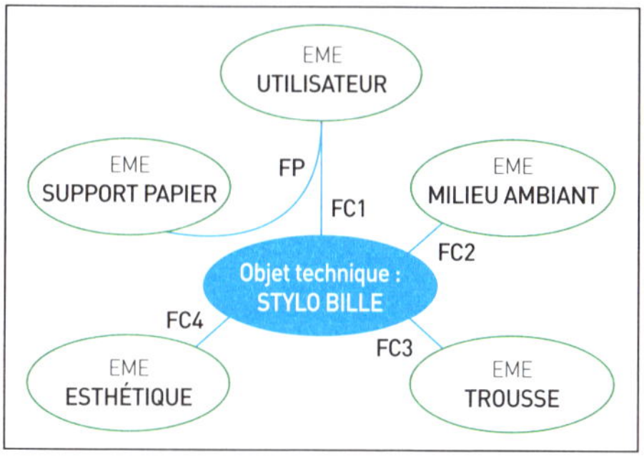

Exemple sur le stylo-bille

Rappels

Cahier des charges fonctionnel
Le cahier des charges fonctionnel est un document exprimant tous les besoins d'un objet technique, en termes de fonctions et de contraintes.

Fonction principale
Ce à quoi doit principalement servir l'objet (toujours un verbe à l'infinitif).

Fonction secondaire
Autre utilité de l'objet.

Contrainte
Obligation que l'objet doit satisfaire pour s'adapter à un élément du milieu extérieur.

	Fonctions – Contraintes	Critères
FP	• Permettre à l'utilisateur d'écrire sur un support papier	• Qualité de l'écriture
FC 1	• Être ergonomique (adapté à la main de l'utilisateur)	• Forme tube • Taille tube
FC 2	• Utiliser des matériaux non toxiques	• Matériaux de tout le stylo • Normes
FC 3	• Être adapté à une taille de trousse standard	• Longueur du stylo
FC 4	• Être esthétique, plaire	• Couleur • forme

NOTIONS | TECHNO

QUIZ

LE CAHIER DES CHARGES FONCTIONNEL (CDCF)

1. Pour un scooter de 49,9 cm^3, rouler à 50 km/h maximum est :

- ❑ A. Sa fonction principale
- ❑ B. Une fonction secondaire
- ❑ C. Une fonction contrainte

2. Qu'est-ce qu'un cahier des charges fonctionnel ?

- ❑ A. Un document qui définit précisément toutes les fonctions et les contraintes d'un objet
- ❑ B. Un document qui définit tous les moyens de fabrication d'un objet

3. Qu'est-ce qu'un critère d'appréciation ?

- ❑ A. Une qualité esthétique
- ❑ B. Une caractéristique permettant de qualifier une fonction ou une contrainte

4. Comment peut-on apprécier un critère ?

- ❑ A. Par une sensation
- ❑ B. Par évaluation approximative
- ❑ C. Par des niveaux quantifiables

1. C. C'est une fonction contrainte, donnée par une norme française. La vitesse peut être différente selon les pays.
2. A. Le CDCF définit toutes les fonctions, les performances, les contraintes, etc., d'un objet, mais il ne précise pas comment le fabriquer.
3. B. C'est bien une caractéristique permettant de qualifier une fonction ou une contrainte. Par exemple, une vitesse maximum est un critère d'appréciation.
4. C. Chaque critère doit être évaluable par des niveaux clairement quantifiables. Par exemple, un niveau sonore de moins de 120 dB.

Fiche 3 DIAGRAMME PIEUVRE-BÊTE À CORNES ET TABLEAU DES FONCTIONS

Plutôt que de longs textes, les diagrammes et tableaux peuvent décrire toutes les fonctions et caractéristiques d'un objet plus rapidement et plus précisément.

ANALYSE ET EXPLICATION DES DIAGRAMMES SUR UN EXEMPLE : L'HOVERBOARD

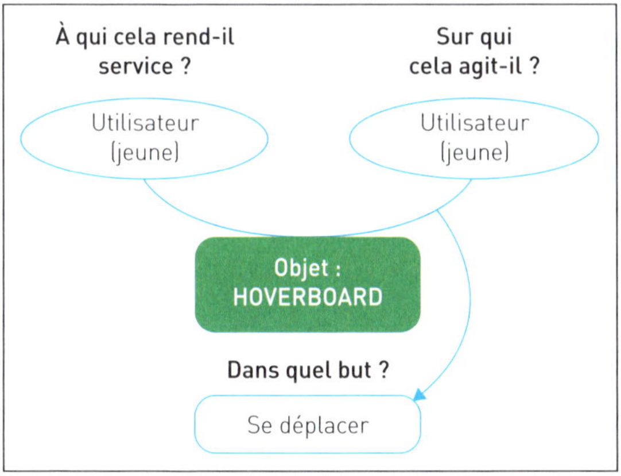

Diagramme bête à cornes : fonction principale et acteurs

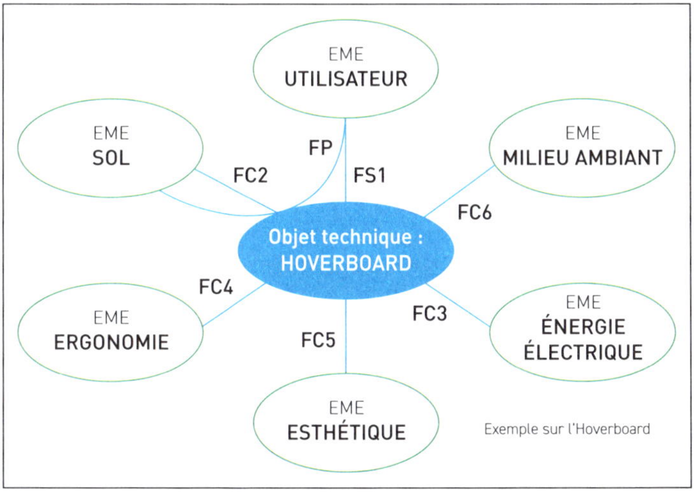

Diagramme pieuvre : fonctions contraintes et liaisons avec l'environnement extérieur

	Fonctions – Contraintes	Critères	Niveaux
FP	• Permettre un déplacement par rapport au sol d'un usager, mains libres.	• Vitesse • Direction, maîtrise • Supporter l'utilisateur	• Vitesse max 15 km/h • Diriger, accélérer et freiner en se penchant en avant, en arrière et sur les ctés • Poids max supporté 120 kg
FS 1	• Jouer de la musique	• Niveau sonore/qualité • Relié sans fil à un lecteur	• Audible par un utilisateur en ville • Portée Bluetooth de 3 m
FC 2	• Circuler sur sol urbain	• Surface lisse • Faibles obstacles	• Macadam, pavés • Passer obstacles type bouche d'égout, abaissement trottoir • Roues 6,5 pouces
FC 3	• Être autonome en énergie électrique, se recharger facilement et rapidement	• Autonomie électrique • Vitesse de chargement	• Autonomie de 15 km • Chargement 2 heures
FC 4	• Être facilement transportable	• Poids • Volume	• Max 10 kg • Max 70 cm
FC 5	• Couleur, design, formes plaisantes aux utilisateurs	• Couleur, lumières • Forme moderne • Plaire aux utilisateurs	• Couleur originale, plusieurs couleurs • Forme futuriste • Plaire à des utilisateurs ciblés entre 12 et 25 ans
FC 6	• Résister aux conditions extérieures • Être non polluant	• Pluie, poussière • Énergie non polluante, non bruyante	• Étanchéité normalisée • Énergie électrique

Tableau détaillant et évaluant les fonctions principales (FP), secondaires (FS) et les contraintes (FC) de l'hoverboard

L'analyse de ces fonctions permet ensuite de trouver des solutions technologiques adaptées.

→ 1. Quelle est la vitesse maximum de l'hoverboard ?

❑ A. 15 km/h

❑ B. 5 km/h

→ 2. Est-il prévu pour franchir de gros obstacles ?

❑ A. Oui

❑ B. Non

→ 3. Complète le diagramme et le tableau suivants pour une lampe de poche.

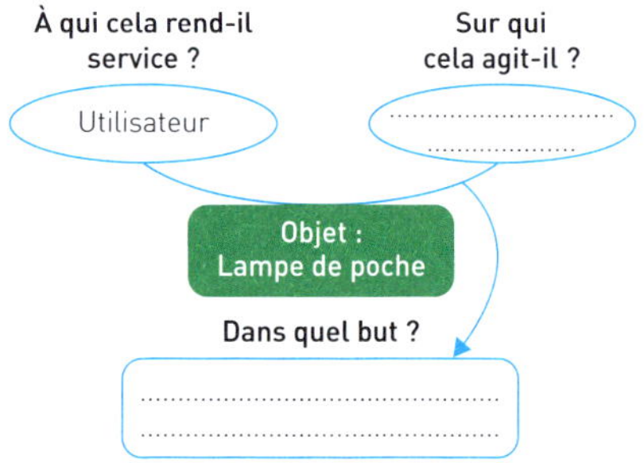

	Fonctions – Contraintes	Critères	Niveaux
FC	• Être transportable	• .... • Masse	• Pouvoir rentrer dans .... • Maximum 50 ....

1. A. Elle est indiquée dans les niveaux de la fonction principale.
2. Non : il est conçu pour un milieu urbain, avec de faibles obstacles de type bouches d'égout.
Schéma et tableau dans l'ordre : l'obscurité – éclairer – taille – une poche – grammes.

Fiche 4

DES FONCTIONS AUX SOLUTIONS TECHNIQUES

Ce que je sais déjà

La veille technologique consiste à se tenir informé en continu des dernières nouveautés dans le domaine technologique recherché. Elle peut concerner tous les aspects des objets techniques.

I. La veille technologique

- Pour effectuer une veille technologique, on peut s'abonner à des revues spécialisées, à des sites internet, à des revues spécialisées, à des newsletters de fabricants, et surtout visiter les salons et congrès.
- Veille technologique : Solutions existantes → Moyens de production → Recyclage, retraitement → Innovations → Inventions, découvertes → Matériaux → Énergies → Solutions existantes…

Piles rechargeables
Pile à hydrogène
Réservoir d'essence
Batterie au lithium
Connexion 220 V
Grande rallonge
Connexions bornes voitures électriques
Alternateur pour recharger en route
Bombonne de gaz

Résultats du brainstorming sur la fonction ciblée

II. Créer et imaginer des solutions techniques

- Pour imaginer et adapter des solutions techniques permettant de remplir les fonctions de notre objet, il faut mettre en œuvre une démarche de créativité.
- Une fois que les solutions techniques existantes sont connues par les membres du groupe de travail, on peut passer à la première phase : le **brainstorming.**
- La deuxième phase est celle de la **validation de la solution** : regrouper et classer les idées ; organiser ces idées sous forme de carte mentale ; comparer ces idées aux contraintes du projet ; valider la meilleure solution.

III. Associer une solution technologique à une fonction technique

- Pour rassembler toutes les solutions techniques décidées pour chaque fonction de l'objet, on va utiliser un diagramme de type **FAST**.
- Celui-ci se lit et se construit de gauche à droite. Il va du « POURQUOI » au « COMMENT ». Chaque grande fonction technique est décomposée en sous-fonctions. Pour chaque sous-fonction, une solution technique est proposée.

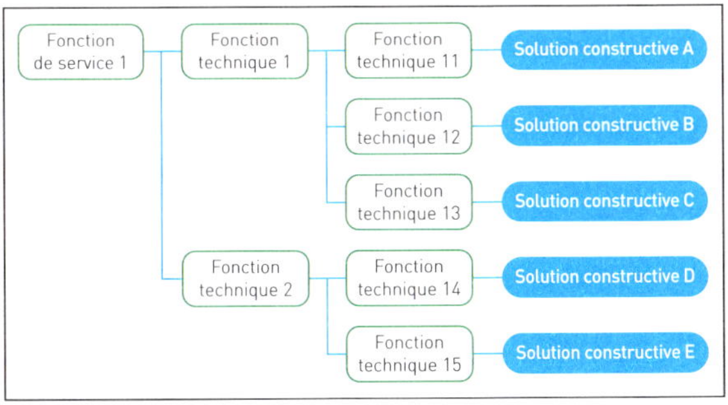

Mots-clés à connaître

Brainstorming (« tempête de cerveau » ou « remue-méninges ») Tous les membres d'un groupe proposent **toutes les idées** qui leur passent par la tête.

Carte mentale ou **carte heuristique** Représentation arborescente de données représentées selon le **cheminement** et le **développement de la pensée**.

QUIZ

→ DES FONCTIONS AUX SOLUTIONS TECHNIQUES

→ 1. Qu'est-ce qu'une veille technologique ?

- ❑ A. Le fait que plus aucune nouvelle technologie n'est apparue depuis longtemps
- ❑ B. Le fait de se tenir informé et connecté aux inventions et innovations technologiques
- ❑ C. Le fait de ressortir de très vieilles technologies

→ 2. Un diagramme FAST sert à relier les fonctions d'un objet technique à des solutions techniques.

- ❑ A. Vrai
- ❑ B. Faux

→ 3. Une carte mentale, ou carte heuristique, est :

- ❑ A. une représentation en détail du cerveau humain.
- ❑ B. un plan imaginaire.
- ❑ C. une représentation permettant de hiérarchiser et classer des idées.

→ 4. Dans l'extrait de diagramme FAST suivant, « Stocker une énergie électrique » est :

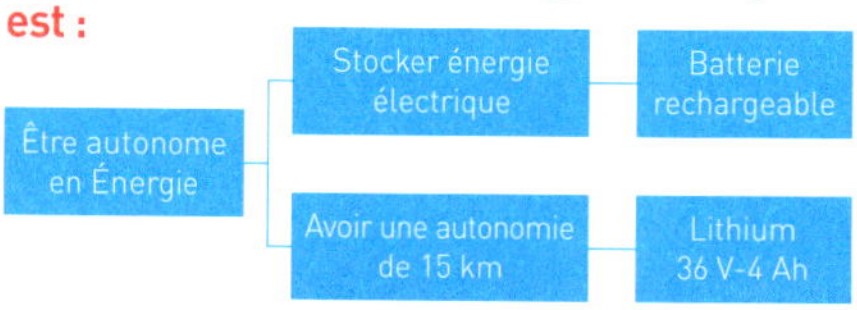

- ❑ A. Une fonction de service
- ❑ B. Une fonction technique
- ❑ C. Une solution technique

→ 5. Dans l'extrait de diagramme FAST suivant, quelle solution technique est choisie pour répondre à la fonction technique « avoir une autonomie de 15 km » ?

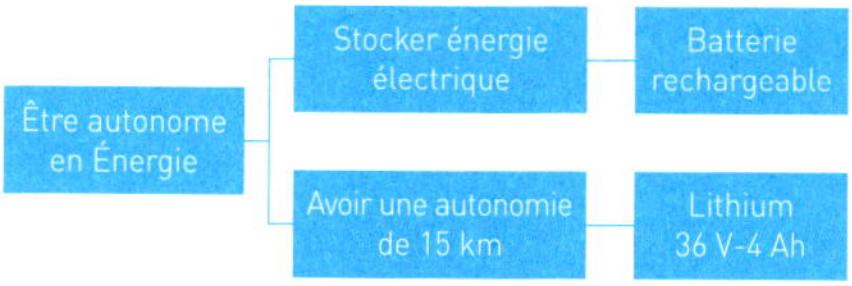

- ❑ A. « batterie rechargeable »
- ❑ B. « Lithium, 36 V-4 Ah »
- ❑ C. « câble déroulable de 15 km »

→ 6. Classe dans l'ordre les étapes d'un brainstorming :

a. Exprimer toutes les pensées des membres du groupe et les noter sans les trier sur un tableau ....

b. Constituer le groupe de travail ....

c. Bien cibler les objectifs, la fonction à réaliser (par exemple : être autonome en énergie électrique) ....

1. B. Pour réaliser une veille technologique, il faut être abonné aux revues et sites internet technologiques, visiter les salons et congrès.
2. A. Pour rassembler toutes les solutions techniques décidées pour chaque fonction de l'objet, on va utiliser un diagramme de type FAST.
3. C. C'est une représentation arborescente de données représentées selon le cheminement et le développement de la pensée.
4. B. C'est une fonction technique, c'est-à-dire qui découle d'une contrainte technique. La fonction de service, c'est-à-dire qui correspond à un besoin du cahier des charges, est « être autonome en énergie ».
5. B. Il faut choisir une batterie au lithium de 36 V-4 Ah pour pouvoir avoir une autonomie de 15 km avec cet hoverboard.
6. b-c-a.

Fiche 5

ÉVOLUTION DES OBJETS TECHNIQUES

Ce que je sais déjà

Les objets techniques évoluent au cours du temps, en fonction des besoins, des évolutions et inventions, en fonction des goûts esthétiques, pourtant ils peuvent avoir toujours la même fonction.

I. Évolution d'une lignée

- Beaucoup d'objets nouveaux ne répondent pas à un nouveau besoin, mais sont des améliorations d'autres objets, grâce à des avancées technologiques, énergétiques ou esthétiques.
- On peut classer ces objets d'une même **lignée** dans une frise chronologique et même les comparer aux inventions et innovations.

Mots-clés

Lignée d'objets
Une lignée d'objets est **une suite chronologique** d'évolutions d'un objet technique.

Famille d'objets
Une famille d'objets rassemble les objets qui **assurent la même fonction** d'usage, ils répondent au même besoin, mais sur des critères différents.

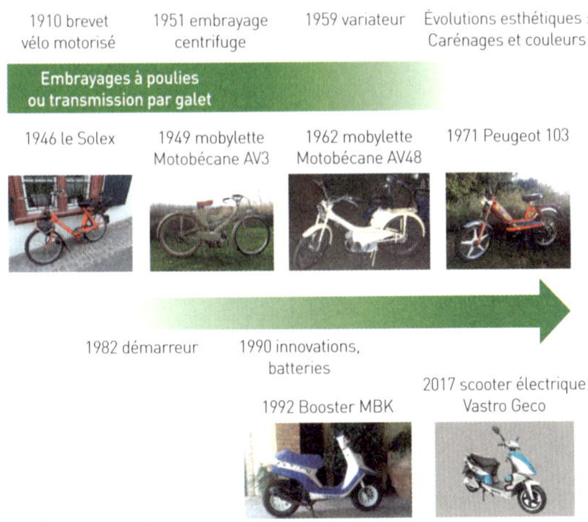

Lignée de la mobylette

II. Familles d'objets

- Les objets ayant une même fonction de service, c'est-à-dire répondant à un même besoin, mais sur des critères différents, sont d'une même **famille**.
- Par exemple, différents objets ont la même fonction de transporter du matériel sur une route, ils sont de la même famille. Ils sont différents par leurs caractéristiques techniques, la quantité de matériel à transporter, le type de route qu'ils peuvent emprunter, les possibilités de charger et décharger, le nombre de personnes à transporter, le type de marchandises...

QUIZ

→ ÉVOLUTION DES OBJETS TECHNIQUES

→ 1. Parmi les objets techniques suivants, lesquels sont de la même famille que le vélo électrique ?

❑ A. Scooter
❑ B. Mobylette
❑ C. Scooter électrique
❑ D. Trottinette

→ 2. Lesquels de ces objets ne font pas partie de la lignée des téléphones ?

❑ A. Télégraphe
❑ B. Téléphone fixe
❑ C. Télévision
❑ D. Télécommande
❑ E. Smartphone
❑ F. Téléphone portable

→ 3. Les objets suivants sont-ils de la même famille : disque dur, clef USB, carte mémoire SD, mini carte mémoire SD ?

❑ A. Oui
❑ B. Non

→ 4. Relie les objets de la même famille :

A

D

G

B

E

H

C

F

I

1. A., B. et C. Seule la trottinette ne répond pas au besoin « déplacer un utilisateur grâce à un moteur ».
2. C. et D. La télévision et la télécommande n'ont aucun lien avec la lignée des téléphones, depuis le télégraphe jusqu'à nos jours, le smartphone.
3. A. Oui, ils rendent bien le même service, c'est-à-dire stocker des données numériques.
4. A-E-I remplissent la fonction « se déplacer sur la mer ».
B-F-G remplissent la fonction « support d'enregistrement audio ».
C-D-H remplissent la fonction « se déplacer dans les airs ».

INNOVATION OU INVENTION ?

Ce que je sais déjà

On distingue une famille d'objets techniques et une lignée d'objets techniques. (👁 fiche 05) Au fur et à mesure de l'évolution technique, une succession d'inventions et d'innovations a permis d'arriver à nos objets actuels.

I. Innovation ou invention

- Cette évolution est constante, c'est pour cela qu'il est nécessaire de maintenir une veille technologique. Or, on confond souvent « innovation » et « invention ».
- Une **invention** est l'acte de développer, de découvrir quelque chose de nouveau (un nouveau produit, un nouveau logiciel, etc.) qui répond à un besoin. Elle provient souvent d'une découverte fondamentale (nouvelles énergies, etc.).
- Une **innovation** est l'adaptation d'une invention à un objet technique commercialisé. Par exemple, l'invention de l'écran tactile a conduit à l'innovation du smartphone.

II. Évolution technologique

- **L'évolution technologique** est le fait de changer une solution technique dans le but d'améliorer un objet technique.
- Exemple de l'évolution technologique de la musique portable :

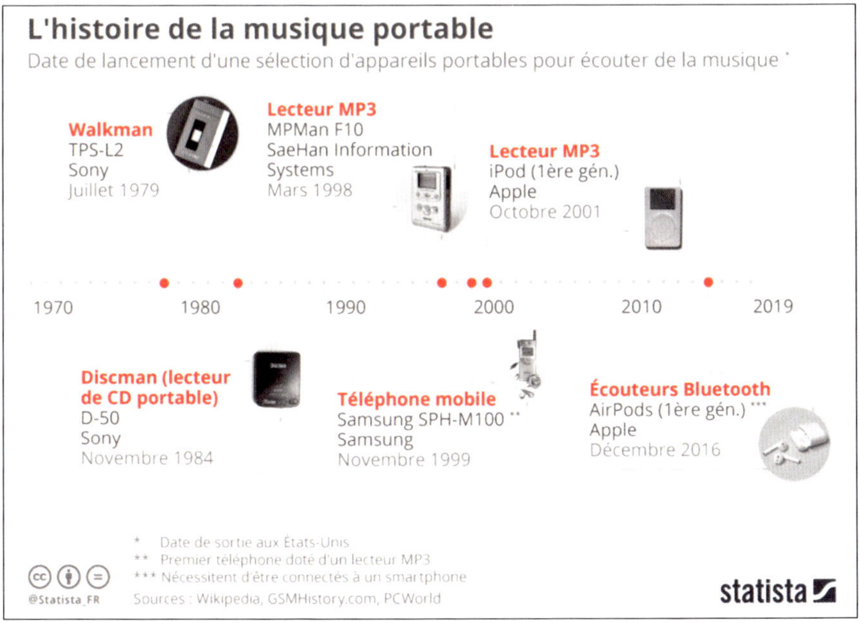

QUIZ

INNOVATION OU INVENTION ?

1. La découverte de l'écran tactile est une :

- ❑ A. invention
- ❑ B. innovation

2. Le smartphone est une :

- ❑ A. invention
- ❑ B. innovation

3. Quelles sont, ci-dessous, les inventions ?

- ❑ A. Locomotive à vapeur
- ❑ B. Lecteur MP3
- ❑ C. Moteur électrique
- ❑ D. Moteur hybride
- ❑ E. Ordinateur
- ❑ F. Smartphone

4. Quelles sont, ci-dessous, les innovations ?

- ❑ A. Locomotive à vapeur
- ❑ B. Lecteur MP3
- ❑ C. Moteur électrique
- ❑ D. Moteur hybride
- ❑ E. Ordinateur
- ❑ F. Smartphone

1. A. C'est bien la découverte d'une nouvelle technologie.
2. B. Le smartphone n'est que l'adaptation de l'invention de l'écran tactile au téléphone.
3. A., C., E. sont bien des « nouvelles découvertes ».
4. B., D., F. ne sont que des évolutions, ou des combinaisons, d'inventions préexistantes.

Fiche 7

LE CYCLE DE VIE D'UN OBJET TECHNIQUE

Ce que je sais déjà

Tout objet technique, tout bâtiment, suit le même cycle constitué de cinq étapes principales, de sa conception jusqu'à sa destruction ou son recyclage.

I. Étapes du cycle de vie

- **1. Conception.** Un objet est tout d'abord imaginé et conçu à partir d'un besoin.
- **2. Fabrication.** Ensuite, il est fabriqué, à partir de matières premières.
- **3. Distribution.** L'objet est distribué dans les points de vente, où il sera vendu (magasins, entrepôts pour vente en ligne, etc.).
- **4. Utilisation.** C'est théoriquement sa plus longue phase, au cours de laquelle il répond au besoin.
- **5. Fin de vie.** Cette phase débute lorsqu'il ne peut plus assurer le besoin pour lequel il a été conçu, fabriqué puis acheté. Il est transporté vers les points de recyclage, destruction, revalorisation :
  - **recyclage/destruction.** L'objet est démonté, puis trié pour pouvoir recréer des matières premières. Ce qui n'est pas réutilisable, les déchets ultimes, est incinéré pour produire de l'énergie ou stocké et enfoui ;
  - **revalorisation.** Les parties réutilisables de l'objet sont reconverties en matières premières, ceci évite d'en extraire à nouveau ou d'en fabriquer (par exemple les métaux, les plastiques, les verres, etc.).

Mots-clés

Cycle de vie d'un objet
Ensemble des étapes qu'il suit depuis sa conception jusqu'à sa destruction ou son recyclage.

Écoconception
Mode de conception d'un produit prenant en compte l'impact écologique d'un objet sur l'ensemble de son cycle de vie et donc trouvant des solutions pour diminuer au maximum cet impact.

Empreinte écologique
Ensemble des impacts écologiques d'un produit depuis sa conception jusqu'à sa destruction ou son recyclage.

II. Cycle de vie et environnement – Écoconception

- On identifie souvent la pollution créée par l'utilisation d'un objet, comme les voitures, mais à chaque étape de son cycle de vie, un objet technique a un impact sur notre environnement (c'est ce que l'on appelle son empreinte écologique). C'est pour cela qu'il faut prendre conscience de la pollution de l'objet dès sa conception : c'est l'**écoconception**.
- Dès l'extraction de ses matières premières, l'objet a un **impact sur l'environnement**. Par exemple, les mines d'or de Guyane rejettent plus de 1 kg de métaux lourds toxiques (mercure Hg, plomb Pb) pour 1 kg d'or extrait.

III. Recyclage et revalorisation

- Face à la baisse des « stocks » mondiaux de matières premières (même l'eau et le sable ne sont pas infinis), il faut changer notre mode de pensée. Le recyclage et la revalorisation des déchets ont vu le jour. Grâce à l'évolution des technologies et des mentalités, beaucoup de matériaux peuvent maintenant être réutilisés et redevenir des matières premières.
- Les objets identifiés par le symbole ♻ sont recyclables.
- Beaucoup d'autres déchets ne sont pas recyclables directement, mais restent revalorisables.

QUIZ

→ LE CYCLE DE VIE D'UN OBJET TECHNIQUE

→ 1. Quel(s) symbole(s) identifie(nt) les matériaux recyclables ?

❑ A. 

❑ B. 

❑ C. 

❑ D. 

❑ E. 

→ 2. Un objet ne pollue que lors de sa phase d'utilisation.

❑ A. vrai

❑ B. faux

→ 3. Le recyclage et la revalorisation des déchets n'ont qu'un but écologique.

❑ A. vrai

❑ B. faux

→ 4. Une centrale nucléaire produit très peu de CO_2, donc elle ne pollue pas.

❑ A. vrai

❑ B. faux

→ 5. Comment s'appelle le fait de considérer l'impact écologique d'un objet tout au long de son cycle de vie ?

❑ A. L'échographie

❑ B L'écoconception

❑ C. L'écoréflexion

❑ D. L'écoproduction

→ 6. Complète le schéma ci-dessous.

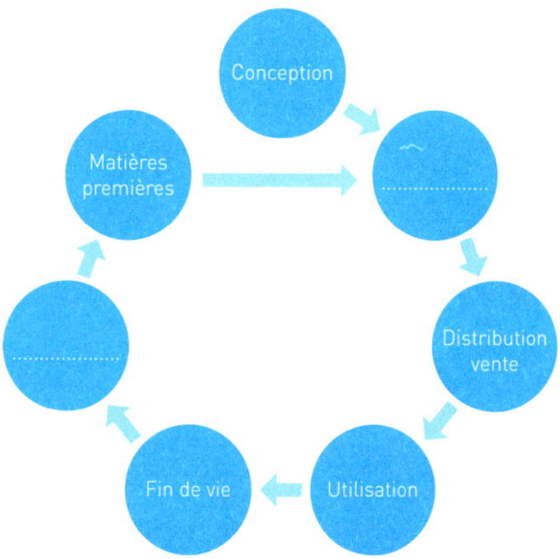

1. A., C. et **E.** Le symbole B. signifie que le fabricant paie une taxe écologique et le D. est un symbole signalant des produits dangereux, ici radioactifs.
2. B. À chaque étape de son cycle de vie, un objet technique a un impact sur notre environnement, c'est ce que l'on appelle son empreinte écologique.
3. B. Face à la baisse des « stocks » mondiaux de matières premières, le recyclage et la revalorisation ont aussi un but économique.
4. B. Elle ne produit pas de gaz à effet de serre, mais des radiations toxiques et de nombreux déchets radioactifs que l'on ne peut que difficilement retraiter. Ils mettront plusieurs milliers d'années à redevenir non toxiques.
5. B. L'écoconception est l'analyse et la diminution de l'impact écologique des cinq étapes de son cycle de vie : conception, fabrication, distribution, utilisation, revalorisation.

6. corrigé schéma :

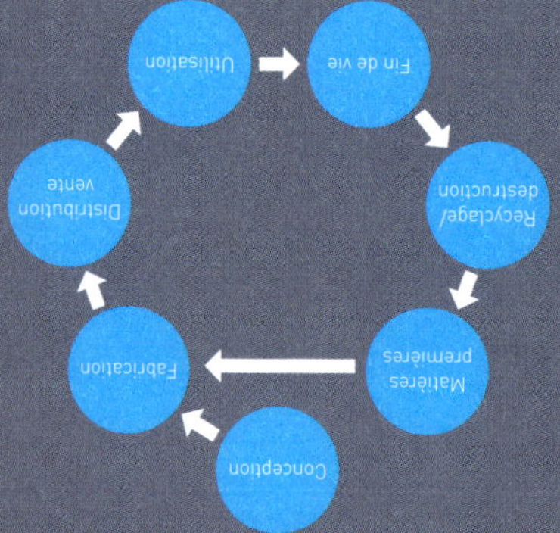

ANALYSE FONCTIONNELLE

Ce que je sais déjà

Chaque **fonction de service** d'un objet (réponse à un besoin) se décompose en sous-fonctions techniques, qui permettent de réaliser la fonction attendue. De ces fonctions techniques découlent les solutions techniques.

I. L'analyse fonctionnelle descendante

• Pour décrire, relier et analyser les solutions et les fonctions d'un système complexe, on effectue une analyse fonctionnelle descendante.

• **L'analyse fonctionnelle descendante** part toujours d'une description globale (fonction globale) du système pour descendre vers des niveaux de détail inférieurs (fonctions techniques).

• Pour représenter graphiquement la description d'un système complexe par analyse fonctionnelle descendante, on utilise la démarche systémique de modélisation **SADT** (*Structured Analysis and Design Technique*) : le premier **niveau** de description est le **niveau A-0,** celui de l'analyse de la fonction globale du système.

Vocabulaire

Analyse fonctionnelle descendante
Analyse et description des fonctions d'un objet et de ses solutions techniques en partant de sa fonction globale et en allant vers les détails de chaque sous-fonction technique.

Matière d'œuvre
Élément sur lequel le système agit pour lui donner une valeur ajoutée.

Valeur ajoutée
Différence entre la matière d'œuvre entrante et la matière d'œuvre sortante.

Fonction
C'est la fonction de l'élément permettant d'obtenir la valeur ajoutée sur la matière d'œuvre.

Données de contrôle, énergies
Éléments qui modulent la fonction du système : énergies, informations, commandes, réglages, modes de fonctionnement, etc.

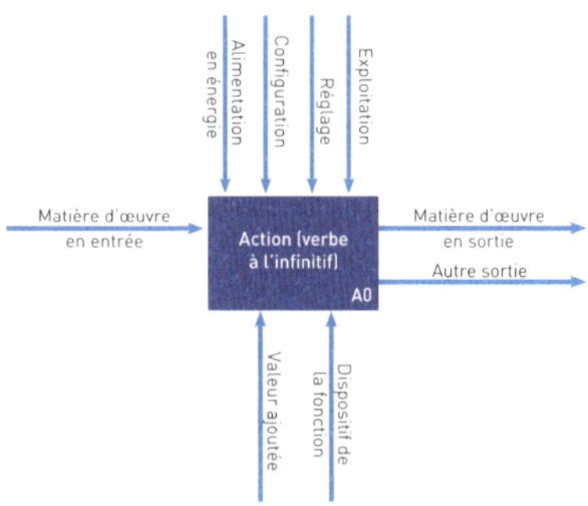

Analyse fonctionnelle descendante

• Ensuite, on fait une **analyse descendante**, c'est-à-dire qui va petit à petit vers plus de détail à l'intérieur de la fonction globale. Petit à petit, on arrive aux solutions technologiques, à la chaîne d'énergie et à la chaîne d'information.

II. Exemple sur une barrière de parking automatisée

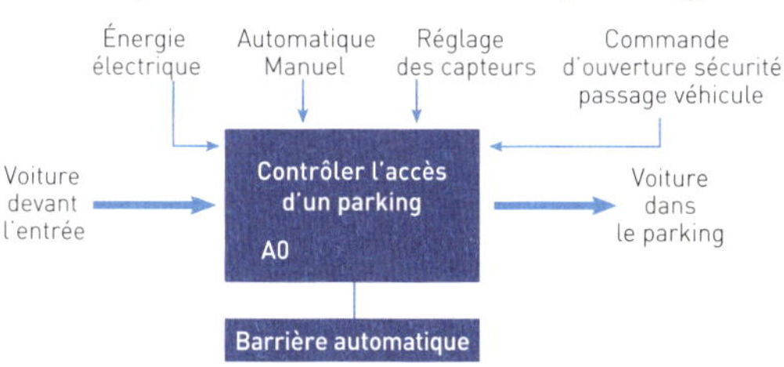

Niveau Fonction globale A-0

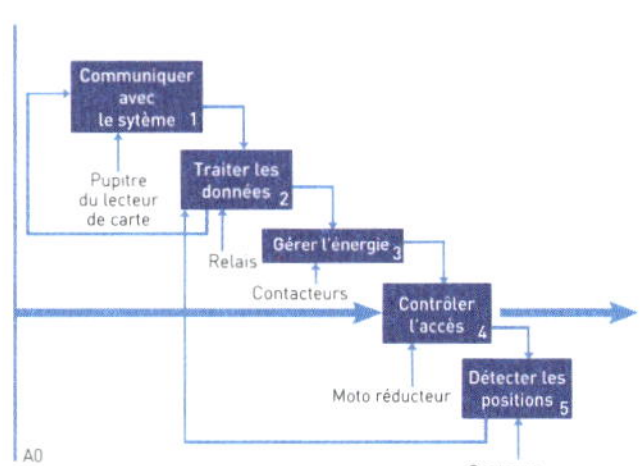

Premier niveau de détail A0

QUIZ

→ ANALYSE FONCTIONNELLE

→ 1. La fonction d'un objet est toujours donnée par...

- ❑ A. un nom commun.
- ❑ B. un adjectif.
- ❑ C. un verbe.
- ❑ D. un nom propre.

→ 2. Dans le SADT, quelle est la matière d'œuvre du système ?

- ❑ A. Canettes de boissons stockées au frais
- ❑ B. Boisson servie dans le bac de réception
- ❑ C. Servir une boisson fraîche
- ❑ D. Énergie électrique

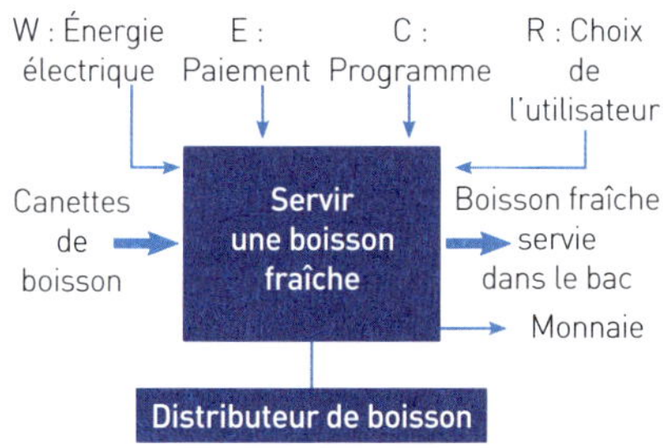

→ 3. Dans le SADT, quelles sont les énergies dont a besoin le système pour remplir sa fonction ?

- ❑ A. Énergie thermique (froid)
- ❑ B. Énergie électrique
- ❑ C. Énergie manuelle
- ❑ D. Énergie mécanique

→ 4. Quelle est, dans le SADT, la valeur ajoutée du distributeur de boissons ?

- ❑ A. Boisson fraîche servie dans le bac de réception
- ❑ B. Le rafraîchissement de la boisson et son service dans le bac
- ❑ C. Un paiement sans faire l'appoint
- ❑ D. Un programme de choix

→ 5. L'analyse fonctionnelle descendante ne s'intéresse qu'à la fonction principale d'un objet.

- ❑ A. Vrai
- ❑ B. Faux

1. C. C'est toujours un verbe à l'infinitif qui est utilisé pour donner la fonction d'un objet. Une action est toujours représentée par un verbe.

2. A. La matière d'œuvre est l'élément sur lequel le système agit pour lui donner une valeur ajoutée. Ici, il rafraîchit et sert des boissons en canette.

3. B. Le distributeur n'a besoin d'être alimenté qu'en énergie électrique. Il fabrique lui-même le froid.

4. B. La valeur ajoutée est la différence entre la matière d'œuvre entrante et la matière d'œuvre sortante.

5. B. Seul le premier niveau SADT A-0 identifie la fonction globale de l'objet. Ensuite, on « descend » par les fonctions internes A1, A2, etc. pour arriver aux solutions technologiques de chaque sous-fonction.

Fiche 9

LOGIGRAMME-ALGORIGRAMME : ENCHAÎNEMENT DE FONCTIONS

Ce que je sais déjà

Pour décrire un enchaînement de fonctions, c'est-à-dire un cycle, on utilisera un logigramme, plutôt qu'un long texte. Il suffit de respecter des règles d'écriture.

Une barrière de sécurité utilise un boîtier codé.

Lorsqu'une voiture arrive, le conducteur doit saisir le bon code.

Si le code est bon, le système ouvre la barrière et allume un voyant vert.

Si le code n'est pas bon, le système allume un voyant rouge pendant 3 secondes. Le conducteur doit ensuite ressaisir son code.

Lorsque le code est bon et après que la barrière se soit ouvert, un capteur indique au système si la voiture est passée.

Lorsque la voiture est passée, le système ferme la barrière et éteint le voyant vert.

Un autre conducteur peut alors utiliser la barrière automatisée.

Logigramme
Organigramme établi selon des codes pour retranscrire une suite logique, souvent utilisé pour les systèmes automatisés. Il sera facilement transposable en Grafcet ou en langage de programmation informatique.

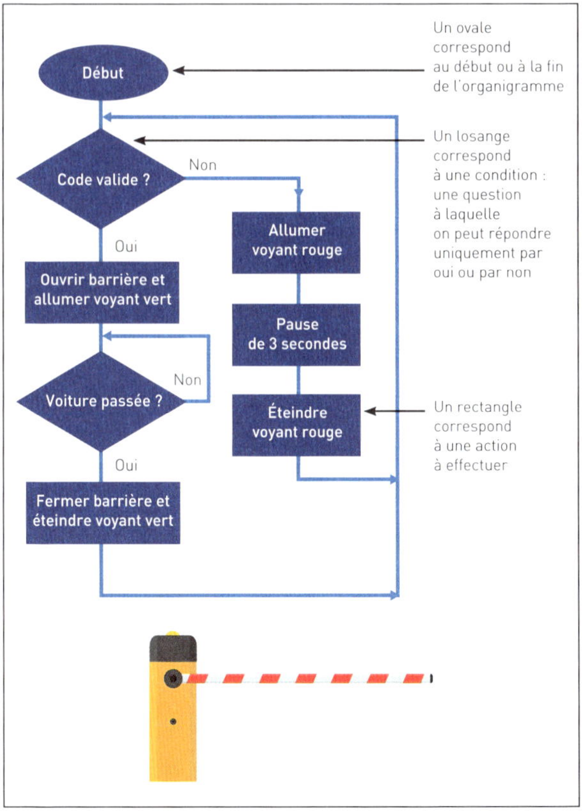

Exemple sur une barrière de parking automatisée

QUIZ

→ LOGIGRAMME-ALGORIGRAMME : ENCHAÎNEMENT DE FONCTIONS

→ 1. D'après le logigramme de la barrière de parking au recto, réponds aux questions suivantes.

1. 1. Que se passe-t-il quand le code entré est faux, invalide ?

- ❑ A. Le feu vert s'allume
- ❑ B. Le feu rouge s'allume
- ❑ C. Rien
- ❑ D. La barrière s'ouvre

1. 2. Le voyant vert est-il allumé pendant tout le temps où la barrière est ouverte ?

- ❑ A. Non, il s'éteint au bout de trois secondes
- ❑ B. Oui, il s'éteint quand elle se ferme

1. 3. « Voiture passée » est :

- ❑ A. Une action
- ❑ B. Une condition

→ 2. Complète le logigramme suivant, d'un volet roulant commandé par un interrupteur et un capteur de détection de jour. Le volet se ferme automatiquement à la tombée de la nuit et s'ouvre au lever du jour, mais peut aussi se fermer avec un interrupteur montée/descente.

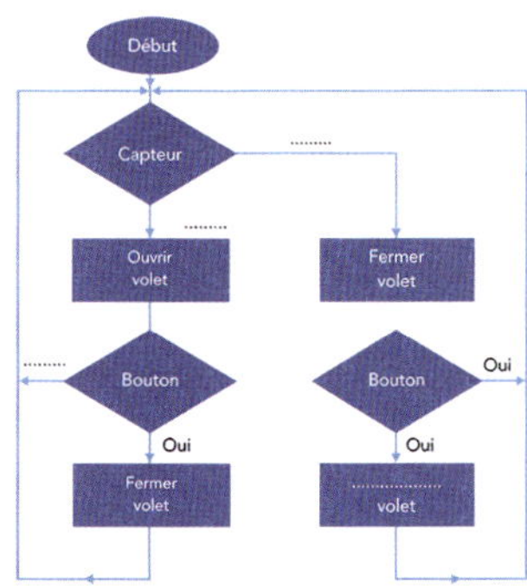

1. 1. B. La condition « code valide » est « non » donc l'algorithme choisit la branche non et allume le voyant rouge.

1. 2. B. Oui, il s'éteint en même temps que la barrière se ferme.

1. 3. B. C'est un losange, donc une condition, une question à laquelle on peut répondre par oui ou non.

2.

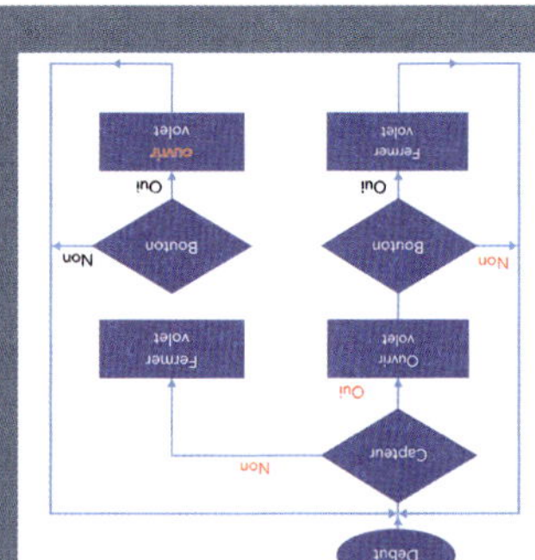

DÉCRYPTER ET COMPRENDRE UN LOGIGRAMME (OU ALGORIGRAMME)

Plusieurs solutions techniques permettent de garantir une meilleure disponibilité de l'eau, de jour comme de nuit.
L'une d'elles consiste à ajouter un réservoir accompagné d'un système de régulation automatisé. Ce dernier évite que le réservoir soit vide ou déborde lors du remplissage à l'aide de deux capteurs (niveau haut et niveau bas) installés sur le réservoir.

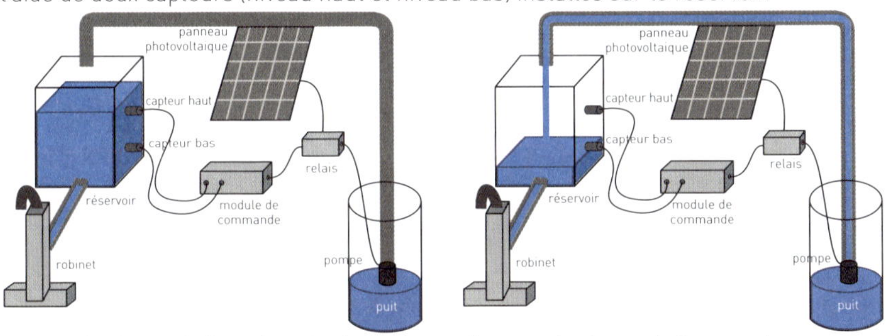

Lorsque le niveau de l'eau dans le réservoir atteint le capteur haut, l'ordre est donné d'arrêter la pompe.

Lorsque le niveau de l'eau atteint le capteur bas, l'ordre est donné démarrer la pompe pour remplir le réservoir.

Document 3

Question 3
À l'aide des informations (document 3), compléter l'algorithme de régulation du niveau du réservoir en **document annexe réponses** page 6/9, avec les indications suivantes : capteur haut atteint ; capteur bas atteint ; désactiver la pompe.

ANNEXE RÉPONSES (à remettre avec votre copie de **TECHNOLOGIE**)

Question 3

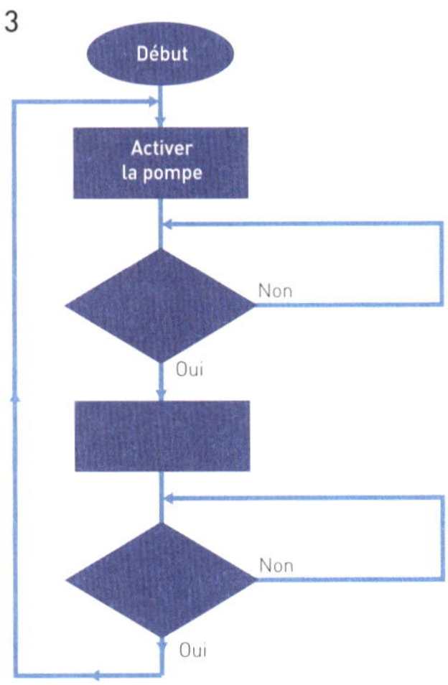

Mots-clés

Algorithme
Suite d'instructions qui permet d'atteindre un objectif. C'est la base de tout programme informatique et électronique.

Régulation
Méthode permettant de maintenir une grandeur physique (ici le niveau d'eau du réservoir) à une valeur constante.

Capteur
Objet technique utilisé pour mesurer une grandeur physique.

CONSEILS POUR RÉUSSIR ET CORRIGÉS

Pour compléter une cellule d'un logigramme, il faut d'abord identifier si la cellule est :

- un rectangle : donc une action, associée à une fonction de l'objet ;
- un losange : question à laquelle on peut répondre par oui ou non ;
- un ovale : début de cycle.

Ensuite, si c'est une question :

- bien identifier les chemins « oui » et « non » ;
- vérifier si la question est bien « tournée dans le bon sens ».

Si c'est une action :

- donner un verbe à l'infinitif ;
- correspondre à une fonction du système.

Pour finir, il faut :

- parcourir tous les « chemins » en fonction des conditions ;
- vérifier que toutes les fonctions sont bien présentes et dans un ordre logique.

Critères de réussite
Les fonctions de l'objet technique sont bien présentes dans le logigramme.
Les « différents états » sont bien listés et identifiés.

Compléments pour bien répondre !

1. Bien comprendre que ce sont trois indications à placer et identifier le type d'indication.
Capteur haut atteint : condition / Capteur bas atteint : condition / Désactiver la pompe : action (verbe à l'infinitif).

2. Respecter la norme de représentation graphique d'un algorithme : Case losange <=> test / condition / Case rectangle <=> étape / action / évènement.

3. Utiliser les explications techniques données dans le texte : « Lorsque le niveau de l'eau dans le réservoir atteint le capteur haut, l'ordre est donné d'arrêter la pompe. » « Lorsque le niveau de l'eau atteint le capteur bas, l'ordre est donné de démarrer la pompe pour remplir le réservoir. »

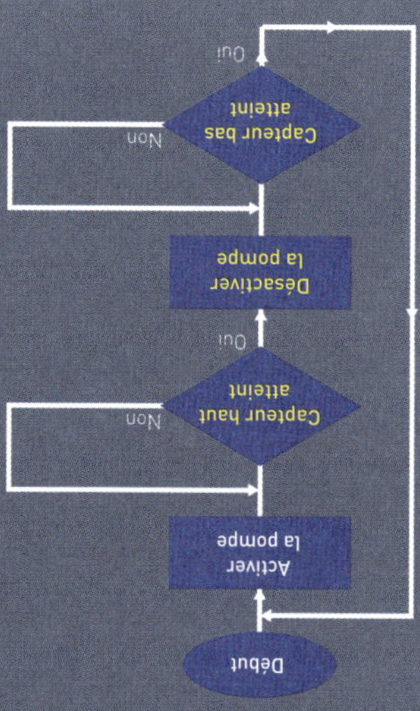

Fiche 11

SCHÉMAS TECHNIQUES, MODÉLISATION DE FLUX ÉNERGÉTIQUES

Ce que je sais déjà

Pour modéliser les flux énergétiques, on réalise des schémas électriques et hydrauliques. Ils permettent, par des symboles normalisés de chaque composant, de comprendre et de décrire un circuit électrique ou hydraulique.
Ces schémas peuvent servir aussi bien à l'assemblage des composants qu'à la maintenance (recherche de panne par fonction, par mesure sur le circuit pour cibler le composant défectueux).

I. Schémas et montages électriques

- Dans un schéma électrique, tous les composants sont normalisés selon la représentation suivante. Les fils électriques sont représentés par des segments droits, même si en réalité ils sont souples. C'est par eux que le courant électrique est acheminé :

Dipôle	Symbole
Pile, générateur	+ -
Lampe	
Résistance	
Moteur	M
DEL-LED	
Interrupteur ouvert	K
Interrupteur fermé	K
Condensateur	
Bouton poussoir	

- Les composants peuvent être montés soit en série (le courant passe dans les composants les uns après les autres), soit en dérivation (le courant se sépare et passe dans les deux « simultanément »)

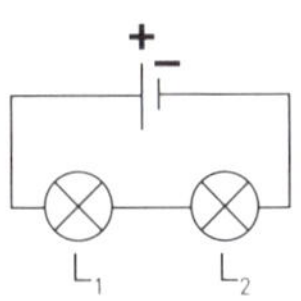

Exemple : schéma électrique d'un montage de deux lampes montées en série

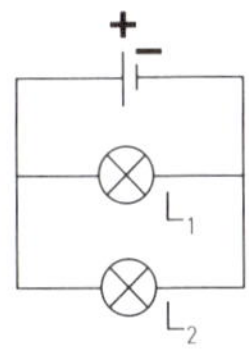

Exemple : schéma électrique d'un montage de deux lampes montées en dérivation (parallèle)

II. Schémas et montages hydrauliques - pneumatiques

- Les composants hydrauliques fonctionnent grâce à de l'énergie hydraulique, c'est-à-dire celle d'un fluide sous pression, le plus souvent de l'huile ou de l'air (pneumatique).
- Dans un schéma hydraulique, tous les composants sont normalisés selon la représentation suivante. Les composants sont alimentés par des durites (« tuyaux »), ils sont représentés par des segments (comme les fils électriques).

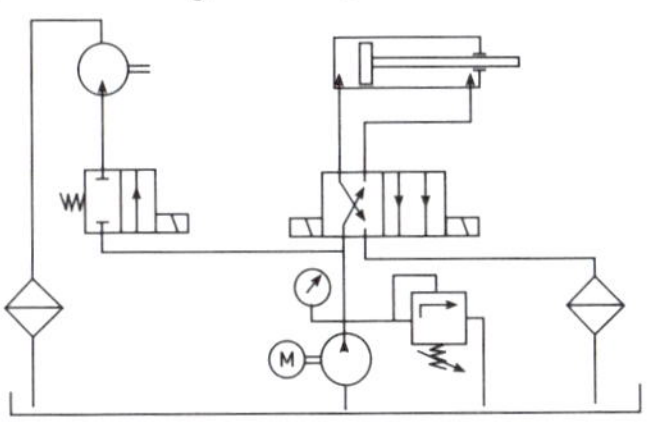

Exemple : schéma hydraulique d'un vérin double effet

Mots-clés

Symbole
Visuel, dessin normalisé qui représente un type particulier de composant d'un schéma.

Schéma
Dessin visant à représenter de manière simple (souvent normalisée) les éléments d'un circuit, d'un concept ou d'un objet et de son fonctionnement.

Modélisation
Représentation d'un système réel en un modèle mathématique, physique, numérique, etc.

QUIZ

SCHÉMAS TECHNIQUES, MODÉLISATION DE FLUX ÉNERGÉTIQUES

1. Dans le schéma électrique suivant, il y a :

- ❑ A. Un générateur relié à une résistance et une ampoule en dérivation
- ❑ B. Un générateur relié à une résistance et une ampoule en série
- ❑ C. Un générateur relié à un moteur et une ampoule en dérivation
- ❑ D. Un générateur relié à un moteur et une ampoule en série

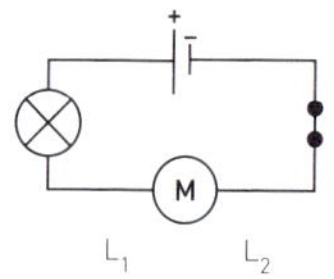

2. Dans ces schémas d'alimentation d'un vérin pneumatique, selon la position du distributeur, trouve lequel est en position de sortie du vérin, et lequel est en position de rentrée du vérin.

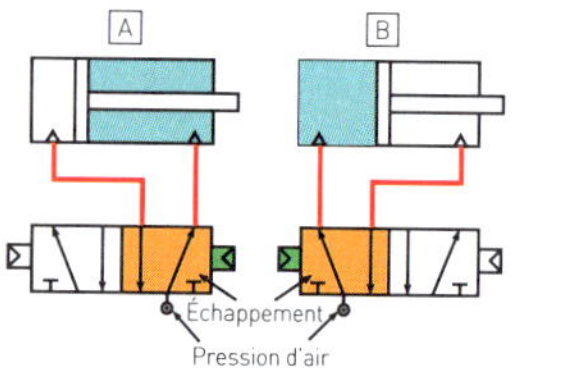

- ❑ A...............
- ❑ B...............

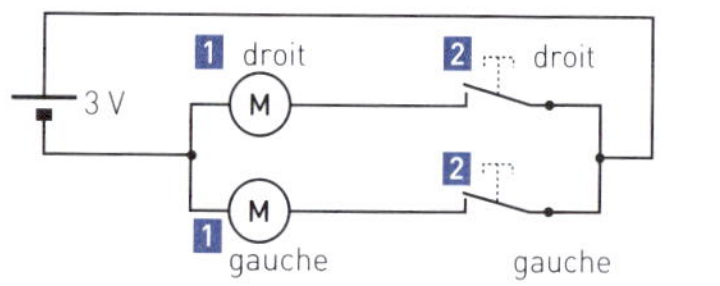

Schéma électrique d'une petite voiture commandée électrique

3. Les dipôles 1 sont des...

- ❑ A. Moteurs
- ❑ B. Ampoules
- ❑ C. Générateurs
- ❑ D. Interrupteurs

4. Les dipôles 2 sont des...

- ❑ A. Moteurs
- ❑ B. Ampoules
- ❑ C. Boutons-poussoirs
- ❑ D. Interrupteurs

5. Que se passe-t-il quand le dipôle « 2 droit » est ouvert et le dipôle « 2 gauche » est fermé ?

- ❑ A. La voiture va tout droit
- ❑ B. La voiture tourne à gauche
- ❑ C. La voiture tourne à droite

6. Que se passe-t-il quand le dipôle « 2 droit » est fermé et le dipôle « 2 gauche » est ouvert ?

- ❑ A. La voiture va tout droit
- ❑ B. La voiture tourne à gauche
- ❑ C. La voiture tourne à droite

7. Que se passe-t-il quand le dipôle « 2 droit » est fermé et le dipôle « 2 gauche » est fermé ?

- ❑ A. La voiture va tout droit
- ❑ B. La voiture tourne à gauche
- ❑ C. La voiture tourne à droite

1. D. Le moteur et la lampe sont bien montés ici en série et non en dérivation (ou parallèle).
2. A. Position rentrée, la pression entre dans la chambre de droite et pousse donc la tige à rentrer dans le corps du vérin.
B. Position sortie, la pression entre dans la chambre de gauche et pousse donc la tige à sortir du corps du vérin.
3. A. et **4. C.** voir schémas.
5. C. Le bouton gauche est fermé donc le courant passe et alimente le moteur gauche, le moteur droit n'est pas alimenté. La voiture tourne donc à droite.
6. B. Le bouton droit est fermé donc le courant passe et alimente le moteur droit, le moteur gauche n'est pas alimenté. La voiture tourne donc à gauche.
7. A. Les deux boutons sont fermés donc le courant passe et alimente les deux moteurs. La voiture va donc tout droit.

Fiche 12

RÉSEAU INFORMATIQUE – INTERNET

Ce que je sais déjà

La plupart des ordinateurs, téléphones, tablettes du monde entier sont maintenant reliés entre eux par des réseaux, locaux (maison, entreprise) et mondiaux (Internet). Ils passent par des réseaux câblés ou par les ondes (téléphonie mobile, satellite).

I. Structure d'un réseau local

• Un réseau local, comme le réseau informatique d'un collège, relie tous les ordinateurs, les imprimantes, les antennes WiFi, etc., à un **concentrateur** réseau (hub) et au **serveur** local (ordinateur gérant le réseau local). Chaque ordinateur ou élément du réseau a une **adresse IP** unique pour pouvoir l'identifier et le localiser.

Mots-clés

Réseau
Ensemble d'éléments informatiques (ordinateur, imprimante, hub) connectés les uns aux autres.

Routeur
Élément intermédiaire dans un réseau informatique assurant le routage (la répartition) des informations échangées.

Bit
Unité binaire pouvant prendre uniquement 2 valeurs, ici soit 0 soit 1.

Octet
Groupe de 8 bits codant une information.

II. Réseau Internet mondial

• Pour relier un réseau local ou un ordinateur au monde, on utilise un **routeur** qui crée la connexion avec le réseau Internet mondial. Ce routeur a lui **une adresse IP** internationale, par exemple 20.0.0.12. C'est une sorte de **passerelle** pour passer d'un réseau local au réseau mondial. Il est relié à des **nœuds régionaux** gérés par des **routeurs principaux**. Ceux-ci sont ensuite reliés entre eux au niveau mondial par des **câbles de grande section en fibre optique**.

III. Communication entre ordinateurs et langage binaire

• Les ordinateurs parlent entre eux en langage binaire, c'est-à-dire une succession de 0 et de 1 combinés. Un chiffre correspond à un **bit**. Un **octet** correspond à un mot de 8 bits. Par exemple, « A » se dit 01000001, soit 8 bits, soit 1 octet.

• Le **débit d'une connexion** se chiffre en **bits par seconde**, par exemple 1 Mbit/s équivaut à 1 million de bits par seconde.

IV. Moyens de connexion

• Les connexions réseau sont réalisées aujourd'hui par différentes technologies :

- **les fils de cuivre** (téléphone, câble Ethernet) dans lesquels circule un courant électrique codé en 0 et 1, soit 0 soit 5 volts ;
- **les fibres optiques** dans lesquelles circule une lumière forte ou faible ;
- **les ondes électromagnétiques** (WiFi, Bluetooth, réseau téléphone mobile 4G) sont un signal dans lequel les ondes évoluent en fonction de l'amplitude.

QUIZ

→ RÉSEAU INFORMATIQUE - INTERNET

→ 1. Quel est le langage de base des ordinateurs ?

❑ A. L'anglais
❑ B. Le langage binaire
❑ C. Le C++
❑ D. Le russe

→ 2. Que vaut 1 octet ?

❑ A. 1 bit
❑ B. 64 bits
❑ C. 8 bits
❑ D. 1 000 bits

→ 3. À quoi sert une adresse IP ?

❑ A. À relier des hipsters (barbus en trottinette)
❑ B. À donner une adresse unique à un ordinateur d'un réseau
❑ C. À remplacer une adresse mail
❑ D. À donner l'emplacement d'une imprimante dans un réseau

→ 4. Les ordinateurs reliés à Internet sont...

❑ A. reliés au monde entier par des câbles.
❑ B. reliés au monde entier par des satellites.
❑ C. reliés à différents routeurs (nœuds de réseau).
❑ D. reliés tout en WiFi au monde entier.

→ 5. À quoi sert un serveur dans un réseau local ?

❑ A. À émettre et recevoir sur Internet
❑ B. À gérer les droits et accès du réseau local
❑ C. À stocker les données des utilisateurs du réseau
❑ D. À ralentir les connexions

→ 6. Complète le schéma ci-dessous.

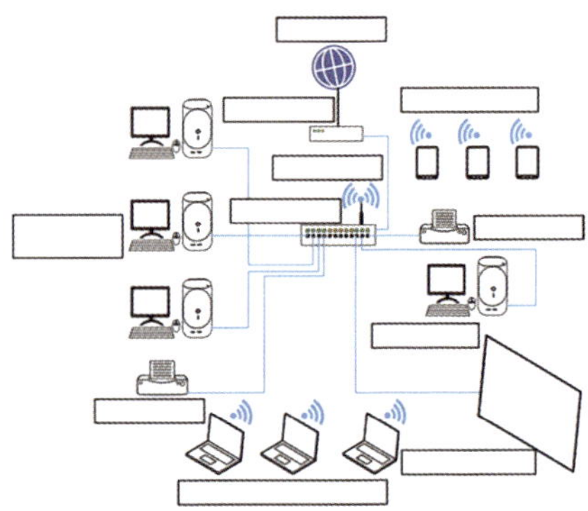

1. B. Le langage binaire est une succession de 0 et de 1, qui forme des « mots » appelés « octets ».
2. C. Un bit est soit 0, soit 1. Un octet, un mot binaire, vaut 8 bits, soit une succession de huit 0 ou 1.
3. B, D. L'adresse IP, sous la forme 192.168.142.4, sert à déterminer une adresse unique pour tout composant d'un réseau (ordinateur, imprimante, routeur, etc.).
4. A, C. La liaison à Internet se fait par l'intermédiaire de câbles, reliés à une succession de routeurs, créant des nœuds de réseau, par région. Les liaisons entre continents se font par câbles sous-marins.
5. B, C. Le serveur ne gère pas directement la connexion à Internet, mais est primordial dans toute activité du réseau local puisqu'il gère les droits, les accès, les comptes et les données des utilisateurs. Sans lui, le réseau n'existe plus.

6.

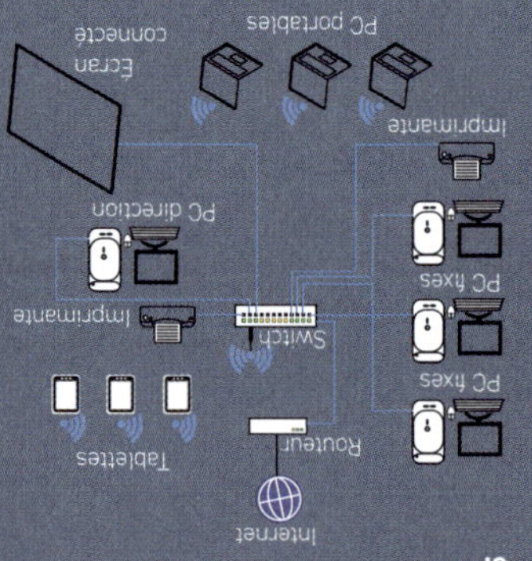

Fiche 13

PROGRAMMATION AVEC MBLOCK OU SCRATCH – CRÉER UNE VARIABLE ET DES OPÉRATIONS

Ce que je sais déjà

Je sais définir les termes suivants : lutin, block, costume, programme.

I. Création d'une boucle-répétition

- On utilise la fonction « répéter 10 fois » en paramétrant le nombre de répétitions puis on place les actions à répéter à l'intérieur de la « boucle ».
- Par exemple, pour dessiner un carré, on répètera 4 fois le tracé du même segment et la rotation de 90°.

II. Création d'une boucle avec condition

- On utilise la fonction « répéter indéfiniment » : les actions à répéter à l'intérieur seront répétées indéfiniment, il faut donc établir une « condition » à valider à l'intérieur de cette boucle pour réaliser les actions.
- Pour établir une condition, on utilise :

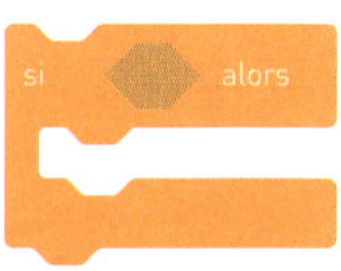

  - **Soit une fonction « si »** : si la condition est vraie, exécute la pile de commandes situées à l'intérieur de la boucle. Sinon, rien ne se passe.
  - **Soit une fonction « si-sinon »** : si la condition est vraie, exécute la pile de commandes situées à l'intérieur de la boucle de la partie supérieure, sinon, exécute la pile de commandes situées à l'intérieur de la boucle de l'autre partie.
- Par exemple, ce programme permet de réaliser un carré manuellement à l'aide du clavier : touche « espace » pour les traits, touche « a » pour tourner.

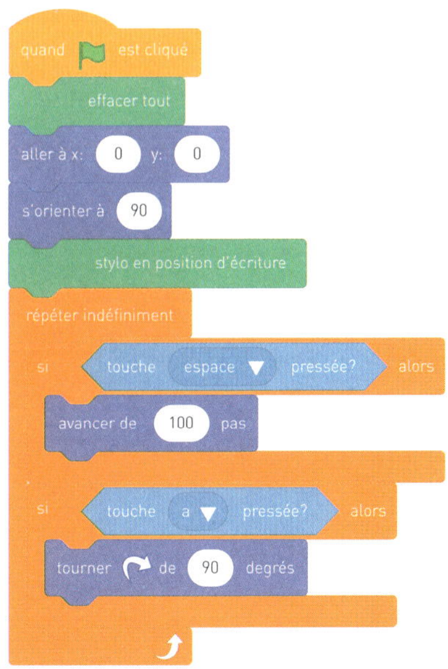

À savoir
Pour répéter un groupe d'actions un nombre de fois défini, ou indéfiniment en fonction d'une condition, on utilise une boucle. Tout ce qui est « à l'intérieur » de la boucle sera répété le nombre de fois défini ou tant qu'une condition ne sera pas remplie.

QUIZ

→ PROGRAMMATION AVEC MBLOCK OU SCRATCH - CRÉER UNE VARIABLE ET DES OPÉRATIONS

Voici un programme pour créer un QCM avec scratch :

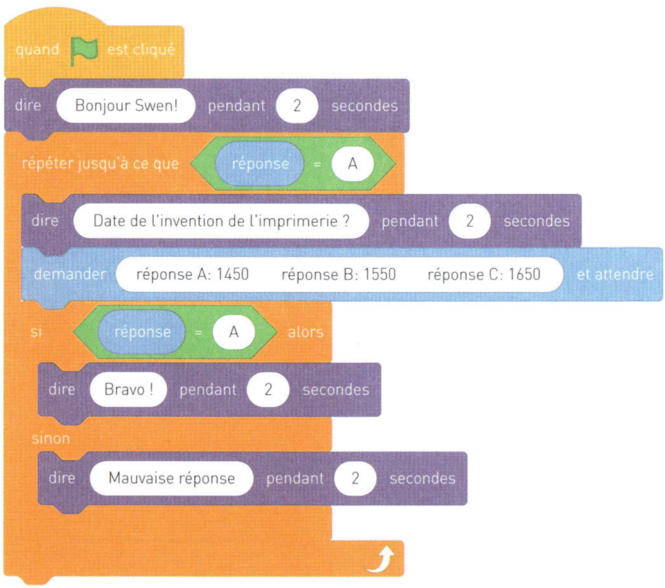

→ 1. Quelle est la bonne réponse : A, B ou C ?
→ 2. Que se passe-t-il si le joueur répond juste ?
→ 3. Que se passe-t-il lorsque le joueur répond faux ?
→ 4. « Bonjour Swen » est-il répété après une réponse fausse ?

1. **A.**
2. Le lutin affiche « BRAVO ! » et la boucle « répéter jusqu'à » s'arrête car la réponse vaut « A ».
3. Le lutin affiche « Mauvaise réponse » et la boucle « répéter jusqu'à » reprend, donc le lutin réaffiche la question puis les choix.
4. Non, l'instruction dire « bonjour Swen » n'a lieu qu'au début du programme, elle n'est pas dans la boucle.

Fiche 14

UTILISER UN LOGICIEL DE TRAITEMENT DE TEXTE ET UN TABLEUR

Les logiciels de traitement de texte : payant : Microsoft Word, gratuits : LibreOffice Writer, OpenOffice Writer.

PRÉSENTATION ET MISE EN FORME

• Pour mettre en forme un texte, il faut respecter ces étapes :
 - sélectionner le texte avec la souris ;
 - choisir son style prédéfini ou appliquer les mises en forme (taille, police, style, couleur, alignement).

Pour les titres, on pourra aussi appliquer des puces et numéros, cela permettra d'insérer un sommaire automatique, et de faire varier au fur et à mesure les numéros de titres et paragraphes.

INSERTION D'UNE IMAGE, D'UN OBJET

• Grâce à l'onglet insertion, il est possible d'insérer des sauts de page, des tableaux, des images, des formes, des zones de texte... en cliquant sur les icônes et en se laissant guider.

Exemple de l'insertion d'une image
 - Cliquer sur « image ».
 - Aller la sélectionner dans ses fichiers et valider « OK ».
 - La redimensionner pour l'adapter au texte.
 - Adapter l'habillage (devant, derrière, texte autour...).

Les manipulations pour l'insertion de tout objet ou tableau seront du même type.

MODIFIER LES ENTÊTES ET PIEDS DE PAGE

• Pour cela, cliquer sur pied de page ou entête dans l'onglet « Insertion » puis choisir le pied de page désiré, ou double-cliquer sur l'entête ou le pied de page du document.

CRÉER UN SOMMAIRE AUTOMATIQUE

• Il est simple de créer un sommaire automatique lorsqu'on a, dès le début, inséré des puces et numéros. En plus, on peut avoir affecté des mises en forme pour les différents types de titre ou de corps de texte. Cela rend un document homogène.

• Ensuite, il suffit d'aller dans l'onglet « Références » puis « Table des matières », et de choisir un des modèles de table automatique.

ENREGISTRER AU FORMAT PDF

• Pour envoyer par mail un courrier non modifiable, ou avant d'imprimer un document et pour être sûr de sa mise en page, on peut l'enregistrer au format PDF. Pour cela, il faut cliquer sur « Fichier » puis « Enregistrer sous » et choisir l'emplacement, puis le nom du fichier et le format PDF dans le menu déroulant « Type ».

I. CRÉER UN TABLEAU AVEC EXCEL

- **1.** Commencer par régler les tailles des lignes et des colonnes avec l'icône « Formats ».
- **2.** Saisir les données dans chaque cellule. Colonnes
- **3.** Créer les bordures, les couleurs, etc.
- **4.** Paramétrer les formats de cellule (types de nombres, décimales, renvoi à la ligne) avec un clic droit, puis « format de cellule ». Choisir les modifications dans la fenêtre.

II. RÉALISER UN CALCUL RÉPÉTITIF

- Pour réaliser un calcul répétitif, commencer par un « = » dans la cellule puis écrire le calcul en sélectionnant les cellules et valider (mettre le symbole $ devant les cellules qui ne changeront pas).
- Puis faire glisser le coin inférieur droit de la cellule vers les cellules répétant le calcul.

III. UTILISER UNE FONCTION (PAR EXEMPLE SOMME)

- Pour appeler une fonction, commencer par un « = » dans la cellule, ou utiliser l'icône « insérer fonction ».
- Puis choisir la fonction à utiliser (par exemple « SOMME ») et sélectionner les cellules à ajouter avec la souris.

IV. CRÉER UN GRAPHIQUE

- Pour créer un graphique, il faut commencer par sélectionner les données à traiter dans son graphique puis choisir un graphique dans l'onglet « INSERTION » puis dans la fenêtre.
- Placer ensuite le graphique et le modifier grâce aux icônes sur le côté. *On peut aussi choisir d'insérer un graphique dans une autre feuille.*

Mots-clés

Feuille
Ensemble de cellules présentées sur un même écran. Lors de l'impression, elle peut souvent faire plusieurs pages.

Classeur
Ensemble de toutes les feuilles d'un fichier de tableur. Il est facile de relier des tableaux et des graphiques de feuilles différentes mais d'un même classeur.

ANGLAIS

SOMMAIRE

Grammaire

Lexique

Fiche 1

BE ET HAVE GOT

Ce que je sais déjà

Je sais me présenter.

I. Be

- Be te permet :
- de **présenter, de décrire**.

I am Laura. This is Max. They are cool.

- de **donner l'âge, un métier**.

They're twenty-two. He's a teacher. She *is* an actress.

- Rappelle-toi comment on le conjugue. La forme contractée est une forme plus orale.

Forme affirmative (+)		Forme négative (–)	
Forme pleine	Forme contractée	Forme pleine	Forme contractée
I am	'm	am not	'm not
He, she, it is	's	is not	isn't
you, we, they are	're	are not	aren't

- **Pour les questions**, on fait comme en français : on inverse le sujet et le verbe !

What's your name?
How old are you?
Where are you?
Are you Penny?
Is she eleven?
Are we in school together?

- Pour les **réponses brèves** :

Is Penny American ? Yes, she is. / No, she isn't.

II. Have got

- Have got te permet d'exprimer la possession.

I have got a cool bedroom.
Dad has got a big bed.
We've got a garden.
Have they got a nice house?

Forme affirmative (+)		Forme négative (-)	
Forme pleine	Forme contractée	Forme pleine	Forme contractée
I, you, we, they have got	've got	have not got	haven't got
He, she, it has got	's got	has not got	hasn't got

- **Forme interrogative (?) et réponses brèves :**

Have you got a car? Yes, I have. / No, I haven't.

Ne confond pas les formes contractées de *be* et *have* !
He's cold. = He is cold. Il a froid.
He's got a cold. = He has got a cold. Il a un rhume.

QUIZ

→ *BE* ET *HAVE GOT*

→ 1. Complète avec *be* ou *have* correctement conjugués.

a. We : .... a family.
b. My dad .... a secretary.
c. My parents .... cool.
d. I .... funny!
e. My mum .... glasses.
f. My parents .... a green car.
g. .... you .... brothers or sisters?

→ 2. Écris les phrases suivantes avec une forme contractée quand c'est possible.

a. The Williams have not got a garage.
....
b. They are not American.
....
c. Mary is not a teacher. She is a vet.
....
d. Their son has got a big desk.
....
e. They have two bathrooms.
....

→ 3. Réponds par une réponse brève.

a. Have you got a big house?
No, ...
b. Is your brother tall?
Yes, ...
c. Has your uncle got a car?
No, ...
d. Are you happy?
Yes, ...

→ 4. Mets les phrases à la forme interrogative puis négative.

a. Paul has got a nice kitchen.
....
....
b. French pupils have got a uniform.
....
....
c. Mary is a teacher.
....
....

→ CARTE MENTALE

Complète la carte mentale avec toutes les conjugaisons possibles de *have*, contractées et non contractées, avec ou sans négation.

I	have got	brown eyes.
We	've got	a car.
They	have not got	a house.
You	....	a big bed.
Suzie and Paul	....	
He	....	
She	....	a sister.
It	....	blue hair.
Jenny	....	a computer.
The cat	....	

1. a. are ; **b.** is ; **c.** is ; **d.** have got ; **e.** are ; **f.** am ; **g.** has got ; **h.** have got ; **i.** have/got.
2. a. The Williams haven't got a garage. **b.** They aren't American. **c.** Mary isn't a teacher. She's a vet. **d.** Their son's got a big desk. **e.** Il n'y a pas de contraction sans *got*.
3. a. No, I haven't. **b.** Yes, he is. **c.** No, he hasn't. **d.** Yes, I am.
4. a. Has Paul got a nice kitchen? Paul hasn't got a nice kitchen. **b.** Have French pupil got a uniform? French pupils haven't got a uniform. **c.** Is Mary a teacher? Mary isn't a teacher.

Fiche 2

PRÉSENT SIMPLE

Ce que je sais déjà

Je sais parler de ma routine.

I. Valeurs et construction

- On **emploie le présent simple** pour parler de quelque chose de vrai, d'une généralité, de routine ou d'habitudes, et pour exprimer ses goûts.

(+)	(–)	(?)
Sujet + BV + complément *I/you/we/they like chocolate.*	Sujet + **don't** + BV + complément *I/you/we/they **don't** like chocolate.*	**Do** + sujet + BV + complement + ? ***Do** I/you/we/they like chocolate?*
base verbale + <s> *He/she/it likes chocolate.*	**doesn't** + BV + complément *He/she/it doesn't like chocolate.*	**Does** + sujet + BV + complement + ? ***Does** he/she/it like chocolate?*

- On emploie la **forme contractée** plus fréquemment, mais on trouve **les formes pleines** tout de même, surtout pour insister :

*You know I **do not** like tomatoes!* *You're wrong. She **does** not hate beans.*

II. Réponses brèves

- En français, on peut répondre « Oui. » ou « Non. » et s'arrêter là. Mais en anglais, on fait des réponses brèves ou courtes. Souviens-toi de la formule et n'oublie pas la **virgule** !

Yes, + sujet + **do/does**. → No, + sujet + **don't/doesn't**.

***Do** you eat meat? Yes, I **do**.* ***Does** Ben like salmon? No, he **doesn't**.*

III. Adverbes de fréquence

- Ils se placent **toujours avant** la base verbale.

I never watch TV in the morning. My mom often goes to the cinema.

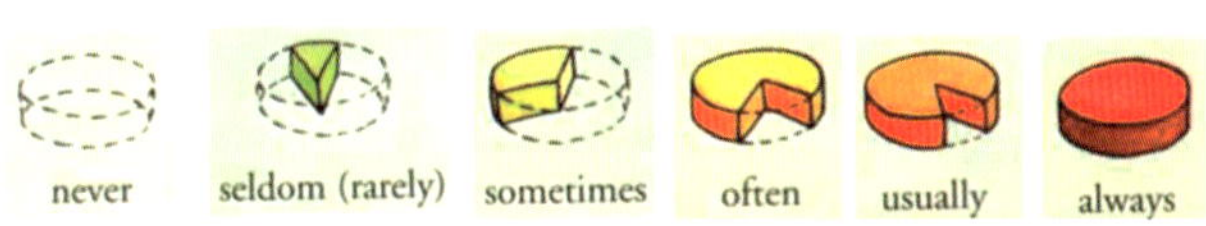

⚠ **Rappel**
La base verbale (BV), c'est le verbe non conjugué, sans le *to* de l'infinitif.
Infinitif = to + base verbale.
Ex : to be, to play, to eat.

Pour les formes négative et interrogative, c'est l'auxiliaire *do* qui fait tout !
→ Il se charge de la terminaison à la 3ᵉ personne du singulier et devient *does*.
→ Il porte la négation (*not*).
→ Il se déplace dans la phrase pour faire des questions.

⚠ Il peut y avoir quelques modifications orthographiques. Observe bien les exemples ci-dessous !

I / you / we / they	he / she / it
wake up	wake**s** up
brush	brush**es**
get dressed	get**s** dressed
eat	eat**s**
go	go**es**

QUIZ

PRÉSENT SIMPLE

1. Le présent simple sert à :

- ❑ A. parler d'habitudes.
- ❑ B. parler de vérités générales.
- ❑ C. exprimer des goûts.
- ❑ D. décrire.

2. La conjugaison est la même pour toutes les personnes sauf :

- ❑ A. la 1re personne du singulier.
- ❑ B. la 3e personne du pluriel.
- ❑ C. la 3e personne du singulier.

3. Quel est l'auxiliaire du présent simple ?

- ❑ A. Be
- ❑ B. Have
- ❑ C. Did
- ❑ D. Do

4. Conjugue le verbe entre parenthèses.

a. My sister .... her hair every morning. (brush)
b. I .... at 10 a.m. on Saturdays. (wake)
c. Julie .... to bed at 9 p.m. (go)
d. My cats .... dogs! (hate)
e. We .... board games in the evening. (play)

5. Complète les phrases par la bonne forme de *do*.

a. Sarah is American but she .... live in the USA.
b. .... you want a cup of tea?
c. .... Pete like broccoli?
d. You .... like candy! I .... believe it!

6. Réponds par une réponse brève.

a. Do your friends like spinach?
No, ...
b. Does your teacher speak English?
Yes, ...
c. Does Jim eat lunch at school?
No, ...

7. Remets les mots dans l'ordre.

a. always / I / dessert / have
....
b. rarely / go / to the restaurant / you
....
c. he / forgets / never / to brush his teeth
....
d. usually / at 8.30 p.m. / my parents / have dinner
....

1. A, B, C, D.
2. C.
3. C.
4. a. brushes ; **b.** wake ; **c.** goes ; **d.** hates ; **e.** play.
5. a. doesn't ; **b.** do ; **c.** does ; **d.** don't/don't.
6. a. No, they don't. **b.** Yes, he/she does. **c.** No, he doesn't.
7. a. I always have dessert. **b.** You rarely go to the restaurant. **c.** He never forgets to brush his teeth. **d.** My parents usually have dinner at 8.30 p.m.

Fiche 3

PRÉSENT *BE* + BV-ING

Ce que je sais déjà

Je sais conjuguer *be* au présent.

I. Utilisation et formation

- J'utilise le présent en *be + BV-ing* pour décrire une image ou une action en cours.

(+)	(–)	(?)
Sujet + be + BV-ing	Sujet + be + not + BV-ing	Be + sujet + BV -ing + ?
I am playing tennis.	*I am not playing tennis.*	*Am I playing tennis?*
He / she / it is playing tennis.	*He / she / it is not playing tennis.*	*Is He / she / it playing tennis?*
You/we/they are playing tennis.	*You/we/they are not playing tennis.*	*Are you/we/they playing tennis?*

Les réponses brèves
On peut répondre à une **question fermée** (fiche 04) par des réponses brèves :
Yes / No + , + sujet + be conjugué
Are the children playing? Yes, they are.
Are you doing your homework? Yes, I am.
Is Claire riding a bike? No, she isn't.

⚠ On ne peut pas utiliser les formes contractées à la forme interrogative ni dans les réponses brèves affirmatives.

II. Formes contractées

- On utilise les mêmes que pour *be* (fiche 01) !

We're having fun. Ben's playing football. Tina isn't playing rugby.
I'm not playing tennis. Tom and Jeff aren't riding their bikes.

QUIZ

→ PRÉSENT *BE* + BV-ING

→ 1. Le présent en *be + BV-ing* sert à :

❑ A. parler de mes habitudes.

❑ B. dire ce que je suis en train de faire.

❑ C. décrire une image.

❑ D. demander ce qu'il se passe.

→ 2. Complète par *be* conjugué. Contracte lorsque c'est possible.

a. Look! Sandy .... taking a selfie.

b. What .... he doing? He .... riding his scooter!

c. .... they listening to you? No, they ....

d. Yes, Mike .... doing his homework. He .... playing with his friends.

→ 3. Conjugue le verbe donné au présent en *be + BV-ing*.

a. Finally, the sun ....again. (shine)

b. Mom and Dad .... board games with Nana. (play)

c. Luke .... in the garden. (sleep)

d. Grandpa .... TV in the living-room. (watch)

→ 4. Fabrique les questions avec les éléments donnés puis réponds avec une réponse brève.

a. they / play / basketball – No.

....

....

b. Sam / eat / breakfast right now – No.

....

....

c. Ginny / have / fun – Yes.

....

....

d. I / ride / my scooter – No.

....

....

→ DÉCRIRE UNE IMAGE

Que sont-ils en train de faire ? Fais cinq phrases pour décrire cette image.

....

....

....

1. B, C et **D.**

2. a. 's ; **b.** 's, is, is ; **c.** are, aren't ; **d.** isn't, is.

3. a. is raining ; **b.** are singing ; **c.** is eating ; **d.** is sleeping.

4. a. Are they winning the match? No, they aren't. **b.** Is Pamela eating dinner right now? No, she isn't. **c.** Are you having fun? Yes, I am. **d.** Is Louis riding his scooter? Yes, he is.

Fiche 4

LES QUESTIONS

Ce que je sais déjà

Je sais poser quelques questions.

I. Les types de questions

- Il y a **deux types de questions** : les questions ouvertes, et les questions fermées.
- Les **questions fermées** commencent par un auxiliaire. On ne peut y répondre que par **yes ou no.** Formation : **auxiliaire** + sujet + BV + complément

Do you speak English? Yes, I do! *Can she play rugby? No, she can't.*

- Les questions ouvertes commencent par un mot interrogatif en <wh> : mot interrogatif en <wh> + auxiliaire + sujet + BV + ... + ?

Where do you live? I live in London.

What do they have in their garage? They have a motorbike.

> ⚠ On peut fabriquer des questions avec tous les auxiliaires anglais : *be, have, do, did, can...* Mais pour les questions avec *be*, la formule change. (👁 Fiches 01 et 03) *How are you? Where is she? What's their name?*

> ⚠ *Who* est déjà sujet de la phrase : *Who are you ? Who is she?*

II. Les mots interrogatifs

- Pour poser une question sur un objet → What (+nom)

What color is it?

- Pour poser une question sur le lieu → Where

Where do you work?

- Pour poser une question sur l'origine → Where... from

Where is he from?

- Pour poser une question sur la cause → Why

Why do they live there?

- Pour poser une question sur l'horaire → When

When does school start?

- Pour poser une question sur la santé → How

How are you?

- Pour poser une question sur une caractéristique (la taille, l'âge, etc.) → How (+adjectif)

How tall is she? How long is this bridge? How big is this house?

How old are you?

NOTIONS | ANGLAIS

QUIZ

LES QUESTIONS

1. Il existe trois types de questions en anglais.

❑ A. Vrai ❑ B. Faux

Justifie : ....

2. Il faut toujours un mot interrogatif pour faire une question.

❑ A. Vrai ❑ B. Faux

Justifie : ....

3. Mets les éléments dans le bon ordre.

a. colour / is / your / what / front door / ?

....

b. tall / your dad / is / how / ?

....

c. have / your cousins / a / do / nice garden?

....

d. I / to the park / with you / can / go / ?

....

e. is / there / why / in the garage / a microwave / ?

....

4. Trouve les questions posées grâce aux réponses.

a. ....

My father? He's 45.

b. ....

They're from New Orleans.

c. ....

We live in California now.

d. ....

Because my mom works here now.

e. ....

The boy on the picture? He's my little brother, of course.

5. Relie la question à la réponse correspondante.

a. Have you got a mobile phone? ❍

b. Is your brother funny? ❍

c. Do they have a dog? ❍

d. Has Mr. William got brown eyes? ❍

e. Are you a pupil? ❍

❍ **1.** Yes, they have a puppy.

❍ **2.** Yes, I am.

❍ **3.** Yes, he has.

❍ **4.** Yes, he is.

❍ **5.** No, I haven't.

CARTE MENTALE

Complète avec les mots interrogatifs en anglais et une phrase de ton choix.

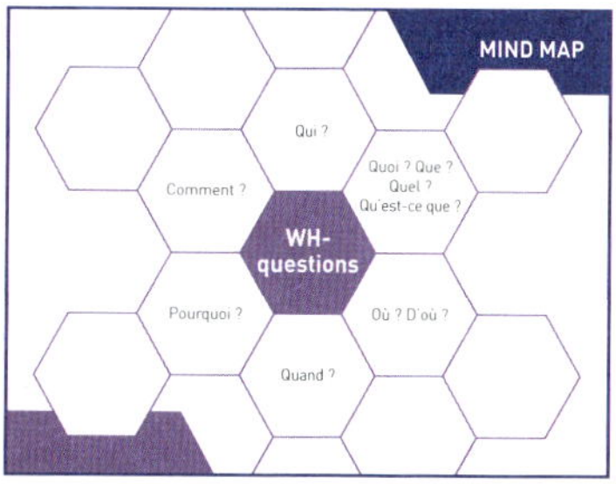

1. B, il y en a deux.
2. B, pas pour les questions fermées.
3. a. What colour is your front door? **b.** How tall is your dad? **c.** Do your cousins have a nice garden? **d.** Can I go to the park with you? **e.** Why is there a microwave in the garage?
4. a. How old is your father? **b.** Where are they from? **c.** Where do you live? **d.** Why are you here? **e.** Who is the boy on the picture?
5. a5 ; b4 ; c1 ; d3 ; e2.

Fiche 5

EXPRIMER SES GOÛTS ET SES OPINIONS

Ce que je sais déjà

Je sais conjuguer au présent simple.

> ⚠ Le gérondif, même s'il est fabriqué à partir d'un verbe, a la même fonction qu'un nom ! Il peut être sujet ou complément d'une phrase, on le traduit souvent par une activité.
> *I like swimming. = J'aime nager ou J'aime la natation.*

I. Le gérondif

- Pour parler de ce l'on aime ou pas, on utilise des **verbes de goût**. Ils sont alors suivis d'un **nom** ou d'un **gérondif**.
- Formation : gérondif = base verbale + **-ing.**

I like swimming.

II. Les degrés d'intensité

- Pour dire ce que tu aimes :

❤ I (quite) like	❤❤ I'm keen on	❤❤❤ I enjoy
❤❤❤❤ I'm very interested in	❤❤❤❤❤ I love	❤❤❤❤❤❤ I'm crazy about

> ⚠ Ces verbes se conjuguent au présent simple.
> *I quite like playing tennis but Sandra loves playing rugby.*
> *Tom is crazy about reading but Eva doesn't like books.*
> *Paul and Alex don't mind playing football but they can't bear running in the park.*

- Pour dire ce que tu n'aimes pas :

I don't like	I (really) dislike	I hate
I can't stand	I can't bear	

> 👁 *It doesn't matter* est une expression invariable.

- Si tu n'as pas d'avis tranché :

I don't mind = I don't care = It doesn't matter.

QUIZ

EXPRIMER SES GOÛTS ET SES OPINIONS

1. Le gérondif, c'est :

☒ A. BV-ing ❑ B. to + BV ❑ C. BE + BV-ing

2. Le gérondif a une valeur :

❑ A. de verbe. ☒ C. d'adjectif.
❑ B. de nom. ❑ D. d'adverbe.

3. Complète par un gérondif :

a. Sonia likes ...doing.... yoga. (do)
b. Peter enjoys ...riding.. his bike. (ride)
c. Sandra and Jim are keen on ...playing... racket sports. (play)
d. Gemma and I love ...dancing. (dance).

4. Choisis un verbe de goût pour compléter les phrases de manière logique :

Roxy ...likes..... (a) horse riding very much, and she ...loves.... (b) playing volleyball. She's the captain of her team! But she absolutely ....likes.... (c) badminton. She ...likes..... (d) running ; she says it's boring. Also, she ....loves.. (e) playing tennis : she's not a fan, but she says it's okay.

5. Comment dirais-tu en anglais ?

a. J'aime bien le tennis mais je n'aime pas du tout la natation.
I like tennis but I dont like swiming.

b. Les enfants adorent le sport.
children like sport

c. Mes parents détestent courir.
My parents don't like run

d. Tu apprécies vraiment la dance.
You ~~likes~~ like dance

UN SCHÉMA POUR RETENIR

Complète avec sept verbes de goût.

1. A.
2. B.
3. a. doing ; **b.** riding ; **c.** playing ; **d.** dancing.
4. (Plusieurs possibilités.) **a.** likes ; **b.** loves/is keen on ; **c.** hates ; **d.** can't stand ; **e.** doesn't mind.
5. a. I really like tennis but I dislike swimming. **b.** Children are crazy about sport. **c.** My parents hate running.
d. You really enjoy dancing.

Fiche 6

COMPARATIF DE SUPÉRIORITÉ

Ce que je sais déjà

Je connais quelques adjectifs.

⚠ **Rappel**
En anglais les adjectifs sont INVARIABLES !

Les syllabes sont comptées quand on les entend ! Les lettres muettes n'ajoutent pas de syllabe. *Nice* compte donc une syllabe.

Changements orthographiques !
→ **règle CVC** : pour les adjectifs courts seulement, qui se finissent par consonne-voyelle-consonne (CVC), on double la dernière consonne avant de rajouter -er :
big → bigger
thin → thinner
→ Le <y> se transforme en <i> avant d'ajouter -er.
pretty → prettier
funny → funnier

I. Définition

- Avec le comparatif de supériorité, je peux **comparer deux éléments** et indiquer celui qui est « **plus** » que l'autre. La formation du comparatif de supériorité dépend de la taille des adjectifs.

II. Adjectif court ou long ?

- Adjectif court :
  - une syllabe (*big, old, young, nice*) ;
  - deux syllabes et se terminant en <y> <ow> <le> ou <er> (*sporty, yellow, purple, clever*).
- Adjectif long :
  - deux syllabes, autres terminaisons (*loyal, pleasant*)
  - trois syllabes ou plus (*intelligent, beautiful, lovely*)

III. Formules du comparatif de supériorité

- Adjectif court : adjectif + -er + than

old → older than nice → nicer than

- Adjectif long : more + adjective + than

beautiful → more beautiful than
Adam is younger than his brother. But he's more mature than him too.

III. Exceptions

- Il faut apprendre ces formes par cœur !

good → better bad → worse far → farther (sens propre)/further (sens figuré)

QUIZ

→ COMPARATIF DE SUPÉRIORITÉ

→ 1. Indique si les adjectifs sont courts (C) ou longs (L).

a. beautiful ....
b. happy ....
c. large ....
d. colourful ....
e. cheap ....
f. dry ....
g. extraordinary ....
h. awful ....
i. relaxing ....
j. narrow ....

→ 2. Quelle est la formule utilisée pour comparer avec un adjectif court ?

❑ A. more + ... + than
❑ B. adjectif + -er + than
❑ C. adjectif + -ing

→ 3. Quelle est la formule utilisée pour comparer avec un adjectif long ?

❑ A. more + ... + than
❑ B. adjectif + -er + than
❑ C. adjectif + -ing

→ 4. Mets les adjectifs au comparatif de supériorité.

a. beautiful, **b.** happy, **c.** large, **d.** colourful, **e.** cheap, **f.** dry, **g.** extraordinary, **h.** awful, **i.** relaxing, **j.** narrow, **k.** big, **l.** good, **m.** bad, **n.** far

....
....
....
....
....
....
....
....
....
....

→ 5. Compare les deux éléments avec l'adjectif donné

a. a car / a bike (expensive)

....

b. my mum / your mum (tall)

....

c. chocolate / green beans (good)

....

d. I / my cousin (bad at maths)

....

e. Elise / Jimi (sporty)

....

→ UN SCHÉMA POUR RETENIR

Complète les formules.

adjectif court

adjectif	....	....

adjectif long

....	**adjectif**	....

1. a. L ; **b.** C ; **c.** C ; **d.** L ; **e.** C ; **f.** C ; **g.** L ; **h.** L ; **i.** L ; **j.** C.
2. B.
3. A.
4. a. more beautiful ; **b.** happier ; **c.** larger ; **d.** more colourful ; **e.** cheaper ; **f.** drier ; **g.** more extraordinary ; **h.** more awful ; **i.** more relaxing ; **j.** narrower ; **k.** bigger.
5. a. A car is more expensive than a bike. **b.** My mum is taller than your mum. **c.** Chocolate is better than green beans. **d.** I am worse at maths than my cousin. **e.** Elise is sportier than Jimi.
6. Adjectif court : adjectif + more + than. Adjectif long : more + adjectif + than.

Fiche 7

LES QUANTIFIEURS

Ce que je sais déjà

Je connais quelques indénombrables.
Les quantifieurs permettent d'exprimer une quantité. On les utilise devant des noms dénombrables ou indénombrables.

How much/how many
Ils servent à demander combien. Mais ***How much*** permet aussi de demander un prix.

Some/any
→ Do you want some milk in your tea? (Je propose, c'est qu'il y en a disponible.)
→ Is there some milk in the fridge? (Je sais qu'il devrait y en avoir.)
→ Is there any milk in the fridge? (Je n'en ai aucune idée.)

I. Dénombrables ou indénombrables

- Les indénombrables sont des éléments qu'on ne peut pas compter. Ils forment un tout. Ils n'ont pas de pluriel.
- Souvent, en français, on pourra mettre « du » devant. Si on veut les compter, il faut un contenant (*a cup, a bottle of...*), une expression (*a slice of, a piece of...*) ou une unité de mesure (*a pound of, a liter of...*).

bread → a piece of bread
tea → a cup of tea
sugar → a spoonful of sugar

- Les autres sont des dénombrables. On peut les **compter**, utiliser l'article défini *a/an* et les mettre au pluriel.

a pizza → 10 pizzas
a tomato → 3 tomatoes
an olive → 15 olives

II. Un peu, beaucoup, tout ou rien

- Selon la quantité que l'on veut exprimer, on utilise différents quantifieurs selon l'élément concerné.

quantité	dénombrable	indénombrable
rien	no / not any	
peu	few	little
un peu	**a** few	**a** little
vague	some	
suffisante	**en**ough	
beaucoup	**a** lot of / lots of many	**a** lot of / lots of much
trop	too many	too much

*I like **some** cheese on my pizza but not **too much**. I prefer **a few** olives but **no** anchovies! And I do**n't** want **any** pineapple!*

NOTIONS | ANGLAIS

QUIZ

→ LES QUANTIFIEURS

→ 1. Un indénombrable est :

- ❑ A. un nom qu'on peut compter.
- ❑ B. un adjectif invariable.
- ❑ C. un nom qu'on ne peut pas compter.
- ❑ D. un nom invariable.

→ 2. Indique si les mots suivants sont dénombrables (D) ou indénombrables (I).

a. coffee ....
b. cheese ....
c. potato ....
d. orange ....
e. meat ....
f. ketchup ....
g. vegetable ....
h. bread ....
i. milk ....
i. egg ....

→ 3. Complète par *many* ou *much*.

a. Mum hasn't got .... ketchup on her hamburger.
b. Mine has too .... onions in it.
c. There isn't .... cheese on my dad's.
d. My sister has .... French fries on her late.
e. I think we've got too .... food!

→ 4. Complète par *no* ou *any*.

a. There's .... salt on my chicken.
b. Is there .... juice in the fridge?
c. I don't have .... food left on my plate.
d. They have .... idea what to cook for dinner.
e. There aren't .... tomatoes in that sauce.

→ 5. *Few, a few, little* ou *a little*?

a. The bottle is almost empty. There's very .... milk.
b. .... people know Gordan Ramsay was a footballer.
c. There are only .... peas at the bottom of the can.
d. You just need .... butter for this recipe

→ UNE LISTE POUR RETENIR

Fais ta propre pizza. Précise la quantité de chaque ingrédient !

Dénombrables

.... tomatoes
.... olives

Indénombrables

.... tomato sauce
.... cheese
...

1. C, D.
2. a. I ; **b.** I ; **c.** D ; **d.** D ; **e.** D ; **f.** D ; **g.** I ; **h.** D ; **i.** I ; **j.** D.
3. a. much ; **b.** many ; **c.** much ; **d.** many ; **e.** much.
4. a. no ; **b.** any ; **c.** any ; **d.** no ; **e.** any.
5. a. little ; **b.** few ; **c.** a few ; **d.** a little.

Fiche 8

PRÉTÉRIT DES VERBES RÉGULIERS

Ce que je sais déjà

Je connais quelques verbes.
Le prétérit est le **temps du passé**. On l'utilise pour raconter une histoire ou des évènements **finis du passé.**

I. Prétérit régulier

- La conjugaison est la même pour toutes les personnes ! Facile.

(+)	(-)	(?)
sujet + BV + -ed	sujet +didn't+ BV	did + sujet + BV
We visited London last year.	We didn't visit any museum.	Did you visit Buckingham Palace?

- Pour les **réponses brèves**, c'est encore did qui fait tout.

Did Mary enjoy her trip? Yes, she did.
Did you book the same trip? No, I didn't.

II. Marqueurs de temps

- Certaines expressions montrent que l'action est passée. Elles sont le plus **souvent** placées **en fin de phrase**. Repère-les bien : *yesterday, last week, in 1978, this morning…*

UN TABLEAU DE CONJUGAISON POUR RETENIR

Complète le tableau de conjugaison.

	(+)	(-)
I	played	
You		
He / she / it		
We		
You		
They		

Changements orthographiques !
→ BV se finissant par un <y> : try → tried
→ BV se finissant par un <e> : live → lived
→ CVC : BV courte se finissant par consonne-voyelle-consonne : stop → stopped

C'est l'auxiliaire *did* (prétérit de *do*) qui porte la marque du passé, il est invariable. On utilise plus souvent la forme négative contractée *didn't ← did + not*

Pour traduire « il y a », on utilise *ago*. Il se place toujours en fin de phrase.
I travelled to New York three years ago.
He stopped by an hour ago.

QUIZ

→ PRÉTÉRIT DES VERBES RÉGULIERS

→ 1. Le prétérit est le temps :

❑ A. du présent.
❑ B. du passé.
❑ C. du futur.
❑ D. du conditionnel.

→ 2. Pour conjuguer un verbe au prétérit (-), j'utilise :

❑ A. *do* à toutes les personnes.
❑ B. *did* à toutes les personnes.
❑ C. *does* à la 3e personne du singulier.
❑ D. *did* à certaines personnes.
❑ E. *be* à toutes les personnes.

→ 3. Réponds par une réponse brève.

a. Did you like the movie?
Yes, ...
b. Did he cry in the end?
No, ...
c. Did they play some music?
Yes, ...
d. Did she believe it?
No, ...

→ 4. Conjugue le verbe entre parenthèse au prétérit.

a. I .... tennis with my friend Lydie last week. (play)
b. We .... our tennis balls in a box. (carry)
c. Lydie .... after one hour. (stop)
d. We .... a movie in the evening. (watch)
e. I .... my sister to dinner with us. (invite)

→ 5. Transforme les phrases affirmatives en phrases négatives.

a. As a kid, I believed in fairies.
....
....
b. We danced all night.
....
....
c. She tried a new recipe last time.
....
....
d. They phoned their parents two days ago.
....
....
e. He enjoyed the concert yesterday.
....
....

→ 6. Fabrique la question à partir des éléments donnés.

a. you / work / with your friends
....
....
b. she / like / her birthday presents
....
....
c. they / stay / in a nice hotel
....
....

1. B.
2. B.
3. a. Yes, I did. **b.** No, he didn't. **c.** Yes, they did. **d.** No, she didn't.
4. a. played ; **b.** carried ; **c.** stopped ; **d.** watched ; **e.** invited.
5. a. As a kid, I didn't believe in fairies. **b.** We didn't dance all night. **c.** She didn't try a new recipe last time. **d.** They didn't phone their parents two days ago. **e.** He didn't enjoy the concert yesterday.
6. a. Did you work with your friends? **b.** Did she like her birthday presents? **c.** Did they stay in a nice hotel?

Fiche 9

PRÉTÉRIT DES VERBES IRRÉGULIERS

Ce que je sais déjà faire

Je sais conjuguer les verbes réguliers.

I. Be

• *Be* est un verbe irrégulier particulier, il a **deux formes** au prétérit, was et were. Les formes contractées à la forme négative sont plus souvent employées que les formes pleines : was **not** → was**n't**, were **not** → were**n't**.

(+)	(-)	(?)
I /he/she /it was happy.	*Was I /he/she/ it happy?*	*I /he/she/it wasn't happy.*
You/ we/they were happy.	*Were you/we/they happy?*	*You/we/they weren't happy.*

• Pour les réponses brèves, on ne change pas de formule.
Were you at school? Yes, I was. Was she at home? No, I wasn't.

II. Les autres verbes irréguliers

• Pour la forme affirmative, une seule solution, apprendre par cœur. Heureusement, il n'y a qu'une forme pour toutes les personnes.
• Pour la forme négative et interrogative, on fait comme pour les verbes réguliers. (fiche 08)
• Voici une liste de quelques verbes irréguliers incontournables. Il en existe plus de 200.

BV	prétérit	traduction
buy	bought	acheter
catch	caught	attraper
come	came	venir
do	did	faire
drink	drank	boire
eat	ate	manger
fall	fell	tomber
find	found	trouver
forget	forgot	oublier
get	got	avoir, obtenir
go	went	aller
have	had	avoir
keep	kept	garder
know	knew	savoir

BV	prétérit	traduction
learn	learnt	apprendre
make	made	faire, fabriquer
meet	met	rencontrer
run	ran	courir
say	said	dire
see	saw	voir
sing	sang	chanter
speak	spoke	parler
teach	taught	enseigner
think	thought	penser
understand	understood	comprendre
wake	woke	réveiller
win	won	gagner
write	wrote	écrire

QUIZ

→ PRÉTÉRIT DES VERBES IRRÉGULIERS

Des listes « sonores » pour retenir

Cherche trois verbes irréguliers qui se conjuguent selon le même modèle que le verbe proposé.

Ceux qui ne changent pas : cut – cut – cut (couper)

....

La série des <ght> : buy -bought – bought (acheter)

....

Les /i:/ qui se transforment en /e/ : feed- fed -fed (nourrir)

....

Les 'I-A-U' : begin – began – begun commencer

....

Les participes passés qui se terminent en <en> : awake -awoke-awoken (se réveiller)

....

→ 1. Le prétérit des verbes irréguliers :

- ❑ A. est identique pour toutes les personnes.
- ❑ B. est une forme particulière.
- ❑ C. doit être appris par cœur.
- ❑ D. se forme en ajoutant -ed à la BV.

→ 2. La forme négative d'un verbe irrégulier se forme :

- ❑ A. comme les verbes réguliers
- ❑ B. avec l'auxiliaire *do*
- ❑ C. avec l'auxiliaire *did*
- ❑ D. avec *was / were*

→ 3. *Be* au prétérit :

- ❑ A. a une forme unique.
- ❑ B. a deux formes.
- ❑ C. devient *was* ou *were*.
- ❑ D. devient *did*.

→ 4. Complète avec *did, didn't, was, wasn't, were* ou *weren't*.

a. Sarah .... perform last night. She .... ready.

b. .... you see her show last week? It .... great!

c. .... you in the front row? No, we ....

→ 5. Conjugue les verbes entre parenthèses au prétérit.

a. Fran .... at the restaurant yesterday. (eat)

b. Then she .... to a show with a friend. (go)

c. They .... a bus back home. (take)

d. They .... a really great evening! (have)

→ 6. Réponds aux questions avec les éléments donnés.

a. When did you see *Star Wars*? (last year)

....

....

b. Who did you speak to? (my friend)

....

....

c. Where did John meet his wife? (in London)

....

....

d. What did you eat for lunch? (a sandwich)

....

....

1. A, B, C.
2. A, C.
3. B, C.
4. a. didn't / wasn't ; **b.** did / was ; **c.** were / weren't.
5. a. ate ; **b.** went ; **c.** took ; **d.** had.
6. a. I saw *Star Wars* last year. **b.** I spoke to my friend.
c. John met his wife in London. **d.** I ate a sandwich.

Fiche 10

L'EXPRESSION DU FUTUR

Ce que je sais déjà

Je sais conjuguer *be*.

⚠ Le futur n'est pas un temps à proprement parler en anglais ; il n'existe pas de conjugaison particulière.

À la forme négative *will not* → *won't*

I. Le présent en be BV -ing

- Contrairement à son nom, il permet d'exprimer une action future **déjà prévue**, planifiée ou au moins **décidé**. Il suffit de conjuguer ***be* au présent** puis d'ajouter la **base verbale avec -ing.**

I'm watching a movie this afternoon.
We're having a barbecue tomorrow.
Are you coming next week?

II. Be going to + BV

- Il faut aussi conjuguer ***be* au présent** puis ajouter ***going to*** et la **base verbale.**
- *Be going to* permet de parler d'une **intention**, comme le présent en *be + BV-ing*.

*He's **going to** watch a movie this week.*
*I'm **going to** read this book later.*

- *Be going to* permet aussi de **prédire une évidence**, de **déduire** d'après une observation.

*He's taking too much risk. This **is going to** end badly.*
*The sun is shining. It **isn't going to** rain anytime soon!*

III. Will + BV

- *Will* est un auxiliaire modal. Il est invariable et toujours suivi d'une base verbale. Sa forme contractée est *'ll*.
- On utilise will pour parler d'un **futur quasi certain**.

*The show **will** start at 9 p.m. We'**ll** be there!*

- *Will* est employé aussi quand on **prend une résolution** (on a une volonté) ou une **décision prise spontanément**.

*I promise you. I **will** stop smoking! I **won't** disappoint you.*

QUIZ

L'EXPRESSION DU FUTUR

1. Le futur n'est pas un temps en anglais.

❑ A. Vrai

❑ B. Faux

Justifie : ....

....

2. Pour exprimer le futur, je peux utiliser :

❑ A. will + BV.

❑ B. be going to + BV.

❑ C. le présent en be + BV-ing.

❑ D. can + BV.

3. Répond par une réponse courte.

a. Are you going to buy this book? No, ...

b. Are your friends coming tomorrow? Yes, ...

c. Is your sister going to help you? Yes, ...

d. Will she go to the movies after? No,...

4. Les phrases suivantes expriment-elles un présent (P) ou un futur (F) ?

a. My grandparents are going to London next week. ......

b. She's leaving at 4 p.m. ......

c. Listen! The dog is barking! ......

d. They're playing in their bedroom right now. ......

5. Complète par une expression du futur avec *be* :

a. Tell me your decision: ... you .... me? (help)

b. Tony ... to dinner tomorrow. (come)

c. It's 9 o'clock already. I ... late! (be)

d. Next week, they ... to Miami. (fly)

e. Look at those dark clouds. It ... (rain)

6. Complète les horoscopes suivants un futur en *will* :

a. Taurus ...... a lot of homework this week. (do)

b. Pisces ...... a quiet week. Birthday party! (not have)

c. Lions and Capricorns: love ...... in the air! (be)

d. Libra ...... every game! (win)

e. Pity! Virgos, Sagitarius and Taurus ...... too many of their friends. (not see)

1. A. Vrai. Il n'y a pas de conjugaison spécifique.
2. A, B, C.
3. a. No, I'm not. b. Yes, they are. **c.** Yes, she is. **d.** No, she won't.
4. a. F ; **b.** F ; **c.** P ; **d.** P.
5. a. are/going to ; **b.** is coming ; c. 'm going to be ; **d.** are flying ; **e.** 's going to rain.
6. a. will do ; b. won't have ; **c.** will be ; d. will win ; **e.** won't see.

Fiche 11

VOCABULAIRE LA MAISON ET LES PRÉPOSITIONS DE LIEUX

Rooms

Furniture

a chair

a dresser / a chest of drawers

a desk

a table

a bed

a bathtub

a toilet

a bookcase

an armchair

a TV bench

a sofa

a lamp

a fishbowl

a window

a mirror

Les prépositions de lieu

Near

Inside

On

Beside

Under

Behind

Between

In front

Above

Out of

Around

1. Trouve les mots indiqués dans la grille ci-dessous.

Q	G	B	W	I	N	D	O	W	G	L
K	S	B	A	A	K	D	W	E	R	I
M	I	Z	O	T	F	J	E	C	Z	V
B	S	T	K	O	H	U	E	S	U	I
B	O	L	C	V	K	R	H	L	K	N
E	F	M	A	H	N	C	O	H	E	G
D	A	I	M	M	E	L	A	O	B	R
R	V	R	N	V	P	N	M	S	M	O
O	A	R	M	C	H	A	I	R	E	O
O	A	O	N	Q	A	S	G	W	K	M
M	Y	R	T	O	I	L	E	T	L	A

- armchair
- bathroom
- bedroom
- bookcase
- desk
- kitchen
- lamp
- livingroom
- mirror
- sofa
- toilet
- window

2. Indique le numéro correspondant à la bonne préposition de lieu.

... in
... under
... in front of
... above
... behind
... on
... between
... near
... beside

APPRENDRE MON VOCABULAIRE

Complète chaque nuage avec cinq objets que l'on trouve dans ces lieux de la maison.

Bedroom

....
....
....
....
....

Living-room

....
....
....
....
....

Kitchen

....
....
....
....
....

Bathroom

....
....
....
....
....

1. in
8. under
2. in front of
9. above
4. behind

3. on
5. between
7. near
6. beside

Fiche 12

VOCABULAIRE LA NOURRITURE

Drinks

Fruit and vegetables

Meat, fish and cheese

→ Remplis les mots-croisés avec les noms des fruits et légumes donnés, puis indique le mot caché.

apple	carrot	peas
avocado	corn	pepper
banana	cucumber	raspberry
beetroot	eggplant	strawberry
blueberry	lemon	spinach
broccoli	orange	tomato
cabbage	onion	

1. lemon ; **2.** raspberry ; **3.** orange ; **4.** beetroot ; **5.** cucumber ; **6.** banana ; **7.** avocado ; **8.** onion ; **9.** strawberry ; **10.** pepper ; **11.** spinach ; **12.** blueberry ; **13.** carrot ; **14.** apple ; **15.** peas ; **16.** tomato ; **17.** cabbage ; **18.** corn ; **19.** eggplant ; **20.** broccoli. Mot caché : VITAMINS.

VOCABULAIRE LA VILLE

In the street

a car

a bus

a train

a lamp post

a bench

a bike

buildings

a fountain

a monument

a statue

a crosswalk

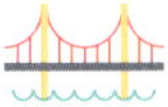
a bridge

Shops

a candy shop

a bookstore

a pharmacy

a restaurant

a music store

a bakery

Directions

cross the street

go straight (ahead)

turn left

turn right

go back

→ 1. Donne le nom de la boutique où tu peux acheter les éléments donnés.

a. bread + cakes + pastries → ...

b. chicken + bee + sausages → ...

c. medicine + hygiene products + vaccines → ...

d. novels + mangas + comics → ...

e. guitar + piano + drums →...

→ 2. Trouve 10 éléments de la ville dans la grille.

Y	X	Z	D	F	E	Z	O	D	C	B
B	R	R	E	O	V	V	B	H	L	B
U	B	E	L	U	L	G	A	C	A	R
I	O	P	S	N	P	P	K	R	M	I
L	O	N	S	T	H	Q	E	O	P	D
D	K	M	T	A	A	N	R	S	P	G
I	S	H	A	I	R	U	Y	S	O	E
N	T	Y	T	N	M	W	R	W	S	J
G	O	N	U	I	A	U	H	A	T	W
S	R	O	E	L	C	G	T	L	N	R
C	E	T	O	C	Y	V	Y	K	L	T

→ 3. Donne les directions pour arriver au point vert P.

– Pars de l'étoile rouge.

– Ne passe que par les rues jaunes.

– Passe par trois ronds-points.

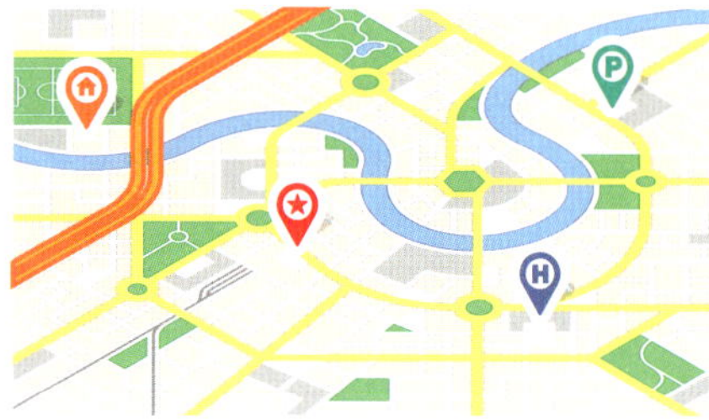

J'APPRENDS MON VOCABULAIRE

→ Complète la carte mentale.

in the street

- directions ....
- useful things ....
- shops ....
- things to see ....
- vehicules ....

1. a. bakery ; **b.** butcher ; shop ; **c.** pharmacy ; **d.** book store ; **e.** music store.

2. bakery ; bookstore ; bridge ; buildings ; crosswalk ; fountain ; lamppost ; pharmacy ; restaurant ; statue.

3. Go straight ahead, take a left before the hospital/on the first roundabout, then a right at the roundabout. Take a left at the third roundabout. The parking is on your right.

Fiche 14

VOCABULAIRE LES LOISIRS, LES SPORTS

Fun activities

play cards

play chess

do drama

play video games play

board games

listen to music

watch a movie

read

watch TV

sing

Sports

basketball

baseball

football / soccer

volleyball

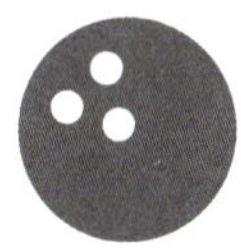
bowling

tennis

badminton

baseball

table tennis

surfing

snorkling

kayaking

swimming

riding a bike

➜ 1. Remets les lettres dans l'ordre pour retrouver un sport.

a. ovallleyb
b. rngsklino
c. intadmonb
d. allsebba
e. bngowli

➜ 2. Relie les deux moitiés pour retrouver les bonnes expressions.

a. play	❍	❍	1. music
b. listen to	❍	❍	2. TV
c. watch	❍	❍	3. board games
d. do	❍	❍	4. Drama

➜ 3. Complète la grille de mots-croisés grâce aux définitions.

Across
3. Be careful, the ball is heavy.
7. You need a screen to play.
8. A fish over here, a fish over there.
9. You can use a microphone to do it.
11. ... TV or a movie.
12. ... a book, a manga, comics or a magazine.

Down
1. Played with a small very light white ball.
2. Chess, cards, monopoly, scrabble...
3. Tall players pass this orange ball.
4. An Australian favorite.
5. A white and black ball or soccer in the US.
9. Only the Americans call that sport by this name.

J'APPRENDS MON VOCABULAIRE

➜ Trouve trois sports et activités pour chaque thème.

Ball sports
....
....
....

Racket sports
....
....
....

Water sports
....
....
....

Individual activity
....
....
....

Group activity
....
....
....

1. a. volleyball ; **b.** snorkling ; **c.** badminton ; **d.** baseball ; **e.** bowling.
2. 2. A3 ; B1 ; C2 ; D4.
3. Across : **3.** Bowling ; **7.** videogames ; **8.** snorkling ; **9.** sing ; **10.** watch ; **11.** watch ; **12.** head. Down :**1.** tabletennis ;
2. boardgames **3.** basketball ; **4.** surfing ; **5.** football ; **6.** videogames ; **7.** snorkling ; **8.** soccer.

Fiche 15

VOCABULAIRE LE CINÉMA

At the movie theater

a bag of popcorn

a screen

a seat

a ticket

an award

Movie genres

History

Detective

Horror

Fantasy

Comedy

Thriller

Biography

Romance

Westerns

Sci-fi

Adventure

Musicals

Action

Drama

War

Sport

→ 1. Retrouve 12 genres cinématographiques dans la grille.

A	D	V	E	N	T	U	R	E	W	A
O	U	K	H	M	S	F	B	D	E	C
Z	S	R	O	U	C	A	X	E	S	T
U	B	O	R	S	I	N	V	T	T	I
Q	C	M	R	I	F	T	W	E	E	O
H	O	A	O	C	I	A	Q	C	R	N
G	M	N	R	A	B	S	Y	T	N	B
Z	E	C	S	L	D	Y	N	I	W	Y
J	D	E	H	S	U	B	T	V	M	F
E	Y	R	D	R	A	M	A	E	A	R
Z	Z	T	T	H	R	I	L	L	E	R

→ 2. Complète le texte avec le vocabulaire du cinéma.

Last night, we went to the .... (a) with my friends. We got our .... (b) at the entrance and we came in. Before going into the .... (c) theater, we went to the concession stand we bought drinks and a .... (d).
We took our .... (e) in the second row because I like to be close to the .... (f).
We really enjoyed the movie: it was a .... (g) and the songs were great!

→ J'APPRENDS MON VOCABULAIRE

→ Complète le tableau par trois genres de films que tu aimes ou pas.

❤ ❤ ❤	❤	❤ (barré)
...	...	...
...	...	...
...	...	...

1.
action, adventure, comedy
detective, drama, fantasy
horror, musicals, romance
scifi, thriller, western

2. a. cinema ; **b.** tickets ; **c.** movie ; **d.** bag of popcorn ; **e.** seats ; **f.** screen ; **g.** musical.

EMI

SOMMAIRE

Fiche 1

CYBERHARCÈLEMENT, COMMENT LIMITER LES RISQUES ET COMMENT Y FAIRE FACE ?

Ce que je sais déjà

Le harcèlement est une violence physique, psychologique ou verbale répétée. Il peut se dérouler physiquement mais aussi commencer ou se poursuivre sur les réseaux sociaux, Internet ou dans le jeu vidéo. On parle alors de cyberharcèlement. Comment limiter les risques de cyberharcèlement ?

I. Comme dans la vraie vie, ne pas donner sur les réseaux sociaux ou les jeux vidéo des éléments sur sa vie personnelle ni d'informations importantes

- Donc, les avatars ne doivent pas utiliser les prénom, nom et date de naissance. Il ne faut pas donner son âge ou son adresse, même dans une discussion.

II. Ne pas transférer de photos avec ses amis ou en vacances

- C'est ta vie privée et celle de tes proches. Tu ne le ferais pas avec un inconnu dans la rue. Pas de raison de le faire sur Internet. Les personnes qui prennent contact avec toi ne sont pas toujours ce qu'elles prétendent être et leurs intentions ne sont pas toujours bonnes.

III. Paramétrer les interactions

- Sur les réseaux sociaux ou les « chats » des jeux vidéo, choisis bien qui peut s'adresser à toi et qui peut avoir accès à tes données. Paramètre en conséquence les interactions au niveau le plus restrictif. Seuls tes contacts pourront avoir accès à tes photos ou à tes conversations. De plus, décline les invitations à communiquer de gens que tu ne connais pas et les questions anonymes...

Le harcèlement commence parfois par des arnaques en ligne. Quelqu'un qui, par exemple, te propose le dernier smartphone à la mode à 50 euros, ça n'existe pas plus dans la vraie vie que sur Internet. N'achète donc jamais seul quelque chose sur Internet.

IV. Ne pas partager des photos ou des vidéos où tu te mets en scène de manière agressive ou suggestive

- Cela a de fortes chances de se retourner contre toi et d'être transféré à des personnes mal intentionnées. Ne le fais pas non plus si ce contenu concerne des proches. Chacun a le droit à sa vie privée.

V. Ne pas transférer des contenus (photos, vidéos, insultes, etc.) qui peuvent blesser une personne

- Tu ne voudrais pas qu'on te le fasse, ne le fais pas aux autres. Les insultes, les moqueries, les photos compromettantes... se propagent à toute vitesse sur les réseaux sociaux. Dans la « vraie vie », tu n'insulterais pas quelqu'un pour n'importe quel sujet. Ce n'est pas parce que tu es « caché » derrière un avatar ou dans le flot d'une conversation sur WhatsApp que cela te donne le droit de le faire. La majorité des violences qui se passent dans ou autour d'un collège sont liées à cela.

QUE FAIRE EN CAS DE CYBERHARCÈLEMENT ?

I. Si tu as un problème, ne pas essayer de le résoudre seul

- Tu as très, très peu de chance d'y arriver. Parles-en à des amis et surtout à un adulte (parent, professeur, AED) en qui tu as confiance.
- Éloigne-toi d'Internet et des réseaux sociaux le temps que cela se calme. Au moins, à la maison, tu seras dans une bulle protégée.

II. Garder des traces de ce harcèlement en faisant des captures d'écran ou des enregistrements

- Cela permettra de le faire cesser en accusant le harceleur avec des preuves.

III. Rester attentif à ses amis

- Si le harcèlement ne te concerne pas, sois attentif aux changements qui touchent tes amis (repli sur soi, défaitisme, fatigue, baisse rapide des notes, amaigrissement, etc.).
- N'hésite pas à leur demander si tu as un doute.
- Si jamais c'est le cas, il faut prévenir un adulte.

IV. Intervenir

- Si tu constates dans la vraie vie des attitudes agressives, provocantes, de racket... Il faut absolument intervenir, pour ne pas laisser la situation s'envenimer. Le mieux est que ce soit un adulte qui le fasse. C'est très, très important. Une personne harcelée peut être traumatisée toute sa vie.

V. Prévenir la police

- Si tu es victime d'arnaque en ligne, il faut prévenir la police. Fais-le avec tes parents.

VI. Contacter les numéros utiles

- En cas de cyberharcèlement, il est possible de se faire aider.
- On peut par exemple contacter le 3018 par téléphone et l'application 3018. C'est le numéro national pour les jeunes victimes de violences numériques et leurs parents. Il est en plus partenaire des plateformes (Twitter, Facebook, Instagram, Snapchat, TikTok, Discord, etc.) et de la police.
- De même, le 3020 est spécialisé dans le harcèlement scolaire.
- Sur les réseaux sociaux ou les jeux vidéo, il est facile de dénoncer des propos ou des contenus inappropriés.

Fiche 2

COMMENT TROUVER UNE INFORMATION FIABLE SUR INTERNET ?

COMME DISENT LES JOURNALISTES : CROISER SES SOURCES

- Vérifie les informations sur au moins trois sites différents et sérieux. S'ils affirment des éléments plus ou moins identiques, les réponses à ta recherche ont une probabilité forte d'être fiables.

PRIVILÉGIER LES SITES DE RÉFÉRENCE

- Méfie-toi des informations qui proviennent de personnes qui ne sont pas expertes dans leur domaine. Si quelqu'un sur un forum connaît un copain qui connaîtrait un avocat qui... ou si ton youtubeur préféré commence à parler d'un sujet qu'il ne maîtrise pas, attention aux erreurs.
- A contrario, il existe des sites de référence réputés pour leur sérieux. Utilise-les en priorité. On peut penser à des sites d'informations pour les enfants comme franceinfo junior, à des médias comme *Le Monde* ou encore aux sites des institutions officielles (OMS, Insee).

UTILISER WIKIPÉDIA AVEC PRÉCAUTION

- Wikipédia est une source à utiliser avec précaution, en choisissant bien ses sujets et en recoupant avec d'autres sources. Comme n'importe qui peut modifier ou écrire sur Wikipédia, la qualité et l'objectivité sont très inégales. C'est d'autant plus vrai sur les sujets polémiques (maladies, guerres récentes...). Néanmoins, Wikipédia met en place de plus en plus de contrôles pour améliorer la qualité générale.

UTILISER DES SITES SPÉCIALISÉS

- Si tu n'as pas confiance dans la réponse qui t'est fournie pendant tes recherches, des sites comme Decodex ou Hoaxbuster sont spécialisés dans le repérage et la vérification des « fake news » ou des sites non fiables.

PRENDRE GARDE AUX ENJEUX ÉCONOMIQUES

- Si le site où tu trouves ta réponse a un intérêt à te vendre quelque chose, s'il a manifestement un parti pris politique ou joue sur les émotions, il a peu de chance d'être objectif.

BIEN POSER LES QUESTIONS

- Pour trouver une information fiable sur un moteur de recherche, il faut déjà... poser la bonne question. Un moteur de recherche analyse les « mots clés » (ceux que tu as mis dans la barre de recherche) que tu lui as donnés et les compare à ceux qu'il connaît. Il faut donc mettre au maximum des mots précis, éviter d'écrire des phrases complètes...

DEMANDER DE L'AIDE

- N'hésite pas à effectuer les recherches avec des adultes. Ils pourront t'aider à trouver les bons sites et à éviter les pièges.

ÉVITER LE PLAGIAT

- Quand tu trouves une réponse qui te satisfait et que tu veux la réutiliser, ne la recopie pas telle quelle. C'est légalement interdit et, dans le cadre d'un devoir, la personne qui te corrigera verra qu'elle ne vient pas de toi. Mélange avec d'autres sources, utilise tes propres mots... ou cite-la entre guillemets en mentionnant la source.

MOTS CLÉS D'INTERNET

ADRESSE IP

• Adresse unique sur Internet qui identifie un appareil (PC, smartphone, etc.) connecté à Internet. Elle sert pour reconnaître celui-ci (comme une carte d'identité) et échanger avec le reste d'Internet (comme une adresse postale).

BANNISSEMENT

• Exclusion d'une communauté sur Internet (jeu vidéo, réseaux sociaux, etc.) pour avoir outrepassé les règles de cette communauté (insulte, harcèlement).

CYBERHARCÈLEMENT

• Harcèlement d'une personne via Internet.

COOKIE

• Petit fichier qui permet à un site web de reconnaître un appareil. Il est souvent associé à un adware, un logiciel espion qui transmet des informations sur l'activité sur Internet d'un utilisateur.

COMMUNITY MANAGER

• Animateur d'une communauté sur Internet (pour une marque ou un jeu vidéo par exemple).

DROITS D'AUTEUR

• Ils protègent la création (un texte, une vidéo, un son, une image, etc.) d'une personne. On ne peut utiliser sans autorisation une œuvre protégée par des droits d'auteur.

E-COMMERCE (OU COMMERCE ÉLECTRONIQUE)

• Activité de vente de produits ou de services sur Internet.

FAKE NEWS

• Fausse information créée et répandue en connaissance de cause dans un but : gagner de l'argent, convaincre d'adhérer à une idée (politique, religieuse, médicale, etc.) ou déstabiliser (un adversaire politique, une entreprise concurrente, etc.).

MODÉRATEUR

• Dans un groupe de discussion, un forum, il surveille, peut supprimer le contenu des messages échangés et des commentaires, bannir des personnes... afin de faire respecter les règles.

PIRATE

• Hacker en anglais. Il cherche à s'introduire dans le système d'un appareil pour modifier le contenu, voler des éléments, etc.

SPAM

• Courriel non voulu par la personne qui le reçoit, avec souvent un contenu commercial. Il est souvent diffusé de manière massive (parfois des dizaines de milliers de courriels).

STREAMING

• Technique de diffusion et de lecture sur Internet, qui évite le téléchargement et permet une diffusion en direct.

WEBMASTER

• Personne qui gère l'aspect technique d'un site.

WORLD WIDE WEB (WWW)

• Système mondial qui permet à Internet de fonctionner, en naviguant entre les sites via des liens hypertextes.

Fiche 3

JOURNALISTE : DÉFINITION

Ce que je sais déjà

Un journaliste est, en résumant, une personne dont le métier est d'informer un public, en rassemblant des informations, en les analysant et en les retranscrivant. Cela peut être sous diverses formes : écrite (journaux papier, sites Internet), audio (radio, podcast...) ou vidéo (TV, YouTube, Twitch...). Le métier de journaliste se réinvente en effet tous les jours, à l'affût des nouvelles technologies.

Doit-on forcément passer par une école de journalisme pour être journaliste ?
Non. 80 % des journalistes en France ne sortent pas d'une des 14 écoles de journalisme reconnues par la profession (selon l'OMP). Néanmoins, avoir été dans une école de journalisme aide de plus en plus à trouver un emploi.

I. Les catégories de journalistes

- Il existe de nombreuses sortes de journalistes. **Le rédacteur** est ainsi le journaliste au sens classique du terme et produit des contenus dans divers formats (écrit, audio).
- **Le reporter** a davantage tendance à se déplacer sur les lieux mêmes de faits.
- **Le chroniqueur** propose des analyses personnelles. Le reporter d'image se spécialise sur la vidéo ou la photo.
- **Le critique** (de cinéma, d'art, etc.) présente et juge un produit ou un service.
- **Le data journaliste** compile d'énormes bases de données pour faires des enquêtes ou des infographies.
- **Le secrétaire de rédaction** améliore les articles en les vérifiant et en les corrigeant.
- Il existe beaucoup d'autres catégories de journalistes.

II. Qu'est-ce qui différencie un journaliste d'un créateur de contenus informatifs ?

- Le journaliste professionnel est en France titulaire d'une carte professionnelle (il y en a 35 000) ; il est protégé par la loi, mais a des obligations que n'ont pas d'autres créateurs de contenus à caractère informatif (youtubeur, écrivain) aussi sérieux soient-ils.
- Pour **assurer l'indépendance du journaliste**, une des grandes différences qui existe avec l'autre catégorie tient en ce qu'il ne « peut accepter pour la rédaction de ses articles d'autres salaires ou avantages que ceux que lui assure l'entreprise de presse à laquelle il collabore ».
- De leur côté, les créateurs de contenus non journalistiques gagnent l'immense majorité de leurs revenus grâce à des partenariats avec des marques ou en vendant leur production (livre, documentaire, etc.).

UN EXEMPLE DE JOURNÉE TYPE DE JOURNALISTE

9 h

• Le journaliste, après avoir jeté un coup d'œil sur la version papier de son article donné la veille, vérifie ce qui est « tombé » comme informations importantes. Et ce, afin de se donner des idées pour de futurs articles.

9 h 15

• Il relance des personnes qu'il connaît bien pour un dossier prévu pour la fin de la semaine.

9 h 30

• Conférence de rédaction. Les journalistes de la rédaction confrontent leurs idées et définissent une série de sujets qui vont être mis en avant dans le journal du lendemain matin. Le rédacteur en chef arbitre entre les diverses propositions.

10 h

• Retour à son bureau. Les idées fourmillent dans sa tête sur le sujet prévu. Il faut se pencher dessus pour les organiser et donner quelques coups de téléphone afin d'avoir des informations complémentaires.

10 h 45-12 h 30

• Le journaliste pose les bases de son article tout en ayant eu un contact pour son dossier de fin de semaine. Ça commence à prendre forme.

12 h 45

• Patatras. Un évènement important vient de se dérouler à une dizaine de kilomètres. La rédaction se mobilise. Certains vont sur place, d'autres, comme notre journaliste, vont rester à la rédaction pour coordonner les équipes et « alimenter » le site Internet.

13 h 15

• Notre journaliste commence à fournir en informations brèves le site Internet du journal, la story et le fil Twitter du journal. Le but : récupérer les informations brutes des journalistes sur le terrain, les vérifier puis les mettre en perspective avec d'autres sources ou d'anciens articles...

15 h 30

• La folie retombe. Notre journaliste commence à créer un article pour le journal retraçant les événements importants, tout en continuant son travail digital.

16 h 30

• Coup de téléphone. C'est un rendez-vous prévu ce matin pour le dossier de fin de semaine. Plutôt que de repousser l'entretien, le journaliste le réalise. La personne qu'il a au téléphone est en effet quelqu'un de souvent bien informé. Il faut la chouchouter.

17 h

• Le rédacteur en chef veut savoir où il en est pour ses deux articles et s'il a bien fourni ses éléments au site Internet. Évidemment, c'est urgent...

19 h

• C'est rendu. Petit tour à la maquette pour vérifier que tout est bon en ce qui concerne l'illustration de ses articles.

TABLE DES MATIÈRES

Crédits

Couverture

©/iStock. Oleh_Slobodeniuk ; Thorir Ingvarsson ; hadynyah ; energy.

Mathématiques

©/iStock. Fiche 35 : Olga Kopylova ; setory ; JohnnyMad ; chictype.

Français

©/iStock. Fiche 2 : rilbusca ; rashpil ; Okea ; DawnPoland ; 3. Photoboyko ; ayun ; Vadim_Orlov ; 4. Shai-Halud ; Delpixart ; baona ; 5. Ali Kerem ; nicoletaionescu ; creatarka ; 6. Celin ; Frizi ; 7. lemono ; NDinfinity ; 8. Sesame ; 9. Maria Stavreva ; taichi_k ; BRO Vector ; 13. lemono ; sorbetto ; Ivan Yarovyi ; MaksimYremenko ; designer29 ; 16. akindo ; Anastasia Usenko ; 17. alano design ; 18. tracielouise ; FrankRamspott ; Pavel Muravev ; higyou ; lkpgfoto ; erhui1979 ; 19. Alashi ; kbeis ; PeterSnow ; simplehappyart ; yuoak ; vectorikart.

Histoire-géographie-EMC

©/iStock. Fiches (Histoire) : 2. duncan1890 ; prmustafa ; 4. Nastasic ; ZU_09. Fiches (Géographie) : 1. Stefan_Alfonso ; bamlou ; grebeshkovmaxim ; 2. Yanjf ; A-Digit ; 3. 1001nights ; 6. Hadynyah ; 7. Bashta ; 9. Vm ; Pascale Gueret ; 11. UlyssePixel ; 12. RelaxFoto.de. Fiches (EMC) : 2. Ralfgosch ; designer29 ; 3. ollegN.

SVT

©/iStock. Fiches : 3. Christoph Burgstedt ; ttsz ; VectorMine ; 5. Vadimborkin ; guenter-guni ; 7. Mantonature l ; 9. tonaquatic, ericsphotography ; 10. dzika_mrowka ; 13. Dr_Microbe ; urfinguss ; adventtr.

Physique-chimie

©/iStock. Fiches : 1. fizkes ; Savany ; 2. Pat_Hastings ; 3. Pat_Hastings ; 8. ttsz ; court-neyk ; SimplyCreativePhotography ; Medesulda ; 9. Anastasiia_M ; LinLina ; 10. IfH85, PeterHermesFurian.

Technologie

©/iStock. Fiches : 5. imaginima ;ElementalImaging ; Valeriia Soloveva ;Gwengoat ;oleg-toka ;alvarez ; Sproetniek ; spooh ; deepblue4you ; Bet_Noire ; Alexander Lyakhovskiy ; Nerthuz ; Stefonlinton ; Larry Crain ; 7. Nataniil ; highhorse ; 9. Happy_vector.

Anglais

©/iStock. Fiches : 1. Volhah ; 2. VladSt ; 13spoon ; 3. Guzaliia Filimonova ; Andrew_Rybalko ; 4. JakeOlimb ; 5. Iefym Turkin ; Tarchyshnik ; Macrovector ; 6. Svitlana Hruts ; Pavel Rogozin ; 7. DenPotisev ; trigubova ; 8. Sigit Mulyo Utomo ; 9. Filo ; 10. Mustafahacalaki ; AlexeyGorka ; 11. andegro4ka ; Meilun ; maradaisy ; MicrovOne ; VikiVector ; 12. owl_lee ; Sudowoodo ; Bezvershenko ; 13. Roberto Scandola ; Vectorpower ; Marvid ; 14. CagriOner ; Rakdee ; 15. Luplupme ; denkcreative.